www.bbulmedia.com

4월이
내게 말했다

4월이
내게 말했다

초판 1쇄 찍음 2017년 4월 3일
초판 1쇄 펴냄 2017년 4월 10일

지은이 | 언재호야
펴낸이 | 정　필
펴낸곳 | **(주)뿔미디어**

편집장 | 박경희
기획 · 편집 | 이영은, 이유나

출판등록 | 2002년 9월 11일 (제1081-1-132호)
주소 | 경기도 부천시 원미구 소향로 17, 303(두성프라자)
전화 | 032)651-6513 / 팩스 | 032)651-6094
E-mail | dahyangs@naver.com
블로그 | http://blog.naver.com/dahyangs
비북스 | http://b-books.co.kr

값 9,800원

ISBN 979-11-315-7933-6 03810

언재호야 장편 소설

DAHYANG ROMANCE STORY

4월이 내게 말했다

Contents

prologue

4월은…… 조금, 아니 많이 특별한 달이다.

우선 휴대폰 번호를 흘린 곳에서, 전혀 상관없는 인공 지능들이 폭탄을 투하하듯 축하 문자를 보내는 생일이 있었다. 단 하나밖에 없는 가족인 엄마의 생일도 4월이었다. 그리고 흩어져 있어 딸이 번거로울까 걱정되셨는지 엄마의 기일도 4월이었다. 게다가 공교롭게도 지금은 어디 계신지 알 수가 없는 아빠의 생일도 4월이었다.

한 가족 세 식구의 생일이 모두 따뜻하고 만개한 봄꽃으로 가득한 4월이었지만, 우리 가족은 단 한 번도 그 생일들을 웃으면서 보낸 적이 없었다.

앙증맞은 생일 케이크, 아이들이 좋아하는 미역국, 불고기 같은 특별한 반찬들. 자기 생일이 세상에서 가장 행복한 날이라고 여길 만큼 나는 어렸다. 그래서 달력에 동그라미를 치고 생일날만을 손

꼽아 기다렸었다.

　유치원이 끝나면 아이들이 잔뜩 몰려오기로 했었다. 평소에도 음식 솜씨가 좋던 엄마는 아침부터 분주하게 준비를 하고 있었고, 그게 괜히 으쓱했던 나는 눈을 뜨자마자 마치 하늘을 날아가는 것 같은 기분이었다. 누가 오나 하고 밖을 내다볼 때마다 그 기분은 더해졌었다.

　그런데 그건 어린 나에게만 그랬던 모양이다.

　"그만!"

　아빠가 낮게 탄식했다.

　"이제 도저히 못 참겠어!"

　혼자 신나게 생일 축하 노래를 부르고 막 겨우겨우 일곱 개의 촛불에 켜진 불을 끈 순간이었다.

　"여보!"

　어린 제 눈에 보기에도 당황스러운 기색이 역력했던 엄마가 외쳤다.

　"숨이 막혀서 도저히 못 살겠어! 미안해."

　그 말만 남기고 벌떡 일어난 아빠는 점퍼를 구겨 든 채 집을 나갔고 엄마는 그것을 멍하니 쳐다보고만 있었다. 베이지색의 얇은 봄 점퍼가 아직도 기억에 생생했다. 난 무슨 잘못을 했는지 알지 못하고 아마 울음을 터뜨렸을 것이다.

　그날 내가 초대한 친구들은 우리 집에 오지 못했다. 그리고 아빠도 영영 다시 집에 돌아오지 않았다. 그렇게 다정하고 사람 좋아 보이던 아빠가 왜 집을 나갔는지, 왜 엄마와 이혼을 했는지 알게 된 건 아주 나중 일이었다.

* * *

　20년이 지난 지금, 그때의 그 사랑스럽던 집은 낡고 어두워졌고, 우리가 아닌 내 집이 되어 있었다. 우리란 단어를 만들어 준 엄마가 세상을 떠난 지 1년째, 남향이었던 우리 집은 앞에 커다란 상가 건물들이 생기고 복잡해져 침침한 그늘 때문에 이제는 대낮에도 불을 켜야만 하는 곳으로 변했다.

　지어진 지 30년이 다 되어 가는 서울 한복판의 오래된 양옥집은 그 당시에 유행했던 대로 번쩍거리는 바닥과 벽, 색색의 다이아몬드 꼴로 장식된 움푹 팬 천장이 모두 나무로 되어 있었다. 천장에는 선풍기와 환풍기 겸용의 팬과 옥색 꽃무늬 유리 등이 네 개 달려 있었고, 싱크대는 베이지색이었지만 이미 낡아서 칙칙해져 있었다. 달랑 방 두 개와 화장실, 작은 거실과 이어진 부엌, 그리고 2층 다락으로 올라가는 나무 계단이 있는 전형적인 옛날 집이었다.

　네모난 거실 가운데에는 그즈음의 집들에 다들 있었던 회색 패브릭으로 된 소파가 있었다. 엄마의 건강에 좋지 않다는 말을 들어 먼지가 나는 그 소파를 치워 버리고 싶어 했었지만 버릴 엄두가 나지 않아 그 소파는 이 집이 생긴 이래로 계속 그 자리를 지키고 있었지만, 거기에 앉아 있던 기억은 없었다.

　나무 바닥인 거실에는 좀처럼 난방을 하지 않아, 그나마 보일러를 돌리는 내 방까지 가는 바닥은 발이 시릴 정도로 차가웠다. 그러나 출근할 필요가 없는 휴일이나 명절이면 차갑고 적막한 냉기를 참고 몇 시간씩 그 거실에 앉아 있는 이유는 이 적막한 집 안에 유일한 소음을 만들어 내는 생명체들이 살고 있기 때문이었다.

"엄마, 우리도 이사 가. 옆집에 또 도둑 들었대. 아파트 같은 데로 가자. 여긴 난방비도 많이 들고 춥고 낡았고…….."

지하철역에서 너무 멀어 마을버스도 다니지 않는 지긋지긋하고 괴괴한 낡은 이 집이 싫어 매번 짜증스럽게 말했다. 그러나 늘 그렇듯 엄마는 내 투정을 들어 주지 않았다. 언제나 그랬듯이.

학교를 갔다 온 어느 날, 뭔가 낯선 게 거실 한가운데를 차지하고 있었다. 거실에서 부엌이 곧바로 보이는 구조였는데 그걸 막아선 낯선…… 네모난 것.

"손 안 가고 가습에도 좋다더라. 먹이는 너무 자주 주지 말래."

낡은 나무 색조의 집에 어울리지 않게 푸르스름한 조명을 비추는 투명하고 네모난 데다 커다랗기까지 한 수조가 떡하니 부엌을 향한 시선을 막고 들어섰고 거기에는 형형색색의 날개를 단 것 같은 낯선 물고기들이 헤엄치고 있었다. 수조 바닥에는 하얀 자갈이 깔려 있고, 플라스틱인지 아니면 헝겊인지 부자연스러우리만큼 강렬한 초록빛을 띠는 흐늘거리는 수초들도 제법 멋지게 포진하고 있었다.

원래부터 커다란 소파가 자리를 차지해 좁은 거실을 더욱더 비좁게 만드는 기형적인 모습이었다. 나무로 된 구식 인테리어와 어울리지 않는 스테인리스로 된 푸른빛을 띤 수조는 혼자 생뚱맞게 미래에서 온 것 같은 형상이었다.

"돈도 썩었다."

평소에도 엄마가 십 원 한 장 허투루 쓰지 않는 게 늘 불만이었던 내가 그 생뚱맞은 수조를 보고 내뱉은 말은 그게 다였다.

그 뒤로 두 모녀가 유일하게 합심해서 하는 일이란 게 그 커다란 수조의 물을 가는 일이 전부였고, 그 안에서 물고기가 알을 낳고 새끼가 태어나는 신기한 경험을 몇 번 한 뒤로는 수명을 다해서 배를 뒤집고 둥둥 떠 있는 물고기를 건져 내 마당에 묻어 주곤 하루 종일 우울한 채로 있는 게 유일한 접점이 되어 버렸다.

다가와 엉겨 붙지도 않고 재롱을 떨 줄도 모르고 이름을 불러도 알은척하지 않지만 생명이란 이유만으로도 마음 한구석에 점점 견고한 자리를 잡아 가고 있던 그 수조 속의 열대어들은 엄마의 마지막 유언에도 포함되어 있었다.

"잘 키워. 물 잘 갈아 주고……."

엄마가 세상을 떠나고 나선, 움직일 기운도 없었던 엄마가 하루 종일 그랬듯 소파 옆의 리클라이너 의자에서 하염없이 물고기를 들여다보는 일로 소일을 하게 된 나는, 몇 번이고 이 수조를 치워 버리려 했다. 그리고 그런 마음이 들 때마다 열심히 헤엄치고, 먹고, 사랑하고, 새끼를 만들어 내고 또다시 세상을 떠나는 이 작은 생명체들에게 미안해서 먹이를 더 줄 뿐이었다.

나는 알고 있었다.

엄마가 왜 이 관리하기도 힘들고, 춥고, 어둡고 괴괴한 집을 떠나지 못했는지를. 그 어린 날 봄 점퍼를 들고 나간 누군가를 엄마가 계속 기다리고 있었다는 걸. 그래서 짐승이라곤 질색하던 엄마가 고민 끝에 한 달 월급의 반을 써 가면서 저렇게 커다란 수조를 들여놨다는 걸. 괴괴한 이 집에 살면서 방문을 닫고 나오지 않는 '저 딸애'만을 보고 살기엔 삶이 너무 버겁지 않았을까.

나는 방문을 닫고 부지런히 옷매무새를 챙기고 열 때마다 끼그덕 소리를 내는, 이제는 문짝이 틀어져 제대로 닫히지도 않는 신발장에서 검은색 펌프스를 꺼냈다. 먼지가 뽀얗게 앉은 게 보였지만

11

그걸 무시하고 발을 집어넣었다. 차가운 냉기가 발끝을 시리게 했지만 아무렇지도 않은 듯 무시했다.

여전히 적막한 집 안의 커다란 수조에서는 히터와 기포 발생기에서 들리는 백색 소음만이 흩어져 있었다. 힐끗 그림같이 푸르스름한 수조에서 떠다니는 나비 같은 물고기들을 쳐다보고는 알루미늄으로 된 현관문을 나섰다. 어제보다 훨씬 부드러워진 바깥 공기를 무시하려 애썼다.

집을 나서려는데 무언가 낯선 게 보였다. 어제까지만 해도 보이지 않던 것이었다. 분홍빛의 무엇…….

삭막한 제집에는 아무것도 그런 빛깔이 나는 물건이 없었다. 갑자기 눈이 아파진 나는 눈을 비볐다. 그러나 곧 손에 묻어나는 새도의 펄을 보고 인상을 찌푸렸다. 화장을 망친 건, 옆집에서 넘어온 나뭇가지에 핀 매우 이른 벚꽃이었다.

꽃이 피다니…….

봄이었다.

나는 문득 다시 집 안으로 들어가 신발장 옆에 걸린 달력을 보았다. 이젠 다들 휴대폰이 있어 벽에 달력 같은 걸 걸지는 않았지만, 작년에 친구에게 선물 받은 달력이었다. 일찍 결혼한 친구가 자기 아이 사진을 넣어서 만든 달력이라고 선물을 주었기에 무심코 걸어 놓았던 달력.

'4'라는 커다란 숫자 앞에 초록색 옷을 입고 머리에 화관을 쓴 친구의 첫아이가 환하게 웃고 있었다.

4월이었다. 아침에 휴대폰을 울렸던 메시지들이 이제야 생각났다. 4월의 첫날, 남들은 유쾌한 거짓말로 하루를 시작하고 그것이 뉴스에서도 심심찮게 나오는 날.

그래서 제 생일이라고 말하면 다들 거짓말이라고 웃어넘기던 그 4월의 첫날. 차라리 모든 게 거짓말이었으면 훨씬 나았을 것 같은 그런 날.

나는 침침한 집을 나서기 위해서 발걸음을 빨리했다. 환청이 들리는 거 같아서.

첫날을 맞은 4월이 내게 말했다.

……넌 왜 아직도 안 죽는 거냐고.

이 4월을 견뎌 내야 하는 한 달의 시간이 아득하게 느껴졌다.

* * *

화려한 야경이 발밑에 펼쳐져 있었다.

넥타이를 매는 그의 손길이 빨라졌다. 그러나 1년에 350일은 매는 넥타이인데도 늘 마음에 드는 모양을 보여 준 적이 없었다. 신경질적인 손길로 묶였던 매듭을 다시 풀어 헤쳤다. 하루에 두 번이나 매는데도 늘 이 모양이었다.

꼭 두 번을 매야 제 맘에 드는 건 참 짜증 나는 습관이자 버릇, 혹은 징크스였다.

옷걸이에 잘 걸려 있는 매끈한 슈트 상의를 집는 순간 그는 이마를 찌푸렸다. 그리고 이미 시간이 한참이나 늦었는데도 불구하고 손을 멈출 수밖에 없었다.

그에게 옷차림은 그저 제 취향이나 선호도 따위를 배제하고 늘 입어 왔던 교복처럼 남에게 보여 주기 위한 겉모습일 뿐이었다. 그것에 대해서는 알게 모르게 과한 비용을 지불하고 있었고, 지불한 비용만큼 그 돈을 받는 사람들이 열심히 제 역할을 하고 있기에 자신의 특출한 외모에 대한 찬사가 늘 이어지고 있다는 것도 알고 있었다.

거울 속의 남자는 헌칠한 키에 완고하고 고집스러운 강 회장님의 뚝심 어린 다부짐과 왕년에 뭇 남자들의 심금을 울려 어린 나이에 과하게 허영과 찬사에 들떠 있던 미모의 여배우의 장점만 잘 버무려진 그럴 듯한 외모를 지녔다. 거기에 더해서 이유 없는 자신감과 거만이 가득 차 있었다.

그러나 그 자신만만하고 과하게 잘난 남자는 구김 하나 없이 매끈한 자태를 한, 주인의 손길을 기다리는 슈트 상의를 보고 망연하게 있을 뿐이었다. 제 자신에게 지금 1분 1초가 아깝다는 사실도 잊은 채.

왜, 쓸데없이 이런 걸 깨닫고 있었을까.

그는 제 자신의 이런 어이없는 망상에 피식 실소를 날리면서 비웃어 줘야 했다. 그러나 그러질 못했다.

남들이 보면 비웃다 지쳐 쓰러질 만큼 어이없고, 유치한 이유였다.

그 미지의 누군가가 과한 페이를 받고 제 클라이언트가 가장 멋지고 가장 대단해 보이길 원하면서 가져다 놓은 최신식의 매끈하고 유려한 디자인이 된 슈트 상의는 아무 죄가 없었다. 그러니 그는 멈칫했던 손을 내밀어 옷을 집어 들었다. 가뿐했다. 물론 최고의 캐시미어를 사용한 겨울의 슈트도 무거울 리가 없었다. 계절을 위한 재질만 그럴 뿐이지 그걸 입고 한겨울 기온을 체감할 곳에 나설 필요는 전혀 없는 옷의 주인을 위해서 방한 기능 따위는 별로 따지지 않았을 테니까.

제 손에 닿은 맵시 있는 상의는 얇고 매끈했다. 바야흐로 한눈에 봐도 춘추복이었다. 아마 몇 달 전에 뉴욕 패션 위크 따위에서 발표된 최신 S/S 시즌의 이름난 디자이너의 기성복 상표일 것이다. 이 얇고 값비싼 상의가 말하고 있는 건 이제 그 지긋지긋한 겨울이 가고 더 끔찍한 계절이 돌아왔다는 사실이었다.

젠장……. 그는 머릿속을 떨치려는 듯 그 얇고 매끈한 상의를 휘둘러 제 몸에 걸쳤다. 가볍고 딱 떨어지는 핏이 맘에 들었다. 그러면 된 거 아닌가.

달력 따위는…… 이 광활하고 완벽한 인테리어가 되어 있는 공간에 없었다. 다만 그는 시간을 보려 휴대폰을 켰을 뿐이었다. 바탕화면에 나와 있는 숫자가 그의 인상을 찌푸리게 했다.

[4]

4월이 시작되었다. 바로 어제까지만 해도 분명히 제일 진하고 큰 숫자는 3이었다.

4월이라니……. 젠장, 4월이라니.

어쩐지 그는 갑자기 뭔가가 치밀어 오르는 것 같았다.

가끔 '어머니'는 제게 비웃는 것 같은 미소를—실제로 비웃는 것인지는 알 수 없었다. 그분의 미소는 늘 그런 모습이니까.— 지으며 말했다.

'네 진짜 생일은 4월이라 해야 하지 않겠니? 네 인생은 그 4월부터 시작이니까. 난 솔직히 거짓말인 줄 알았다니까. 하필 만우절이라니. 그 전엔…… 넌 뭐, 죽은 거나 마찬가지잖아?'

그 뒤로 길게 흐르는 꼬리가 이쪽저쪽에 분탕질하는 것 같은 그런 웃음소리……. 그는 이를 악물고 희미하게 웃으면서 아무렇지도 않다는 듯 응대했었다. 실제로 아무렇지도 않으니까. 왜 제가 어금니에 힘을 주고 있는지 스스로도 이해하기 힘들었다.

인정하기 싫었지만 그건 맞는 말이었다.

그래서…… 끔찍하리만큼 4월이 싫었다.

죽을 死 자와 똑같아서가 아니었다. 아니, 누군가 죽이고 싶어졌다. 그냥 그림 그리는 걸 좋아하고 조용한 성격이었던 제가 원한 건 별로 없었다. 따뜻한 밥 한 끼. 맘껏 뭔가를 그릴 수 있는 종이 따위…… 그런 것밖에는.

아니, 그 뒤로 그는 절대 그림 따위를 그려 본 적이 없었다. 심지어 학교 미술 시간에 내준 도화지를 째려보고만 있어도 그 어떤 선생도 제게 뭐라 하지 않았다. 그게 세상 사는 데 가장 중요한 것 아니었나? 그런 제가 하고 싶지 않을 걸 하지 않아도 되는 그런 힘 따위.

쳇.

그는 가볍게 혀를 차고 저를 망상에 시달리게 했던 슈트 단추를 채우고 화려한 거실을 나섰다. 단지 시간이 얼마나 늦었나를 보기 위해서 다시금 휴대폰을 눌렀을 뿐이었다.

4라는 숫자가 선명하게 디밀어졌다.

그러고는 그 숫자가 제게 말했다.

넌…… 또 용케도 살고 있구나. 지겹지도 않니?

그럴 리가. 산다는 건 재밌는 일이었다. 누군가는 죽어 가고 있기 때문에 이 세상은 균형을 유지하고 있다. 내가 살려면 누군가는 죽어야 하는 것이다. 누군가가 죽어 나자빠지는 걸 보면서 사는 건 나름 즐거운 일이었다. 그 미지의 누군가가 제가 알고 있는 누군가가 되기 위해선 좀 더 열심히 살아야 하는 거다. 그는 힘찬 걸음으로 집 밖으로 빠져나갔다.

1

그는 몇 번 눈을 깜빡이다가 기어이 방향 지시등을 켜고는 길 한쪽 옆으로 차를 대고 말았다. 자주 운전을 하는 건 아니었다. 늘 운전석이나 옆에 누군가 타고 있는 것도 가끔은 피곤할 때가 있다. 그러나 지금은 혼자 고독을 즐기자고 작정한 것 따위는 아니었다. 기사는 퇴근했고 근무는 이미 다 끝난 늦은 시간이었다.

라식 수술의 부작용 탓인지 낮에는 쨍쨍한 햇볕이 그를 선글라 스 없인 견디기 힘들게 했고 이런 야간 운전을 할 때는 반대편 차 선에서 쏟아지는 빛이 얇아진 망막에 고통을 주고 있었다. 한참 눈 을 찡그리고 비비던 그는 주변을 둘러보다가 환한 불빛을 보고는 차에서 내려 불이 켜진 건물 가까이로 다가갔다.

땡그랑.

문에 무언가 달려 있었던 모양이었다. 흔하디흔한 자동문도 아 니고 유리문을 열고 들어가야 하는 조그마한 약국이었다. 실은 그는 여기가 어디 근처인지도 알 수 없었다. 그냥 내비게이션의 붉은 색 화살표 옆을 의미 없이 채우고 있는 텅 빈 공간 정도의 의미밖에는 없는 그런 곳이었다. 아마 주행로에 서 버린 주인 덕분에 내비게이션은 잠시 숨을 고르고 있을지도 모르겠다 싶었다.

용건을 말하려고 했지만 다른 손님이 먼저 있었다. 희끗한 머리카락을 단정하게 빗어 올리고 정갈해 보이는 하얀 가운을 입은 나이 든 여자 약사가 프런트 안에서 손님을 응대하고 있었다.

"그냥 주세요."

그는 저도 모르게 시선을 돌렸다. 시끄러운 대로변의 소음이 차단되어 조용하고 환한 불빛이 가득한 하얀색의 약국에서 인조 대리석 프런트 앞에 선 여자의 목소리는 뚜렷하게 울렸다. 처음 들어 보는, 낮고 또박또박해서 마치 무슨 성우 같은 특이한 목소리였다. 그는 시린 눈가를 찌푸리면서 소리가 나는 쪽을 돌아보았다.

여자는 어깨 밑까지 오는 짙은 갈색의 생머리를 하고 있었다. 이 계절엔 눈만 돌리면 볼 수 있는 베이지색 바바리코트 밑으로 살짝 검은색의 치마 밑단이 보였고 커피색 스타킹 밑에는 굽이 두꺼운 검은색 구두를 신고 있었다. 전체적으로 날씬해서 호리호리하게 보이는, 전형적인 젊은 직장인 아가씨의 차림새였다.

"손님…… 내가 자주 봐서 하는 말인데, 병원에서 처방받은 건 아니죠?"

"……."

상대는 대답을 기대했지만 여자는 침묵을 지켰다. 달리 뭔가 할 게 없는 그는 시선을 돌려 아이들을 홀리기 위한 용도가 분명한 장난감들이 잔뜩 달린 비타민제며 칫솔들을 쳐다보았다.

"보아하니 휴약기 안 지키는 거 같은데……. 꼭 휴약기 있어야 해요. 자궁 내막증이나 혹은 생리 주기 때문에 먹는 것도 휴약기가 필요해요. 물론 요즘 피임약이 호르몬 양이 적어져서 다행이긴 한데 이렇게 너무 장기 복용 하는 건……."

"주세요."

여자는 익숙하다는 듯 지갑에서 오천 원짜리 하나와 천 원짜리를 꺼내 들고 세더니 내밀었다. 그러자 나이 든 약사는 약을 비닐봉지에 담아 주고는 돈을 받아 들더니 체념하지 못한 듯 말을 덧붙였다.

"이번 달만 드시고 휴약기 지키시기 바랍니다."

그러나 여자는 가타부타 대답도 없이 어깨에 멘 커다란 가방에 약을 집어넣고는 돌아섰다.

제 앞을 아무렇지도 않은 표정으로 스치고 지나간 여자는……예뻤다.

남자들이 여자의 외모를 구분하는 기준은 무척 단순했다. 예쁘다 아니면 못생겼다.

그런데 언뜻 스친 여자의 외모는 예쁘다는 단순한 단어 외에 뭔가가 더 있었다. 조각 같은 조막만 한 얼굴이 옆으로 넘긴 긴 앞머리 사이에 있었다. 진하게 화장을 한 것도 아닌 거 같은데 여자에게는 묘하게 남자의 속을 아릿하게 만드는 이상한 느낌이 있었다. 그러나 당혹스럽게도 저 묘한 분위기와 그의 귀에 들린 어색한 단어가 귓가에 맴돌았다.

"무엇을 드릴까요, 손님?"

차분한 약사의 목소리를 듣는 순간, 그는 잠시 동안 제 앞을 스쳐 간 여자의 아름다운 얼굴과 어울리지 않는 단어 따위는 순식간에 잊어버렸다.

"네, 눈이 아파서 그러는데 인공눈물 있습니까?"

* * *

"이서윤 씨 일을 이렇게 하면 어떡합니까? 분명히 저번에도 주의 주지 않았습니까?"

"죄송합니다."

"죄송하면 답니까?"

사무실에는 수많은 사람들이 있었지만 이 순간만큼은 다들 작정을 한 듯 기척을 내지 않기로 한 모양이었다. 그 흔한 달각거리는 마우스 소리조차 잠시 멎은 듯했다.

"한 사람의 실수가 팀 전체를 병신으로 만든다는 거, 저번 한 번의 실수만으로는 못 깨달았단 말입니까?"

"……."

생긴 건 멀쩡했다. 말투도 늘 깍듯하게 존대를 했다. 그러나 그게 더 기분 나쁘고 더러웠다. 조목조목 따지는 것도 그 더러움에 한몫했다.

"그게…… 자료 하나가 누락되는 바람에……."

마치 도살장에 끌려가는 송아지가 마지막으로 한마디 하는 것 같은 느낌이었다. 서윤의 자리 바로 옆에서 키보드의 탁탁거리는 소리가 나지 않도록 애를 쓰며 서류를 만들고 있는 최 대리의 머리가 더욱 칸막이 아래로 내려앉고 있었다.

"그래요. 누구나 실수를 할 수는 있습니다. 그렇게 이 사람 하나, 저 사람 하나…… 하나하나씩 실수를 하면 제대로 된 서류는 영영 손에 못 넣겠군요. 회사는 실수를 만회할 기회를 주는 곳이 아니라 완벽한 일을 하는 곳입니다. 이서윤 씨는 자료 하나 누락이지만 그거 하나 때문에 회계팀 전체 합계가 틀려진 건 안 보입니까? 돈이 얼마가 왔다 갔다 하는 일인데!"

"죄송합니다."

서윤은 대머리인 데다 점심시간이 지난 뒤에도 한 시간씩 이를 쑤시면서 '미쓰 리 커피 한 잔!'을 외치던 박 팀장이 그리워졌다. 절대 그 인간을 그리워할 일은 없을 거라고, 박 팀장이 지방으로 좌천된 걸 나름 뿌린 대로 거둔 거라 잘됐다고 생각하고 있었다. 그러나 제가 그런 마음을 가진 게 죄가 되어 이렇게 어마어마한 역풍으로 다가왔나 싶었다.

그 지긋지긋한 박 팀장이 물러가면 새 세상이 올 거라고 생각했을까? 아니, 이 눈앞의 새 팀장은 박 팀장의 백배 천배가 넘는 암흑 그 자체였다.

"전부 다시 하십시오."

"장 팀장님……."

"네? 뭐 할 말 있습니까? 이 엉망인 서류를 문장 한 줄, 문서 한 장 새로 바꿔서 쓴다고 제대로 될 거라고 생각합니까?"

늘 구김 하나 없이 말끔하고 단정한 정장에 매끈하게 정리된 머리카락, 단정한 금테 안경, 잘 관리를 하는지 나이보다 훨씬 매끈한 피부. 틈틈이 사이클과 캠핑을 즐긴다는 자기소개대로 탄탄하게 관리된 몸을 가진, 젊은 나이에 꽤 빠른 승진을 한 장 팀장은 괜히 회사에서 연봉을 많이 주는 게 아니다 싶을 만큼 만난 지 얼마 안 된 팀원들을 달달 볶고 있었다.

그중에 첫 타였으면서 그 뒤로 연타를 맞고 있는 건 서윤이였다.

그건 어쩌면 당연한 일일지도 몰랐다.

운이 좋아서 규모가 꽤 되는 건설 회사의 회계팀에 입사한 그녀는 누구나 그녀를 본 순간 다시 한번 돌아보게 될 만큼 괜찮은 외모였다. 그러나 면접관이 저 얼굴에 반해 점수를 줬을 거란 소문이 돌 정도의 생김새를 빼고는 치열한 열정도 그렇다 할 일솜씨도 그리 돋보이지 않는 그냥 평범한 사원이었다.

회식을 가도 화끈하게 놀지 못했고 예쁜 얼굴이지만 어딘지 침울한 기운이 늘 함께했다. 무엇보다 그녀를 다시 보게 만드는 건, 그 아름다운 외모에 따라다니는 남자들의 찬사와 대시를 거의 상대가 무안하다 못해 당혹스러워할 만큼 거절한다는 점이었다.

그럴 듯한 외모를 지닌 여자들이 철벽을 치는 거야 어쩌면 당연한 것일지도 몰랐다. 그런데 그녀는 그 정도가 좀 남달랐다.

예를 들자면 약간 술에 취해서 비틀거리는 그녀를 혼자 보내기 위험하다며 아주 건전한 걱정 98% 정도에 약 2% 정도의 사심을 가지고 그녀의 택시를 쫓아갔던 같은 동기 직원은 그녀가 부른 경찰 때문에 경찰서까지 끌려가서 곤혹을 치러야 했었다. 커피 한잔 하자는 사람에게는 대놓고 무안을 주고 정색을 하는 것도 부지기수였다.

그러다 보니 새로 입사를 하거나 새 부서로 옮긴 사람들이 금방 그녀에 대해서 관심을 갖다가도 곧 일주일도 안 돼서 이상한 여자라고 수군거리게 되었고, 나름 그녀에게 경계심을 갖고 있던 여자 동료들도 그녀의 별난 태도가 주는 남자들의 거부 반응으로 인해 안심하는 처지가 되었다. 외모로는 경쟁이 되지 않으나 결국엔 어떤 남자 직원도 돌아보지 않게 스스로 만들어 버리니.

주변 상황이 그렇다 보니 일을 도와주는 사람이 많지 않아 늘 실수를 하는 건 그녀였고 이서윤이 언제 눈물로 회사를 나갈지가 다들 무관심 속의 관심거리였다. 이번에 새로 온 젊은 팀장은 좋은 먹잇감을 문 것 같았고 그걸 보는 팀원들은 측은함도 있었지만 열정적으로 일을 해도 버틸까 말까 한 이 험난한 직장이라는 전쟁터 속에서 하나라도 경쟁자가 줄어들길 내심 바라는 눈치였다. 그리고 그 치열한 삶을 대충 사는 것 같아 보이는 그녀의 삶이 용서가 되지 않는다는 것도 그 이유 중의 하나였다.

"자료 똑바로 뽑아서 다시 하십시오. 알겠습니까?"

"……네."

그녀는 힘없이 대답했다.

서윤이 자리에 돌아와 앉자 사무실은 다시 소리 없는 수런거림과 여기저기 딸깍거리는 마우스나 키보드 소리, 때에 맞춰 프린터에서 종이를 토해 내는 소리들로 요란해졌다. 그 틈을 타 옆자리에 앉은 최 대리가 안경을 고쳐 쓰고는 칸막이 사이로 얼굴을 디밀었다.

"이서윤 씨 오늘 우리 회식이잖아……."

"저는 그냥 빠질게요. 자료 찾아서 집에서 다시 해야겠어요."

"그……치? 하긴 뭐, 이런 상태로 저 얼굴 보고 밥이 넘어가겠어? 그나저나 어째……. 자료실 가서 다시 뒤져야겠네."

"어쩔 수 없죠, 뭐."

서윤이 흘러내린 머리카락을 넘기면서 아무렇지도 않다는 듯 대답했다. 같은 여자인 최 대리가 보기에도 서윤의 단아한 옆모습은 질투와 함께 탄사를 자아낼 만했다.

이미 모든 여직원들의 이마와 콧등, 눈가의 잔주름 위에 보기 싫은 파우더 덩어리가 뭉칠 그런 시간이었다. 그러나 마치 매끈한 도자기처럼 말간 얼굴을 한 서윤에게는 그런 흔적이 전혀 보이지 않았다. 같이 점심을 먹어도 그저 이나 열심히 닦고 그사이 지워진 립스틱이나 다시 바르는 것 외에는 요란하게 화장을 고치는 것도 본 적이 없었다.

정말…… 저 얼굴 하나는 백만금을 주고라도 바꾸고 싶을 만큼 부러웠다.

* * *

"그런 중요한 서류가 그런 데 보관돼 있다는 게 말이나 되는 거 야?"

대화 내용에 비해 태진의 말투는 무심했다. 그러나 듣는 사람은 마치 제 목덜미 끝에 시퍼런 식칼이 들이밀어지는 것 같은 느낌이 었다.

"죄송합니다. 그게…… 이번에 사옥 옮기면서 좀 뒤죽박죽된 모 양입니다."

"지금 그걸 변명이라고 하는 건가?"

여전히 싸늘한 목소리였다. 그래서 더 소름이 끼쳤다.

"아닙니다. 제가 찾아오겠습니다."

정장을 깍듯이 차려입은 여자가 벌떡 자리에서 일어났다.

"됐어. 시킨 일이나 똑바로 해. 내가 가서 찾을 테니까. 찾아서 바로 나갈 테니까 그렇게 연락해."

타인에게 맡기다니, 택도 없었다. 그 중요한 걸……. 아니 그 중 요한 게 그 자리에 있다는 게 가장 어이없는 노릇이었다. 반드시 제가 확인을 해야 하는 이유였다. 그가 자리에서 일어났다.

"네. 죄송합니다. 아, 저 그런데…… 지금 내려가시면 퇴근 시간이라. 자료실 문은 열어 놓으라고 보안팀에게 연락하겠습니다."

그 말에 그는 흘끗 시계를 쳐다보았다. 대체 6시 정각에 퇴근하는 대한민국의 직장인이 얼마나 있을까 싶었지만 어쨌든 서류상의 시간은 그 시간이었다. 시계는 5시 50분을 가리키고 있었다.

"5분이면 충분해. 어디 있는지는 잘 아니까."

그 누구에게도 굳이 알리고 싶지 않은 일이었다. 안 그래도 쳐다보는 눈이 많다는 걸 누구보다 잘 알고 있었다. 오히려 잘됐을지도.

"아, 네……."

윤정은 이 남자가 지금 어떤 상황에 처했는지 잘 알고 있었기에 얌전히 그의 말을 듣는 게 가장 제가 데미지를 적게 입는 것이란 걸 잘 알고 있었다. 명백하게 밝히자면 윤정의 잘못은 아니었지만 이 사실을 미리 알고 있었더라면 이런 사태는 없었을 게 분명했다. 그러니 조용히 있는 게 상책이었다.

태진은 벌떡 일어나 옷걸이에 잘 걸려 있는 슈트를 거칠게 꺼내 팔을 꿰었다.

"차질 없게 해. 위에서 알면 난리 날 테니까. 급한 일 있으면 연락하고!"

마치 바람이 불듯 긴 다리로 커다란 사무실을 가로질러 가 버리자 윤정은 대답할 타이밍도 놓치고 말았다. 마지막 말과 문 닫는 소리가 거의 동시에 울렸다.

"제장."

그녀가 낮게 소리쳤다.

"알았어. 개새야! 곧 간다고……."

조용한 복도에서 중얼거리는 말소리가 들렸다. 경비원 복장을 한 젊은 남자는 혼자 중얼거리는 것처럼 보였지만 그의 귀에는 블루투스 이어폰이 끼워진 채였다.

"……내 거 50씩 바르셀로나에 걸어. 이번엔 꼭 거기가 이긴다니까. 새꺄, 돈 준다고……."

— 돈 50이 적냐? 널 뭘 믿고 빌려줘? 니가 와서 하라니까.

덩치가 좋은 남자는 친구의 말에 더욱더 발걸음을 빨리했다.

"야, 씹쌔야 좀 줘라. 이 형 못 믿냐? 이번엔 진짜야. 너 개평 줄게."

— 필요 없어 개새야. 니가 와서 직접 해. 시간 얼마 없어. 마감이야.

"알았어. 개새야, 문단속만 하고 X 빠지게 달려간다. 하여튼 너, 새끼 걸리기만 해 봐. 그딴 식으로 형한테 하면 뒤진다!"

— 새끼 어디서 주둥아리질이야. 빨리 안 오면 다 끝난다. 잽싸게 튀어!

"알았어. 끊어, 새끼야."

육두문자와 접미사가 새끼로 끝나는 대화를 마친 그는 지하 4층 보안 직원이었다. 교대 시간은 6시 반이었지만 저와 교대하는 신입 사원이 이미 아까 와 있는 걸 확인했다.

사설 불법 도박 사이트에서 요즘 소소하게 재미를 보고 있는 그는 조금 있으면 배팅 마감이라는 걸 알고 초조해졌다. 절친이라고 서로 술만 먹으면 죽고 못 사네 하는 사이지만 돈 문제만큼은 칼인 친구 녀석이 대신 돈을 걸어 달라는 걸 마다하고 있었다. 확신이 있는 만큼 큰 금액을 걸 작정인 그는 시계를 보았다.

5시 55분…….

어차피 사람도 없는 자료실이었다. 얼른 문단속을 하고 재빨리 가야 하는 그는 두꺼운 철문을 열었다. 건설 회사의 각종 자료가 있는 자료실은 평소에도 사람이 별로 드나드는 법이 없었다. 사원증이 있는 사람만 문 앞에 달린 단말기에 등록을 하고 문을 개폐할 수 있었고 그것은 중앙 제어실에서 체크가 되고 있었다. 아까 제어실에서 봤을 땐 아무도 이용하는 이가 없었다. 마지막 이용자가 5시 반에 나갔고 그 후에 담배 한 대를 피우고 문단속을 하러 온 그는 힐끗 문을 쳐다보고는 얼른 제 보안 카드로 문을 잠갔다.

평소에도 문이 잠겨 있긴 하지만 그것은 사원증으로 단말기를 열 수 있었다. 그러나 보안 직원인 그가 전산을 정리하고 문을 닫으면 보안 장치가 발동해서 다음 날 출근해서 다시 풀기 전까지 자료실은 밀폐되는 구조였다. 그는 카드로 개폐 장치를 잠그고는 보안 문자를 입력해 일을 끝냈다. 그러고는 재빨리 교대 직원이 있는 곳으로 뛰어갔다.

육중한 경비원의 다급한 발소리가 지하의 긴 복도를 울리고 있었다.

몇 장의 출력된 종이를 살피던 그는 옆에 놓인 마이크로필름과 번호를 맞춰 보고는 주머니에 넣은 뒤에 종이를 집어 들었다. 마이크로필름이 확실하다면 이 종이는 다 불태워서 없애는 게 안전할 듯했다. 이런 것이 버젓이 자료실에 있다니, 언제 한번 자료실을 다시 점검해 봐야 할 것만 같았다.

쾅. 삐리리릭.

막 필요한 서류를 찾아 들고 혀를 차면서 모퉁이를 돌았을 때 갑자기 불이 꺼지더니 소리가 났다.

"뭐야?"

저도 모르게 소리친 그가 잠시 머뭇거리는데 곧 초록색의 비상구 안내등이 여기저기 켜지며 어둠 속에서 빛났다. 문이 닫힌 건가? 그는 시간을 확인하려 휴대폰을 꺼냈다. 배터리가 나가기 직전인 휴대폰에 뜬 시간은 아직 5시 55분이었다. 정확히 6시에 닫힐 문이었다. 그가 뭔가 잘못됐다 생각하고 휴대폰의 통화 버튼을 누르려는 순간이었다.

삐리릭 하는 소리와 함께 붉은 경고문이 뜨더니 통신사의 로고와 함께 경쾌한 음악 소리가 잠깐 나곤 휴대폰이 꺼져 버렸다.

"젠장!"

그가 낭패감에 소리를 치다가 갑자기 저도 모르게 움찔하고 말았다.

"까아아악!"

갑자기 어디선가 여자의 비명 소리가 들렸기 때문이었다.

"누구 있습니까?"

그는 잠시 그 소리가 나는 쪽으로 가야 할지 아니면 입구로 가야 할지를 망설였다. 방금 문이 닫혔으니까 문밖에 누군가 있을 것이고 사람이 있음을 알려야 했다.

"아아악!"

또다시 여자의 비명이 들렸다. 그는 제가 입구 쪽에 가까이 있으니 우선 문으로 달려갔다. 들어올 땐 부드럽게 열리던 육중한 철문은 굳게 닫혀 있었다. 그는 재빨리 문을 밀었으나 꿈쩍도 하지 않았다.

"이봐! 누구 없어?"

그가 철문을 요란하게 두드렸지만 쿵쿵거리는 소리만 날 뿐 아무런 대답이 없었다. 육중한 철문은 아까 열고 들어올 때도 보안을 위한 잠금장치가 꽤 튼튼해 보였다. 그러니 이렇게 안에서 쿵쿵거린다고 문이 어떻게 될 거란 생각은 애초에 하지도 않았다. 다만 누군가 밖에 있어 이 소리를 듣기만을 바랄 뿐이었다.

"어떤 머저리 같은 놈이 안에 사람이 있는지 확인도 안 하고 문을 닫아 버린 거야?"

태진이 큰 소리로 외쳤다. 그때였다. 안쪽에서 누군가의 발소리가 났다. 분명히 아까 소리를 지른 여자인 듯했다. 안에 있는 건 저 여자 하나뿐인가?

자료실이 그다지 크지는 않았지만 구식으로 된 서류 일체와 옛날에 쓰던 설계 도면들이 그대로 빽빽하게 보관된 곳이었다. 물론 장기 보관을 위해서 대부분 마이크로필름으로 떠 놓았지만 자료실은 원본 보관을 위해 만들어진 곳이었다. 많은 서류들을 보관하기 위해서 엄청나게 높은 선반들이 있었고 그로 인해 안쪽이 잘 보이지 않았다. 누구든지 간에 이 공간에 저 말고 다른 사람이 있는 건 다행이었다. 그래서 큰 목소리를 냈다.

"거기 누구 있어? 밖에서 잘못해서 문을 닫아 버린 거 같은데……."

그제야 저쪽 어둠 속에서 누군가가 걸어 나오는 게 보였다. 어렴풋한 실루엣으로 보아 여자 같았다. 물론 아까의 비명 소리로 유추해 보건대 여자가 확실할 터였다.

밖에 있는 사람에게 전화를 하면 간단하게 해결될 일이었다. 그러나 마침 제 전화의 배터리가 나가 버려 낭패였는데 다른 사람이 있다는 게 이 얼마나 다행스러운 일인가. 요즘은 화장실에 갈 때도 휴대폰을 가지고 다니니까 저 사람도 휴대폰이 있을 것이었다. 확인도 없이 문을 잠근 게 어떤 새끼인지, 나가면 바로 모가지를 쳐버릴 생각으로 그가 말했다.

"밖에서 문을 닫은 모양이야. 휴대폰 있어?"

어둠 속에서 가만히 있는 상대를 보고 그가 다시 말했다. 뭐 저쪽에서 알아서 센스 있게 전화라도 하면 되는 거 아닌가 싶은데 너무 조용해서 먼저 말을 해야 했다. 젠장, 시간은 가고 있었고 퇴근 시간의 극심한 교통 체증이 생각났다. 지금 나가도 늦을 판인데……

그는 밀폐되고 어두운 이 공간에 대한 생각을 저버리려고 의도적으로 애썼다. 그래서 더욱더 지금 인기척을 내고 있는 누군가에게 집중하려 했다.

"……."

상대는 여전히 대답이 없었다. 어둠이 눈에 익은 그는 신경질적으로 저쪽 구석의 컴컴한 곳에 서 있는 여자에게 다가갔다. 그러곤 다시 말했다.

"휴대폰 있냐구!"

"으악! 다가오지 마!"

날카로운 목소리가 적막 속에 울려 퍼졌다.

아니 이건 또 무슨 시추에이션. 어이가 없어진 그가 뒤로 물러서며 소리를 지르는 여자에게 말했다.

"이봐, 우리 여기 갇혔다고. 내가 지금 휴대폰 배터리가 나가서 그러는데 휴대폰 있으면 밖에다 전화 좀 해 줘. 여기에 서 있을 테니까. 전화 좀 해!"

"……."

여전히 어둠 속에 있는 상대는 움직임도 소리도 없었다. 시간이 흐르자 그는 점점 더 답답해졌다. 어둠이 점점 저를 짓누르는 기분이 드는 건 제 과민한 착각이라 여기고 싶었다. 결국 화가 치밀어 올라 그가 소리쳤다.

"이봐, 전화 좀 하라니까! 휴대폰 없어?"

여전히 아무 대답이 없어 참지 못한 그가 뚜벅뚜벅 발소리를 내며 상대에게 다가갔다.

그때였다.

"오…… 오지 마……."

겁에 질린 여자의 목소리가 들리자 그는 더욱더 화가 났다.

"전화를 해! 그럼 안 갈 테니까. 바보야?"

그러나 상대는 전화를 꺼낼 생각조차 없는 것 같았다. 희미한 초록색의 비상등 불빛 밑으로 여자의 실루엣이 보였다. 머리가 길고, 외투를 입은 여자는 커다란 숄더백을 매고 있었다. 그는 그쪽으로 더 가까이 다가갔다. 적막한 공간에 그의 발소리가 뚜벅뚜벅 울렸다.

"다가오…… 오지 말라고……."

갈라진 여자의 목소리가 어딘가 익숙한 느낌이 든 게 오히려 실없어진 그가 다시 말했다.

"전화하기 싫으면 나한테 빌려줘. 내가 할 테니까. 난 지금 급해. 그러니까……."

그러나 그의 말은 갑자기 끊어졌다.

툭 하는 소리와 함께 여자의 가방이 바닥에 떨어졌다.

"이……봐!"

그 순간 남자의 목소리도 여자와 똑같이 갈라졌다.

어둠 속, 희미한 불빛 아래였지만 그는 여자의 두 손에 들린 게 휴대폰이 아니라 꽤 큰, 그러니까 여자가 호신용으로 들고 다니기엔 부담스러울 것 같은…… 그런 크기의 번쩍거리는 칼이라는 걸 알 수 있었다.

2

"아프십니까?"

찌릿한 통증이 느껴졌지만 태진은 참았다.

"아니 괜찮습니다."

"다 됐습니다. 다행히 신경은 다치지 않았습니다. 끝 부분 상처
가 깊긴 했지만 근육 손상도 없어서 소독이랑 드레싱 잘하시면 될
것 같습니다. 그런데 하필 오른손이라……."

"괜찮습니다."

굳이 고맙다는 말은 하지 않았다. 그만큼 대가를 지불할 테니까.

제 손바닥에 난 상처를 꿰매는 데 열중한 사람에게 굳이 제가
왼손잡이여서 사는 데는 지장 없다는 친절한 설명까진 할 필요가
없어 보였다.

그러나 상대는 긴장한 분위기였다. 그의 손에 흉한 상처를 남기
지 않으려고 애쓴 모양이었다. 태진의 상처를 치료하기 위해 퇴근

직전에 호출까지 당한 모양이니.

"저쪽에 경찰이······."

"알고 있습니다."

한밤의 대형 병원 응급실은 한마디로 시장통이나 다름없었다. 제 오른손을 드레싱하고 있는 의사를 쳐다보는 그의 눈빛엔 짜증이 가득했다. 이미 펑크가 나 버린 제 미팅과 손실을 대체 어찌할 것인가 생각하는 것만 해도 머리가 아팠다. 그는 제 주머니에서 '남'의 휴대폰을 꺼냈다. 이 휴대폰 하나 때문에 지금 이렇게 손을 꿰매고 칭칭 붕대까지 감아야 했다. 그러나 그는 다시 인상을 찡그려야만 했다. 디지털 치매 시대라더니 기억나는 번호가 하나도 없었다.

태진은 썰렁한 휴대폰에서 인터넷 버튼을 눌러 익숙한 이름을 검색하고는 대표 번호로 전화를 해야만 했다. 그러나 휴대폰 속은 불친절했다. 제 기분은 아랑곳없이 밝고 명랑한 노래와 기계음, 그리고 당혹스러운 ARS 안내만······.

"젠장."

이것이 제 휴대폰이었으면 집어 던지고도 남았을 터였다. 다 이 휴대폰 때문 아닌가. 그는 벌떡 일어나서 간호사들이 몰려 있는 곳으로 갔다.

"저기 죄송하지만, 휴대폰 좀 충전할 수 있을까요. 경찰이 와서 제가 변호사를 좀 불러야 하는데 마침 전원이 나가서 말이죠."

이미 전쟁터나 다름없는 대형 병원의 응급실이었다. 그러나 그는 마치 아무도 지나지 않는 편의점에서 졸고 있던 점원에게 이야기하듯 휴대폰을 내밀면서 말했다. 정신없는 와중에도 누군가가 친절하게 그의 휴대폰을 받으면서 덧붙였다.

"바빠서 잠깐밖에는 안 될 텐데요."

주변에 있는 수간호사가 인상을 찌푸리긴 했지만, 차마 뭐라고 쏘아붙이지 못한 건 나이 든 그녀의 눈에도 휴대폰을 내미는 남자가 현실에서는 보기 드물 만큼 너무…… 과하게 생겼기 때문이었다.

"사고가 났습니다. 이 정도는 그쪽에서도 이해해 주셔야 하는 거 아닙니까?"

전화 통화에 열중한 태진이 낯익은 얼굴을 보자마자 손을 흔들었다. 손에는 소독약 자국이 배어 나온 붕대가 칭칭 감겨 있었다. 제게 말을 걸려는 이가 머뭇거리고 있는 것을 알곤 다시 손을 흔들었다.

"아…… 그게."

태진의 변호사가 입을 열자 그는 험악한 얼굴로 휴대폰을 막더니 말했다.

"큰일로 만들고 싶지 않으니까 대충 무마해. 그냥 이건 베인 거고 그걸로 문제 만들 만큼 여유도 없어. 대충 해결하고 돌려보내."

"네."

태진은 다시 전화 통화에 열중했고 그의 말을 들은 날렵하게 생긴 금테 안경을 쓴 남자는 돌아섰다.

"하여튼 만나서 이야기합시다. 내 사정도 지금 편치 않으니까."

그는 전화를 끊었다. 잠깐 충전한 전화는 여전히 배터리가 간당간당했다.

"저 여자분은……."

경찰이 다가오자 태진의 변호사가 막아서면서 말했다.

"저와 말씀하시면 됩니다."

"아, 그래도 이쪽이 당사자인데……."

머뭇거리는 경찰들을 향해 그가 싸늘하게 말했다.

"저분은 어둠 속에서 당황해서 실수를 했을 뿐입니다."

"아니…… 그게 아니라 여자분이 놀라서 칼을 휘둘렀다면, 에…… 그게 뭐 그냥 그랬겠습니까?"

말을 하면서도 머뭇거리는 경찰을 향해 옆에 선 남자가 따지듯 물었다.

"뭡니까? 지금 우리 강 상무님을 의심하시는 겁니까?"

"아…… 그게."

하도 정색을 하는 바람에 물어본 경찰이 더 머쓱해진 듯했다.

"아니 그래도 이게 칼도 그렇고…… 게다가 다치셨으니까……."

"난 가 봐야 하니까 김 변이 알아서 해."

그 말을 듣고 돌아선 김 변호사가 경찰들을 향하는 사이 태진은 재빨리 그의 뒤로 걸어 나갔다.

"신분이야 확실하고 이 정도는 형사 처리 할 사건도 아니니까 저와 이야기하시죠. 화인법무법인 소속의 김석빈 변호사라고 합니다."

"아니 그래도 본인이……."

저를 만류하는 게 들렸지만 그는 아랑곳하지 않고 북새통이나 다름없는 응급실을 빠른 걸음걸이로 걸어 나왔다. 그러자 구급차의 불빛이 번쩍거리는 주차장 앞에 떡하니 불한당처럼 비상등을 켜고 버티고 있는 익숙한 생김새의 차가 보였다. 태진은 급하게 차로 향했다. 그가 가까이 다가가기도 전에 운전석에서 남자가 뛰어 나와 뒷좌석의 문을 열어 주었다. 태진은 인사도 없이 차에 올라탔다.

"괜찮으십니까?"

"……."

대답할 기운도 기분도 아니었다. 그는 얼른 차의 충전 단자를 휴대폰에 연결했다.

"회사로 가."

"네."

차가 응급실 앞을 빠져나가자 번쩍거리는 초록색 불빛들로 밝았던 차 안이 다시 어두워졌다.

'다가오지 마…….'

'당신 미쳤어? 대체 그런 칼은 어디서 나서…….'

'다가오지 마!'

어이가 없었다. 어둠 속에서, 멀쩡하게 생긴 여자가 가방에서 꺼낸 큼직한 칼을 들고 있는 상황이라니. 푸르스름한 비상등의 빛에 금속의 칼날만 반짝이고 있었다.

'대체 그런 건 왜 가방에 넣어 다니는지 모르겠지만, 난 그쪽한테 다른 생각 따윈 없어. 좋아. 그냥 여기 가만히 있을 테니까 제발 전화 좀 해. 119든 어디든 간에 사람이 갇혔다고. 자료실 담당자가 확인도 안 하고 나가 버렸어.'

'…….'

그러나 어둠 속에서 반짝거리는 칼은 전혀 미동이 없었다. 시간은 계속 흐르고 있었고 주변은 암흑으로 둘러싸여 여자의 거친 숨소리만 들리고 있었다.

'제발 좀!'

짜증이 극에 달한 그가 소리쳤다.

'오지 마!'

'다가갈 생각도 없고 당신 털끝 하나 건드릴 생각 없어! 정신 차려!'

제발 제 말처럼 이 미친 여자가 정신을 차리길 바랐지만 그건 제 생각일 뿐이었다.

'오지 마!'

찢어지는 여자의 목소리가 들렸다.

'이봐! 바보야? 제발 상황 파악 좀 해. 우리 두 사람 여기 갇혔다고. 그러니까 밖에 전화를 하라고!'

어둠 속에서…… 저도 잠깐 어찌 됐던 모양이었다.

어둠이 싫어서……. 아주 오래전 일인데도 불구하고, 다 잊었다고 생각했는데 여전히 제 머릿속 깊숙이 갈무리돼 있었던 것 같았다. 제가 문고리를 열고 나갈 수 없는 그런 공간에 갇혀 있던 기억이. 그곳이 아무리 넓은 공간이었어도, 그 안에 무엇이든 다 있었어도, 굳이 밖으로 나간다고 딱히 할 일도, 갈 곳조차 없었더라도……. 제가 문을 열고 나갈 수 없는 공간은 그에게 공포의 대상이었다.

그냥 여자를 좀 더 잘 달랠 수도 있었는데.

'젠장! 전화를 하라니까!'

'꺄아아악!'

그 공간이 번쩍거리는 칼날보다 더 싫었기 때문이었을 것이다.

어둠 속에서 휘두른 태진의 손이 딱딱하고 날카로운 것에 베였고 그 순간 여자가 미친 듯 비명을 지르다 쓰러졌던 게 꿈이었는지 현실이었는지 알 수가 없었다. 쓰러진 여자 따위 팽개치고 그는 다급하게 여자의 가방을 뒤져서 휴대폰을 찾아냈다. 비밀번호나 패턴 따위가 걸려 있지 않아서 다행이었다.

'여기 TJ 신관 건물 지하 자료실인데…….'

그 여자가 왜 기절 따위를 했는지, 왜 칼을 들고 있었는지 같은 건 상관없었다. 당장 그 자료실 담당자의 목을 쳐 버리고 엉망이 된 미팅을 수습하는 것이 더 중요했다. 때가 어느 때인데……. 제 처신 하나하나가 중요한 시점이었다. 단 하나도 책잡혀서는 안 되는데 이건 너무 데미지가 컸다.

차가 환한 건물의 지하로 들어가자 주차장의 조명에 어둡던 차 안이 밝아졌다. 차가 서고 기사가 문을 열었다. 충전이 된 휴대폰을 집어 들면서 갑자기 그의 머릿속에 무언가 스쳐 지나갔다.

'그냥 주세요.'

묘하게 울리던 목소리와 찢어지는 듯한 비명이 비슷했다. 얼마 전 낯선 약국에서 본 그 여자…… 그 여자였다.

"상무님?"

"아."

태진은 한참이나 문을 열고 저를 기다리고 있는 이를 무심히 쳐다보곤 차에서 내렸다.

그래서…… 그게 뭐가 중요한데?

* * *

"전…… 강간당했나요?"

"네?"

갑작스러운 서윤의 말에 당황한 간호사가 되물어야 했다.

"저기……."

"이서윤 님 맥박, 심박 수 이상 없습니다. 일어나셨으면 나가셔도 됩니다."

가뜩이나 환자가 몰려 응급실의 침상이 모자랐다. 기록지에는 아무런 이상도 없었다. 담당 간호사는 얼른 이 환자가 침상이나 비워 줬으면 싶었다. 담당 레지던트가 의식을 회복하면 내보내라는 오더를 내렸기에 간호사는 링거 바늘을 빼고 재빨리 밴딩을 한 후에 말했다.

"귀가하셔도 됩니다."

"저기요!"

환자가 제 옷자락을 잡아끌자 당황한 간호사는 돌아보아야 했다.

"네?"

"저 강간당한 거 아니냐고요."

초저녁쯤에 들어온 환자였다. 맥박, 호흡 다 정상이었지만 기절한 상태였고 같이 구급차를 타고 온 남자는 손에 가벼운 열상이 있었다. 수많은 환자들이 들고 나는데 그녀가 굳이 그를 기억하는 이유는 완벽한 슈트 핏을 자랑하는 남자가 너무 잘났기 때문이었다. 환자의 외모 따위는 이미 구별 못 하게 된 응급실 근무 8개월 차였지만 또렷이 기억에 남을 만큼 대단했었다. 게다가 경찰이 몰려왔었고, 그 남자가 대단한 사람인지 변호사까지 와서 한창 복잡한 응급실을 더 복잡하게 만들었었다.

한참 동안 의식이 없던 이 환자는 '전혀' 아무런 이상도 없이 단순히 기절만 한 상태였다. 경찰의 요청 때문에 칸막이 커튼을 치고 수간호사와 함께 이 환자의 '다른' 부분까지도 살폈지만 손댄 흔적 따위는 없었다. 그 사실을 경찰들한테 전하고 나서야 조용해졌다.

자정이 다 된 시간, 응급실은 더욱더 복잡해졌고 아무 외상도 없이 기절한 환자를 침상에 눕혀 놓는 건 낭비였다.

"그런 일 전혀 없었습니다. 나가시면 됩니다."

간호사는 짜증스럽게 말하고는 돌아섰다.

"저기요!"

또다시 간호사의 옷자락을 잡자 그녀도 이제는 화가 났다.

"그런 일 없으시다구요. 귀가하세요!"

가방 속은 엉망이 되어 있었다. 제 신분증도 아무렇게나 바닥에 떨어져 있었고 목숨 같던 칼도 없어져 버렸다. 그러나 바쁜 응급실 안에서 그 어느 누구를 붙잡고 어떻게 된 일이냐 물어볼 수도 없었다.

"경찰서에 가서 물어보세요. 아까 여기 있던 경찰들 다 나갔으니까."

마치 쫓겨나듯 응급실을 나오는데 요란한 구급차의 사이렌 소리와 함께 보기에도 끔찍한 피 칠이 된 환자를 구급대원들이 옮기는 것을 보고 놀란 서윤은 한쪽 구석으로 도망쳐야 했다. 아직은 싸늘한 밤공기가 싸하게 내려앉는 그런 날씨였다. 낮에나 어울릴 법한 그녀의 바바리코트로는 자락을 여며 보아도 그 찬 공기를 피하긴 힘들었다.

뭐가…… 어떻게 된 거지?

그녀는 무시무시한 구급차들을 피해서 돌아가려 했지만 왠지 다리는 허공을 딛고 있는 것만 같았다. 지겹도록 드나들던 병원이었다. 서윤은 멍하니 서 있다가 다리에 힘이 풀려서 널따란 계단 중간에 쪼그려 앉고 말았다. 수많은 사람들이 정신없이 드나들고 저쪽 한구석에는 담배를 피면서 전화 통화 중인 사람도 있었다. 모두 다 바쁘고 제각각의 사연이 있을 것이다. 그러나 서윤은 혼자였다. 병원에 있다고 해서 누군가 와 줄 사람도 관심을 가져 줄 사람도 없었다. 소동 탓에 기운이 빠진 것도 있었지만 그런 사실이 그녀를 이 쌀쌀한 공기 속에 서 있을 기운조차도 빼앗아 가는 것 같았다.

정말…… 제가 평생 걱정하던 일이 일어나진 않았던 걸까?

무엇보다 가방 속에 칼이 없었다. 그게 저를 걷지도 못하게 만들고 있었다.

그녀가 책가방에 칼을 넣고 다니게 된 건…… 초등학교 6학년, 어느 날부터였다.

항상 호신용 호루라기를 목에 걸어 주었던 엄마가 칼집에 든 과도를 내준 건 그녀가 막 초경을 시작하고 나서였다.

'엄마……'

'책가방 제일 앞 주머니에 넣어.'

'엄마, 나 이거 무서워.'

'다른 사람도 무서워할 거야. 자, 빼 봐. 여기 칼집을 잡고 이렇게 빼면 돼. 알았어?'

'엄마, 나 이거 싫어……'

'싫긴 뭐가 싫어! 이것만이 널 구해 줄 거야.'

엄마는 어린 그녀에게 차갑고 무섭게 말했다.

또래보다 키도 크고 눈에 띄게 예쁜 외모를 지닌 어린 서윤을 쳐다보는 엄마의 눈빛이 왜 그렇게 무서웠는지 그녀는 아주 나중에야 이해할 수 있었다.

나이가 들면서 몇 번 그녀는 가장 꺼내기 쉬운 가방의 앞부분에 든 칼을 꺼내 들어야만 하는 일이 생겼다. 그럴 때마다 그녀의 칼은 더욱더 날카롭고 크기가 커졌다.

서윤은 텔레비전에 나오는 아이돌 못지않은 외모였지만 엄마의 단호한 고집 때문에 단을 내려 전교에서 가장 긴 교복 치마를 입고 학교에 다녔다. 다른 친구들처럼 풀 메이크업은커녕 비비크림 하나도 바르지 못하게 하고 한여름에도 긴 바지를 강요하는 엄마와 서윤은 늘 사사건건 부딪쳐야 했다.

어렸을 적 집을 나간 아빠 때문에 엄마가 직장 생활을 시작한 뒤로 서윤은 그 흔한 학원 한 번 다녀 본 적이 없었다. 늘 집에 와서 집안일을 도맡아 해야 했고, 학교에서 귀가한 뒤로는 외출도 허락되지 않았다. 외출이라곤 주말뿐이었고 그것도 해가 지기 전에 들어와야만 했다. 한창 예민했을 서윤의 사춘기에 두 모녀는 늘 냉전 중이거나 격렬한 말다툼을 하곤 서로의 방문을 쾅 닫아 버리기 일쑤였다.

게다가 엄마는 단 한 번도 그녀에게 다정한 말을 해 준 적도 없었다.

'엄마는 나 주워 온 거 아니야? 입양을 했어도 이렇게는 안 하겠다!'

한번은 참다못한 서윤이 소리쳤다. 그때였다. 처음으로 엄마가 그녀의 뺨을 때린 건.

'차라리……'

파르르 떨던 엄마는 다시 말을 잇지 않았다. 그 뒤로 모녀 사이에는 더더욱 말이 없어졌다.

모든 걸 이해하게 된 건 우연이었다. 아니, 이해라는 말은 어리
석다. 서윤은 지금도 완전히 엄마를 이해할 수는 없었다. 저는 절
대로 엄마처럼 하지 못했을 테니까.

두 모녀는 명절 때도 가족 모임 같은 곳에 가진 않았다. 다들
명절이라고 떠들썩하게 지내도 두 모녀는 더욱더 적막한 하루를
보낼 뿐이었다. 그리고 평생 그래 왔으므로 그게 더욱더 당연했다.

물론 그녀에게 친척이 없는 건 아니었다. 엄마는 형제들이 많았
고 버젓이 외가도 있었다. 그러나 명절 때는 절대 가지 않았다. 어
렸을 적에는 왜 안 가냐고 물었던 적도 있었지만 대답도 없고 그
렇다고 갈 것도 아니어서 어느새부터인가는 묻지 않았다. 그러나
이유는 다 있었다.

외할아버지가 돌아가셨을 때였다. 장례식장에는 처음 보는 수많
은 친척들이 있었다. 엄마는 상주였지만 검은색 한복을 입고 장례
식장의 잘 안 보이는 구석에 서서 울기만 했다. 뭣도 모르고 사람
들이 많은 곳에 있게 된 서윤은 정신이 하나도 없어서 사촌들이
손님 접대를 하는 곳에서 심부름을 하고 있었다. 손님이 엄청나게
몰려온지라 상을 차려 가기도 하고 상을 치우기도 하고 음료수를
나르기도 했다.

막 심부름을 하려고 돌아서는데 나이 든 아주머니 몇이 모여 이
야기하는 걸 우연히 듣게 되었다. 아니, 우연이 아니었을지도 모른
다.

'쟤가 걔가? 엄마 닮아서 예쁘긴 하네.'

'어휴, 영진이도 독하지. 나라면 안 낳았지.'

'알고도 결혼한 이 서방이 바보 아니야? 찜찜했으면 애를 뗐

어야지. 아니지, 저 사실을 알고도 결혼했으면 애도 감당을 했었
어야지.'

'아니 그게 가능해? 딴 놈한테 강간당해서 낳은 애를 어떻게
지 애처럼 키우냐고. 애초에 결혼한 영진이가 미친 거야. 지가
알아서 파혼했었어야지. 애가 대여섯 살 될 때까지 살았다며? 이
서방이 살다 살다 견디지 못해서 집 나갔다던데……'

'처음엔 두 사람 애인 줄 알았잖아. 그런데 뭐 나중에 애
혈액형 보고 알았든가 그랬다더만.'

'아니, 척 보면 지 애 아닌 거 모르나?'

'태어나자마자 어떻게 알아. 게다가 애가 지 엄마를 쏙 빼다
박았는데……. 둘이 원래 죽고 못 사는 사이였어. 남자 집안에서
엄청 반대했었대. 그 집이 하도 쌩쌩해서. 그러다가 그 집에서
겨우 맘 돌리고 날 잡았는데 말이야, 하필 결혼 날 받아 놓고 며
칠 전에 그런 몹쓸 일을 당할 게 뭐야……. 나 같음 어디 물에
빠져 죽었지. 그런 몸을 가지고 무슨 결혼을 해?'

'저 나이까지 키우는 영진이가 대단해. 저 얼굴만 봐도 끔찍할
텐데……. 아우, 나라면 진작 어디 갖다 버렸을 거야.'

'그러게……. 어맛.'

서윤이 손에 들고 있던 뭔가를 떨어뜨려서 두 사람이 돌아보았
다. 누군지는 기억도 나지 않았다.

그냥…… 뭔가 아귀가 안 맞던 퍼즐이 딱 맞춰진 느낌이었다.
비록 그 느낌이 매우 더럽고 비참하긴 했지만.

지나가는 예쁜 어린아이들은 기어이 한 번씩 안아 주지 않으면
못 배기는 성격의 엄마였다. 옆집 아이가 넘어지면 일부러 병원까
지 데리고 가 주기도 했고 동네 길고양이들에게 밥을 주고 물을

주는 걸 낙으로 여기며 사는 여자였다. 그런 엄마가 유독 제게 차갑고 쌀쌀했던 이유를 알 수가 없었다. 엄마는 아주 가끔 회식을 하고 잘하지 못하는 술이라도 한잔하고 들어오면 물끄러미 저를 보면서 미안하다고 말하고 방에 들어가서 훌쩍거렸다. 그걸 그냥 요상한 술주정이라고 치부했던 것도 다시금 생각났다.

항상 늦게 다니지 말라고, 꼭 칼을 가지고 다니라고 신신당부한 것도, 휴대폰에 경찰서 번호를 1번에 입력시켜 준 것도, 그런 엄마를 보며 왜 저렇게 유난스럽나 하고 짜증 냈었던 것도 마치 주마등처럼 떠올랐다.

서윤은 그녀의 엄마를 이해했지만 두 사람 사이에서 달라진 건 없었다. '엄마, 내가 엄마 친척들이 하는 말 들었는데, 그게 사실이에요?' 하고 물을 수는 없었다. 그걸 확인하는 게 더 비참할 것 같았으니까. 얼마나 무서웠을까, 얼마나 끔찍했을까, 매일 제 얼굴을 봐야 하는 엄마와 아빠는 얼마나 고통스러웠을까…….

그러다가 엄마에게 병이 찾아왔다. 그동안 칼을 쥐여 주며 자신을 키워 준, 그도 아니라면 잃어버린 아빠를 대신해 저를 선택해 준 엄마가 마지막 남은 삶마저 온전히 누리지 못하게 되었을 때 서윤은 무엇인가 해야 한다고 생각했다. 그러나 뾰족하게 생각나는 게 없었다. 아프지만 여전히 냉랭한 엄마에게 그녀는 다가가기 힘들었다. 그렇게 시간만 보내다 그녀는 대학을 졸업하고 취업 준비를 시작했다. 엄마의 병세는 점점 깊어졌다.

그녀가 그나마 이름 있는 회사에 취업을 하자마자 엄마는 모든 병원의 치료를 포기했다. 간병인이 집에 와 있긴 했지만 어두침침한 집에 있는 엄마는 그녀에게 알게 모르게 삶의 무게만 더해 주고 있었다.

'미안해. 단 한 번도 널 사랑한 적이 없어서……. 다음에 다시 태어나면 그땐 엄마가 널 매일 사랑해 줄게……. 미안해.'

서윤은 그래도 난 엄마를 사랑한다고 말했어야 했다고 생각했다. 그러나 차마 입을 뗄 수 없었고 그 말을 듣지 못하고 엄마는 세상을 떠났다.

꽃봉오리가 막 올라오는 4월 즈음이었다.

다음 4월이 오면 살아 있지 말아야겠다 싶었지만…… 그녀는 제 가방 속에 든 칼이 무서웠다. 문득 어둠 속에서 누군가 제 칼을 맨손으로 쥐었던 게 기억났다.

'당신 털끝 하나 건드릴 생각 없어!'

분명히 많이 다쳤을 것이 틀림없었다. 굳이 확인하진 않았지만 그 칼은 늘 날이 서 있었으니까.

간호사에게 그렇게 묻긴 했었지만 서윤도 알고 있었다. '아무 일'도 없었음을. 상대는 그럴 맘 따위 눈곱만큼도 없었다는 걸.

'대체 그런 건 왜 가방에 넣어 다니는지 모르겠지만, 난 그쪽 한테 다른 생각 따윈 없어. 좋아. 그냥 여기 가만히 있을 테니까 제발 전화 좀 해.'

어둠 속에서 들리던 그 무심하고 신경질적인 목소리가 왜 이토록 또렷하게 기억나는지 알 수 없었다.

크기는 컸지만 무게는 그다지 나가지 않았다. 제 커다란 가방 속에 그 칼이 없어졌다고 해서 뭔가 달라진 것 같지는 않았다. 아니, 마치 무슨 굴레처럼 늘 제 곁에 있던 그 무시무시한 칼이 없어진 지금, 오히려 마음 한구석이 가볍게 느껴졌다.

서윤은 엉망이 된 가방 속에 손을 넣었다. 늘 넣어 가지고 다니는 파우치며 물티슈 같은 것들이 뒤죽박죽되어 손에 잡혔다. 그런데 그 사이에 뭔가 낯선 게 있었다. 급하게 접은 것 같은 종이 뭉치를 막 꺼내 드는 순간 낯익은 목소리가 들렸다.

"왜 여기 있는 거야? 한참 찾았잖아."

그녀는 그 목소리의 주인을 금방 알 것만 같았다.

3

"제기랄."

그의 입에서 감정 없는 욕설이 튀어나왔다.

물론 그의 미팅은 공중분해돼 버렸다. 다만 소독약이 아직도 배어 나오고 있는 붕대를 칭칭 감은 손 덕분에 그를 향한 비아냥거림이 조금 줄긴 했다.

그러나 그건 엄연히 줄어든 것이지 없어진 것은 아니었다. 미팅은 연기되었고 그에게 쏟아질 질책들 또한 내일 오전으로 미뤄졌다. 하지만 중요한 문제는 그게 아니었다.

그는 멀쩡한 왼손으로 관자놀이를 눌렀다. 빳빳하게 세팅된 머리카락을 건드리지 않으려 애쓰면서.

"어떻게 할까요? 이제 퇴근하시겠습니까?"

야근이란 개념 자체가 없는 임원 비서실의 비서실장인 윤정은 이미 제 얼굴에서 버석거리기 시작한 파우더를 덧발라 봤지만 더

보기 싫게 번지고 있다는 게 영 속에 걸렸다. 어제오늘의 일이 아 님에도 불구하고 오늘은 그게 더 심했다. 그러나 그걸 가지고 뭐라 할 수는 없었다. 제 잘난 상관이 곤란을 겪고 있는 데다 그 원초적 인 이유는 제 잘못 때문이라는 건 명확했기 때문이었다. 이 일 때 문에 내일 아침 회사를 등져야 할 사람도 몇 있겠지만 그것까지 신경 쓸 만큼 제 마음은 넉넉하지 못했다. 중요한 건 지금 이 눈앞 에 서 있는 저 사람의 심기니까.

"김 기사 퇴근시켜."

"네?"

기사를 퇴근시키겠다니. 윤정의 눈에도 심상치 않아 보이는 오 른손으로 직접 운전을 하겠다는 이야기 아닌가.

"왜, 뭐 문제 있나?"

"손 다친 거 아니십니까? 김 기사 퇴근하면……."

그는 대답하지 않았다. 다만 윤정을 힐끗 쳐다보기만 했다.

그 시선의 의도는 분명했다. 너 따위가 신경 쓸 필요 없다는…….

깍듯이 아랫사람에게 존댓말을 쓰는 상사는 아니었다. 그러나 다른 임원들보다는 훨씬 젊은, 그리고 그럴 수밖에 없는 이 젊은 윗사람은 그녀가 노련하다는 수식어를 달기까지 8년간 이 회사의 비서실에 근무하면서 겪은 나이 든 사람들하고는 달랐다. 물론 친 절하다거나 수월하다거나 하지는 않았다. 오히려 그 반대였다. 그 러나 이 젊은 상사에게는 뭔가 다른 것이 있었다. 매일 무슨 배우 를 보는 것 같은 눈 호강에도 익숙해지지 않을 만큼 이질적인 뭔 가가.

지금 저 눈빛에서 느껴지는 그 무엇은……. 뭐라 말하긴 힘들었 지만 가장 비슷한 것을 말해 보라 하면 살기(殺氣)라고나 할까. 물론 그게 저를 죽이겠다는 건 아니겠지만 딱 그것밖에는 비유할 수 없는 뭔가가 있었다. 그리고 그 이유도 어렴풋이 짐작이 갔다.

그는 아직 꽃샘추위가 가시지 않았는데도 불구하고 매끈한 봄 슈트만 입은 채 문을 나섰다. 윤정이 채 인사를 하기도 전에.

윤정의 기나긴 직장에서의 하루가 이렇게 끝이 나서 그나마 다행이었다.

그는 완벽주의자는 아니었다. 아니, 완벽주의자가 되려고 애썼지만 그게 잘되지 않았다. 하나부터 열까지 치밀하게 체크 리스트를 만들어도 그게 본성이 아닌지 잘되지 않았다. 참 재수 없게도.

TJ그룹 안에 제 사람이라곤 단 한 명도 없다는 사실을 그는 처음 이 건물에 들어설 때부터 알고 있었다. 다들 누구에게 줄을 서야 할지만을 재면서 자신을 훔쳐보고 있다는 것도, 반대편에 선 다수의 인물들이 제 작은 실수 하나도 부풀리고 과장되게 가공해 깔끔하게 정리한 채 보고한다는 것도 알고 있었다.

마이크로필름은 제 안쪽 포켓에 잘 들어 있었다. 그러나 그걸 문서로 출력했던 그 낡은 종이가 문제였다. 물론 그 종이는 가치를 알고 있는 사람에게나 가공할 위력을 나타낼 뿐이지 모르는 사람에게는 그냥 종이 쪼가리임에 분명했다. 하지만 세상일이란 건 알 수 없는 거였다. 하찮은 실수 하나도 용서할 수 없으니까.

그 종이가 그 여자의 무식한 가방에 들어 있을 거란 걸 이제야 생각해 낸 건 중차대한 실수임이 분명했다. 차라리 그 가방 안에 있길 바랐다. 낯선 물건이라고 굳이 펼쳐 보지 않았기를. 아니, 구겨진 것이라고 아무 데나 버리지나 않았으면 다행이겠다 싶을 뿐이었다.

"김 변, 그 여자…… 병원에서 나갔나?"

홑겹 슈트만 입은 그는 이제는 텅 비다시피 한 거대한 지하 주차장에서 느껴지는 한기 덕에 얼른 번쩍거리는 제 고급차로 향하면서 변호사에게 전화를 걸어 물었다. 휴대폰은 다행히 충전이 다 돼 있었다. 이제는 그의 체크 리스트에 휴대폰의 충전 여부와 함께 보조 배터리 같은 항목을 새로 추가해야 할 것만 같았다.

— 아, 글쎄요. 제가 나올 땐 아직 응급실에 있었는데…… . 확인해 봐 드릴까요?

"그게 언제지?"

— 한…… 한 시간 전쯤 정도? 무슨 일이십니까? 제가 다 해결을 했습니다만, 뭐 다른 문제라도…… .

막대한 수임료를 받고 있는 만큼 혹시라도 클라이언트에게 뭔가 언짢은 일이 있을까 노심초사하는 게 느껴졌다.

"아니. 혹시 그 여자 주소 있나?"

— 알아봐 드릴 수 있습니다.

"문자로 보내."

— 아, 네. 그런데 혹시 무슨 일 때문이신지…… .

"그건 알 거 없어."

그는 전화를 끊어 버리곤 시동 버튼을 눌렀다. 제발 그 여자가 거기 있기를 바라면서.

딩동.

금방 그의 휴대폰에 불이 들어왔다.

[이서윤, 은평구 응암동 가문비길 345-1]

그는 힐끗 쳐다보고 차를 출발시켰다. 뭔가 낯익다고 느껴진 건 기분 탓이리라 치부했다.

다행히 병원은 가까웠다. 응급실은 아까와 비교도 안 되게 혼잡했고 지금 그곳에 없다는 이야기만 들었을 뿐이었다. 집으로 간 건가? 하루 종일 운이 좋지 않았다. 아직 이 운 나쁜 하루가 다 끝난 게 아닌 모양이었다. 휴대폰의 문자를 보는데 시간을 보니 자정이 가까웠다. 신경을 쓴 건 아니지만, 그 앞에 있는 숫자 때문인 것 같아 영 기분이 언짢았다. 버릇처럼 오른손을 들었다가 진통제가 효과를 다해 가는지 뭉긋한 통증이 느껴지는 걸 알고는 인상을 찌푸린 그가 고개를 돌렸을 때였다. 저쪽, 낮에는 사람들이 쉴 새 없이 드나들었을, 불 꺼진 커다란 통로가 있는 넓은 계단에 누군가 앉아 있는 게 보였다.

왜 하필 저쪽을 보게 된 걸까.

그는 그쪽으로 향했다. 차가운 계단에 치마를 입은 채 쭈그리고 앉아 있는 인영은 다른 장소에서 보았다면 분명히 술기운에 못 이긴 취객의 형상임에 분명했다. 그러나 이곳은 병원이었다. 그리고 가까이 갈수록 그는 이 야릇한 우연이 다행이라고 생각될 뿐이었다.

"왜 여기 있는 거야? 한참 찾았잖아."

응급실의 소란 속에서 낭비한 제 시간이 아까울 뿐이었다. 다른 생각 따윈 없었다.

꺼냈던 종잇조각을 급히 가방에 구겨 넣고 벌떡 일어나……. 대체 어디로 가려 했던 걸까.

병원이라는 공간이 주는 상실감과 멀쩡한 사람의 생명력도 야금

야금야금 갉아먹는 그 잔인함에 대해서는 익히 잘 알고 있었다. 늘 보호자로서 동동거리며 응급실의 침상 옆에 서 있다 그 침상에서 일어나 나온 그녀에게 누군가 말을 걸 사람도 혹은 알은척을 할 사람도 없다는 걸 누구보다 잘 알고 있었다. 아니, 종종 낯선 사람, 그리고 그 낯선 사람들은 대부분 남자였고 그 덕에 제 가방 속의 칼이 필요했었다. 지금은…… 칼도 없는데.

잠깐이라도 생각이란 걸 했어야 했다. 낯선 목소리가 아님을 제 머릿속은 알고 있었다. 그러나 제 몸뚱이는 수많은 세월에 기계적으로 주입당해 만들어진 몹쓸 본능이란 게 작용해 망가진 인형처럼 움직였다. 분명히 아까까지만 해도 걸어 나갈 기운 따위가 없어서 이 쌀쌀한 밤중에 차가운 계단에 주저앉은 것이었다. 그러나 서윤은 마치 튕기듯 일어나 어디론가 뛰어가려 했다. '낯선' 누군가에게 대항할 '무기'가 없으니까 무조건 도망가야 했다. 하지만 그건 제 생각대로 잘되지 않았다.

"악."

"뭐 하는 거야?"

뛰어나가려던 그녀는 계단에서 발을 제대로 딛지 못했고 다리가 남다르게 길었는지 꽤 먼 곳에 있었던 것 같은데 금세 다가왔던 남자는 그녀를 붙잡았을 뿐이었다.

"또 소리를 지르려거든 우선 두 발로 똑바로 서서 해. 지금 저쪽엔 구급대원이랑 병원 직원이나 경비원도 잔뜩 있으니까. 도망가려거든 밝은 쪽으로 가라고."

남자의 목소리가 정신이 확 들 만큼 명료하고, 또 신경질적이었기에 서윤은 더 이상 어쩔질 못하고 마치 얼음이라도 된 듯 멈췄을 뿐이었다.

"밝고, 사람이 많은 쪽으로."

그래서 그녀는 고개를 돌릴 수 있었다. 미친 듯이 비명을 지르지 않고.

여전히 제 한쪽 팔을 잡고 있는 남자의 손길이 뭉툭한 건 한눈에 봐도 오늘 생긴 상처를 드레싱한 게 분명한 두툼한 붕대를 감았기 때문이었다. 정신이 서서히 들었다.

알고 있었다. 조금만 냉정하면 아무렇지도 않을 상황들을 일부러 곤란하게 만들어 온 게 한두 번이 아니란 걸. 항상 돌아서 후회를 하면서도 당시엔 이성 따윈 잃어버린다는 것도 알고 있었다. 그러나 지금은 그러지 않아 다행이었다.

"이…… 손 놓아주시겠어요."

흐트러진 머리카락을 쓸어 올리고 겨우 갈라지는 목소리를 가다듬어 말을 꺼낼 수 있었다.

"한 계단 내려서. 그러지 않으면 넘어져."

남을 배려하는 것 따위 익숙하지 않았다. 오히려 남을 밟아 버리는 것이 더 자연스러웠다. 그러나 눈앞에서 이 여자가 허공을 딛고 넘어진다고 해서 제게 도움이 될 것이 하나도 없다는 걸 알기 때문에 말했을 뿐이었다.

서윤은 시키는 대로 했다. 그러자 저를 아프게 잡고 있던 붕대 감은 손은 사라졌다. '낯선 남자'가 저를 건드렸지만 소리를 지르지 않은 건 제 기억에 처음이었던 것 같다. 아니, 이 남자는 완전히 낯선 남자는 아니었다.

아직까진 목덜미가 선뜩한 이른 봄의 늦은 밤이었다. 그러나 눈앞에 새까만 홑겹의 매끈한 슈트만을 입은 남자는 웬만큼 사람을 기억하는 게 무딘 사람일지라도 머릿속에 확 각인될 만큼 특별해 보였다. 마치 텔레비전 속에서나 나올 것 같은 비정상적인 비율은 차치하고라도 싸늘해 보이는 얼굴은 마치 잡지 속이나 소녀용 순정만화 책에서 툭 튀어나온 것 같았다. 매끈한 콧대밖에 보이지 않던 얼굴은 희미한 병원의 푸른 십자 조명에 의해 날카로운 눈매와 그린 것 같은 입술까지 알아볼 수 있었다. 그러나 붕대를 감은 손에서 느껴지는 통증 때문인지 잔뜩 인상을 찌푸린 채였다. 이렇게 생겼던가? 서윤은 하나도 기억이 나지 않았다. 다만 머릿속에 박힌 것 같은 차가운 목소리 때문에 이 사람이 저 때문에 곤란을 겪었던 그 사람이란 걸 알 수 있었다.

"죄송합니다."

이 사람이 누군지, 어떤 상황이었는지는 불과 몇십 분 전에 저 혼잡한 응급실의 복도에서 이 사람의 변호사라고 소개한, 제게 명함까지 건넨 사람의 친절하고 자세한 설명을 들어서 잘 알고 있었다. 제가 얼마나 엄청난 일을 저질렀는지, 그러나 그 대단한 상사 분께서는 전혀 개의치 않으며 병원비까지 다 지불할 테니 이 일에 대해 더 이상 왈가왈부하거나 가십거리로 만들지 말고 함구할 것만을 원한다고 조용조용하면서도 은근히 강요했었다. 우선 저 손은 제가 그렇게 한 거니까. 경찰까지 와서 벅적일 만큼 제가 이 사람에게 상해를 입힌 건 사실이었다. 이 사람이 제게 무얼 했는지는 저도 잘 알지 못했다. 아마…… 아무것도 하지 않았겠지. 그 신경질적인 간호사가 몇 번이고 '아무 일 없었음'을 확인시켜 줬으니까.

"그런 건 필요 없고, 종이가 필요해. 아까 그 자료실에서 내가 들고 있던 서류가 그쪽 가방에 들어갔던 거 같아. 혹시 기억나?"

다른 건 상관없었다. 오로지 그에게 중요한 건 세상에서 없어져야 할 그 종이 쪼가리뿐이었다.

"아, 이거……."

서윤은 뒤죽박죽이 된 제 커다란 숄더백 안에서 접혀 있던 종이 뭉치를 꺼냈다. 오래된 A4 용지 몇 장이었다. 제 가방 속에 낯선 물건은 이것뿐이었다. 그녀가 막 그것을 꺼내 든 순간이었다. 휙 소리라도 날 듯 재빠른 손놀림으로 그는 그 종이를 채듯이 가져가 버렸다.

"맞아. 됐어."

채 확인하지도 않고 그는 그 종이 뭉치를 안주머니에 쑤셔 넣었 다. 제 주머니 안에 라이터 따위가 없는 게 아쉬울 지경이었다. 얼 른 한 줌의 재로 만들어 없애 버려야 할 것만 같았으니까.

"아……."

여자가 어둠 속에서 뭐라 하려 했다. 그러나 그는 제가 여기까 지 온 수고를 한 이유가 사라졌기에 돌아섰다.

"저기……."

뭐라 하든 더 이상 듣고 싶지도 않았고 그럴 필요가 없었다. 그 는 제 차가 있는 곳으로 향했다.

이건 뭘까.

제게 온몸으로 느껴지는 건 차가운 이른 봄의 냉기였다. 저 남 자의 몸이 그걸 막고 있었던 모양이었다. 저 대단한 사람의 용건 덕에 주저앉아 다시는 일어나지 못할 것 같은 차가운 계단 위에서 일어났으니 얼른 집으로 가야 했다. 그러나 그녀는 멍하니 서 있었 다. 왜 이런 느낌이 드는 걸까. 이 허한 느낌의 정체는 뭘까. 뭔가 제게 다가왔다 스쳐 지나간 이 느낌은…… 묘한 상실감이었다.

상실감이라니. 대체 뭘 기대했기에? 고개를 돌렸다. 어둠 속에 늘씬한 뒤태를 지닌 남자의 형상이 멀어지더니 어느샌가 사라졌다. 서윤은 혼자 쓴웃음을 짓고 말았다.

얼마나 다행인가.

이제야 그 어둠 속에서 제가 한 짓들이 생각났다. 그냥 갑자기 불이 꺼진 공간이 무서웠다. 그리고 본능적으로 밀폐된 공간에 누군가와 함께 있다는 걸 깨달았다. 그리고 그 누군가가 제가 가장 끔찍스러워하는 위해를 가할 수 있는 사람이라는 것도. 그래서 그동안 부지런히 학습한 결과처럼 제 스스로를 지키기 위해서 칼을 꺼내 들고 난리를 쳤을 뿐이었다.

제게 칼을 꺼내 들라고 말한 엄마는 이미 이 세상에 없다. 그 뒤를 따라갈 것이 아니라면 이제 그만 그렇게 살아야 하는 거였다. 그러나 다르게 사는 방법을 아직까진 모른다.

제가 지금 어정쩡하게 이렇게 서 있는 이유는…… 아마 저 사람이 누군지 누누이 다른 타인이 이야기해 줬기 때문이었다.

내가 지금 무슨 짓을 한 걸까.

서윤은 저도 모르게 한숨을 내쉬고 말았다. 아무래도 위태위태했었다. 생각해 보니 오늘 그곳에 갇힌 이유는 새로 작성해야 할 서류 때문이었다. 하지만 그 서류는커녕, 그 악질적인 팀장보다 더한 사람에게 무슨 짓을 했단 말인가. 지금 방금 제게 뭐라 말했던 저 사람은 마치 제가 잠깐 계단 위에서 졸다 꾼 꿈속에 있던 사람인가? 갑자기 현실감이 없어졌다. 아마 제 무심한 기억력 속에도 각인될 만큼 인상적으로 잘난 사람의 형상이 현실적이지 못해서인가.

서윤은 더 차가워진 밤바람이 제 머리카락을 흐트러뜨리면서 불어온 덕에 몸을 움직였다. 지금 제게 중요한 건 대체 어디로 가야 택시를 탈 수 있는지를 기억해 내는 거니까.

차에 시동을 걸고 기어를 넣느라 무의식적으로 손을 움직인 그는 현란하게 스쳐 가는 통증 때문에 정신을 차렸다. 진통제 기운이 완전히 가신 모양이었다. 오로지 이 낡은 종잇조각에 집중됐던 신경이 분산되자 제 뇌는 비로소 통증이란 걸 감지해 내고 있는지도 몰랐다. 기나긴 하루였다. 그는 이 성가신 운전을 누가 대신 해 주길 바랐지만 그건 쓸데없는 생각이란 걸 깨닫고 곧 대충 대 놓았던 차를 움직였다. 얼른 쉬고 싶을 뿐이었다. 막 병원의 입구 쪽으로 가고 있는데 익숙한 형상이 시선에 들어왔다.

어제였는지 아니면 그제였는지……. 전에도 보았던 모습이었다. 베이지색 바바리코트. 커다란 가방. 뭉툭한 뒷굽이 있는 구두, 어깨 밑까지 내려오는 생머리, 그리고 날카로운 칼과 피임약.

한숨을 내쉬며 그는 브레이크를 밟았다. 그리고 놀란 기척에 돌아보는 여자를 보고는 차창을 내렸다.

"타."

춥고, 힘들고, 내일 아침 눈을 뜨기 힘들어지는 그런 하루의 끝자락이었다. 얼른 제 동굴 같은 집으로 가서 이 갑갑하고 무거운 구두를 벗고 제 허벅지를 당기게 하는 기분 나쁜 스타킹을 벗고 화장을 지우고 눕고 싶을 뿐이었다.

생전 가까이서 본 적도 없는 으리으리한 차가 제 옆에 서더니 창문을 내렸고 그 안에서 소리가 들렸다.

"타."

그건 어떤 마법이었는지도 몰랐다. 제가 저를 지키려고 했던 칼을 잃어버린 다음에 얻은……. 새로운 세상에 한 발 내딛는 장족의 발전인지도 몰랐다. 절대…… 제 이 커다란 가방 맨 밑에 신문지로 둘둘 말아 스카치테이프로 조잡스럽게 만든 칼집에 싸인 과도를 지닌 채라면 그 어떤 다른 남자의 차에 올라탈 생각 따윈 안 했을 것이다. 그러나 그 칼은 어디에선가 사라져 버렸다. 아니, 그 칼은 저 목소리 주인의 손에 저런 상처를 만들고 바스락 부서져서 공기 중에 흩어져 버렸을 것이다. 실은 언젠가 한강이든 어디든 던져 버리고 싶었던 건지도 모를 일이었다. 그러나 그러진 못하지 않았던가.

그냥 온몸이 아프고 피곤했기 때문이었다. 게다가 이 사람은 제가 이미 어쩌려고 했었던 사람이었다. 그리고 심지어 거만한 명함을 내밀며 더욱더 거만하게 말했던 변호사가 그러지 않았던가.

'이서윤 씨가 다니고 있는 TJ그룹 본사 강태진 상무님이십니다. 절대 이서윤 씨가 생각하는 그런 위해를 가할 사람이 아니라는 거죠.'

문이 열린 차의 뒷좌석은 푹신하고 따뜻했다.

서윤은 고맙다는 인사치레조차 하지 못했다.

제가 늘 앉던 자리에 앉아 있는 여자는 불을 켜지 않은 어두운 실내 때문에 룸미러로도 얼굴이 제대로 보이지 않았다. 다만 차 안에 희미하게 떠도는 샴푸 냄새인지 혹은 화장품 냄새인지 모를 어떤 향기 때문에 그 존재를 느낄 수 있을 뿐이었다. 심지어 방음이 훌륭한 고급차 안에서 여자의 숨소리조차 들리지 않았다.

커다란 교차로에서 긴 신호에 걸렸을 때 그는 내비게이션에 아까 변호사에게 받은 주소를 입력했다. 제 주소가 입력되느라 띵동거리는 소리를 들었을 텐데도 뒤에서는 단 한 마디조차 들려오지 않았다. 솔직히 택시를 타더라도 어디로 간다고 행선지를 말할 텐데. 잠든 건가. 그러나 그는 뒤를 돌아보지 않았다. 힐끗 보이지 않는 룸미러로 뒤를 다시 한번 살폈을 뿐이었다. 그러나 역시 어둠에 싸인 넓은 차 안은 타인을 식별할 만큼 밝지 않았다.

넓은 10차선의 대로에 차가 드문드문 지나고 있었다. 커다란 빌딩들 사이로 낮익은 전광판 같은 것들이 보였다. 굳이 지리를 익히며 밖을 내다볼 필요가 없는 세상이었다. 지도상의 빨간 줄이 가야 할 길을 알려 주는 게 보편적이었고 심지어 태진은 그 빨간 줄을 제 스스로 볼 필요도 없는 위치에 있는 사람이었다. 그러나 이 낯선 시간에 길이 눈에 익었다는 건 이 길을 매우 자주 다녔다는 증거였다. 아까 언뜻 본, 뒤에 앉아 있긴 한 건지 의심스러운 여자의 이름 옆에 있는 글자들이 낮익었던 이유를 이제야 알 수 있었다.

— 목적지에 도착했습니다.

열심히 길 안내를 하던 내비게이션의 기계적인 목소리가 침묵을 깼다. 그제야 차가 섰다. 뒤에서 숨죽이고 앉아 있던 여자는 잠들지 않았던 모양이었다. 차가 멈추자마자 달칵하고 안전벨트를 푸는 소리가 났다.

"감사합니다."

그리고 그게 그의 착각이 아니라는 듯 목소리가 들렸다. 딱히 여자를 여기까지 데려다주고 싶은 마음이 있었던 건 아니었다. 내리라고 해야 하나. 잠시 고민하던 그가 잠금 버튼을 풀었다. 도어의 잠금장치가 풀리는 소리를 들었는지 뒤에 탄 여자는 문을 열었다. 그러곤 약간 머뭇거리면서 한마디 했다.

"정말 죄송했습니다."

그건 지금도 아릿한 통증이 가시지 않은 제 손에 대한 사과임이 분명했다. 열린 문틈 사이로 한밤의 싸늘함이 후끈하던 차 안의 공기 속으로 스며들었다. 그에게도 피곤이 몰려왔다. 빨리 여자가 내렸으면 좋겠다 싶었다. 그는 대답도 없이 내비게이션의 행선지를 제가 사는 아파트로 바꾸는 데 열중했다. 여자는 그의 대답을 머뭇거리면서 기다리는 듯했지만 곧 체념하고는 차에서 내렸고 공손함을 담아 두꺼운 문을 닫았다.

죄송하다는 저런 입발림한 사과 따위로 제가 오늘 하루 입은 손해를 어찌할 수는 없는 거였다. 그냥 오늘 운이 너무 나빴을 뿐이었다.

태진은 액땜 같은 단어 따위는 믿지 않았다. 그런 걸 너무 맹신하는 '가족' 덕에 오히려 치가 떨렸다. 운명 같은 단어도 경멸했다. 세상에 그런 단어는 울긋불긋한 옷을 입은 채 방울을 흔들고 칼을 들고 춤을 추는 무당들이나, 할 짓이 없어 키보드 앞에 앉아 있는 백수들이 만들어 내고 즐겨 사용하는 단어일 뿐이었다.

그러나 그런 게 정말…… 존재하기는 하는 모양이었다.

어딘지 기억도 나지 않는 낯선 약국에서 들었던 여자의 목소리와, 하필 그 시간에 같이 갇히게 된 자료실이라든지, 그리고 또 익숙한 이 좁은 골목 속의 명칭이라든지.

기어를 바꾸자 또다시 찌릿거리면서 손끝에 통증이 밀려왔다. 갑자기 당분간은 손에 물을 묻히면 안 된다는 담당 의사의 말이 생각났다. 간절하게 뜨거운 물에 샤워가 하고 싶은 지금의 심정에 초를 치는 기분이었다.

일진이 나쁜 하루를 얼른 끝내고 싶었다.

일부러 신경 쓰지 않고 있었지만, 역시 4월이었다. 시작부터 삐걱거리고 있었다. 이 빌어먹을 4월이 내내 녹록하지 않을 것만 같은 불길한 예감에 그는 신경질적으로 액셀러레이터를 밟아 댔다.

어둡고, 싸늘한 공간이 그나마 적막하지 않은 건 끊임없이 윙윙거리는 소음을 만들어 내는 산소 발생기 때문이었다. 게다가 불을 켜지 않아도 사방이 희미하게 보이는 수조의 푸르스름한 빛도 한몫했다. 커다란 수조가 이 싸늘하고 적막한 거실 한가운데 있다는 건 늘 다행이었다. 특히 오늘 같은 늦은 밤에는.

그러나 서윤은 그 커다란 수조에는 시선도 두지 않은 채 구두를 벗어 던지고 싸늘하게, 제 뜨거워진 발바닥을 식히는 냉골 같은 마룻바닥을 재빠르게 가로질러 제 방으로 향했다. 보일러가 외출로 되어 있는 방 또한 싸늘하긴 매한가지였다. 얼른 보일러의 스위치를 올리고 외투를 벗어 옷걸이에 걸었다.

이상한 하루였다.

아니, 그럴 줄 알았다. 문을 나설 때부터 무언가 평범하지 않을 거라고 했던 우려는 결국 이렇게 제가 감당하기 힘들 만큼의 커다란 족적을 만들어 내고 있었다. 재빨리 옷을 갈아입고 더욱더 싸늘한 욕실로 들어섰다. 온수가 나오길 기다리면서 망가져 쓰지 않는 세면대 대신 물을 받아 쓰는 세숫대야에 콸콸 흐르는 찬물을 받으며 그녀는 문득 제 등 뒤를 엄습하는 한기를 느꼈다.

이 4월을 어떻게 견뎌야 하는 걸까.

요란하게 보일러가 돌아가는 소리와 함께 피어오르는, 온수가 만들어 내는 수증기처럼, 그녀의 머릿속에서는 스멀스멀 낯선 목소리가 떠올랐다.

'왜 여기 있는 거야?'

그리고 꼬리를 물듯 마치 이 세상에 존재하는 것 같지 않은 비현실적인 외모가 떠올랐다.

제 스스로 외모를 밝히는 사람은 아니라고 생각했는데, 그게 아니었던 걸까.

낯익은 목소리 때문이라고는 하지만 사정없이 제 팔을 낚아채는 타인의 손길에 미친 듯이 소리를 지르지 않았던 이유를, 뜨거운 온수가 샤워기에서 한참이나 쏟아져 내릴 때까지 생각해 보아도 알 수가 없었다.

＊　＊　＊

"……설계 보강은 이미 끝났고 인허가는 구청에서 진행 중입니다. 광고사 선정은 이번 주 내로 끝날 예정입니다. 광고사 중에서 메리트는……."

"부지 매입은 끝났습니까?"

브리핑 중이었다. 그러나 말을 꺼낸 사람은 말을 하는 사람이나 혹은 모여서 열심히 듣고 있는 사람들 따위는 전혀 안중에 없는 듯했다. 게다가 공적인 자리라 뒤에 붙인 경어가 어색할 정도로 말투 또한 안하무인인 평소의 태도 그대로였다.

"아직 부지 매입 중입니다. 질문은 브리핑 후에 받겠습니다."

마치 교장 선생님의 훈화 말씀 중에 엉뚱한 학생이 손을 들고 질문을 한 듯, 말하는 사람은 하등의 흐트러짐 없었다.

"어째 일의 순서가 엉망이군."

그러나 상대도 만만치 않았다. 혼잣말이라지만 조용한 회의실에 또렷이 울리고 있었다. 결코 너 따위가 내 질문을 뭉갤 수는 없을 거란 듯한 태도였다. 잠깐 말을 멈춘 사람은 그 안하 무인한 태도를 완전히 무시하고 있지 않다는 듯한 제스처를 해야 했다.

"브리핑 끝난 뒤에 질문받는 시간 마련하겠습니다. 광고사별 메리트는……."

"부지 매입도 다 안 끝내고 신문에 내네, 지하철에 올리네 하고 있다 심보 고약한 놈이 알박기라도 하고 버티면 공사비 눈덩이 커지듯 불어난다는 거 아직도 모르나? 우선 부지 매입부터 확실히 하고 일을 시작하는 게 이 바닥 기본이라고. 좋은 학교에서는 그런 거 안 배우는 거지?"

"장 전무님……."

냉랭해지는 분위기를 만회하기 위해서 나이 지긋한 중역인 조 이사가 말을 꺼냈지만 더 뭐라 할 수는 없었다.

싸한 회의실의 공기는 더욱 가라앉았다. 그러나 곧 단상 앞에서 브리핑을 하던 사람은 아무렇지도 않다는 듯 말을 이었다.

"광고사 중 씨엠 노이텍에서는 새로운 제안으로 케이블 티비 20여 개 채널에서의 동시 방영을 타사보다 14% 인하한 가격을 제시했습니다. 이는 또한……."

"장 전무님이야 뭐 워낙에 연세도 있으시고, 강 회장님과 같은 연배시니……."

"별로 신경 쓰지 않고 있습니다."

위로 차원의 말이었지만 위로를 받아야 할 사람의 냉랭한 태도는 있는 정도 뚝 떨어지게 할 만했다. 저 나이에 그룹의 창립 멤버

이자 가장 서슬이 퍼런 장 전무의 저런 말을 들었다면 그 자리에서 얼어붙거나 혹은 바지춤이 축축해졌을 수도 있었다. 그러나 얼굴빛 하나 변함없이 자기 할 말을 끝까지 다 하는 강심장이라니. 역시…….

그러나 여전히 제 말에도 저 잘난 게 극에 달한 것 같은 새파란 놈은 철저한 제 페이스대로였다. 간단한 브리핑 자리였다. 물론 그 간단하다는 게 회사의 중역이자 강 회장의 유일한 후계자로 고속 승진 중인 강태진 상무가 직접 주관하는 블루힐스의 공사 진척 상황에 대한 것이었지만. 그 자리에서 아무리 윗사람이라지만 장 전무가 대놓고 시비를 건 건 이 젊은 상무의 맘을 단단히 상하게 한 것이 틀림없었다. 선택의 기로에서 낡은 세력이나 젊은 신흥 세력이냐 저울질하던 조 이사가 무게를 둔 건 이 젊은 후계자였다.

"손은 어쩌다……. 괜찮으십니까?"

조 이사는 서류를 넘기는 그의 손에 아까부터 눈에 거슬리던 붕대를 보고 또다시 한마디 건넸다.

"괜찮습니다."

"……."

제가 라인을 이쪽에 댄 게 잘못인 건가 싶었다. 저렇게 인정머리도 없으니. 하지만 이미 선 줄을 바꾸기는 힘들었다. 그리고 이번 일이 잘만 되면 탄탄대로일 게 분명했다. 그리고 잘 안 될 것도 없었다. 뒷전으로 물러났다 해도 여전히 TJ는 강 명예회장의 것이었다. 강 회장이 가장 총애하는 후계자인 강태진 상무보다 더 확실한 줄이 어디 있겠는가.

"가 보겠습니다. 부지 매입 더 말 안 나오게 빨리 처리하십시오."

끝으로 책잡힐 것은 미리 처리하라 한마디 하고 사무실을 나섰지만 여전히 뒤에서는 가타부타 말이 없었다.

'뻣뻣한 자식.'

조 이사가 문을 닫고 나가자 그는 손에 들고 있던 서류를 집어 던지고 말았다.

"제기랄!"

절대 등을 돌리면 안 될 사람이었지만 정말이지 무능 그 자체 아닌가. 능력은 개뿔도 없으면서 이쪽저쪽 줄을 바꿔 가며 서서 이리 비위 맞추고 저리 비위 맞춰 제자리를 보전하는 늙은이 같으니라고. 다들 새벽잠도 없는 데다 아침 밥값을 아끼려는 수작인지 속이 뒤집어지는 것 같은 조찬 모임을 만들어 놓고 회장님의 유지를 받드네 어쩌네 떠들더니 기어이 회의 자리에서는 심통을 터뜨리면서 분위기를 망쳐 놓고는 한다는 소리가…….

그는 인터폰을 눌렀다.

"강 실장 올라오라고 해."

— 네. 알겠습니다. 저기…… 상무님.

"뭐."

태진은 비서에게 제 화풀이라도 할 듯 되물었다.

— 말씀하신 경비 부서 직원…….

"아까 말한 대로 하라고. 아, 그리고……."

문득 떠오르는 이름이 있었다.

* * *

늘 그렇듯 숨이 막히는 버스에서 내려 급한 걸음으로 저와 같은 걸음걸이의 사람들 사이에 휩싸였다. 사람들이 가득가득한 엘리베이터를 타고 내린 7층은 늘 변함이 없었다. 조금씩 서윤이 집을 나서는 시간이 더 빨라졌지만 이상하게도 길가에 사람들은 줄지 않았다. 그들도 매번 5분씩 일찍 하루를 시작하는 모양이었다. 흐트러진 옷매무새를 가다듬으면서 막 청소를 하고 있는 건물 환경미화원 아줌마의 뒤로 돌아가 제 자리에 앉으면서 그녀는 저도 모르게 한숨을 내쉬고 말았다.

그건 무사히 도착했다는 안도와 함께 오늘은 어제와 다르리라는 걸 이제야 깨달았기 때문일까.

그녀 스스로도 1년 반씩이나 멀쩡하게 직장을 다닐 거라고 생각하진 못했었다. 커다란 숄더백 바닥에 시퍼렇게 날 선 칼을 넣고 태연하게 걸어 다니다니. 제가 제정신이 아니란 건 자명한 사실이었다. 그러나 죽지 않으면 살아지게 돼 있었다.

그건 아침 출근길 지하철에만 가도 알 수 있었다. 거기까지 가기만 하면 꾸역꾸역 밀려드는 사람에 의해서 저절로 지하철에 오르고 지하철은 알아서 가고 또 방향만 잘 맞추고 있으면 꾸역꾸역 이 사무실까지 와 있게 되는 것이다. 그게 매일매일 반복되니 그냥 기계적으로 살고 있는 거였다.

엄마가 병이 깊어졌을 때도 그랬다.

'니가 거기서 그렇게 징징거린다고 병이 낫는 것도 아니야. 니할 일이나 해. 도움 필요하면 이야기할 테니까. 난 여기 간병인이 있으니까 괜찮다.'

엄마는 공무원이었고, 보험도 꼬박꼬박 여러 개를 넣었었다. 게다가 암 환자는 의료 보험에서도 혜택이 있었기에 병이 깊어지자 간병인을 고르고 부른 것도 엄마 본인이었다. 간병인과 생활하면서부터 엄마는 서윤이 자주 병원에 오는 것도 별로 달가워하지 않았었다. 병원에서 치료를 포기하고 집에 왔을 때도 마찬가지였다. 그 통증을 견디면서도 엄마는 집이나 보험, 연금 등을 그녀의 앞으로 처리했고 마지막 자신의 장례식장과 장지까지 스스로 다 알아서 찾고 준비했다.

그러는 동안, 그녀는 그냥…… 그렇게 칼을 품은 채 회사를 다녔다. 회식이 있으면 회식을 갔고, 야유회가 있으면 야유회를 갔다. 즐겁게 어울리지는 못해도 그녀는 열심히 하려고 애썼다. 회사에서 그녀를 내친다면 당장 엄마와 하루 종일 있어야 했으니까. 엄마를 싫어하거나 자신에게 숨겨 온 비밀 때문에 미워한 건 아니었다. 그렇지만 그냥 두 사람이 멍하니 같은 공간에 있는 게 버거웠다.

나만 아니었더라면…….

가정을 한다 해도 결론이 날 리 없는 물음표는 그 사실을 안 직후부터 계속 그녀를 졸졸 따라다녔고, 그 사실에서 벗어날 수 없게 된 다음부터는 서윤은 엄마에게 대들지 않게 됐다. 그 전에는 갑갑하면 갑갑하다, 싫으면 싫다 매번 엄마와 죽도록 싸웠었다. 그러나 갑자기 그 사실 하나가 그녀에게 사춘기 소녀로서든 아니면 딸과 엄마의 숙명이든 간에 엄마를 향한 이유 없는 적대심 따위를 싹 쓸어가 버리게 만든 건 틀림없었다.

열심히 살려고 애썼다. 유행에 뒤처지지 않는 옷을 사고 화장법을 익히고 누군가 말을 해도 말문이 막히지 않게 교양서적을 읽었고 영화를 보았다. 물론 영화는 혼자 다운을 받아서였지만. 싫은 일이 있어도 그냥저냥 튀지 않고 밀려가려 애썼다.

그러나 유일하게 문제가 되는 건 그녀의 외모였고 그것에 관심을 보이는 남자였다. 그 문제에서만큼은 그녀는 거의 결벽적이고 심하면 병적으로 반응했다. 그리고 그 이유가 빈약한 그녀의 이성에 대한 극단적 반응이라는 치명적인 결점은 마침내 때가 되자 더 극에 달했었다.

아니, 모른 척했었다. 제 속에 한 겹 한 겹 쌓여 가는 그 무엇이 무언지.

매일매일 텅 빈 집에 들어와야 하는 이유가 커다란 수조 속에서 소리도 없이 유영하는 저 알록달록한 물고기들의 밥을 줘야 한다는 단순한 이유 때문이라면…… 누가 그걸 믿겠는가. 그냥 두꺼운 코트나 점퍼를 입고 종종거리면서 그나마 바람이 없어서 온기가 느껴지는 집으로 들어오는 게 아니라.

옷이 가벼워지고 데워진 공기 때문에 괴괴한 집 안의 싸늘함을 느끼는 계절이 되자 그녀는 다시 가방 밑에 깊이 가라앉은 칼을 생각하고 있었는지도 몰랐다. 게다가 기억해야 할, 본인이 무시하더라도, 그런 날들이 빼곡하게 모인 그런 한 달의 시작이라는 게 무서웠을 수도 있었다.

그날 아침 담을 넘어온 그 가지에 핀 무엇만 아니었어도.

자료실의 문이 잠긴 건 단순한 사고였다. 거기 같이 갇힌 사람이 휴대폰을 빌리려 한 것도 그럴 수 있었다. 그 사람이 휴대폰이 없었던 것일지도 모르니까.

그러나…… 서윤은 며칠 동안 매달렸던 일이 처참한 평가를 받고 새로 해야 한다는 극심한 스트레스 속에 있었는지 몰랐다. 아니, 그 전날 본—그다음 날은 굳이 보지 않으려 애썼다. 물론 그렇다고 없어지는 것도 아니지만.— 달력에 새겨진 날짜가, 제 생일을 축하한다는 기계적인 메시지들이 뭔가를 종용하고 있었는지도 몰랐다. 그게 무엇인지는 뾰족하게 알 수 없었지만…….

사람을 다치게 했다.

딴 건 모르지만 그 사람이 제 날카로운 칼을 손으로 잡았다는 건 명확하게 기억에 있었다. 그리고 그 사람이 대단한 사람이었다는 것도 알았다. 어젯밤에는 약에 취했던 건지 어쨌는지 그냥 그 대단한 사람이 너무 잘나서 멍하니 그의 대단한 차 뒤에 타고 집으로 갔었는지는 모르겠지만, 아침이 돼서 늘 그렇게 하듯 옷을 차려입고 기계적으로 화장을 하고 출근 인파에 떠밀려 사무실에 와 제 자리에 앉고 나니까 갑자기…… 뭔가가 밀려오는 느낌이었다.

난…… 큰일을 저질렀구나.

"이서윤 씨."

"네?"

조용히, 아무 일도 없이 오전 시간이 가는 게 오히려 바작바작 뭔가 말라 들어가는 느낌이었다. 분명히 어제 해야 할 일을 하지 못했다. 다시 자료실에 가서 자료를 찾아 서류를 만들어야 하는데……. 서윤은 선뜻 자리에서 일어날 수 없어서 팀장의 눈치를 보면서 그 서류의 다른 부분을 손보고 있었다. 그러다 제 이름이 호명되는 걸 듣곤 그녀는 저도 모르게 뻣뻣하게 굳어 버렸다. 올 것이 왔구나. 그녀는 부스스 자리에서 일어나 딱딱하게 제 이름을 부르고 있는 팀장의 앞으로 갔다.

늘 그렇듯 뻣뻣하게 머리를 넘기고 새하얀 와이셔츠에 경쾌한 스트라이프 무늬의 넥타이를 한 젊은 팀장이 그녀를 쳐다보았다.

분명히 출근과 함께 서류를 제출해야 했다. 회의가 있었는지 이제야 자리에 앉은 팀장이 저를 쳐다보는 시선이 느껴졌지만 서윤은 고개를 들지 못했다. 깊이 숨을 쉬고 막 말을 꺼내려는 찰나였다.

"죄송합니다. 그게⋯⋯."

"어제 자료실에서 사고가 있었다면서요?"

"⋯⋯네."

"아까 이야기 전해 들었습니다. 경비팀 실수였다고 하던데⋯⋯."

그게 어떻게 된 일인지는 서윤은 전혀 몰랐다. 그냥 자료를 찾으러 갔을 뿐이고 갑자기 불이 꺼졌었다. 자료실이 잠기면 자동으로 전원이 나간다는 것조차 모르고 있었다. 아니, 퇴근 시간 이후에는 자료실 문이 닫힌다는 사실조차. 정시에 퇴근을 해 본 적이 별로 없었으니 회사에 남아 있는 시간 동안 다른 부서의 사람들도 그럴 거라 생각한 건 당연했다. 그리고⋯⋯ 거기 누군가 다른 사람이 있었을 뿐이었다.

아, 그 사람은⋯⋯ 이 회사의 상무였다.

그녀는 저도 모르게 가지런히 모으고 있던 손끝에 힘이 들어갔다. 불과 스무 명도 안 되는 사람이 모여 있는 이 사무실에서 팀장이 얼마나 전지전능한 사람인지 늘 뼈저리게 느끼고 있었다. 그런데, 신년 시무식이나 회사 창립일에나 보는, 저 멀리 마이크가 있는 단상에 앉아 있는 이사니 상무니 전무니 하는 그런 사람들 중 하나였다. 자그마치 제가 그렇게 히스테릭하게 상처를 낸 사람이.

저도 모르게 깊은 한숨이 나왔다.

"그 사고 여파가 꽤 됐었나 보던데 괜찮습니까?"

"네? 아⋯⋯ 네."

당장 이제 그만 나와도 된다는 말을 듣게 되는 걸까. 분명히 어제 그 사람의 변호사란 사람이 뭐라 한 거 같았는데 갑자기 까마득하게 기억이 나지 않았다.

"사고 때문에 병원까지 갔다 왔다던데 몸은 괜찮습니까?"

그제야 서윤은 제 등 뒤에서 수런거리는 소리들이 들렸다.

"괜찮습니다."

"그 서류 건은 다른 사람에게 맡길 테니까 그런 줄 알고 몸조리 잘하세요. 가 보십시오."

"……."

갑자기 총살 직전에 무죄 방면이 됐다는 소리를 들은 사형수의 느낌이었다. 그건 보이지 않는 제 등 뒤의 수런거림에서도 느껴졌다.

다행이라고 해야 하는 건가.

이상한 날이었다.

아니, 그냥 4월이라는 숫자를 본 순간부터 뭔가 단추가 잘못 끼워진 느낌이었다. 가벼웠지만 심리적 무게가 상당한 칼이 없어서일까. 어제 홀가분했던 기분이 거짓말인 듯 그녀는 당장 퇴근하는 길에 칼을 사야겠다는 생각이 들었다.

그때 그녀의 휴대폰이 울렸다. 근무 시간 중에 전화라니. 그녀는 회사 사람들 외에는 달리 이 시간에 걸려 올 전화가 없었다. 진동이 울리는 휴대폰에는 낯선 번호가 떠 있었다. 며칠 전부터 이상한 번호로 전화가 오고 있었지만 그녀는 낯선 번호는 아예 받질 않았다. 무시하려는데 다시 전화가 왔다.

화면에 이상한 글자가 떠 있었다. 휴대폰에 깔린 앱에서 전화번호를 가르쳐 주는지 일반 전화로 되어 있는 번호 밑에 낯선 글자들이 쓰여 있다.

[한영법무법인 법률사무소]

그녀는 고개를 갸웃거렸다. 혹시 몰라서 어제 받은 명함을 꺼내 들었다. 전혀 다른 이름과 번호가 쓰여 있다. 다시 전화가 왔지만 그녀는 전화를 돌려놓을 뿐이었다.

* * *

"저번 회의 때 지적된 내용이 반영된 변경안의 브리핑이 오후 4시경에 있을 예정입니다. 출입구와 조경 방식의 일부 변경과 함께 지적된 내용 12개 중 9개가 반영되었습니다. 다만 3가지 항목에 대해서는 경제적이나 심미적으로 타당하지 않다고 생각되어 반영되지 않았고 그것에 대한 보완 설명은 차후에 있을 예정입니다."

또박또박한 목소리가 조용한 사무실에 울렸다. 옆에는 필기도구나 혹은 태블릿을 든 몇몇이 앉아 있었지만 그들은 이 작은 브리핑을 듣고 있는 다른 사람의 눈치를 살피는 중이었다.

"그건 됐고……."

잠깐의 적막을 깨고 남자의 목소리가 바닥에 깔렸다.

톡톡톡…….

목소리의 주인공이 하얀색 서류 위를 손가락으로 두드리는 소리가 조용한 사무실에 울렸다. 모두 시선을 그리로 돌릴 수밖에 없었다. 시선을 돌린 사람들은 하나같이 같은 생각을 할 수밖에 없었다. 왜 저 사람은 저 자리에 앉아 있는가와 세상은 너무도 불공평하다는 것, 두 가지를.

태진이 3주 전에 승진을 해 이 사무실의 인테리어는 완전히 주인의 취향대로 바뀌게 되었다. 미니멀리즘의 극치를 보여 주려는 듯 단 한 가지도 쓸데없는 장식 따위 없는 사무실은 오히려 썰렁하게 보일 지경이었다. 그러나 검은색의 강화 유리로 된 탁자 뒤에 있는 검은 가죽 의자에 앉아 있는 이 방의 주인 때문에 사무실은 완벽해졌다.

텅 빈 사무실이 꽉 차게 보이는 건 저 남자의 화려하기 짝이 없는 외모 때문일 것이었다. 그냥 단순한, 유행에 뒤처지지 않는 회색 슈트와 단정하게 넘긴 머리, 무채색 넥타이까지 단순하기 그지없었다. 그러나 그 자리의 주인에게 그런 말은 전혀 어울리지 않아 보였다.

"토지 보상 문제는 어떻게 되어 갑니까?"

태진은 오전 내내 회의, 보고에 시달렸고, 자신이 해야 할 일을 제대로 못한 몇몇을 해고했다. 그뿐 아니라 인허가 문제 때문에 별 시답지도 않은 관료들과 소화도 제대로 되지 않는 과한 점심을 해야 했다. 쓰리 샷을 추가한 커피라 할지라도 그의 기분을 나아지게 할 수는 없었다. 게다가 붕대를 감은 불편한 한쪽 손조차 거기에 일조를 하고 있었다.

"아, 네……."

제가 보고를 해야 할 일인지라 옆에서 경청을 하던 여자는 급하게 서류를 뒤적거리며 아무렇지도 않은 듯한 모습을 보이려 애썼지만 그게 잘되지 않았다. 그건 누구나 마찬가지일 것이었다. 그냥 서류를 작성해 서면 보고를 하면 모를까, 저 질식할 것만 같은 실물을 대하고 있으면 아무리 이 바닥에서 잔뼈가 굵은 노련한 전문가일지라도 이렇게 허둥거리고 말 게 뻔했다. 대체 저 얼굴을 하루 종일 대하는 이 사무실의 비서진들은 하루하루를 어찌 견디는지 궁금해질 지경이었다. 간신히 서류를 정리한 강희원 팀장은 자리에서 일어났다.

"총 124필지 중 118필지가 보상 계약이 완료되었습니다. 대부분 예산 안에서 해결을 했고, 초과되는 금액은 5% 이내였습니다. 그러나 그중 5필지는 보상 금액이 적당치 않다고 계약을 미루고 있지만 법률팀에서 조율 중입니다. 이달 내로 완료될 것으로 보입니다. 다만 그중 한 필지가 연락이 어려워서 계속 시도 중입니다. 필지 주인과 연락만 된다면 보상 계약은 수월할 것으로 보입니다."

강희원 팀장은 정리된 서류를 그의 책상 위에 올려놓았다. 하얀 붕대를 감은 손이 그 서류를 드는 것이 보였다.

"연락이 안 된다면 외지에 나가 있거나 빈집입니까?"

그가 되물었다. 그냥 피곤에 젖은 무심한 목소리였을 뿐이었다. 그러나 실무 경력이 18년이나 되는 노련한 보상 실무 업무 팀장인 희원의 생각을 잠시 멈추게 만들 만큼 남자의 목소리는 묘하게 낮으면서도 울림이 있었다. 그렇게 느끼는 건 아마 탁자에 둘러앉아 있는 다른 사람들도 같을 것이다.

"그렇지는 않습니다. 전화 접촉이 잘 안 되고 있습니다. 알려진 바로는 30년 된 노후 주택인데 작년에 가구원의 사망 신고가 들어간 뒤로 1인 가구로 확인되고 있습니다만, 직장인인지 낮에는 집이 비어 있답니다. 여러 차례 서류를 보냈는데도 불구하고……."

"일을 그런 식으로 처리합니까?"

"네?"

건설업을 주로 하는 TJ그룹의 토지 보상팀의 팀장이 된 지 4년째였다. 여자가 하기에는 말도 많고 탈도 많은 토지 보상이라는 일을 처리하면서 잔뼈가 굵어진 그녀였다. 젊음을 바쳐서, 피도 눈물도 없다는 말을 노상 들으면서도 불도저처럼 밀어붙인 까닭에 이 자리까지 와 있었다. 그러니 저보다 열 살은 더 어린 것 같은 새파란, 일명 그 유명한 금수저 인생을 살고 있는, 부모 잘 만나 저 자리에 아무렇지도 않게 앉아 있는 저 잘난 놈의 입에서 나오는 말에 어이없어지는 건 당연했다.

그러나 태진은 저번 달 이 자리에서 물러난 전 상무하고는 달랐다. 희원처럼 열심히 평직원에서부터 이 TJ그룹에 젊음을 바쳐 왔던 중년의 사내와는 다른 무언가가 있었다. 그걸 무어라 꼬집어 말하라고 하면 할 수는 없지만.

"지금 바로 다음 달부터 공사 시작을 해야 한다는 거 알지 않습니까. 낮에 비어 있다고 퇴근하면 그만입니까? 그 필지 주인이 퇴근할 때까지 기다려서 계약을 해야 하는 게 정석 아닙니까?"

"그…… 그럴 예정입니다. 다른 곳과 협의도 밀려 있어서……."

"집주인이 모스코바에 가 있다면 거기까지 찾아가서라도 계약을 해야 할 판입니다. 그런데 멀쩡하게 직장 다니는 사람이 연락이 안 된다고 해서 지금까지 미뤄 뒀다는 게 말이나 됩니까? 괜히 다 계약 끝나고 그 필지 하나 남은 거 끝까지 안 하겠다 버티고 소송 들어가서 끌게 되면 이 공사 뒤집어엎습니까?"

처음으로 이 남자의 긴 일장 연설을 듣게 됐다. 싸늘한 목소리가 사무실에 가득 찼다.

소름 끼치게도 불같은 성격으로 유명한 강 회장과 똑같은 목소리였다. 비주얼은 천지 차이였지만.

"죄송합니다. 오늘이라도 당장 연락하겠습니다."

"계약 안 된 필지 상세 자료 올려 보내시고 이번 주말까지 완료하십시오."

"네."

싸한 냉기가 내려앉았다. 그건 다른 사람들에게도 마찬가지였다.

사활을 건다……라는 말이 있다.

아마 지금 자신에게 딱 맞는 말일 게 분명했다.

태진은 신경질적으로 제 앞에 놓인 서류들을 뒤적였다. TJ건설에서 여섯 번째로 건설 예정인 대형 복합 쇼핑몰에 관한 일이었다. 그가 막 뉴욕에서 학위를 따고 기획팀에 입사하면서부터 추진된 일이었다. 기획부터 설계, 예산 심의까지. 정말로 기획 단계부터 말도 많고 탈도 많은 이 프로젝트가 이제야 현실이 되어 가고 있는 중이었다.

기획팀에서 기획을 마치자마자 그는 상무로 승진했고 이제 그 기획을 실무로 만들어야 할 자리에 앉게 되었다.

'일, 제대로 배워야 할 거다. 이 TJ를 가지려면.'

이건 하나의 시험이었다. 그러나 시험치고는 지나치게 덩치가 컸다.

'책상물림 주제에 잘할 수 있을까?'

싸늘한 비웃음이 떠올랐다.

제 위치에 있는 다른 이들은 솔직히 다 된 밥상에 숟가락 하나 올려놓는 일 정도밖엔 하지 않았다. 그건 그의 '친구'들이 다 그런 수순을 밟고 있기 때문이었다. 그러나 그는 달랐다. 그리고 그 이유를 무엇보다 잘 알고 있었다.

하나부터 열까지 기획하고 실행해 이 대형 쇼핑몰을 바닥부터 시작해서 꼭대기까지 올려야 하는 게 제게 내려온 미션이었다. 이

걸 해낸다 하더라도 그 뒤에 어떤 일들이 닥칠지는 알 수 없지만 우선은 이게 시작이었다.

그리고 그 공격은 이른 아침부터 시작되고 있었다. 철저하게 일을 제대로 해내서 그것을 막아 내야만 했다.

서류를 뒤적거리던 그의 손이 멎었다.

낯익은 주소와 낯익은 이름…… 때문에.

그랬군. 그래서 낯익은 거였어.

4

밖이 어두워진 지 한참이었다. 봄이 됐다고, 절기상 봄이라 그 런지 전엔 5시면 컴컴하던 것이 이제는 7시가 돼야 해가 졌다. 그 러나 그런 건 상관없었다. 컴퓨터에 쏟아지는 자료들은 정확하게 6시면 멎었지만 그걸 처리하는 사람은 그때부터 시작이었다.

분양되는 아파트의 중도금이나 잔금의 처리 따위는 오히려 간단 했다. 그러나 중간에 들어와야 하는 옵션 비용의 처리는 날짜도 제 각각인 데다 금액도 들쭉날쭉해서 항상 그녀와 그녀의 팀에 속한 사람들을 괴롭게 하고 있었다. 마감도 제각각이라 마감이 걸린 날 에 들어간 옵션 금액이 늦어지면 연체료가 붙는다는 안내 전화도 해야 했고, 입주 동 호수와 계약자 이름도 일치하는지 각각 확인해 야만 했다. 늘 반복되는 일이었지만 언제나 그 기간을 잊고 있는 입주자들이 있었고 그것에 불만이나 분통을 터뜨리는 사람도 늘 있어 왔다.

그나마 서윤은 다행스럽게도 전화 상담을 하지 않았지만 제가 뭔가 하나 실수를 하면 그와 연달아 다른 것들도 줄줄이 틀어지기 때문에 그녀는 항상 신경을 곤두세워야 했다.

늘 그렇듯 퇴근 시간이 언제 올까 하고 목을 빼고 기다리다 지칠 즈음이 되면 다들 자리에서 일어나곤 했다. 그녀도 겨우 그날의 비용 처리를 마감하고 컴퓨터를 껐다.

"서윤 씨, 다들 한잔하러 가는데 같이 갈래?"

"아니요, 오늘은 몸이 안 좋아서……."

"그래? 그럼 가 봐."

몰래 빼놓고 간다는 인상을 주지 않기 위함인지, 직장 내 왕따를 군이 자신들이 만들지 않으려는 마음에서인지 동료들은 늘 그녀에게 함께 갈 건지 물어보기는 했다. 그러나 서윤은 강제성이 없는 자리에는 거의 끼지 않았다. 상대도 그걸 잘 알고 있는 듯 더 물어보지는 않았다. 서윤은 원래부터 사람들과 어울리는 것을 좋아하지도 않았고 퇴근 시간을 한참 넘긴 지금 술을 먹으러 갈 수 있을 만큼 체력이 되는 것도 아니었다.

늦은 퇴근으로 지하철이고 버스고 꽉꽉 사람들이 들어찰 시간이지만 서윤은 신경 쓰지 않고 제 겉옷을 집어 들었다. 그냥…… 집에 들어가 얼른 이 거추장스런 화장을 벗어 내고 쉬고 싶을 뿐이었다.

휴대폰이 울렸다. 힐끗 휴대폰 속의 번호를 보고는 그녀는 그냥 제 그 큰 가방에 그것을 밀어 넣었다. 아, 이따가 들를 데가 있구나.

"이서윤 씨 되십니까?"

"네?"

쌀쌀한 봄바람이 제 머리카락을 휘젓고 있었다. 얼른 싸늘하지만 바람이 없는 집 안으로 들어가서 물고기들의 밥도 줘야 했다. 그러나 문 앞에 선 낯선 사람의 기척에 서윤은 저도 모르게 가방 속에 손을 넣었다.

아차…….

버스에서 내려 제가 자주 가는 마트에서 산 과도는 플라스틱 포장을 뜯지도 않은 채였다. 서윤이 뒤로 물러서는데 문 앞에 있던 사람은 오랫동안 그 앞에 있었는지 발을 동동 구르면서 말을 이었다.

"하도 연락이 되지 않아서 말입니다. 저희는 이상한 사람이 아닙니다."

서윤의 얼굴에 떠오른 낯선 사람에 대한 경계가 상대에게도 보이는 듯했다. 그때 누군가 차에서 내려 서윤에게 가까이 다가왔다.

"이서윤 씨, 저희는 한영법무법인에서 나온 토지 보상팀입니다. 전 강희원 팀장이라고 합니다."

뒤에 있는 여자 목소리가 들리지 않았다면 서윤은 아마 미친 듯이 소리를 지르거나 어쩌면 더한 짓을 했을지도 모른다. 다행이었다.

"……싫습니다."

이런 일은 늘 있어 왔다. 토지 보상팀에서는 항상 보는 모습이었다. 아니, 이 자리에서 아이고, 감사합니다, 당장 그러겠습니다, 하고 말하는 게 더 이상할 지경이었다. 단호한 목소리에도 아무렇지도 않은 듯 여자는 서류 봉투에서 잔뜩 서류를 꺼내 들었다.

"물론 그러실 테죠. 네, 이해합니다. 본인이 정들어서 살던 동네를 하루아침에 떠나라고 한다면 누구나 그러실 수 있습니다."

이런 일에 노련한 팀장이 있어서 다행이었다. 신참인 조 대리는 커피를 들고 왔다. 그러고는 앞에 있는 이 '까다로운' 고객님 앞에 놓았다.

"드시죠."

클라이언트를 힐끔거리면 안 되는 거였지만 그는 저도 모르게 가는 시선을 어쩔 수가 없었다. 그러나 시선을 든 건 잘못이었다.

세상에나…… 이렇게 생긴 여자를 실물로 보다니. 아마 옆에 있는 팀장하고 오지 않았더라면 말도 못 붙일 뻔했다. 미친 듯이 불고 있는 봄바람 덕에 머리는 엉망으로 흐트러졌고 퇴근 시간이 한참 지나 지친 얼굴이었지만 옅은 화장기만으로도 이렇게 오목조목하게 조화로운 이목구비는 처음이었다. 저 얼굴로 가수나 배우, 혹은 광고 모델이라도 해야 하는 거 아닐까 싶은 여자는 여전히 경계의 눈빛을 띠고 앞에 놓인 커피에는 손도 대지 않았다.

"아, 식사도 안 하셨을 텐데, 자리 옮길까요?"

노련한 팀장이 역시 한마디 했다.

"아니요."

단답형의 대답만 하는데도 여자의 목소리는 묘하게 울렸다. 조 대리는 저도 모르게 얼른 커피에 손을 댔다. 도저히 얼굴을 쳐다보고 가만히 있을 수 없을 지경이라.

"저희가 실은 석 달 전부터 연락을 드렸습니다. 등기로 보낸 서류 보셨습니까?"

서윤이 기억을 더듬어 보니 뭔가가 오긴 왔었다. 그러나 장황한 쇼핑센터에 대한 광고 팸플릿인 줄 알고 그냥 한쪽에 치워 버렸었다. 물론 그 뒤쪽에 안내문이 잔뜩 있긴 했지만 그녀는 자세히 보지 않았다.

두 모녀는 그 동네에서 오래 살았지만 아빠가 그렇게 집을 나간 뒤로 동네 사람들과 어울린 적이 없었다. 동네가 재개발된다고 야단이었고, 그 뒤로 수많은 사람들이 이사를 갔지만 그녀는 이런 소식을 전혀 모르고 있었다.

그러니 길가에 사람 수가 줄어든 게 그냥 동네가 낙후되어 그런가 보다 했을 뿐이었다. 늘 출근은 이르고 퇴근은 늦었으며 주말에는 집에서 잘 나오지 않았으니 주변이 변해 가는 걸 느낄 새도 없었다.

"좋은 기회가 될 수도 있습니다. 뭐, 가장 중요한 게 보상 금액이겠죠. 아마 보시면 놀라실 겁니다. 그래서 주변에서도 운이 좋았다고 말씀하시는 분들이 많았거든요. 자, 보시겠습니까?"

자신만만한 상대의 목소리를 멍하니 듣고 있던 그녀는 아무 대답도 하지 않았다.

서류를 내미는 사람은 일이 그다지 평탄할 것 같지 않다는 걸 오랜 경험상 알 수 있었다.

* * *

「……잘 지내고 있는 거죠? 저도 잘 지내요.

생일이 얼마 안 남았죠? 올해는 작년보다 덜 추웠는지 겨울이 어떻게 지났는지도 모르겠어요.

운 좋게 작년에 승진도 했고, 좋은 팀원들 만나서 일도 순조롭게 잘되고 있고.

구피들도 잔뜩 새끼를 낳았어요. 잘 낳을까 걱정했었는데…….

덕분에 한밤중에 작은 수조로 옮기고 하느라 꼴딱 밤을 샜어요. 아마 저 어린 물고기들도 생일이 4월인 거 보면, 봄은 생명을 잉태하는 계절이 틀림없나 봐요.

어제 조깃국을 끓였는데. 참 맛있더라고요. 봄 조기라서 그런지. 당신이 좋아했었잖아요……

어디에 있든 항상 몸조심하고 끼니 잘 챙겨 드세요.

전 항상 여기에 있을 거니까요. 언젠가 봄바람과 함께 맛있는 조깃국 같이 먹는 날 기다릴게요.」

서윤은 몇 번, 우체통에 반송된 편지들이 있는 걸 보았다. 그걸 엄마한테 가져다 드리니 엄마는 화를 냈었다. 그 뒤로 서윤은 반송된 편지들을 일부러 건드리지 않았다. 주소는 가끔 바뀌었던 거 같았다. 그러나 늘 편지는 반송되었다. 아니 그중에 몇몇은 주인에게 갔는지도 모르겠지만.

반송된 편지들이 가득 든 상자가 엄마의 화장대에 있는 건 알고 있었다. 그러나 엄마가 살아 계실 땐 그 방에 별로 들어가 본 적이 없었다. 나중에 돌아가시고 나서 유품을 정리하면서 그제야 그녀는 뜯지 못했던 그 반송된 편지들을 뜯어볼 수 있었다.

편지는…… 아빠에게 보내는 것이었다.

그렇게 수십 통의 편지가 뜯지도 않고 반송 도장이 찍힌 채 되돌아왔다. 저 같으면 보내지도 않았을 텐데…….

엄마는 아빠를 기다리고 있었다. 오지 않을 걸 알면서도 혹시나 한 번쯤 올지도 모른다는 생각에.

엄마의 장례식에도 오지 않은 그 매정한 아빠를.

「……너무 보고 싶어요. 내가 기다린다는 거 알면서……. 한 번
쯤 와 줄 수도 있는 거잖아요.」

서윤은 엄마가 돌아가시자마자 이 괴괴하고 칙칙한 집을 떠나고
싶었지만 그러질 못했다.

그러니 평생 만져 보지 못한 돈을 준다 해도 그럴 순 없었다.

* * *

"일 처리 이렇게 할 겁니까?"

"죄송합니다."

그놈의 조찬 모임. 중늙은이들이 모여서 또 아침부터 속을 부대
끼게 만들었다. 그걸 참아 내고 와 보니 또 이런 소식만.

"돈이 문젭니까? 그럼……."

"아닙니다. 돈은 필요 없다네요. 그냥 그 집에서 살아야 한다고
해요. 저희도 요건을 알아보고 최고의 조건을 제시했는데도 불구
하고 너무 강경합니다. 심지어 전화도 받지 않고 연락도 두절된 상
태입니다. 이런 일은 처음이라……."

"지금 하루하루 쌓이는 손해가 얼만 줄 아는 겁니까? 도대체 며
칠째입니까? 전에는 연락이 안 된다 어쩐다 하더니 이제는 연락이
돼도 그런 거 하나 처리 못 하고. 차라리……."

언성을 높이던 태진이 말을 끊었다. 새하얗게 질리다시피 한 팀
장의 굳은 얼굴을 보고 그는 억지로 숨을 삭혔다. 말로만 듣던 알
박기라니. 어이가 없어서. 이런 것까지 이용하고 싶지는 않았다.
그가 한, 당연히 무거운 책임을 져야 할 계열사 직원에 대한 관대

한 처분은 만약을 대비한 보험 같은 것이었다. 그 일을 이런 곳에 이용할 생각까진 없었다. 그냥 제삼자를 통해서 빨리 해결하고 싶었을 뿐이었다.

"좋습니다. 이 손해는 그쪽에서 감수하기 바랍니다. 우리 쪽에서 한영에 지불해야 하는 금액에서 이 손실 차액 제하겠습니다. 그쪽에서 안 된다면 우리 쪽에서 직접 할 거니까 그런 줄 아십시오."

"상무님."

강 팀장이 급하게 그 소리를 막아 냈다.

"기한을 조금만 더 주시면……."

"우리 쪽에서는 이게 맥시멈입니다. 나가 보세요."

싸늘하게 대답한 그가 인터폰을 눌렀다. 팀장이 머뭇머뭇 사무실을 나가는 것을 보고 그가 인터폰에 대고 말했다.

"회계팀에 이서윤이라고 있으면 호출 좀 해."

— 회계 몇 팀인지…….

"그건 알아서 하고. 이서윤이라고 있으면 당장 호출해."

그가 으르렁거리듯 말하곤 인터폰을 끊어 버렸다.

별게 다 브레이크를 걸고 있었다. 혼자 사는 여자 하나 설득을 못 해서 이 몇 천 억짜리 공사를 지연시킨다는 게 말이나 되는 건지. 하도 산재된 일이 많아서 그는 그녀의 존재 따위 잊고 있었다. 무엇을 하기만 하면 사사건건 시비를 걸어 대는 이사진이나 이틀에 한 번 꼴로 자신을 호출해서 경과를 묻는 사장단이나, 병원에서 호령하는 회장님까지.

손바닥에는 이제 탄력 밴드 하나만 붙어 그날에 무슨 일이 있었음을 이야기해 줄 뿐이었다. 남은 게 잘 기억도 나지 않는 그 여자의 낡고 괴괴했던 집이라는 것을 알고 나서는 오히려 일이 잘 풀릴 거라고 가볍게 생각하고 있었다. 그런데 막상 공사를 시작하려고 하니 아직도 계약서에 도장을 찍지 않은 곳이 있다는 걸 알게 되었다. 참내 이게 대체 무슨 어이없는 일이란 말인가.

소송까지 가네 마네 하던 다른 상가 건물까지 다 해결했는데, 게다가 빨리 처리하고 싶은 생각에 다른 곳에 짓고 있는 아파트의 회사 보유분까지 딜을 했건만 일이 이렇게 꼬이다니.

일을 벌인 경비 직원이 다 해고된 마당에 자신이 멀쩡하게 회사를 다니게 된 이유를 깨닫지 못하고 뭐가 어째?

온갖 협박이나 겁을 주는 것 따위 그에겐 일도 아니었다. 일을 해결하려면 어떤 짓이라도 할 판이었다. 그가 막 인터폰을 누르려는데 삐리릭 인터폰이 먼저 울렸다.

"뭔가?"

— 상무님. 회계 2팀의 이서윤 씨 어제부터 결근이랍니다.

"뭐?"

참 별일이 다 있다. 결근이라. 그 보상팀 뒤에 있는 게 자신이 다니는 회사라는 것을 알아서 그런 건가? 진짜 한밑천 제대로 잡아 볼 생각인가? 그는 지끈거리는 관자놀이를 눌렀다. 상대가 그렇게 나온다면 방법은 얼마든지 있었다. 그렇게 안 봤는데.

'그냥 주세요.'

약국에서 들었던 그 낮고 습기 먹은 목소리가 떠올랐다. 계단에 쪼그리고 있다가 저를 쳐다보던 그 여자의 파리한 얼굴도.

누구든 상대에 대해서 더 이상 바라는 것이 없게 된 건 아주 오래전부터였다. 오로지 인간이란 존재는 자신에게 이득이 되느냐 마느냐 뿐 그 이상도 이하도 아니었다. 해가 되면 그걸 득으로 바꿔야 했다. 그것뿐이었다.

태진이 다시 막 인터폰을 누르려는데 그의 휴대폰이 울렸다. 어디에 도망을 갔던 지구 끝까지 쫓아가서라도 그 여자의 집을 뭉개 버려야 했다. 한시가 급한 상황이었다. 그는 인상을 쓰면서 휴대폰을 보았다.

'김 변?'

생각해 보니 김 변호사도 그 여자를 알고 있었다. 어떤 일로 전화했는지는 모르겠지만 상의를 해 봐야 할 것 같았다.

"무슨 일이지? 아, 내가 하나 물어볼 게 있는데……."

— 혹시 이서윤 씨라고 기억나십니까?

상대에게서 먼저 나온 이서윤이란 이름 때문에 그는 잠시 멈칫해야 했다.

"그런데 그 여자가 왜?"

— 종로 경찰서에서 연락이 왔는데 이서윤 씨가 상해 치사 혐의로 체포됐답니다. 지금 유치장에 있다고 저한테 연락이 와서……. 혹시나 무슨 관계가 있나 싶어서 말씀드리는 겁니다. 관계가 없다면 그렇다고 연락하려고요.

"……알았어, 지금 그쪽으로 가지."

* * *

"뭐, 저희가 봤을 때도 참 이상한 사건입니다. 그냥 뭐 괴한에게 위해를 당한 것에 대해서 반항을 했다면 정당방위가 확실한데, 저 아가씨가 흉기를 소지했단 말이죠. 그렇다고 서로 면식이 있는 사이도 아닌데 젊은 여성이 호신용으로 칼을 가지고 다닌다는 게 납득이 잘 안 가서 말이죠. 그런데 본인이 전혀 진술을 안 하고 있거든요. 그냥 내내 침묵이고, 다친 사람은 죽는다고 난리고…….
그러니 저희도 딱히 어쩔 수가 없어요. 당사자가 정확하게 설명을
해도 이게 현행범이라서, 피해자는 상해를 이미 입었거든요. 피해
자가 성범죄 전과가 좀 있는 녀석이라 확실한 증거가 있어야 그래
도 좀 어떻게 될 텐데 한쪽은 우기고 한쪽은 말이 없으니 원…….
게다가 거기가 딱 CCTV 사각지대더라고요. 그걸 노리고 그랬는
지도 모르겠지만, 하여튼 상해를 입은 건 확실한지라 어쩔 수가 없
네요. 이쪽이 변호사신가요?"

"상해 치사라고 하지 않았습니까? 피해자가 사망한 게 아닙니
까?"

"어휴, 무슨 그런 말씀을……. 중간에 말을 누가 잘못 옮겼나
보네요. 보아하니 바람에 날려 갈 것 같은 아가씨던데. 그냥 좀 다
쳤어요. 젊은 아가씨가 대체 칼은 어디서 났는지 모르겠지만 찌르
긴 찔렀는데 뭐 크게 다친 것도 아니랍니다. 다만 죽는다고 난리라
서. 응급 수술은 했나 보더라고요. 자세한 경위는 저쪽 담당자한테
들으시고. 하여튼 보호자십니까?"

우선은…… 안심이었다.

마치 전쟁터같이 아수라장이 된 유치장은 저쪽에서 무슨 여자가
울고불고 난리를 하고 있었다. 짧은 회의 두 개를 펑크 내고 여기
까지 오면서 그의 머릿속은 당연하게도 상해 치사라면 사람이 죽
었을 테니 수사고 재판이고 길어질 게 뻔해 그사이에 어떻게든 집
문제를 해결해서 공사에 차질이 없게 해야겠다는 생각뿐이었다.
어이없게도.

이제야 철창이 있는 저쪽에 웅크리고 앉아 있거나 누워 있는 사
람들이 보였다. 아직 쌀쌀한 데다 유난히 꽃샘추위가 기승을 부리

는 4월 초의 초저녁이었다. 제 인생에 도움이 되지 않는 일이라곤 단 한 번도 해 본 적 없는 자신이 그 피곤한 날 계단에 쭈그려 앉아 있던 여자를 집까지 태워다 주는 어이없는 매너까지 부린 건 스스로도 이해할 수 없었다. 예쁘니까? 말도 안 되는 소리.

"상무님 어떻게 할까요?"

그의 당혹스러운 사고를 끊어 준 건 같이 온 김 변이었다.

"상무님?"

김석빈 변호사는 그를 쳐다보면서 되물었다. 우선은 이 까다롭고 시간을 금쪽같이 여기는 클라이언트가 여기까지 절 대동하고 왔으니 뭔가 이유가 있는 건 확실했다. 저번엔 그냥 본인이 상해를 입고 경찰까지 나타났으니 빠르게 사건을 무마하는 용도로 절 사용한 거 같은데 이번은 대체 이유가 뭔지 알 수가 없었다.

같은 회사 직원이라는 것밖에는 접점이 없는 듯한데. 게다가 상습적인 것 같았다. 아니 무슨 호신용 스프레이나 전기 충격기도 아니고 가방에 저렇게 큰 칼을 들고 다니면서 남자라면 무조건 찔러 대는 여자가 정상인 것 같지도 않아 보였다. 게다가 아무리 정당방위라고 해도 칼로 상해를 입혔으니 사건이 복잡했다. 그러나 자신은 그저 페이를 받고 고객이 원하는 일을 해결하면 그만이었다. 두 사람이 어떤 관계이든 둘 사이에 무슨 일이 있든 상관없는 것이었다. 아니, 오히려 모르는 게 득이 된다는 게 이 바닥의 기본 중의 기본이었다.

"빨리 해결하도록 해."

한시가 급했다.

"이서윤 씨 면회입니다. 이서윤 씨!"

여자 순경이 그녀의 이름을 불렀지만 호명된 사람은 세운 두 무릎 사이에 고개를 푹 숙인 채였다. 아까부터 딱딱거리고 껌을 씹으며 욕을 하던 젊은 여자 둘이 힐끗거리고 쳐다보았다.

"저 언니 죽었나 봐. 몇 시간째 저러고 있던데?"

"와 발도 안 저리나 봐. 씨X! 난 발꼬락이 다 얼어붙는 거 같은데."

짙은 화장을 한 두 여자의 말소리에 아랑곳없던 여순경이 그녀에게 다가갔다.

"이서윤 씨 면회예요. 변호사님 같던데……. 괜찮아요?"

"아따 씨X 돈도 많나 보다. 변호사래."

"열라 좋겠네."

그러나 여전히 그녀는 고개를 숙인 채였다.

"이서윤 씨……."

"경위 이야기 해 보시겠습니까? 다른 경찰분들이 그러는데 정당방위라면서요. 말씀을 하셔야 제가 여기서 나가게 해 드리죠. 몸은 괜찮은 거죠?"

들어 본 목소리였다. 변호사라고 했던가……. 대체 이 사람이 왜 제 앞에 있는지는 모르겠지만. 그러나 그녀의 신경을 끌고 있는 건 제 앞에 앉아 있는 사람이 아니었다. 저 뒤에서 팔짱을 낀 채 저를 쳐다보고 있는 사람이었다.

"아따, 아가씨 변호사분도 오셨는데 말을 하라구요. 아 젊은 아가씨가 험한 꼴을 당했으니까 그런 짓을 한 거 이해한다고요. 그러나 이건 상해 사건입니다. 아가씨가 적극적으로 스스로에 대해서 변호를 해야 한다고. 말 좀 하라고!"

옆에서 보다 못한 담당 형사가 닦달을 했다. 보아하니 꽤 비싸 보이는 변호사와 그를 수족처럼 부리는 돈깨나 있는 남자와 한눈에 봐도 눈에 확 뜨일 만큼 젊고 예쁜 여자였다. 대충 각이 나오는 분위기이니 뭐 어차피 여자는 정당방위 비슷하게 풀려나갈 것이 분명했다. 그러니 빨리빨리 해결하고 치웠으면 했다. 이것 아니라도 제 앞에 산재한 사건 사고가 부지기수였으니.

"우선은 피해자 진술만 있습니다."

답답해진 담당자가 바쁘게 서류를 넘기면서 말했다.

"왼쪽 복부에 깊이 4센티미터가량의 자상이 생겼고 응급 수술했습니다. 뭐 워낙에 비계가 두꺼운 모양인지 장기는 다친 거 없다고 하고 그러니 뭐, 생명엔 지장이 없는데 전치 4주가량이랍니다. 칼에 찔리면 기본이 이 정도입니다. 아시죠? 뭐 지나가다 길을 물어봤는데 잘 안 들려서 다가갔더니 여자가 다짜고짜 찔렀답니다. 사고 난 곳이 주택가 골목인데 CCTV 사각지대였어요. 우연인지는 모르겠지만 말이죠. 그 전 구간에 있는 카메라에 먼저 걸어가는 피의자가 찍혀 있고 그 뒤에 바로 피해자가 찍혀 있긴 했습니다. 자 여기 사진 보이시죠? 그 사진만 보고는 뭐 연관 관계를 알 수가 없을 정도라서요. 피해자 진술은 있는데 피의자 진술이 없다면 혐의를 인정하는 것으로 여겨집니다."

그때였다. 뒤에서 듣고만 있던 남자가 입을 열었다.

"그 사고 난 곳……. 주택가 골목길인데 목격자는 없습니까?"

지극히 조용하고 사무적인 목소리였다. 서윤의 몸이 움찔했다. 그러나 워낙에 미미해서 다들 눈치채지 못한 듯했다.

"뭐 그런가 보더라고요. 날이 쌀쌀한 데다 밤이고 인적이 별로 없던 터라."

"좁은 골목입니까?"

저 사람이 왜 저걸 묻는지 알 수 없지만, 담당자는 대답을 하고야 말게 만드는 묘한 목소리에 대답을 할 수밖에 없었다.

"음, 주변에 차도 꽤 주차되어 있었어요. 전형적인 주택가라. 구급차 들어가는 데도 힘들었었거든요."

"……"

그는 더 이상 대답이 없었다. 담당 형사는 힐끗거리면서 변호사라 자신을 소개한 사람 뒤에 선 남자를 쳐다보았다. 아까부터 여순경들이 흘끗거리며 술렁이게 만들었던 원인이란 게 척 봐도 알 만했다. 후줄그레함과 피곤함, 그리고 늘 소동과 소란이 멈추지 않는 이 특수한 구역에 전혀 어울리지 않는 최신형의 매끈한 정장과 그에 딱 어울리는 매끈한 몸과 무슨 텔레비전에나 나올 것같이 부자연스러우리만치 잘난 얼굴을 한 사람을 실물로 보니 뭔가 멍해지는 기분이었다. 아니 무슨 같은 남자끼리인데……. 그는 혼자 고개를 휘휘 젓고는 말을 이었다.

"결정적인 증거가 없다면 상해죄로 몇 개월 살아야 할 겁니다."

"반대로 결정적인 증거만 있으면 바로 해결되는 겁니까?"

"글쎄요. 그렇다 해도 상해 사건이라……"

"그 사건 일어난 곳에 주차된 차량 블랙박스 영상만 입수하면 돼. 최대한 빨리 해결해."

"아 그렇군요. 그런데 아무리 그렇다 해도 피의자가 이미 칼을 소지하고 있었기 때문에 좀……"

그의 이마가 구겨졌다.

"김 변, 위에 알고 있는 사람 누구 있나?"

"네?"

"경찰 총장이면 되나? 아니면 검찰 쪽 누구 필요한가? 아니면 더 윗선이 필요해?"

"그게……."

한눈에 봐도 알 수 있었다. 이 약삭빠른 변호사가 무슨 생각을 하는지. 굳이 오해를 풀고 싶은 생각도 없었다. 다만 돈 받고 일하는 사람은 다른 사람에게서도 돈을 받을 수 있는 거였다.

"저 여자가 이곳에 하루라도 더 머물수록 손해가 눈덩이처럼 불어나. 빨리 꺼내."

"네, 알겠습니다."

그는 급한 걸음걸이로 경찰서를 나섰다.

* * *

"……저녁에 정봉식 의원과 구의회 사람들과 저녁 식사 약속 잡았습니다."

"나가 봐."

"네."

비서가 깍듯하게 인사를 하고 나가자마자 자세가 흐트러진 중년의 사내는 히죽거리면서 웃었다.

"이런 자리는 처음이지?"

"네."

산더미처럼 쌓여 있는 서류들을 들추고 있는 태진은 빨리 이 사내가 나가 버렸으면 싶었다. 그러나 상대는 그럴 생각이 전혀 없어 보였다.

"무조건 그 얼굴부터 풀어."

"알고 있습니다. 제 인상이 좋지 않다는 거."

"아하하하, 그거야말로 적반하장이지. 강 상무 인상이 좋지 않다니!"

농담하고 싶은 생각 따윈 전혀 없었다. 적으로 돌려서 물리칠 수 있으면 마음껏 죽어라 미워하겠지만 아직 그럴 힘이 없다면 그런 속마음을 드러내서는 안 된다. 태진은 무심하게 다른 서류를 펴 숫자들을 확인했다.

"뭐, 여자들이야 혹 갈 인상이지. 하지만 그렇지 못한 사내놈들은 보면 위화감이 팍 들 얼굴이거든. 그럴 땐 말이지, 딱 하나만 하면 돼."

별로 주의 깊게 듣고 싶은 생각은 없었다. 그러나 상대는 이 바닥에서 잔뼈가 굵은 사람이었다. 강 회장의 가신이라고 불리는 TJ물산을 맡고 있는 부사장이었다. 굳이 받들 생각은 없지만 제게 필요한 팁이라면 열심히 들어 둘 의향은 얼마든지 있었다.

"나도 너희랑 같은 부류라는 걸 인식시켜 주면 되는 거지. 강 상무 노래할 줄 아나? 최신 트로트 하나 잘 연습해. 노래할 땐 옷도 적당히 흐트러뜨려 입어 주고, 나오는 아가씨들 잘 다뤄 주고 말이지. 자넨 얼굴이 무기라서 그렇게만 해도 다른 놈들이 기고 뛰고 나는 것에 백배는 효과가 날 거야. 아 저 잘난 놈도 나랑 똑같은 사내자식이구나, 하는 거만 느끼면 효과는 아마 천 프로는 될 걸."

듣기만 해도 역겨운 노릇이지만 그도 알고 있었다. 게다가 그게 필요하다면 얼마든지 할 용의가 있었다.

"이놈이 나보다 더하구나, 하고 느끼면 뭐 더 좋겠지만 우리 강 상무, 그렇게까지 할 건 아니잖아?"

그 말을 들은 태진이 피식 웃었다. 그건 아마 어처구니가 없어서였겠지만 보는 사람은 그게 아니었던 모양이다.

"사내새끼들은 다 똑같아. 가진 건 그거 두 쪽뿐이거든. 특히 정봉식이 그 새끼는 진짜 더러운 새끼야. 그러나 뭐, 힘 있는 놈이 장땡인 세상이니까. 그놈만 구워삶아 놓으면 만사 오케이야. 아마 나중에 건물 다 올려도 그 정가 놈이 손을 많이 쓸 거니까 특히 첫인상 좋게 해. 그놈이 워낙에 지 건강 챙기는 놈이라서 명절 때도 희귀한 거, 그런 거 보내면 좋아해. 특별히 신경 좀 쓰는 게 좋을 거야."

"알겠습니다."

말 같지도 않은 소리지만 피가 되고 살이 되는 소리였다.

그때였다. 한나절 내내 사무실에서 헛소리만 하던 불청객이 도저히 흘려들을 수 없는 말을 한 건.

"박 이사 꼭 몰아내. 절대 강 씨 집안 물건에 손 하나 못 대게 하라고. 대단한 척하지만 난 그 꼴 못 봐."

꾹 참고 있던 태진이 결국 한마디 해야 했다.

"위험한 발언이십니다."

그러자 거구의 사내가 웃었다.

"내가? 더 위험할 게 뭐 있어. 니들 모자 싸움에 끼어서 떨어지는 콩고물이나 주워 먹을 건데. 강 상무, 꼭 이번 건 성공해야 해."

그는 대답하지 않았다.

태진이 가장 많이들은 말…… 너는 피도 눈물도 없는 놈이구나, 하는 말이었을 것이다. 자신에겐 피도 있고 눈물도 있는 거 같긴 했지만 그는 그 말을 듣는 걸 기분 나빠 하지 않았다. 아니, 오히려 그 말도 자꾸 듣다 보니 이젠 칭찬인지 헷갈릴 지경이었다. 없어도 되는 거니까.

한바탕 연기를 하러 가기 직전이었다. 앞으로 부패한 너희들과 같이 나란히 걸어갈, 개망나니 같은 속을 지닌, 어디에나 있을 뻔한 재벌 2세 연기를 하러.

그 전에 그는 급하게 오더를 내렸던 보고서를 보고 있었다.

"회계 2과 평직원입니다. 입사 1년 차이고 6개월 동안 인턴으로 있었습니다. 인사 고과에는 그저 그런 기록도 없습니다. 평가 항목도 평균 B 정도입니다. 그리고 이건 한영에서 보낸 보고서 출력한 겁니다."

"두고 가."

비서가 나가자마자 태진은 서류를 폈다. 우리나라에서 정당한 방법으로 얻기 힘들 법한 자료들을 한참이나 쭉 읽던 그는 머리를 굴려야 했다. 그녀의 이력은 매우 평범하지는 않았다. 그러나 방법이 없어 보이지는 않았다. 정공법이 안 된다면 뒤로 돌아가야 했다. 그는 휴대폰을 들었다.

"강태진입니다."

휴대폰 저편에서 놀라는 목소리가 들렸지만 그는 아랑곳하지 않았다.

"금액은 최대로 올려 봤습니까?"

저편에서 뭐라 대답이 있었다.

"알았습니다. 그건 이쪽에서 해결하죠."

하늘이 내린 기회였다. 이런 일은 얼마든지 예측할 수 있었다. 누구에게나 제가 평생 살던 터전을 뺏긴다는 건 억울한 일이었다.

물론 그것에 대해 충분한 보상을 해 준다면 이야기는 달라지겠지만 그건 보상을 해 주는 편에서는 불가능한 이야기였다. 그러니까 접점을 찾는 것, 그것이 가장 중요했다. 물리적으로 그 접점을 찾기 힘들다면 다른 방법을 써야 했다.

— 상무님, 저녁 약속 시간에 도착하시려면 지금 나가셔야 합니다.

"알았어."

무엇이든 할 생각이었다. 그게 무슨 일이든…….

제 앞에 걸리적거리는 것들은 무조건 밟고 지나갈 것이다. 그래서 우선은 저 꼭대기에 서 볼 예정이었다. 그러고 나서, 그다음을 생각해 볼 것이다.

* * *

그가…… 있었다.

딱히 그 사람을 기억할 필요는 없다. 아니, 이젠 다시 제 시야 속에 나타날 사람은 아닐 테니까. 그런데 그가 거기 있었다. 왜…… 왜 그랬지. 물어볼 걸 그랬나. 쉴 새 없이 딱딱거리며 껌을 씹어 대 신경을 긁던 두 여자는 드디어 잠이 든 모양이었다. 싸늘한 바닥에 쪼그리고 누워서 이곳에서 나눠 준 담요를 덮고 간간이 코까지 골고 있었다.

벌써 4일째. 정신이 멍한 느낌이었다. 제가 지금 깨 있는 건지 아닌지 알 수가 없었다. 워낙에 예민해서 잠자리가 바뀌면 잠을 못 자는 성격이었다. 난방이 되고 있다지만 도저히 한기를 참지 못하고 담요를 덮어 쓰고 있었지만 푹 잠이 들지는 못했다. 잠깐잠깐 제정신이 나갔다 들어갔다 하는 모양이었다. 그러나 철창 밖에서 나는 사람들의 소란은 고스란히 물 밖에서 들리는 듯 뿌옇게 제 신경을 긁어 대고 있었다. 그녀는 떨어지는 고개를 들려 애썼다. 그때 그녀의 눈에 띈 건 제 바지와 소매엔 말라붙어 가는 갈색 얼룩들이었다.

그냥 피곤한 하루의 끝이었고 잘못 배송된 물고기 밥을 반품하러 근처에 있는 편의점에 갔다 오는 길이었다. 집 주변에도 가게가 있었지만 이미 다 문을 닫은 상태였다. 큰 쇼핑센터가 들어선다더니 동네 전체가 텅 비어 있었다. 그래서 일부러 대로변에 있는 편의점까지 가야만 했다. 까다로운 데다 이번에 새끼를 잔뜩 낳아서 영양식을 챙겨 준다고 바꿨는데 보내는 곳에서 잘못 배송이 된 탓이었다.

항상 큰길로 다니던 그녀가 그날따라 피곤했기에 어두운 뒷골목으로 걸어왔는데 하필 그런 일이 일어났다. 큰길은 빙 돌아오는 길이라 15분 정도 걸렸지만 가운데 샛길은 5분도 걸리지 않았고 설마 이렇게 지나가는 사람이 많은데 무슨 일이 있을까 싶어서 그녀는 저도 모르게 절대 밤에는 다니지 않는 길을 갔을 뿐이었다. 그러나 대로와는 달리 골목길에는 인적이 드물었다. 막 모퉁이를 도는데 뒤에서 발자국 소리가 들렸다. 누군가 따라오는 게 느껴졌고 그녀는 걸음을 빨리했다. 그러나 상대의 걸음걸이가 더 빨랐다.

'어이, 예쁜 언니 얼굴 좀 자세히 보자.'

그때 이미 그녀는 새로 사서 정성껏 만든 신문지로 된 칼집에 든 칼을 빼 들고 있었었다. 그러나 그 순간에도 그녀는 저번과 같은 일을 하지 않으려고 애썼다. 그냥 단순하게 제게 길을 물어보는 사람일 수도 있다고 생각했기 때문이었다. 제발 그냥 지나가

길……. 누군지는 모르겠지만 그 순간에 서윤은 그를 떠올렸다.

'도망가려거든 밝은 쪽으로 가라고.'

좁은 골목길엔 차들이 잔뜩 서 있었다. 저쪽 끝에 밝은 가로등이 있었다. 서윤은 힘껏 뛰었다. 그러나 누군가 저를 우악스럽게 잡았다. 그러곤 제 어깨를 움켜쥐는 게 느껴졌다.

'야! 오빠 나쁜 사람 아니야!'

그녀는 그 순간 칼을 빼 들었고 그 칼끝에 물컹하는 무언가가 걸렸다. 그리고 미친 듯이 소리를 질렀다. 그다음은 분명히 제가 바닥에 쓰러져 기절한 것도 아닌데 기억이 없었다. 정신을 차렸을 땐 사람들이 몰려와 소리치고 있었고 그 뒤에 경찰이 왔다.

그러나 그 생각을 되짚은 순간 그녀는 저도 모르게 꽉 하고 목구멍이 막히고 몸이 떨려 왔다. 경찰인지 형사인지가 다그칠 때도, 아까 그 변호사가 물을 때도 그녀는 말하고 싶었다. 사실은 이렇게 된 거라고. 그러나 제 목구멍은 뭔가가 틀어막고 있는 듯 아무 소리도 내지 못하고 말라 가고 있었다.

4월엔…… 살아 있지 말았어야 했다.

"이서윤 씨 나오십시오."

깜빡 정신이 나갔었나. 제 이름 석 자에 흠칫 놀란 그녀가 눈을 떴다. 차가운 벽에 기댄 채였다.

"이서윤 씨!"

말을 해야지. 꼭…… 그러나 아무것도 먹지 못한 그녀의 목구멍은 진짜 말라붙어 있었다. 그리고 천천히 일어났음에도 불구하고 핑 하고 세상이 도는 느낌이었다. 누군가 그녀를 붙잡았다. 희미한 화장품 냄새와 푹신한 팔뚝…….

"조심하세요."

그녀를 여러 번 불러냈던 여순경인 모양이었다. 겨우 노랗던 시야가 뿌옇게 밝아지자 철창 너머에 그가 보였다.

수많은 사람들이 이리저리 바쁘게 움직이고, 쉴 새 없이 누군가 소리치고 있고, 또 누군가는 전화를 하고 있었다. 심지어 어떤 사람은 제게 뭔가를 묻고 있었다. 그러나 그녀의 눈에는 딱 한 사람만 정확하게 보였다. 누군가와 전화를 하고 있는, 저 뒤에 짙은 색 정장을 입고 서 있는, 어딘가 모르게 피곤해 보이는 그 남자가.

"정당방위로 무혐의 처분이 났으니까 여기 사인하십시오."

누군가가 종이와 펜을 내밀었다. 손이 떨려서 글씨가 제대로 써지지 않았다. 그러나 서윤은 말라붙은 목구멍을 하고 떨리는 손으로 제 이름을 쓰다 다시 고개를 들었다.

그가 싸늘한 눈빛으로 자신을 쳐다보고 있었다.

5

"전 정신과 치료를 권하겠습니다."

여자가 차에 올라탄 뒤 차 문을 닫자마자 옆에 서 있던 김 변호사가 말했다.

"수고했어. 바빴을 텐데 말이야."

김석빈 변호사는 하루 종일 새로 들어온 인턴 사원들까지 풀어 주변 차량의 블랙박스를 모조리 뒤져 대야 했다. 그러나 뭐, 그것보다 더한 일도 얼마든지 있으니까. 물론 이런 일이야 경찰들이 알아서 하는 게 당연했지만 시원찮은 사건이라서인지 다들 신경도 쓰지 않는 눈치였다. 공무원이 저 모양이니 나라도 이 모양이지. 게다가 절대 제대로 된 경찰이 상대를 칼로 찌른 중대한 현행범을 신속하게 무혐의 처분을 내리게 한다는 건 있을 수도 없는 일이었다. 그러나 저쪽 높은 분들의 지대한 관심 어린 전화 몇 통이면 그게 가능할 수도 있는 거였다. 물론 돈 없고 빽 없는 서민들의 입장에서 보면 통탄할 일이지만. 그러나 그건 석빈이 상관할 바 아니었다. 저 대단하신 클라이언트께서는 그에 합당한 대가를 치를 것이니.

다행스럽게도 각도가 제대로 나온 블랙박스 영상이 두 개나 되었고 그걸로 충분한 증거가 된 데다 당혹스러운 윗분들의 전화 몇 통으로 사건은 하루 만에 속전속결로 해결되었다. 그러나 문제는 저 여자 아닌가. 아무리 세상이 흉흉하다 해도 여전히 저 가방 속에 저런 칼을 들고 다니는 것은 문제가 있다. 대체 이 여자 때문에 어떤 손해가 나는지는 곧 사무실에 들어가서 알아보면 되겠지만 객관적으로 봤을 때 제 클라이언트가 이 여자랑 한곳에 있는 건 위험한 일이었다. 저 예쁜 얼굴 밑에 마치 사이코패스나 정신 이상자 같은 폭력성을 감추고 있는 게 분명했다.

"가 봐."

태진이 운전석 쪽으로 가는 것을 보고 김 변호사가 다시 말했다.

"기사는 어디 갔습니까? 피곤해 보이시는데……. 직접 운전하시려고요?"

그를 여기까지 태우고 온 기사는 그의 명령에 의해 이른 퇴근을 한 지 오래였다.

"신경 쓸 거 없어. 오늘 수고했어."

좀처럼 잘 타지 않는 운전석으로 가면서 그가 말했다. 곧 차는 한 무더기 매연을 남기고 사라졌다.

"쳇."

지금 제 클라이언트가 어떤 상황에 처해 있는지 누구보다 잘 아는 김석빈은 고개를 갸웃거릴 뿐이었다. 그나마 다행인 건 경찰서에서 막 나왔으니 저 커다란 가방 안에는 절대 제 클라이언트를 해칠 만한 칼은 없을 거라는 것이었다.

"아무것도 안 먹었다던데. 우선 집에 가서 그 옷 좀 갈아입어야겠지?"

어젠 더한 짓도 했었다. 그 숙취가 채 풀리지 않은 터라 아깐 차에서 잠깐 졸기까지 했다. 다행스럽게도 여자의 집은 경찰서에서 멀지 않았다. 여자는 대답이 없었지만 혼잡한 경찰서 앞에서 끼어들기를 해야 하는 그는 뒤쪽에 앉은 여자에 대한 서류의 내용을 떠올리며 넘쳐 나는 대로의 차들에 신경을 쓰고 있을 뿐이었다.

「7살 때 부모가 이혼을 한 뒤로 쭉 같은 집에 모친과 살고 있었음.

특별한 사항은 없고 학교 졸업 후에 TJ건설 회계과에 인턴사원으로 근무하다 정식 사원이 되었고 1년 전에 모친이 병으로 사망한 뒤에 혼자 그 집에서 살아옴.

집에 대한 애착 때문에 계약을 거부할 수 있음.

금전적인 문제에 대해 욕심이 없음. −어려움.」

재개발이 절실히 필요한 곳이었다. 오래된 동네였고 그 동네 사람들 대부분 낙후된 동네를 떠나길 원하거나 새로 개발되는 것에 대해 환영의 뜻을 가지고 있었다. 그래서 그나마 순조롭게 토지 매입을 할 수 있었다.

전에 한밤중에 가 보긴 했었지만 그때도 기억에 컴컴하고 텅 빈 낡은 동네였다. 대낮에 가 본다고 뭐가 더 달라질까. 뭔가 다른 생각을 좀 더 해야 하는데 익숙지 않은 공격적인 타인들의 차 행렬이 그의 머릿속을 텅 비게 만들고 있었다.

"감사합니다."

겨우 차선을 탔을 때였다. 꽤 넓은 차 안에서 조용한 여자의 목소리가 들렸다. 그렇게 고마우면 내가 원하는 걸 좀 해 주는 게 어때? 하고 묻고 싶은 걸 그는 꾹 참았다.

꿈속일까. 여전히 그 악몽 속에서 깨나지 못한 느낌이었다. 그러나 이번 꿈은 굉장히…… 아늑했다. 언젠가 한번 타 보았던 어마어마한 고급차의 푹신하고 따뜻한 뒷좌석, 차창 밖의 소란 따위가 무슨 그림처럼 보이게 만드는 조용하고 안락한 공간이 이번 꿈의 배경이었다. 그리고 그 청량한 공간 속에 떠다니는 어떤 향기…….

그녀는 간신히 힘을 짜내 한마디 했다.

"감사합니다."

악몽에서 허덕이다 이런 근사한 꿈을 꾸게 해 준…… 그 누군가에게.

* * *

동네에 들어서자마자 분위기가 음산했다. 도면상으로는 수백 번도 더 봤지만 실제로 보니 어딘지 선뜻 생각은 나지 않았다. 진입로에 있는 건물들로 봐서 아마 부지의 북쪽 끝부분인 듯했다.

붉은색 락카로 철거라고 쓰인 글자들이 설치 미술가의 괴기한 작품처럼 음산하게 사방에 산재해 있었고 사람이 들어갈 수 없게

꼼 막아 놓은 노란 테이프도 거기에 한몫하고 있었다. 어딘가에서 공사하는 소리도 요란했다. 살던 사람들이 떠나 버려 텅 빈 집들은 며칠 전 왔을 때보다 급격하게 낡아 버린 분위기였다. 바로 길 하나를 두고 사람이 사는 집들이라 더러 길가에 차도 있었지만 삭막하기 그지없었다. 이런 곳에 왜 살려고 하는 걸까.

그러나 그건 제 알 바가 아니었다. 시간이 많지 않았다. 태진은 자신에게 주어진 시간을 알뜰하게 활용해야 했다. 하지만 자꾸 눈이 감기고 있었다. 그는 몇 번 시린 눈을 깜빡이다가 힐끗 뒤를 돌아보았다. 피곤함에 젖어 마치 죽은 듯 잠든 여자의 얼굴이 보였다.

파리한 여자의 얼굴……. 철창 안에 있는 여자를 몇 번 보았었다. 철창 안의 여자는 늘 고개를 푹 숙이고 있었지만 잠든 것 같지는 않아 보였다. 심문을 하거나 의사소통을 위해서 타인들이 몇 번이고 불러도 대답을 하지 않았지만 결코 잠들었다는 느낌은 없었다. 그러나 공사장 소음이 창밖으로 내려앉는, 시동이 꺼진 차 안에는 깊은 여자의 숨소리만 들렸다. 시간이 없는데…….

그는 차에서 내렸다. 저도 모르게 한참이나 시동 꺼진 차에서 여자를 돌아보고 있었다는 걸 깨닫고 황급한 걸음걸이로 나서야 했다.

"이봐."

마치, 무슨 마법이라도 걸린 듯—아니, 이런 단어를 떠올린 자체가 우스웠다. 갑자기 마법이라니.— 미동도 없이 잠들었던 여자가 갑자기 화들짝 눈을 떴다. 그런 급격한 반응을 보일 만큼 큰 소리도 아니었고 조용히 차 문을 열고 한마디 했을 뿐이었다. 오히려 너무 깊이 잠들어서 손을 내밀어 깨워야 하나 했다가 여자가 가지고 있는 이상한, 아니 과격한 반응을 알고 있기에 우선 조용하게 한마디 했을 뿐이었다.

"다 왔어. 내려."

뭔가 좀 더 드라마틱한 말을 해야 할 것만 같은데 막상 생각이 나지 않았다. 놀란 여자가 일어나 두리번거리더니 휘청거리면서 차에서 내렸다. 그러나 여자가 바닥에 쓰러지지 않는 한 그는 손을 내밀어 붙잡아 주거나 하는 매너를 보일 생각은 없었다.

"저기……."

여자가 말을 더 잇기 전에 그가 스스로도 어색했지만 전혀 그런 티를 내지 않으려 애쓰면서 말했다.

"뭐, 식사라도 하러 가지. 나도 아직 식사 전이라. 그쪽은 옷…… 갈아입어야 할 것 같은데? 그리고 좀……."

뒤에 생략된 말은 뻔했다. 꼬박 4일 동안 유치장에 쭈그리고 앉아만 있었으니까.

"……."

당황한 기색이 역력해 보였지만 여자는 제가 생각한 만큼 격렬한 반응을 일으키지는 않았다. 당연하지 않은가, 이 여자를 거기서 꺼내 오기 위해서 제가 지금 어떤 손해를 보고 있는데.

"저기……."

어떤 것도 할 수 있었다. 제가 원하는 것을 얻고자 한다면. 어제도 나름 멋지게 해냈었다. 그러니 오늘도 별다를 리 없었다. 일부러 제가 즐겨 입는 위압감을 주는 어두운색 정장도 피하지 않았던가.

"내가 어제 좀 일이 많았기 때문에 피곤해서 그러는데 안에 들어가서 기다려도 될까?"

그녀는 더욱더 당황한 모습을 보였다. 그러자 이제는 좀 재미있어지기까지 했다. 낯선 남자를 극도로 경계해서 벌써 두 번이나 사고를 친 여자의 집에 들어가려 하다니. 과연 가능할까.

한참이나 망설이는 모습을 보고 태진은 갑자기 피로가 몰려왔다. 장난은 이쯤 해 두고 차에서라도 잠깐 눈이라도 붙여야 그 뒤에 뭘 할 수 있을 것만 같았다. 막 말을 꺼내려는데 여자가 가방을 뒤적이더니 말했다.

"들어……오세요."

그러고는 여기저기 녹이 슬기 시작한 철문에 다가가 열쇠를 꺼내 들고 열기 시작했다.

좀…… 의외였다.

워낙에 넓은 공간에서만 살던 그에게 당황스러우리만큼 좁은 공간은 둘째 치고라도.

"거기…… 앉아서 좀……."

"알았어. 천천히 해."

그가 그의 시선을 차단해 버린 커다란 수조를 쳐다보면서 대답했다. 실은 뭐 걱정스럽다면 싱크대에 있는 부엌칼이라도 꺼내 두라는 비슷한 말로 이죽거리려고 했다. 그러나 엉뚱한 곳에 시선을 빼앗긴 그는 성의 없는 대답을 하고 있었다. 온통 칙칙하고 오래되어서 텔레비전 드라마에나 나올 것 같은 그런 번쩍거리는 흉측한 나무로 인테리어된 실내에 어울리지 않는, 파란 조명이 빛나는 생뚱맞은 수조의 하얀 모래와 너무 초록이 선명해서 무슨 천으로 만든 것같이 부자연스러워 보이는 수초 사이를 떠다니고 있는 수많은 형형색색의 물고기에 그의 시선은 머물러 있었다.

수조 뒤쪽의 구석에 있는 그녀의 방에서 갈아입을 옷들을 챙겨 들고 재빨리 욕실로 들어간 서윤은 꽤 오랜 시간 동안의 부재 덕에 바싹 말라 버린 싸늘한 욕실 안에서 문을 잠그면서도 뭔가 이상한 느낌이었다.

이 집에 누군가 낯선 사람이 온 적이 있었나? 간병인이나 혹은 엄마 때문에 몇 번 왔던 구급대원들 **빼고는**……. 보일러가 고장 나서 부른 수리공 외에 타인이 들어온 적이 없는 그런 공간이었다.

이건 사실인가. 그 차가운 철창 안에 들어가게 됐을 땐, 절대 다시 이 공간으로 돌아올 수 없을 거라 생각했다. 아직도 꿈속에 있는 느낌이었다. 그러나 우선은 이게 꿈인지 생시인지 간에 '그 사람'이 얇은 문 밖에 있었다.

나흘 동안 아무것도 하지 못한 제 몸은 한 꺼풀 뭔가가 덧씌워진 느낌이었다. 얼른 씻고 옷을 갈아입어야만 했다. 다시 한번 문이 잠겼는지 확인하고는 그녀는 뜨거운 물이 나오길 기다리며 물을 틀어 놓곤 이를 닦았다.

싸늘한 거실에 혼자 있게 된 태진은 다음에 할 행동들을 생각해야 했다. 그게 늘 그의 버릇이었다. 문을 열기 전에 문을 열고 들어가서 어떤 말을 하고 어떤 행동을 해야 한다, 그리고 상대에게 어떤 것을 이끌어 내야 한다……. 충동적이고 감정적인 게 어떤 것인지 그는 이제 기억도 나지 않았다. 그게 어떤 느낌이고 어떤 기분인지도 모른다. 늘 계산을 해야 했고 예측을 해야 했고 그것에 어긋나면 수정을 해야 했다.

일을 시작한 뒤로 쉬는 시간이나 혼자 있는 시간에는 그 긴장을 이기지 못하고 체력과 정신을 보충하기 위해 마치 모든 것이 끊기

듯 정신줄을 놓고 잠을 자는 것밖에는 해 본 적이 없었다. 물론 그 시간들조차 극도로 짧았다. 그리고 지금 이 순간이야말로 어떤 말과 어떤 행동으로 저 여자에게서 제가 원하는 것을 이끌어 낼지를 생각하고 있어야만 했다.

그러나 문제는, 이 적막함 속에 뿌옇게 흩어지는 소리였다. 아마 그건 눈앞에 새파란 불빛을 비추고 있는 커다란 수조 한쪽을 흔들고 있는 저 공기 방울을 만들어 내는 기계가 내는 소음이 분명할 것이다.

무언가 끊어짐이 없는, 그렇다고 신경을 거스르기에는 약간은 부족한, 적막을 쓸어 내는, 마치 산속에 희뿌옇게 흩어지고 있는 안개처럼 몽롱한 착각을 주는 소리였다. 백색 소음 비슷한 그러나 진짜 물이 만들어 내는 소리는 이상하게 그의 신경을 지그시 내리 누르고 있었다. 뭔가 생각을 해야 하는데 그걸 뿌옇게 흐려 놓는 것 같았다.

그는 저도 모르게 먼지가 가득 앉아 있는 것 같은 회색 빛깔의 패브릭 소파 위에 앉고 말았다. 아마 해가 쏟아지는 그런 곳이었으면 폭발하는 듯 날아오르는 먼지들의 향연이 보였겠지만 다행인지 아닌지 여자의 집은 잔뜩 그늘져 그런 것들이 보이지 않았다.

그의 거실에 있는 차가운 가죽 소파와는 달리 패브릭 소파는 찬기가 덜했다. 어딘가 물소리가 들리는 것 같았지만 그는 감기는 눈꺼풀을 치켜뜨려고 애썼다. 그러나 뿌연 소음은 그를 시적시적 심연으로 이끌어 가고 있을 뿐이었다.

사람이 기다리고 있었다. 그것도 아주 당혹스러운 사람이. 게다가 더 당혹스러운 건 이 얇은 문짝 하나를 두고 저쪽 어딘가에 있다는 것이었다. 서윤은 샤워가 끝나자마자 황급하게 옷을 입었다. 젖은 머리카락에서 뚝뚝 떨어지는 물기 덕에 옷이 젖는 게 느껴졌지만 어쩔 수 없었다. 들고 들어온 바지는 스키니진이었고 물기를 채 닦지 못한 살에 들러붙어서 잘 올라가지 않아 하마터면 젖은 욕실 바닥에 넘어질 뻔하기까지 했다.

타인이, 그것도 낯선 남자가 바로 얇은 문 밖에 있었지만 내리 4일 동안이나 세수조차 제대로 할 수 없는 곳에 있었기에 도저히 참을 수 없어서 샤워를 하고 머리까지 감은 그녀는 황급하게 물기를 닦고 문을 나서려고 했다. 그러나 그 순간 그녀는 잠시 머뭇거리고 말았다. 문을 열면서도 이런 모습을 남에게 보여도 되나 싶어 재빨리 방으로 뛰어 들어갈 생각이었다.

문을 열었을 때, 거실의 찬 기운이 수증기가 가득한 공간으로 밀고 들어왔다. 그리고 그 찬 공기에 얹어진 것은 고요였다. 산소 발생기의 조용하고 뿌연 소음이 들릴 정도의 고요. 서윤은 고개를 내밀었다. 분명히 타인이 이 공간에 들어온 게 분명한데…….

두리번거리던 서윤의 눈에 들어온 건 패브릭 소파였다. 서윤은 주로 수조 앞에 있는 1인용 리클라이너 소파에 앉아서 대부분의 시간을 보냈기에 3인용의 칙칙하고 낡은 패브릭 소파에는 요 몇 년간 앉아 본 기억도 없었다. 치워야지 하면서도 마음뿐이었던 거추장스런 물건이었다.

그런데 그 소파에 그가 있었다. 소파가 좁아서 다리가 한참이나 허공에 나와 있었다. 긴 몸을 쭉 뻗은 채 다리를 꼰 남자는 한 팔로 얼굴을 가리고 미동도 없이 누워 있었다.

똑. 똑. 똑…….

채 닦지 못해 젖어 있는 제 머리카락에서 떨어지는 물방울 소리였다. 분명히 알 수 있었다. 그러나 서윤은 가만히 있었다. 제가 조금이라도 움직여 바스락거리는 소리를 내면 당장이라도 눈앞에 누워 있던 남자가 벌떡 일어날 것만 같았다. 아니 그래야 하는 거 아닌가. 왜 저 사람은 저기서 저러고 있는 걸까.

늘 제가 지나다니는 곳이었고 제집의 일부분이었다. 제가 기억 이란 걸 할 수 있는 나이 때부터 쭉 살아왔던 공간이었다. 그러나 지금은 마치 다른 세상에 와 있는 기분이었다. 단지 피곤에 너무 지쳐 잠시 눈을 붙인 한 사람 때문에……. 그런 착각을 하고 있었 다.

"음……."

눈을 뜬 것 같은데 앞이 캄캄해서 몇 번이고 눈을 깜빡이던 그 의 눈에 뭔가 푸르스름한 것이 보였다. 그제야 태진은 벌떡 일어나 앉았고 그의 어깨에서 얇은 담요가 흘러내렸다.

"왜…… 그러고 있는 거지?"

그가 무심코 이런 말을 내뱉은 건, 제 눈에 보이는 모습 때문이 었다. 낯설었지만 그래도 눈에 들어오는 공간 속에 있는 여전히 푸 르스름한 수조는 더 밝아 보였다. 아마 그것은 반대로 주변이 더 어두워졌기 때문일 것이다.

깜깜해진 공간은 싸늘했다. 늘 온도차를 느낄 수 없는 쾌적한 실내에만 있었던 그에겐 낯선 한기였다. 배경 음악처럼 산소 발생 기에서 나는 뿌연 소음이 가라앉아 있었다. 그리고 그 푸르스름한 불빛 앞에 여자가 있었다. 1인용 소파에 담요인지 이불인지를 두르 고 새하얀 얼굴을 새파랗게 빛낸 채…….

이건, 꿈인가? 왜 저 여자는 저런 표정으로 날 보고 있는 거지.

뭐라 꼬집어 말할 수 없는 몽롱한 백색 소음과 딱 어울리는, 이 세상에 있지 않을 것 같은 여자의 얼굴이 물끄러미 자신을 쳐다보고 있었다. 이게 현실인가? 아직 꿈을 꾸고 있는 건가. 그러나 제 어깨에서 흘러내린 이불 덕분에 싸늘한 공기가 제 몽롱한 머릿속을 깨우고 있었다.

"몇 시야?"

버릇처럼 신경질적으로 물었지만 대답이 없었다. 이상한…… 정말 이상한 일이었다.

* * *

휴대폰에 쓰인 숫자는 절망과 안도를 동시에 주고 있었다. 4월이 며칠이나 지나 있었다. 그러나 아직은 남은 날들이 더 많았다. 기뻐해야 하는 건가.

서윤은 왠지 퀭해 보이는 얼굴에 핑크색의 블러셔를 바르면서 제 얼굴이 훨씬 상태가 좋지 않다는 걸 새삼스럽게 깨달았다. 화장을 마치고 코트를 집어 들면서 그녀는 저도 모르게 웃고 말았다.

대체 왜 이렇게 허겁지겁인 거지.

회사에 무단으로 출근하지 않은 지 5일이 지나 있었다. 무혐의로 처리되긴 했지만 그 시간 동안 유치장에 있었던 건 변함이 없었다. 이제 더 이상 이렇게 화장을 하고 만원 버스와 지하철에 시달리지 않겠습니다, 하고 이야기를 하러 가야 하는 건가.

오히려 마음 한구석은 가벼웠다. 어차피 오래 버티지 못할 것이라고 생각했다. 꼬박꼬박 엄마의 연금이 들어오고 있었고 보험금도 있었다. 당장 생계 걱정 따위 할 필요도 없었다. 늦은 시간까지 집에 들어오지 않으려고 했었던 이유도 사라졌다.

아니…… 살아 있을 이유도 없는 거 아닌가.

제 방문을 닫던 서윤은 생각이 거기까지 미치자 왜 이렇게 옷을 차려입고 이 시간에 나서나 싶었다. 하지만 막 몸을 돌린 순간 적어도 자신이 아직까진 살아 있어야 하는 이유가 보였다. 푸르스름한 빛을 뿌리고 있는 커다란 수조. 저걸 처리해야 하니까.

그러나 그녀의 시선은 엉뚱한 곳에 가 있었다. 단 한 번도 이 공간에서 제 시선이 닿아 본 적이 없었던 곳.

낡은 패브릭 3인용 소파를 물끄러미 쳐다보던 서윤은 제 커다란 가방을 둘러메고 부지런히 집을 나섰다.

"……음, 이서윤 씨."

서윤은 이제는 다시 볼일 없을 것 같은 장 팀장에게 제출하려고 새벽에 부랴부랴 인터넷을 찾아 쓴 사직서를 든 채였다. 봉투라도 있으면 좋았으련만, 아니 조금만 시간이 더 있었으면 깨끗하게 워드로 쳐서 출력했을 텐데 출근하자마자 제 얼굴을 본 최 대리가 산더미 같은 서류 정리를 처리하느라 애를 쓰고 있는 게 보였다. 제 앞으로 쏟아지는 일이 하루에도 엄청난데 제가 자리를 5일이나 비웠으니 주변에서 나눠 하더라도 밤늦게까지 계속 야근을 했을 거란 생각에 미안함이 앞서 그 일부터 처리하느라 이렇게 돼 버린 터였다.

"죄송합니다."

그녀는 용기를 내서 구겨진 종이를 내밀었다. 그러나 장 팀장은 그녀가 손에 든 서류를 보고선 아무렇지 않은 어조로 말했다.

"부서 이동 있습니다. 가서도 열심히 일하시기 바랍니다. 출근하자마자 바로 이동하라고 했는데 시간이 좀 지났네요."

"네?"

그녀는 당황한 듯 보였다. 말하는 사람도 이상하긴 마찬가지였다. 아니, 이런 인사이동이 가능하기나 한 건가? 연락도 없이 5일이나 무단결근을 해서 부서의 일을 온통 엉망진창으로 만들어 놓은 장본인이었다. 그런 사람을……. 그건 역시 소문처럼 저 외모 때문인가?

"무슨 말씀이신지……."

"4월 8일 자로 이서윤 씨, 강태진 상무 비서실로 인사이동됐습니다. 12층이니까 개인 물품 챙겨서 올라가 보십시오."

"네?"

* * *

무언가를 느낄 새도 없었다.

태진은 머릿속이 몽롱한 느낌이었지만 그건 아주 잠시 잠깐이었다. 남들이 식사를 하지 않는 이른 아침부터 거북스러운 조찬 모임이 있었고 그곳에서는 늘 집중포화 속에 있는 듯 보이지 않는 총알이 사방에서 날아들었다. 하지만 언제나 그렇듯 아무렇지도 않게 그는 새벽 내내 제 앞에 쌓여 있던 서류에 있는 숫자들을 정확히 들먹이면서 그 총알들을 무시했다.

자신의 공간으로 올라와 문을 열자마자 그는 오히려 안도감이 느껴졌다. 잠시 잠깐이나마 이곳에서는 총알을 장전할 만한 혼자만의 여유를 가질 수 있을 테니까.

"오셨습니까. 10시 30분에 애드 애플 새 브리핑이 준비되어 있습니다. 브리핑 끝나고 30분간 실무자 회의가 있으시고 점심은 서울 시의회 의원님들과 하시기 위해서 메이세나로 이동하셔야 합니다. 오후에는 건설사 회의가 있고 저녁에는 본가에서 저녁 식사가 예정되어 있습니다."

마치 무슨 기계에서 쏟아져 나오듯 억양도 없는 말은 줄줄줄 그가 재킷을 벗어 걸고 자리에 앉는 사이에 쏟아져 내렸다. 마지막 말을 듣는 순간 갑자기 속에서 뭔가가 뭉치는 느낌이었지만 아무렇지도 않은 듯 그는 쌓여 있는 서류들을 펼쳐 들었다.

"오후 건설사 회의에 참가하는 인원은……."

"이서윤 씨 건 처리했나?"

"네? 아 네……."

그제야 기계 같던 윤정의 얼굴에 사람다운 표정이 떠올랐다.

이런 일을 하다 보면 별일을 다 하기 마련이었다. 전에 있던 임원은 집안의 대소사는 물론이거니와 유학 간 작은딸의 낙태 병원까지 알아보는 일까지 도맡아 해야 한 적도 있었다. 게다가 개인의 사사로운 일이 회사에 영향을 주는 것도 소소하게 많았었다. 그러나 얼마 일을 같이 하지 않았지만 전혀 그런 것에 대해 눈살 찌푸릴 일이 없었던 상사였다. 그런데…… 이게 무슨 일이란 말인가.

"상무님, 지시하신 대로 처리하긴 했지만 나중에 감사가 나오거나 한다면 문제 될 것 같은데요."

이건 노파심에서 하는 말이었다. 물론 이런 말을 꺼낼 여지도 주지 않는 사람도 많았다. 하지만 그녀는 이 잘난 상사를 조금이나마 믿고 있다는 생각이 들었다. 스스로도.

"알아서 할 테니까. 처리하고 회의 준비 서류 들여보내."

단호한 대답에는 그냥 답할 수밖에 없었다.

"네."

이상한 일이었다.

* * *

뭔가…… 잘못됐다.

이것은 지극히 정상적이지 않은 일이었다. 그럴 리가 없습니다, 하고 제 손에 들려 있던 사직서를 내밀었어야 했다. 그러나 서윤은 아무 말도 하지 못했다.

강태진.

타인의 이름 석 자가 제 가슴 한구석에 뚝뚝뚝 떨어져 내렸다. 그건…… 아마도 그 사람이 절 그 끔찍한 곳에서 꺼내 줬기 때문일 것이다. 그도 아니라면 제가 늘 가방에 넣어 가지고만 다니던 무시무시한 칼을 꺼내 들기만 한 게 아니라 남을 해치는 데 쓰게 만든, 그래서 사죄해야만 하는 상대가 되었기 때문일 것이다. 아니…… 그것도 아니라면, 낯설게도 그 먼지만 나는 쓸모도 없는 소파 위에서 잠든 최초의 타인이기 때문일 것이다.

사람은 잃을 것이 없으면 용감해진다. 지키고 싶은 게 있기 때문에 남에게 비굴하고 숙이는 것이다. 서윤이 부당하다고 생각하는 그 팀장들에게 이제 그만하라고 외치지 못한 건 적어도 그 흔들림 없는 고요한 세계를 지키고 싶었기 때문이었다. 그러나 이젠 더 이상 지킬 힘이 없었다. 4월은 시작하는 날부터 그녀에게 속삭이고 있었다. 아니, 귓가에 외치고 있었다.

이젠 그만하고 죽어 버려.

그 소리를 무시하려고 했는데 그 컴컴한 골목길에서 제게 다가

온 타인으로 인해 그녀는 처음으로 저보다 어렸던 엄마가 느꼈을 두려움과 공포를 실감했다. 그리고 왜 제게 그런 무시무시한 칼을 쥐여 줬는지 알게 되었다. 칼이 없었던 엄마는 평생을 슬픔과 고통 속에서 살아야 했다. 그래서 제겐 그 고통을 주고 싶지 않았던 것이었다.

고통은 없었다. 그러나 두려움은 있었다. 이렇게 내 보잘것없는 인생은 늘 망설이기만 하던 자의가 아니라 타의로 끝나 버리는 걸까…… 하고 차가운 철창 안에서 곱씹어야 했다. 뭐라 말을 해야 하는데 목구멍은 말라붙어 있었다.

그런데 그 사람이 그곳에 왔다. 뭔진 몰라도 그 사람이 절 거기서 꺼내 준 건 확실했다. 그럴 만한 힘이 있는 사람이니까.

엄연히 다른 세상에 사는 사람 아닌가, 사장이니 상무니 하는 사람들……. 게다가 그 사람이 제가 일하는 이 거대한 회사의 회장 아들이라는 것도 다 알고 있는 사실이었다. 그런 사람이 왜, 무엇 때문에 거기 왔던 걸까. 단순히 제가 저 사람을 칼로 찔렀기 때문에? 아니, 그건 진짜 말이 안 되는 거 아닌가.

땡.

경쾌한 소리가 그녀를 사념에서 깨웠다. 자신이 일하던 7층의 번잡스러움 따위는 없는 쥐 죽은 듯 고요하고 고급스러운 복도가 그녀의 눈앞에 나타났다. 뭐가 어찌 되어 가고 있는 건지는 모르겠지만 적어도 사직서를 팀장에게 내밀지 못했으므로 제 손에 든 종이 상자의 무게를 느끼면서 서윤은 제가 가야 할 곳으로 가야 했다.

"이게 대체 무슨 일이죠?"

처음 보는 낯선 사무실에 앉아 있던 두 사람 중 한 여자가 일어나면서 짜증스럽다는 듯 내뱉었다. 더한 말을 하고 싶었다는 걸, 표정만 봐도 알 수 있었다. 그러나 여기 있는 사람들 모두 다 남의 돈을 받고 일을 하는 사람들이었다. 돈을 주는 사람이 원하는 건 무조건 해야 하는 그런 사람들일 뿐이었다.

"상무님 지시입니다. 그 짐은 여기 책상 위에 놓아요."

비서실장은 급조된 것이 분명해 보이는, 위치마저 생뚱맞은 작은 책상을 가리켰다. 서윤은 그 책상 위에 제가 가져온 제 사사로운 물건이 든 종이 상자를 내려놓았다.

"짐 대충 정리하고, 박 대리, 이서윤 씨한테 해야 할 일들 일러 줘요."

"실장님!"

아까 말했던 여자였다. 그녀의 목소리만 들어도 서윤은 알 것만 같았다. 제가 여기 서 있는 게 얼마나 불합리한 일이었는지.

"비서실에서 하는 일은 상무님이 결재하셔야 할 것들을 면밀히 검토하고 정리해서 가장 간략하게 모든 것을 확인하실 수 있도록 하는 겁니다. 미리 지시하신 것들을 체크해서 그것 위주로, 알기 쉽게 보실 수 있도록 정리해야 합니다. 상무님은 하루에 검토하셔야 하는 것들이 너무나 많으시니까."

"그건 좀 무리 아닐까요?"

옆에 조용하게 눈치를 보고 있던 다른 여자가 조심스럽게 비서실장인 윤정의 말에 제 의견을 실었다.

"아니 이게 무슨……."

강태진 상무가 이곳으로 발령 나면서 같이 자리를 옮긴 박지운 대리는 어이가 없어서 말을 잇지 못했다.

상무실 바로 앞에 자리하고 있는 서윤정 실장은 비서실의 총책임자였다. 강 상무의 사무적인 것 혹은 스케줄, 퍼스널한 것을 모두 총괄하고 있었고 그녀의 등 뒤에 따로 연결된 사무실에 있는 지운과 지운의 보조로 있는 연정은 보이지 않는 곳에서 상무실에서 필요한 모든 것을 도맡고 있었다.

사장이나 회장님은 비서실에 서너 명 이상이 근무했지만 이곳은 임원 사무실이었다. 임원은 비서와 보조 비서 그리고 담당 기사가 기본 인원이었다.

그러나 이곳에 승진해 올라온 새 상무는 얼마 되지 않았고 이미 강 회장의 후계자로 그룹을 총괄할 예정이었기 때문에 담당 비서와 보조 비서, 그리고 그 밑에 업무 사원까지 있는 비서실을 가지게 되었다. 하지만 그가 하고 있는 그룹 전체의 업무 총괄과 함께 블루힐스를 떠맡게 되면서 비서실은 더욱더 할 일이 많아졌고 그에 따라 전문적인 인력 충원을 계속 건의 중이었다. 그런데 갑자기 경험도 없는 회계과 직원의 발령이라니, 아침부터 다들 어이가 없어진 건 당연한 결과였다.

"대체 뭘 어찌해야 하는 거죠?"

"그건 박 대리가 알아서 해야지. 충원 요청은 계속했었잖아. 상무님 요즘 일이 바쁘신 거 알면서 왜 그래? 적당히 업무 분담 하고 새로 가르쳐야 할 것은 가르치고 그렇게 해."

아무래도 바쁜 윤정이 쏘아붙이듯 이야기하고 사무실을 나가자 좁은 사무실에서는 싸늘한 기운이 가득했다.

서윤이 오늘 작정하고 마지막 출근을 한다고 해서 그녀 나름대로 화장을 하고 단정한 옷을 입었다고는 하지만 임원 비서실에 근무하는 그녀들하고는 차이가 날 수밖에 없었다. 고급스러우면서도 선명한 메이크업, 단정하지만 한눈에 봐도 명품 같아 보이는 복장, 그런 차림새가 만들어 내는 대단한 기세……. 전쟁터나 시장 바닥 같은 회계팀과는 완전히 달랐다.

"연정 씨, 연정 씨가 처음 했던 일들 가르쳐 주도록 해요. 난 오늘 처리해야 할 거 많은 거 알지?"

"네."

지운이 쏘아붙이듯 말하자 옆에 앉아서 한마디도 못 하던, 그보다 직급이 낮아 보이는 여자가 드디어 입을 열었다. 이곳에서 제일 서열이 낮은 모양이었다.

"컴퓨터는 조금 있다 비품실에서 올 거예요. 기본 스케줄러 프로그램은 쓸 줄 알겠죠?"

상무실의 비서 보조 업무를 맡고 있는 조연정은 비록 보조라고 하지만 쟁쟁한 대학의 비서학과를 우수한 성적으로 졸업하고 치열한 경쟁률을 뚫고 여기까지 온 사람이었다. 보기만 해도 배가 부를 것같이 잘난 상무님 밑에서 일한다는 게 그녀의 자랑이었지만 바쁜 업무에 하루하루가 마치 전쟁통 같은 나날을 겪고 있었다. 그러던 터에 제 아랫사람이 들어왔다고 생각하니 연정은 희비가 교차하고 있었다. 그러나 마냥 좋아할 일이 아니란 건 불 보듯 뻔했다.

"저…… 저는……."

서윤의 목소리에 뒤에서 지운이 어이없다는 표정으로 힐끗 쳐다보더니 다시 서류로 시선을 돌렸다.

"이쪽으로 와요. 이쪽이 탕비실이에요. 상무님께서는 커피는 무조건 쓰리 샷이에요. 커피 머신 쓸 줄은 알죠?"

회계팀에선 고작해야 정수기의 뜨거운 물에 커피믹스나 타 먹는게 다였다. 물론 정수기 옆에 원두커피를 내리는 포트가 있긴 했지만 몇몇 빼고는 즐기지 않았고 다들 자신의 커피는 자신이 타 먹는 게 기본이었다. 이제는 지방으로 가 버린 배불뚝이 팀장이 저를 지목해서 '미스 리 커피나 한잔하지.' 하고 능글맞게 청하던 것도 추억이 되어 버린 지 오래였다. 그런데 마치 무슨 커피 전문점에나 있을 것 같은 기계에서 추출해야 하는 커피라니……. 서윤은 한숨도 밖으로 내쉴 수 없었다.

"실장님……. 이서윤 씨 기본적인 회사 내부선 코드도 몰라요. 어쩌란 건가요?"

비서팀의 실장인 윤정에게 하소연을 하는 지운의 목소리는 한탄에 가까웠다.

"가르치세요. 모르는 건 가르쳐야죠."

스케줄러에서 눈을 떼지 않는 윤정의 옆에 서 있는 서윤은 자신도 모르게 죄인이 되어 있었다.

"실장님!"

직급이야 지운이 윤정보다 아랫사람이 분명했지만 그녀는 계열사 임원의 딸이었고 학벌도 대단해서 자기 할 말은 다 하는 주의였다. 게다가 윤정이 일반적인 비서가 해야 하는 일들을 한다면 지운은 강 상무에게 보고되는 전문적인 서류를 정리하는 중요한 일을 맡고 있었다. 그래서인지 그녀는 늘 자기주장이 강했고 윤정은 그런 그녀에게 굳이 윗사람으로서 이래라저래라 하는 스타일은 아니었다. 그러나 비서실 내에선 엄연히 위계질서는 있어야 했다.

"그래서 저보고 어쩌라는 겁니까?"

윤정의 날카로운 말에 서윤은 가시방석에 앉아 있는 기분이었다. 내내 회계 업무만 담당했던 서윤이었다. 지금 왜 자신이 여기까지 와서 이 두 사람 사이의 논란거리가 돼야 하는지 이해가 되지 않았다. 막 서윤이 한마디 하려는데 갑자기 문소리가 났다.

"오셨습니까, 상무님."

"쓸데없이 브리핑이 길어져서 시간이 없어. 박 비서, 회의 내용 요약한 거 다 됐나?"

"아, 네."

비서실 내에서 직급이야 어쨌든 간에 그에겐 다 비서일 뿐이었다. 지운이 얼른 자신의 데스크로 향하는데 태진이 흘끗 서윤을 쳐다보았다.

"상무님, 말씀하신 이서윤 씨입니다."

"커피."

윤정의 소개에도 그는 곧장 성큼성큼 걸어 커다란 문으로 사라져 버렸다.

채…… 30초도 되지 않는 짧은 순간이었다.

제가 굳이 여기서 이럴 필요가 없었다. 그래서 서윤은 막 한마디 할 생각이었었다.

그런데…… 그가 지나갔다. 싸한 느낌의 고급스러운 남자 향수 냄새 같은 것이 옅게 스쳐 갔다. 그는 아무 표정도 없이 그녀를 한번 흘끗 쳐다보고는 성큼성큼 걸어서 문을 닫고 사라져 버렸다.

갑자기 가슴 한구석이 욱신거렸다.

그냥, 짙은 회색빛 정장을 입은 채, 잔뜩 불편한 심기를 드러낸 채, 무표정하게 시간에 쫓기는, 좀 과하게 잘난 그런 모습일 뿐이었다. 그러나 서윤은 그 모습에 저도 모르게 숨을 쉴 수가 없었다.

"이서윤 씨, 상무님 말씀 안 들립니까? 커피 준비 하세요."

윤정이 싸늘하게 말하지 않았다면 그 자리에서 질식해 버렸을지도 몰랐다.

가르치기에는 시간이 급하니까—윗사람이 오더를 내린 건 바로바로 해야 하는 게 이곳의 임무였다.— 박 대리가 서류를 준비하는 동안 연정은 번개 같은 속도로 원두를 갈고 커피를 내렸다. 지운이 서류 정리를 끝마침과 동시에 연정이 고급스러운 커피잔을 올린 쟁반을 서윤에게 내밀었고 서윤은 그것을 들고 박 대리의 뒤를 따라갔다.

가벼운 노크 소리와 함께 서윤은 번잡스러운 것 같았던 비서실과는 완전히 분리된, 철저하게 고요하고 적막한 '그'의 공간으로 들어섰다. 세련된 디자인의 전형적인 임원실 같았던 바깥쪽의 인테리어와는 달리 아무것도 없이 방 주인의 성격을 분명하게 보여주는 유리 탁자와 검은색의 커다란 의자와 책상, 한쪽 벽에 있는 책꽂이뿐인 단출한 공간이 드러났다. 그 흔한 화분 하나 없는 완벽하게 흑백의 대비만 있는 공간이었다. 널찍한 책상 위에는 커다란 컴퓨터 모니터가 있었고 어지러이 서류 뭉치들이 쌓여 있었다.

"회의록 초안입니다."

아무렇지도 않다는 듯 앞서 있던 박 대리가 서류를 내밀었다. 모니터에서 눈도 떼지 않은 와이셔츠 바람의 그가 무감정하게 대답했다.

"알았어. 두고 가."

"네."

아까까지만 해도 기세등등해서 그 어느 누구한테도 제 성질을 굽힐 것 같지 않던 박 대리가 꿀 먹은 벙어리마냥 조신하게 서류를 책상에 놓더니 사무실을 나섰다. 그걸 보고 있던 서윤은 어찌해야 할지를 머뭇거리면서 이런 원두커피를 잘 모르는 사람도 혹하게 만들 만큼 향이 기가 막힌 커피가 든 잔을 어색하게 그의 책상 위에 올려놓으면서 말했다.

"저…… 커피는……."

"당황스럽나?"

그의 목소리가 들린 건 박 대리가 나가면서 탁 하고 문이 닫히는 소리가 나자마자였다.

서윤은 저 스스로도 대체 지금 이게 어떤 느낌인지 알지 못했다. 혼란스럽다, 아니면 이게 제대로 된 것이 아니다……. 그 외에는 아무 생각도 못 하고 있었다. 그런데 저 사람의 입에서 나온 단어가 이제야 귀에 들렸다. 당황스럽다……. 그랬구나. 이 상황이 당황스러운 거였구나.

"전, 이해를 할 수가 없네요."

간신히 서윤이 대답했다.

"이해할 필요 없어. 그냥 닥치는 대로 하면 되니까. 새로운 일을 해 보는 것도 괜찮은 거 아닌가?"

그제야 남자의 시선이 그녀에게로 향했다. 낯선 느낌이었다.

서윤의 눈에 아직도 작은 밴드가 붙어 있는 남자의 손이 보였다.

"죄송합니다."

그냥 자동적으로 튀어나왔다. 그녀의 말을 듣고 그가 자신의 오른손을 쳐다보더니 말했다.

"글쎄. 그렇다면 나가서 일을 배우도록 해."

아까와는 달리 진짜 당황한 것 같은 여자는 황급하게 쟁반을 들고 문을 나섰다.

여자가 나간 뒤로 줄곧 그는 모니터를 보고 있었던 거 같은데 모니터 안의 글씨가 전혀 눈에 들어오지 않았다. 그는 저도 모르게 여자가 나간 문을 쳐다보았다.

미친 건가?

방금 전에 자신이 한 말을 곱씹어 봤을 때, 할 수 있는 말은 그 것뿐이었다.

회사는 작은 사회였다. 물론 기업 오너들이 제멋대로 행동하는 거야 자기 기업이니 가능한 일이었지만 사실 인사이동이라는 게 그렇게 마음대로 되는 경우는 국한적이었다. 마치 태진의 경우처 럼. 오너의 아들이니까. 그러나 그마저도 남 보는 눈이 있어서 신 입에서 팀장, 임원같이 낯간지러운 단계를 밟아 주는 중이었다.

하지만 저 여자는 이미 4일 전부터 무단결근과 실적 부진으로 해고 절차에 들어가 있는 중이었다. 그런 사람을 비서실로 발령 낸 것에 대해 왜 그랬냐고 물으면 기업의 이익 때문이라고 말할 건수 는 있었다. 그런데…… 이게 필요한 일이었나? 그냥 해고를 막아 줄 테니까 당신이 일하는 회사에서 하는 일에 협조하라고 하면 끝 나는 거 아니었나? 지금도 바로 그렇게 이야기를 해야 했던 거 아 닌가.

그는 저 여자가 계약서에 도장을 찍게 될 거라는 걸 100% 확신 하고 있었다. 아직 주변의 철거 공사가 거기까지 가지 않았기 때문 에 며칠의 여유가 있었다. 저 여자는 결코 한영에서 내미는 서류에 순순히 도장을 찍진 않을 것이었다. 그럼 자신에겐 어떤 이익이 있 는가. 한영에서 계약을 불이행했으므로 그쪽에 지불해야 하는 비용을 줄일 수가 있었다. 그리고 한영에서 실패한 이서윤의 계약을 자신이 해낸다면 좀 더 극적인 효과를 보일 수 있을 것이었다.

단지 이유는 그것뿐이었다. 단지.

벌건 대낮에, 그것도 제 공간에서 본 여자는 다른 사람 같았다. 똑같은 이목구비를 가졌지만 그냥 평범한, 새로운 일을 해야 하는데 혼란을 느끼고 있는 그런 흔한 여사원일 뿐이었다. 다른 점이 있다면 그 이목구비가 눈에 뜨일 만큼 아름답다는 것 정도. 물론 예쁜 여자들은 사방에 널려 있었다. 잘 가꾸고, 그것이 모자란다면 잘 만들어진 얼굴들도 어디 가나 찾을 수 있었다. 그러나 이 여자는 그렇지 않았다. 전혀 그런 인공적인 모습이 보이지 않는 묘한 얼굴이었다.

단지 예뻐서?

그는 저도 모르게 피식 실소를 내뱉고는 이제야 눈에 들어오기 시작하는 복잡한 수치들이 쓰인 모니터에 시선을 돌렸다.

모든 일은 계획대로 될 것이었다. 그렇지 않으면 안 되는 거니까.

* * *

직접 운전하는 걸 삼가야겠다는 생각이 들 뿐이었다.

왜 나는 여기 이러고 있는 걸까.

그는 스스로에게 물었지만 뾰족하게 대답할 수 없었다.

보기만 해도 을씨년스러웠다. 분명 서울 한복판이었고 10차선 대로를 따라 화려한 상업 건물이 포진한 길이었지만 모퉁이를 돌고 얼마 지나지 않아 차창 밖에는 온통 검은색의 어둠뿐이었다. 물론 길 하나를 두고 한쪽은 가로등이며 주차된 차들이 가득했지만 길 오른쪽은 완벽한 어둠이었다. 그 어둠 속에 텅 비거나 혹은 부서진 건물들의 잔해가 늘어서 있었다. 그러나 그는 다시 액셀러레이터를 슬며시 밟았다. 차는 소리도 없이 암흑 속을 미끄러지듯 헤쳐 가고 있었다.

차가 다시 멈춰 선 곳에는 불빛이 있었다. 주변이 너무 어두워서 뚜렷해 보이는 푸르스름한 불빛과 그 옆에 보이는 하얀 불빛.

스스로도 이해할 수 없으니 타인에게 이해시킬 방도가 없었다. 그러나 굳이 설명을 해 이해시킬 사람도 없었다. 제 스스로에게 이해를 시키려 해도 이유를 알 수 없거니와 그걸 알고 싶지도 않았다.

"요즘 바쁘겠네?"

대답을 듣고자 한 질문이 아님이 분명하기에 그는 무시했다.

"대체 뭘 믿고 그런 어마어마한 일을 맡긴 걸까? 그 정신 나간 노인네들은."

"그만해라."

"그래도 뭐 저 번듯한 얼굴을 디밀어 대면 그럭저럭 슬슬 구렁이 담 넘어가듯 넘어가겠지, 뭐."

"호호호, 맞아. 그걸 노렸을지도 모르지."

서로 듣고 싶은 말을 들었는지 가식적인 웃음이 가득 퍼졌다.

"소란 그만 떨고 준비나 해. 장 서방은 늦는 거니?"

"어머, 엄마 몰랐어요? 장 부사장 유럽에 있어요. 이번에 그쪽 텔바이브사하고 제휴하는 거 때문에 갔잖아요."

"그래? 이번에 그 일 맡게 된 거니?"

화려한 샹들리에가 무겁게 늘어져 있는 온통 번쩍거리는 금빛과 화려한 장식이 있는 오크무늬목의 장식장들이 가득한 다이닝 룸에는 여자들의 수다가 요란했다.

물론 수다란 걸 떨 수 있는 여자는 집 안에서 먹는 저녁임에도 불구하고 터무니없이 화려한 차림인 젊은 두 여자와 나이 든 안주인뿐이었다. 쉴 새 없이 음식을 가져다 놓는 사람들은 아무런 소리도 없었다. 심지어 식탁에 내려놓은 접시가 달그락거리는 소리도 없었다.

"잠깐, 그거 도미인가?"

"예. 사모님."

"치워. 이 상에 생선찜 올리지 말라는 거 못 들었나?"

"아, 네. 죄송합니다. 다시는 이런 실수 없게 하겠습니다."

태진은 마치 한 편의 연극, 그것도 웃기는 내용을 아무렇지도 않게 연기하는 걸 보는 느낌이었다. 분명히 이 자리엔 그 '생선찜'을 싫어하시는 분이 절대 오실 리 없다는 걸 알면서도 굳이 저런 이야기를 하는 걸 보면 이건 대단히 웃기는 희극이었다. 단지 저 휘황찬란한 상 위에 딱 어울릴 만한 커다란 도미찜을 올려놨다는 이유만으로 일자리를 잃을 뻔한 사람은 황급하게 접시를 들고 사라졌다.

그러나 그 사람과는 상관없이 여전히 화려한 식탁 위에는 요란한 음식들이 가득했다. 대단한 조리사들이 일류 호텔 음식 부럽지 않게 조리했겠지만 그 어느 것도 태진의 식욕을 당기는 것이 없었다. 덕분에 따로 체중 관리 따위에 신경을 쓰지 않아도 돼서 다행일 정도였다.

"사모님, 손님들 오셨습니다."

"안내해."

남자의 말에 그제야 다른 두 여자의 수다가 사그라졌고, 한쪽에 선 집 안에서 간단히 먹는 식사를 하기엔 지나치게 차려입은 사람들이 들어섰다.

"박 이사님! 어머, 바쁘실 텐데 이렇게 음식을 다 하시고⋯⋯."

박 여사는 앉아서 메뉴 선정 같은 것에 사인밖에 하지 않은 게 분명한데도 인자한 웃음을 지으면서 대답했다.

"식구들 다 같이 모여서 밥 한 끼 하는 건데 바빠도 해야죠. 요즘은 그쪽 은행 일은 잘되죠?"

"그럼요. 어이쿠, 이거 강⋯⋯ 이제 상무님이시지? 오셨네요. 요즘 새로 하시는 일 잘돼 가십니까?"

"시키는 일이나 잘해야 할 텐데 말이죠."

삐죽거리면서 대신 대답하는 이들이 있기에 자신을 향한 물음에도 태진은 굳이 대답하지 않았다. 어차피 상대도 대답이 중요해서 질문을 한 것이 아닐 터였다.

연례적으로 모이는 가족 모임이었다. TJ의 강 명예회장이 늘 강조하는 가족 간의 화목을 위해서 근 20여 명이 다 되는 일가들이 한 달에 한 번씩 모여 저녁을 먹는 자리였다. 그러나 참석한 것은 채 열댓 명이 되지 않았다. 다들 일이 있다는 핑계였지만 실은 그 강 회장님이 이 자리에 참석하지 못하게 된 뒤로 굳이 얼굴도장을 찍을 필요가 없다고 생각하는 이들이 하나둘씩 빠지고 있었다. 회장님 대신 이 자리를 주관하게 된 안주인은 재빠르게 그게 누군지를 체크하고 있었다.

"강 상무님, 어제 보니까 매경 인터뷰 하셨더군요. 한국 기업의 차세대 주자로 나온 기사 인상적이었습니다."

"감사합니다."

태진은 방계 기업의 이사를 맡고 있는 이의 의례적인 칭찬에 딱 그만큼만의 답례를 했다.

"글쎄, 뭐 다 차린 밥상에 숟가락 올려놓는 것도 못 하면 문제 있는 거겠죠. 누구나 그 정도는 다 하는 건데 그것도 못 하게 생겼으니."

그는 자신의 '남매'가 자기들에게 가야 할 것들을 얻지 못했기 때문에 하고 싶은 말을 함부로 해 대는 것까지 대꾸할 가치를 느끼지 않았다. 요즘은 딸들도 엄연하게 경영 일선에 한몫을 잡는 게 이상하지 않았으니까. 유독 아들, 아들을 입에 달고 사는 아버지가 불만인 건 당연했다. 게다가 그 '아들'도 아들 나름이었고. 그러나 문제는 능력 아니던가.

태진은 안하무인격으로 서로 떠들어 대고 있는 '가족'들이 새삼스럽지도 않았다. 대신 이 시간이 쏜살같이 재빠르게 지나가길 바랄 뿐이었다. 하지만 늘 그렇듯 사람이 간절히 바라는 것은 쉽게 이루어지지 않는 법이었다.

"보아하니 일이 제대로 안 돼 간다면서? 토지 보상이 문제인가, 강 상무? 처음 하는 일인데 잘 안 되면 어른들 말씀을 잘 듣고 해야지."

우아하게 제일 윗자리에 앉아 있던 박 여사가 조용조용한 목소리로 오늘 아침에 상세하게 보고받았음이 분명한 일을 마치 지나가는 소문에 들었다는 듯 물어 왔을 뿐이었다.

사람이 감당하기 힘든 스트레스를 받으면…… 문제가 생기는 건 당연했다.

물론, 감당하기 힘든 정도의 스트레스 따위는 아니었다. 그건 사람이 마음먹기에 달렸으니까. 다만 그 스트레스를 어떻게 풀어 버리느냐가 관건일 것이었다. 적어도 이렇게는 아니었다.

　그는 시동 스위치를 눌렀다. 묵직한 시동음이 들리면서 마치 죽은 듯 고요하던 차체가 살아 있음을 알렸다. 그는 천천히 액셀러레이터를 밟았고 멈춰 있던 차는 어둠 속을 빠져나갔다.

　문득, 그는 한 가지를 생각해 냈다.

　수조, 뿌연 백색 소음을 만들어 내던 그 수조…… 제게 필요한 건 그 소음이 아니었을까 하는 참 실없는 생각을.

　커다란 고급 외제 승용차가 온통 암흑뿐인 거대한 공사 현장 옆을 유유히 스치며 지나갔고, 우연처럼 그 공사 현장의 한 귀퉁이에 유일하게 켜진 불이 곧 꺼졌다.

* * *

　"점심 식사 시간 비워."

　"네? 오늘 점심은 임원회의 뒤에 가시게 되어 있는데요. 빠지시기가……."

　"안 가도 되잖아. 오늘 블루힐스 미계약 건 때문에 계약자와 만날 거니까 알아서 약속 잡아."

　"아, 네. 알겠습니다."

　태진은 일어나 재킷을 집어 들었다.

　"연설문."

　"네, 여기 있습니다. 연설하시고 시상식 참가하신 뒤에 사진 촬영이 있으십니다."

"알았어."

그는 옆에서 계속 이야기를 하는 윤정의 말을 들으면서 문을 나섰다. 문밖에는 윤정의 뒤에 있는 작은 문 안의 사무실에서 하루 종일 업무를 처리하고 있는 세 여자가 무슨 일인지 나와 서 있다가 그를 보고 묵례를 했다.

검은색의 투피스였다. 파리한 얼굴의 표정은 굳어 있었다. 아무래도 새 업무가 복잡하기 때문이겠지. 그러나 그는 더 이상 신경 쓸 시간이 없었다. 연설문이 든 파일을 받아 들고는 바쁘게 문을 나섰다.

"다녀오십시오."

윤정이 깍듯하게 인사하는 것을 무시하고 급하게 발걸음을 옮겼다.

"이서윤 씨!"

상사가 문을 닫고 나서자마자 싸늘한 지운의 목소리가 들렸다.

"……."

"비서실의 기본 업무는 아는 겁니까?"

알 리가 있나.

서윤은 눈을 떠서 마치 프로그래밍된 게 이거뿐인 로봇처럼 기계적으로 출근을 하고 나서 7층이 아닌 12층을 눌러야 한다는 사실이 당혹스러웠다. 12층에 와서도 아침부터 분주한 여자들 속에 속할 수 없는 그녀는 당혹스러울 뿐이었다. 누구 하나 알려 준 적이 있었나?

"지금 몇 시예요?"

그것 역시 알 리가 없었다. 이 화려한 차림새의 여자들이 몇 시에 출근을 해서 무얼 하는지를.

피곤에 젖어 퇴근한 서윤은 이번에야말로 제출해야겠다 마음을 먹고 깨끗하게 써서 출력한 사표를 봉투에 넣어 가지고 왔었다. 그러나 그걸 도대체 누구에게 내밀어야 하는가를 고민도 하기 전부터 영문도 모른 채 이 예쁘지만 사나운 여자에게 온갖 소리를 듣고 있었고 그 소리가 잠시 멈춘 사이에는 '그' 가 지나갔다.

'그' 사람이······.

바보가 아닌 이상, 당장 제게 맞지 않는 옷 같은 이런 자리를 떨치고 나와야 했다.

그런데 그가 지나갔다.

그가······.

"대체 왜 이런 인사가 발령이 났는지는 모르겠지만 난 이거 그냥 지나갈 수 없어요. 당장······."

"박 대리."

노발대발한 지운을 부르는 소리가 났다.

"실장님."

"이서윤 씨는 자리에 가서 일 보고 박 대리 이리 와 봐요."

적어도 지금 이 자리에서 가장 높은 상사인 실장의 차가운 목소리 덕에 서윤은 꼼짝없이 문 뒤의 사무실로 향했다. 옆에 따라온 연정이 제 의자에 앉으면서 말했다.

"뭐······ 박 대리님이 좀 까다롭긴 해요. 잘 적응해야 할 거예요."

이미 본인도 혹독하게 신고식을 치른 터였다. 하지만 연정도 이 정체불명의 신입사원이 마음에 걸리는 건 사실이었다. 비서실이야 실력도 실력이지만 눈에 보이는 외모를 무시할 수는 없었다. 단아한 모습의 윤정이나 화려한 장미 같은 지운이나 어디 가서 꿀릴 것 없는 대학교 메이퀸 출신의 저나 가지각색이긴 하지만 외모로는 어디 하나 빠지는 것 없다 하는 자신감은 있었다. 계열사 사장 비서실이나 혹은 회장님 비서실에 있는 다른 사원들에 비해서도 절대 뒤처지지 않는다고 생각할 정도였다. 물론 이 비서실의 주인이 다른 사람들과 비교가 안 될 정도로 대단한 외모인 것은 둘째 치고라도.

그러나 어제 갑자기 새로 툭 하고 떨어진 것 같은 이 신입은…… 뭔가 다른 것이 있었다. 짙은 화장이나 혹은 의술의 힘을 전혀 빌리지 않은 게 보이는. 또 모르지, 정말 대단하고 실력 좋은 곳에서 해서 그런 티가 안 나는 건지도.

ʹ여자의 적은 여자라고 했다. 물론 이 신입도 제겐 적이겠지만 우선은 좀…… 불쌍했다. 엄연한 이 상무실의 터줏대감인 서윤정 실장마저 우습게 보는 대단한 박 대리가 지금은 기세를 떨치고 있긴 했지만 화무십일홍이라고 그게 언제까지 갈지 모르는 형국이니 그다음은 제 차례라고 생각하고 열심히 일을 배우는 중인 연정은 웃으면서 서류를 내밀었다.

"여기 회사 내부선 코드예요. 빨리 외우는 게 좋을 거예요. 그리고 어제 못 배운 커피 추출하는 거 가르쳐 줄게요. 그리고 여기 오시는 임원 분들과 사장님들은 각각 차 마시는 취향이 다 다르시거든요. 탕비실 정리하는 법도 따로 있으니까. 좀 머리 아플걸요."

서윤은 기계적으로 연정을 따라나서면서도 머릿속은 머뭇거리고 있었다.

"한영 강 팀장입니까?"

태진이 연설문을 뒤적거리면서 휴대폰에 대고 말했다. 차는 기나긴 정체에 움직이지 못하고 있었다.

— 아, 강 상무님 죄송하게 됐습니다만, 아직…….

"알고 있으시군요. 제가 직접 처리하겠습니다."

— 정말 죄송합니다. 그러실 필요 없습니다. 저희가 하겠습니다. 상무님 바쁘신데…….

"아니요. 그쪽에 일임해서 손 놓고 있다가 제가 무슨 일을 당할지 알 수가 없어서 말이죠. 제 비서실에 연락하면 약속 장소와 시간 말씀드릴 겁니다. 계약자 그쪽으로 보내 주십시오. 시간 어기지 마시구요. 그쪽에서 안 만나겠다고 하면 제가 나간다고 말하십시오. 그럼."

— 상무님!

강 팀장은 다급하게 태진을 불렀으나 그는 전화를 끊어 버렸다. 그러곤 운전석 쪽에 말했다.

"샛길은 없는 거야? 이대로 가다간 늦어."

"네. 빨리 가겠습니다."

"여기 있는 사항들 다 기본적으로 외워야 할 것들이에요."

"감사합니다."

연정이 내미는 서류에 꾸벅 인사를 하는데 뒤에서 쇳소리가 났다.

"연정 씨! 아래서 서류 올라온 거 어디 있어?"

"아, 잠시만요. 박 대리님."

다들 깍듯하게 존댓말을 쓰는데 지운이 혼자 하대를 하는데도 연정은 별 거부감이 없는지 부산스럽게 컴퓨터를 뒤적거렸다. 그 옆에서 어정쩡하게 종이들을 받아 든 서윤이 조용히 말했다.

"저기……. 이거 아닌가요?"

"아, 맞다. 박 대리님, 여기 있어요."

"대체 연정 씨까지 이럼 어쩌라는 거야? 그거 정리해서 올려."

"네."

두툼한 서류를 들고 도로 자리에 앉은 연정이 서윤에게 그 서류를 내밀었다.

"어차피 해야 할 일이니까, 이것 좀 해 봐요."

"네? 전……."

"나 실장님이 시킨 일이 있어서. 비서실에서 하는 일이 아래에서 올라오는 결재 서류들 상무님이 보기 편하게 요약해서 정리하는 것도 포함이에요. 그걸 원래 박 대리님이 하시는데 워낙에 해야 할 일이 많으시니까 우리가 미리 반쯤 추려 놓으면 그걸 다시 요약해서 올리시거든요. 그건 뭐 대리님이 계속 보시던 거인 데다 마지막 장에 미리 다 요약해서 만들어진 서류니까 훑어보고 맨 뒷부분하고 안 맞는 곳만 있나 찾아보면 돼요. 뒷장부터 꺼내 놓고 대조하는 것도 요령이라고 할 수 있죠. 그럼 빨리해 봐요."

그러곤 살짝 윙크까지 하던 연정은 바쁘게 무언가를 챙겨서 들고 나갔다. 저쪽에서 한창 누군가와 통화 중인 박 대리와 단둘이 사무실에 남게 된 서윤은 할 수 없이 서류를 봐야 했다. 맨 뒷장에 따로 정리된 것을 꺼내 들고 앞장부터 보는데 무슨 공사 진척 사항에 대한 서류였다.

「은평구 응암동 블루힐스 공사 개요」

서윤은 가만히 그 글자들을 쳐다보았다. 눈에 익은 주소였다. 서류를 넘기니 공사 현장 지적도가 필지별로 나뉜 게 보였다. 그 뒤로는 공사 현장에 들어가는 다양한 시공사들에 대한 정보와 단

가, 공사 거래 현장에 필요한 금액 등이 자세히 적힌 것들이 두툼
하게 들어 있었다. 서윤은 다시 앞장으로 넘겨서 지도를 가만히 쳐
다보았다.

＊　＊　＊

― 이서윤 씨?

"네."

발신 번호를 확인하지 않았다면 결코 서윤은 전화를 받을 수 없
었을 것이다. 마침 박 대리도 무엇을 들고 나가 자리를 비웠고 연
정도 자리에 없었다. 깜빡 잊고 소리로 해 놓은 휴대폰이 울려서
서윤은 텅 빈 곳에서 놀라 전화를 확인해야만 했다.

한영법무법인……. 머릿속이 복잡해진 서윤은 전화를 받을 수밖
에 없었다.

― 토지 계약 건 때문에 전화드렸습니다. 저희는 TJ산업에서
토지 계약을 일임받아서 일을 하고 있습니다. 그러나 이서윤 씨께
서 마음이 바뀌지 않으신 거 같아, 블루힐스 건설 책임자분께서 직
접 만나길 원하십니다. 그분이 급하게 오늘 점심때로 약속을 잡으
셔서요. 워낙에 바쁘신 분이라 약속 시간 변경이 불가능해 어쩔 수
가 없습니다만, 저희가 이서윤 씨 모시러 가려고 하는데요. 지금
어디 계십니까?

"네?"

당황한 서윤은 어이가 없어 뭐라 해야 할지도 알 수 없을 지경
이었다.

"저기……. 제가 지금 자리를 비울 수 없는 상황인데……."

— 점심시간인데 잠깐 시간 안 되십니까? 제발 부탁이에요.

서윤은 텅 빈 사무실에서 이 상황을 어찌해야 할까 생각하느라 머리가 아파졌다.

블루힐스의 건설 책임자라니……. 저도 모르게 제 시선이 굳게 닫힌 갈색의 화려한 문을 향하고 있었다.

이래도 되는 걸까.

서윤은 머릿속이 멍해지는 것 같았다. 누군가를 골목에서 찔러서 유치장에 갇혔을 때부터, 아니 그것보다 더 전…… 4월이 시작된 날 어두운 자료실에 갇혀서 그 사람을 보았을 때부터 뭔가 이건 현실이 아닌 것 같았다. 늘 그렇듯 빈집에서 나와 바쁘게 출근을 하고 하루 종일 숫자들과 씨름하다 퇴근하는 그런 일상이 반복되어야 정상이었다. 그런데 이건 뭘까.

갑자기 사무실이 텅 비어 버렸고, 저를 데리러 누군가가 왔다. 그리고 그 사람을 따라 어디론가 가고 있었다. 약속 장소는 가까웠다. 회사 근처인 것 같았다. 빌딩들만 가득한 줄 알았는데 교차로를 지나 몇 번 모퉁이를 돌자 갑자기 넓은 주차장이 나타났다. 그 근방의 땅값이 어마어마하다는 걸 어렴풋이 알고 있었는데 이런 넓은 주차장이 있다니.

서윤의 그런 뜬금없는 생각을 없애 준 건 차에서 내려 회색빛 건물로 걸어가는 사이에 시선을 흐트러뜨리는 만개한 샛노란 개나리와 분홍색의 진달래꽃 무더기들이었다. 앙상한 나뭇가지밖에 없는데 마치 만들어 붙여 놓은 듯 눈이 아프도록 샛노랗거나 분홍색으로 하늘거리는 덩어리가 가득했다.

꽃이라니…….

그녀는 저도 모르게 시선을 돌린 채 잰걸음으로 일행을 따라갔다.

"들어가시지요."

"네?"

으리으리한 건물 안으로 들어가 한참 구불구불한 복도를 지나, 2층의 계단으로 같이 올라간 무슨 법무법인의 팀장이라는 여자가 문을 열면서 말했다.

"같이 안 들어가시나요?"

"네. 들어가세요. 식사 즐겁게 하십시오."

"네?"

바보처럼 그녀는 되물을 수밖에 없었다. 왜…….

머뭇거리면서 고급스러워 보이는 룸에 들어선 그녀 앞에 우아한 실내 장식과 그에 어울리는 고급스러운 탁자 위에 휘황찬란하리만큼 잘 차려진 화려한 음식들이 가득 보였다. 조용한 음악 소리와 두어 명의 종업원들이 음식을 차리면서 내는 사기 접시들과 유기들이 부딪치는 소리가 룸 안에 낮게 깔려 있었다. 그러나 그녀는 멍하니 서 있을 뿐이었다.

"앉지."

휴대폰을 들여다보다 고개를 든 그가 한마디 하지 않았다면 서윤은 내내 거기 서 있기만 했을지도 몰랐다.

6

　잔잔한 음악 소리가 거슬림 없이 깔렸다.

　어제저녁은 너무 지쳐서 먹지 못했고 오늘 아침도 어쩌다 보니 먹을 새가 없었다. 며칠 유치장에서 제대로 된 음식을 넘기지도 못했었다. 그래서인지 아침에 입은 스커트가 헐렁했다. 우아해 보이는 개량 한복의 유니폼을 입은 종업원이 신선로에 육수를 붓고 좋은 냄새를 내면서 익어 가는 불고기를 뒤집었다.

　"좋은 시간 되십시오."

　식당이 분명한데 왜 맛있게 먹으라는 말을 하지 않는 걸까, 서윤이 그렇게 생각해 보는 사이에 아늑한 룸 안에는 거한 음식상과 건너편에 앉아 있는 사람만 남아 버렸다. 그 사람은 먹어 보라는 말도 없이 수저를 들었다. 아침에 언뜻 보았었지만 이렇게 가까이 앉아 있으니 또다시 낯설게만 느껴졌다. 그러나 그게 당연한 거 아닌가. 낯설지 않으려야 않을 수 없는 사람이니.

잘 넘긴 머리카락 밑에 매끈한 이마, 균형 잡힌 이목구비 그리고 약간은 차가워 보이는 눈빛……. 그러나 역시 그냥 지나가다 찾아보기에는 힘들 만큼 잘난 얼굴이었다. 게다가 자신이 지금 일하는 곳이란 게 저 사람 하나를 위한 자리 아닌가.

그런데 왜 자신은 저 사람 앞에 앉아 있는 걸까.

자신을 태워다 준 그 무슨 법무법인 직원이 말하지 않았던가. 블루힐스 때문이라고. 블루힐스…… 제가 있는 그 동네에 들어서는 거대한 복합 건물.

서윤은 절대 집을 팔 생각 같은 건 없었다. 단지 엄마랑 평생을 살아온 곳이기 때문에, 혹은 연락 한 통 없는 아빠를 기다리고 있던 엄마의 편지 때문만은 아니었다. 그냥 다른 곳에서 산다는 것 자체를 생각해 본 적이 없었다. 그러나 점점 퇴근해서 돌아올 때마다 텅텅 비어 버리던 주변은 급기야 이제는 부서지고 흔적조차 없어지고 있었다. 그런데…… 그곳을 부수고 있는 사람들의 대표자가 이 사람이라니.

"먹어. 혹시 뭐 다이어트라도 하고 있는 건가? 그렇다면 먹는 척만이라도 하든지."

아까 사무실에서 듣던 목소리와는 전혀 달랐다. 수저도 들지 않고 그를 보고만 있던 서윤은 놀라서 젓가락을 찾아 들었다.

군살이라곤 하나도 없어 보이는 이 남자는 매우 허기가 졌었는지 음식을 먹는 데에만 열중하고 있었다. 형형색색의 화려한 상차림 위에서 잠시 방황하던 서윤도 제게 신경도 쓰지 않고 밥만 먹는 상대 덕에 눈치 보는 걸 포기하고 밥을 먹게 되었다. 제대로 된 식사란 걸 한 게 대체 며칠 만일까.

한 상 가득한 화려한 음식들은 가격대가 꽤 있는지 굳이 젓가락을 여기저기 놀리지 않고 바로 앞에 놓인 것들만 맛보아도 하나같이 훌륭했다. 그래서 이 기묘하고 껄끄러운 자리에서 두 사람은 그저 묵묵히 식사만 할 뿐이었다.

유기그릇의 바닥이 보일 때쯤이었다.

"마저 식사해. 여긴 후식으로 주는 차도 괜찮으니까."

그가 자리에서 일어났다. 서윤은 저도 모르게 같이 일어나야 했다.

"밖에 차 있을 테니까 천천히 먹고 가. 비서실엔 이야기해 놨으니까."

"저기……."

서윤은 제가 왜 여기 이 자리에 있는지 자세히는 몰라도 대충은 짐작하고 있었다. 그런데 정작 불러낸 사람이 단 한 마디 말도 없이 밥만 먹고 자리를 뜨려고 하니 오히려 여기에 왔을 때보다 더 당황스러웠다.

"아, 그거."

옷걸이에 걸려 있던 윗옷을 집어 든 그가 방을 나서면서 말했다.

"한영에서 제시한 금액에 이걸 추가할 테니까. 되도록 빨리 결정해 줬으면 해."

그는 그제야 들고 있던 서류 봉투를 그녀에게 내밀었고 서윤이 얼떨결에 그것을 받아 들자마자 휙 룸을 나가 버렸다. 힐을 벗어서 한참이나 높은 어깨가 스쳐 가자 남자용 화장품 냄새인지 아니면 향수 냄새인지 모를 싸한 향이 꼬리를 끌며 그녀를 지나쳐 갔다. 서윤은 제 손에 들린 하얗고 두꺼운 것이 든 고급스러운 종이봉투를 든 채 한동안 가만히 서 있어야 했다.

"이서윤 씨는 대체 어디 갔다 온 거야?"

"실장님 심부름을 다녀왔다네요."

서윤이 뭐라 말을 해야 할지 고민할 때 옆에서 대신 대답해 주는 연정이 있어서 다행이었다. 법무법인 사무실 사람의 차를 타고 오는 길이 매우 짧았기에 서윤은 봉투 속을 들여다보지 못한 채였다. 아니 솔직히 잠깐이라도 꺼내 볼 시간은 있었다. 그러나 멍하니 다른 생각에 잠겨 있다 보니 어느덧 회사 건물 앞이었다. 그리고 자리에 앉으니 정신없이 바쁜 두 여자 사이에 끼여 확인할 틈이 없었다. 제대로 일손도 도울 수 없는 서윤은 하는 것도 없이 엉거주춤하게 그녀들의 번잡스러움에 끼어 있어야 했다.

"상무님 오후에 이사장단 소회의에 참석하시는 게 몇 시라고 했지?"

"4시부터인데요."

그때 사무실의 문을 열고 들어온 윤정이 말했다.

"박 대리, 오후에 상무님 이사장 회의에 참석하실 때 쓸 보고서 준비 잘되고 있습니까?"

"네. 거의 마무리 단계예요."

"계약 다 안 끝났나?"

바쁘게 서류를 뒤적거리던 지운이 다시 다급한 손길로 컴퓨터를 클릭하더니 말했다.

"아직 다 안 됐네요. 큰일이네요."

"그러게……. 조 이사가 엊그제도 그걸로 트집을 잡았는데."

"하여튼 그런 걸로 한밑천 잡으려는 인간들 때문에 문제예요. 아주 대놓고 알박기를 하나 보죠?"

옆에서 듣고 있던 연정이 한마디 했다.

"이미 공사는 들어갔는데……. 한영에서도 말도 없고. 참 일 처리를 무슨 이렇게들 하는지.”

“상무님 또 곤란하시겠어요. 어휴.”

“일단 알았습니다. 나머지는 정리 잘해서 이따 회의에 차질 없도록 하고. 연정 씨는 차 준비 잘해요.”

한숨을 내쉬면서 서 실장이 나가자 박 대리는 서류를 출력하면서 말을 이었다.

“이게 얼마짜리 공사인데 참 어이없는 인간들이 많다니까.”

“그러게요. 이미 공사 시작했으니까 슬쩍 넘어갈 수 없을까요?”

“절대 안 그럴걸. 이사회에서 상무님한테 어떻게든 흠집을 잡아내려고 난리인데…….”

“아니 왜요? 오너 아들인데……. 오히려 잘 보여야 되는 거 아닌가?”

“너무 깊이 알려고 하지 마.”

갑자기 같이 수다를 떨던 박 대리가 싸늘하게 연정의 관심을 잘라 버렸다. 그러고는 엉거주춤하게 옆에 있는 서윤을 차갑게 쳐다보더니 말했다.

“대체 뭘 할 수 있는 건지. 메를렌디에 이메일 보냈습니까?”

“아…… 저 그게…….”

서윤은 저도 모르게 말을 잇지 못했다. 점심시간 전에 박 대리가 답장 메일을 보내라는 오더를 내리고 나갔지만 끝내지 못했기 때문이었다.

“아니, 뭐야? 시킨 일도 못 하고!”

지운이 버럭 소리를 질렀다.

“그게……. 제가 프랑스어를 못 합니다. 아까 말씀드리려고 했는데…….”

147

영어라면 그래도 문서 작성은 겨우겨우 어찌하겠지만 그녀가 던져 놓은 서류는 도무지 읽을 수조차 없었기에 누구에게라도 물어보려 했는데 아무도 없었던 터였다.

"허, 참 진짜 기가 막혀서 말도 안 나오네. 연정 씨는? 안 알려줬어?"

"아, 저는 아까 실장님이 여기 두 블록 떨어진 곳에 신축한 오피스텔 계약과 팸플릿을 찾아오라는 지시받고 갔다 왔었거든요. 그거 급하다고 해서……."

"내가 진짜 정말이지……. 이봐요, 이서윤 씨! 대체 뭐하려고 여기 온 거야? 아니, 불어도 못 하면서 이 자리에 있는 거야? 얼마나 대단한 낙하산이기에……."

"박 대리."

윤정이 나타나 싸늘한 목소리로 이야기하지 않았더라면 이 사태는 절대 진정될 수 없었을 것이었다.

"……저는 왜 제가 여기로 발령이 났는지 모르겠습니다."

그걸 알고 있는 건 윤정뿐이었다. 지금은 부재중인 이 사무실의 주인인 상무님의 지시였으니까. 제 상관이 그냥 절차상 수순을 밟아 위로 승진을 거듭한 임원이라면 이건 좀 월권일 수도 있었다. 그러나 아직까진 우리나라는 거대한 사업체도 오너의 개인 사업체라는 생각이 지배적이었다. 그러니 이 TJ의 실질적인 오너인 강명예회장의 유일한 직계 후계자인 강태진 상무의 지시라면…… 적어도 이 회사 내에선 무엇이든 원하는 대로 다 되어야 하는 것이 당연했다.

이 예쁘장한 여자가 왜 아무 연고도 없이 회계과에서 비서실로 차출되었는지는 윤정이 굳이 알려고 할 필요가 없는 거였다.

"원래 이런 공동체에 속해 있는 사람들은 어떤 쓰임새에 의해서 어떤 자리에 가게 되는지는 생각할 필요가 없는 겁니다. 그냥 자신에게 주어진 일을 열심히 하면 되고 잘 모르면 배우려는 자세로 임하면 되는 거예요."

윤정이 그녀에게 해 줄 수 있는 말은 이것뿐이었다.

그러나 서윤은 어렴풋이 알게 되었다. 자신이 여기에 온 건…… 자신의 집 때문일 거란 걸. 중요한 건 그 계약서가 아닐까. 그래서 저 닫힌 문의 주인은 자신이 할 수 있는 방법을 쓴 거 아닐까.

"저기…… 실장님. 상무님 연락처…… 알 수 있을까요?"

"연락처라뇨?"

이제까지의 대답과는 달리 싸늘한 목소리의 윤정에게 서윤은 마지막 힘을 냈다.

"상무님 개인 휴대폰 번호 말이에요."

그전부터 그랬는지 몰랐다.

팀장의 질책을 받을 때부터, 낯선 자료실에 들어가 자료를 찾아야 할 때부터. 이 거대한 회사라는 집단이 제게 맞지 않는다는 걸. 아니, 회사뿐만 아니라 무시무시한 사회 전체가 저와 맞지 않는다는 걸. 솔직히 돌아가신 엄마의 유족 연금이면 별다른 취미 생활 따위도 없는 제가 그저 숨만 쉬고 사는 데는 아무 지장이 없었을 것이다. 제 숨을 막히게 했던 엄마도 가고 없었다. 굳이 이런 회사를 다니면서 턱턱 숨이 막히게 살 필요가 없었던 거였다.

서윤은 제 손바닥에 쓰여 있는 아무런 연관도 없어 보이는 숫자들의 조합을 물끄러미 내려다보고 있었다.

문득 그 어느 누구도 누워 있는 걸 본 기억이 없던 제 거실에 있는 회색 소파가 생각났다. 거기…… 그 사람이 있었다. 그녀가 질색을 하면서 제 가방 바닥에 깔려 있는 그 무언가를 더듬어 찾아내게 만들었던, '낯선 사람'임에 틀림없었던 사람이.

종이 위에 쓰인 숫자들은 그냥 숫자일 뿐이었다. 이 거리를 걷고 있는 사람이면 누구나 하나씩 가지고 있는 그런 숫자들의 조합일 뿐이었다. 그러나 서윤은 마치 누군가의 사진을 보는 듯 제 손끝이 살짝 떨리고 있다는 걸 느끼고 있었다.

공허한 불빛이 뿌연 공간은 누군가가 손을 씻거나 혹은 다른 볼일로 얼마든지 불쑥 들어올 수 있는 공간이었다. 빨리 해치워야 했다. 서윤은 익숙하지 않은 번호로 전화를 걸었다.

"……저기."

마치 무한히 반복될 것만 같던 통화음이 갑자기 뚝 끊기자 놀란 그녀가 조그맣게 말했다.

— 강태진입니다.

급하게 숨을 들이쉬었지만 그녀의 혀는 굳어 버렸다.

— 무슨 일이십니까?

"이서윤입니다. 상무님."

서윤은 되도록이면 제 손끝의 떨림을 목소리에 담지 않으려고 했다. 아니, 떨릴 이유가 없는데…… 왜 이러지? 그가 어마어마한 상관이라서?

— 아, 이서윤 씨.

갑자기 딱딱하던 목소리 톤이 바뀌는 게 느껴졌다.

"상무님, 계약서에 도장 찍겠습니다. 그리고 제가 여기서 더 이상 있을 필요도……."

— 그 이야긴 이따 하지. 내가 지금 바빠서.

서윤이 힘들게 겨우 꺼낸 이야기는 중간에 뚝 잘라져 버렸다. 다시 말을 이으려는데 상대가 먼저 말했다.

— 내가 저녁에 일이 있어서. 아무래도 이서윤 씨 퇴근한 다음에나 끝날 것 같군. 집 아니까 늦더라도 그때 마저 이야기하도록 하지.

뚜뚜 뚜뚜…….

누군가 화장실에 들어오는 소리가 나서 서윤은 하는 수 없이 휴대폰을 들고 나와야 했다.

왜 제 심장이 쿵쾅거리는지 생각하지 않으려고 애쓰면서 사무실에 들어오자 일에 열중하고 있는 윤정의 모습이 보였다. 잠깐 머뭇거리다 서윤은 용기를 내서 그녀에게 다가가 물었다.

"상무님 저녁 스케줄은 어떻게 되나요?"

그게 왜 궁금하냐고 되묻고 싶었지만 윤정은 차분하게 모니터를 쳐다보더니 대답했다.

"신한국당 주갑영 의원 출판기념회에 참가하실 예정인데 무엇 때문에 그러나요? 이서윤 씨?"

딱딱한 상관의 목소리에 서윤은 뭐라 대답을 해야 할지 알 수가 없어서 잠시 생각 중이었다. 그런데 마침 서류를 들고 온 연정이 서윤과 윤정을 보더니 밝은 목소리로 말했다.

"실장님! 우리 이서윤 씨 새로 왔는데 환영회도 안 했잖아요. 오늘 상무님도 일찍 나가시고 회의록도 다 정리됐는데요."

"아…… 저는."

아까 화장실에서 진짜 하고 싶었던 말은 저는 여기에 부적합하니 일을 그만두겠다는 것이었다. 그런데 환영회라니.

"그건 그렇긴 하네요. 박 대리는 안에 있습니까?"

"네. 제가 물어볼까요?"

연정이 방긋 웃으면서 말했다.

얼결에 서윤의 환영회라는 명목으로 네 여자가 모이긴 했지만 그건 전혀 명목과는 어울리지 않는 자리였다. 화려한 수제 맥주펍으로 장소를 정한 건 모임을 주도한 연정이었고 다들 젊은 사회 초년생들이 끌고 다니기엔 과한 차를 몰고—물론 서윤은 연정의 차에 얻어 타고— 왔다. 그녀들은 자리에 앉자마자 간단하게 비싼 맥주로 환영한다고 건배 한 번을 하고는 서윤 따위는 잊어버린 듯 본인들의 이야기만 할 뿐이었다.

"같은 계열사인데 대체 왜 이러는지 모르겠어요. 뭐 다들 제왕 시험을 본다 어쩐다 하면서 견제를 하는 거라는 말도 있고 한데……. 아니 블루힐스가 규모가 작은 것도 아닌데 이사진 비서실에서는 도무지 모르쇠라니. 아까도 위에서 아무 말이 없었다고 입도 안 떼더라고요."

"위에서 말이 없는 걸 아랫사람이 어떻게 함부로 하겠어. 기다려야지."

윤정은 화가 잔뜩 난 것 같은 지운의 분통에 찬물을 끼얹듯 조용히 말했다.

"정말 말 그대로 박 이사님이……."

"함부로 윗사람 이야기 하는 거 아닙니다."

지운의 이야기에 다시 윤정이 쐐기를 박았다. 그러자 휴 하고 한숨을 내쉰 지운은 벌컥벌컥 제 앞에 놓인 맥주만 마실 뿐이었다.

수제 맥주라더니 한 모금 마신 게 영 독하게 올라오는 듯 서윤은 더 이상 손을 대지 못하고 가만히 있었다. 윗사람의 눈치만 보고 있던 연정이 조용해진 틈을 타서 말했다.

"서윤 씨는 어떻게 비서실에 오게 됐어요? 전에는 회계과에 있었다던데."

정말 궁금했던 것이었다. 진짜 소문처럼 상무님의 개인적인 낙하산인지 그 사실을 알고 싶다는 듯 연정의 눈이 반짝반짝 빛나고 있었다. 그러나 사실 서윤도 자기가 왜 여기 있는지 영문도 몰랐다.

"전…… 잘 모르겠어요."

"상무님과 개인적으로 아는 사이인 건가요?"

"조연정 씨."

윤정의 싸늘한 목소리에 연정은 의미심장한 미소만 지을 뿐이었다. 오히려 더욱더 어색해졌지만 서윤은 그 어색함을 일소할 방법 따윈 알지 못했다.

"한 식구가 됐으니까 이제부터 잘 지내봅시다. 건배 다시 하죠?"

윤정의 말에 다들 순순히 잔을 들어야 했다.

"아휴, 뭐 이런 데서 아직도 살아요?"

택시 기사의 말에 대답도 없이 돈만 내민 서윤은 곧장 택시에서 내렸다. 마치 공사장 한가운데 덩그러니 홀로 남은 것 같은 제집의 흉물스런 모습에 아까까지만 해도 머릿속을 뿌옇게 만든 술기운이 확 깨는 느낌이었다.

원체 사람하고 잘 어울리지 않던 그녀였다. 그러나 명목상 그 술자리의 주인공이었으니 자리를 지키고 있었다. 남자들이 즐비한 술자리보다야 나았지만 그래도 두어 번의 건배 제의에는 술잔을 들어야 했다. 밤공기는 스산해서 어둠 속에서 휴대폰 불에 의지해 대문을 열쇠로 여는 사이에도 으스스한 느낌이 들 정도였다. 적막한 마당에는 더욱 어둠이 내려앉았고 푸르스름한 집 안으로 들어선 서윤은 그제야 안정을 찾을 수 있었다.

하루 종일 저를 옥죄고 있었던 갑갑한 구두, 스타킹, 헐렁해졌다지만 여전히 불편한 정장 스커트와 블라우스를 벗어 던지고 싶었다. 서윤은 아무 생각도 없이 제 방으로 들어가 늘 하듯 싸늘한 방에 보일러를 올리고 편한 옷을 집어 들어 화장실로 향했다.

막 갑갑했던 화장을 지우고 샤워를 하고 편한 옷으로 갈아입고 수증기가 가득한 욕실을 나서자 싸늘한 거실의 차가운 공기가 그녀의 얼굴에 부딪쳐 왔다. 그제야 갑자기 뭔가가 떠올랐다.

── 내가 저녁에 일이 있어서. 아무래도 이서윤 씨 퇴근한 다음에나 끝날 것 같군. 집 아니까 늦더라도 그때 마저 이야기하도록 하지.

아……

왜 잊고 있었던 거지.

화들짝 놀란 서윤은 제 방으로 뛰어가야 했다. 혹시 밖에 있을 때나 샤워하는 사이에 벌써 왔던 거 아닐까. 휴대폰을 들어 봤지만 충전 중인 휴대폰에는 아무 흔적도 없었다.

시계를 보니 막 11시가 되어 가고 있었다. 너무 늦은 시간 아닌가. 아니 이때까지 왜 그걸 잊고 있었던 걸까. 서윤은 잠시 어찌해야 할지 생각하다 우선은 당겨 오는 얼굴에 뭔가를 바르기로 했다. 화장품을 바르고 젖은 머리카락을 말리면서 그제야 제 가방에 들어만 있던 서류 봉투를 꺼내 들었다.

두꺼운 재질의 고급스러운 소재로 만들어진, 금박의 유려한 필기체로 채워진 서류 봉투였다. 그 안엔 봉투보다 더욱더 두꺼운 종이로 만들어진, 그녀가 매일 아침마다 지나가는 출근길의 대로에 있는 커다란 오피스텔의 카탈로그가 들어 있었다. 작년에 그녀가 입사할 무렵부터 공사를 시작하더니 얼마 전에 완공해서 말끔한 모습으로 서 있던 커다란 고층 건물이었다. 그 오피스텔의 카탈로그라니…….

두꺼운 카탈로그 사이에 끼워진 서류들을 막 빼서 들여다보려는데 갑자기 적막을 뚫고 낯선 소리가 났다.

딩동, 딩동…….

몇 번 들어 본 적 없는 이 집의 벨소리였다.

혹시…… 서윤은 저도 모르게 드라이기를 서랍에 넣고는 문으로 향했다.

7

급한 마음에 바닥에 떨어진 옷들을 집어 올려 옷걸이에 걸고는 헐렁한 티셔츠 위에 손에 잡히는 대로 걸치고 문을 열고 나오려 하니 보풀이 일기 시작한 커다란 카디건이었다. 이런 모습으로 나가도 될까. 그러나 여전히 벨소리는 울리고 있었기에 서윤은 얼른 현관문을 열고 나섰다.

어제보단 한결 부드러워진 밤공기가 얼굴을 확 감쌌지만 오히려 낯선 적막과 어둠 때문에 싸한 느낌이 났다. 예년 이때쯤이면 진저리를 치긴 했어도 옆집에서 넘어온 나뭇가지에는 허여스름하게 꽃이 피어 있었고 환한 가로등 불빛이 마당에 쏟아졌지만 지금은 적막과 어둠만 가라앉아 담 위에 촘촘하게 꽂혀 있는 을씨년스러운 병조각들만 희미하게 빛나고 있었다.

서윤은 얼른 뛰어나가 철 대문의 잠금장치를 풀었다.

"늦은 건 아는데 계약 건이 급해서."

사무실에서 듣던 목소리와는 약간 다른…… 조금 가라앉은 듯하면서 어딘가 한 군데 끄트머리가 느슨해진 것 같은 그의 목소리에 서윤은 뭐라 대답할 말을 찾고 있는데 싸한 향기와 함께 그가 들어섰다. 오늘 상무님은 어떤 슈트를 입었더라. 그녀가 채 기억을 더듬어 생각해 내기도 전에 남자는 성큼성큼 걸어 현관으로 향했다. 서윤은 그를 쫓아 들어갈 수밖에 없었다. 짙은 회색 슈트는 등에 구김이 가 있었고 가벼운 술자리가 있었던지 희미하게 알코올 냄새가 떠돌고 있었다.

끼리릭 하는 소리와 함께 불투명 무늬 유리가 끼워진 낡은 새시 현관문이 열리자 마치 자신의 집인 듯 남자는 자연스럽게 신발을 벗고 들어섰다. 서윤은 머뭇거리면서 어색하게 따라 들어서야 했다.

컴컴한 거실에는 여전히 푸르스름한 수조의 불빛만 뿌옇게 떠돌고 있었다. 혼자 있을 땐 저 불빛 때문에 굳이 거실에 불을 켤 필요가 없었다. 방 밖으로 나올 일이라곤 부엌에서 뭔가 일을 할 때뿐이니까 그때는 부엌 불만 켰었다.

서윤은 얼른 현관 옆에 있는 스위치를 올렸다.

딸깍 소리는 났지만 여전히 거실은 어둠 속에 있었다.

"어?"

딸깍거리는 소리가 다급하게 여러 번 났지만 여전히 어둠은 밝혀지지 않았다. 불이 망가졌나. 머쓱해진 서윤은 하는 수 없이 앞으로 나서면서 말했다.

"저기……. 고장 났나 봐요. 추운데 들어……가세요."

제 어지러운 방 안을 떠올리며 당황했지만 어쩔 수 없었다. 서윤은 허겁지겁 방 안에 떨어진 수건을 집어 들고 흐트러진 물건들을 서랍에 넣었다. 방 안에 떨어진 머리카락이 보였지만 그것까지 주울 수는 없었다.

"저…… 여기라도 앉으세요."

책상과 옷장, 옷이 걸린 행거, 작은 화장대가 있는 방에 앉을 데라곤 제 오래된 싱글 침대 위뿐이었다. 서윤은 저도 모르게 얼굴을 붉히고 말았다.

술을 좋아하는 주 의원이 여러 차례 흥에 겨워 건배를 난발했고 가벼운 샴페인이라지만 어쩔 수 없이 몇 모금 삼켜야 했다.

— 상무님 계약서에 도장 찍겠습니다…….

지극히 퍼스널한 개인 번호였다. 모든 연락은 비서 겸 운전사인 정 기사에게 오가고 있었다. 아주 긴급한 경우에 하는 직통 전화라고나 할까. 아무 때나 울리면 안 되는 번호였다. 그 번호로 연락을 한 건 이 여자였다. 게다가 자신이 가장 기다리던 소식이었다.

빨리 이 일을 처리하고 싶은데 쉽게 빠져나올 수 있는 상황이 아니었다. 물론 그 계약서가 그의 차에 있긴 했지만 여차하면 한영에 연락해서 다른 서류를 만들어 사인만 받으면 되는 일이었다. 그런데 왜…… 직접 와야 한다고 생각했을까.

제 혈관을 타고 흐르고 있는 미세한 알코올이 만들어 내는 효과일까.

그는 점점 더 을씨년스러워지는 무시무시한 암흑 속에 있는 여자의 낡은 집으로 들어섰다. 물 냄새를 풍기는 여자는 바싹 마른 황사 먼지 속에서 흠뻑 젖은 난이나 풀줄기같이 싱싱해 보였다. 그렇게 느끼는 제 시선이 당혹스러운 그는 서류를 쥔 채 그에게 '낯설지 않아' 진 그 조용한 백색 소음이 가득한 공간으로 가야 했다.

그러나 그 공간은 전등이 망가진 것도 모를 만큼 여자에게는 같은 집 안이었지만 격리된 공간이었다. 그래서 전에 여자가 살그머니 나왔던 그녀의 공간으로 안내되었을 뿐이었다.

익숙해질 수 없으리만큼 작은 공간이었다. 물론 처음엔 저 생뚱 맞게 커다란 수조가 있는 거실도 그에겐 숨이 답답해질 만큼 비좁아 보였다. 그러나 이 방은 그것보다 더했다. 낡아 보이는 칙칙한 가구들과, 최소한 20년은 더 지나 보이는 당초무늬의 빛바랜 벽지, 우중충한 낡은 물방울무늬의 커튼으로 꽉 닫힌 곳은 당장이라도 질식해 버릴 것만 같이 느껴졌다.

그러나 질식하지 않을 수 있었던 건 싸한 여자의 작은 방에서 느껴지는 묘한 향 덕분이었다. 아마…… 여자의 냄새일 것이 분명했다.

"저…… 여기라도 앉으세요."

여자는 침대를 가리켰다. 그건 당연했다. 여자의 방은 바닥에 두 사람이 앉을 만한 공간도 없었다. 낡아 보였지만 낯선 부드러운 감촉의 이불이 덮인 작은 침대 위에 그는 어정쩡하게 앉아야 했다.

"너무 늦은 시간인 건 아는데."

아까 말한 이야기지만 여자 혼자 사는 집의 적막한 고요가 그에게 쓸데없는 말을 잇게 만들었다. 문득 책상 위에 옆으로 쓰러진 커다란 가방이 보였다. 아마, 저 안에는 또 다른 과도 따위가 들어 있을 것이다. 한밤중에 그런 여자가 혼자 사는 집에 와 침대 위에 앉아 있으니 평생 변명이나 이유 따위를 대 본 적 없는 그의 입에서 이런 말이 나왔을 것이다.

"아, 아닙니다."

서윤도 알고 있었다. 오늘 하루 종일 본 서류들 덕분에 깨달았다. 자신이 단순히 이 집에서 이사 따위 가고 싶다는 생각이 없을 뿐이라는 이유로 그가 얼마나 많은 금전적인 손해를 보고 있으며 그로 인해 이사진이나 더 윗사람들에게 얼마나 배척을 받고 있는지를.

단지 그 때문이었다. 단지 그 때문에…….

두꺼운 서류 봉투에서 잔뜩 내용물들이 흘러나왔다.

"여기에 사인하면 되나요?"

"음…… 그런 것 같기도 하고. 여긴…….'

"그건 아닌 거 같아요."

실은 태진도 실제로 이 서류를 들고 다니면서 사인을 받아 본 일 따위는 없었다. 이미 일임을 한 곳에 충분한 대가를 지불하고 있었으니까. 그가 직접 이런 것까지 할 필요는 없었다.

"여긴?"

"여긴…… 제가 써야 할 곳이 아닌 거 같아요. 보니까, 이쪽이 갑이고 이쪽이 을이라서…….'

"그런 거 같군."

서윤이 고개를 숙이고 정성껏 주소와 이름, 주민등록번호 등을 쓰고 사인을 하고 있었다. 젖어서 채 마르지 않은 검은색 머리카락이 그녀의 어깨에서 흘러내렸다. 향긋한 냄새는 흔한 샴푸의 합성향이 분명할 것이다. 그러나 그 흔한 꽃향기가 그의 흐릿한 머릿속으로 흘러들었다. 꽃 따윈 질색인 그에게.

"도장이…… 잘…… 안 찍히는데…….'

안방의 어딘가에 인주가 있을 거라 생각한 서윤이 고개를 들었다. 그러나 갑자기 말문이 막히고 말았다. 남자가 바로 자신의 앞에 앉아서 저를 내려다보고 있었다. 깨알 같은 글씨들 사이에 열심히 이름과 주소를 쓰는 데 열중해 있던 서윤은 자신의 좁은 침대 위에 두 사람이 나란히 앉아 있다는 걸 지금에야 깨달았다.

"그냥 사인해도 돼."

아까부터 잘 찍히지 않는 도장을 호호 불고 있던 여자에게 그가 말했다.

묘한 기분이었다. 자신이 살고 있는 세상과는 뚝 떨어진 것 같은 그런 아주 낯설고 이상한 그런 느낌. 너무 가까이 있다는 걸 여자도 느꼈는지 살짝 뒤로 물러앉으면서 사인을 했지만 여전히 침대는 그의 광활한 침대 발치에 있는 카우치 보다 좁았기에 별로 달라진 것이 없었다.

하얗고 가느다란 손으로 열심히 또박또박 글씨를 쓰고 사인을 하는 여자의 젖은 머리카락 사이로 드러난 가느다란 목줄기가 눈에 들어온 순간 그는 갑자기 참을 수 없는 갈증을 느꼈다. 보일러가 돌아가는 소리가 윙윙거리며 들렸으나 그는 그게 무슨 소리인지 잘 알지 못했다. 다만…… 그 소리가 이유도 없는 묘한 긴장감을 주는 듯한 기분이었다.

"저기."

"네?"

막 사인을 다 한 서윤이 고개를 들었다. 카디건을 입었지만 글을 쓰느라 흘러내렸는지 안에 입은 짙은 색의 보트넥 티셔츠 사이로 여자의 가느다란 쇄골이 드러났다. 화장기 하나 없는 여자의 얼굴이 당황스러운 듯 저를 쳐다보고 있었다.

"물…… 한 잔 줄 수 있나? 갈증이 나서."

"아, 네."

그제야 놀란 듯 여자는 흘러내린 카디건을 추스르고는 재빨리 좁은 방을 나섰다. 달칵하는 문이 닫히는 소리를 듣고서야 그는 갑자기 정신이 드는 듯한 느낌이었다. 마치 뭔가에 취해 있었던 것 같은, 그런 뿌연 느낌이 이제야 없어진 듯했다. 갑자기 텅 빈, 그러나 여전히 비좁은 방 안에 그는 하릴없이 시선을 보냈다.

낮에 입고 있었던 게 분명한 검은색의 정장 투피스와 블라우스가 책상 의자에 걸쳐져 있었다. 화장대 위에는 뚜껑도 제대로 닫지 못한 화장품이 앞에 나와 있었고 거울 밑에는 가짓수가 별로 없는 화장품들이 알록달록하게 줄지어 서 있었다. 책꽂이에는 빛바랜 책들이 가득했고 커다란 수건으로 덮어씌운 행거 밑으로는 각양각색의 옷가지들이 보였다. 회색빛의 털이 있어 따뜻해 보이는 이불과 베개. 여자의 방이 딱히 아기자기해 보이지 않는 건 전체적으로 칙칙하고 어두운 나무색의 몰딩이 된 오래된 집 탓이었다. 마치 이 방 안은 20여 년 전의 세월에 멈춰 있는 그런 느낌이었다. 나이 들지 않은 것은 싱싱해 보이는 젖은 머리카락을 한 여자뿐이었다.

그러나 숨이 막히게 좁은 방은…… 왠지 아늑하고 따뜻한 느낌이었다. 하지만 곧 그런 제 생각이 실없는 것이란 걸 스스로 깨달았다. 그래서 누가 보는 것도 아닌데 그는 다급하게 서류를 챙겼다. 그가 막 그녀의 깨끗하고 단정한 글씨가 쓰인 계약서를 다시 보려고 고개를 든 순간, 등 뒤에서 달칵하는 문소리가 들렸다.

"저기…… 상무님. 생수는 없고, 보리차뿐인데 괜찮을까요?"

"줘."

그가 손을 내밀었다. 오랫동안 쓰질 않았던 작은 쟁반은 방금 씻었기에 물에 젖어 있었다. 손님용으로나 쓰던 밑에 아직도 상표가 붙어 있는 글라스 또한 한참 동안 흐르는 물에 씻었던 것이었다.

쌉쌀한 맛이 낯설었다. 아니, 모든 게 낯설지 않은가. 차갑고 낯선 쌉쌀함이 있는 물 한 잔 때문에 그는 아직도 밖에서 기사가 저를 기다리고 있다는 걸 생각해 냈다. 젖어 있는 컵을 내밀자 그녀가 받아 들었다. 하얗고 가는, 분홍빛 손톱이 있는 손이 보였다. 너무 적막하고 좁아서 그다지 눈에 들어오지 않았던 것들이 마치 돋보기나 현미경을 들이댄 것처럼 자세히 보이는 모양이었다.

컵을 받아 든 서윤이 그걸 좁은 책상 위에 올려놓았다. 그녀가 좁은 공간에 서 있자 방은 더 좁아 보였다. 여자가 제 옆에 다시 앉았으면 했지만 그럴 일은 없을 것 같았다. 그는 침대 위에 흩어진 서류들을 모아 봉투에 넣었다.

"아마, 이사는 빠를수록 좋을 것 같아. 이쪽 철거 공사가 진행 중이거든. 안전을 위해서도 그러는 게 나을 거야. 그리고 이사 갈 오피스텔은 안에 다 집기가 있어서 필요한 것만 가지고 가면 될 것 같으니까 번거롭진 않을 거야."

"……"

계약서에 도장을 찍는 것만 생각했지 거기까지 생각을 하지 않은 서윤은 곧 닥칠 일들이 문득 떠올라서 대답을 하지 못했다. 아니, 그래야 하는 건데 그저 제 작은 침대를 꽉 채우고 있는 사람을 보고 있을 뿐이었다. 남자는 약간 머리카락이 흐트러져 있을 뿐 아까 낮에 사무실에서 스쳐 지나간 것과는 달라진 게 없었다. 그래서 더욱더 실감이 나지 않았다.

"늦은 시간인데 미안하게 됐어. 이사 비용 같은 것도……."

서류를 다 넣었기 때문에 그는 고개를 돌렸을 뿐이었다. 그러다가 또다시 제 말꼬리를 어디선가 잃어버리고 말았다. 여자의 말간 얼굴, 가느다란 목줄기, 젖은 머리카락, 그리고…… 젖어 보이는 분홍빛 입술…….

뿌옇게 향긋한 향이 피어올랐다. 이제 막 온기가 돌기 시작한 방 안은 갑갑했다. 그는 말을 맺지 못하고 침대에서 일어섰다. 작아진 여자의 어깨가 가느다랗게 보였다. 품에 구겨 넣고 싶을 만큼.

"늦었네."

뭐라 달리 할 말이 없는 그가 아무 의미 없이 내뱉었다.

"네……."

그는 질식할 것 같아 방문을 열었다. 어두운 거실에 서늘한 바람이 불어왔다. 수조에서 나는 물소리가 제법 크게 들렸다. 남자는 어둠 속에서 문 쪽으로 성큼성큼 걸었다.

"쉬어."

"네. 조심해서 가세요."

두 사람 다 자신의 입에서 어떤 말이 나왔는지 신경 쓰지 않고 있었다. 끼그덕거리는 커다란 소음과 함께 알루미늄의 현관이 열렸다. 황사 먼지로 가득한 팁팁한 공기가 밀려들어 왔다.

"안녕히 가세요."

그는 대답하지 않았다. 뻑뻑한 대문 밖에는 계속 시동이 걸려 있었을 게 분명해 보이는 커다란 검은 차가 서 있었다. 벌컥 문이 열리면서 운전기사가 차에서 내려 그를 위해 뒷좌석 문을 열어 주었다. 그가 타자마자 차는 기다렸다는 듯 쌩하고 적막한 골목길을 벗어나 가 버렸다.

이것도 꿈일까.

하루하루가 전혀 실감이 나지 않았다. 서윤은 낡은 철 대문을 잠그면서 생각을 곱씹어야 했다. 아마…… 그 자료실에 들어갔던 때부터 꿈을 꾸고 있는 건 아닐까 싶었다.

적막한 자신의 거실은 푸르스름한 수조의 불빛으로 가득 차 있었다. 그녀는 저도 모르게 전등의 스위치를 다시 켰다. 어둠이 가시지 않았다.

딸깍딸깍…….

여러 번 어둠 속에서 의미 없는 소리가 났다.

너무 어두워서 낯선 골목을 벗어나면서 그는 저도 모르게 뒤를 돌아보았다. 자동차 뒷유리의 열선 너머로 마치 무슨 기괴한 설치 미술 작품인 양 어이없이 컴컴하고 다 부서져 가는 골목 중간에 불빛도 보이지 않는 공간에 시선이 멎었다. 그곳에 여자가 있다는 사실이 무슨 찌꺼기처럼 숨통 한가운데 가라앉고 있었다. 그 역시가 본 적은 없지만 번화가에 있는 새 오피스텔로 옮기게 된 게 다행이다 싶었다.

그는 고개를 돌리고 헤드레스트에 머리를 기대 눈을 감았다.

길고 길었던 오늘 하루도 이렇게 끝났다. 대로의 환한 가로등과 네온사인의 불빛이 쏟아지는 게 눈꺼풀 사이로 느껴졌다. 감은 눈 사이로 여자의 분홍빛 손톱이 떠오르자 그는 억지로 눈을 떠 어지러운 불빛을 쳐다보았다.

* * *

"저, 실장님은……."

"아침 일찍 상무님 제주도 출장에 같이 가셨어요. 일정표 못 봤어요?"

"아…… 네."

새벽부터 일어나서 터무니없이 정성을 들인 제 얼굴의 화장이 당혹스러워져 서윤은 고개를 돌렸다. 이 사무실에서 가장 먼저 해야 할 일은 이곳의 주인인 상무님의 일정을 살피는 것 아니었나. 하루 종일 텅 빈 스케줄 표 위에 굵은 글씨로 쓰인 '제주 출장'이라는 글자를 멀뚱하게 보고 있던 서윤에게 연정이 말했다.

"서윤 씨, 이리 와요. 커피 추출하는 거 다시 가르쳐 줄 테니까."

"아…… 네."

"자, 봐요. 우선 포터 필터를 닦고 그라인더 버튼을 누르면 분쇄된 원두가 여기 쌓이죠? 이걸 템퍼로 눌러서……."

서윤은 열심히 노트에 받아 적고 있었다. 마치 바리스타라도 된 듯.

"포터 필터를 장착하고 나서 컵을 받치고, 자…… 나오죠?"

"아, 네."

짙은 커피 향이 순식간에 좁은 탕비실에 가득 찼다. 커피라곤 믹스 커피의 달달함밖에 모르는 그녀도 혹할 만큼 근사한 향기였다. 짙은 갈색 거품이 이는 커피는 좁은 잔에 금세 가득해졌다.

"여기다 뜨거운 물을 타면 아메리카노인데, 가끔 피곤하시면 에스프레소를 찾으시는 경우가 있어요. 뭐, 사무실에 들르시는 분들 중에 에스프레소인 채로 드시는 분은 상무님뿐이니까. 에스프레소를 청하시면 이 잔에 커피를 담고, 식기 전에 이 병에 든 라빠르쉐 슈거를 이 용기에 몇 개 담아내는 거예요. 피로 회복이나 급속 카페인 충전에 효과가 있다니까……. 가끔 그렇게 드실 땐 엄청 피곤하신 거란 걸 알아야죠. 평소에도 이 잔에 얼음하고 에스프레소

쓰리 샷으로 굉장히 진하게 드시는 편이니까 알아 두세요. 날이 춥거나 그런 날은 따뜻하게 드시는데 거의 아이스로 드시는 편이에요. 얼음은 여기 제빙기에서 나오니까 가끔 얼음이 떨어졌나 확인하는 거 잊지 말아요."

"아…… 네."

"다 적었으면 이리 와요. 상무님 방 정리하는 법 가르쳐 줄 테니까."

"네……."

그의 방이라는 말에 저도 모르게 종종거리게 되는 걸 서윤조차 잘 모르고 있었다.

그 하얀색과 검은색으로만 이루어진 사무실 뒤에 침대가 놓인 개인적으로 쉬는 공간이 있다는 것도 알았고 그 옆의 간이 샤워실 옆에는 갈아입을 여분의 속옷과 슈트, 와이셔츠 같은 것들도 놓여 있다는 걸 알게 되었다. 그리고 그에게서 나던 싸한 향의 정체가 특수하게 퍼스널하게 조합된 스타일링제와 향수 때문이라는 것도 알게 되었다. 소소하게 알게 된, 그리고 그녀에게 이제 업무라는 이름으로 다가온 '그'에 대한 것들을 알게 됐다는 게 뭔가 묘한 느낌으로 다가왔다. 그런 것들을 알기 위해 직장에서의 하루를 할애하다니……. 참으로 묘한 느낌이었다.

그러나 그런 그녀의 생각과는 상관없이 검은 문은 제가 연정과 들어갔다 나온 뒤로 미동도 없었다. 그리고 그 문 앞에 있는 실장의 자리도 텅 빈 채였다.

"이제 그만 퇴근하죠."

박 대리가 말했다. 평소보다는 이른 시간이었다. 물론 직장인들의 평균적인 퇴근 시간보다야 늦은 시간이긴 했지만. 서윤도 눈치를 보면서 가방을 챙길 때였다. 휴대폰을 든 순간 휴대폰이 울리기 시작했다. 무음으로 해 놓긴 했지만 웬만한 번호는 전화를 받기엔 눈치가 보여서 그냥 수신 보류를 하기 마련이었다.

그러나 화면에 뜬 것은 그녀가 절대로 보류를 누를 수 없는 번호였다. 화들짝 놀란 그녀가 통화 버튼을 누르자 저편에서 목소리가 들려왔다.

— 미안한데.

"네?"

익숙한 목소리였지만 저도 모르게 심장이 쿵쾅거리는 게 느껴졌다.

— 공사 일정 때문에 바로 이사를 한 모양이야. 최대한 조심하라고 했으니까. 아마 잘해 놨을 거야. 오피스텔로 짐 다 옮겼다니 그런 줄 알아.

"네?"

그녀가 되물었지만 전화는 매정하게도 뚜뚜거리는 수신음만 낼 뿐이었다. 이게 무슨 일인가. 서윤은 급하게 제 가방과 외투를 들고 자리에서 일어났다.

분명히…… 허락도 없이 멋대로 이사를 했다는 건데 왜 제 심장은 이 남자의 목소리만 기억하고 있는지……. 짜증스럽게 자신에게 따지고 싶었다.

서윤은 당황했다. 아니, 황당했다.

익숙한 목소리의 전화가 오긴 했다. 그러나 그 내용이 어떤 것이었는지 잊어버리고 말았다. 그냥…… 그의 목소리에 제 심장은 하릴없이 통탕거리다가 말았으니까.

그 사람은 제가 일하는 사무실의 오너일 뿐이었다. 아니, 그가 일하는 기업의 미래의 오너였다. 그러니까 열심히 그 사람을 위해서 일을 하고 월급을 타면 되는 것이었다. 그러나 불행하게도 그 사람은 제 침대 위에 앉아 있었고 제가 열심히 씻은 컵에 담긴 물을 마셨다. 단지 그것뿐이었는데도 불구하고 그건 그리 단순한 일이 아니었다. 상대에겐 단순한 비즈니스였겠지만.

그 사람이 저를 한두 번 구해 준 게 아니었다. 현대를 살아가는 사람에게 있어서 직장이란 건 삶의 전부일지도 모른다. 그런 직장을 잃지 않게 해 줬다. 그리고 태어나서 흔하게 갈 곳도 아닌 유치장이라는 끔찍한 곳에서 저를 구해 주었다. 물론 그건 제게 이 낡은 집이 있었기 때문일 것이다. 그 낡은 집이 하필 그 사람이 새로운 사업을 하기 위해 필요한 구역의 한 귀퉁이에 속한다는 우연 아닌 우연이 겹쳐 있었던 게 가장 큰 이유였을지 몰랐다. 어찌 되었던 그녀는 그래서 강태진이라는 사람을 알게 되었다.

평생을 끔찍하게 두려워했던 '낯선 타인'의 한 사람이었다. 죽기 전에 엄마가 과도를 쥐여 주면서 말했다. 낯선 사람을 조심하라고. 그런 낯선 사람 중의 하나였다. 그러나 그 낯선 사람은 더 이상 낯설지 않게 되었다. 그 사람을 위해 존재하는 사무실에서 일하게 되었으니까.

제 인생에…… 누군가 타인이 들어오게 될 거란 생각은 애초에 하지 않았다. 누군가 타인을 만나서 그 사람을 알게 되고, 그 앎이 깊어지고, 그러다 그 누군가를 제 스스로보다 더 깊게 생각하게 되어 하나가 되는 삶이란 건…… 그냥 텔레비전 드라마에나 나오는 그런 에피소드의 하나일 뿐이었다. 드라마는 드라마고 현실은 현실이었다.

현실은 언제나 제 걱정에 전전긍긍하고 그걸 용서할 수 없지만 이해는 가는 엄마와 열심히 새끼를 낳는 일에 열중하고 있는 열대어가 모든 것을 차지한 단조로운 삶뿐이었다. 대학을 다니고 직장 생활을 하면서 타인들하고 얽혀도 그 타인들이 자신의 영역 안에 들어올 필요 따위 없어 보였기에 그냥 그저 그런 간격을 유지하고 살았다. 그게 정상적인 삶이라고 생각했었다.

그런데…… 그 위태위태한 경계를 밟고 들어온 사람이 있었다. 아니, 그 사람은 그런 사실조차 모르고 있을 것이다.

서윤은 발걸음을 빨리했다. 기괴한 어둠 속에 얼른 제집으로 가고 싶었다. 아까 받은 전화의 내용은…… 잊어버린 듯.

그럴 리가 없을 것이다. 빨리 이사를 가라고…… 그 비슷한 이야기였을 것이다. 서윤은 단지 그렇게 생각하고 있었다. 그러나 그녀의 발길이 집 앞에서 멈춘 뒤에는 머릿속의 사고도 멈춰 버리고 말았다.

아니…… 이게 무슨 일이람…….

분명히 그녀의 집이 있어야 할 곳이었다. 양쪽 옆에 있던 집은 일찌감치 형태를 감추었었다. 그래도 그녀의 집은 멀쩡하니 서 있었다. 그런데…… 제집이 있어야 할 곳은 어둠만 내려앉아 있었다. 집 같아 보이는 것은 없었다. 다만 뭔가 울퉁불퉁한 잔해들이 그곳에 뭔가 있었다는 것을 이야기해 주는 듯했다. 이럴 수가.

— 아, 아까 내가 이야기했었는데. 공사 일정 때문에……. 아마 오피스텔로 옮겼을 거야. 특별히 조심하라고 당부했으니까 이사는 잘해 놨을 거야. 거기 호수가……. 잠시만, 내가 이따 다시 전화하지.

그제야 서윤은 아까 전화 통화 끝에 붙은 그의 말을 기억해 냈다. 제 쓸모없는 심장이 남자의 목소리만 듣고 제멋대로 뛰는 바람에 이해조차 하지 않았던 말들이었다. 서윤은 텁텁한 먼지가 가득한 공사장 앞에서 하릴없이 이제야 낯선 숫자와 주소가 적힌 휴대폰 속의 문자를 찾아냈다. 이게 대체 무슨 일일까.

어쩌면 이건 꿈일지도 몰랐다. 아니, 이렇게 황당한 일이 있을 수가.

택시에서 내린 서윤은 제 눈앞에 있는 휘황찬란한 건물을 보고 자신의 집이 없어진 것보다 더 당황해야 했다. 지하철에서 내려 걸어오는 길에 늘 보던 건물이었다. 전에 있던 건물이 헐리고 새 건물이 올라가느라 휘장막이 쳐져 있었던 것도, 그러다 어느 날 그게 없어지더니 화려하고 번쩍거리는 고층 오피스텔이 들어선 것도 무심하게 지나쳤었다.

서윤은 제 휴대폰에 전송된 숫자를 한참 내려다보다가 엘리베이터로 갔다. 이미 시간이 너무 늦어 버렸다.

1412호.

꼭대기 바로 아래층이었다. 새것이 분명한 눈부신 복도를 걸어가는데 문이 열린 곳이 보였다. 머뭇거리면서 다가가 보니 눈에 익은 번호였다.

"저기……."

"이서윤 씨 되세요? 늦으셨네요. 계속 기다렸는데. 막 전화하려던 참이었어요. 들어오세요."

그들은 저를 기다리느라 퇴근을 못 한 것 같았다. 그녀가 출근할 때나 맞닥뜨리는 하얗고 깨끗한 복도 끝의 낯선 사람이라니.

어색하게 들어선 곳은 눈부시게 하얀 공간이었다. 정말로 그녀가 새로 출근하게 된 12층과 같은 모습이었다. 그러나 그 와중에 눈에 띈 것은 익숙한 커다란 수조였다.

"퇴근이 늦으셨나 봐요. 많이 기다렸어요. 이리 와 보시겠어요?"

영문도 모른 채 서윤은 노란 조끼를 입은 여자의 말을 따라야 했다. 노란 조끼엔 지하철에서 요란하게 선전을 하던 이삿짐센터의 이름이 쓰여 있었다.

"보시다시피 오피스텔엔 이미 다 빌트인 가구들이 있어서요. 소지품들은 최대한 고객님 쓰시기 좋게 넣어 뒀지만 전 집에 있던 큰 가구들은 지금 저희 창고에 옮겨 놓았거든요. 사진을 찍어 뒀으니까 필요하신 게 있으면 말씀하세요. 그럼 이리로 옮겨 드리겠습니다. 필요하지 않으시다면 저희 쪽에서 처리해 드리는 서비스도 하고 있거든요. 아시죠? 큰 가구들은 처리하는 데도 따로 비용 든다는 거."

낯선 여자가 내민 태블릿 PC 화면에는 익숙했지만 낯선 배경 덕에 다른 물건처럼 보이는, 그녀의 '옛집'을 채우고 있던 가구들이 보였다.

한땐…… 벗어나고 싶었었다. 칙칙한 집, 좁디좁은 방, 추운 욕실, 어두운 표정의 엄마……. 그러나 막상 벗어날 기회가 생겼을 땐 그러고 싶지 않다고 단호하게 이야기했었다. 하지만 이제는 그럴 수도 없게 되었다.

서윤은 기계적으로 화면을 손가락으로 넘겼다. 이번 달에는 들어가 보지도 않은 안방을 채우고 있던 엄마의 문갑, 화장대, 장롱의 모습이 보였다. 낯선 배경을 뒤로한 가구들은 더욱더 초라하고 낡아 보였다. 그녀는 여전히 아무 감정 없이 화면을 넘겼다. 제가 잠들었던 침대, 화장대, 책상, 옷장 등이 보였다. 그러나 여전히 아무런 생각이 들지 않았다.

흘끗 둘러보았지만 그 작은 집보다 훨씬 넓어 보이는 새하얀 실내엔 이미 모든 것이 다 갖춰져 있었다. 유행 지난 오래된 냉장고, 이불만 돌리면 수평이 맞지 않아 탈수하다 물이 들어와 멈춰 버리는 낡은 세탁기, 켜 보지 않은 지 몇 년이나 지난 두꺼운 브라운관이 달린 텔레비전이 보였을 때도 그저 그랬다. 그런 그녀의 손길이 잠깐 머뭇거렸다.

회색 소파…….

패브릭으로 되어 있어 늘 얼룩만 지고 먼지가 앉아 굳이 이사 때문이 아니라도 늘 버리려고 마음먹었던 소파였다. 지난 몇 년간 앉아 본 적도 없는 그 흉물스러운 소파…….

왜 자신의 손길이 머뭇했는지 금방 알게 된 서윤은 담담하게 말했다.

"다 처분해 주세요."

자신들의 일과가 끝난 게 다행이라 여기는 사람들이 바쁘게 빠져나간 곳은 새하얀 철문이 닫히자 금방 적막에 싸였다.

여기가 어디지…….

익숙한 것이라곤 침대가 있는 곳과 거실을 나누는 경계가 되도록 가로질러 놓은 커다란 수조뿐이었다. 아니, 그것마저도 약간 달라져 있었다. 물을 빼고 옮겼던 수조를 원상 복귀 시키며 돌들이나 수초가 놓인 위치가 미세하게 바뀐 걸 서윤은 금방 알 수 있었으니까.

실내는 넓어 보였다. 전체적으로 화이트 하이그로시로 된 인테리어 덕분일 것이었다. 포인트를 준 검은색의 고급스러운 새시로 된 창문과 장식등, 그리고 한쪽 벽 장식 패널이 강렬한 인상을 주고 있었다. 침대는 창가에 있었고 침대 주변에는 붙박이장이 있어서 충분한 수납공간이 있었다. 수조로 나뉜 공간에는 화장대와 책상으로 쓸 수 있는 벽에 붙어 있는 널찍한 데스크가 있었고 가운데에는 방문자가 와도 넉넉하게 앉을 만큼 넓고 푹신한 소파와 탁자가 있었다. 입구 쪽에는 욕실 문이 있었고 기역 자 모양으로 꺾인 주방은 세탁기와 냉장고 같은 것들이 다 갖춰져 있었다.

어디 잡지나 인터넷 화면 안에서나 나올 법한 그런 근사한 인테리어로 무장한 값비싼 집이 분명했다.

하얀색의 침대 위에는 자신의 옷장 안에 들었던 밝은색의 침구가 펼쳐져 있었다. 화장대 위에는 그녀의 간소한 화장품이 가지런히 정리되어 있었고, 다른 한쪽에는 그녀의 오래된 컴퓨터도 생뚱맞게 자리 잡고 있었다.

서윤은 천천히 아무 무늬도 없이 이음새만 있는 하얀색의 붙박이장으로 다가갔다. 안을 여니 자신의 옷가지와 소지품들이 가지런히 정리되어 늘 이렇게 되어 있었다는 듯 어색하지 않게 들어 있었다.

참…… 좋은 세상이구나.

그러나 서윤은 마치 남의 집이나 사무실에 온 듯 늦은 시간임에도 불구하고 옷을 벗거나 화장을 지우지 못하고, 가만히 새것이 분명한 소파 위에 앉아서 물끄러미 제 휴대폰을 들여다보고 있을 뿐이었다.

[해광 파빌리온 1412호.]

발신자는…… 이름이 없었다. 뭐라고 저장해야 할까. 혹시나 누가 제 휴대폰을 볼 일이 있을 리는 없겠지만, 그래도 그녀는 아무런 이름을 달지 못했다. 상관은 없었다. 이미 8자리의 번호는 외우고 있으니까.

* * *

"그런 것……도 하나 제대로 처리를 못…… 하고! 대체 얼마나 손해를 입힌 거냐!"

태진은 아무런 대답을 하지 않았다. 괜한 섣부른 대답이나 대꾸를 질색으로 여기는 사람이란 걸 지난 세월 동안 잘 학습하고 있었기 때문에. 그리고 결론적으로 그리 큰 손해도 없었다.

"자격도…… 없이 그저 좋은 집안에 태어났다는 이유만으로 아무 수고도 없이 턱턱 좋은…… 자리에 앉으려는 건 도둑놈 심보나 마찬가지야."

발음이 중간에 뚝뚝 끊어졌지만 저번보다는 훨씬 좋아져 있었다. 한쪽으로 일그러진 얼굴도 저번보다는 나아 보였다. 일반적인 구안와사 같은 게 아니라 안면 신경 편마비증이라고 했다. 간단한 뇌수술을 하면 고치는 게 가능하다고 했지만, 오랜 지병인 당뇨와 고혈압 때문에 수술의 안정성이 그리 높지 않아서 수술을 미루고 있었다.

TJ, 즉 태정그룹의 1인자인, 지금은 일그러진 얼굴과 뇌경색의 후유증으로 한쪽으로 굽은 손목 때문에 명예회장이라는 직책 뒤에 숨어 화려한 병실에서 생활 중인 강찬일 회장은 버릇처럼 하나뿐인 아들인 태진을 닦달하는 중이었다.

"흠을 잡히지 말아야 하는…… 거야. 알았어?"

"네."

"그걸 아는 놈이…… 이게…… 이게 뭐냐!"

욕심이 어마어마한 노인네였다. 그리고 자신보다 아래라고 여겨지는 상대 앞에서는 가차 없이 당신 기분대로 대하는 게 이미 버릇이 된 사람이었다.

그의 얼굴에 서류 뭉치가 날아들었다. 그러나 던지는 힘이 약한 듯 서류는 얼굴을 때리진 못하고 앞에서 흩어져 바닥에 떨어져 내렸다. 태진은 가만히 서 있었다. 날리는 종잇조각들이 다 바닥에 떨어진 다음에 주워도 된다는 걸 그 동안의 학습을 통해서 잘 알고 있었다. 그중 몇 장이 얼굴 근처로 날아들어 닿긴 했지만 그 정도는 아무렇지도 않았다.

"병신 같은 놈……. 다 된 일 하나 딱딱 제대로 하지도 못하고!"

너무 안일하긴 했다. 다른 일이 바빠서 일을 위임한 법무법인을 너무 믿고 있었으니까. 그러니 일이 늦어진 것은 제 잘못이 맞았다. 그는 아무 말도 없이 바닥에 흩어진 서류들을 직접 주워 들었다. 옆엔 강 회장의 비서도 있었고, 만약을 대비한 간호사도 있었다. 그리고 등 뒤에는 잔뜩 고소해하는 표정을 애써 숨긴 채 고개를 숙이고 있는 박 여사도 있었다. 그러나 어느 누구 하나 숨소리도 내지 않았다. 태진은 태연하게 서류를 집어 들어 순서대로 챙기는 여유를 부렸다.

"썩 꺼져! 다시 한……번만…… 그따위로 일 처리를 하면……."

태진은 아무 말 없이 고개를 숙였다.

실없이 웃음이 터져 나오려는 걸 엄숙한 표정으로 참아야 했다.

"강 상무, 회장님 저러시는 거 뭐 하루 이틀이 아니잖아?"

"네."

그는 불필요한 말을 하지 않으려는 듯 더 이상 말을 잇지 않았다. 상대에겐 오히려 그게 더 기분이 상할 법했지만 그녀는 아무렇지도 않은 듯 말을 이었다.

"고루한 노인네 같으니라고. 젊은 사람이 알아서 잘할 텐데 말이야."

박 이사, 그러니까 저 고루한 노인네의 안사람인 박 여사는 강 회장과 나이 차이가 그리 많이 나지는 않았다. 그러나 겉모습으로는 적어도 10년 이상, 혹 좀 심하다 싶음 20년 이상 차이가 나 보일 만했다. 그도 그럴 것이 술 좋아하고 여자 좋아하고 일 벌이기를 좋아하는 강 회장은 아무리 좋은 것만 먹고 누렸다 해도 나이를 속일 수 없었지만 내로라하는 재벌가의 고명딸인 박 여사는 철저하게 돈으로 관리를 받다 보니 얼굴에 그 흔한 주름 하나 없을 정도였다.

태진은 겉으로 보면 저를 위하는 것 같은 박 여사의 말이 어느 한구석에도 호의가 없다는 걸 가장 잘 알고 있었다. 꾸짖고 서류를 던지고 그보다 더한 걸 제게 던져 대도 역시 그의 편은 저 고루한 회장님밖에 없다는 것을 알고 있었다.

"수술은 언제로 일정을 잡으셨습니까?"

물론 그에 대한 보고를 따로 받고 있는 태진이었다. 좀처럼 낮아지지 않는 당뇨 수치 때문에 수술 일정을 잡는 데 애를 먹고 있다는 것도 아까 병원에 들어오자마자 들었던 사항이었다.

"글쎄. 회장님께서 하고 싶으실 때 하겠지."

온갖 시술로 잡티 하나 없는 그녀가 이죽거리듯 내뱉었다.

"회장님 상태가 금방 회복되실 거 같지 않아서, 다음 주총부터는 내가 참석하는 거…… 강 상무도 알고 있지?"

"네."

뭐라 더 대꾸하고 싶은 마음이 없었다. 늘 저를 눈엣가시처럼 여겨 왔던 이 아니던가. 이미 지난 30여 년간 뼈저리게 알고 있었다.

"하던 일…… 제대로 하는 게 좋을 거야."

그녀가 웃으면서 말했다. 그러나 그는 굳이 대답하지 않고 고개를 까닥하고는 돌아섰다.

"건방진 놈."

목소리는 또렷하고 선명했다. 분명히 일부러 들으라 했을 것이다. 앞에선 입발림을 해도 그녀가 가지고 있는 명확한 뜻은 예나 지금이나 저것이었다. 한마디 해 주고 싶은 생각이 치밀어 올랐지만 그는 아무렇지도 않다는 듯 병실의 넓은 다이닝 룸을 나섰다.

이미 패는 제 손에 들렸다. 이제는 그 어느 누구도 판을 뒤집어 엎을 수는 없을 것이다. 얼마나 오랜 시간을 기다려 왔던가. 저 대단한 회장님의 건강이 악화된 것도 기쁠 지경이었다. 배은망덕한 패륜아라고 손가락질을 하는 자가 있더라도 그는 달게 그 욕을 감수할 수 있을 만큼 충분히 기다렸다. 충분히.

VIP 주차장은 지상이었다. 차라리 숨이 턱턱 막히는 지하였으면 더 좋았을 텐데.

속이 뒤집어질 것 같은 구역질을 참으며 엘리베이터에서 내려 사람 하나 지나가지 않는 불이 반쯤 꺼진 로비를 가로질러 유리문을 열고 나서자마자 그는 잠시 걸음을 멈추고 말았다.

미세 먼지니 황사 경보니 하는 말이 흔해 빠진 계절이었다. 문을 열자마자 텁텁한 밤공기가 밀려왔다. 그러나 그는 발을 내딛지 못하고 있었다.

유명 인사들을 상대하는 호화로운 병원은 대로에서 먼 한적한 산속에 있었다. 박 이사가 최근에 손을 대기 시작한 고급 요양 병원 중에서도 가장 호화롭고 유명한 곳이었다. 조경 또한 어마어마한 돈을 들인 티가 역력했다.

운치 있게 앞을 막고 있는 소나무들이 하늘 높이 뻗어 있었고 그 아래를 막 물오른 나무들이 가득 감싸고 있었다. 로비 현관의 바로 앞엔 비싼 돈을 들여서 관리하는 게 분명한 분홍빛 꽃 무더기들이 한껏 조명을 받고 있었다. 커다란 하얀 전구 같은 꽃송이들을 부담스러우리만큼 이고 지고 있다가 바닥에 떨구면서 처연해져 가는 목련 나무와 이제 다음 바통을 이어받으려 작정을 하고 있는 꽃망울을 잔뜩 들이민 벚꽃 나무들까지…….

온통, 그가 가장 질색을 하는 색으로 일부러 칠한 듯 가득가득 시선을 채우고 있었다.

욕이 절로 나오는 그런…… 밤이었다.

간신히 튀어나오려는 욕지기를 참고선 그를 기다린 지 한참 되는 듯한 차에 올라타자 기사가 운전석에 앉으며 말했다.

"상무님, 이서윤 씨 이사는 무사히 잘 마쳤고 방금 마무리됐다고 연락 왔습니다. 댁으로 모실까요?"

"아."

그제야 그는 불쾌함을 잠시 잊고 다른 생각에 빠지게 되었다.

이사…….

* * *

새벽이었다.

무심코 누른 휴대폰 불빛이 마치 그녀의 눈알을 찢는 것 같았다. 두꺼운 이중창임에도 불구하고 이 건물이 대로변에 있다는 걸 증명하듯 미세하게 들리는 무수한 차 소리가 신경을 긁어 대고 있었다. 요 며칠 제대로 잠도 못 자서 온몸은 파김치가 되는 것 같은데 머릿속 어딘가에 켜진 불 하나가 영 소등이 되지 않고 있었다. 제 머릿속에서는 하등의 쓸모가 없어서 퇴화된 그런 구역임이 틀림없었다.

제 이불이 분명했지만 침대는 쓸데없이 넓었고 하얀색의 실내는 불을 껐음에도 불구하고 칠흑 같은 어둠을 주던 제집과는 달리 도시의 무수한 불빛이 이 까마득한 높이까지 침투해서 서성거리는 게 느껴졌다.

날이 밝으면 또 그렇듯 전쟁 같은 하루가 시작될 게 뻔했다. 잠시라도 제 뇌는 꺼져야 했다. 그러나 그러지 못하고 있었다.

관계없어 보이는 물줄기들도 결국은 기울어진 곳으로 모여드는 것처럼, 그녀의 복잡한 머릿속도 가물거리면서 오목한 한곳으로 모여들고 있었다. 그 오목하고 작은 구덩이에는 한 사람이 있었다.

택도 없는…… 쳐다보기에도 버거운 그런 한 사람이.

* * *

"에스프레소예요."

"아, 네."

짙은 커피 향이 정신을 깨웠다. 이미 다들 한 잔씩 마셨지만 이 사무실 주인의 커피는 왠지 향기마저도 다르게 느껴졌다.

'에스프레소 드실 땐…… 아주 피곤하시다는 증거죠.'

전에 연정이 말했던 게 기억났다.

"거기 라빠르쉐 슈거 있죠? 두 스푼, 절대 저으면 안 돼요. 에스프레소는 짙은 커피를 음미하고 밑에 녹은 설탕으로 쓴맛을 없애는 게 포인트니까요."

"네……."

"식기 전에!"

마치 소꿉장난할 때나 쓰는 장난감같이 앙증맞은 하얀 잔에 크레마가 가득한 커피는 짙은 향을 뿜어냈다. 큰 쟁반에 올린 보통 커피 잔의 반도 안 되는 작은 잔에 설탕 결정 두 스푼을 넣고 그 옆에는 향긋한 유자차가 든 투명한 잔을 올렸다. 그러곤 조심스럽게 문을 두드리고 안으로 들어섰다.

기척이 있었으나 아무도 그녀가 들어오는 것을 신경 쓰지 않았다. 탁자 위에 가득 쌓인 서류들, 태블릿 컴퓨터 그리고 낯익은 한 사람과 낯선 사람.

"박 이사님 측에서는 무상감자를 추진할 것 같은데, 그건 좀 시기상조 같습니다. 이번 주총 전 회의에서 강력하게 어필하실 것 같은데……."

"그쪽 사람 누구누구 있습니까?"

"차…… 가져왔습니다."

말을 끊을 분위기는 아니었다. 다만 그래도 말을 꺼낸 건…… 에스프레소는 식기 전에 마셔야 한다는 말만 머릿속에 가득했기 때문이었다. 그녀의 말에 그가 시선을 돌렸다. 이 사무실에 있을 때 가장 이 사람다운…… 이 사무실의 주인, 태진이 그녀를 흘끗 쳐다보았다. 커피를 가져온 비서를 보는 것 이상도 이하도 아닌 그런 시선으로.

조그마한 커피 잔 받침에 잔을 놓고 그의 맞은편에 앉은 사람에게 유자차 잔을 내려놓는 순간 그가 커피 잔을 들더니 한 번에 커피를 마셔 버렸다. 짙은 커피 향이 하얀 공간에 휙 퍼져 들었고 잔을 내려놓자마자 채 녹지 않은 설탕이 바닥에 깔려 있는 게 보였다.

하얗고 두꺼운, 그리고 작디작은 에스프레소 잔의 거품 얼룩 속에 채 녹지 못한 설탕이 스르륵 바닥에 깔려 있었다. 아까 전에 맛을 보았지만, 시럽 없는 아메리카노도 감당하기 힘들 만큼 썼는데 저 쓴 에스프레소를 단번에 삼켜 버리는 남자의 창백한 얼굴과는 달리 빨갛게 충혈 된 눈에서는 피로가 가득 묻어났다.

아무렇지도 않게 돌아서서 나와야 했다. 그래서 그렇게 했다. 그러나 제 모든 신경은 녹아내린 채 버려진 라빠르쉐 슈거처럼 끈적하게 그 작은 에스프레소 잔에 붙어 있었다.

"주총에서 총대는 제가 멜 겁니다. 대신 이도저도 아닌 사람을 끌어모으는 건 조 전무님이 하셔야죠……."

박 대리가 제게 시킨 불어 메일처럼 알아들을 수 없는 말들이었다. 그러나…… 그의 목소리였다. 착 가라앉고, 싸늘한 그의 모습이 연상되는, 탁탁 끊어지고 조금은 싸늘하지만 매력적인 목소리…….

탁.

상무실의 문이 닫히는 순간 서윤은 쓴웃음을 지었다. 매력적이라니. 제 머릿속에 떠오르는 단어조차 어이없었다.

"이서윤 씨, 이 서류 박 대리한테 다시 검토하라고 해요."

"네."

저는 이 사무실의 부속품일 뿐이었다. 그러나 그나마 쓸데가 하나도 없는 부속은 아니어서 다행이었다.

절대, 순순히 모든 것을 내어 줄 리는 없다는 것을 잘 알고 있었다.

승산이 그리 크지는 않지만 없는 건 아니라는 것도 알고 있었다. 그리고 죽을 때까지 싸울 용의도 있었다. 유일한 제 아군인 조전무가 나가고 그는 자리에서 일어섰다. 아군들은 서서히 늘어날 것이다.

터무니없이 작은 크기의 에스프레소 잔 속에 채 녹아들지 못한 설탕 덩어리가 녹아 붙어 있었다. 에스프레소를 먹는 이유는 진한 카페인보다는 가라앉은 설탕에서 얻는 당분 때문일 공산이 컸다.

갑자기 무상감자라는 카드를 꺼내 든 박 이사의 소식이 가뜩이나 부족한 제 수면을 방해한 탓이었다. 건설업계가 호황이었던 시기는 한참 지났기에 자본 감식은 당연했고 주식감자는 그에 따른 수순이 맞았다. 그러나 유상이냐 무상이냐에 대한 문제는 대주주건 소액주주건 간에 중차대한 관심거리임은 틀림없었다. 경영권 방어를 어찌할 것인가, 그리고 그게 박 이사에게 얼마나 유리할 것인가는 중대한 문제였다. 그녀의 유리함이란 건 곧바로 제게 불리한 점으로 작용할 테니까.

제가 잠을 자지 않는다고 해서 갑자기 뾰족한 수가 생기는 건 아니었다. 그러나 칼날처럼 날카로운 제 신경은 좀처럼 날이 사그라지지 않았다. 뭔가 다른 것이 필요했다.

옷걸이에 잘 걸린 재킷을 빼 들면서 그는 흘끗 커피 잔을 쳐다보았다. 아마 제가 나간 다음에나 저 잔을 거둬들이겠지.

밖에서 기척이 들렸다. 워낙에 드나드는 횟수가 많아서 이쪽 문 안에서는 이 사무실의 주인이 드나드는 것에 대해 일일이 응대를 하진 않았다.

박 대리와 연정, 그리고 제가 하는 일은 주로 이 상무실에 관련된 일이지만 그 밖의 회사 중역들에게 올라가는 서류들을 처리하는 일도 맡고 있었다. 그것이 중역에 할당된 개인 비서 외에 이렇게 많은 인원이 있는 비서실이 있는 이유였다.

후계 구도를 위한 쾌속 승진을 위해서 일이 서툰 회장님의 유일한 아들을 위해 특별히 할당된 인원이지만 차차 그 대상이 일에 익숙해지자 다른 곳에서 인원 충당이 부족해 못 하는 일까지 맡아 하고 있었다. 그 때문에 일이 서툰 서윤이 이 자리에 있게 된 건 여러모로 불합리했다. 그 불합리에 가장 실질적인 피해를 받고 있는 건 서윤 당사자였다.

제가 왜 이 자리에 있는지 이유를 알게 된 건 얼마 전이었고 그이유는 이제 사라졌다. 그러니까 저도 여기서 사라져야 했다. 하지만 문밖의 발소리에도 푸드덕거리는 제 속내는 자꾸만 조금만 더있다가 하고 머뭇거리고 있었다.

여기 있어야 저 사람을 볼 수 있을 테니까.

* * *

산더미 같은 서류를 들고도 몇 분 만에 걸어서 집에 올 수 있다는 건 대단한 행운이었다. 제 월급으로는 평생을 모아도 이런 곳에 살 수 없을 것이란 건 자명했다. 그러나 그새 익숙해진 번호를 누르고 낯설지만 군데군데 제게 익숙한 물건이 있는 하얀 공간으로 들어오자 그녀는 절로 피로가 풀리는 것 같았다. 집이 어떻게 해서 생겼던 간에.

외워야 할 것들, 처리해야 할 서류들, 검토해서 요약을 해야 하는 것들……. 여태까진 늘 똑같은 숫자를 입력하고 계산하는 커다란 계산기가 된 채로 살았던 거 같았다. 아니 뭐, 그것도 나쁘진 않았다. 그러나 점점 제 스스로가 커다란 기계의 부속품인 것 같았고 달리 생각할 것이라곤 제 가방 맨 밑에 든 신문지로 감은 칼 같은 것밖에 없었다.

그러고 보니, 제 가방에 칼이 들어 있지 않은 날이 꽤 지나고 있었다.

서윤은 버릇처럼 가방 속 파우치에 든 작은 알약을 삼켰다. 익숙하진 않지만, 옵션으로 있는 정수기에서 차가운 물이 나왔다. 이제는 다시 보리차를 끓일 일도 없겠지. 약은 꽤 남아 있었지만, 언젠간 떨어질 것이다. 주변에 약국이 있었던가.

인터넷이 없었으면 대체 어쩔 뻔했을까.

서윤은 눈부시게 하얀 욕실에서 샤워를 한 뒤, 아래층에 있던 편의점에서 사 온 샌드위치로 허기를 달래면서 인터넷으로 모르는 용어들을 찾아 열심히 기록을 하면서 서류를 검토하는 중이었다. 하얀 실내는 반쯤 어둠에 덮였고 두꺼운 이중창 덕에 산소 발생기가 만들어 내는 백색 소음과 이따금 딸깍거리는 마우스 소리만 들려 더없이 아늑했다.

선뜩한 나무 창틀 사이의 외풍이나 싸늘한 바닥 때문에 오래된 보일러가 돌아가는 굉음이 울릴 리도 없었다. 보일러 계기판의 온수 버튼을 누르지 않아도 따뜻한 온수가 금방 쏟아져 나왔고, 늘 입던 수면 바지 대신 외출복으로나 입던 예쁜 프린트가 들어간 반팔 셔츠가 익숙해 뵈는 공간은 가끔 결리는 어깨를 펴기 위해 이리저리 윗몸을 돌릴 때마다 뿌듯함이나 만족감을 주고 있었다.

속은 어쩔지 모르겠지만, 그래도 겉모양은 평범한 대학을 나오고 치열한 경쟁 사회에서 취업을 한 멀쩡한 20대의 커리어 우먼이었다. 보편적인 그녀들이 바라는 생활은 이런 것이겠지. 좋은 직장의 중역의 비서실에 근무하고 있고 이유야 어쨌든 간에 통장에는 그 나이 젊은 사람들이 모으기 힘든 목돈도 들어 있고, 또한 이렇게 대단한 도심의 오피스텔에서 자유를 만끽하면서 우아하게 사는 것. 그리고 굳이 하나를 더 찾자면…….

딩동.

서윤은 고개를 돌렸다. 적막하고 조용한 공간에는 여전히 산소 발생기가 뿜어내는 백색 소음만 퍼지고 있었다. 잘못 들었나?

딩동.

이렇게 크게 들리는 것으로 보아, 누군가 방문자가 있는 모양이었다. 이 늦은 밤에 누굴까. 서윤은 당혹스러움에 두리번거렸다. 그러자 벽에 걸린 인터폰에 누군가 서 있는 게 보였다.

아…….

주소를 잘못 찾은 배달원이나 혹은 취객일지도 모른다. 그럼 마치 아무도 없는 집인 척 조용히 있으면 그만이다. 그렇지만…….

제 머릿속은 화면을 보고 딱딱하게 굳어 버렸다. 그러나 몸은 마치 반사적인 것처럼 후다닥 무언가 걸칠 것을 찾고 있었다. 그 짧은 시간에 컴퓨터 옆에 있는 화장대에 비친 제 얼굴은 어떤가, 방 안에 흩어진 안 보여야 할 것은 없는가까지도.

딩동.

그러나 그런 것을 채 챙길 새도 없이 이어진 초인종 소리에 서윤은 문으로 뛰어갔다. 혼자 사는 그녀에게 과하게 넓은 공간이라는 게 새삼 느껴졌다.

"웬일이세요……."

누구시냐고 물었어야 했지만, 서윤은 새것이라 선명한 모니터에서 보여 주는 저 인영이 누구인지 너무나 잘 알고 있었다. 헷갈릴 리도 없었다. 그와 같은 사람이 몇 명이나 또 이 세상에 있을까 싶으니까.

"누군지 확인을 하고 열어야지."

손에 익지 않은 이중의 잠금장치를 푸느라 시간이 걸리는 바람에 서윤은 무방비하게 덜컥 문을 열고 말았다. 그러곤 들리는 말에 당혹스러워 후회를 해야 했다.

"이 시간에 어떻게……."

늘 이유가 당혹스럽긴 했지만, 이런 늦은 시간에 이런 무방비한 차림으로 그를 제 공간에서 맞이한 게 처음은 아니었다. 그래서 새삼스럽지는 않았지만 이제는 그럴 일이 없는 것 같은데…….

"중요한 서명이 빠졌어."

서늘한 봄밤의 공기가 묻어 들어왔다. 동의도 구하지 않고 마치 자신의 집인 양 문을 열고 들어오는 남자를 저지할 사이도 없었다.

"집은 맘에 드나? 이사는 잘 처리됐어?"

분명히 저와는 간격이 너무 멀어서 지나가는 것만으로도 잔뜩 긴장하게 만드는 까마득한 상사이자 제가 몸담고 있는 회사의 차기 오너였다. 그러나 그는 아무렇지도 않은 듯 아까 먹은 샌드위치의 플라스틱 통과 비닐, 그리고 마시다 만 머그컵이 흐트러져 있는 아일랜드 바가 있는 입구를 지나 가운데 놓인, 저도 한 번 맘 놓고 앉아 본 적이 없는 새하얀 소파에 앉으면서 물었다.

뭐라 대답하기도 전에 그의 시선이 저를 훑는 것이 느껴졌다. 분명히 퇴근도 늦은 시간이었고 그 시간도 한참 지나 있었다. 아니, 평소 같았으면 이미 잠이 들었을 시간이었다.

"네……."

조그맣게 대답을 한 서윤은 어정쩡하게 서 있었다. 그는 손에 들고 있던 서류 봉투에서 종이 뭉치를 꺼냈다. 낮에 사무실에서 봤던 슈트였다. 에스프레소를 마시던 때에도 새빨갛게 눈이 충혈 되어 피곤해 보였었다. 그 뒤로 시간이 흐른 것만큼 더욱더 피로가 어깨를 짓누르는 것같이 보이는 그는 미간을 누르면서 말했다.

"여기, 위임장이 하나 빠졌어. 이게 없으면 우리 쪽에서 일을 하나도 처리할 수가 없다더군."

얼마든지…… 사무실에서 해결할 수 있는 일 아닌가? 남들에게 보이기 그렇다 하더라도 잠깐 커피라도 가져오라고 하고 얼른 사인을 하라면 될 텐데……. 그런 생각을 하면서도 서윤은 아무 말 없이 볼펜을 찾느라 분주히 제 가방을 뒤적거렸다.

볼펜을 찾아 든 서윤은 어색하게 탁자를 쳐다보다가 하는 수 없이 무릎을 꿇고 앉아 사인을 했다. 소파는 세 사람 정도 앉을 수 있는 크기였지만 감히 그의 옆에 앉을 수가 없었다.

"여긴, 커피 있나?"

적막한 방에 그의 목소리가 마치 꿈결처럼 제 머리 위에서 울렸다. 서윤은 그를 올려다보았다.

늘…… 이 남자와 단둘이 있는 공간은 이상하게 현실성이 없었다. 아마 단둘이 있을 현실적인 이유가 없어서일까. 왜 이 사람이 제 앞에서, 그것도 자신만의 공간에서 이런 말을 하고 있는 거지.

"저기 믹스밖에 없는데 괜찮을까요?"

제 머릿속은 미망에 빠져 있지만 그래도 며칠 동안 이 남자만을 위한 공간에서 일을 한 그녀는 긴장을 멈추지 않고 물었다.

"아무거나 줘."

아마 이 남자는 믹스 커피라는 말 자체를 모르고 있는 게 아닐까 싶었다. 그러나 서윤은 재빨리 익숙하지 않은 빌트인 싱크대로 갔다. 주전자가 어디 있지? 실은 이 안은 열어 보지도 않았었다. 그냥 샌드위치와 음료수를 먹고 올려놓은 게 다였다. 잔은 어디 있고 커피는 어디 있지…….

굳이…… 여기 올 필요는 없었다. 그는 그렇게 생각했다. 그러나 그 선택이 나쁘지는 않은 것 같았다.

낮에 현장에 가서야 법무법인의 전화를 받았고, 그 서류는 제 책상 서랍에 잘 들어가 있었다. 그러니 그녀에게 전화를 한 통 해서 서랍에서 서류를 꺼내 사인을 마저 하라고 했으면 되는 일이었다. 그러나 곧 다른 보고서를 받고 지시를 하느라 타이밍을 놓쳤을 뿐이었다.

박 이사의 반격이 이렇게 빨리 시작될 줄은 미처 생각하지 못했다. 그러나 오히려 그것이 더 반가운 것 아닌가. 그만큼, 제가 싸울 만한 적수가 됐다고 인정하는 것이니까.

굴지의 재벌 기업을 친정으로 둔 그녀의 곁엔 강 회장의 무대포 식 경영에 염증을 느끼고 노선을 바꿔 타고 싶어 하는 이들로 넘쳐 났다. 그 넘쳐 나는 사람들을 하나씩 제 쪽으로 끌어들이는 게 중요했다. 어차피 큰 실수만 없다면 시간이 해결해 줄 터이지만 불행하게도 그에게는 그걸 참을 만한 인내심 따위는 없었다. 블루힐스 같은 건 그저 작은 계단이었다. 그래서 여기저기 얼굴을 내밀어야 하는 곳이 많아지고 있었다.

얼른 피곤한 몸을 집에 가서 뉘어야 했지만 그는 이 건물을 보고 갑자기 충동적으로 기사를 돌려보냈다. 왜 그랬을까.

고요하고 적막한 가운데 백색 소음이 나른하게 떠돌았다. 여자가 무언가 찾는 듯 달그락거리는 소리가 났다. 어깨가 무거워서 새것인 듯 휘발성 냄새가 떠도는 레자 소파에 등을 기댔다. 제 거실에 있는 것처럼 편하게 감기진 않았다. 그러나 뿌연 기포 소리와 함께 일부러 조용히 하려고 조심스럽게 달그락거리는 기척이 제 머릿속을 가라앉게 했다.

이 시간에 여자의 집에 오다니…….

제가 충동적인 사람이라고 생각해 본 적은 없었다. 물론 세상이 모두 계획대로 이루어지는 것은 아니지만. 언제부터였을까. 그 자료실에 어이없이 갇히게 된 때부터? 아니…… 재수 없는 4월이 시작되던 날 작은 약국에서 이 여자를 처음 보았을 때부터인가.

저 여자와 비롯된 일련의 사건들은 하나같이 관련이 없는 이상한 일들이었다. 아직도 뭔가를 쓸 때 걸리적거리는 오른쪽 손바닥의 칼자국이라든지 혹은 너무나 자연스럽고 익숙해서 개개인의 사람이기보다는 그냥 사무실의 하나의 부속처럼 보이는 사람들 사이에 저 여자가 어색하게 서 있는 것 같은 모습이라든지. 그리고 저 여자의 공간에서 오는 낯선 편안함이라든지.

그건 저 여자와 관련된 것들에서 오는 것들이지 결코 저 여자 때문은 아니다……

"상무님 커피……."

서윤의 말꼬리가 사그라졌다.

이상한 일이었다. 이 남자…… 제가 일하는 공간에 있는 이 남자는 감히 다가갈 수도 없이 먼 사람이었다. 계약서 때문에 같이 식사를 했을 때도 같은 공간에 있었지만 전혀 다른 곳에 존재하는 분위기였다. 전혀 다른 사람이니까.

그런데 그 남자가 제가 사는 곳에 들어서면 뭔가 달라졌다. 아마…… 늘 피곤이 사람을 지치게 만든 시간에 만나서일까.

겨우 찾아낸 컵과 쟁반, 집에선 주말에나 한 잔씩 마시는, 언제 샀는지도 모를 커피믹스 뭉치는 지퍼 백에 담긴 채 마지막 서랍에 처박혀 있었다. 주전자도 찾을 수 없어 냄비에 정수기 물을 담았지만 좀처럼 써 본 적 없는 인덕션을 켜느라 한참이나 시간을 들인 후에 간신히 탄 커피였다. 그러나 그 커피는 쟁반 위에서 식어 가고 있었다.

그는…… 아이보리빛 소파 위에 기댄 채 눈을 감고 있었다. 창백한 얼굴은 마치 조각상 같았다.

갑자기 피에타가 떠올랐다.

제가 아주 어렸을 적 미술책에 나왔던 사진을 보고 하루 종일 울적해질 만큼 기억에 남았던 그 조각상. 대리석으로 만들었다는 게 믿기지 않을 만큼 섬세한 옷자락과 십자가에서 내려진 예수의 손등에 있는 힘줄까지, 마치 살아 있는 것같이 생생했던 그 조각상의 사진.

그리고 나중에 어떤 영화에서 보았다. 남자 주인공이 여자 주인공에게 일부러 접근하기 위해서 화가인 척 그림으로 그려 보여 주는 내용이었는데, 저는 그걸 몇 번이나 돌려서 조각상만 보고 있었다. 언젠가는 이탈리아에 있는 성 베드로 성당에 있는 그 조각을 진짜 보고 싶다는 생각도 했었다. 물론…… 장례식장에서 저에 대해 속삭이는 소리를 들은 이후로는 모든 꿈을 접어 버렸지만.

왜 갑자기 피에타가 생각났을까. 이 남자의 잠든 모습을 보고.

죽은 예수가 아니라 그것을 내려다보는, 슬픔이 어렸지만 너무나 젊고 아름다운 성모 마리아의 완벽한 얼굴선을 왜 이 남자에게서 떠올린 걸까.

참…… 어이도 없이.

커피가 완전히 식어 버릴 때까지 그녀는 쟁반을 든 채 서 있었다.

그냥 그렇게, 평생 계산기처럼 아파트 옵션 비용이나 계산하면서, 퇴근할 땐 칼이 든 가방을 품에 안고, 텅 빈 낡은 집에 와서는 대답이나 인기척 없는 물고기들을 바라보다가 제 삶은 끝날 것이라 생각했다. 아니, 그냥 하루하루를 그렇게 살고 다른 날들이 있을 것이라 생각한 적이 없었다.

제 옆에서 제 사랑과 증오를 동시에 받고 있던 엄마가 세상을 떠났을 때도 세상이 끝날 것 같았지만, 장례를 치르고 회사에 출근을 하니 똑같은 나날이 기다리고 있었을 뿐이었다.

그런데…… 이 남자가 나타났다.

늘 제가 타인에게 하던 방식으로 밀어내려 했지만, 밀어낼 수가 없었다. 오히려 제 삶으로 들어와 버렸다. 물론 당사자는 그렇게 생각하지 않겠지만.

전에 있던 이 팀장이나, 지칠 줄 모르는 관심과 애정을 표시했던 조 대리나 제 야멸찬 적대심에 결국 포기했던 대학 선배나……. 그 사람들을 포함해 제 인생의 일곱 번째 생일에 집을 나가 버린 아버지 외에 다른 XY의 유전자를 가진 사람이 끼어들 것이라곤 생각하지 않았다. 그러나 그는 달랐다. 절대 쌍방의 관계가 성립될 수 없는 사람이니까.

사람들이 맘껏 텔레비전이나 스크린의 스타를 좋아할 수 있는 건 그 사람과 '관련'될 수 없음을 알기 때문이 아닐까. 언젠가부터, 서윤의 삶은 이 사람을 중심으로 돌아가기 시작했다. 그에게 줄 것이 있었기 때문이겠지만 서윤의 입장에서는 그랬다. 언제 끝날지 알 수 없지만 이 사람을 위해 일도 하게 되었다. 그러니까 이 사람이 제 삶의 중심인 게 맞았다. 그러니까…… 그러니까 이렇게 넋 놓고 그를 쳐다보는 건, 피에타 상을 보는 사람들의 마음과 똑같은 것이었다.

그 아름다움을 사랑하는 거…… 커다란 대리석 조각일 뿐이어서 제 삶에 끼어들 이유가 없음에도 아름다움에 감동을 받는 거.

살과 피로 이루어진 사람이었지만 제 삶과는 하등의 관계가 없으니까 이런 생각을 갖는 거였다.

그래서 그런 용기를 냈는지 모를 일이었다.

팔도 아프고, 피곤했다. 저도 며칠 밤을 설쳤고 오늘도 잔뜩 가져온 서류에 치여 있었다. 그녀는 커피 잔이 담긴 쟁반을 탁자에 내려놓았다. 아까 사인을 할 땐 앉을 수도 없었던 소파의 옆에 걸터앉고 싶었다. 이 사람을 깨워야 하나 아니면 그냥 이렇게 있어야 하나를 고민하다가 너무 피곤했다. 조금만 더 기다려 봐야지…….

그녀가 막 소파 위에 살짝 걸터앉았을 때였다.

새것이었지만 그다지 비싸지 않은 소파는 사람의 기척을 어설프게 표시했다. 그냥 뿌드득한 소리를 냈을 뿐이었다. 그러나 백색 소음만 가득한 적막한 공간에서는 제법 큰 기척이었던 것 같았다.

"으."

조각상처럼 미동이 없던 그가 눈을 찡그리면서 움직거렸다. 서윤은 제가 커다란 잘못이라도 한 듯 벌떡 일어나야 했다. 이곳은 사무실도 아니고 자신의 집인데, 왜 무의식적으로 같이 앉을 수조차 없다고 느꼈는지 생각할 겨를도 없었다. 그때였다. 눈을 뜬 그가 손을 내민 건.

"아……."

내밀어진 손이 자신의 손을 잡아당긴 것은 순식간이었다. 따뜻하다고 생각했을 때, 제 몸은 균형을 잃고 그의 앞으로 허물어졌다.

피에타의 성모마리아 같은 창백한 얼굴이 제 앞에 다가섰다. 또렷한 이목구비, 창백한 얼굴, 새빨갛게 충혈됐지만 저를 쳐다보고 있는 눈……. 그를 이렇게 가까이에서 본 적이 있나. 당황한 서윤이 몸을 일으키려는 순간 커다란 손이 목덜미를 감싸 쥐었다. 그녀가 채 놀라기도 전에 몸은 기울어지고 너무 다가온 그의 얼굴 때문에 눈을 감아야 했다.

그러곤 뜨거운 뭔가가 입술에 닿았다.

놀라서 피해야만 했는데, 그러질 못했다.

그 다가온 것이 너무 뜨겁고, 너무 달아서…….

8

꿈은 아니었다.

아니, 차라리 꿈이었으면 좋겠다. 그러나 역시 꿈은 아니었다.

"안녕하세요."

서윤은 밤새 온 팩스나 이메일을 정리해 박 대리와 서 실장의 책상 위에 올려놓으면서 출근한 그녀들에게 인사를 했다.

"일찍 왔네요."

"네."

"음, 서류 다 뽑아 놨네요. 잘했어요."

제가 해야 할 일을 인수인계한 연정은 활짝 웃었다. 고전적으로 여직원들이 하듯 책상을 닦거나 할 필요는 없었다. 이미 미화팀이 다 따로 있기 때문에. 그러나 제일 말단인 서윤은 밤새 외국에서 들어오는 서류나 혹은 건설 현장에서 마감 이후에 보낸 중요한 서류들을 정리해 놓는 일을 다른 사람들이 출근하기 전에 해야 했다.

"어머, 오늘 화장 잘됐네. 그 립스틱 참 잘 어울려요."

"가…… 감사합니다."

제대로 잠을 자지 못한 탓에 화장에 신경을 써서일까. 서윤은 얼굴을 붉혔다. 몇 가지 쓰지 않던 화장품을 이것저것 더 써 봤을 뿐이었다. 미묘한 경쟁 관계에 있는 여자들은 웃는 얼굴로 칭찬을 하면서도 알싸한 뒤끝이 느껴지는 묘한 분위기였다. 그만큼, 서윤의 아름다움이 독보적이어서인지도.

서윤은 일부러 시선을 돌리지 않게 애썼지만 제 사무실로 들어가기 직전 힐끗 뒤를 돌아보았다.

새까만 문은 주인 없이 문이 닫힌 채였지만 서윤은 저도 모르게 얼굴에 열이 올라 고개를 돌려야 했다.

이건…… 뭘까.

다른 사람에게 닿는 다는 거…… 내가 아닌 다른 타인에게 접촉한다는 거.

만원 지하철이나 버스에서 남들과 부딪쳤을 때의 기분 나쁜 감촉이나, 식당이나 화장실에 가면서 같은 회사의 동료 여직원들이 친한 척하면서 슬쩍 팔짱을 낄 때, 그 낯선 이질감에 슬그머니 몸을 사리거나 노골적으로 상대를 밀쳐 냈던 건, 당연한 학습의 효과였다. 그러다간…… 나쁜 일이 생길 수도 있으니까.

어디서부터 잘못됐는지는 알 수가 없었다. 아니, 잘못이 아닐 수도 있었다. 그 늦은 시간에 제가 가장 경계하라고 배워 왔던 낯선 남자가 자연스럽게 자신이 혼자 있는 집의 소파 위에 앉아 있던 것부터 정상이 아니었으니까.

입술이 닿은 건 순식간이었다. 그리고 그가 제 입술을 머금은 것도.

그러나 그것은 지극히 우발적이었다. 상대도 그렇게 인식한 게 틀림없었다. 그건 제게 아주 오랜 시간처럼 느껴졌지만 실제로는 순식간이었다. 대리석 같은 그 하얀 얼굴은 곧 떨어졌고 바로 눈앞에서, 정신이 아득해진 그녀에게 말했다.

'문단속 잘하고 자.'

아무렇지도 않음을 가장해서 태연하게 서류를 들고 문을 나섰지만, 분명히 그도 무언가 잘못됐다고 느꼈을 것이다.

너무 혼란스러워서 그 당시에는 잘 몰랐지만.

그러나 중요한 건, 덜컹거리는 심장 때문에 피곤에 지친 뇌는 잠을 잘 수 없었다는 것이었다.

저 검은 문의 주인은 그냥 제 서명을 받고 커피를 청했다가—분명히 입도 안 댄 다 식은 커피 잔이 놓여 있었으니까.— 맛없는 커피 냄새에 질려서 황급히 나가 버린 것일지도 몰랐다. 아니, 그랬을 확률이 컸다. 그건 제가 피에타 상보다 더 대리석 조각 같은 상사의 얼굴을 보고 꾼 꿈이었을지도 몰랐다.

키스라니…….

아니, 입맞춤이라니…….

"서윤 씨 어디 아파요?"

"아뇨."

그녀는 재빨리 대답해야 했다. 보지 않아도 제 두 뺨에 열이 오르는 게 느껴졌으니까.

문밖에서 기척이 났다. 인사하는 소리와 웅웅거리는 남자의 목소리가 들리는 것 같았다. 그러나 불행하게도 사무실의 문은 두꺼웠고 사무실의 주인이 왔다 해도 안쪽에 있는 여자들은 굳이 나가서 일렬로 도열해 90도 인사를 할 필요 없이 일에만 몰두하면 되는 아주 합리적인 시스템으로 근무하고 있었다. 그건 말단인 서윤도 마찬가지였다.

서윤은 인터폰을 힐끗거렸다. 사무실의 주인이 왔으니 커피를 청할 것이고 그녀는 곧 그녀가 요 며칠 가장 열심히 배워 자신 있는 실력으로 커피를 내려야 할 것이다. 그러나 인터폰은 잠잠했고 대신 다시 문소리가 들렸다. 그냥 나가는 걸까.

왜 제 블라우스 밑의 심장이 푸드덕거리는지 모르겠다 싶었다.

저 사람은 대체…… 나한테 왜 그러는 거지.

서윤의 눈은 컴퓨터 모니터를 보고 있었지만 모든 신경은 문에 붙어 있는 것만 같았다. 둘 사이의 '일'은 이제 다 끝났는데, 하등의 그럴 이유가 없는데……. 그냥 호기심인가? 제게 수작을 거는 모든 남자들처럼, 그런 거겠지. 거기에 일말의 다른 감정 따위가 있을 리가 없는 건데…….

달각 문이 열렸다.

그 덕에 서윤의 머릿속에도 딸깍 불이 켜졌다.

"이서윤 씨."

"네?"

윤정의 고갯짓을 보고 서윤은 벌떡 일어나서 쿵쾅거리는 제 심장을 아무도 눈치채지 못하길 바라며 빠른 걸음으로 그녀의 책상 쪽으로 갔다. 사무실의 주인은 나가 버린 모양이었다.

"이서윤 씨, 이걸 뭐라 하지……. 어항? 수조? 그런 거에 대해서 잘 알아요?"

"네?"

뜬금없는 질문에 서윤은 자신이 뭘 잘못 들은 게 아닌가 싶어 되물었다. 집에 큰 수조가 있긴 하지만.

"상무님이 이서윤 씨한테 이야기하라고 해서. 상무님 사시는 집에 수조가 필요하다고 이서윤 씨 시켜서 오늘 설치해 놓으라고 하시네요. 이거에 대해서 잘 알아요?"

어젯밤의 뜬금없는…… 그 일보다 더 당황스러웠다. 아니, 이게 뭐란 말인가. 웬 수조.

하지만 비서실에서 어떤 일까지 하는지 요 며칠 연정의 무용담을 들어서 서윤은 아주 크게 놀라지는 않았다.

그리고 왜 그가 이런 이야기를 했는지는 알 것도 같았다. 제집에서 볼 것이라고는 두어 마리에서 몇 년간 늘어나 이제는 수십 마리가 된 물고기들이 떼 지어 헤엄치는 커다란 수조뿐이니까.

"네, 집에서 키우고 있어요."

"그래서 그러셨나 보군요. 이건 상무님 댁 주소예요. 말씀하신 건 오늘 처리하는 게 맞으니까. 처리하세요."

"아니 그게, 어느 정도나……."

서윤은 이 밑도 끝도 없는 오더에 당황해서 되물었다. 아니, 수조니 어항이니 하는 게 사이즈도 제각각이고 그 안에 들어갈 물고기도 제각각 아닌가. 갑자기 그냥 수조가 필요하다니.

"그냥 그렇게만 말씀하셨으니까 알아서 해요. 그리고 비용은 이 카드로 해결하고 계산서 올려요."

그러곤 윤정은 주소가 써진 메모지와 카드를 내밀었다.

4월이 되면서부터 뭔가 비정상적인 일만 제 앞에 일어난다는 생각만 가득해졌다.

수조를 사러 가는 게 일이 되다니.

'비용은 신경 쓰지 말고 품격에 맞는 걸 잘 골라요.'

윤정의 이야기를 되새기면서 문 앞에 선 서윤은 이게 잘하는 건가 싶었다.

"누구신가요?"

낯선 여자의 목소리에 서윤은 목소리를 가다듬으면서 말했다.

"최 상무님 비서실에서 나왔습니다."

안에서는 대답 없이 삐리릭 하는 소리와 함께 문이 열렸다. 연예인들이 주로 산다는 한남동의 한적한 고급 아파트였다. 진입로부터 으리으리했다. 수조를 둘 장소를 실측하기 위한 샵의 직원과 함께 깐깐한 경비실을 지나 겨우 메모지에 쓰인 동 호수를 찾아 문에 들어선 서윤은 잠시 머뭇거려야 했다. 이곳에 정말로 그가 사는 걸까 하는 생각에.

"오신다고 연락 받았습니다. 이쪽으로 오세요."

분명히 가사도우미일 텐데, 말끔한 회색의 유니폼에 앞치마를 하고 세련된 화장까지 한 중년의 여자가 나타나 안내를 했다.

긴 복도를 지나 모퉁이를 돌자 서윤은 멈칫할 수밖에 없었다. 집 안은 커다란 창으로 쏟아지는 오전 햇살로 눈부시게 빛나고 있었다. 하얀 대리석으로 된 벽과 화려한 무늬로 된 대리석 바닥, 크리스털 샹들리에가 넓은 거실 천장에 드리워져 있었고 거실 옆엔 위층으로 올라가는 계단까지 있는 화려한 복층 아파트였다.

그가…… 결혼을 했었던가.

거실만 보아도 혼자 살기에 너무나 넓은 아파트 때문에 든 어이없는 생각은 옆에 있는 사람 때문에 금방 사라졌다.

"어디에 설치하죠?"

수조라니……. 서윤은 멍하니 있다가 왜 상무님이 저러러 수조를 설치하라고 했는지 생각해 봤다. 자신의 그 작은 집이나 이 오피스텔에 올 때마다 그가 어찌했더라……. 그 사람은 항상 수조 앞에 있는 소파에 앉아서 잠들었던 것 같았다.

조용한 공간에 있는 산소 발생기가 내뿜는 백색 소음이나 찰랑 거리는 물소리, 그리고 고요한 물고기들의 움직임. 그것들이 주는 안식이나 편안함은 그녀가 익히 잘 알고 있었다. 아마 이 집의 주 인도 그것을 원하는 게 아닐까.

"이쪽 소파 주변이 어떨까요?"

"크기가 좀 커야겠네요. 여기에 어울리려면……."

"네, 빨리 해 주세요. 오늘 내로."

하루가 어떻게 지났는지 알 수가 없었다. 그리고 뼈저리게 느낀 건, 역시 돈의 힘은 위대하다는 거였다.

분명히 며칠 전에는 매일 야근을 하면서 계산서를 집계하고 숫 자를 맞추는 게 일이었는데 자신이 왜 여기서 이러고 있는지 아직 도 이해할 수 없었다.

"조명이 너무 밝은 거 같아요. 그리고 이쪽에서 보면 반대편이 너무 무성해서……. 이쪽으로 조금 옮겨 심는 게 나을 것 같아 요."

어마어마하게 넓은 거실 한쪽에 어울릴 만한 수조는 자신의 집 에 있는 것의 서너 배는 될 것 같았지만 그리 크게 보이지 않을 정 도였다. 게다가 그 정도의 크기라면 주문 제작을 해야 해서 며칠이 걸린다 했었지만 돈의 위력이란 게 무시무시해서 다른 곳에 납품 하려던 것을 중간에 가져올 수 있었다.

검은색의 밑 받침대가 있는 커다란 수조는 하얀 대리석과 요즘 유행이라는 무채색이 주가 된 인테리어에 잘 어울렸다. 수조 안을 채운 고요한 수중 생태계는 아주 처음부터 거기에 있었던 것처럼, 아무 일도 없었다는 듯 우아하게 펼쳐져 있었다.

그러나 연못을 우아하게 떠도는 백조가 쉴 새 없이 물갈퀴를 휘저어야 하는 것처럼, 이 고요한 생태계를 인위적으로 유지하기엔 엄청난 인공의 힘이 필요했다.

"음, 여과기는 여기 있고, 여과제 남은 건 이쪽으로 주시고요. 사료는 이거랑 이게 어떻게 다른 건지 설명해 주세요. 관리하시는 분이 아셔야 하니까."

갑자기 일을 하나 더 떠맡게 된 도우미는 무표정하게 옆에서 설명하는 것을 받아 적고 있었다.

"처음 관리는 3일 후고, 그다음은 일주일, 그다음은 보름 마다라고 하셨죠?"

"네. 그러나 문제가 있으면 바로 연락을 주셔도 됩니다."

"연락처 저분한테 주세요. 그리고 혹시 잃어버렸을 때도 알 수 있게 이쪽에 따로 기록해서 넣어 주세요."

수족관 직원들은 전기선을 정리하고 나머지 물품들을 수조 받침대 안에 넣고 여러 가지 자질구레한 것들을 관리한 뒤 마지막 체크를 마치고 나서 퇴근했다. 그들 때문에 퇴근이 미뤄져 이미 한참이나 초과 근무를 한 도우미도 퇴근 준비를 하는지 분주해 보였다.

"저기……."

"상무님한테 직접 보여 드려야 하는 거면 기다리세요. 전 이미 시간이 지났기 때문에 가겠습니다."

"아…… 네."

얼결에 대답한 서윤은 그 잠깐 사이에 이 커다란 집에 혼자 남게 됐다는 걸 알게 되었다.

그의…… 집이었다.

맨 꼭대기 층의 복층인지 화려한 샹들리에가 달린 천장은 끝도 없이 높았다. 그 휘황찬란한 사무실이 누추해 보일 정도로 화려한 공간이었다. 검은색의 소파 옆에 있는 스탠드나 벽에 걸린 그림, 바닥에 깔린 융단까지 우아함과 화려함이 공존하는 곳이었다. 이제는 흔적도 없이 사라진 제집의 마당까지 다 합쳐도 이 거실보다 좁을 것 같아 보였다.

외모나 혹은 그가 가진 직함만 봐도 어마어마했지만 이런 곳에 혼자 살고 있다니 정말 더욱더 딴 세상사람 같아 보였다. 그런 사람을…….

서윤은 갑자기 잊고 있던 피곤과 허기가 몰려왔다. 생각해 보니 저녁은커녕 점심도 먹지 못한 채 동동거리면서 뛰어다니지 않았나. 그 동동거림의 산물인 커다란 수조에서는 현실감 없는 수초들이 나른하게 흐느적거리고 있었고 형형색색의 물고기들이 떼 지어 헤엄치고 있었다. 갑자기 제집의 물고기들이 불쌍해졌다. 이 고기들은 운명을 잘 타고나서 이렇게 커다랗고 넓은 수조에서 마음껏 헤엄칠 수 있는데…….

별게 다 생각이 난 서윤은 산소 발생기가 내는 미세한 기포 소리를 들으면서 어느새 어둠이 내려앉은 커다란 창 쪽으로 다가갔다. 언덕 위에 있는 고급 아파트는 마치 황금 모래를 뿌려 놓은 듯 불야성으로 빛나는 서울 시내를 내려다보고 있었다.

집주인을 무작정 기다려야 하는 건가. 막 문자라도 보내려고 휴대폰을 꺼내 들었을 때였다.

삐리리릭.

적막을 깨고 전자음이 들렸다. 저도 모르게 화들짝 놀란 서윤이 고개를 돌렸다. 기척이 들리긴 했는데 기나긴 현관 복도 때문인지 쉬이 누군가 나타나진 않았다. 서윤은 가방을 챙겨 들고 문 쪽으로 다가갔다. 계속 기다리고 있었지만 갑자기 그를 대할 생각을 하니 당혹스러워서 얼른 인사를 하고 집으로 가야겠다는 생각뿐이었다.

"어?"

재킷을 벗어 든 그의 의아한 목소리에 기다리고 있던 서윤이 오히려 당황스러웠다.

"아, 저 서 실장님이 수조 설치하라고 지시를 하셨다고……. 설치가 다 끝나 보고 드리고 가려고요……."

"아."

이제야 생각이 났는지 그가 고개를 끄덕였다. 그러곤 서윤의 등 뒤에 있는 거실 한편에 설치된 커다란 수조를 흘끗 쳐다보았다.

"늦었으니까, 가 보겠습니다."

서윤이 저도 모르게 혀가 꼬이는 것 같아서 멋쩍게 가방을 추스르자 태진이 그녀를 스쳐 지나가면서 말했다.

"오래 기다렸나?"

"아니요. 좀 전에……."

그에게선 나른한 오후의 향기 같은 것이 스쳐 지나갔다. 그 향기에 취해 있느라 그가 뭘 묻는지 헷갈렸다.

"저녁은? 식사는 했고?"

"그게……."

저도 모르게 꼬르륵 하고 배 속에서 소리가 울린 건 참…… 타이밍도 기가 막힌 코미디 같았다.

"거기 좀 앉아 있어."

그가 재킷을 소파 위에 아무렇게나 던지곤 와이셔츠 소맷부리의 커프스단추를 빼면서 말했다.

왜 인지 모르겠지만 일단은 명령을 받은 것이다. 적어도 그는 그녀의 상사였고, 지금 여기 앉아 있는 건 부하 직원으로서 상사가 맡긴 일을 하느라 그런 것이니까. 그리고 이 명령은 그 일의 연속일지도 모르니까.

그러나 좀…… 당황스럽게도 그 어마어마하신 상사가 들어간 곳은 화려한 주방이었다. 주방은 꺾여 있어서 거실에서는 전혀 보이지 않았다. 아니, 사실은 그가 주방에 들어갔다는 것도 몰랐다. 갑자기 시야에서 사라졌으니까. 게다가 주방 앞에는 다이닝 룸도 있었다. 그가 발걸음한 곳이 주방인지, 다이닝 룸인지 그녀로서는 알 수 없었다. 그래서 그녀는 엉거주춤하게 그냥 앉아 있을 수밖에 없었다.

얼마나 시간이 지났을까. 미세하게 달각거리는 소리들이 나더니 뭔가 향기가 나기 시작했다. 그래서 그가 주방에 들어간 건가 하는 생각이 들었다. 너무 청량하고 넓은 공간이라서 딱히 뭐라 할 수 없지만 은은한 향기마저 뭔가 고급스럽던 곳에 퍼지는 건 의아하게도 막 구운 빵 냄새였다. 분명히 주방에 들어갈 때 남자의 손은 빈손이었다. 미각을 자극하는 빵 냄새는 그녀에게 막연한 용기를 주었다. 음식이 주는 위대한 힘이었는지도.

서윤은 엉거주춤하게 일어나서 주방 쪽으로 다가갔다. 뭔가 그런 일을 해야 하면 당연히 아랫사람인 제가 해야 하는 거 아닐까 하는 생각에 사로잡혀서.

"저기……"

"별거 없어. 나도 저녁을 걸러서 그냥 간단한 샌드위치야."

남자의 의외의 말에 서윤은 멍하니 서 있어야 했다. 디근 자로 된, 마치 무슨 카탈로그에나 나올 것 같은 화려한 부엌에 딱 어울리는 커다란 스테인리스 냉장고에서 익숙하게 야채를 꺼내는 태진의 모습이 너무 낯설고 당황스러워서. 그리고 한편으론…… 그런 모습이 너무 근사해서.

뭐라 말을 해야 할 것 같은데 땅 하는 소리와 함께 고급스러운 오븐에서 꺼낸 빵의 기가 막힌 냄새 때문에 서윤은 꼴깍하고 제 목소리가 목구멍으로 넘어가 버리는 게 느껴졌다. 시간이 별로 지나지 않았는데도 기가 막힌 향기가 풍기는 걸 보니 아마 냉동했던 빵을 오븐에 다시 구운 듯했다.

"간단한 끼니는 되겠지."

바스락거리는, 바게트 빵을 빵칼로 자르는 소리는 더더욱 그녀를 꼼짝 못하게 만들었다.

"이건?"

"아, 그건 네온테트라예요. 작지만 떼 지어 다니면 예쁘거든요. 잘 안 보이시겠지만 백여 마리가 넘어요."

커다란 수조에는 고급스런 거실의 분위기와 잘 어울리는 고급스러운 물고기들이 떼 지어 헤엄쳐 다니고 있었다.

"그건 플래티 종류예요. 색깔은 요기 하얀 거랑 빨간 거, 그리고 음…… 저쪽에 있는 점박이 있는 게 다 플래티예요. 플래티는 제가 좋아하는 종류인데 난태생이거든요. 어미 배 속에서 수정이 돼서 나와서 마치 새끼를 낳는 것같이 보여요. 그리고 러미노즈, 안시, 코리, 램프아이, 체리바브……."

"먹고 이야기해."

"아…… 네."

한참 설명을 하던 그녀는 그의 말에 마치 명령이라도 수행하듯 바게트 샌드위치를 베어 물었다. 마치 고급 브런치 식당에서 먹는 듯, 야채와 햄, 그리고 특이한 향을 가진 소스까지 들어간, 유산지에 싸인 샌드위치는 그 짧은 시간에 이 남자가 뚝딱 만들었다고는 믿기지 않았다. 그리고 옆에서 수조 속의 헤엄치는 물고기들을 쳐다보고 있는 그를 흘끔거리는 이 상황 자체도 믿기지 않았다.

"조명은 실내 색상에 맞췄어요. 조도도 조정할 수 있어요. 불을 끄시면 약간 어두워져요. 색이 맘에 안 드시면 바로 바꿀 수 있어요. 대체로 푸른색을 많이 하는데 이쪽 직원들이 이 색깔이 낫다고 해서……."

이건 브리핑이었다. 제가 맡은 일에 대해서 돈을 지불하는 사람에게 설명을 하는 것이었다. 그러니까 그녀는 끊임없이 말을 했다. 저답지 않게. 그래야…… 이 살아 있는 피에타 상에게 정신을 빼앗기지 않을 테니까.

제 옆에 서 있던 사람은 언제부턴지 말이 없었다. 제 손에 들린 고급스러운 샌드위치를 말고 있던 유산지 안도 어느새 텅 비어 있었다. 그래서 적막을 채우던 부스럭거리는 소리도 갑자기 사라졌다. 왜일까. 서윤은 아무 생각 없이 수조 속의 물고기들을 좇고 있던 시선을 남자에게로 돌렸다.

그가 물끄러미 자신을 내려다보고 있었다. 수조 속의 물고기들이 아니라 자신을.

요 며칠 새 이 남자가 어마어마한 일정에 쫓겨 일을 하고 있다는 걸 그의 스케줄과 사무실로 들어가는 상당한 양의 검토용 서류만 봐도 알 수 있었다. 그래서 이 피곤이 가득한 남자의 심정을 이해해야 했다. 얼른 제가 이곳에서 사라져야겠다는 것도.

"저, 더 물으실 것 없으……."

그러나 서윤은 말을 이을 수가 없었다. 저를 쳐다보던 남자의 손이 다가왔기 때문이었다.

또다시 덜컹거리는 심장이 블라우스 밖으로 튀어나오는 것만 같았다. 그러나 소매를 걷어 올린 남자의 손이 그녀의 입가에 닿았다. 아무 말도 없이 스쳐 간 손끝에는 샌드위치 속의 하얀 드레싱이 묻어 있었다.

보지 않아도 뻔한 자신의 칠칠맞지 못한 모습에 저도 모르게 얼굴에 열이 올랐다. 어디 쥐구멍이라도 들어가야 할 것 같은데……. 왜 이 남자의 손이 닿은 순간 어젯밤의 제 헛꿈이 생각나는 것인지 알 수가 없었다. 바보같이.

그러나 커다란 수조의 고요한 기포들에서 나오는 백색 소음 사이로 제가 또다시 꿈을 꾸고 있는 것만 같았다. 또다시 이 남자의 피곤에 젖은 얼굴이 다가왔으니까.

쿵쿵거리는 제 심장이 아프도록 뛰었지만, 뜨거운 감촉이 닿자마자 그 고통도 잊고 말았다.

엄마는…… 이런 일이 있으면 무조건 도망가야 한다고 했었다. 낯선 공간에 타인과, 그것도 남자와 단둘이 있어야 할 땐, 가방 속에 넣어 준 칼을 빼 들라고 했었다. 그러나 저쪽 소파 위에 놓인 제 가방 속에는 어느샌가 더 이상 칼 따윈 없었다. 날카로운 칼로 지키고자 했던 건 그 무엇이었을 것이다.

하지만 제 심장은 언젠가부터 다가갈 수 없는 검은 문 속의 주인을 생각하면서 뛰고 있었다. 가끔 그가 제 옆을 스쳐 갈 때마다 더욱더 아프게 몸부림치며 피를 뿜었다. 그리고 그 고통은 이렇게 꿈결처럼 남자의 체온이 닿으면 바스라지듯 사라졌다. 헛된 꿈이라는 걸 매일매일 뼈저리게 느끼면서도 제 사지는 하나씩 이렇게 고장이 나고 있었다. 고칠 생각도 하지 못한 채 달콤한 꿈속에서 생각이란 것이 녹이 슬어 부스러져 사라지고 있었다.

남자의 입술은 뜨겁고, 그리고 부드럽게 내려앉았다. 그러나 어제처럼 그냥 그렇게 머물다 사라지진 않았다. 배운 것도 아닌데 저도 모르게 입술을 연 그녀의 속을 가르고 들어왔다. 방금 먹었던 샌드위치의 달착지근한 드레싱이 스며들었다. 그러나 그것도 잠시 커다란 수조 속의 흐늘거리는 비단결 같은 수초처럼 기운 없이 흘러내리려는 제 몸을 감싸 안는 억센 팔뚝이 느껴졌다. 그러면서 아득하게 뜨거운 것은 제 속을 헤매고 있었다.

무의식적으로 서윤은 두 손을 내밀었다. 그리고 저를 감싸 안는 이에게 매달렸다. 그렇지 않으면 힘이 풀려 버린 제 두 무릎은 꺾여 바닥에 주저앉을 것만 같았으니까.

9

    제겐…… 서랍이 많았다.

    안에 무엇인가가 잔뜩 들어 있지만 손을 내밀어 닫아 버리면 겉에선 그 무엇도 볼 수 없는 서랍들.

    맨 처음에는 하나뿐이었을 것이다. 그리움, 아픔, 외로움 따위……. 그 당시에는 명칭도 알 수 없는 것들을 꼭꼭 감춰 밀어 넣고 나면 웃을 수 있었다. 버림받지 않기 위해서.

    곱디고운 매니큐어가 칠해진 손에 잡혀 찾아간 곳에선, 또 다른 서랍이 필요했다. 그리고 나이를 먹을수록 그 서랍은 점점 크고 깊고 많아졌다. 그리고 이제는 다시 열리지 않는 고장 난 것들도 생겨났다.

    이서윤…….

    당혹스럽지만, 그 여자도 제 어딘가의 한편에 작은 서랍이 되어 버린 모양이었다. 곱게 접어 넣은 무엇은 가끔 제멋대로 열려 버리곤 했다. 절대 함부로 열려서는 안 되는 것들이라면 꾹 눌러 도로 닫아 버렸지만 상관없는 것은 가끔 저절로 열려도 내버려 두었다. 안 그러면…… 전체가 다 뭉그러져 버릴지도 모를 테니까.

여자 따위에게 감정을 갖는다는 건 지극히 불합리한 일이었다. 제 주변의 여자들은 단순히 XX 염색체의 조합일 뿐이었다. 박 이사가 그렇고 그 주변에서 항상 지들끼리 시시덕거리는 누이들이나 혹은 제게 뭔가를 원하는 여자들이 그랬다. 그렇지 않은 다른 여자들은 그냥 제게 소모품일 뿐이었다. 푼돈에 몸을 파는 여자들이 아닐지라도 손만 뻗으면 손에 넣을 수 있는.

뭔가 다른 관계가 필요했을까.

이상하니까, 정말 이상하니까. 게다가 여러 번 곤란에 빠지게 했고 제 주변에 있던 사람들과는 다른 시작을 했으니까. 그리고 간절히 필요했으니까. 아니, 그도 저도 아니라면 예쁘니까…….

여자에겐 예쁘다라는 단순한 단어를 접목시키기엔 뭔가 다른 것이 있었다. 예쁜 여자들은 발에 치일 만큼 많으니까. 그녀들의 예쁨이라는 건 거금을 들여 잘 가꿔진 부산물일 뿐이었다. 그러나 그 이름 모를 약국에서 스쳐 지나간 여자는 그것 말고도 뭔가가 있었던 것 같았다. 그러나 그건 쉬이 잊어 버렸다. 아무래도 달리 기억해야 할 것들이 많았으니까.

그러다가 묘하게 꼬이게 되어 맞닥뜨리게 된 이 여자와의 순간 순간은…… 평범하지 않았다. 그 여자가 필요했다. 아니, 엄밀하게 말하면 그녀의 집이 필요했다. 별로 원하는 게 없다는 정보통의 충고에 따라 여자를 가까이 뒀을 뿐이었다. 기회를 보기 위해서.

그냥…… 그게 다가 아니었나?

왜…… 피곤해 쓰러지기 직전에 몇 번이고 이 여자를 찾아갔지? 단지 여자가 가지고 있는 저 백색 소음의 수조 때문인가.

그렇다면 그건 왜? 여자가 필요해서? 몸에 쌓이는 불순물을 빼낼 도구가 필요해서?

그건 그냥 즉흥적인 행동이었다.

이틀째 잠을 설치다가 그 소파에서 까무룩 잠이 든 게 당혹스러워서 했던 말이었다. 그 소리가 있으면 잠들 수 있을까 하고. 그리고 그 여자의 집에 있던 것과 비슷한 게 필요하니까 지시를 내렸을 뿐이었다. 그리고 까맣게 잊고 있었다.

'거기까지야. 내가 양보할 수 있는 건 거기까지일 뿐이지. 절대 그런 미천한 것이 비집고 들어올 자리 따윈 없어. TJ가 이만큼 큰 게 강 회장 때문인 줄 알아? 어림도 없는 소리.'

박 이사는 그렇게 생각하고도 남았다. 재계 2위의 대그룹의 명예회장이 사망한 후에 자살한 남편의 뒤를 이어 회장이 된 며느리도 있었다. 하지만 그녀는 이미 어엿한 이 TJ의 안주인이었다. 막대한 친정의 세력을 등에 업은.

마음에 들지 않았던 망나니 같은 남편이 쓰러져 부재한 지금, 그녀는 그 망나니 남편의 부산물인 이 꼴 보기 싫은 '아들'에게 절대 모든 것을 넘겨줄 마음 따윈 없다고 이제는 대놓고 이야기하고 있었다. 그러나…… 어디 눈 하나 깜짝할 것 같은가?

지난 20여 년을 기다려 왔다. 복수 따위를 하려는 건 아니다. 인간이 모두 천사는 아니니까 제가 당한 것은 이제 다 잊어버렸다. 그러나 제게 주어진 것을 지키려는 것은 당연했다. 거기에다 과거에 조금씩 앙금처럼 쌓인 감정을 굳이 잊어버리지 않고 조금 얹는 것뿐이다. 최고가 되겠다는 꿈이 없었다면 견디지 못했을 시간이니까 제가 꿈꾼 대로 하고 싶었을 뿐이다.

아니, 이도저도 아니라…… 그냥 이젠 앞으로 무작정 나가야만 했다. 그뿐이다.

늘 완벽주의를 꿈꿨지만 완벽이란 건 제게 늘 소원한 바람일 뿐이었다. 항상 이것저것 신경 쓰다 보면 무언가 빠져 있는 삶의 연속이었다. 빠진 것을 채우기 위해 제 밑에서 연봉을 받고 일하는 사람이 부지기수인데도 불구하고.

제 즉흥적인 생각은 제가 돈을 지불하는 것만큼 당연하게도 눈앞에 실현되어 있었다. 그러나 문제는 그것만 덩그러니 있어야 했다. 왜 그 일을 연상하게 만든 사람이 제 빈집에 혼자서 저를 기다리고 있는 건지는 생각조차 하지 않았다.

터무니없이 넓고 그에 걸맞게 값비싼 이 집은 재벌가에서 그렇게 하듯 법인세 탈세를 목적으로 비용을 부풀리기 위한 수단일 뿐이었다. 평창동의 그 넓은 대저택에도 물론 방은 많았지만 부딪치고 싶지 않은 사람들이 너무 많았다.

오히려 뉴욕에 있을 땐 그 자유가 좋았다. 그래서 귀국을 했을 때도 당연하게 그는 혼자만의 거처를 필요로 했었다. 이 넓은 공간에 방이 몇 개가 있는지, 얼마나 넓은지, 2층에 뭐가 있는지 따위는 중요하지 않았다. 그냥 아무도 없는 빈 공간이면 됐다.

제가 드나드는 곳이라곤 침실과 그곳에 딸린 욕실뿐이었다. 물론 가끔 서재에 있는 컴퓨터를 이용하기도 했지만 그것도 올해 들어서는 거의 들어가 본 적이 없었다. 그냥 이곳은 잠을 자기 위한 공간일 뿐이었다. 남들 다 쉬는 주말이라고 할지라도 그놈의 지겨워 빠진 라운딩 따위를 걸러 본 적이 있었나 싶었다. 다들 사업을 하려는 건지 아니면 골프를 치려고 사는 건지 이해 못 할 인간들 뿐이라.

물소리 속에 조용하게 퍼지는 기포 소리.

정말 그게 필요했던 것일까?

어쩌면 이것은 계산된 행동일지도 몰랐다. 즉흥성을 가장한……

사무실 직원에게 샌드위치 따위를 만들어 줄 필요는 없었다. 그동안 제가 배우고 본 것은 제가 부리는, 그러니까 월급을 주는 사람들에겐 그에 합당한 대우만 해 주면 된다는 것뿐이었다. 하찮은 금액을 주는 만큼 하찮게 생각해도 된다는.

그냥 한번 맛보고 싶었을지도 몰랐다. 그럴 듯한 모양의 병 속에 든 소스가 어떤 맛인지 궁금한 것처럼 이 여자의 입술에서는 어떤 맛이 날까, 저 하얀 블라우스 단추 밑의 속살에서는 또 다른 맛이 나는 게 아닐까……

홀 그레인 머스터드의 알싸함이 묻어났다. 아직 남아 있는 인공적이고 텁텁한 누드빛 립스틱의 맛도 섞였다. 그러나 그것들을 지워 버린 건 파르라니 떨림이 느껴지는 여자의 매끄럽고 부드러운 감촉이었다. 작고 부드러운 여자의 얼굴을 감싸고 다른 손으로 허리를 감아 안았다. 나긋한 여자의 감촉이 제 속에 꼭꼭 눌려져 있던 것들을 한 꺼풀 벗겨 내는 느낌이었다. 이 정도는 감당할 수 있다.

무엇보다도 그는 이 여자를 잘 알고 있다. 처한 상황, 가지고 있는 생각, 그리고 늘 저를 좇는 시선…… 감당할 만하지 않은가.

막연하게 상상만 했었다.

그리고 그저 상상으로 끝이었다. 현실은 늘 더럽고 추잡했고 끔찍했다. 그래서 항상 약사가 만류하는 부작용이 있는 약을 먹고,

가방 밑에 칼을 숨기고, 이상한 여자라는 손가락질을 받으면서 꾸역꾸역 살아왔다. 책이건, 영화건…… 늘 달콤하고 황홀했지만 그건 그냥 과대 포장지일 뿐이라고 생각했다.

그러나…… 제 상상의 저 끝에 있는 이 비현실적인 남자와 무언가 꼬이기 시작하면서 이 남자의 스쳐 지나가는, 이미 날아가 버린 체취에서도 제 손끝은 바르르 떨렸다.

아름다운 얼굴을 보고 있는 내내, 아니면 뭔가 화가 나서 싸하게 주변 공기까지 가라앉더라도 제겐 그냥 아름다운 피에타 상을 보고 있는 것처럼 황홀하기만 했다. 그런 남자가 마치 버릇처럼 제 공간을 찾아들더니 이제는 눈을 뜬 채로 꿈을 꾸게 만들고 있었다. 뜨거운 입술이 제 속을 헤집었다. 생각이란 걸 할 수 있었으면…….

그러나 제 모든 감각들은 이미 그 역치(閾値)를 지나서 고장이 난 것처럼 어떤 생각도 판단도 할 수 없게 만들고 있었다.

타인의 손길, 타인의 입술, 타인의 체취는…… 이렇게 황홀하고 뜨겁고 정신을 못 차리게 할 만큼 대단했다. 제 속을 헤집던 남자의 혀와 입술이 마치 다음 단계로 옮겨 가듯 제 턱과 귓가로 옮겨 갔다. 아까와는 비교도 할 수 없는 아찔하고 묘한 느낌에 저절로 제 무릎이 풀려 갔다. 그러나 굳건한 팔은 무너져 내리는 듯한 몸을 받쳐 들고 더욱더 강도를 높여 가면서 그녀를 헤집어 놓고 있었다.

귓불을 빨아들이는 입술 때문에 그녀는 남자의 다른 한 손이 제 블라우스의 단추를 풀고 있다는 것도 느낄 수 없었다. 단추를 풀어 헤치자 드러난 제 쇄골에 찬 공기가 느껴졌지만 타인의 뜨거운 숨결에 금방 사라졌다. 남자의 입술이 쇄골과 가슴 둔덕을 배회하자 그녀의 심장은 또다시 미친 듯이 뛰기 시작했다. 뜨거운 입술은 마치 잘 달궈진 인두같이 살갗 위를 찍어 댔지만, 그녀에게 남는 건 흉터가 아니었다. 지금 이 순간 죽는다 해도 후회할 것 같지 않을 것만큼…… 아찔하고 황홀한 감촉뿐이었다.

그녀는 자신도 모르게 손을 내밀어 그의 옷깃을 잡았다. 그러느라 옆에 있던 가죽 소파 위에 기대어 있다 미끄러져 누워 버린 것도 몰랐다. 아니, 허리가 젖혀진 채 휘어져 있는 것보다는 바닥에 닿아 있는 게 더 나았다. 이 남자의 뜨거운 입술 세례를 받기에는……

그의 손이 매끄러운 감촉의 언더웨어 끈과 브래지어 끈을 내렸고 그러자 제 속살이 차가운 공기 속에 드러났지만 여전히 그걸 느낄 수가 없었다. 단 한 번도 남에게 보인 적도 없는 그녀의 속살은 이 타인에겐 아무것도 아닌 것처럼 당연하다는 듯 드러났고 먹혀 들어갔다.

"으응……."

제 목에서는 낯선 소리가 났다. 얼굴에 열이 올랐지만 이제는 제가 무엇을 하는지도 알 수 없었다.

"윽……."

드러난 브래지어 속에 꼭꼭 숨겨져 있던 그녀의 가슴을 베어 문 남자의 입술에 그녀는 퍼드덕거릴 수밖에 없었다. 제 봉긋한 가슴을 사정없이 빨아들이고 있는 남자의 입술 때문에 그녀는 정신을 잃을 것만 같았다. 그의 손이 그녀의 다른 가슴을 움켜쥐었다. 빛나는 커다란 샹들리에의 불빛에 눈이 부셔 눈을 감았지만 제 눈앞에는 마치 폭죽이 터지는 것처럼 스파크가 튀고 있었다.

"으윽……."

그의 혀가 다른 가슴으로 옮겨 왔을 때 그녀는 저도 모르게 몸을 움츠리면서 큰 소리를 내고 말았다. 그때였다. 그 남자의 뜨거운 입술이 사라졌다.

아…… 이런…….

제 심장은 여전히 미친 듯이 뛰고 있었고 질척거리는 타액이 묻은 채 공기 중에 헤집어진 제 속살은 갑자기 싸늘하게 식어 들었다. 저도 모르게 눈을 뜬 서윤은 저를 내려다보고 있는 남자의 시선보다 온통 풀어 헤쳐진 채 있는 제 상반신을 어찌해야 할지 알 수 없었다.

"씻어. 씻고 와."

풀어 헤쳐진 블라우스를 챙길 새도 없이, 넥타이 하나 흐트러진 것이 없는 남자가 돌아서는 것이 보였다.

이건…… 뭐지…….

"욕실은 이쪽 걸 써."

그가 손으로 한편을 가리켰다. 그러곤 어디론가 사라졌다.

단 한번도, 타인의 앞에서 드러나 본 적이 없는 제 속살이 드러난 채 정신이 나가 낯선 곳에 누워 있던 서윤은 그제야 정신을 차릴 수 있었다. 아니, 아직도 제정신이 아니었는지도 모르겠지만.

익숙하면서도 낯선 산소 발생기가 내는 고요한 백색 소음이 가득한 공간에서 한껏 흐트러진 채 몸을 일으킨 서윤은 지금 무슨 일이 일어난 건지 생각해야만 했다. 옷자락으로 급히 가리긴 했지만 이미 한참 젖혀진 제 속옷 사이로는 타인에게 보여 본 적이 없었던 제 가슴까지 드러나 있었다.

방금 전에…… 무슨 일이 있었던 거지?

그 조각상 같던 상무님의 입술이…… 제 가슴을 물고 있었나.

또다시 열이 확 올랐다. 이제 어떻게 해야 하는 거지. 아까 저 남자가 뭐라고 했지? 씻고 오라고……. 그 비슷한 말을 했나? 이미 아침에 한 화장은 반쯤 날아가 있었지만 남은 화장마저도 누군가에 의해 거의 다 지워진 채였다.

서윤은 헝클어진 모습 때문에 뭔가 더 생각도 하지 못하고 뛰듯이 그 남자가 가리킨 쪽으로 가서 문을 열었다. 문 안쪽엔 거울과 조명이 있는 파우더 룸이 있었고 문 없이 이어진 공간은 커다란 욕실로 향하고 있었다.

아직도 들썩거리는 풀어 헤쳐진 블라우스를 여민 여자가 머리카락이 흐트러진 채 화장은 지워져 흉한 민낯을 내밀고 숨을 헐떡거리고 있었다.

넌…… 무슨 일이 있었던 거야.

이곳은 제 상사의 거처였다. 그를 위해 일을 하고 그의 일가가 주는 월급을 받고 직장 생활을 해 왔다. 그런데…… 지금 이건 뭐지. 엄마가 말했다. 이런 일이 있기 전에 가방 속에 있는 칼을 꺼내 사정없이 찔러 버리라고…….

이미 한 번은 그랬었다. 그런데 지금 그 칼은 어디 있는 거지? 지금 이럴 땐 어떻게 해야 하는 거지.

이젠 엄마도 이 세상에 없다. 가방 속의 칼 따위로 제 몸을 지키는 건 자신의 의지대로 하는 것이었다. 방금 전에 어땠나. 저도 모르게 이상한 소리까지 내면서 저 남자의 손길과 입술에 정신을 잃을 뻔하지 않았나. 그 과정이 수치스러웠나? 두려웠나? 아니면 무서웠나.

오히려 그 반대가 아니었나. 지금…… 이 화려한 욕실에서 자신은 무엇을 해야 하는 거지.

서윤은 블라우스 단추도 채우지 못한 채 잔뜩 구겨져 버린 옷자락을 여미고 아직도 붉어진 얼굴로 화려한 조명이 들어오는 커다란 거울 앞에서 숨을 몰아쉬고 있을 뿐이었다. 이럴 땐…… 어찌해야 하는 걸까. 그녀가 막 흘러내린 브래지어 끈을 올리고 있을 때였다.

갑자기 똑똑 노크 소리가 들렸다.

"헉!"

저도 모르게 놀란 서윤은 문고리를 잡았다.

잠금 장치가 어디 있는 거지.

그러곤 다른 손으로 더욱더 옷자락을 여몄다. 그러나 문은 요지부동이었고 잠시 침묵이 흐르더니 문밖에서 목소리가 났다.

"내가 깜빡 잊었군."

그의 목소리였다. 조금의 흐트러짐이나 변화도 없이 마치 아침에 피곤을 몰아내기 위해 커피 한잔을 청하는 것 같은.

"이럴 땐 선택지를 줘야 하는 거지?"

"……"

귀에는 들리는데 남자가 하는 말이 무엇인지 의미를 알 수 없게 머릿속에서 그저 너울거리고 있었다. 그냥…… 피아노 소리나 바람 소리처럼 무슨 소리인 줄은 알지만 그게 무얼 뜻하는지는 알 수 없는 것처럼.

"내가 무리한 명령을 한 거라 생각 되면 옷 고쳐 입고 퇴근해도 좋아. 하지만 난 명령을 한 건 아니야. 동의를 구한 거지. 동의한 다면 침실은 오른쪽이야."

문고리를 바싹 잡고 있던 그녀의 귀에 문에서 멀어지는 남자의 발소리가 들렸다. 그러나 그 발소리는 쿵쾅거리는 제 심장에서 나는 소리 덕분에 훨씬 작게 들렸다. 얼마나 세게 힘을 주어 문고리를 잡고 있었는지 그녀의 손은 피가 통하지 않아 하얗게 질려 있었다. 발소리가 사라지고 나서 두 손을 놓았는데도 불구하고 손끝이 덜덜 떨리고 있었다.

동의…….

무엇에 대한…….

서윤은 가만히 문고리를 내려다보다 뒤를 돌아보았다. 눈부시게 하얀, 그리고 화려한 욕실이 눈에 들어왔다.

뜨거운 물에 제 몸에 켜켜이 쌓여 있던 먼지들을 씻어 내고 나니 정신이 드는 것 같았다. 정신을 차리고 나니 제 자신이 우스워졌다. 이게 무슨 꼴이지?

어차피 제가 집에 있을 땐 특별한 경우가 아니라면 이곳에 타인이 들어오지는 않았다. 도우미가 오더라도 도우미가 있는 곳은 한정된 공간이었고 완벽하게 분리가 되는 동선이었기에 집에 있을 때는 오롯이 재충전하기 위해 아무것도 하지 않고 잠만 자기도 시간이 모자랐다.

대충 물기를 닦고 파우더 룸을 나서려다 그는 벽에 늘 걸려만 있는 샤워 가운을 걸쳤다. 물 한 잔 마시기 위해서도 터무니없는 거리를 나서야 하는 이 당혹스러운 집 안이 오늘은 조금 위안이 되기도 했다. 그만큼 시간을 허비할 수 있으니까.

복도를 지나 나타난 광활한 거실은 텅 비어 있었다. 여자가 황급하게 나갔더라도 그의 욕실에선 전혀 들릴 리 없었다. 텅 비어 있는 공간에는 낯선 수조가 조용한 백색 소음을 내면서 마치 늘 그곳에 있었다는 듯 시선을 가로막고 있었다.

그는 저도 모르게 피식 실소를 짓고 말았다. 가방에 칼을 감추고 있는 여자, 늘 피임약을 먹는 여자……. 그런 여자한테 가졌던 제 터무니없는 자신감이 우스워져서.

물 한 잔을 마시고 갑자기 피곤이 몰려와 막 자신의 침실로 향해 가고 있었을 때였다.

등 뒤에서 달칵하는 소리가 났다.

아직도 안 나갔던가? 그가 의아함에 고개를 돌렸을 때, 갑자기 싸늘하게 식었던 제 한구석이 화르륵 불이 붙은 듯 달아오르는 게 느껴졌다.

하얀 가운을 입은 채, 젖은 머리카락을 하고, 그 어둡고 침침한 좁은 나무로 된 집 안에서 저를 쳐다보고 있던 푸르스름한 조명 밑의 말간 얼굴을 했던 여자가 눈이 부시게 하얀 대리석으로 된 욕실 앞 복도에 서 있었다. 그리고 무엇인지 모를 표정으로 자신을 보고 있었다.

여며진 하얀 샤워 가운 사이로 가느다란 여자의 목이 보였다. 그는 아무 말도 없이 여자에게 다가갔다. 말간 얼굴이 새빨갛게 물드는 것 같았지만 그 뒤로는 보이지 않았다.

너무 가까이 있어서…….

제가 격렬하게 여자의 입 안을 헤집느라.

10

무엇인가가 잘못된 게 틀림없었다.

시작을 한 사람에겐 그냥 장난이었을지도 모른다. 다 그렇지 않은가? 돈, 권력…… . 어느 것 하나 모자란 것 없는 사람들의 보편적인 생각 같은 거, 가진 것 없는 아랫사람을 그냥 기계의 부속품이나 혹은 카페에서 주는 골판지 컵홀더 같이 한 번 쓰고 다시는 볼 일이 없는 그런 물건 취급 하는 거.

선택할 수 있는 여지를 주었을 때, 올바른 선택을 했어야 했다. 하지만…… 올바르지 못한 선택을 한 걸 후회하나?

올바른 건 또…… 뭔데.

완벽한 진공이었다. 오로지 머릿속은 제 겉껍질에 가해지는 온갖 감촉들을 느끼느라 숨을 쉬는 것조차 통제할 수 없었다. 쿵쾅거리는 소리가 누구의 심장 소리인지도 알 수 없었다. 키스와 함께 서윤을 안아 올린 억센 팔뚝은 곧 그녀를 푹신한 침대 위에 약간 은 거칠게 눕혔다.

삐리릭 하는 소리와 함께 눈을 뜰 수 없으리만큼 밝았던 공간은 어둠 속에 묻혔다. 그의 깊은 숙면을 위해서 한 번에 모든 불이 꺼 지도록 하는 스위치가 바로 침대 옆에 있다는 걸 서윤은 알 수 없 었지만 여하튼 어둠 속에 있는 것이 다행이었다.

그러나 시각의 감각이 없어지자 곧바로 다른 감각들이 더욱더 강렬해지기 시작했다. 약간은 거친 숨소리와 바스락거리면서 부드 러운 샤워 가운이 바닥에 떨어지는 소리, 고급스러운 욕실 용품의 향기 속에 섞여 드는 맨살의 향 같은 것들이 아주 순간적으로 느 껴졌다. 하지만 곧 그런 것들은 사라졌다. 또다시 제 속을 헤집는 뜨거운 입술과 감겨드는 혀 그리고 다른, 제가 꼭 여몄던 샤워 가 운을 풀어 헤치기 시작한 손 때문이었다.

작정을 했다. 그러나 맨몸에 가운을 입고 나올 만큼은 안 됐다. 남자의 손길이 자연스럽게 브래지어 끈을 내리고 등 뒤로 손을 돌 려 속옷을 풀어내고 있었다. 아까는 훤한 불빛 밑에서 가슴이 다 드러나 있는 것도 몰랐지만 지금은 달랐다. 어둠 속이었지만 그녀 는 저도 모르게 가슴팍을 가렸다. 하지만 상대는 전혀 아무렇지도 않다는 듯 그녀의 얽힌 팔에서 천 조각을 걷어 냈다.

손길은 무심한 듯 아무런 힘도 가해지지 않았지만 그녀는 왠지 모르게 저항을 할 수 없었다. 그는 그녀가 꽁꽁 숨기고 지켜 왔던 것을 아무렇지도 않게 가져가는 듯했다. 마치 처음부터 자신의 것 이었던 것처럼.

그가 어둠 속에 드러난 그녀의 맨가슴을 가볍게 움켜쥐더니 곧 뜨거운 입술로 천천히 맛을 음미하듯 입을 맞추기 시작하자 서윤은 저도 모르게 손을 내밀어 바스락거리는 듯한 침대 시트를 움켜쥐고 말았다.

제 가슴 위를 마치 손에 들린 사탕인 듯 점령한 입술과 혀는 느긋하기만 했다. 머릿속이 빙빙 돌아가는 것만 같았다. 지금까지 제 머릿속을 서성이는 건 아침마다 보았던 그레이 슈트를 입은 제 사무실의 주인이었는데, 그런 그가 느슨하게 와이셔츠 소매 단을 푼 채 제게 샌드위치를 내밀더니 지금은…….

그때였다. 바싹 긴장한 채 시트를 잡고 있던 그녀의 손을 덮은 커다랗고 뜨거운 손길을 느낀 것은. 그 손은 서윤의 손을 잡아 움켜쥐고 있던 시트를 풀어냈다. 그녀의 가느다란 손가락 사이에 커다란 손가락이 얽혀 들었다. 그러곤 다시 뜨거운 입술이 그녀의 입속을 헤집었다.

그 손길 때문에…… 아직까지도 밑바닥에 남아 있던 앙금 같은, 근 20여 년 동안 제 삶을 지배했던 남자에 대한 막연한 공포심이 스멀스멀 사라져 가고 있었다.

하지만 그 입맞춤은 이제 시작에 불과했다. 아까보다 강렬하게 제 혀를 빨아들이는 입술은 그녀의 정신을 빼놓았고 다른 손은 그녀의 아래로 향했다. 어느샌가 서윤은 제 몸에 아무것도 남아 있는 게 없다는 걸 깨달았다.

무언가를 생각해야 하는데 서윤의 머릿속은 하얗게 녹아내리고 있었다. 귓가에 남자의 숨소리가 들렸다.

단 한 번도 이 남자에게서 이런 소리를 들은 적이 없었다. 물론 그는 그 뜨거운 입술 밑으로 아무 소리도 내지 않았다. 하지만 제 몸 위에 느껴지는, 뜨거운 숨결이 만들어 내는 숨소리는 적막 속에 메아리치고 있었다.

어떻게 됐는지, 아무 생각이 나지 않았다. 제가 반항하지 않았으니까, 아니 오히려 몸을 움쩍거려 도왔기 때문에 제 몸 위에는 아무것도 남아나지 않았을 것이다. 또다시 뜨거운 손길이 제 가슴을 움켜쥐었고, 더 뜨거운 입술이 그 위를 덮쳐 왔다.

"윽……."

저도 모르게 몸이 오그라들었다. 하지만 상대는 제 이런 기척을 신경 쓰지 않았다. 아까의 입 속을 휘젓던 키스하고는 또 달랐다. 엄마와 목욕탕을 간 적도 오랜 기억 저편이었다. 제 딴엔 친한 여자 동료들의 무의식적인 친밀한 접촉에도 이상스럽게 몸을 빼내던 그녀였다. 그런 그녀의 속살을 마치 처음부터 제 것인 양 아무렇지도 않게 물고 빠는 남자의 행동은 그녀를 당황하게 만들고 있었다. 그러나 아무 말도 할 수 없는 건 그 당혹스러움 속에 깃들어 있는…… 생경한 감촉들 때문이었다.

관계를 갖는다는 거, 남자와 여자가 섹스를 한다는 거……. 그건 현실이기도 했고, 또 환상이기도 했다. 소설과 만화와 영화는 그게 판타스틱한 황홀이라고 이야기해 줬다. 그러나 뉴스나, 혹은 엄마의 싸늘한 눈초리는 꿈을 깨라고 했다. 자신이 칼을 빼 들어야만 했던 현실은 후자가 맞았다. 차라리 죽는 게 나았다.

그러나…… 지금은 꿈인가? 소설인가? 아니 영화보다 더한 환상인가? 자신이 늘 꿈을 꾸던, 아니 처음에는 그렇지 않았지만 점점 꿈속처럼 변해 버린 상사의 침대 위에서 이 무슨…….

꿈이었다. 꿈결처럼 남자의 뜨거운 입술이 제 아래로 향했다. 뭉글거리는 그 무엇들이 제 뱃속에서 꿈틀거렸다.

"으윽……."

저도 모르게 서윤의 입에서 작은 비명이 터졌다.

그곳이 어디인지는 저도 알 수가 없었다. 그냥 자신의 작고 비밀스러운 장소를 여는, 그녀 자신도 모르는 열쇠가 있는 곳일 것이다. 남자는 정확하게 그곳이 어딘지 알고 있었다. 제 입술로도 감당하기 힘들었던…… 그 그린 것 같은 굳은 입술과 그 속에 감춰진 뜨거운 혀로 제 열쇠가 있는 곳을 정확하게 열고 있었다. 그 자극이 얼마 되지도 않았는데 제 몸이 부르르 떨리고, 뭔가가 왈칵 쏟아져 내리는 느낌이 들었다. 아니, 너무 많은 것들이 제 온몸으로 쏟아져 내려서 이미 제 정신은 저 멀리 어떤 뭉글거리는 구름 위를 사뿐거리면서 뛰어다니고 있는 느낌이었다.

제 속을 헤집던 무언가가 사라지고 나더니 뜨거운 것이 제 위를 서성거렸다.

고통이야, 아마 분명히 고통스러운 순간이 다가올 거야…….

제 속을 비집고 뜨거운 것이 들어섰다. 어딘가가 허물어지는 것 같은 고통이 온몸을 훑고 지나갔다. 그러나 그것보다 제 속을 헤집고 있던, 뭔가 신맛이 나는 것만 같은 그의 입술이 또다시 그녀의 감각을 마비시키고 있었다. 고통은 천천히 밀려왔다 사라졌다. 그럴수록 아주 조금씩 줄어들었다. 하지만 뜨거운 숨결과 거친 숨소리가 적막 속에 점점 차오르고 있었다. 방금 전까지만 해도 완벽하게 제 이성을 흩트려 놓기만 하던 상대가 조금씩 그 싸늘함 대신 이성을 잃어 가고 있다는, 그리고 그게 저 때문이라는 걸 느끼면서 서윤은 저도 모르게 두 손을 내밀어 남자의 목덜미를 안았다.

강철 같은 근육이 몸짓에 따라 드러났다 사라졌다. 뜨거운 열기와 함께 남자의 움직임이 빨라졌고 그만큼 그녀에게도 속이 찢어질 듯한 고통이 찾아왔지만 그녀는 더욱더 힘을 주어 그를 안았다. 그런 그녀를 부서질 듯 안는 남자의 몸짓이 서윤의 고통을 중화시

켰다.

그러곤 마침내 끝에 다다른 듯 왈칵거리던 남자는 거친 숨을 내쉬며 그녀의 위로 무너졌다. 지금까지와 비교도 할 수 없으리만큼 뜨거운 숨결이 그녀의 귓가에 쏟아져 내렸다.

젖은 머리카락을 쓸어 올려 주는 손길과 제 귓불에 닿는 뜨거운 입술 때문에 서윤은 모든 고통을 잊어버리고 말았다.

"늦었으니까, 자고 아침에 가."

몸에 새겨진 울긋불긋한 흔적을 못 본 척 급하게 샤워를 하고 나오면서 왜 떨어진 속옷을 집어 들고 나오지 않았나 후회를 하고 있는데 그의 목소리가 들렸다. 서윤은 어둠 속에서 희미하게 보이는 침대 위에서 들린 소리에 뭐라고 답해야 할지 망설이며, 맨몸에 샤워 가운을 걸치고 꼭 여민 채 서 있었다.

"늦었어. 방해하지 않을 테니까, 자. 영 불편하면 다른 방도 있어."

피곤으로 가득 찬 목소리였다.

그러나 이 후들거리는 두 다리로는 지금 당장 다른 방으로 가는 것조차 힘들다는 걸 목소리의 주인공은 모르는 듯했다. 서윤은 넓은 방 안에 뿌옇게 흩어져 있는 것 같은 아까의 그 은밀한 행위가 남긴 체취를 모른 척하고는 조심스럽게 침대 위로 올라갔다. 바삭거리던 침구는 두 사람의 열기 때문에 흐늘거리고 있었지만 여전히 깨끗하고 청결한 느낌이었다.

누구나 꿈꾸는…… 여자들의 첫 경험에 대한 환상처럼, 서윤도 꿈속의 왕자님 같은 남자가 주는 황홀경을 맛보곤 그 남자의 품에 곱게 안겨 잠드는 상상을 안 해 본 것은 아니었다. 그러나 침대는 생각보다 너무 넓었고, 저쪽 끝에서 남자는 바로 곯아떨어져 버렸다.

마치 영화에서나 볼 법한 푹신하고 몇 개나 되는지 모를 베개에서는 이불처럼 사각거리는 소리가 났다. 두 번이나 샤워를 하고 입은 가운은 약간 눅눅한 기분이었다. 언덕 위라서인지 아니면 침실만 그런 것인지 인공적인 불빛이 들어오지 않는 침실은 어둡고 쾌적했다.

며칠째 잠을 제대로 못 잔 서윤은 피곤이 저를 짓누르는 걸 느꼈지만 쉬이 잠이 들 수 없었다. 저쪽 어딘가에서 저릿하게 느껴지는 뭉근한 통증, 아직도 화끈거리는 것 같은 제 살결 위의 기억, 그리고 입사를 해서 연수원에 갔을 때 빼고는 누군가와 같은 방에서 잠들어 본 적 없는 그녀에게 낯선, 타인의 기척 그리고 그 타인이 제게 만들어 준 기억…….

이제 어떻게 되는 거지…….

뭔가 생각해 보려고 했지만 마치 죽은 듯 잠든 규칙적인 남자의 숨소리가 그녀의 수조에서 나는 백색 소음처럼 그녀를 심연으로 이끌었다.

* * *

"일하는 사람은 9시에 올 거야. 그 전에 깨나도 돼. 더 자."

낯선 기척에 눈을 떠 벌떡 일어났을 때였다. 서윤이 저도 모르게 주르르 흘러내리는 샤워 가운을 여미는 사이에 머리카락 하나 흐트러지지 않은 정장 차림의 남자가 어둠 속에서 침대 곁을 지나가며 사무실에서 쓰리 샷을 내린 아메리카노를 청하듯 차분한 어조로 말했다.

"아…… 저기."

꿈인지 생시인지 상황 파악을 하기도 전에 짙은 그레이 슈트를 입은 그가 아무렇지도 않은 듯 덧붙였다.

"나가기 전에 택시 불러서 타고 나가. 오늘은 토요일이니까 집에서 쉬어도 될 거야. 아직 6시밖에 안 됐으니 더 쉬어."

서윤이 뭐라 대답을 하기도 전에 그는 방을 나갔다.

아직 방 안은 어두웠다. 집이 넓어서인지 나가는 기척 같은 건 들리지 않았다. 멍하니 있던 서윤은 아직 꿈이 덜 깬 걸까 싶었다. 어둠에 싸인 넓고 화려한 방 안, 처음 보는 커다란 침대. 그 위에 흐트러진 이불들……. 바닥에 떨어진 것은 제 속옷이었다.

이건 꿈이 아닐 텐데…….

물기가 말라 버린 넓디넓은 욕실에서 나온 서윤은 파우더 룸에 널브러져 있던 블라우스의 단추를 채우면서 제 쇄골 밑에 얼룩진 낯선 흔적을 모른 척했다. 막 동이 터 오는지 괴괴하고 넓은 실내는 밝아지고 있었다. 어제 제 곁에서 굳은 표정으로 있던 도우미를 생각해 낸 서윤은 자신이 이곳에 있었다는 흔적을 남기지 않으려고 애쓰면서 최대한 빨리 '그'의 집을 나섰다.

그의 충고대로 미리 부른 콜택시는 새하얀 벚꽃이 가득한 나무 밑에서 저를 기다리고 있었다.

* * *

탕.

경쾌한 소리와 함께 푸른 그린 위로 커다란 포물선이 그려졌다.

"나이스 샷!"

여기저기서 가식적인 박수 소리가 들렸다. 해가 뜨자 기온은 빠르게 올라가고 있었다. 인위적으로 보일 만큼 새파란 잔디 위에는 형형색색의 화려한 골프웨어를 입은 남자들과 알록달록한 골프백이 든 카트, 그리고 커다란 차양이 있는 모자를 쓴 캐디들이 서 있었고, 그들은 열심히 박수를 치고 있었다.

"강 상무는 프로로 전향해도 될 거 같아. 어디 이래서 노땅들이 같이 필드에 나오겠나."

"과찬이십니다. 오늘따라 공이 잘 맞은 것뿐입니다."

그 말은 사실이었다. 말 그대로 오늘따라 공이 잘 맞을 뿐이었다. 신경을 딴 곳으로 돌리는 데는 저 조그마한 공이 최고였다. 하지만 이것도 슬슬 강약을 조절해 가면서 해야 했다. 골프라는 것도 사치스럽고 건전한 접대의 일부니까.

제 침대 위에 누워 있던 누군가의 기억을 지워 내려는 듯 그는 다른 사람들과 함께 한껏 폼을 잡아 가며 공을 치고 있는 이를 향해 박수를 쳤다.

이런 실수를 하다니……. 술을 먹은 것도 아니었다. 멀쩡한 제정신에.

그녀를 비서실로 발령을 낸 것은 서류의 사인을 받기 위한 가장 편리하고 쉬운 방법이라고 생각했기 때문이었다. 그리고 그건 정확했다. 오피스텔 한 채가 결코 호락호락한 가격은 아니었지만 그렇다고 터무니없는 지출은 아니었다. 일이 지체된 데 대한 손해배상은 법무법인에서 책임져 줄 테니까 그 비용이라 생각하면 됐다.

모든 게 해결됐으니 이제 신경 쓰지 않아도 되는 거였다. 그녀가 비서실에 붙어 있든 혹은 그만두든 그건 제가 상관할 바가 아니었다. 조만간 그는 부사장에 취임할 예정이고 그렇게 된다면 상무실에서 따로 뒤를 봐줄 사람이 없는 그녀는 분명히 그 자리에 있을 수 없겠지만 이미 모든 것이 다 끝났기 때문에 그것 또한 상관없었다.

그런데 왜 여자를 불러들인 걸까. 아니, 그냥 거기서 끝냈으면 됐는데…….

사뿐하게 그린에 올라간 공이 보였다. 캐디가 내미는 퍼터 클럽을 받아 들었다. 홀까지는 이십여 미터. 그는 신중하게 거리와 경사를 가늠했다.

하얀색의 샤워 가운으로 여민 가느다란 목줄기 밑에 하얀 가슴 둔덕, 제 입술이 스칠 때마다 파드닥거리던 여자의 숨소리. 그동안 단 한 번도 느껴 본 적이 없었다. 여자에게선 마치 단물이 흘러나오는 듯, 매끄러운 살갗은 달기만 했었다.

탁.

하얀색의 작은 공이 그린 위를 사뿐하게 굴러갔다. 그러나 곧 옆에서 아쉬움의 탄성 소리가 났다. 공은 홀컵을 한참 지나 옆으로 굴러가 멈췄다. 접대용 골프는 강약이 필요했다. 그러나 지금은 전혀 의도하지 않았다. 그는 흘끗 높이 뜬 해를 보고 그 여자는 지금 뭘 할까 하는 생각 따위가 떠오르려는 걸 떨치려는 듯 힘차게 공을 향해 걸었다.

* * *

눈을 뜬 건…… 아마 허기가 졌기 때문일 것이다.

집에 들어왔을 땐 막 해가 뜨고 있었다. 정신없이 대충 옷을 벗어 던지고 침대에 쓰러지듯 눕자마자 다시 잠이 들었다. 분명히 그 넓은 침대에서도 죽은 듯이 잔 것 같았는데.

눈을 떴을 땐 이미 오후가 다 되어 가고 있었다. 뭔가 먹긴 먹어야 할 것 같은데……. 그러나 서윤은 일어나자마자 제 눈에 보이는 수조로 다가갔다.

"미안……. 내가 요즘 너무 바빴어. 미안."

수조 안은 이끼로 인해 뿌옇게 흐려져 있었다. 먹이를 주면서 버릇처럼 수조를 톡톡 두드리자 수초 사이에 숨어 있었던 물고기들이 일제히 올라오기 시작했다.

"미안……."

서윤은 미안하다는 말만 되풀이했다.

너희들을 잊고 있었어. 꿈을 꾸느라……. 하지만 차마 그 말이 목구멍에서 나오지 않았다.

이끼 낀 표면을 스크레이퍼로 긁어 주다가 결국은 다 들어내고 물을 가는 대공사를 하게 되었다. 이사를 하면서 수조 관련 전문 업체도 부른 모양인지 물도 갈고 했기에 수질 정화제를 넣어 주고 이끼나 좀 닦아 주면 될 일이었다. 그러나 서윤은 자갈에 낀 이끼를 보고는 기어이 일을 벌였다. 굳이 지금 해야 할 일은 아니었지만, 묘하게 욱신거리는 제 몸이 가만히 있으면 안 된다고 속삭였는지도 모를 일이었다.

수조를 청소하는 때가 전에 엄마가 돌아가시기 전에는 모녀가 유일하게 가장 많이 대화를 하게 되는 순간이었다. 엄마가 아프고 난 뒤에는 서윤이 혼자 했지만 손으로 도와주지는 못해도 엄마는 늘 나와서 그걸 보면서 이래라저래라 하고 말로 돕기는 했었다. 결국 그것도 못 할 지경이 되어서는 누운 채로 그냥 물끄러미 문을 열고 보기만 했었다.

엄마가 돌아가시고 나서 서윤은 둘이 하던 시간의 두서너 배의 시간을 들이면서 청소를 해야 했다. 하지만 그게 힘들거나 하지는 않았다. 그건 그녀의 친구들을 위한 일이자 유일한 낙이나 마찬가지니까.

수조 청소를 하고 일일이 자갈을 씻고, 수초와 장식품들을 씻고 물을 갈고 물고기를 다시 넣고 바닥에 떨어진 물까지 다 닦고 나니 이미 어둑해져 있었다. 왔다 갔다 움직거리면서 영 익숙하지 않은 곳에 통증이 느껴졌지만 그걸 일부러 모른 척하고 있었다.

그러곤 밀려드는 허기에 지하에 있는 편의점으로 라면이며 즉석밥 등을 사러 가면서도 서윤은 따뜻한 봄날에 입기엔 거북스러우리만큼 두툼한 목을 덮는 폴라티에 커다란 카디건을 걸치고 모자까지 썼다.

결국 적당하게 쾌적한 온도로 맞춰진 실내에 들어와서는 쓸데없이 꺼낸 옷들을 다 옷장에 집어넣어야 했다. 집에서 입는 헐렁한 티셔츠와 편한 바지 밖으로는 아무것도 보이지 않았지만 서윤은 낯선 곳에서 샤워할 때 보았던 가슴께의 붉은 흔적이 마치 이마 한가운데 난 상처인 양 느껴졌다. 그 때문에 커다란 화장대나 혹은 신발장 옆의 전신 거울을 의도적으로 못 본 척하고 있었다.

허겁지겁 점심 겸 저녁을 먹고 눈부시게 깨끗한 집 안 청소와 설거지까지 다 하고 나자 서윤은 혼자 안절부절못하고 있었다.

자신이 엉덩이를 붙이고 앉으면…… 뭔가 큰일이 날 것만 같은 그런 하루였다.

그러나 아무런 일도 일어나진 않았다. 적어도 지금까지는.

값비싼 오피스텔은 방음이 잘되는지 쥐 죽은 듯 조용하고 고요했다. 깨끗해진 수조 안이 마음에 드는 듯 물고기들은 떼 지어 헤엄쳤다.

서윤은 이제야 잔뜩 쌓여 있는 서류철들을 들여다볼 여유도 생겼다. 머리 아픈 어젯밤의 일은…… 이따 불 끄고 침대에 누워 생각해 보겠다고, 누구도 묻지 않았지만 마음속으로 대답해 버리곤 컴퓨터 화면에 집중하기로 했다. 자신이 몇 년 동안 하던 일과는 전혀 다른 일거리들은 제가 한 새로운 경험 따위를 반추할 시간의 여유 같은 걸 줄 생각이 없어 보였다.

문득 습관처럼 마시던 커피도 걸렀다는 생각이 떠올랐지만 그 커피라는 단어와 함께 무언가 다른 것이 걸려들었다. 의도적으로 돌아보려 하지 않는 그녀의 아이보리빛 소파에 앉아 누군가 제게 커피를 청했던 그런 것들이.

서윤은 커피를 마시면 잠이 오지 않을 것이라고 또 혼자 대답해 버리곤 서류에 정신을 집중했다.

그것도 한참, 얼추 정리가 된 서류들을 한쪽으로 밀어 두었다. 시계를 보니 또 훌쩍 시간이 지나 있었다. 내일은 밀린 숙제를 하듯 계절에 맞는 옷들을 꺼내 손질하고 집어넣어야 할 옷—아까 입고 나갔던 터무니없는 옷 같은 걸—을 정리하고 머리도 좀 손질해야겠다 생각했다. 그리고 편의점 말고 마트나 백화점에 가서 장도 좀 봐야겠다 싶었다.

이리저리 머릿속으로 스케줄을 짜고는 이제 자야지 했을 때 문득 고개를 돌린 서윤은 거울 안의 누군가와 마주쳤다.

누구지, 아직도 얼굴에 홍조를 띠고 있는 여자는……. 일주일 내내 갑갑하게 하고 있던 화장을 지우고 하루 종일 민낯으로 보낸,

부스스한 머리를 질끈 묶은 여자는…… 왜 저런 표정이지…….

하루 종일 잊으려고, 아니 잊을 수 없으니까 떠올리지 않으려고 꾹꾹 눌러 두었던 무언가가 불쑥하고 솟아 올라오는 것 같았다. 방금 전 일인 양 생생한 숨결, 감촉, 목소리와 체온 같은 것들이…….

서윤은 저도 모르게 두 팔로 제 어깨를 감쌌다.

대체 어떻게 되었던 걸까. 왜 그런 일이 일어난 걸까. 그리고 또 앞으론 어떻게 해야 하는 걸까.

텔레비전이나 영화에 나오는 그런 재벌들처럼, 그냥 호기심이나 흥미로 그런 걸까. 그랬을 것이다. 제가 꿈꾸듯, 남녀 사이의 그런 애틋한 관계가 서로 너무 사랑해서 만든 필연적인 부산물 같은 건 절대 아니니까. 대체 두 사람 사이에 무슨 감정의 교류 같은 게 있었나. 제 동경 외에 대체 또 무엇이 있단 말인가.

서윤은 사실을 인정하는 것이 싸하게 제 속을 시리게 한다는 걸 잘 알고 있었다. 그러나 체념적 인정 속에는 이물거리듯 그 남자의 뜨거운 숨결이나 제 손을 쥐어 오던 손길이나 혹은 제 머리카락을 넘겨 주던 기억들이 노이즈처럼 스며들었다. 그래서 제 머릿속은 더욱더 혼란스러웠다.

하루 종일 그런 혼란 속에 있지 않았던 게 다행이지. 서윤은 아까 커피를 마시지 않은 걸 다행으로 생각하고는 침대 위로 올라갔다. 잠이 들 수 있을진 모르겠지만 그래도 잠을 청해 봐야겠다고 생각했기에.

그때였다.

딩동.

고요한 백색 소음을 찢고 덜컥하고 떨어지는 제 심장 박동을 따라 낯익은 소음이 들렸다.

딩동.

머뭇거리는 사이에 또다시 벨소리가 울렸다. 서윤은 저도 모르게 후다닥 인터폰 화면으로 다가갔고, 혹시나 했던 화면을 다시 보게 되자 주저앉을 만큼 놀라고 말았다.

11

머리가 깨질 것 같았다.

음악 소리와 여자들의 웃음소리가 윙윙거리면서 머릿속을 헤집고 다녔다.

"사장님 나이스 샷!"

"꺄악!"

여자들의 자지러지는 교성이 울렸다. 같은 대사였지만 상황은 아침과는 전혀 달랐다. 일렬로 놓인 맥주잔에 주루루룩 떨어진 양주잔이 거품을 만들어 냈고 깊이 파인 짧은 원피스를 입은 여자들이 요란하게 환호를 하면서 자신의 옆에 있는 파트너에게 잔을 권했다. 그에게도 역시 잔이 돌아왔고 어쩔 수 없이 요란한 건배사와 함께 잔을 부딪쳐야 했다.

새벽부터 시작됐던 라운딩이 끝난 후에는 새로 아파트 단지가 조성될 지방을 차로 이동해 둘러보았고 그쪽 관계자들과 거북스런 점심을 했다. 그리고 다시 서울로 올라와서는 인허가에 관련된 정관계 인사들과의 저녁과 접대가 이어지고 있었다.

"으하하하! 역시 강 상무야!"

제가 대체 뭘 했는지도 모르겠지만 그는 기계적으로 술잔을 높이 들었다.

현란한 조명 아래 짙은 화장을 한 여자들의 치마 밑이나 가슴으로 뻔질나게 드나드는 손들이 보였다. 물론 자신의 양옆에도 높은 봉사료만큼이나 그럴듯한 외모를 가진 여자들이 찰싹 붙어 있었지만 짙은 화장품 냄새는 여전히 역겨웠다. 얼른 저 늙은이들이 욕정을 감당 못 해 건물과 연결된 호텔로 여자들을 끌고 가 버리길 간절히 기다리고 있을 뿐이었다.

이런 와중에도 왜 자신의 머릿속에는 엉뚱한 것이 떠오르고 있는지 알 수 없었지만, 취기가 깊어짐에 따라 그 생각조차 몽롱해졌다.

이건 명백하게 술김이었다.

의도한 건 아니었지만 하루 종일 바쁘게 움직인 건 제 잘못된 생각을 끄집어내지 않으려고 했던 것일지도 몰랐다. 그러나 마지막까지 그 의도대로 되지는 않았다.

집이 아닌 오피스텔로 향했다는 걸 운전기사가 알아봐야 좋을 것이 없었다. 그러나 차에서 내려 싸한 밤공기에 흐릿한 정신이 슬며시 되돌아오고서야 그 사실을 생각해 냈다.

예년 기온보다 온도가 낮아서 꽃이 늦어진다는 뉴스를 들은 것 같았다. 이미 져 가고 있어야 할 벚꽃 나무는 이제야 절정을 맞았는지 조명을 받아 하얗게 빛났다. 비틀거리지 않으려 애쓰며 오피스텔 안으로 걸어 들어가는 제 어깨며 머리 위에 눈처럼 꽃잎이 떨어져 내렸다.

아직…… 4월이 가려면 한참을 더 있어야 했다.

시작을 하지 말았어야 했다. 그러나 머릿속은 명백한데 제 발걸음은 그렇지 못했다. 익숙한 하얀 로비에는 환하게 불이 켜져 있었다.

취기 어린 모습이 불쾌하게 엘리베이터의 거울에 비춰졌다. 여기서 그만둬야만 했는데 여전히 고장 난 인형처럼 다리가 움직이고 있었다. 잊어버리지도 않고 익숙한 숫자가 쓰인 문의 벨을 눌렀다.

빌어먹을 술…….

안에서 대답이 없자 더 이상 누르지 말아야겠다고 생각했지만 손은 말을 듣지 않았다. 열리지 않는 철문을 한 대 쳐야 하나 생각했을 때였다.

덜컥 문이 열렸다.

방금 전까지만 해도 지독하게 후회를 하고 있었는지도 몰랐다. 그러나 새하얀 방에서 나온 새하얀 여자에게서 느껴지는 깨끗한 살냄새가 저를 독한 폭탄주보다 더 깊이 취하게 만들었다. 저도 모르게 허겁지겁 여자를 품에 안아 버렸다.

시작도 잘못되었고 과정도 옳지 않았다.

이 잘못은 누구 하나가 정신을 차리고 냉정하게 선을 긋는다면 깨끗하게 정리될 만큼 단순한 것이었다. 그러나 왠지 모르게 그 잘못을 알면서도 서로 무시하고 있는 것 같았다. 세상에 떠도는 수많은 잘못된 만남들이 그런 무시 속에서 잘못된 줄 알면서도 이어지고 있을 것이다.

하루 종일 어제 있었던 일에 대해서 생각하지 않으려고 무던히도 애를 썼다. 제 욱신거리는 삭신은 어제 때문이 아니라 오늘 과하게 몸을 놀렸기 때문이라고 생각하고 있었다. 그러나 문을 열자마자 자신에게 쓰러지는—그러나 실제로는 제가 그의 품에 뛰어들어 버린 형국이었다.— 이에게 풍기는 술 냄새는 당혹스럽게도 자신을 잊으려 애썼던 어제로 되돌려 버린 듯했다. 뭐라 말을 해야 하는데 왜 자신은 재빨리 문을 닫아 버린 걸까, 그리고 또 이 남자가 제 허리를 감싸 안고 턱을 치켜들어 자신을 향하게 했을 때 왜 눈을 감아 버린 걸까.

지독한 술 냄새가 파고들었다. 그러나 그게 전혀…… 역하지 않았다. 제발 생각이란 걸 좀 해야 하는데 이제는 익숙해져 버린 것 같은 제 혀는 허겁지겁 기다렸다는 듯 그를 쫓았다.

마치 영화의 한 장면 같았다.

쿵 소리를 내면서 반짝거리는 하이그로시의 신발장에 밀어 붙여진 그녀는 허겁지겁 제 속을 더듬는 남자의 입술을 헐떡이면서 받아들이고 있었다. 여전히 여자를 잡아먹을 듯 물어뜯는 남자는 거칠게 재킷을 벗어 던지고 넥타이를 풀어 헤쳤다. 그러곤 여자의 헐렁한 면 티셔츠를 말아 올렸다. 벗기기 쉽게 두 손을 들면서 여자도 저도 모르게 그의 셔츠 단추를 풀고 있었다.

거실과 침실의 경계처럼 가운데 가로질러 있는 수조에 부딪치지 않은 것이 다행이었다. 이리저리 비틀거리면서도 두 사람은 결코 떨어지지 않았다. 그저 두 사람을 덮고 있는 것들을 하나씩 벗어 던졌을 뿐이었다.

여자가 침대에 걸린 듯 쓰러지자 남자는 거칠게 그녀의 여린 가슴을 물어뜯듯 빨아 당기며 그녀에게 남은 마지막 속옷마저 거칠게 벗겨 내었다. 그가 막무가내로 그녀의 안을 파고들어 갔을 때 여자는 비명을 질렀다. 그러나 그건 곧 남자의 거친 입술에 막혀 버리고 말았다.

환하게 불이 켜진 채였다. 익숙지 않은 몸은 고통이 앞섰다. 하지만 여자는 남자의 목을 감싸 쥐었다. 뜨거운 열기가 피어나는 남자의 어깨에는 팽팽한 근육이 솟아 있었다.

내면 저쪽 깊숙이 너무나 원하고 있었기 때문인지, 그답지 않게 금방 도달한 정사의 끝은 당혹스러웠다. 뜨거운 것이 쑥 빠져나간 뒤에야 서윤은 정신을 차렸다. 그리고 꾹 감고 있던 눈을 살그머니 떴다. 마치 태풍이 순식간에 제 곁을 스쳐 지나간 느낌이었다. 남자는 제 귓가에 여전히 거칠고 뜨거운 숨을 내뿜고 있었다. 환하게 불은 켜져 있었고 불덩이 같은 남자의 몸은 무겁게 자신의 맨몸을 짓누르고 제 위에 늘어져 있었다.

성마른 남자의 몸이 그녀의 여린 몸 이곳저곳을 욱신거리게 했다. 후끈한 열기와 땀, 술 냄새, 그리고 남자의 무게까지……. 서윤은 숨이 막힐 것 같았다. 그러나 아무것도 걸치지 않은 제 두 팔은 누가 시키지도 않았는데 제멋대로 남자의 목을 꼭 감싸고 있었다. 하루 종일 꿈을 꾸고 있다가 지금 깬 걸까.

여전히 붉은 흔적이 남은 제 맨몸을 모른 척하고 샤워를 하고 나온 서윤은 바닥에 어지러이 떨어진 낯선 옷들을 집어 들었다. 고가의 매끈한 디자이너 슈트, 와이셔츠, 넥타이…….

집 안은 마치 무슨 일이 있었냐는 듯 백색 소음을 만들어 내는 수조 속의 찰랑거림만 낮게 깔려 있었다. 타인은 숨소리도 없이 깊은 잠에 빠져 있었다. 서윤은 옷걸이를 꺼내 정성껏 옷의 주름을 펴 반듯하게 걸었다. 그리고 조심스럽게 침대 근처의 불을 껐다. 수조의 푸르스름한 불빛만 하얀 공간에 퍼져 있었다.

손에 든 미지근한 물을 적셔 꼭 짠 수건을 드러난 남자의 등짝에 살짝 대 봤지만 남자는 여전히 죽은 것같이 꿈쩍도 하지 않았다. 다행이다 싶은 그녀는 천천히 땀에 젖은 남자의 몸을 닦아 낸 후 다시 이불을 덮어 주고 나서야 한숨을 내쉴 수 있었다.

대체 어찌해야 하는 것일까. 갑자기 생각이 난 듯 서윤은 그녀의 파우치에서 작은 알약을 꺼내 삼켰다.

무엇인가…… 완전히 헝클어져 버린 것 같았다. 4월이 시작될 때 제 삶이 이렇게 흘러갈 거라고 상상도 해 본 적이 없는데…….

피곤이 몰려왔다. 조용하고 청결했던 그녀의 침대 위에는 여전히 독한 술 냄새가 떠다니고 있었다. 그러나 서윤은 조용히 타인이 차지하고 남은 좁은 공간에 몸을 눕혔다.

잠이 올까 싶었는데 까무룩 그녀의 머릿속은 암전이 되었다.

흐릿한 정신으로 뒤척이는데 손끝에 무엇인가가 닿았다. 정신을 차려야 하는데 의식이 슬며시 수면 위로 올라오려다가 다시 깊게 가라앉는 것 같았다. 손끝에 닿은 것은 부드러웠다. 향긋하고 매끄럽고 따뜻했다. 그는 저도 모르게 그것을 잡아당겼다. 다시 깊이 잠들 수 있게 됐다…….

낯익은 소리 때문에 어둠 속에서 눈을 떴다. 머릿속 어디 한 군데가 잔뜩 팽창해 두개골을 뚫고 나올 것만 같았다. 지독한 숙취였다. 어디선가 지옥 같은 알람이 울려 대고 있었다. 저걸 꺼 버려야 하는데……. 몸을 움직거리던 그는 갑자기 찬물을 뒤집어쓴 듯 번쩍 정신을 차리고 말았다. 어둡고 낯선 곳이었다. 그리고…… 낯선 누군가가 제 품 안에 있었다.

부드러운 머리카락, 낯설지만 어딘가 익숙한 냄새, 제 어딘가를 깨우는 푹신한 솜뭉치마냥 보드라운 것을 놀란 머릿속과는 달리 몸은 자연스럽게 안고 있었다.

순간적으로 이것이 무엇인지 알 수 있었다. 여자와 같은 침대에서 잔 것은 대학 시절이 마지막이었다. 그것도 타국에 있을 때나 그랬을 뿐이었다. 늘 조심하고 경계를 멈출 수 없었던 삶에서 누군가 자신을 항상 면밀 하게 관찰하고 있다는 것을 잘 알고 있었다. 그런 지긋지긋한 경계의 눈빛에게 엿이라도 먹이려는 듯 매사에 흠 없는 삶을 살려고 노력했다. 지저분한 여자관계 같은 것도 다른 이들에겐 아니어도 제겐 흠이 될 수가 있었다. 이런 세계에서 여자가 꼬이지 않을 순 없었지만 그게 뭔가의 꼬투리가 되지 않도록 항상 경계를 해 왔었다.

그런데…… 이게 뭔가. 게다가 이 여자는 제 비서실의 직원이었다.

하지만 놀란 머릿속과는 달리 제 움직임은 조심스러웠다. 퀸 사이즈의 침대였지만 그에겐 비좁았고 제 품에 안겨 있는 여자를 깨우지 않고 몸을 일으키는 데는 상당한 시간이 걸렸다. 그러면서 토막토막 이전 장면이 떠올랐다. 욕지거리가 저절로 튀어나오는 것 같았다. 그는 희미하게 밝아지는 어둠 속에서 화장실이라 생각되는 문으로 들어갔다. 시끄럽게 울리는 알람을 찾아 끄는 것도 잊지 않았다.

새 건물이어서 깨끗하긴 했지만 그에겐 형편없이 좁은 욕실이었다. 욕조도 없이 세면대, 변기 그리고 샤워 부스만 있는. 클렌징

도구들, 샴푸와 바디클렌저, 칫솔……. 여자 혼자 사는 집의 단출한 욕실이 틀림없었다. 차갑게 쏟아지는 물줄기 밑에서 그는 정신을 차려야 했다.

이게…… 대체 무슨 일인지.

잠이 들긴 했었다. 그러나 낮에도 하릴없이 잠만 잤다. 그녀는 제 허리를 감은 묵직한 감촉에 정신이 들었다. 낮은 숨소리, 낯선 사람의 체취……. 고개를 돌리고 싶었다. 제 허리를 감싸고 있는 팔을 만져 보고 싶기도 했다. 그러나 마비라도 된 듯 손끝도 움직일 수 없었다. 몇 시간을 그러고 쥐 죽은 듯 있느라 손발이 저려 왔다. 그러다 갑자기 울린 알람에 저를 안고 있던 사람이 움직이자 서윤은 더더욱 죽은 듯 가만히 있을 수밖에 없었다.

조심스럽게 일어나 화장실로 가는 남자의 맨몸이 어둠 속에 보였다. 제 심장은 또다시 미친 듯 뛰고 있었다. 정말 미친 거 아닌지.

물소리가 오랫동안 났다. 어찌해야 할지 아무 생각이 나지 않았다.

영화건 드라마건 소설이건, 남녀가 같이 잠을 잤다면 좀 더…… 따뜻한 감정을 생각해 봐도 되는 거 아닌가. 어쩌면 저를 안는 무심한 손길에서 그걸 기대하고 있었는지도 몰랐다. 그러나 물소리에 귀를 기울이면서 서윤은 대체 이제 어찌해야 할지 알 수가 없었다. 그 시간이 마치 영원 같았는데 결국은 끝이 났다.

달칵 문이 열리고 불빛 속에 남자의 실루엣이 적나라하게 드러났다. 맨몸인 게 분명했다. 서윤은 차마 쳐다보지 못하고 눈을 감았다. 부스럭거리면서 제가 잘 개켜 놓은 옷을 입는 소리가 들렸다.

이제 어쩌지…….

움직이지도 못하고 죽은 듯 누워 있는 서윤은 온몸이 저려 오는 것 같았다. 이대로 계속 자는 척을 해야 하는 건가. 아니면…….

그때였다.

"이건…….."

산소 발생기의 백색 소음 사이로 셔츠의 단추를 다 채운 그의 목소리가 들렸다.

"명백하게 내 잘못인 거 알아."

그…… 뜨거운 손길, 그 뜨거운 입술이?

서윤은 죽은 듯 가만히 있었다.

"앞으론……."

그의 말이 끊어졌다. 누워 있던 서윤이 벌떡 일어났기 때문이었다. 이미 동이 터서 하얀 실내는 뿌옇게 밝아지고 있었다.

알고 있었다. 저 남자가 무슨 말을 하려는지. 그리고 그게 옳은 것이란 걸. 하지만 이건 다 뭔가. 제 침대에 밴 저 남자의 체취, 여전히 남아 있을 제 몸에 난 붉은 흔적들, 그리고…… 제 마음.

늘 그래 왔다. 제가 원하는 것, 하고 싶은 것들……. 그건 제 몫이 아니니까 참고 포기했었다. 잉태된 것 자체가 불행인 저한텐 남들이 당연하게 느낄 행복 같은 것에 대한 자격 따위 애초에 없으니까.

그리고 지금도 그래야만 하는 순간이었다. 그러나 이대로…… 이대로 흘러가 버릴 수는 없었다. 상대가 저 사람이니까.

"잘못으로 치부되긴…… 싫습니다."

제정신이 아닌 게 분명했다. 이성은 분명 저 남자의 말에 수긍하고 있는데.

서윤은 벌떡 일어났다. 그러곤 어둠 속에 당황스러운 모습으로 서 있는 그에게 다가갔다. 점점 밝아 오는 햇살 덕에, 머리카락은 헝클어져 있지만 여전히 곱디고운 무표정의 피에타 상 같은 남자의 이목구비가 저를 향하고 있는 게 보였다.

"그럼 이걸 빌미로 뭘 더 바라는 건가?"

남자의 싸늘한 목소리가 희끄무레한 공간에 퍼졌다.

"……."

제가 아닌 듯 불끈 튀어나왔던 용기란 게 확 사그라지고 있었다. 정말 그런 건가 싶어서…….

"말해. 이건 내 실수 맞으니까."

계산서에 쓰인 금액을 대라는 듯 그는 아무런 감정 없이 말했다. 이 남자가…… 바로 몇 시간 전에 문을 열자마자 허겁지겁 제 입술을 찾고 몸을 쓰다듬던 남자 맞나. 어제 제게 샌드위치를 내밀고, 제게 키스하던, 그 뜨거운 숨결을 지닌 남자가 아닌 건가.

서윤은 갑자기 웃음이 터질 것 같았다. 그러나 그러진 않았다. 아니, 그럴 수가 없었다. 제 감정은 그 반대니까.

그래도 이 이야기는 꼭 해야겠다 싶었다. 그래서 사그라지는 용기란 걸 겨우 붙잡았다.

"무슨 생각이신지는 모르겠지만……. 전 상무님이 실수라고 생각하지 않으셨으면 좋겠습니다."

"……."

찰나의 순간이었지만 남자의 침묵이 그녀에게는 아주 길게만 느껴졌다.

"그렇게 믿고 싶다면 그렇게 해. 하지만……."

그건 용기였다. 채 사그라들지 않은, 아니 지금 이 용기란 걸 내지 않으면 다시는 기회가 없을 것 같은 간절함을 담은. 그리고 그 뒤에 나올 말을 듣고 싶지 않다는.

여자가 와락 그의 허리를 껴안았다. 그는 이미 그 움찔거림을 보고 눈치챘다. 그러나 싸늘한 제 입술과는 달리 몸뚱이는 그 움직임을 피하지 않았다.

희미하게 밝아 오는 실내는 아늑하고 조용했다. 맘을 편안하게 해 주는 백색 소음이 깔려 있었고 하얀 침대의 이불은 흐트러져 있었다. 그리고 몇 시간 전의 격정을 말해 주는 듯한 은밀한 체취가 섞인 공기가 떠돌고 있었다. 공기의 맛은 달착지근했고 아늑하기까지 했다. 차가운 물에 샤워를 했지만 다시 저 하얀 이불 속에, 그리고 솜뭉치같이 부드럽고 향기로운 몸뚱이가 옆에 누워 뒹굴었으면 하는…… 그런 생각이 들 만큼.

그는 그냥 가만히 있었다. 그래서인지 여자도 기세 좋게 행동을 감행했지만 그 이상 어쩌지는 못했다. 여자의 부드러운 몸이 주는 무게가 실렸다. 향긋한 살결의 냄새가 제 품에서 피어올랐다. 여자는 분명히 옷을 다 챙겨 입고 있었는데도 다시 여자의 매끄러운 입술과 달콤한 혀, 나긋한 맨몸과 뜨거운 속으로 파고들고 싶다는 생각이 치밀어 오를 만큼 유혹적이었다.

"그렇다면 정상적인 선택을 할 수 있는 성인끼리 한 잠깐의 일탈이라고 생각해."

그는 그저 몇 마디 했을 뿐이었다. 그러나 허리를 안고 있던 여자의 두 손을 돌려서 푼 것처럼 그의 감정 없는 말에 그녀는 두 팔에 힘이 빠져 더 이상 그러고 있을 수 없었다.

"쉬어."

잘 걸려 있는 재킷과 넥타이를 든 남자가 문밖으로 나섰다. 몇 시간 전의 다급한 마음으로 인해 한 짝이 뒤집어져 있는 구두를 인상을 찌푸리면서 신은 남자는 철문을 열고 나갔다.

경쾌한 엘리베이터의 땡 하는 소리와 함께 문이 열렸다. 마침 아무도 없는 로비는 한적하고 환했다. 회전문을 나서자마자 떠오른 햇살 사이로 하얀 꽃잎들이 나풀거리면서 떨어져 내렸다. 일요일 아침의 대로는 한산했다.

빌어먹을 4월……

* * *

"회계 자료가 왜 이거뿐이죠? 이서윤 씨!"

"아, 네……. 그게."

제게 늘 관대했던 연정조차 신경이 날카로워졌다.

비와 함께 시작된 월요일은 늘 그렇듯 느슨한 주말을 떨쳐 버리라는 듯 정신없이 시작되었다. 그건 상무실에 딸린 비서실도 마찬가지였다.

"박 대리, 회의 자료에 왜 상록지구 계획서가 빠진 거죠?"

늘 업무에 대해 별말이 없는 윤정까지 사무실에 들어와서 한마디 했다.

"죄송합니다. 아직 그쪽 계획서가 완성되지 않았는데 기획팀에서 온 서류가 완전치 않아서……."

"그럼 올리지 말든가! 완벽한 걸 올려야죠!"

"죄송합니다."

사무실의 히스테리 퀸 박 대리가 상사에게 채근을 당하면 나머지 둘의 하루는 뻔했다. 서윤은 부랴부랴 회계 자료를 찾느라 파일을 뒤적거렸다.

"조연정 씨!"

날카로운 박 대리의 목소리가 옆에서 울렸다. 분명히 서윤은 이 사무실에서 쓸모없는 존재였다. 그래서 이곳에서 사라져야겠다는 생각뿐이었다. 그러나 그런 하찮은 그녀마저도 필요한 건지 월요일의 사무실은 정신없이 바빴고 서윤이 해야 할 일도 많았다. 이제 그만해야겠다는 생각으로 가방에 챙겨 온 하얀 봉투를 꺼내는 게 미안할 만큼.

그녀에게 주말은 당혹과 혼란으로 가득했다.

이게 꿈이 아닌지 계속 곱씹어 봐야 할 정도였다. 그러나 시간은 꾸역꾸역 가고 월요일 아침은 비와 함께 시작되었다. 주말에 꽃구경 인파가 엄청났다더니 사람들에게 구경을 시켜 주고 지려고 작정을 한 것인지 만개했던 꽃잎들이 지금은 을씨년스러운 비에 떨어져 발밑에서 짓이겨지고 있었다.

밟혀서 한 줌의 쓰레기가 되어 가는 꽃의 사체들을 보면서 그건 흡사 제 마음이 아닐까 하는 어이없는 생각을 하면서 출근을 했다. 그리고 시작된 눈코 뜰 새 없는 오전 시간은 제가 어제 오후 내내 했던 고민이나 갈등을 표출할 만큼의 여유를 줄 생각이 없어 보였다.

사무실의 주인은 아직 출근 전인 듯했다. 왜 아침을 모여서 먹는지는 모르겠지만 매번 있는 조찬 모임이 오늘 일정에도 어김없이 있었다. 서윤은 회계 자료의 숫자를 맞추느라 서류와 컴퓨터 화면을 번갈아 보며 계산기를 두드렸다. 그때 삐릭 하고 인터폰이 울렸다.

— 이서윤 씨, 상무님 사무실로 손님 커피 좀 준비해 줘요. 한

분입니다.

"네."

서윤은 기계적으로 일어났다. 주인이 오기 전에 보고서를 들고 대기하거나 혹은 손님이 미리 오는 경우는 흔했다. 서윤은 혹 그와 마주칠지도 모른다는 생각이 들자마자 또다시 마음 한구석이 움찔거리는 게 느껴졌다.

참…… 부질없는 것인데.

달리 생각할 필요도 없었다. 그냥 누구나 생각하는 그런 뻔한 관계였다. 다른 사람들이 이야기하듯 제 외모가 조금 다르니까, 남자들이 호감을 갖고 그 이상의 마음까지 먹을 만하니까. 그래서 그런 것뿐. 낯설고 무서운 '적'들에게 쓰라던 칼도 이미 어디론가 사라진 지 오래니 이런 결말은…… 뻔한 거였다.

후회하나?

새까만 고급 커피에선 좋은 향이 났다. 물론 맛은 아직도 익숙지 않지만.

그냥 평생 엄마가 원하는 대로 아무도 제게 손도 못 대도록 칼을 품고 살지 못하게 됐으니, 이젠 차라리 처음이자 마지막이 이 사람이면…… 된 거 아닌가.

똑똑.

가벼운 노크와 함께 그의 사무실로 들어섰다. 차가운 공기와 함께 봄비치곤 제법 세차게 내리는 빗소리가 사무실에 가득했다. 낯선 손님은 창문을 열어 놓은 모양이었다. 늘 쾌적하게 온도와 습도가 맞춰지는 건물에서 창문을 열 일이라곤 별로 없었다. 그런데 이 방의 주인도 아닌 누군가가 창문을 열어 놓은 채 창가에 걸터앉아 있었다.

"싸구려 커피라면 도로 내가."

막 잔을 내려놓으려는 찰나였다. 서윤은 당황해서 목소리가 나는 곳을 쳐다보았다. 그러고는 아주 잠시 온몸이 마비된 듯 움직임을 멈출 수밖에 없었다.

그의 이 완벽한 사무실 창틀에 앉아 밖을 내다보는 사람은······ 여자였다.

여자의 검고 긴 생머리는 길게 늘어져 있었다. 늘씬한 여자는 굽이 십 센티쯤 돼 보이는 검은색 가죽 부츠와 짙은 색 스키니진을 입었지만 단 한 군데도 군살이 없어 매끈한 자태를 드러내고 있었다. 그리고 수수한 체크 셔츠와 그 위에 낡은 소맷부리조차 멋스러운 빈티지 가죽 재킷을 입고 있었다. 하얀 얼굴은 그다지 진하지 않은 화장을 했음에도 불구하고 한눈에 봐도 대단한 미인이라는 생각이 들 정도였다. 자연스러운 콧대, 도톰한 입술, 그리고 커다란 눈망울까지.

서윤의 머릿속에 딱 떠오른 것은 옛날 고전 영화의 주인공이었던 올리비아 핫세였다. 아주 오래전에 '로미오와 줄리엣'이란 영화에 나왔던 그 고전적이고 신비로운 아름다움을 지녔던 동서양의 아름다움을 동시에 지닌 여자 배우······. 그 모습과 흡사한 여자는 아주 묘한 분위기를 풍겼다. 마침 내리는 빗소리와 어울리는 듯한.

그러나 풍기는 분위기와는 달리 목소리는 싸늘했다.

"흥. 멍청하긴."

그녀의 조소를 듣고서야 서윤은 정신을 차렸다. 이게 무슨 실수인가. 아까 뭐라고 했지. 커피를 도로 내가라고 했던가.

"TJ의 중역 사무실인데 그런 구정물 같은 걸 내오다니 웃기네."

죄송하다고 해야 하나. 서윤은 이 정체불명의 미녀가 내뱉는 경우 없는 소리를 듣고서 잠시 머뭇거리다가 몸을 돌려서 나가려 했다.

"멍청한 게 버릇도 없네."

뭐라 해야 하지. 워낙에 이상한 사람이 많다는 걸 연정의 수다에서 익히 들어 왔었지만 이렇게 목도하고 나니 기분이 싸해졌다. 어쨌든 그의 손님 아닌가. 다시 커피를 청하든 어쨌든 간에 분명하게 싸구려라고, 내가라고 했으니 그렇게 할 수밖에 없었다. 서윤은 다급히 사무실을 빠져나오자마자 발걸음을 멈추고 말았다.

아…….

바로 눈앞에 그가 서 있었다. 아마 윤정에게 무슨 이야기를 듣고 있었던 것 같았다. 인사를 해야 하는데……. 서윤은 저도 모르게 굳은 표정으로 그를 쳐다보았다.

제게 헤엄치는 물고기들의 이름을 묻던 그.

입에 묻은 소스를 다정하게 닦아 주던 사람.

격정적으로 키스를 하면서 제 옷을 벗기던 남자. 그리고…….

"손님이 오셨습니다."

"누구야?"

"그게…….."

흘끗 저를 쳐다보는 그의 눈빛은…… 그냥 무관심이었다. 무심한 그 대리석 조각처럼. 마음 한구석이 저릿할 만큼 아름답지만 감정이 없는 그런 얼굴이었다.

그게 마음에 걸리는 걸까. 아니 그냥 이게 순리일 텐데…….

자꾸 머릿속에 이상한 것들이 튀어나오지 않도록 서윤은 침착하게 커피를 들고 고개를 까딱여 그에게 인사했다.

"커피, 진하게."

아무렇지도 않은 듯 일상적인 이야기를 하고 그는 사무실 안으로 들어섰다.

서윤도 마찬가지로 아무렇지도 않게 식어 가는 커피를 들고 제 공간으로 걸어갔다. 그러나 등 뒤에서 닫히는 문소리는 제가 아는 누군가를 영원히 어둠 속으로 끌고 가 버린 것 같은 착각이 들었다.

바보 같으니라고…….

"안녕, 오랜만이야."

아무렇지도 않은 여자의 목소리가 밝게 울렸다.

그는…… 이 낯익은 불청객의 목소리에 갑자기 구토가 올라왔다.

12

꿈 따위를 믿지는 않았다.

그러나 항상 재수 없는 우연은 우연이 아니라 필연이 되어 아무렇지도 않은 듯, 악다물고 웃음을 지어도 그게 가장이란 걸 비웃는다.

찝찝한 기분이었다. 무언가에 한눈을 판 기분, 제 기분을 컨트롤하지 못한 데서 오는 자괴감, 그리고 제 스스로의 감정을 이해할 수 없는 데서 오는 모순이 뒤죽박죽이 된 느낌이었다.

그럼 그렇지……. 단 한 번도 이 꽃피는 4월을 제대로 아무 일 없이 보낸 적이 없었다.

기껏 그런 '사고'의 빌미를 마련하면서까지 대형 수조를 놓았지만 그는 그걸 본체만체하곤 버릇처럼 침실로 들어가 쓰러지듯 누웠다. 바삭거리는 침구는 늘 깨끗이 세탁되어 정갈하게 깔려 있다.

그는 머릿속의 잡생각을 몰아내기 위해 오늘도 하루 종일 몇 킬로미터인지 모를 거리를 돌아다녔다. 숙취가 채 가시지 않았던지라 움직이는 동안에도 계속 침대에 쓰러져 잠들 시간만을 고대해 왔었다. 그러나 막상 그 시간이 되니 생각했던 것만큼 제 머릿속이 금방 암전되지 않았다.

이 침대 위였다. 술에 취한 것도 아닌데, 마치 취한 것처럼 그 여자를 마셨다. 그동안 맛보지 못했던 낯선…… 맛이었다. 대개의 여자들은 뜨거웠다. 잘난 제 거죽이나 혹은 배경을 위해서 다들 열심이었다. 그리고 그게 마음에 들었다.

그렇지만 여자는 따뜻했다. 그리고 열심히라기보단, 그냥 있는 그대로였다.

기분 좋은 온기……. 어차피 여자란 다 똑같은데.

의미를 두지 않으려 애쓰면서 그는 밤새 뒤척여야 했다.

그리고 시작된 월요일 아침.

그 짜증스러운 꽃잎들이 쓰레기처럼 나뒹굴게 하는 비까지 내리고 있다니. 봄꽃보다 더 징글징글한 옵션이었다.

젠장.

꽉꽉 막히는 길에 묶인 그는 오늘 해야 할 스케줄이 정리된 태블릿을 보고 있었다. 밤새 미지의 무엇을 쫓아다니느라 머릿속은 엉망이 되어 있었다. 뜻하지 않은 주말 덕분이었다.

오후에 있을 회의에는 박 이사가 참석한다고 이미 선전포고가 되어 있었다. 이미 작전은 수많은 밀고자들에 의해서 올올이 새어 나왔다. 아니, 그걸 노리고 일부러 뿌린 연막이나 미끼일 수도 있었다. 정반대의 발표를 할 승산도 컸다. 무엇을 이야기하든 간에 그것보다 내 것이 낫다는 걸 피력할 수 있어야 했다.

비와, 져 버리는 꽃 쓰레기, 질척거리는 공기가 어떤 예언을 하는 것 같았다. 그리고 그 예언은 정말이지, 잔인하도록 정확했다.

"안녕, 오랜만이야."

안 그래도 불청객이 있다는 소리에 인상을 찌푸리고 있었다. 그러나 그 불청객이란 게 정말로 상상 밖이었다. 기억이라도 날까 싶은 사람이었지만 정말이지 단 한 조각도 변하지 않은 모습에 기가 찰 뿐이었다. 그렇게 오랜 시간이 지났는데…….

오랜만에 거북스러운 조찬 모임 때문에 더부룩하던 속에 기어이 구토가 밀려왔다. 그러나 그는 오랫동안 단련된 능력으로 아무렇지도 않은 듯 목소리의 주인공을 흘끗 쳐다보고는 자신의 자리로 갈 수 있었다.

"의외야, 이렇게 멋진 남자가 되다니."

그렇겠지. 그녀가 절 마지막으로 보았을 땐 제가 가장 나약하고 불쌍한 모습이었을 테니. 쓴웃음이 절로 났다. 만약 10년 전쯤이라면 절대 이런 표정으로 저 여자의 아무렇지도 않은 인사를 받을 수는 없었을 것이다. 시간이란 어차피 그런 거 아닌가. 모든 게 무뎌지고 잊히고 아무렇지도 않아지는 거.

'아무렇지도 않게' 그는 말을 이었다.

"굳이 여기에 올 이유 따윈 없으실 텐데요."

그리고 그건 이제…… 자신 있었다.

"어머나! 우리 엄청 오랜만 아니니? 참 시간이란 게……."

여자는 화사하게 웃으려 했을 테지만 그게 생각대로 되지는 않았다. 마치 무표정한 도자기 같은 얼굴에서 까르르 웃음소리가 새어 나왔다. 이제 보니 세월의 흔적이 느껴졌다. 돈도 시간 앞에서는 절대적이지 못한 게 분명했다.

저 여자의 입에서 나오는 말을 더 들을 필요 따윈 없었다.

"저하고 볼일은 없으실 거고, 회장님 어디 계신지 모르십니까?"

머릿속이 복잡해졌다. 왜 여기 나타난 건지 궁금했다. 제 말대로 자신하고 볼일은 없을 테니까. 그러나 우습게도 치밀어 오르는 분노 따윈 없었다. 기분이 나쁘고 불쾌하고 짜증스럽긴 하지만.

"축하해 줘."

밑도 끝도 없는 말을 내뱉은 여자는 그의 책상으로 다가왔다. 향수 냄새가 밀려왔지만 썩은 생선의 비린내같이 느껴졌다. 저도 모르게 인상이 일그러질 것 같았지만 간신히 참았다.

"투르에서 경영학 학위를 땄어. 근사하지 않아?"

학위라니. 대체 그게 왜 대화의 거리가 되는 건데. 지나가는 개가 웃을 지경이었다. 그러나 그는 지나가는 개가 될 생각은 없었다. 더군다나 이 여자 앞에서는 더욱더.

"축하드립니다. 별 용건 없으시다면 곧 여기서 회의가 있는데 자리를 피해 주시겠습니까?"

"빡빡하게 굴긴. 그래, 오늘은 첫날이니까. 이제 자주 보게 될 거야. 저녁 같이 하자."

"그럴 필요는 없겠지만, 스케줄 확인해 보십시오."

없는 스케줄도 만들 생각이 다분했다. 저 얼굴을 보고 뭐가 넘어가겠는가. 그는 굳은 얼굴로 쌓인 서류를 뒤적거렸다.

"네가 어떤 마음 가지고 있는지 알아. 그땐 나도 어렸어. 너도 그랬고. 지금은 이렇게 우리가 근사한 어른이 됐잖니? 아마 앞으론 자주 보게 될 거야. 우리 이제 화해하자. 알았지?"

여자는 높은 굽의 부츠를 신은 채 나풀거리듯 문을 나섰다. 탁하고 문이 닫히는 순간 그는 제 손에 든 무엇이라도 집어 던져 부쉬 버리고 싶은 생각이 치밀었다. 그러나 그러지 않았다.

"화해?"

그는 기어이 화장실로 향해야만 했다.

쓰리 샷의 뜨거운 커피가 기가 막힌 향을 내고 있었다. 서윤이 막 문으로 향하려는 순간 벌컥 문이 열리고 아까 그 미모의 여인이 화사하게 웃으면서 나왔다.

"우리 이제 화해하자. 알았지?"

문이 닫히기 전이었다. 여자의 목소리는 마치 아이스크림처럼 달콤했다. 그리고 그 외모도. 커피 잔을 올린 쟁반을 든 서윤과 문 앞에 있던 윤정은 늘 하듯 기계적으로 깍듯한 묵례를 했다.

"그런 구정물은 좀 버려!"

여자는 화사하게 웃으면서 서윤에게 말하곤 문을 나섰다.

멍하니 서 있는 서윤에게 윤정은 굳은 얼굴을 풀더니 말했다.

"커피 식기 전에 드려요."

오로지 제 상관인 윤정의 목소리만 들린다는 듯 서윤은 차분하게 커피 쟁반을 들고 상무실로 들어갔다.

바라는 건…… 없었다.

아니, 그럴 수 없기 때문에 아예 생각 자체를 해 본 적이 없었다. 한 번도 정상적으로 살 수 있을 거라 생각해 본 적이 없었다. 그러니까 이건 당연한 귀결이었다. 자신의 존재 자체가 비정상이니까. 노래도 가사도 있지 않은가, 당신은 사랑받기 위해 태어난 사람……. 그러나 그건 제게는 해당되지 않았다. 그럼에도 불구하고 사랑하고 키워 준 엄마가 이해가 되지 않을 정도였다.

엄마는 자신을 사랑한 게 분명했다. 그렇지 않았다면 그렇게 칼을 사 쥐여 주지 않았을 테니까.

사랑이란 어떤 감정일까.

이런 감정일까.

분명히 실수라고, 다시는 이런 일이 없을 거라고 하던 남자가 보고 싶어서 다시 꾸역꾸역 이 사무실에 온 거, 그리고 그가 청한 커피를 내주고 이 커피를 맛있게 마시는 모습이 보고 싶은 거……

텅 빈 사무실에는 사람의 모습이 보이지 않았다. 이 사무실에는 화장실과 수면실, 그리고 간단하게 옷을 갈아입을 수 있는 공간이 숨겨져 있다는 걸 잘 알고 있었다. 서윤은 낯선 이의 향기가 미미하게 떠 있는 미니멀하면서도 그 사무실의 주인 때문에 화려한 사무실을 한 번 휘둘러보았다. 주인이 이 공간에 없으니까 할 수 있는 행동이었다. 검은색의 탁자, 소파, 컴퓨터……. 마치 모든 것이 그 남자의 일부분같이 느껴졌다. 그래서 떠도는 낯선 향수 냄새가 마음 한구석을 송곳처럼 찔러 댔다. 희미하게 화장실에서 물소리가 났다.

서윤은 이곳에서 서성이는 게 자신의 월권행위라는 것을 알고 커피 쟁반을 들고 나섰다. 막 문을 닫으려는데 뒤쪽에서 달칵하는 소리가 들렸다. 다시 문을 열고 싶었지만 그녀는 조용히 문을 닫아야 했다.

이런…… 관계일 뿐이었다. 저 남자와 자신은…….

이제 꿈에서 깨.

서윤은 침착한 걸음걸이로 제 사무실로 향했다.

달칵 소리가 났다.

잠깐 멈칫했지만 제 공간은 텅 비어 있었다. 그 텅 빈 공간을 채우고 있는 것은 짙은 커피 향이었다. 그는 아직 물기가 떨어지는 얼굴로 방금 뽑아서 탁자 위에 갖다 놓은 커피에서 나오는 희미한 김을 보고 뜨거운 커피 잔을 들었다.

빗소리가 어렴풋이 들렸다. 커다란 창이 얼룩지고 있었다. 뜨겁고 진한 커피가 목구멍을 넘어가자 방금 전에 있었던 일이 마치 꿈결의 한 조각같이 느껴졌다. 지독하고 더러운 기분의 악몽이겠지만.

커피는…… 그녀의 솜씨였다. 같은 원두, 같은 머신이겠지만 미묘하게 맛이 달랐다. 문득 저 무표정한 여자의 여린 속살이 입었을 상처가 떠올랐다. 한 번쯤, 왜 그런 칼을 가지고 다니냐고 물어보고 싶긴 했다.

일이 좀 한가해지면 그녀를 다른 곳으로 발령 내야 할 듯했다. 가까이 있는 건 아무래도 위험했다.

제발 '그 여자'가 나타난 건 그냥…… 어이없는 해프닝이었으면 했다.

이제 와서 왜.

말을 해야 했다. 그러나 그러질 못했다. 너무나 바빠서.

"이서윤 씨, 이거 직접 확인해야 할 거 같아. 생각 같아선 내가 가서 뒤집어 버리고 싶은데 지금 너무 바빠서. 거기 빨간색으로 체크한 거 전부 잘못됐다고, 다시 확인하고 나한테 전화하라고 해 줘요. 지금 바로."

"아, 네."

받아 든 서류를 들고 문을 나섰다. 제가 일하던 회계과에 가야 하는 게 좀 그렇긴 하지만 지금같이 눈코 뜰 새 없이 바쁠 땐 그런 걸 따질 처지가 아니었다. 문밖에는 일에 열중인 윤정과 꼭 닫힌 문만 보였다.

"상무님 나가셨나요?"

"그런데요, 무슨 일 때문이죠?"

"아…… 아닙니다."

서윤은 급하게 문을 나섰다.

그가 문 안에 있다 해도 변할 건 없다. 문밖에 있든, 혹은 지금 제 앞에 있다 하더라도…….

정상적인 선택을 할 수 있는 성인들끼리 한 잠깐의 일탈.

참으로 명확하고 구체적인 정답 아닌가. 선택을 할 수 있었다. 그리고 선택을 했다. 뭔가 더 필요한 것 같지만 그건 쌍방의, 서로 간의 문제였다. 서로가 '서로'가 되기 싫다면 그 관계는 이미 정리된 거 아닐까.

이젠 용기를 내야 할 것만 같았다.

눈코 뜰 새 없던 하루가 지나고 드디어 퇴근 시간이 다가왔다. 몇 번이고 타인들의 동선을 살피던 서윤이 기회를 찾았다.

"이게 뭡니까, 이서윤 씨?"

늘 그렇듯 월요일의 야근 끄트머리에 이제는 집으로 가 쉬고 싶은 마음이 역력해 보이는 윤정의 이마가 미미하게 찡그려졌다.

"사직서입니다."

"겉에 쓰여 있는 건 나도 보여요. 그런데 내가 묻는 건 그게 아니란 거 알잖아요?"

윤정은 연정과 지운이 나간 뒤에 머뭇거리면서 다가오는 서윤을 보고 뭔가 느껴지긴 했다. 마치 어울리지 않는 물건처럼 겉돌고 있는 서윤이 왜 여기 있는지는 어렴풋이 알 것 같았지만 그녀가 오랜 시간 이 자리에 있으면서 터득한 가장 유용한 지혜는 윗사람들 일에는 참견하지 말아야 한다는 것이었다. 그나마 다행히 실수투성이였던 서윤이 제법 이 사무실의 구성원이 되어 가고 있다고 느꼈기에 이런 날이 이렇게 갑작스럽게 올 거라고는 생각하지 못했다. 게다가 요새 한창 일이 많아져서 갑자기 서윤의 자리가 빈다면 분산됐던 업무는 더욱더 가중될 게 뻔했다.

"그거 무척 무책임한 일이라는 거 잘 알죠? 지금 사무실 돌아가는 거 안 보입니까?"

잘은 몰라도 대충은 알고 있었다. 그러나 그것보다 더 중요한 건 자신이 여기 있어야 할 이유 따윈 이미 없어졌다는 거였다.

"제가 감당하기 힘든 일이란 걸 진작에 알고 있었습니다. 좀 더 이 자리에 어울리는 사람이 있어야 할 것 같고 그게 빠르면 빠를수록 도움이 될 거예요."

제 성격상 하기 힘든…… 무척이나 타당한 대답이었다.

"무슨…… 일 있어요? 시간 되면 술이나 한잔하죠."

윤정이 컴퓨터를 끄면서 일어났다.

살뜰하게 후임을 챙긴다고 이것저것 가르쳐 주는 연정이 서윤에겐 가장 가까워 보일 수 있었지만 그건 제 업무를 무사히 잘 넘기고 싶은 연정의 속내일 뿐, 비교는 안 되지만 새로운 적수에 대한 묘한 거리감이나 적대심은 보이지 않게 숨겨져 있었다. 무딘 서윤도 가끔 그걸 느낄 수 있었다. 그러니 실제로 이 사무실에서 그녀를 가장 위해 주는 건 그의 가장 오래된 수족인 윤정이었다.

그런 윤정의 지금 무엇이 문제인지 인간적으로 들어 주겠다는 제스처는 서윤에게 따뜻한 온기를 느끼게 해 주었다. 그러나 이건 누구에게도 발설할 수 없는…… 그런 문제였다.

"아니요. 괜찮습니다. 그냥 사직서 수리해 주세요."

"상무님도 아시는 일이에요?"

무언가 짚이는 게 있다는 듯 윤정이 물었다.

"……."

아마 제일 잘 아실 거예요……. 그러나 서윤은 대답하지 못했다.

"요거…… 요렇게 끝에다 고정시키면 되는데. 꼭 그러는 애들 있잖아요. 한 번에 와서 못 먹는 애들. 그런 애들을 위해서 요기 세팅을 이렇게 해 두면 1분 간격으로 두 번 돌아가는데 그럼 두 번 나오거든. 세 번은…… 수조 큰 거면 그렇게 하는데 그렇게까지는 필요 없고. 요렇게 하면 돼요. 싼 건 중국산도 있는데 역시 뭐 독일제가 좋지. 튼튼하거든. 잔고장도 없고."

"주세요. 다 얼마죠?"

퇴근하고 들른 곳은 저번에 그의 수조를 맞추느라 왔던 물고기 용품을 파는 곳이었다.

"아니, 괜찮아요. 저번에 그렇게 매상을 올려 줬는데 그때 뭐 더 못 드리고 보내서 다시 오시길 기다렸는데 뭐. 그냥 가져가요."

"어머나, 감사해요."

서윤의 얼굴에 미소가 어렸다.

평소에 무엇이든 즉흥적으로 생각해 본 적은 없었다.

소심하고 자신이 없고 당당하지 못한 사람들의 특징은 아주 작은 일에도 수많은 경우의 수를 생각한다는 것이었다. 그리고 그 경우의 수는 촘촘하게 그물처럼 생각의 끈을 늘어뜨려 결국 무엇을 하든 간에 그물에 걸려 더욱더 머뭇거리다가 결국은 아무것도 결정 따위 하지 못하게 되는 귀결을 맞이하게 된다.

그래서 늘 하던 것을 해야 했다. 늘 사 왔던 색조의 화장품을 사고 늘 비슷비슷하고 무난한 옷들을 샀다. 연휴가 되어도 선뜻 낯선 어딘가를 가고 싶다는 생각을 해 본 적도 없었다. 항상 같은 곳에서 물건을 사고 물고기가 죽으면 또다시 비슷한 종류의 물고기를 샀다. 늘 사던 커피믹스를 사고 같은 상표의 즉석밥을 샀다. 항상 그래 왔다.

그러나…… 어느 순간 제 삶은 틀어져 버렸다.

이젠 제게도 선택을 할 수 있는 '여유'란 게 생겼다. 그게 없었더라면 아마 이런 짓은 할 수 없었을 것이다. 제 이름이 떡하니 박힌 등기 서류, 통장에 든 큰돈, 그것도 아니라면 엄마가 저를 위해 준비했던 달마다 꼬박꼬박 들어오는 연금이나 보험료……. 그런 것들이 그녀를 미련 없이 사표를 던지게 만들어 준 원동력이었다.

사표를 던지고 나오면서 가장 마음에 걸린 게 그 사람이란 사실은, 제게도 여유가 생겼다는 증거였다.

이제 다시 그를 보지 못할 것이다. 아니, 어쩌면 요 근래 그랬듯 술에 취해 불쑥 제 문짝에 붙은 벨을 누를지도 모른다. 심지어 오늘 밤에라도.

솔직한 마음은 반반이었다. 기다림과 그렇지 않음. 기다림대로 된다면 제 몹쓸 몸뚱이는 단 한 마디도 묻지도 못하고 그를 달게 받아들일 거란 걸 잘 알고 있었다. 그것에 저항을 하고 싶었는지도 몰랐다.

제 손에 들린 것들의 용도는 그것이었다.

하지만 이 어두운 밤에 생각하고 있는 것을 실행에 옮길 만큼 아직 그녀는 두려움을 극복하지는 못했다.

택시에서 내린 서윤은 제법 큼직한 마트 앞에서 머뭇거렸다. 저 정도 크기면 제가 원하는 것을 팔 것이다. 다시 그것의 무게를 이겨 낼 수 있을까. 경쾌한 음악 소리가 나는 마트 앞에 한참을 서 있던 서윤은 발길을 돌렸다. 그러곤 옆에 있는 약국으로 향했다.

* * *

"하, 기가 막혀서……."

그건 자신도 마찬가지였다.

"이 더러운 기분을 토로할 사람이 강 상무밖에 없다는 것도 기가 막히는군."

그것 또한 그도 같은 생각이었다. 두 사람은 이미 물밑에서 전쟁 중이었다. 심지어 며칠 후면 당당히 선전포고해 정식으로 전쟁을 벌일 사이기도 했다. 그런데 이런 뜻밖의 일 때문에 두 사람은 같은 장소에 모여야 했다.

14층엔 자주 올라오지 않았다. 물론 회장실과 사장실, VIP 회의실과 룸이 있었지만 박 여사의 새 사무실이 14층에 꾸려졌다는 건 상징적인 의미가 있었다. 그렇지만 그의 최종 목표는 이런 귀퉁이가 아니라 당당한 센터였기에 조금 의외이긴 했지만 그다지 큰 의미를 주진 않았다.

사무실 주인의 취향대로 화려하기 그지없는 사무실은 사무실이라기보단 고급 호텔의 응접실 같은 분위기였다. 데스크에는 컴퓨터도 있고 서류도 있었지만 그의 눈에는 꼭 그것들이 장식품처럼 보였다. 그러나 지금 그것이 중요한 것은 아니었다.

"난 지나가다 뺨 맞은 기분이야. 이걸 웃고 넘겨야 하는 건가?"

전혀 웃을 기분이 아닌 게 자명했다. 그리고 그건 자신도 마찬가지였다. 소식을 전해 들은 것은 불과 두 시간 전이었다. 해는 조금씩 길어지고 있었지만 이미 어둠이 내려앉은 시간이었다. 그다지 중요하진 않았던 일정이 더러 취소되었고 비록 같은 건물이지만 적진의 한복판이라고 할 수 있는 박 이사의 방으로 호출된 태진은 뻣뻣한 표정으로 고급스러운 소파에 앉아 있었다.

"그냥, 농담으로 치부할 수도 있는 거 아닙니까?"

그러고 싶은 심정이었다.

"그 여자가?"

제 잘못은 아니었다. 그러나 박 이사는 그렇게 생각하고 싶지 않은 모양이었다. 아니, 그의 잘못이 아니란 걸 아니까 여기 그를 불렀겠지만 따지고 보면 모든 화의 근원은 그였다.

"애초에 시작부터 잘못됐지. 근본 따위 없는 여자니까."

별다른 기분은 아니었다. 제 면상 앞에서 그 여자를 욕한다고 해서 뭔가 제가 기분이 상하거나 할 일도 없었다.

"지분을 달라고 합니까?"

"그것만으로도 기가 막힌데 주제를 모르고……."

"설마……."

"그 잘난 학위 하나 받았다고 경영권을 달라는 거지. 내 참, 진짜 근본 없는 것 같으니라고."

그 또한 자신도 모르게 어이없다는 코웃음을 쳤다. 그걸 본 박 이사의 눈엔 새파란 불똥이 튀었다.

"처리해, 알아서. 그럼 이번엔 내가 접어 줄 테니까."

"무슨 말씀이십니까?"

태진이 그제야 안색을 굳히고 되물었다. 어차피 같이 머리를 싸매고 이 일을 해결하자고 저를 부른 게 아니란 걸 알고 있었다. 그러나 그걸 제게 떠넘기겠다는 건가?

"말 그대로야. 해결해. 내가 또다시 그때처럼 흥정 따위를 할 것 같아? 택도 없어. 이건 명령이야. 어차피 이 모든 일은 다 너 때문이잖아."

싸한 냉기가 스며들었다. 그가 뉴욕에서 돌아온 뒤부터 박 이사는 한 번도 그에게 말을 함부로 하지 않았다. 그건 아무래도 강 회장의 신신당부 때문이었을 것이다. 항상 재수 없어 하는 티를 숨기지 않았지만 깍듯하게 뒤에 직급을 붙여 이야기했었다. 강 실장, 강 상무……. 그런데 그녀의 입에서 '너'란 단어가 튀어나왔다. 어차피 저것이 본심임에 틀림없었다.

"제 자식 가지고 장사를 하는 여자야. 그때 무시를 했어야 했어. 자, 이번에 내가 한 수 접어 줄 테니까. 너희들 일은 너희가 해결해. 어차피 그 여자 일 해결 못 하면 네 앞날은 더 이상 탄탄대로가 아닐 테니까. 상장 앞두고 있는데 어중이떠중이들한테 이것보다 더 좋은 먹잇감이 어딨겠어? 네 앞가림은 네가 알아서 해."

화풀이를 하고 싶어 한다는 걸 잘 알고 있지만 이건 경우에 어긋나는 일이었다. 가만히 있던 그가 한마디 했다.

"말씀이 지나치십니다."

싸한 그의 목소리가 조용하게 울렸다. 그러나 중년의 여인은 그런 것에 전혀 아랑곳하지 않고 더욱더 싸늘하게 대답했다.

"그때, 너희들 따위 가만두는 게 아니었어. 하지만 그건 명백하게 내 실수지. 그때의 어설픈 동정 따위가 이렇게 은혜도 모르는 개가 되어 뒤꿈치를 물 줄 몰랐으니까."

"박 이사님."

그의 목소리가 더욱더 차갑게 깔렸다. 그러나 상대는 전혀 아랑곳하지 않았다. 늘 그래 왔듯.

"알아서 해. 그놈의 싸구려 학위증 따위 싸 가지고 이탈리아 놈이든 프랑스 놈이든 아직도 그 반반한 얼굴로 꼬실 수 있는 것들한테로 돌아가라 하라고! 왜? 내가 네 애미를 모욕하는 거 같아서 기분 나쁜 거야? 겨우 걸음마 뗀 제 피붙이로 흥정을 하고, 팔아치우고 외국 놈이랑 날라 버린 여자한테 아직도 무슨 정이라도 남아 있는 거냐구!"

보톡스와 시술로 만들어진 저 뻣뻣한 얼굴에 고고한 척, 교양 있는 척 항상 미소를 띠면서 살아온 여자의 입에서 악담이 쏟아져 내렸다. 그러나 그는 반박하고 싶은 생각이 없었다. 다 맞는 소리니까.

"난 넌덜머리가 나! 너희들 때문에 신경쇠약으로 몇 년을 약을 달고 살았어. 세상에 죽이고 싶은 사람이 있다면 너희 둘이야. 그런데 이제 와서!"

그러나 곧 그녀는 입을 다물었다. 제 앞에서 굳은 표정으로 저를 쳐다보는 남자한테 이미 너무 많은 것들을 쏟아 냈다는 것을 스스로 깨달은 모양이었다.

그는 저도 모르게 피식 웃음이 새어 나올 것 같았다. 그걸 거라고 짐작은 하고 있었지만 실제로 입에서 쏟아져 나오는 것을 보니 갑자기 이 여자가 불쌍해졌다. 그렇게 찔러도 피 한 방울 안 나올 것 같은 사나운 표정으로 저를 쳐다보더니 사실은 밤마다 약으로 버텨 왔다…… 이건가.

"그게……."

그가 천천히 입을 열었다. 한참 제정신을 못 차리고 쏟아 내던 박 이사는 그의 시선을 외면했다. 그런 모습을 보인 게 후회되는 모양이었다.

"어디 말로 한다고 되는 일이겠습니까? 박 이사님 말씀대로 알아서 처리하도록 하겠습니다."

그가 자리에서 일어났다. 그제야 제 페이스를 찾았는지 그녀는 다시 고개를 돌렸다.

"강 상무가 알아서 잘할 거라 생각해. 아까 내가 한 말은 절대 빈말이 아니야."

뭐 한 수 접어 주겠다는 거? 그는 정말로 피식 웃음을 내뱉었다. 그런 것 따위 필요 없으니까.

"쉬십시오. 뭐 편한 기분은 못 되시겠지만. 건강에 해롭습니다."

그는 굳어지는 박 이사의 얼굴을 보고는 돌아섰다. 말은 그렇게 했지만 그의 머릿속도 복잡했다.

이제 와서 이게 대체 무슨 일인지.

* * *

화장을 지우고, 샤워를 하고, 옷을 갈아입었다. 늘 산더미 같은 서류를 들고 와 해야 할 일들이 있었지만 오늘은 없었다. 앞으로도 없을 예정이었다.

서윤은 아까 샵에서 산 물건을 낑낑거리면서 조립해 수조에 끼우고 있었다. 나사로 고정을 시켜야 하는데 이상하게 나사가 헛돌고 있었다. 타이머가 장착되어 자동으로 먹이를 줄 수 있는 장치였다. 먹이를 넣는 통의 크기로 보건대 오랜 시간 자리를 비우는 건 불가능해 보이지만 그래도 이 아이들에게 소홀히 했다는 죄책감은 덜 수 있을 것 같았다.

행선지를 정하지는 않았다. 그러나 어디가 됐든 제 심장을 뒤흔드는 벨소리에서는 벗어날 수 있을 것이 분명했다.

하지만…… 모순처럼, 서윤은 부정할 수 없었다. 지금 이 순간에도 문밖에서 들릴 그 어떤 소리를 기다리고 있다는 걸.

정상적이란 게 뭔지, 사람 사이의 감정이란 게 또 뭔지, 그리고 어디에든 창궐하는 그 사랑이란 단어가 뭔지……. 자신은 죽었다 깨어나도 알 수 없을 거라고 생각했다. 그러나 혹시 모를 방문자를 위해 침대 위를 깨끗이 정리하고 누가 봐도 흠잡지 않을 홈 웨어를 입고 있는 자신은 대체 뭘까.

깨끗하게 방 안을 정리하고 눈부신 바닥을 걸레로 훔치고, 싱크대 위를 정리하고……. 휴대폰 속의 숫자는 충분히 깊은 밤이라는 걸 설명해 주고 있었고 더 이상 이 하얀 공간에서 할 일은 없었다. 피곤에 쓰러져 자야 할 시간이었지만 제 뇌는 잠들려고 하지 않았다. 문밖에 누군가 걸어가는 소리가 이토록 또렷이 들릴 수 있다는 걸 처음 알게 되었다.

눈알이 쓰라리도록 아픈데 그녀는 컴퓨터 앞에 앉았다. 그러곤 자판에 오래전에나 써 보았던 글자를 천천히 타이핑했다.

미켈란젤로의 피에타…….

언젠간 실물을 보고 싶다. 그런 생각을 하려고 했었다.

그러나 그건 제 마음이 이끄는 대로 잘되지 않았다. 제게만 그 대리석 조각을 닮은 누군가가 가득 떠올라서. 그 사람의 체온, 그 사람의 손짓, 그 사람의 숨결이…… 속을 헤집었다.

270

하지만 밤이 깊도록 문에서는 아무 소리도 들리지 않았다.

* * *

10억.

그게 그의 몸값이었다.

재벌가에서 보면…… 특히 이런 건설사에서 보면 푼돈일 수도 있었다. 하루에 들고 나는 금액에 비하면 매우 하찮은 금액일 수도 있다. 그러나 25년 전의 물가를 감안하면 그건 결코 적은 돈이 아니었다. 지금 시세 8, 9억을 호가하는, 재개발을 기다리고 있던 강남의 아파트 한 채 분양가가 삼천만 원이 채 안 되던 시기였으니까. 물가 상승률을 적용한다 해도 지금은 열 배 이상의 가치가 있을 것이다. 제법 비싼 가격 아닌가. 6살짜리 사내아이의 몸값으로.

"그게 과하다고 생각하는 거예요? 난 겨우 내 인생의 보상금이 그것밖에 안 된다는 게 억울해 죽겠는데?"

어린이 잡지의 모델로 데뷔한 뒤에 아역 배우로서, 연기는 뭐좀 그렇다 쳐도 인형 같은 이국적인 외모로 인기를 한 몸에 받은 유주연의 본명은 유지순이었다. 당시에는 찾아보기 힘들 만큼 청순하고 신비로운 외모로 하이틴 스타를 자처하긴 했지만 이미지로 먹고사는 CF를 제외하면 늘 동그란 눈을 치켜뜨고 똑같은 연기만 한다는 기자들의 악평을 단골로 받아야만 했다. 그러던 그녀가 스무 살이 되어 이미지를 바꾸기 위해 출연했던 파격적인 성인물은 오히려 그녀의 청순하고 사랑스런 이미지를 박살 내는 역효과만 내고 말았다.

극심한 슬럼프에 빠져 있던 그녀에게 엎친 데 덮친 격으로, 어렸을 적부터 그녀 하나를 믿고 사치스러운 생활을 해 온 부모와 스타로서의 생활에 젖어 있던 그녀의 방만한 씀씀이가 겪어 본 적 없는 생활고로 변해 닥쳐왔다.

그녀처럼 예쁜 외모를 가진 여배우에게는 늘 유혹의 손길이 있기 마련이었다. 그러다 연결된 게 그녀보다 배는 나이가 많은 중견 기업의 사장이었고 그 덕분에 그녀는 다시 화려한 생활을 할 수 있었다. 하지만 그녀는 현실을 채 깨닫기도 전에 스물한 살이라는 어린 나이에 덜컥 임신을 해 버렸다.

"내 아이만 낳아 주면 내가 널 호강시켜 주지. 걱정하지 마!"

한참 호황을 누리던 건설업계에서 승승장구하던 태정건설의 사장인 강찬일은 어마어마한 친정을 등에 업은 신경질적인 와이프 따위는 잠시 잊어버리고 이 어리디 어린, 올리비아 핫세를 꼭 빼닮은 정부에게 홀딱 빠져 정신줄을 놓아 버렸다.

그는 하루에도 몇 번이나 애를 지우겠다고 앙탈을 부리는 그녀에게 온갖 값비싼 선물을 해 가며 어르고 달래 결국 미국에서 기다리고 기다리던 아들을 낳았다는 소식을 듣게 되었다. 그러나 그 제야 정신을 차린 강 회장은—당시에는 건설사 사장이었지만— 자신이 저지른 일이 얼마나 엄청난 결과를 초래했는지 깨닫고 말았다.

딸만 둘 내리 낳고서 자궁암으로 인해 더 이상 아이를 낳을 수 없게 되었지만 여전히 태정건설의 배경이 되고 있는 친정을 끼고 있는 처 박희준을 내칠 수는 없었다.

애를 낳는다는 핑계로 주연이 미국으로 가자 옆에서 징징거리는 것을 듣지 않아도 된 강찬일 회장은 과한 생활비를 몰래 보내 주는 것으로 제 사탕발림의 뒤처리를 했다 치고는 회사의 몸집을 부풀리는 데만 재미를 붙여 버렸다.

스물을 갓 넘기고 덜컥 애 엄마가 되어 버린 유주연은 그때서야 깨닫기 시작했다. 물론 미국 땅에서 마치 천사같이 생긴 갓난아이를 보면서 호의호식할 땐 재벌가의 사모님이 되어서 제2의 전성기를 누려야겠다 생각했지만 그건 그녀의 착각이었다.

비록 친정 엄마가 애를 돌본다 해도 하루 종일 울어 재끼고 똥을 싸 대는 갓난아이의 뒤치다꺼리를 하는 것은 제 한 몸 챙기는 것도 제대로 못 하고 자라 온 그녀에겐 감당하기 힘든 일이었다. 게다가 아무리 관리를 받아도 임신과 출산으로 생긴 흔적들은 사라지지 않았다.

그리고 결정적으로 영어라곤 한마디도 못 하는 그녀가 미국 땅에서 견디는 데는 한계가 있었다. 지금처럼 인터넷 같은 것도 없이 텔레비전을 틀어도 오로지 영어만 나오는 곳에서 도저히 견딜 수가 없었던 그녀는 강 회장의 만류에도 불구하고 아이와 친정 엄마와 함께 귀국길에 오르고 말았다.

그녀가 돌아왔을 때 한국에서는 올림픽이 열렸고 하루가 다르게 스타들이 쏟아져 나왔다. 몇 년 사이에 미디어가 급격하게 발달해 그녀는 벌써 대중들에게 잊히고 말았다. 한국에만 돌아오면 모든 게 다 바뀔 줄 알았지만 열광적인 대중의 인기도 강 회장의 불타는 사랑도 그녀에겐 남아 있지 않았다.

강 회장의 협박과 회유 속에 유주연은 아기 따위는 친정 엄마에게 맡겨 버리고 밤이면 클럽을 전전하면서 제 젊음을 불태우기 시작했다.

"좋아, 자유를 누리도록 해. 다만 세간에 모르게 해. 그럼 너희 모자와 식구들 먹고사는 덴 지장 없을 거야."

그녀에게 싫증을 느끼고 사업 확장에 전념을 하고 싶었던 강 회장은 그녀의 방종을 내버려 둬야 했다. 숨겨 놓은 아들을 데려오고 싶었지만 막 해외 건설에 손을 뻗치면서 조강지처인 박희준의 처가인 삼화그룹의 힘을 빌려야 했던 그는 차일피일 그 기회를 미루기만 했다.

그러나 일은 결국 터지고 말았다.

"10억만 주면, 조용히 프랑스에 가서 살겠어요. 친권 따위 다 포기하고. 그렇지 않으면 당장 기자회견을 해서 다 까발리겠어요!"

앙증맞은 인형 같은 얼굴을 하고 머리카락을 샛노랗게 물들인 그녀가 담뱃재를 털면서 새빨간 립스틱을 바른 입술로 말했다.

미쳤었지…… 10억이라니.

강 회장은 스스로를 탓했지만 어쩔 수 없었다. 눈앞에 실체를 드러낸 아들에 대한 욕심도 버릴 순 없었다.

"딱 한 번만, 눈감아 주면 내 이제는 당신이 하라는 대로 다 하겠어. 저 애만 호적에 올려 줘, 제발!"

그녀의 옆에 겁먹은 눈으로 서 있던 새까만 눈동자의 사내아이는 한눈에 봐도 딱 제 자식이 분명했다. 조강지처의 그 어마어마한 성격을 잘 알고 있었지만 이제 태정건설의 앞날도 궤도에 올랐고, 더 이상 처가의 눈치를 보지 않아도 될 때라 생각해 그는 오히려 큰소리를 냈다.

"난 아들이 있어야 해! 당신이 태정그룹의 안주인인 건 절대 변함이 없어. 그러니 이번만은 양보해!"

"너 때문이야! 너 때문에 내 인생이 이렇게 된 거야!"

대저택이라지만 남의 눈에 날까 늘 집 안에서만 큰 아이였다.

그 아이는 뜻도 모른 채 늘 이 소리를 들어야만 했다. 매일 술에 절어 있는, 철딱서니라곤 없었던 엄마와 외할머니는 늘 사이가 좋지 않았다. 조증과 울증이 반복되어 날카로웠던 여자도 여자지만, 딸로 한몫 잡아 보려 했던 꿈이 무너지고 숨어서 애나 봐야 하는 처지가 된 외할머니도 호락호락하지 않았다.

"니 인생 망친 건 너 자신이야! 너 이렇게 되라고 그렇게 금이야 옥이야 키운 줄 알아?"

"왜? 강 사장이 차 사 주고 집 사 주니까 강 서방, 강 서방 하면서 호호거리던 때는 언제고?"

"이 앤 니 애야!"

"그 애 키워 주는 게 엄마 일이잖아! 그래서 호의호식하고 있으면서 뭘 그래!"

"이게 무슨 호의호식이야! 가서 애 애비한테 생활비 더 달라고 해! 이 집구석에 처박혀 있는 게 보통 일인 줄 알아?"

넓은 정원이 있던 집이었다. 그러나 기억 속의 그의 방은 늘 문이 밖에서 잠겨 있었다. 술에 취한 여자는 짙은 화장이 다 지워진 채로 잠자던 어린 그에게 술 냄새와 담배 냄새를 풍기며 과도하게 입을 맞춰 깨워 놓고는 결국 울음을 터뜨렸다.

"그때 너 따윈 지워 버렸어야 했어!"

'웃어. 그리고 이제부터 네 이름은 유선우가 아니라 강태진이야. 그런 눈으로 어른을 쳐다보면 안 돼. 웃어. 안 그러면 또 가둬 버릴 테니까.'

머리가 깨지는 것 같았다. 그 꿈을 꾸지 않은 건 십여 년이 넘었다.

어두운 방에 갇혀 있었던 그 기억……. 물론 그는 너무 어려 제대로 기억하지 못했다. 그 방엔 먹을 것도, 하루 종일 만화 영화가 나오는 텔레비전도, 값비싼 장난감도 가득 있었지만 그의 기억에 그런 알록달록한 것들은 전혀 남아 있지 않았다. 무채색의 기억 속에 남은 건 밖에서 잠겨 버린 문, 아무도 들어오지 않는 방……. 문밖에서는 분명히 기척이 들리지만 저는 나가서는 안 되는 곳.

언젠가 잠그는 걸 잊었는지 문이 열린 적이 있었다. 조심스럽게 나선 문밖은 방 안보다 훨씬 더 칙칙하고 괴괴했다. 밖을 나선 그를 발견한 외할머니는 기겁을 하면서 그를 끌고 방으로 들어가 며칠이나 꾸중을 했다. 아마 그 집에 일하러 오는 도우미의 눈에 띌까 봐 그랬을 것이다.

'그렇게 울지 마! 재수 없어, 유선우!'

마치 찬물을 뒤집어쓴 것처럼 그는 벌떡 일어나고 말았다.

빛이 들어오지 않게 가려진 침실은 칠흑같이 어두웠다. 어둠 속에서 눈부신 하얀 시트가 희미하게 비쳤다. 흥건히 땀에 젖은 채였다. 아버지의 집으로 온 뒤 제 문은 잠기지 않았지만 계속 똑같은 꿈에 시달렸다. 그 꿈을 꾸지 않게 된 것은 그의 키가 한참이나 자란 후였다.

"으……."

저도 모르게 젖은 머리카락을 움켜쥐었다. 까마득하게 잊고 있던 이름이 선명하게 귓가를 울렸다.

"제기랄."

TJ홀딩스의 상장이 눈앞이었다. 날아가는 먼지도 피할 판이었다. 그러니 이런 시한폭탄 하나를 들고 나타난 '그 여자'는 골칫거리에 불과했다. 그 이상도, 그 이하도 아니었다. 저를 그 넓은

276

집에 밀어 넣고 돈을 챙겨 뒤도 돌아보지 않고 이 땅을 떠난 여자에게 감정이라곤 단 한 오라기도 남아 있지 않았다.

그저 박 이사가 그렇게 치를 떨면서 해결하라고 했으니 멋지게 해결을 해 줘야 할 뿐이었다.

그뿐이었다.

손을 내밀어 휴대폰을 들었다. 버튼을 누르자 눈알을 찢어 버릴 듯 새파란 불빛이 비어져 나왔다. 아직 터무니없이 이른 시간이었고 좀 더 잠을 청해야 했다. 불빛은 사라지고 그는 다시 넓은 침대에 누웠다.

분명히 매일 침대의 시트를 교체할 텐데, 어디선가 묘한 향이 머뭇거렸다.

머릿속에는 까만 머리카락 한 뭉치가 떠올랐다. 그리고 향긋하고 따뜻한 감촉까지…….

* * *

일부러 출퇴근 시간을 피했는데도 터미널엔 엄청난 사람들로 북적이고 있었다. 사람이 많은 곳을 잘 다니지 않는 서윤으로서는 당혹스러울 정도였다. 손에 꼭 쥔 승차권에는 그녀가 한 번도 가 본 적 없는 지명이 인쇄되어 있었다.

처음이었다.

이 시간에 혼잡한 버스 터미널에 앉아 있는 것도, 혼자서 한 번도 가 본 적 없는 곳에 가려는 시도도, 하던 일을 그만두고 제 의지로 낯선 곳에 가려는 것도, 그리고…… 마음속에 가득 찬 타인을 애써 무시하려는 것도.

밤새, 현관의 철문에서는 아무 소리도 들리지 않았다. 깜빡 끄는 걸 잊어버린 휴대폰에서는 평소와 똑같은 시간에 알람이 울려댔다. 벌떡 일어났지만 서윤은 다시 누웠다. 제 헛된 바람에 대해 조소하면서.

매번 출근을 할 때면 제발 5분만 더 잤으면 하는 생각이었지만 막상 시간이 남게 되니 머릿속은 맑게 갰다. 그래서 결국 실행에 옮기고 말았다. 자동 먹이 급여기에 타이머를 맞추고 잔뜩 먹이를 넣어 두었다. 스크래퍼로 막 생기기 시작한 이끼를 긁어 주고 산소 발생기의 전원을 확인하고 여과기도 확인했다.

옷을 챙겨 입고 평상시 들고 다니던 가방에 이것저것 필요한 것들을 집어넣었다. 휴대폰으로 행선지와 그곳에 가는 버스가 있는 터미널을 확인하고 차 시간을 확인했다. 그리고 문을 나섰다.

그러다 뒤를 돌아보았다.

여전히 낯선 하얀 공간. 잘 정리된 침대 위에는 사람의 흔적은 없었다. 거실엔 아이보리색 인조 가죽 소파가 덩그러니 놓여 있었다.

소파…… 그 위에 지친 듯 잠들었던 그.

지금쯤 그 사람은 쓰리 샷을 내린 진한 아메리카노를 청하고 자신의 방으로 들어갔을지도 모른다. 연정이 커피를 내리고 그 두꺼운 머그컵에 커피를 담아 그의 방으로 들어갈 것이다. 아마 싸한 스타일링제의 향기를 풍기면서 피곤하고 창백한 얼굴로 그 커피를 마시겠지. 혹…… 자신의 안부를 물을까?

그 창백한 얼굴이 저를 다시 잡아당기기 전에 그녀는 돌아섰다. 긴 여행이 되지는 않을 것이다. 자신의 손길이 필요한 아이들이 있으니까. 아니, 어쩌면 오늘 바로 돌아올지도 모른다. 그래도 우선은 길을 나서야 했다.

낯선 행선지는…… 꽤 오랫동안 그녀의 머릿속에 있던 곳이었다.

이제는 비가 그쳐서 그나마 좀 뿌연 기가 가라앉은 하늘이 터미널의 차양 밖으로 보였다. 그녀는 플랫폼의 숫자와 제 승차권에 인쇄된 숫자를 맞춰 보고 있었다. 그러자 같은 글자가 쓰인 버스가 들어섰다.

그곳에 가면 뭔가 달라질까.

버스는 한 시간 반쯤 달렸다. 인터넷으로야 열심히 검색을 했지만 막상 와 보니 버스 시간이 맞지 않아 번잡한 중소 도시의 터미널에 내린 서윤은 터미널 근처를 서성거리면서 시간을 보내야 했다. 점심때가 다 되어 가는 시간이었지만 혼자 낯선 곳의 식당에 들어가 밥을 먹을 만큼의 용기는 아직 없었다.

한참 기다린 끝에 제가 가야 할 곳의 지명을 단 낡은 버스가 들어와서 얼른 종종걸음으로 탔지만 버스는 쉽게 출발하지 않았다. 한참이나 바리바리 물건을 든 할머니, 할아버지들이 올라타고 나서야 버스는 느릿느릿 출발을 했다.

"아따, 색시 참말로 이쁘네."

평생을 복잡스런 도시에서 나고 자란 그녀는 어찌해야 할지 당황스러웠다.

"TJ홀딩스 상장이 사흘 앞으로 정해졌어. 다들 엄청나게 관심을 보이고 있지. 딱 사나흘만 잡아 놓도록 해."

말 못 하는 짐승도 아닌데 사흘을 잡아 놓으라니……. 또다시 아침부터 호출되어 적진에 앉아 있는 태진은 박 이사의 이야기를 잠자코 듣고 있었다.

"그건, 그 여자가 25년 동안 그 돈을 어떻게 탕진했는지에 대한 보고서야."

두툼한 서류가 그의 앞에 있었다. 하루 만에 이렇게 두꺼운 서류를 채울 만큼 알아낸 걸 보니 돈을 많이 쓴 모양이었다. 그는 서류를 집어 들었다.

"경영학 교양 강좌 이수한 수료증으로 경영에 참여하겠다고 당당하게 말하는 걸 보면……. 어처구니없어 웃음도 안 나올 지경이지."

딱 봐도 프랑스 변두리에 있는, 유학생이 돈만 내면 다닐 수 있는 학교였다.

서류 속의 25년은…… 차라리 안 보는 게 나았다. 세 번의 결혼, 또다시 세 번의 이혼, 두 번의 출산, 신경 쇠약과 알코올 홀릭으로 몇 번의 입원과 퇴원……. 이런 이력을 내놓고도 아직도 저런 얼굴을 가지고 있다는 게 신기할 지경이었다.

아무 감정도 없었다. 남아 있던 두려움이나 혹은 증오 따위도 없었다. 그냥 그렇게 끝났으니까. 지금은 TJ에 오명을 남기는 위해만 가하지 않는다면 서너 번쯤 결혼을 더 하든 상관없었다.

"잡아 놓으라니 무슨 말씀이십니까?"

"아까도 회장님한테 가서 헛소리를 해서 회장님 쓰러지실 뻔했어. 물론 그 노인네 탓이긴 하지만. 애초에 그런 짓을 하지 말았어야지. 말끝마다 친한 기자가 있다고 당장이라도 만나서 심경 고백을 하겠다나? 이제 그 이름 알고 있는 사람이 몇이나 있을지 모르는데……. 하여튼 상장은 무사히 해야 해. 주총도 무사히 넘겨야 하고. 그 여자가 괜히 기자 따위하고 만나서 헛소리 한 조각이라도 흘리게 해선 안 돼."

그건 맞는 말이었다. 요즘은 상도덕도 없는지 무조건 터뜨리고 보자는 심리 덕에 기자와 사석에서 한 말조차도 많은 사람의 발목을 붙잡고 부메랑이 되어 돌아오는 게 심심치 않게 보였다. 엊그제도 고위 공직자가 혀를 잘못 놀려 완전히 매장된 사건이 세간을 떠들썩하게 하지 않았던가.

지금 이 상장에 그룹의 사활이 걸려 있다 해도 과언이 아닐 지경이었다. 주변의 헛소리에 주가가 조금이라도 내려간다면 그 손해는 엄청날 것이 분명했다.

"강 상무 집 한남동에 있잖아. 넓지 않아? 거기 데려가서 며칠 묶어 놔. 알코올 홀릭이라며. 근사한 술이라도 쥐여 주라고."

"박 이사님."

그의 목소리가 싸늘해졌다.

"왜? 두 모자 회포를 풀라는데."

그녀의 차갑게 이죽거리는 목소리에 대꾸할 가치는 없었다.

"주총까지만 잡고 있으면 부사장 취임, 이번 분기에 추진하겠어."

"……."

그의 부사장 승진을 누구보다도 반대한 건 박 이사였다. 강 회장은 TJ건설의 블루힐스를 태진에게 맡기면서 이미 부사장 취임까지 생각하고 있었지만 사사건건 박 이사의 측근들이 반대했다. 그 중심에는 물론 그녀가 있었고. 그녀는 어떻게든 그가 계단을 오르는 걸 방해하고 있었다. 물론 집에서는 '인자한 어머니' 코스프레 중이었지만 그녀의 뿌리 깊은 증오는 그도 충분히 잘 알고 있었기 때문에 부사장 승진은 블루힐스의 성공적인 완공 후로 기약하고 있었다.

굳이 그녀의 도움이 필요하지는 않았다. 어차피 그건 수순이니까. 그러나 어떻게든 반대를 하려고 하는 것과 순순히 손을 들어주는 것에는 많은 차이가 있었다. 그리고 이건 저 혼자만의 일은 아니었다. 이렇게 손을 내밀었을 때 이용하는 것도 나름 괜찮은 방법이었다.

"굳이 그러실 필요는 없습니다."

"넉넉잡아 4일. 3일 후의 상장까지만 막으면 돼. 아니면……."

그녀의 굳은 얼굴에 싸늘한 미소가 흘렀다. 듣고 있던 그의 얼굴이 굳어졌다.

"아, 여긴 교회인데, 저쪽 큰길에서 두 번째인가 골목 있는데 거기로 쭉 올라가면 있어요. 돌로 돼 있어서 딱 보면 알아요."

"감사합니다."

봄 햇살답지 않게 따가웠다. 비가 내려서인지 아니면 그래도 남쪽이라고 일찍 꽃이 폈는지 벚꽃은 이미 져 새파란 이파리가 돋아나고 있었고 형형색색의 철쭉꽃이 마지막 봄의 주인공 행세를 하고 있었다.

봄은 아름답고 화려한 계절이었다. 겨울의 그 삭막함을 이겨 내고 길가엔 연약한 풀뿌리조차 살려는 의지를 불태우는 그런 계절이었다. 제겐 꾸역꾸역 살아가는 삶이란 게 의미도 없이 지나가고 있었지만 공기조차 다른 이 시골길에서는 돌담 옆의 새파란 쑥들까지도 다들 싱싱하고 건강하게 살고 싶어 하는 듯했다.

숨이 받아 올 때쯤 누군가의 설명대로 돌로 지어진 아담한 건물이 눈앞에 보였다. 활짝 열린 문 안엔 종탑이 있었고, 작은 돌로 장식된 건물 위에는 십자가가 있어서 한눈에 봐도 교회임을 알 수 있었다.

여기가…… 거긴가.

서윤은 지금까지 열심히 야트막한 언덕을 걸어 올라왔지만 막상 목적지를 보자 발걸음을 멈추고 말았다. 아마 제 의지대로 한 가장 긴 여행이었을 것이다. 고속버스로 두 시간 남짓, 또 가다 서다를 반복하는 시내버스로 한 시간……. 타인에게는 그저 몇 시간 되지 않는 짧은 거리였지만 서윤에게는 길게만 느껴졌다. 그러나 막상 인적도 없는, 봄기운에 싸인 조그맣고 오래된 교회 앞에 서자 그녀의 발길은 멎고 말았다.

엄마가…… 돌아가시기 전까지 '수취인 없음'이라는 도장이 찍힌 채 돌아오는 편지들을 보냈던 곳…….

편지를 뜯지도 않았다. 수취인이 없다고 새파란 스탬프가 매몰차게 설명을 했듯이 받을 사람이 없었기 때문일 것이다. 그러나 엄마는 때가 되면, 1년에 한두 번씩 꼭꼭 길고 긴 이야기를 써서 이곳에 보내곤 했었다. 매번 그렇게 덧없이 돌아오는데도 불구하고.

이곳엔…… 누가 있는 걸까.

"으아아앙."

"에스더!"

멍하니 돌로 만든 건물만을 쳐다보고 있었다. 그래서 인기척도 모르고 있었던 서윤 앞에 웬 꼬마 아이가 뛰어나오다 넘어져 울음을 터트렸다. 뒤에 헐레벌떡 뚱뚱한 여인이 숨이 가쁘게 뛰어오다 소리를 질렀다.

넘어진 아이의 울음소리가 요란했다. 서윤은 저도 모르게 얼른 다가가 넘어진 아이를 일으켰다. 예닐곱 살쯤 되어 보이는 여자아이는 눈물과 콧물로 범벅이 돼 있었고 손바닥과 무릎엔 피가 비쳤다.

"괜찮니?"

서윤은 얼른 묵직한 제 가방을 뒤져 물티슈를 꺼내 들었다.

"어어어어엉."

"에스더 괜찮니?"

숨이 찬지 헉헉거리는 소리가 요란한 아낙의 두툼한 조끼가 봄볕에 더워 보일 정도였다.

"으아앙!"

아이는 울면서 서윤의 뒤로 숨었다.

"에스더!"

"싫어!"

중간에 낀 서윤은 당황했지만 우선 아이의 콧물과 눈물을 닦아 주었고 그리고 손과 무릎에 묻은 흙과 피도 닦아 주었다. 파리한 아이는 창백한 얼굴에 봄볕과는 어울리지 않는 털모자를 쓰고 있었다.

"아앗!"

"괜찮아?"

피를 보자 아이는 더 힘찬 소리로 울어 재꼈다.

"에스더, 밥 먹고 가자니까. 밥 먹고 약을 먹어야 나가지. 무릎에서 피도 나잖아. 약 발라 줄 테니까 가자!"

"시러, 시러! 난 그거 안 먹어!"

얼마나 싫었는지 낯선 서윤에게 매달려 아이는 더욱더 서글프게 울어 댔다. 서윤은 가방을 뒤져 일회용 밴드를 꺼냈다. 엊그제 약국에서 약을 사면서 곰돌이 캐릭터가 그려진 밴드가 귀여워 한 통

집어 들었었다. 평소에 실수가 잦은 그녀는 사무실에서 종이에 손을 자주 베이곤 했었기 때문에 늘 가방에 일회용 밴드가 있어야 했다. 물론 사무실을 그만둔 지금은 필요가 없지만.

서윤은 그걸 아이에게 보여 주면서 말했다.

"이거 붙여 줄 테니까 울지 마."

"어?"

귀여운 곰돌이 그림이 잔뜩 있는 밴드를 보고 아이는 그제야 울음을 그쳤다. 물티슈로 상처를 닦아 내느라 따가울 텐데도 아이는 아인지라 귀여운 곰돌이 모양에 정신이 팔렸다. 아이의 무릎과 손바닥에 밴드를 붙여 주자 그걸 보고 있던 여자가 서윤에게 말했다.

"자매님 혹시 식사하셨어요? 지금 식사 시간인데 우리 에스더랑 같이 가서 식사해 주시면 안 될까요?"

"네?"

서윤이 어색하게 되묻자 아이가 서윤의 손을 잡았다.

"이 언니랑 먹으면…… 먹을래."

"가시죠."

서윤은 제 손을 슬그머니 잡고 있는 작은 손의 따뜻한 감촉에…… 당황스러웠다.

"C'est formidable!(환상적인데!)"

그녀의 입에서 감탄사가 터져 나왔다.

"침실은 제가 쓰는 곳 빼고는 아무 데나 마음에 드는 곳을 쓰시도록 하십시오. 2층에도 있으니까."

아무 느낌이 없었다. 자신은 해야 할 일이 산더미 같을 뿐이고 이것도 제게 맡겨진 '일'일 뿐이었다. 3일 후엔 어찌 될지 알 수 없었다. 박 이사가 제시한 최후의 카드까지는……. 그러나 실제로 그렇게 된다 해도 죄책감 따윈 없었다.

왜 죄책감을 느껴야 하는 건데.

"호텔보단 훨씬 나아. 호텔 생활 지겨웠는데 말이야. 이게 진짜 네 집이란 말이지? 오호!"

그는 대꾸하지 않았다. 손에 든 건 달랑 태블릿 하나뿐이었지만 그 안에는 그가 보아야 할 서류와 이메일이 산더미처럼 쌓여 있었다.

"아, 오후에 나 샵에 가야 하는데 네 차 써도 돼?"

마치 아주 오래전부터 편하게 지낸 '모자' 사이인 것처럼 그녀가 아무렇지도 않게 물었다. 그게 속을 역하게 만들었지만 늘 그렇듯 그는 표정의 변화도 없이 대답했다.

"관리사를 이리로 부르십시오."

"그게 무슨 소리야? 지금 날 여기다 가둬 두겠다는 거야? 너 그 여자랑 한패인 거야? 유선우!"

감정 따윈 없었다. 그러나 명확히 해야 했다.

"그게 무슨 말씀입니까? 서울의 살인적인 교통 체증 때문입니다. 슬슬 이른 퇴근길 정체가 시작될 텐데요. 뭐 직접 가신다면 말리지는 않겠습니다만, 아마 파리 못지않은 복잡한 길은 둘째 치고라도 운전에 능숙한 기사가 모시고 간다 해도 지금이라면 오가는 길이 어디든 두어 시간쯤 걸릴 겁니다."

아까 차에서 오면서도 느끼긴 했다. 그래서인지 금방 그녀는 화사하게 웃으면서 말했다. 그러나 얼굴엔 그다지 웃음이 번지지 않았다.

"어머, 그래? 날 생각해 준 거라 이거지?"

저 얼굴이 저만큼 유지될 수 있었던 이유는 뻔했다. 그만큼 투자를 하는 것일 테니까. 가까이서 보니 세월을 완전히 피하지는 못한 흔적이 역력했다. 뭐 어쨌든 상관은 없었다. 하지만 그는 중요한 사실을 덧붙였다.

"그리고. 잊으셨습니까? 제 이름은 강태진입니다."

"하하하하."

넓은 공간에 여자의 웃음소리가 퍼졌다. 그 속엔 1할쯤의 히스테릭함이 녹아 있었다.

"이제는 그 아기 선우가 아니란 말이지? 웃겨. 좋아, 뭐 그렇다고 해 두자고."

아무렇지도 않았다. 그러나 그는 저도 모르게 지그시 어금니를 깨물고 있었다.

"그럼 전."

"2층에도 침실이 있어? 난 저 위가 맘에 들어!"

"좋으실 대로."

그가 고개를 돌리자 커다란 수조 속의 나풀거리는 수초들이 보였다.

문득 오늘은 사무실에 들어가 보지도 않았다는 사실을 깨달았다. 그리고 앞으로 사흘쯤은 계속 여기에 있어야만 했다.

"죄송해요. 혹시 바쁘신 건 아닌지……."

서윤은 제 팔을 꼭 그러안고 잠든 아이의 곁에서 어정쩡하게 앉아 있었다. 아까 아이의 뒤를 따르던 중년의 여인이 미안한 듯 옆에 와서 말했다.

"아니에요……."

교회 옆에 딸린 오래된 건물이었다.

"여긴 소망원이라고 해요. 갈 곳이 없거나 부모님이 돌봐 주기 힘든 사연을 가진 아이들과 어르신들이 모여 있는 곳이에요. 우리 에스더는…… 사실 좀 아픈 아이예요. 치료받는 중이라 약을 꼭 먹어야 하거든요. 자매님 때문에 밥도 먹고 해서 다행이에요. 어떻게 오셨는지……. 놀러 오셨는데 시간을 뺏은 거 아닌가요? 보니까 주변분은 아니신 것 같아서요. 동네가 작아서 금방 알아보거든요."

"……그냥. 바람 쐬러 와 본 거예요."

교회에 딸린 곳에서 거짓을 말한다는 게 신앙이 없더라도 조금 걸렸다.

"숙소는 있으신가요?"

"아뇨. 아직……."

숙소를 정할지 말지는 생각도 하지 않았다.

"그럼 저기 부탁이 하나 있어요. 여기 깨끗한 방이 있거든요. 실은 에스더가 내일 병원에 가야 하는데, 내일까지만 여기서 계셔 주시면 안 될까요? 저희가 식사도 대접할게요. 낮에는 이 주변 구경도 다니시고요. 에스더가 힘든 치료를 받는 중이라 밥도 좀 챙겨 먹고 해야 하거든요. 며칠째 밥도 안 먹고 울고 난리였는데 오늘 자매님 덕에 밥도 오랜만에 먹고 잠도 자고 하네요. 여기 애들은 정이 그리운 애들이라……. 에스더가 원래 낯을 참 많이 가리는데 이상하게 자매님이 좋은가 봐요. 너무 예쁘셔서 그런가……."

"아…… 아니에요."

"그럼 좀 부탁드려요."

이상한 하루였다.

288

늘 사는 게 변화 없는 쳇바퀴 같았는데…… 이번 4월은 갑자기 상전벽해같이 하루하루가 휙휙 변해 가는 느낌이었다. 종소리만이 은은하게 들리는 바닷가 마을에서의 낯선 밤이라니.

그제만 해도 도시 한복판의 화려한 오피스텔에서 그의 거친 숨결 속에 당혹스러운 밤을 보내지 않았던가.

혹시 전화가 올지도 모른다고 생각했다. 제 전화번호를 알고 있다는 걸 아니까. 자신이 사직서를 쓴 걸 보고 뭐라 한마디 하지 않을까 하고 내심 기대했다. 울리지 않는 휴대폰을 혹시 제가 무음으로 해 놓은 게 아닌가 싶어 몇 번이고 꺼냈다 집어넣기를 반복했다. 그러나 휴대폰은 오늘…… 단 한 번도 울리지 않았다. 그 흔한 스팸 문자 하나 없이 고요하기만 했다.

딱딱한 방바닥에 요와 이불을 깔고 자 본 기억이 언젠지 희미했다. 저녁이면 스산해지는 봄밤, 낯선 손님을 위한 것인지 보일러 돌아가는 소리가 들리고 방바닥엔 제법 따끈한 온기가 돌았다.

이 방을 쓰던 누군가가 어떤 사정 때문에 자리를 비웠다고 했다. 단출한 한 칸짜리 옷장, 스킨과 로션뿐인 앉은뱅이책상 위엔 작은 거울이 있었고 조그만 책장에는 책 몇 권과 성경, 찬송가 책이 꽂혀 있었다. 오면서 버스에서 바다를 언뜻 보아서인지 바다가 가까이 있지 않은데도 어디선가 파도 소리가 들리는 것 같았다.

어항 속에 자동 급여기는 잘 작동되는 걸까, 혹 여과기나 산소 발생기에 문제가 생긴 건 아닐까…….

선뜻 잠이 들 수 없는 머릿속은 그런 생각들을 열심히 주워 담고 있는데 어느 한구석에선 이제는 익숙해질 것만 같은 체취가 풍겨 나오고 있었다. 뜨거운 입술, 땀에 젖은 손길, 지독하지만 결코 거부할 수 없는 술 냄새, 그리고…… 피에타의 얼굴.

당장 네가 이 밤공기를 헤치고 어디론가 간다 해도…… 그를 볼 순 없어.

싸늘하게 소리쳐야 했다. 그러나 희미하게 첫 여행의 피로 끝에 잠들려는 머리 한구석에선 제가 수줍게 누른 버튼 사이로 통화음이 울리고 있었다.

보고 싶어요, 여기 와 주면 안 돼요……라는 비슷한 소리와 함께 어디야 기다려……라는 조금 삭막한 대답이 흘러나왔다. 하지만 그건, 반쯤의 꿈결 속에서 혼자 느끼는 상상이란 걸 잘 알고 있었다.

13

"집에서 매일 이렇게 먹는 건 아니겠지?"

분명히 아까 에스테틱샵에서 출장 나온 직원의 마사지를 받았다. 그러나 마치 무슨 디너파티에라도 초대받은 듯 다시 화장을 하고 머리까지 세팅한 뒤에 하얀색의 드레스처럼 보이는 실크 원피스를 입은 그녀는, 따로 갖춰진 다이닝 룸의 화려한 식탁을 보고 짐짓 우아한 환호성을 질렀다.

당연한 일이었다. 집에서 저녁이라니. 일하는 사람이 차려 주는 것도 성가셔 그는 도우미에게 저녁을 차릴 필요 없이 일정한 시간이 되면 알아서 퇴근을 하라고 했고 대신 냉장고에 늘 신선한 야채나 과일, 그리고 냉동 생지 정도를 갖춰 놓으라고 했을 뿐이었다.

접대용으로 먹는 과한 저녁이나 술자리에 매번 속이 거북했기 때문에 간단한 주스 정도를 마시거나 허기가 지면 샌드위치를 해

먹는 것으로 끼니를 때웠다. 그러나 그것도 요 근래 들어서는 거의 없는 일이었다.

　도우미는 아무래도 평창동에서 특별히 교육을 받은 모양이었다. 오늘부터 퇴근을 하지 않기로 되어 있는지 기다리고 있었고, 마사지가 늦어져 저녁은 늦은 시간에 준비됐다. 프랑스식의 화려한 요리들이 차려졌고 식탁 위에는 꽃 장식까지도 근사하게 되어 있었다. 전채부터 마치 프렌치 레스토랑 셰프의 손길이 닿은 듯 그럴듯한 요리들이 나오고 있었다.

　"그럴 리가요."

　그러나 그는 잘 알고 있었다. 이런 요리들이 나오는 이유를.

　"아페리티프(Apéritifs, 식전주) 하시겠습니까?"

　자신의 집에는 없는 와인이었다. 술을 별로 좋아하지 않는 그는 미국에서 공부할 때 버릇처럼 샤워 후에 캔 맥주 한 개 정도나 마실 뿐이어서 평소엔 와인 냉장고는 텅 비어 있었다. 장식용이 분명했던 와인 냉장고가 가득 차 있는 것을 언뜻 보고 싸한 느낌을 지울 수 없었었다.

　"집에서 무슨……."

　그녀가 약간은 주저하는 모습을 보였지만 그는 신경 쓰지 않고 병을 들어 라벨을 살폈다.

　"샹베르땡입니다."

　"아루망 루소?"

　그녀의 눈이 반짝이는 게 보였다.

　"2004년 빈티지군요."

　와인을 그다지 좋아하지는 않았지만 평창동에서 시시한 것을 보냈을 리는 없었다.

"아…… 그래? 그럼, 딱 한 잔만 할까. 오늘은 특별한 날이잖아……."

어색하게 웃는 모습이 보였다. 그는 아름다운 곡선을 그리고 있는 와인글라스에 핏빛같이 붉은 와인을 따랐다.

특별한 날이라니. 대체 뭘? 가두는 입장에서 가둬지는 입장이 된 날이란 말인가.

착하게 살겠다는 생각 따윈 애초부터 없었다. 건물이 하나 올라가려면 올바르게 법만 지켜서는 안 되는 게 이 나라의 생리였다. 아마 앞으로도 그럴 것이 분명했다. 죄책감 같은 것도 있을 리 없었다. 아니, 그런 감정이란 게 있다면 이렇게 마주 앉아서 먹을 것이 목구멍으로 넘어가진 않았을 테니까.

문득…… 누군가가 떠올랐다.

* * *

이곳의 봄은 좀…… 다르게 느껴졌다. 뭔가 한 꺼풀이 벗겨진 채 노출이 된 느낌이라고 할까.

볕이 더 따가웠다. 늘 서울 하늘은 오래되어 뿌옇게 된 플라스틱 덮개 같은 것이 드리워진 느낌이었다. 그러나 이곳엔 그런 게 없었다. 비가 온 뒤라 황사가 주춤했는지 하늘은 새파랗게 빛나고 있었다.

"언니! 선물!"

경황도 없이 갑자기 보모가 되어 버린 서윤은 아이가 불쑥 내미는 것을 받아 들었다. 막 찢은 도화지였다. 도화지 위엔 그 또래 아이들이 그릴 법한 세모난 치마와 긴 머리, 삐죽한 왕관, 커다란 눈이 있는 여자 그림이 색연필로 그려져 있었다. 왕관을 썼으니 공주인가 싶었다. 화려한 색으로 알록달록 칠해진 그림은 잘 그렸다기보다는 오랜 시간 동안 공을 들인 게 역력해 보였다.

"어머, 예쁘네."

열심히 이 그림을 그렸을 아이의 마음에 대한 칭찬이었다.

"이히히히."

아프다는 이야기를 들어서인지 유난히 창백해 보이는 아이는 배시시 웃었다.

"또 줄게!"

어디론가 쪼르르 뛰어가는 아이를 보고 있던 서윤은 마치 광합성을 하듯 봄볕 속에 앉아 있었다. 약간은 높은 곳에 지어진 교회는 동네가 내려다보였고 막 피어나는 초록 이파리로 꽃향기 대신 물기 가득한 풀풀 냄새가 둥둥 떠다니는 느낌이었다. 버스를 타고 오면서 슬몃슬몃 바다가 보이긴 했지만 눈앞에는 나지막하고 한적한 동네뿐이었다.

"여기서 일 도와주시는 권사님이 아버지가 위독하셔서 집에 가셨어요. 아무래도 임종이 다가오신 모양이에요. 그래서 일손이 좀 부족해서 말이죠."

정식 인가 시설인지는 모르겠지만, 나이 든 어르신도 있었고 사지가 불편해 보이는 장애인도 있었다. 그리고 아이들이 많았다. 스물 남짓한 사람과 그들을 돌보는 중년 여인들이 두어 명 더 있었다. 그중에 한 명은 자리를 비운 모양이었다. 더러 다른 봉사 단체에서도 사람이 오긴 오는 모양이었지만 상주하는 사람은 이게 다인 듯했다.

장애가 있는 환자는 옆에서 일일이 다 수발을 들어 줘야 했기 때문에 한 명의 중년 여인이 전담을 하고 있었고 나머지 두 사람이 많은 사람들에게 식사하는 것을 돕는 일은 번잡해 보였다. 잠자리까지 제공받고 아침까지 먹자는 말을 들은 서윤으로서는 그들을 돕지 않을 수 없었다.

낯설지만 한눈에 봐도 눈에 띄는 외모를 가진 그녀를 아이들은 유난히 좋아했다. 그 덕에 오히려 수월하게 식사를 끝냈다며 고맙다고 말하는 아낙들이 마음에 걸려 서윤은 그곳을 차마 나서지 못하고 있었다.

"일 있으신데…… 저희가 괜히 붙잡는 거 아니에요? 덕분에 에스더 밥도 잘 먹고 컨디션도 좋아져서 감사드려요."

"아니에요."

젊고, 그 흔한 화장기 하나 없이도 사람의 시선을 끌 만큼 특별한 외모를 지닌 서윤이 아무 말도 없이 그곳에 있는 것을 보고 뭔가 사연이 있을 거라 생각했지만 그녀들은 아무것도 묻지 않았다.

"언덕 내려가서 큰길로 나가서 바닷가 쪽으로 가면 해수욕장이 있어요. 가는 길에 표지판이 있어서 금방 찾을 수 있을 거예요. 지금 물 빠질 때라 갯벌 구경도 하면 되는데……. 그리고 향교도 있어요. 서울서 오셨나요?"

"네……."

그러나 왜 왔냐고는 묻지 않았다.

보이지는 않지만 바다가 있다고 했다. 어디선가 바다 향이 나는 것 같았다.

바다가 있고, 작은 교회가 있고, 서로 기대어 사는 사람들이 있는 곳. 이곳에 또 다른 누군가가 있을지도 모른다.

물어야 할 것을 묻지 못하고 있었다.

먹이 급여기는 잘 작동하고 있을까? 혹 밤새 누군가 그 하얀 오피스텔을 방문하지 않았을까?

봄 햇살이 따가워져 그녀는 자리 잡고 앉았던 바윗돌 위에서 일어났다. 아침을 먹고 한참이나 지난 시간이었다. 사무실의 주인이 들어와 커피를 청하고 회의를 하고 복잡한 업무 지시가 내려질…… 그런 시간이었다.

휴대폰은 배터리가 방전되어 그냥 꺼지게 놔둘 생각이었다. 그러나 그 작고 정갈한 방에는 마침 콘센트가 있었다. 빨간불이 애처롭게 반짝거리던 휴대폰은 밤새 충전이 되어 초록빛으로 빛났지만…… 여전히 침묵을 지키고 있었다.

앞으로 어떻게 되는 걸까.

그냥, 그 사람이 말한 대로 성인들의 선택이 가능한 일탈이었을 뿐이었다.

그 사람에겐 그랬다. 제게도 그랬으면 싶었다.

"자유를 위해! Santé!"

그는 화면만을 쳐다보고 있었다. 솔직히 신경 쓰고 싶지 않았다. 그냥 눈앞에만 있으면 되는 거니까. 자신의 역할은 이게 다였다. 나머지는 평창동에서 분노에 찬 박 이사의 그 짧은 시간에 짠 치밀한 계획이 알아서 해 줄 것이다.

"좋은 아침이야."

아침이라고 하기엔 한참이나 시간이 지나 있었다. 어젯밤의 '접대'는 제 몸이 축날 일이 없었다. 그래서 아침 일찍 일어날 수 있었다. 날이 점점 길어지고 있었다. 새벽부터 그는 수많은 서류를 확인하고 메일을 보내고 자신이 직접 돌아다닐 수 없는 대신에 할 수 있는 일들을 처리하고 있었다.

"돔 페리뇽보다 샹베르땡이 깊단 말이지."

아마…… 저걸 계속 보고 살았다면 이렇게 무감각할 수만은 없을 게 분명했다. 그러나 그런 것을 생각할 겨를이 없었다. 약속한 사흘은 아직 하루밖에 지나지 않았다. 눈을 뜨자마자 잠옷 차림에 글라스를 들고 있는 걸 보면 여자의 평소 생활은 안 봐도 뻔했다.

'분명히 귀국하기 전엔 궁핍한 생활을 했을 게 뻔해. 세 번째 이혼에선 위자료도 제대로 못 받았다니까. 병원 생활을 전전하면서도 돈이라곤 그 얼굴에다 쏟아부은 모양이니. 참 대단도 하지. 아마 모든 것에 굶주려 있을 거야. 마음껏 던져 줘.'

내일모레가 주총이었다. 주총에 참가하려면…….

"와인 저장고에 가면 돔 페리뇽도 있습니다만."

지분 5%와 경영권이라니……. 저도 어이가 없어 말이 안 나올 지경이었다. 이럴 땐 정말이지, 어린 시절 그토록 절 멸시하고 경멸하던 박 이사의 몸에서 태어나지 못한 게 한이 될 정도였다.

젠장…….

바다는…… 생각하던 것과는 달랐다.

새파란 파도가 넘실거리고 하얀 백사장이 끊임없이 펼쳐진 곳은 동해안이었나? 끝도 없는 진창이 제 시선이 갈 수 있는 곳까지 펼쳐져 있었다. 저 끝, 수평선 근처만 푸르스름해서 바다인가 보다 할 뿐이었다. 조개를 캐는 건지 아니면 뭔가 다른 것을 잡는지 온통 뻘투성이인 할머니들이 알록달록한 모자를 쓰고 갯벌 중간중간에 흩어져 있는 게 보였다. 불어오는 바람에 잔뜩 비리고 짠내가 섞인 것으로 보아 이곳이 바다임은 확실했다.

일부러 휴대폰은 두고 왔다. 저녁 식사까지 시간이 남았기 때문에 그녀는 한참을 걸어 바다를 보러 왔지만 바다는 이미 저 뒤로 물러나 그녀에게 뒤꼬리만 흔들거릴 뿐이었다.

혹시나 지금이라도 연락이 올지 모른다는 생각을 하는 것 자체가 우스웠다. 피에타 상이 저를 아무렇지도 않게 생각하는 것만큼, 그 사람도 그럴 것이 분명했다. 그런 사람들은 정말로 핏줄에 대리석 가루가 흘러 다닐지도 모를 일이었다.

그러나…… 제 깊은 어딘가는 그 사람을 그리고 있었다. 어떤 확신을 준 것도, 어떤 마음 한 조각을 받은 것도 아니었다. 어두운 골목에서 뒤따르다 갑자기 웃으면서 제게 달려드는 비릿한 웃음을 지닌 낯선 괴한과 뭐가 다르단 말인가. 아, 제가 놀라 칼을 빼 든 게 아니라 순순히 그를 받아들였다는 거. 그게 다른 건가.

서윤은 그를 선택했다. 벗어날 것인가 말 것인가에 대해 제 스스로 그를 선택했다. 그 선택의 끝이 허무하다는 것을 알면서도. 지금 다시 선택의 기회를 준다 해도 감히 뿌리치지 못할 것을 알고 있었다.

같은 하늘 아래, 같은 공기를 마시고 있는 게 분명했다. 그럼에도 불구하고 어차피 그와 저는 다른 세상의 사람이었다. 그런 그와 같은 공간에서 같은 열락을 누렸으면 그걸로 된 것이었다. 누누이 남자와의 관계가 재앙이고 절망이라서 목숨을 걸고 지켜야 한다는 말을 듣고 자랐기에 누군가 제 몸에 그런 환희를 줄 거라 생각해 본 적이 없었다. 그러나 그게 그였으면 된 거 아닌가.

눈이 부셨다. 바다에서 불어오는 소금기에 아무것도 바르지 않은 제 얼굴이 바삭거리는 느낌이었다. 그런 바삭 마른 얼굴을 무언가가 적시고 있었다. 불어오는 바람보다 훨씬 더 짠 기운이 서린 무언가가.

같은 하늘 아래 사는 걸로 만족해야만 하는 자신이…… 싫었다. 원망스러웠다. 지금이라도 당장 뛰어가 말하고 싶다.

그러나 뭘.

누군가를 잊기 위해서 낯선 곳에 왔지만, 낯선 곳에선 풍경 따윈 보이지 않고, 보이지 않던 형상만 뚜렷해지고 있었다.

서윤은 그나마 익숙한 길로 발걸음을 돌려야만 했다.

저쪽 수평선 끝에서 서서히 물이 차오르는 걸 서윤은 보지 못했다.

차분히 앉아서 서류만 검토하는 것도 하루쯤은 도움이 된다는 걸 깨달았다. 박 이사는 결코 동지가 아니었다. 지금이야 같은 '적' 때문에 힘을 합치고 있지만 그것 빼고는 가장 큰 적임에 분명했다. 쌓여 있는 서류들로 인해서 그걸 더욱더 깨닫게 되었다. 하지만 적어도 같은 적을 맞이한 '동료'로서는 그 역할을 톡톡히 하고 있었다.

적막했던 그의 한남동 호화 아파트에는 외부인들이 끊임없이 방문하고 있었다.

"이걸로 날 여기 묶어 두려는 거야? 어림없어!"

그렇게 말하는 걸로 보아 이곳의 불청객도 그 이유를 알고 있는 것 같았다. 그러나 마다하지는 않았다. 아마 시간이 충분히 있다고 생각하는 모양이었다. 그 와중에도 그는 끊임없이 일을 할 뿐이었다.

네일샵, 경락 마사지, 헤어 케어, 전신 마사지……. 그리고 짬짬이 2층으로 운반되어지는 고급 와인과 고급 술안주들…….

수많은 서류 뭉치들 사이에 끼어져 온 보고서에는 '이 여자'가 어찌 살아왔는지가 적나라하게 쓰여 있었다. 세 번의 이혼 사이에 찍은 낯 뜨거운 제목의 영화들, 그리고 그 사이에 태어난 아이들. 그 아이들은 대체 지금 어디서 뭘 하고 있는 걸까.

거기까지 생각이 미치자 그는 생각을 접어 버렸다. 그건 그 아이들의 몫일 테니까.

이렇게 하루 종일 집에 있었던 기억이 있었나. 아마 없었을 것이다. 오히려 '집'에 못 들어온 적이 더 많았다. 전망이 기가 막힌 거실의 창으로 해가 넘어가고 있었다. 고개를 돌린 그의 눈에 유유히 떠다니는 열대어들이 보였다.

누군가…… 떠올랐다. 열심히 그 문 저편의 사무실에서 서류를 정리하고 있겠지.

얼른 이 하루가 마저 지나가 버리길 빌었다.

"림프종이에요. 항암 치료를 받아야 해요."

"아…… 네."

그게 무슨 병인지 잘 알 수가 없었다. 다만 뒤에 붙은 항암이라는 단어가 그 병의 괴로움과 고통을 설명해 주고 있었다. 얼른 뒤로 돌아서 제 휴대폰으로 병에 대해 검색을 해 봐야 하는 걸까. 제게 빠이빠이를 하고 불투명한 유리문 너머로 들어간 에스더란 이름의 어린아이가 사라지자 옆에 있던 수녀가 한숨을 쉬듯 말했다.

"혈액 암의 일종이에요. 8차 항암 들어가는 거예요."

"아, 그렇군요."

그제야, 그 아이의 꽃무늬 모자가 생각났다. 어제도 다른 아이들과 뭔가 다르다고 생각했지만 그게 뭔지 잘 몰랐었다. 다 빠져 버려 희미해진 눈썹 때문에 아이가 훨씬 창백해 보였다는 것도 지금에야 떠올랐다.

다들 하하 호호 웃고 있는 것만 같은 세상인데, 참으로 세상에는 수많은 종류의 시련이란 게 퍼져 있었다. 종양 내과 병동 앞의 대기실 의자에는 근심 어린 표정의 사람들만 가득 앉아 있었다. 한사코 저를 붙잡고 우는 아이 때문에 서윤은 낯선 병원까지 와야 했고 처음 듣는 병명을 듣고 어리둥절해야만 했다.

"주사 다 맞으려면 네 시간 이상 걸려요. 교회로 돌아가실래요?"

옆에 앉아 있는 사람들의 우울함을 견딜 수가 없었다. 그녀는 병원에서, 아픈 사람 옆에서 지낸 시간이 갑자기 어제처럼 떠올랐다. 단지 그뿐이었다. 네 시간 동안 그곳에 앉아 있을 자신이 없었다.

딱히 일부러 그곳에 있으려 한 건 아니었다. 누군가를 잊으려 작정을 한 것도 아니었다. 그렇다고 누군가를 찾으러 간 것도 아니었다. 그냥 그 하얀 오피스텔에 있어선 안 될 것 같아서 황급히 집을 나섰고, 막상 가야 할 곳이 없어서 그냥 생각나는 주소 한 줄을 행선지로 정했을 뿐이었다. 자아를 찾는다니, 힐링을 한다니 하는 그런 거창한 제목을 붙일 거리도 못 됐다.

그러나 늘 주변인이었던 그녀의 삶이란 게 그다지 확 바뀔 수는 없었는지 안쓰러운 사람들의 요청에 딱히 거절을 하지도 못하고 교회에 딸린 주인 없는 작은 방에 또다시 머물게 되었다. 이번에는 혼자가 아니었다.

그 '병'은 무서운 병이었다. 휴대폰의 글자들이 말해 주는 것보다.

어린아이가 겪기엔 더했다. 아침만 해도 활짝 웃으면서 주사 잘 맞고 오겠다던 아이는 새하얗게 질린 채 구토를 하기 시작했고 기운 없는 얼굴로 울다 지쳐 잠들어 있었다. 제 기억에도 저런 주사는 며칠씩 맞아야 했다. 이제 시작인 것 같은데…….

덕분에 옆에 있던 서윤도 지쳐 잠들 지경이었다. 엄마를 그 몹쓸 병으로 보내느라 힘겨웠던 시간이 떠올라 그녀는 차마 이 어린아이를 뿌리칠 수 없었다.

"애 엄마가…… 잠깐만 맡아 달라고 했는데 연락이 안 돼요. 엄마도 아이가 아픈 걸 알긴 알았나 본데."

문득 자신의 엄마가 떠올랐다. 이렇게 낯선 곳에 저를 버려둘 수도 있었는데 그래도 끝까지 그 무표정한 얼굴로 칼을 쥐어 주면서 자신의 곁에 있어 준 엄마가…….

아마 당분간 저는 여기 있어야만 할 것 같았다.

넓은 침대는 당연히 텅 비어 있었다.

도우미 하나로는 안 되겠는지 넓은 아파트에는 낯선 얼굴들이 소리 없이 늘어나 있었다. 아까 울고불고 소동이 있었나 본데 그는 신경 쓰지 않았다. 알코올 홀릭이란 게 그런 모양이니까. 제 일을 방해하지만 않으면 그 소리를 피할 수 있을 만큼 집은 충분히 넓었다.

박 이사의 속셈은 충분히 알 만했다. 주총 전에 저 불청객을 묶어 놓는 것과 동시에 자신도 묶어 놓는 일석이조의 효과를 노리고 있다고. 하지만 이메일이나 화상 통화 같은 문명의 이기는 제 부재를 잘 커버해 주고 있었다. 슬슬 상황을 봐서 내일은 잠깐 나갔다 와도 될 것 같았다. 치료든 뭐든 무조건 주총 이후로 미루고 있을 뿐이었다.

하루 종일, 넓긴 하지만 그래도 한정된 공간에 가만히 있어서인지 늦은 시간에도 쉬이 머릿속이 암전되지 않았다. 휴대폰을 들어 시계를 보았다. 누군가에게 연락을 하기엔 너무 늦은 시간이었다.

주총을 앞두고 비서실은 경영 성과에 대한 보고서를 준비하느라 전쟁 통이 되었을 터였다. 그러니 이 시간에는 누구나 반쯤 시체가 되어 있을 게 뻔했다.

넓은 침실은 약간은 싸늘한 기운이 돌고 있었다. 그게 숙면에 도움이 되니까. 어두운 침실은 하얀색의 침대 시트만 희끄무레하게 보일 뿐이었다.

문득 이상한 감정이 흘러나왔다. 밑도 끝도 없이…….

왜…… 죄책감이란 게 바닥에 깔리는지 알 수 없었다. 뭔가 잘못을 했나.

눈을 감은 머릿속에 좁은 침실이 마치 그림을 그리듯 떠올랐다. 어둡고 칙칙한 나무색의 벽, 좁은 침대, 오래된 나무 책걸상, 천으로 덮인 행거, 그리고 그 침대 위에 엎드려 무언가를 쓰던 여자의 하얀 미간, 헐렁한 카디건 사이로 드러난 시린 목덜미…….

문득 그 하얀 오피스텔의 작은 침대에서 나던 여자의 향이 머릿속에 떠돌았다. 저 밑바닥 어딘가가 뜨끈한 느낌이었다.

울고 있는 아이는 비썩 말랐지만 안고 있는 팔이 저릿할 만큼 무거웠다. 아직은 냉방을 할 날씨는 아니어서 병원의 복도에 서 있던 그녀는 긴 머리카락 밑으로 후끈하게 땀이 나고 있었다.

"엉엉엉…… 언니……."

아이가 힘차게 울기라도 했으면 그 김에 보호자인 권사님께 안겨 주었겠지만 아이가 우는 소리에는 기운이 없었다. 이러려고 여기 온 것은 아니었는데……. 하지만 서윤은 아이를 보듬고 있어야만 했다.

"에스더 이리 와, 언니 힘들잖아……."

그러나 바싹 마른 아이는 서윤에게서 떨어지지 않았다.

"괜찮아요."

그녀는 맘에도 없는 말을 해야 했다.

울다 지쳐 잠든 아이를 팔이 저리도록 내내 안고 교회로 돌아오면서 서윤은 제 마음에서 삐져나오는 것에 대해 당혹스러웠다. 이 어리고 여린, 그리고 아픈 아이의 엄마는 무슨 생각으로 이 아이를 두고 가 버렸을까, 지금은 무엇을 하고 어디에 있을까.

그리고 돌아가신 엄마는 어떤 마음이었을까.

제가 그 골목길에서 칼로 타인을 찔렀을 때, 그땐 정말이지 이 사람을 죽이든지 아니면 나 스스로 죽어야겠다 생각했었다. 엄마는 아마 더 끔찍했을 것이다. 제대로 듣지는 못했지만……. 그 뒤로 병원에 입원을 했었다니까.

그런 추악한 범죄의 산물인 자신을 어떻게 곁에 두고 키울 생각을 했을까. 그리고 그런 엄마에게 왜…… 고맙다는 말을 하지 못했을까.

석양이 넘어가고 있었다.

자신이 여기 대체 왜 왔는지도 이제는 기억이 나지 않았다. 저릿한 팔을 펴 막 잠든 아이를 수녀에게 넘겨줬을 때였다.

"아, 목사님 오셨어요?"

"목사님! 오셨네요!"

"목사님!"

여럿이 반가워하는 목소리가 들렸다.

막 넘어가는 석양의 붉은빛 속에 하얀 와이셔츠 칼라가 보이는 한 사람이 에스더보다 훨씬 작은 아이를 안고 들어서고 있었다. 검은색의 양복을 입은 건가. 서윤은 저도 모르게 손을 올려 눈을 가려야 했다. 석양의 새빨간 빛이 눈을 찔렀다.

"그동안 평안하셨습니까? 새 식구입니다. 요한이라고 해요. 지금…… 42개월이라고 하는데 그럼 몇 살인 거죠?"

마치 평온한 아침 햇살같이 따뜻한 목소리였다.

"6살일까요?"

누군가 대답했다.

그 순간 서윤은 저도 모르게 온몸이 뻣뻣해졌다.

"우리 비인면 희망 교회 목사님이세요. 목사님 이 자매님은……."

지구가 이 순간에도 돌고 있다는 걸 실감하듯, 마지막 붉은빛으로 모두의 눈을 찌르던 석양은 슬그머니 교회의 십자가 탑 뒤로 내려앉았다. 눈을 가리기 위해 들고 있던 손이 머쓱해지는 순간이었다. 그러나 서윤은 움직일 수 없었다.

"우리 요한이 배고픈 거 같은데……. 천안에서 오면서 멀미를 해서 토했거든요. 박 권사님 물이라도……."

그때였다. 고요하고 부드러운 중년 목사의 목소리가 멎은 것은. 그리고 서윤의 심장도 잠시 멎어 버린 듯했다.

"선우야! 선우야……. 내 잘못이 아니었어! 하지만 난 그때 너무 어렸단 말이야!"

총체적인 난국이었다. 지겨운 목소리. 자신이 돈에 팔려 왔다는 걸 알고 있지만 그게 오히려 다행이라고 느껴지는.

　아무도 말리는 사람이 없었다. 아니, 오히려 암암리에 부추기고 있었다. 알코올 홀릭 병원에 수십 번은 드나든 여자의 주변에 평범한 사람도 눈이 돌아갈 정도의 와인을 쌓아 두는 건 어쩌면 범죄일 수도 있었다. 딱 3일만이니까. 아니, 박 이사는 오히려 그게 더 심해져서 병원에라도 가둬 버릴 만큼 악화되기를 바라고 있었는지도 모른다. 그리고 자신은 그걸 방조했을 뿐.

　"왜? 왜 내 휴대폰은 안 되는 거야? 야! 유선우!"

　가당치도 않지. 그는 저도 모르게 벌떡 일어났다. 그러나 곧 차가운 표정으로 돌아섰다. 지겨운 이름, 이제는 지워서 기억도 안 나는 그 이름을 저렇게 악을 쓰며 부르는 건 아마 지금 조금이나마 제정신이 남아 있어서 저 상태를 벗어나 자신을 협박할 수단을 잊지 않으려는 거겠지. 그 이름을 쓰던 겁에 잔뜩 질린 아이는 이미 사라진 지 오래였다.

　화려한 레이스로 가득한 실크 가운을 입은 여자의 머리카락은 반짝거리며 윤이 났지만 흐트러져 있었다. 이틀이나 수많은 사람들이 어마어마한 비용을 받아 가면서 저 얼굴이며 몸을 다듬어 주었건만 시커먼 다크서클을 드리운 여자의 오른쪽 소매는 붉은 와인 빛으로 젖어 있었다. 와인 냄새가 진동을 하는 것도 짜증스러웠다.

　"들어가서 좀 주무시죠."

　그는 아무렇지도 않다는 듯 이야기하고 제 휴대폰을 집어 들었다.

　"흥! 너희들이 꾸민 거 다 알아. 최 기자하고 통화할 거야. 회장님 불러 줘!"

"그렇게 그분을 뵙고 싶고 다른 사람에게 이야기를 하고 싶다면 정신 차리고 옷이나 똑바로 입는 게 좋겠군요."

그가 더욱더 차갑게 말했다.

"야!"

제 몸조차 가누기 힘든 여자는 소리를 지르면서 손에 든 것을 그에게 집어 던졌다. 피할 필요도 없었다. 휘청거리는 손에서 내던 져진 와인 잔은 그의 발치에도 오지 못하고 엉뚱한 곳에서 힘없이 박살 났다.

"상무님!"

"사모님!"

사모님이라니, 가당치도 않지. 일하는 사람들의 다급한 소리에 그가 말했다.

"침실로 모시고 가. 그리고 이거 치워."

"네."

척 보기에도 힘 좀 쓸 것 같은 여자가 휘청거리는 여자를 휘어 잡았다.

"사모님 들어가시죠!"

"놔! 이년아!"

실랑이를 뒤로하고 그는 성큼성큼 서재로 들어가 버렸다. 아직 도 하루나 더 남았다니. 지끈거리는 관자놀이를 누르며 그는 전화 를 걸었다.

"나야."

— 네, 상무님.

"아까 이야기했던 서류하고 내 책상에 있는 USB 중에 17이라 고 쓰인 거 챙겨서 보내. 아, 이서윤 씨 시켜서."

서류는…… 메일이나 파일로 보내면 오히려 간단했다. 그걸 알기 때문에 그는 일부러 사람을 시켜야 할 일을 생각해 내야 했다. 물론 아파트 내에는 남에게 보이고 싶지 않은…… '타인'이 있었다. 하지만 그의 고급 아파트는 다른 출구가 있었고 완벽하게 독립된 공간도 있었다. 대체 제가 무얼 하고 싶은 건지는 모르겠지만 우선은 숨을 쉬고 싶었다. 저 지독한 와인들이 뿜어내는 악취 때문에 숨이 막혀 왔으니까.

— 상무님…… 그게…….

상대의 망설이는 듯한 대답이 방금까지도 '아무렇지도 않던' 그의 심기를 건드렸다.

"왜?"

잠깐, 제가 지금 무엇을 하려는 건지 되짚게 되었다. 대체 무얼 하려는 건가.

— 이서윤 씨, 월요일에 사직서 쓰고 이틀째 출근 안 했습니다.

휴대폰 저편, 윤정이 머뭇거리면서 말하고 있었다.

"뭐?"

— 말씀드린 대로입니다. 월요일 날 사직했습니다.

14

아마…… 알아봤을 것이다.

이제는 기억도 나지 않는데, 무려 20년이 다 되었는데……. 엄마는 그 문갑의 서랍 속에 든 사진들을 단 한 번도 자신에게 보여 준 적이 없었다. 그리고 그녀의 머릿속엔 저런 따뜻한 목소리도 남아 있지 않았다.

하지만 그냥 알 수 있었다. 여행에 지친 아이를 평온한 얼굴로 다른 이에게 안겨 주고 식당을 나선 목사님은 그저 자신을 흘끗 쳐다보기만 했다. 아무렇지도 않은 듯. 그러니까 알아봤을 것이다.

"에구, 완전히 아기네. 어? 목사님 그냥 나가셨어요?"

"네."

"이상하다. 우리 자매님 못 보셨나?"

아마, 이곳에 들고 나는 사람들을 다 살피는 성격인 모양이었다.

"어? 자매님……. 어디 아프세요? 아우, 피곤하기도 하실 거예요. 미안해라. 좀 들어가 누우세요. 그냥 놀러 오신 분인데 이렇게 자꾸 일을 만들어 드려서 미안해요. 장 집사님이 안 계시니까 정신이 하나도 없어서……."

지난 이틀간…… 서윤은 마치 자신이 이곳에 속해 있는 사람 같았다. 단 한 번도 어딘가에 속하지 않고 살아온 적이 없었으니까. 아니, 사표를 쓰고 나서 여기에 오기까지의 그 순간은 그랬다. 그래서 이 낯선 곳에 속하고서는 안도를 하고 있었는지도 몰랐다. 그러나.

"좀 누워요."

아무렇지도 않다고 생각했었는데……. 그런데 그게 아니었던 모양이었다.

그냥, 이거면 됐다. 이제 와서 뭐가 더 필요할까. 서윤은 이제 이곳을 떠나야겠다고 생각했다. 아무리 아픈 아이가 저 때문에 위안을 얻는다 할지라도. 그러나 제 물러 터지고 줏대 없는 성격에 아이가 언니, 하고 부르면 또다시 주저앉을지도 모른다. 서윤은 얼른 그 생각을 떨쳐 버리고 자신이 머물고 있는 곳으로 발걸음을 옮겼다. 거기 그녀의 가방이 있으니까.

"저기……."

망치로 뒤통수를 얻어맞은 것 같았다. 그래 본 적은 없었지만, 아마 쇠몽둥이로 제 뒷머리를 친다면…… 딱 이런 느낌일 것이 분명했다. 이렇게 당혹스럽고 고통스러울 것이다.

"네?"

그 자리에서 나뒹그러지지도 않았다. 그냥 아무 일도 일어나지 않았다. 그러니까 대답해야 했다.

"잠깐…… 나 좀……."

아이를 보듬는 인자한 모습이 어울리는, 딱 그런 목소리는……
뒤끝이 파르르 떨리고 있었다. 그건 서윤만이 알 수 있었다.

귓가의 휴대폰에서는 끊임없이 통화 연결음이 흐르고 있었지만
중간에 끊어지지는 않았다.

왜? 왜 사표를 쓴 거지?

머릿속에 우묵하게 파인 골짜기가 생기는 기분이었다. 그 골을
따라 온갖 것들이 쏟아져 내렸다. 이런 적이 없었다. 이렇게 아무
런 이유도 없이 무언가가 일어나는 건.

전화는 끊임없는 통화 연결음을 반복하다가 결국은 지쳐 끊어지
고 말았다.

왜일까, 무슨 다른 일이라도…….

대기업에선 하루에 몇 명씩 누구나 사표를 쓰고 퇴사를 한다.
이유가 뭐든 간에. 그 이유가 회사에 해가 되지 않는 것이라면 퇴
사는 늘 바람직한 것이었다. 그 자리를 채울 신입 사원은 훨씬 더
저렴한 비용이 드니까. 물론 일을 배우기 위한 트레이닝의 시간이
필요하겠지만 치열한 경쟁 속에 선택된 자들은 그 속도가 매우 빨
랐다.

그녀의 자리는 이미 존재부터 무리수에 가까웠다. 아니, 그건
솔직히 제 억지이고 계략일 뿐이었다. 그녀가 그의 곁에 있는 다른
여자들 못지않게 아름다운 외모를 가지고 있다 할지라도 그것은
한 가지 이점에 지나지 않을 뿐, 본질은 아니었다.

그런데 실수를 했다. 그것뿐이었다. 지겨운 4월의 꽃냄새가 저
를 반쯤 미치게 만들었다. 아니, 완전히 돌게 만든 건지도 몰랐다.

처음에는 의도적인 접근이었다. 그 접근은 사인을 받은 뒤에 끝

냈어야 했다. 하지만…… 그러지 못했다. 그건 자신의 실수였다. 그 사실을 잊었어야 했다. 아니, 지금도 그러려고 마음먹었지만 다른 커다란 일이 눈앞에서 벌어졌을 뿐이었다. 잠시 차치해 두었던 여자는 제자리에 있어야 했다. 자신이 어떤 결단을 내리고 행동을 하기 전까지. 설사 그 여자가 어떤 일을 하더라도 그건 제 손에 닿는 범위에서여야 했다. 늘…… 그래 왔다.

― 전화를 받을 수 없습니다…….

짜증 나는 기계음이 반복되었다. 왜 사표를 쓴 거지? 그 오피스텔의 수조 옆 하얀 소파에 기대 물끄러미 물고기들이나 보고 있는 건가.

그는 자리에서 일어났다.

자신이 무엇을 하고 있는지 스스로 잠시 잊어버린 게 분명했다.

"상무님……."

"위에 어찌 됐어?"

"네, 겨우 진정하고 잠드셨습니다."

"잠깐만, 딱 한 시간만 나갔다 올 테니까, 잘 지켜. 무슨 일 있으면 바로 연락하고."

다급한 목소리가 벌써 웃옷을 집어 든 그를 만류했다.

"상무님, 박 이사님이……."

"아무 말 않는 게 좋을 거야. 잠깐 나갔다 오는 거니까."

그들이 제 사람이 아니란 걸 누구보다도 잘 알고 있었다. 여기서 일어나는 일을 30분 단위로 보고하고 있는 중일 테니까. 그들이 감시하는 사람은 오늘도 이미 몇 병의 와인을 바닥냈고 저 상태로는 아무것도 할 수 없으리란 걸 잘 알고 있었다. 그리고 설령 제 부재를 보고하더라도 상관없었다.

문제는 자신이 왜 급하게 차 키를 찾아 들고 나서는지에 대한 합당한 이유가 없다는 걸 깨닫지 못한 것이었다.

눈을 감고 있었다. 그리고 들리지는 않지만 입술이 달싹거리고 있었다. 기도라도 하는 걸까. 아까는, 그러니까 언뜻 봤을 때는 그냥 딱 알 것 같았다. 하지만 지금은 이상하게 낯선 느낌이었다. 이 낯선…… 인자한 모습의 중년의 목사는 대체 누구인 걸까.

어렸기 때문일까. 제 기억은 이미 너무 오래되어서 이미지로만 남아 있는 게 분명했다. 그냥 그 어린 날의 기억 속에는 호리호리하고 키가 컸었던 것 같았다. 그러나 지금 희미한 황혼의 마지막 빛 사이로 제게 등을 돌리고 있는 이는 체구가 좋았다. 그리고 그다지 키가 크지도 않았다. 부드러운 은회색빛 머리카락은 가지런하게 목선 위로 정리되어 있었고 검은색 재킷의 등 쪽은 운전을 했는지 아니면 버스나 기차에서 오래 앉아 있었는지 구김이 가 있었다.

침묵인지 혹은 기도인지는 꽤 오랜 시간 동안 이어졌다. 저를 불러 세워 놓고는 정작 당사자는 다른 사람과 이야기를 하고 있는 것 같았다.

무슨 말을 해야 하는 걸까.

"……아멘."

이틀 동안 이곳에서 생활하면서 알게 된 말이었다. 이제 뭔가가 끝났다는 뜻 아니던가.

"어디 좀 앉을까?"

부드러운 목소리를 듣자마자, 여러 가지가 한꺼번에 밀려왔다. 머릿속에 가득 든 것이 푹 하고 터져 모조리 쏟아져 나와 주르르

313

흘러내리는 느낌이었다.

그러나 결론은…… 그냥 그랬다. 이미 모든 건 다 끝났으니까. 이미 기억 속에 희미해진 사람은 그냥 타인일 뿐이었다. 굳이 이곳에 온 이유는 갈 데가 없었으니까. 생각나는 지명이 이곳뿐이었으니까. 다른 이유는 없었다. 문득 운전면허를 따야겠다는 생각이 들었다. 어디든 가고 싶은 데 갈 수 있게.

하얗고 빨간 철쭉꽃이 가득 핀 마당 옆에 나무 의자가 있었다. 입구에 있는 가로등 불빛이 내려앉아 밝았다. 상대가 그곳에 앉았지만 서윤은 그 옆에 나란히 앉지 못했다.

"까맣게 잊었다고 생각했는데……. 보자마자 알겠더구나."

까맣게 잊고 싶었을까. 자신은 어땠지? 그 어린 나이에 근 1년을 밤마다 눈물로 지새우던 엄마를 위로도 할 수 없이 이불 틈새로 쳐다보기만 해야 했던 기억이 떠올랐다. 아무것도 모르던 그 시절에도 서윤은 느꼈었다. 그게 제 잘못이었다는 걸. 그게 그렇게 무섭고 끔찍한 일이었다는 것도 모른 채.

운동회나 학예회 날 엄마 아빠의 손을 잡고 웃는 아이들 모습을 볼 때나, 졸업식 날 친구들의 아빠가 사진을 찍어 주는 걸 옆에서 볼 때, 학창 시절 친구들이 아빠가 엄마 몰래 용돈을 줬다며 자랑할 때……. 왜 나한테만 이런 일이 일어났나 싶었다. 그렇지만 그때마다 서윤은 그 이유를 엄마한테 물을 수 없었다. 그냥 그러면 안 된다는 걸 직감적으로 느꼈었다.

결정적으로 장례식장에서 그 이야기를 몰래 듣고서 모든 이유를 알게 되었을 땐, 참…… 복잡한 심정이었다. 모든 이유가 자신이 태어났기 때문이었으니까. 자신은 태어나지 말았어야 했으니까.

그렇게 떠난 사람을 머리로는 이해하려 했다. 그러나 마음속으론 용서할 수 없었다. 용서할 자격 따위도 없었으면서.

첫눈에 알아보았다. 그건 자신도 마찬가지였다. 문득 이제는 세상에 없는 엄마가 불쌍해졌다.

"만난 적 있나요?"

"……?"

무슨 소리냐는 듯 서윤을 쳐다보았지만 곧 질문의 뜻을 깨달은 듯 굳게 닫힌 입술은 열릴 생각이 없어 보였다. 쌍꺼풀 없는 눈은 따뜻해 보였다. 부드러운 표정, 자연스럽게 패인 주름, 아이를 안고 있었을 때 보였던 인자함……. 그러나 그건 타인에게나 보여 주는 모습이었다. 실은 저도 그 '타인' 중의 하나인데……. 왜…….

"그 뒤론 없다."

"매번 편지 보낸 건 알고 계셨나요?"

수취인이 이렇게 멀쩡하게 있는데 편지는 매번 돌아왔다. 수취인 불명이라는 도장이 찍힌 채.

"……."

"왜 편지를 뜯어보지도 않고 돌려보냈어요?"

이제…… 좀 억울해졌다. 아니, 이 억울함은 제 것이 아니라 저를 키워 준 엄마, 고생만 하고 평생 자신을 기른 데 대한 죄책감과 주변의 멸시를 이겨 내야 했던 그녀의 것이었다.

"이제훈이라는 사람은 없으니까. 영진이의 편지를 받아 볼 사람은 이미 이 세상에 없는 사람이니까."

서윤은 돌아섰다. 그렇다……. 이미 그 사람은 없다. 엄마의 편지를 받아 볼 사람, 자신의 사회학적 아빠.

"저기……."

"제 이름도 모르시는 거죠?"

어쩜 그건 사실이 아닐지도 몰랐다. 그러나 그냥 그런 것 같았다. 단 한 번도 저 사람은 자신의 이름을 불러 준 적이 없었다. 아니, 알고 있었지만 부르고 싶지 않았을 것이다.

"이제 와서 그게 무슨 소용이⋯⋯."

그 조용한 목소리가 그녀에게 오히려 불을 질렀다.

"우린 전부 다 만나지 말았어야 했어요. 가장 태어나지 말았어야 할 사람은 나인 거 알아요. 나 때문에 수많은 사람들이 고통스러웠다는 것도. 그러나 그중에 가장 고통스럽고 슬펐던 건 엄마예요. 나 때문에 그 모든 것을 겪어야 했으니까. 그래도 엄마는⋯⋯ 평생 그리워했어요. 그리고 어느 누구도 다시는 사랑하지 않았어요. 심지어 저나 엄마 자신조차도⋯⋯. 그것만 알아주셨으면 해요."

잠시 말을 멈췄다. 무언가 왈칵거리고 쏟아져 나왔다. 여기서 그만둬야 했다. 그러나 문득 이제는 한 줌의 재가 되어 항아리 속에 담긴, 피곤하고 굳은 표정밖에 지을 줄 모르는 사람이 되어 그런 사진만 달랑 남아 있는 엄마가 생각났다. 그래서 말했다.

"그리고⋯⋯ 평생 더 괴로워하세요. 그런 자애로운 표정으로 길 잃은 아이들을 아무리 돌본다 해도 엄마의 아픔을 대신할 순 없을 테니까."

미친 게 틀림없다. 평생 누군가에게 이런 식의 말을 해 본 적이 없었다. 평온한 제 목소리와는 달리 손끝은 부들부들 떨리고 다리에 힘이 없어 허공을 딛는 것만 같았다. 그러나 서윤은 똑바로 걸어서 자신의 가방이 있는 뒤채 건물로 향했다. 제 뒤에서 어떤 표정으로 자신을 보고 있을지 따위는 생각하지도 않았다.

제가 가방 밑에 넣고 다니던 칼보다 더 날카로운 칼날로 인자한 표정을 짓고 있는 저 목사님의 배 속을 난도질한 것이 분명했다. 길가의 꽃조차 함부로 꺾어 본 적이 없었다. 남한테 싫은 소리, 내색 한 번 하지 못했다. 자신의 탄생 자체가 죄악이고 폐니까. 자신이 이성을 잃을 땐, 딱…… 그때뿐이었다. 제 가방 안에 든 칼을 휘둘러야만 할 때.

어둠이 내려앉았다. 어둠 속에서도 방 안에 있는 가방은 보였다. 서윤은 불도 켜지 않고 가방을 집어 들었다. 그리고 후들거리는 다리로 걸어 나왔다. 새빨갛고, 새하얀 철쭉꽃들이 하얀 가로등 빛을 받아 더 선명하게 보였다. 그 옆의 의자에는 여전히 누군가가 미동도 없이 앉아 있었다.

이러려고 한 건 아니었는데……. 오히려 다른 여자와 저보다 어린 중고등학생쯤 되는 아이의 아빠로 살고 있었다면 그냥 힐끗 쳐다만 보고 돌아섰을지도 모른다. 그러나 제 속에도 없던 모진 소리가 쏟아진 이유는 단 하나였다. 너무나 인자하고 다정한 모습으로 부모에게 버림받은 아이들을 보듬고 있는 모습이…… 너무 자연스러워서.

엄마가 저런 사람을 한평생 잊지 못하고 그 어두운 방 안에서 혼자 쓸쓸하게 아파했었다는 게 너무 마음이 아파서.

지금 왜 여기 있는 건가.

지하 주차장에 주차를 하고 차의 시동을 끄고 나니 정신이 들었다. 그는 잠시 머뭇거리다가 차에서 내렸다. 여기까지 왔으니까. 이유라도 듣고 싶었다. 아니 그냥…… 얼굴이라도 봐야겠다는 생각이 들었다. 왜인지는 모르겠지만.

마음을 먹자마자 그는 성큼성큼 엘리베이터로 갔다.

하얀 복도에 줄지어 있는 문들 중 익숙한 번호 앞에 선 그는 당혹스러웠다. 아무리 벨을 눌러도 안에선 대답이 없었다. 그건 손에 든 휴대폰에서도 마찬가지였다. 이게 대체 무슨 일인가. 갑자기 불길한 느낌이 엄습했다.

절대 그럴 리가 없다……

하지만, 처음 그 여자를 만났을 때, 그러니까 그 어두운 지하 자료실에서 여자는 마치 정신이 나간 것처럼 칼을 든 채 소리쳤었다. 분명히 제정신으로 보이지 않았다. 그랬었다.

"이봐! 이서윤, 문 열어!"

그가 철문을 두드렸다.

"안에 있으면 문 열라구!"

옆에서 누군가 문을 열고 내다보는 게 보였다.

"이봐요. 시끄러워요."

그러나 그것이 그에게 들릴 리 없었다.

"이서윤!"

서울행 버스를 탔어야 했다. 그러나 어두워진 작은 소읍은 어디가 어딘지 알 수 없으리만큼 고요하기만 했다. 저도 모르게 속을 내뱉느라 기운이 빠진 서윤은 주변에 불이 켜진 모텔 건물을 보고 들어설 수밖에 없었다.

"혼잡니까?"

조그만 창문으로 저를 올려다보는 얼굴에 살집이 붙은 중년의 남자는 의아하다는 듯 물었다. 한 번도 이런 곳에 혼자 와 본 적 없는 그녀로서는 당황스러웠다. 혼자 이런 데 오면 안 되는 건가.

저런 눈빛은…… 많이 보아 왔다. 제 머릿속에 빨간불이 켜지고 있었지만, 적어도 방에 들어가 문을 잠그면 될 것이라 생각했다.

"아니요. 일행 올 거예요. 방 없나요?"

최대한 침착하게 말했지만, 검은 점이 볼 한가운데에 보기 싫게 나 있는 남자는 믿는 것 같지 않았다.

"있어요. 3만 원 선불."

서윤은 가방 속에서 지갑을 꺼내 카드를 찾았다. 빤히 쳐다보는 남자의 시선이 거슬렸다. 서윤이 카드를 내밀자 남자는 일부러 휙 낚아챘다. 서윤은 기분 나쁜 손길이 의도적으로 제 손끝에 닿은 것을 보고 기겁을 하며 손을 빼면서 터져 나오려는 비명을 간신히 참았다.

"301호. 사인해요."

서윤이 남자의 시선을 무시하려 애쓰면서 사인을 하자, 남자는 길쭉한 플라스틱 막대에 달린 열쇠와 카드를 내밀며 히죽 웃었다.

"좋은 시간 보내십쇼!"

서윤은 도망치듯 복도로 향했다.

"저기, 여기서 그러시면 안 됩니다. 공동 주택인데……."

"여기 비상 키 없습니까?"

소란을 피워 누군가 연락을 했는지 경비원이 올라왔다.

"그거야 개인의 프라이버시니까……."

"이 안에서 사람이 죽었을지도 모른단 말이야, 빨리 문 열어 봐!"

"네에?"

그제야 경비원의 눈이 커졌다. 다른 사람이 말했다면 혹 뭐라 할 수도 있었을지 모르지만 그가 너무 멀쩡하게 생겨서 수긍하고 있는지 몰랐다. 소란에 또다시 누군가 문을 열고 내다보는 게 보였다.

"아니, 그게⋯⋯. 저기 잠시만⋯⋯."

경비원은 어딘가로 전화를 걸었다. 태진은 다시 문을 두드렸지만 여전히 문 안쪽은 침묵이었다. 정말 그의 말대로 된 건 아닐까. 정말 큰일이라도⋯⋯.

이런 일이 있을 때마다 그는 전화 한 통화로 해결을 해 왔다. 그에겐 과한 연봉을 받는 아랫사람들이 즐비했으니까. 그러나 이 번엔 그들을 부를 수가 없었다. 이 일은⋯⋯ 남에게 알려지면 안 될 테니까. 특히 그가 곧잘 바로 호출하는 윤정이나 정 기사는 더 더욱 알아서는 안 되었다.

"경찰 불러."

그가 소리쳤다.

"아니 경찰이 아니라 차라리 열쇠공을 부르는 게⋯⋯."

"누구든 빨리 불러!"

방으로 들어와 불을 켜자마자 그녀는 문부터 잠갔다. 슬리퍼가 있는 작은 현관 옆으로 문이 열린 욕실에선 락스 냄새와 퀴퀴한 물 냄새가 풍겼다. 커다란 양귀비 꽃무늬의 벽지와 짙은 색의 촌스러운 침대가 한눈에 보이는, 딱 봐도 한참이나 오래되어 보이는 실내였다.

너무 낡고 더러워 왠지 앉기도 꺼림칙했지만 서윤은 기운이 하나도 없어 침대 위에 주저앉았다. 얼굴은 낮에 땀을 흘리면서 에스더를 안고 다녔기에 소금기가 뻑뻑하고 버석거리는 느낌이었고 텁텁한 입 안은 바싹 침이 말라 있었다. 그러나 곧 서윤은 자신이 중요한 걸 잊어버릴 뻔했다는 것을 알고 벌떡 일어났다. 텔레비전 옆에 조그만 냉장고를 여니 작은 생수 두 병과 캔 커피 하나가 들어 있었다.

낯선 상표의 생수는 보기에 무척 허술해 보였지만 약을 먹는 게 급했다. 서윤은 가방을 뒤져 파우치 속에 있는 작은 알약을 꺼내 들었다. 약을 삼키고 물을 마셨다. 물은 차갑긴 했지만 어딘가 뒷맛이 이상했다.

기운이란 기운은 모조리 빠져나간 듯 다시 침대 위에 눕고 말았다. 허기가 지긴 했지만 피곤한 게 더 먼저였다. 다만…… 선뜩한 봄날의 밤이지만 이불을 덮고 싶다는 생각은 들지 않았다. 불을 끄지도 못하고 서윤은 눈을 감았다.

아무 생각도 하고 싶지 않은데도 불구하고 그녀는 제 눈가에서 무언가 흘러내리는 게 느껴졌다.

이런 식의 만남을 생각한 건…… 아니었다.

유독…… 그런 영화를 많이 봤다. 제 일은 아니었지만 가장 가까운 사람의 일이었으므로. 타인의 불장난 같은 성적 유희에 희생당한 여자의 파괴된 인생을 그린 영화들. 그게 어린 소녀였든, 철모르는 아이였든, 혹은 남편과 아이가 있는 여자였든 그도 아니라면 인생의 황혼을 걷고 있던 여자였든……. 그 일은 모든 피해자들에게 씻을 수도 잊을 수도 없는 상처였고 슬픔이었고 끔찍한 기억이었다. 게다가 그 주변 사람들조차 지켜 주지 못했다는 죄책감에 평생을 떨게 만들었다.

그런 상처를 가지고도 엄마는 싸늘하고 차가운 모습으로 꿋꿋하게 저를 키우며 살았다. 자신은 그럴 수 있었을까. 그 끔찍한 기억과 상처만으로도 모자라 죽이고 싶은 자들의 피가 섞인 자식을…… 키울 수 있었을까.

서윤은 저도 모르게 두 손으로 얼굴을 가렸다.

그게 내 잘못은 아니잖아…….

라고 말해 봐도 용서할 수 없었다.

"어? 아무도 없잖아요……."

"……."

소동의 끝은 싱겁게 끝났다. 텅 빈 실내에는 고요한 물소리뿐이었다. 핀잔이든 불평이든 간에 그것에 상응하는 금전적 보상을 받자 모두 조용해졌다. 사람들이 사라지자 그는 문을 닫고 그 공간에 망연히 서 있을 수밖에 없었다.

방 안은 마치 아무도 없었던 것처럼 깨끗하게 정리된 채였다. 하얀 싱크대 위에는 아무것도 나와 있지 않았고 화장대 위에도 모든 것이 가지런히 정리되어 있었다. 수건 하나, 옷가지 하나 밖으로 나와 있는 것이 없었다. 하얀 침대는 이불조차 깨끗하게 정리되어 있었다. 그 공간에 살아 있는 것이라곤 오로지 헤엄치고 있는 물고기들뿐이었다.

칙, 삐리리리릭……. 삑…….

적막을 깨고 무언가 소리를 냈다. 그의 시선은 어항에 달린 소리를 내고 있는 검은색의 물체를 향했다. 물체에선 소리와 함께 가루 같은 것이 떨어졌고 그 주위로 물고기들이 모여들었다. 조금 뿌옇게 변한 것 같은 어항 안에서 물고기들이 부산스럽게 먹이를 먹고 있었다. 그는 천천히 다가가 그것을 보았다. 물고기 밥을 주기 위해 타이머를 맞춰 놓은 기계라는 것을 한눈에 알아볼 수 있었다.

그렇다면······ 그녀는 의도적으로 어디로 가 버린 것인가.

먹이통은 그다지 크지 않았다. 그렇다면 곧 돌아올 생각인 걸까.

여자가 있을 땐, 이 공간이 비좁아 보였다. 그러나 지금 이렇게 텅 빈 곳은 이상하게 허해 보였다. 그가 여자의 기억을 더듬어 끄집어내려는데 갑자기 그의 휴대폰이 울렸다. 그는 급하게 휴대폰을 꺼냈다.

"여보세요?"

─ 상무님······ 어디세요? 빨리 와 보셔야 되겠습니다.

"알았어. 곧 가지."

다급한 목소리에 그는 대답을 하고 그 공간을 벗어났다.

＊ ＊ ＊

"지금부터 TJ그룹 제32회 임시 주총을 시작하겠습니다."

건너편의 상석에 앉은 박 이사는 온화한 표정이었다. 평소에도 어마어마한 친정의 세력을 등에 업었지만 조신하게 남편의 내조에만 힘쓰는 자애롭고 현명한 재벌가 안주인의 모습을 내세웠다. 실력이나 능력이 없어서가 아니라 내조가 중요하다고 여겼기에 그런 그녀가 노린 건 남편의 병환이 깊어지고 있는 상황에서 현명한 처신으로 경영의 일선에 나서는 드라마틱한 연출이었고 그에 합당한 연기를 하고 있는 중이었다. 그러나 알 만한 사람들은 그녀가 TJ의 숨은 실세이며 유아독존의 강 명예회장도 큰소리만 칠 뿐 정작 그녀에게 가타부타 할 수 없을 정도라는 것도 다 알고 있었다.

태진이 그 여자의 오피스텔까지 가서 이성을 잠시 잃은 동안, 그의 집에서도 한바탕 소동이 있었다. 깨난 유주연이 일하는 사람들이 잠시 쉬는 틈에 2층 계단에서 내려오다 넘어진 것이었다. 다행히 그의 집에 보충된 인원 중에는 간호사 출신도 있었다. 물론 그녀의 역할이 의심스럽긴 했지만. 간단한 응급처치 후에도 소리를 지르고 발작을 일으키는 등의 소동은 쉽게 가라앉지 않았다.

그 때문에 그는 잠을 설쳤지만, 그나마 다행인 건 그 소동 덕에 유주연이 새벽까지 난리를 치다 안정제를 투여받고 깊이 잠들었다는 사실이었다. 얼마든지 그가 주총에 참여할 수 있도록. 피곤은 그의 몫이었지만 어찌 됐든 그는 태연하게 이 자리에 앉아 있을 수 있었다. 물론 그의 참여는 박 이사의 동의도 포함되었다. 박 이사 또한 자신이 이사회에 참여해야 하는 것에 대한 당위성 정도는 이해하고 있었다.

"그럼 이번 임시 주총의 안건을 발표하겠습니다……."

박 이사가 들고 나온 카드가 궁금해야 했다. 대체 저 꿍꿍이가 무엇인지.

그러나 그의 무의식의 저편에는 자꾸만 다른 것이 가라앉고 있었다. 텅 빈 집, 주인을 잃은 물고기들…….

이것은 모두 다 꿈일까? 그럴지도 모른다……. 아니, 그랬으면 좋았을지도.

어쩌면, 그냥 그 어린 날의 아빠의 가출은 뭔가, 그 나이 또래 부부들처럼 다른 문제가 있었을지도 모른다. 그래서 다툼 끝에 집을 나갔고, 서로 이해를 할 수 있는 시간이 너무나 지나 버렸을지도 몰랐다. 시간이 많이 지나 엄마를 떠나보내고 자신은 아주 오랜만에 아빠를 만났고 어색한 해후를 했다. 그리고 그 어색한 반가움을 가슴에 품고 제자리로 돌아가려 하고 있다……고?

아니, 그게 아니라면 그 편지가 늘 되돌아왔던 대로 수취인이 정말 없어서 오래된 묘비 앞에 하얀 국화꽃 한 다발을 놓고 너무 늦게 찾아와서 미안하다고 속으로 들썩여야 했을까. 아니, 이건 아니다. 멀쩡하게 살아 있는 사람을……

수많은 가정, 수많은 생각, 수많은 후회……. 서윤은 모텔의 알록달록한 이불 위에서 무엇을 하고 있는지 알 수 없었다. 그냥 지친 머릿속은 잠들지 못하고 계속 미망을 헤매고 있었다. 그러다 날이 밝으려는지 희미한 푸른빛이 떠돌 무렵, 그녀는 그 사념들 끝에서 당혹스러운 누군가를 발견했고 이 상황에 그 사람을 떠올린다는 게 미안하고 민망해서 의식을 잃었을 뿐이었다.

얼마나 시간이 지났을까.

그녀를 깨운 건…… 그녀의 본능이었다. 아주 오래전부터 그녀가 가지고 있던, 아니 그녀의 엄마로 인해 만들어진 무엇인가에 대한 경계심이었다.

이상한 기척에 눈을 뜬 순간 그녀는 소리를 질렀다.

"누…… 누구세요?"

분명히 문을 잠갔는데. 낯선 곳은 어두컴컴했다. 그러나 누군가 다른 사람이 있다는 것을 분명히 알 수 있었다. 밤의 불빛 밑에서는 몰랐지만 흉측스러운 빨간 꽃무늬가 있던 커튼은 암막 커튼이었고 눈이 아파서 불을 껐을 때는 단순히 그냥 밤이라 어두운가 했을 뿐이었다. 벌건 대낮에 암막 커튼은 제구실을 톡톡히 하고 있었다.

"아니, 퇴실 시간이 됐으면 나가야지. 그렇게 문을 두드려도 일어나질 않으니, 난 무슨 일이 일어난 줄 알고……."

그제야 희미한 어둠 속, 열린 문 사이로 낮에도 침침한 복도가 보였다. 그리고 들려오는 게 그 앞에 실루엣만 보이는 남자의 목소리라는 걸 알 수 있었다.

"아…… 몰랐어요. 죄송합니다. 나갈 테니까, 우선 나가세요."

놀란 서윤이 간신히 대답했다.

"아니, 뭐 불편해서 그런가 하고……."

단순히 제 실수라 생각하고 서윤이 몸을 일으켰을 때였다. 그러나 어둠 속에 서 있던 남자는 웃으면서 나갈 생각을 하지 않았다. 어둠에 눈이 익어 희미하게 사물이 보였다. 분명히 자신에게 길쭉한 키를 내밀던 남자였다.

"저기 불…… 좀……. 아니, 우선 나가세요."

서윤이 다시 똑 부러지게 이야기를 하려 했지만 뭔가 안 좋은 예감에 목소리가 점점 굳어지고 있었다.

"일행은 안 왔나 봐?"

말끝에 웃음소리 같은 게 섞여 들었다. 사내는 웃으면서 오히려 등 뒤의 문을 닫았다. 끼익 소리와 함께 눈에 익기 시작한 실내는 다시 새까맣게 어두워졌다.

"나가시라고요!"

서윤이 소리치면서 어둠 속에서 주섬주섬 가방을 찾아 들었다. 아니 커튼을 쳐야 하나……. 어둠 속에서 다가오는 남자의 인기척을 느낀 서윤은 침대에서 내려와 뒷걸음질을 쳤다.

"밤새 외로웠겠네?"

전혀 어울리지 않는 대화 내용에 서윤은 소리쳤다.

"나가!"

서윤이 가방을 잡아 들고 가방 안에 손을 넣었지만, 늘 자신의 커다란 가방 밑에 있던 길쭉하고 날카로운 것은 없었다. 당황한 서윤이 어둠 속에서 급하게 손을 휘저었다. 무엇이라도 손에 잡히는 것을 찾으려고…….

"젊은 여자가 혼자 밤새 있으면 못써. 이리……."

"저리 가!"

그녀는 무언가 손에 잡힌 것을 집어 던졌다.

"앗! 이년이!"

그러나 그건 상대에게 치명적이지 못했다. 그도 그럴 것이 그녀가 던진 건 머리맡에 있던 플라스틱 전화기였다. 요즘은 찾아보기도 힘든 유선 전화기는 코드 때문에 사내의 발치에 떨어져 상대의 화만 돋웠을 뿐이었다.

어둠 속에서 사내의 땀 냄새 섞인 몸짓이 느껴졌다. 서윤은 저를 움켜잡는 손아귀를 느끼면서 또다시 손에 잡히는 무언가를 힘껏 집어 던졌다.

"놔!"

"윽."

쨍그랑……. 두 사람의 목소리와 무언가 깨지는 소리가 컴컴한 어둠 속에 동시에 울렸다.

태진은 쓴웃음을 지었다. 그럼 그렇지. 순진하게 그녀의 말을 믿은 것도 아니었으니 그다지 실망은 없었지만, 상대가 만만치 않다는 것을 다시금 느낄 뿐이었다.

부사장 승진이라……. 그건 아마 이것저것 내뱉다 나온 말임에 분명했다. 여태 그걸 막으려고 안간힘을 썼으니까. 갑자기 툭 튀어나온 유주연 따위 때문에 그런 자리로 덥석 딜을 하려 하지는 않을 것이다. 어떻게든 그것만은 막고 싶었을 게 본심일 테니까.

상관없었다. 박 이사가 그 자리를 주지 않아도 자신이 차지할 거니까. 박 이사는 주총에서 유상감자든 무상감자든 자본의 감식에 대해서도 언급하지 않았다. 아직 그럴 만한 상태가 아니라고 생각한 모양이었다. 다만 박 이사 스스로 대주주 이사 이상의 위치를 표명하겠다는 의지를 임시 주총에 포고했고, 정식 주주 총회에서 그녀가 TJ홀딩스의 주요 임원이 될 것이라는 것을 천명했을 뿐이었다.

TJ건설이나 산업이 아닌 TJ홀딩스의 임원이라……. 그건 중요한 의미가 있었다. 경영보다는 태정그룹의 돈줄을 움켜쥐겠다는 의미니까.

주식은 상장되었다. 첫날 미리 대기하고 있던 수요자들의 폭발적인 매도는 예상치에는 조금 못 미쳤지만 순조롭게 진행되고 있었다. 다 모든 게 잘되어 가고 있었다. 그럼…… 이제 무엇이 문제란 말인가.

그건, 어떤 예감 같은 것이었다.

고가의 구두가 따각거리는 소리가 하얗고 깨끗한 복도에 울렸다. 이제 정리된 보고를 받고 제게 할당된 그 지긋지긋한 임무를 마저 하러 가야 했다. 어떤 새로운 지시가 내려오진 않았지만 환자는 상태가 급격하게 나빠지고 있었다. 자신의 암묵적인 방조가 극약이 되었다.

지분을 내놓으라거나 혹은 경영권을 달라는 것은 헛된 꿈에 찬 망상이라는 것이 확인되었다. 박 이사와 자신이 해야 할 일은 경영권 따위가 아니라 그녀가 제정신으로, 아니 만취한 상태라 할지라도 자신의 아랫사람이 아닌 사람과 접촉해서 헛소리를 하지 않게 하는 것이었다. 고급스럽고 경비가 철저한 요양 병원이 그녀의 다음 거처가 될 확률이 높았다. 그리고 아마 제게 부여될 임무는 그녀와 접촉한 사람들의 입을 막는 그런 일일 것이다.

한심해라.

이런 일이나 해야 하다니.

사실 그녀는 극심한 알코올 홀릭에서 가까스로 벗어나 새 삶을 찾아 전 재산을 털어 비행기 표를 샀을지도 모른다. 차라리 제게 와서 조용히 살 만한 집 따위를 요구했더라면 '태어나게 해 준' 수고로움을 치하하는 차원에서 조용한 곳에 아파트라도 한 채 마련해 줬을지도 모른다. 아니, 과연 그랬을까. 가정이야 어찌 됐든 이렇게 일을 크게 벌일 필요는 없었다. 다 자작지얼 아닌가.

감정적이거나 인간적인 이유가 아니라 범인류가 가지고 있는 인도적인 차원에서 이 상황을 종결해야 할 필요를 느낄 뿐이었다. 그가 자신의 차가 있는 지하 주차장을 향해 가려고 막 엘리베이터를 탔을 때였다.

휴대폰이 울렸다.

낯선 번호였다. 웬만해서는 낯선 번호로 연락이 오지 않는 그의 개인 전화였다. 그가 통화 버튼을 눌렀다.

"여보세요?"

임원실 직통 엘리베이터는 아무 소음도 없이 고속으로 지하를 향하는 중이었다.

— ……입니까?

"네?"

답답한 휴대폰 저편은 침묵이었다.

늘 조용한 면내에서 이렇게 소동이 일어나는 건 잦은 일이 아니었다.

"저 여자가 미친 여자라니까! 아, 글쎄 혼자 여관에 와서는 아침에 자빠져 자느라고 퇴실 시간인데도 안 나가잖아, 그래서 내가……."

"여관이란 데가 12시 아냐? 퇴실이? 지금이 12시도 안 됐는데 무슨 소리야?"

장 순경이 시계를 보면서 이야기를 하자 그제야 기차 화통을 삶아 먹은 듯 고래고래 소리를 지르던 남자의 목소리가 한 톤 낮아졌다.

"아니 그게…… 하여튼! 이거 봐! 피 나는 거 보라고! 뇌출혈이라도 있으면 어쩔 거야! 빨리 병원에 가야 한다니까!"

"멀쩡하게 말도 잘하면서 그래. 이마 좀 찢어진 거 가지고. 박 순경 얼른 보건소에 가 봐, 그리고 차 시트에 피 안 묻게 조심하라고!"

"이건 폭행 치사라고! 당장 깜빵에 넣어야 해!"

장 씨가 여전히 소리를 지르고 있는 것을 보고 한심하다는 듯 혀를 차던 김 순경이 대답했다.

"어이구, 놀고 있네. 사람이 죽어야 치사지! 멀쩡하게 주둥이는 살아 있나? 거 청소하는 아줌마가 다 봤다 했어. 이따 와서 진술서 쓴다니까 누구 잘못인지는 그때 가서 봐야지. 하여튼 보건소나 갔다 와."

"아니, 그게 아니라니까!"

"이따 삼자대면한다니까, 어이, 박 순경! 도망 못 가게 잘 지켜!"

그 소리를 듣고 얼굴이 시뻘게진 사내의 말꼬리가 사그라졌다.

"어딜 도망을……."

고래고래 소리를 지르던 사내는 다른 순경의 손에 이끌려 나갔고 그제야 김 순경은 고개를 돌렸다.

"아가씨, 다친 덴 없어요?"

"……."

"서울서 왔어요?"

"……."

비인면은 아주 작은 동네였다. 고층 건물이라곤 바닷가의 펜션뿐이었고, 농협 건물 따위를 빼고는 면내에 3층짜리 모텔 하나뿐인 그런 동네였다. 시쳇말로 옆집 숟가락 개수까지 다 알 만한 아주 작은 바닷가 마을이었다. 향교도 있고 읍성도 있다지만 서천이나 태안반도 쪽에나 사람들이 벅적일 정도였다. 그나마 요즘 들어 펜션이 들어서고 해서 외지 사람들이 좀 드나들 뿐, 전에는 그저 지나가는 길가에 지나지 않았다. 그러나 펜션도 바닷가에 몰려 있었고 서천으로 가는 큰길이 중간에 생긴 뒤로는 동네를 지나는 도로는 오로지 동네 사람들만 다녀서 더욱더 쇠락한 느낌만 있었다. 덕분에 직원이 10명도 안 되는 작은 파출소는 여름 한철 빼고는 조용한 하루하루를 보냈다.

궁전모텔은 모텔이라는 간판을 달았지만 몇 년 전까지만 해도 궁전장이라는 여관이었다. 전 주인이 빚에 허덕이다 헐값에 팔아버리고 그걸 사들인 장 머시기란 사람은 이 동네 사람이 아니었다. 그러나 술과 여자를 좋아해서 동네에서 큰 소리가 나면 열에 한번은 거기에서 나는 소리였다. 면내 유일한 여관은 외지인이 지나가는 주말 빼고는 그 옆에 있는 티켓 다방이나 혹은 대폿집 여주인에게 꼬이는 남자들의 하룻밤 일탈처가 되는 그런 용도의 건물일 뿐이었다.

아침 댓바람부터 거기서 청소를 하는 서대문 집 여자가 다급한 소리로 사람이 죽어 간다는 신고를 해 왔다. 급하게 출동을 하고 보니 주인 장 씨는 이마가 피범벅이 되어 있었고 웬 젊은 여자가 기절 직전인 채로 물건을 집어 던지며 소란을 피우고 있었다.

딱 보기만 해도 각이 나오는 상황이었다. 히스테릭한 소리를 지르며 발작을 일으킨 여자는 경찰이 다가가도 한동안 진정을 하지 못했고 죽는다고 난리를 치는 덩치 큰 장 씨 덕에 아침부터 진땀을 빼야 했다.

다들 안면이 있는 데다 한동네 사람이고 한 다리 건너면 다들 이리저리 친족 관계인 전형적인 작은 동네였다. 여관에서 방 청소를 하고 있는 서대문 집 여자는 김 순경 사촌의 처남댁이었다.

'저 여자, 언덕 위에 있는 교회에 와 있던 여자예요. 거기 밥 해 주러 다니는 건넛집 형님이 엄청 이쁜 서울 여자가 하나 와 있다고 했거든요. 그 여자 맞아요. 교회 권사님인지가 일 때문에 고향 내려간 뒤로 하도 바빠서 정신이 없었는데, 뭐 여행 왔다가 그쪽에서 일 도와주면서 있었다는데 무슨 일인지 그 여자가 말도 안 하고 내려갔다고 하대요. 어마어마하게 예쁘다 하던데……. 그런 여자들 뻔하잖아. 이 촌구석 그런 성당에 온 거 보면 뭐 그렇고 그런 사연이 있나 부지. 그런데 뭣 때문인지 말도 안 하고 여관에 왔나 본데, 혼자 있는 거 보고 또 장 사장 거시기가 동했는지 찝쩍거렸는데 여자가 보통이 아니었나 봐. 피가 철철 나고 난리였어. 내가 오늘 그거 닦다가 토할 뻔했다니까. 그런데 나 오늘 서천 갔다 와야 할 일이 있어서. 그냥 대충 뭐 조서인지 김 순경이 대신 쓰면 안 되나? 아니, 내가 사람이 죽어 가니까 신고했을 뿐인데 왜 나한테 난리냐고. 알아서 해야지!'

어쨌든 사건이 접수됐고 출동을 했으니 정리는 해야 했다.

"아가씨, 주민번호하고 이름 대요. 그리고 연락할 데 있어요?"

파랗게 질린 여자가 눈을 떠 김 순경을 쳐다보았다. 여우보다 곰에 가까운 듬직한 마누라도 있고 토끼 같은 딸내미도 둘이나 있는 그였다. 여자란 게 이뻐 봤자지, 다들 뜯어고치는 게 유행이라던데. 서대문 집 여자의 호들갑에도 김 순경은 그런 생각을 했다. 그런데 요즘 시쳇말로 심쿵 한다고 했나. 제 심장인지 뭔지가 쿵 하고 떨어지는 느낌이었다. 아니, 뭐 이렇게 이쁘게 생긴 여자가 다 있나……. 연예인이라도 되나.

젠장…… 이게 무슨 일이란 말인가.

낯선 지명에 당혹스러웠다. 해야 할 일이 있었다. 그러나…….

"김 변? 지금 빨리 와 줘야겠어."

고속도로에는 차가 많았다. 그러나 달리는 데는 지장 없어 보였다. 그는 오토 크루즈의 속도계를 맞췄다. 액셀러레이터가 저절로 들어가 멈추었다. 차는 일정한 속도로 운전자와는 상관없이 고속도로를 달리기 시작했다. 페달에서 발을 뗐다.

— 강 상무님, 무슨 일이십니까?

"문자로…… 위치하고 전화번호 아까 보냈으니까 확인하고, 그곳으로 당장 와."

— 네?

그때였다. 휴대폰에 뚜뚜 하는 소리와 함께 전화가 오기 시작했다.

"지금 다른 전화 때문에, 하여튼 그리로 와. 최대한 빨리."

전화를 끊고 그는 새로 들어오는 전화를 받았다.

"여보세요?"

― 김 부장입니다.

"뭐?"

그가 되물었다. 김 부장? 김 팀장이겠지. 자신이 잘못 들었다 생각했다. 오늘 블루힐스 공사 현장에 정기 점검이 있었다. 물론 그건 윤정이 취소했을 테고 그에겐 긴급한 일만 보고를 하게 되어 있었다.

― 시키신 일 진행하겠습니다.

진행해야 할 일? 물론 어마어마하게 많았다. 주총 전에 검토한 서류가 산더미 같았으니까. 대체 무슨 일인 건가. 아, 시청 관계자들에 대한 접대 건인가. 차창 밖으로 행선지가 표시된 파란색 표지판이 보였다.

― 500미터 앞에서 우측 출구입니다.

내비게이션에서 여자의 목소리가 기계적으로 울렸다. 그것에 신경을 쓰던 그가 역시 기계적으로 대답했다.

"알았어."

― 네.

전화는 바로 끊어졌다. 좀 이상했지만 그는 내비게이션이 시키는 대로 우측 출구로 빠지느라 곧 잊어버리고 말았다. 이따 윤정에게 전화를 해서 확인해야겠다 싶었다. 기사를 데려오지 않고 직접 운전을 했기 때문에 그는 운전에만 신경 써야 했다. 도착하는 게 우선이니까. 그는 다시 액셀러레이터를 밟았다.

또다……

이런 상황들이 몇 번째인지……. 이젠 기억도 나지 않는다.

꽃이 사방에 핀 세상은 아름다웠다. 봄볕은 따사롭고, 웃고 있는 아이들은 귀엽고 사랑스럽기만 했다. 그러나 제게 닥친 세상은 결코 그렇게 아름답지만은 않았다. 늘 그래 왔었다. 올해는 그게 더 심했다. 얼른 이 꽃핀 계절 따위가 지나가 버려야 할 텐데.

차갑고 딱딱한 의자, 죄지은 사람에겐 당연한 추궁. 명확한 범죄자였다. 이제 자신에겐 그 누구도 남아 있지 않았다. 그 오래된 집도 없으니까, 그것 때문에 자신을 위해 뛰어와 줄 누군가도 이젠 없었다. 차라리 감옥에 가는 게 나은 걸까. 아니, 그게 아니라면 잠깐 있었던 그런 성당이나 혹은 더 깊은 산속에 있는 비구니들만 있다는 절로 가야 하는 걸까. 이젠…… 그러고 싶다.

"……그냥 그러고 가만히 있는 게 능사가 아니라니까요!"

제복을 입은 낯선 사람의 추궁이 이어졌다.

그냥 날 내버려 둬요…….

자신의 하얀 집이 그리워졌다. 우리 아이들…… 먹이 급여기 속에 든 먹이가 다 떨어진 건 아닐까.

하얀 집, 하면 떠오르는 누군가를 생각하지 않으려고 그녀는 생각의 끈을 놓으려 애썼다. 옆에서 누군가 자꾸만 질문을 하는데도 불구하고.

"아가씨, 괜찮냐고……."

움츠러든 공같이 오그라든 사지가 저려 올 때쯤이었다.

누군가 와 줄 사람도 없는데……. 이제는 이런 일쯤은 자신이 알아서 해야 하는데, 어떻게 해결해야 하는 건지는 모르겠지만 하여튼 그렇게 해야 하는데. 한 번씩 제 온몸의 것을 빼놓을 듯 발악을 하고 나면 제 의식은 받은 상처를 치유라도 하려는 듯 저 밑으로 가라앉았다. 정신을 차리고 싶은데도 그게 잘되지 않았다.

여긴 낯선 곳이었다. 그러니까 정신을 차려서 무언가를 해야 했다. 그러나 가라앉은 제 속은 희미하고 뿌연 안개로 가려진 듯 아득하기만 했다. 그 아득함은…… 누군가를 찾아 헤매고 있었다. 이제는 생각지도 말아야 할 누군가를…….

부질없는 것을 아니까, 정신을 차려야 했다.

"아가……씨?"

나이 든 남자의 목소리가 지척에서 들렸다. 분명히 아까 봤던 경찰이 분명했다. 이 딱딱한 의자의 정체는 경찰서의 구석에 있는 것임에 틀림없었다. 그러나 주변은 너무 고요했다. 또렷이 들리는 목소리가 또다시 제 희미한 머릿속에 빨간불을 켜고 있었다.

"아가씨, 이봐……."

낯선 손길이 제게 닿았다.

"아악……."

저도 모르게 제 목구멍에서 비명이 울리는 게 느껴졌다. 서윤이 눈을 떴을 때 자신이 입은 카디건이 젖혀져 있는 게 보였다. 게다가 제복을 입었지만, 그게 보이지 않을 만큼…… 제가 익숙하게 봐 왔던 탐욕스러운 남자의 시선이 눈앞에 있었다.

"저리 가!"

자신의 목구멍에서 저절로 비명 소리가 났을 때였다.

"그 손 떼지 못해!"

어디선가 익숙한 목소리가 들렸다.

이것도 꿈일까…….

이젠 이 악몽에서 좀…… 벗어나고 싶었다.

15

"CCTV 다 있지 않습니까? 확인해 보면 알 거 아닙니까?"

"아니, 무슨 그런 소리를……. 그리고 피의자가 병원에 갔단 말입니다. 저 여자분이 상해를 입혔고……."

"조금 있다 변호사가 올 겁니다. 그 사람이 알아서 할 테니까. 무슨 일 있으면 이리로 연락하십시오. 아까 있었던 일은 문제 삼지 않을 테니 알아서 처리하시죠."

명함을 꺼내 책상 위에 올려놓고 말했다. 생각 같아선 그냥 넘기고 싶진 않았다. 그래도 이곳은 대한민국 공권력의 상징인 경찰이 있는 곳 아닌가. 차라리 이걸 빌미로 빨리 해결하고 이곳을 빠져나가고 싶을 뿐이었다.

"아니, 내가 무슨……."

마치 꺼진 화면 같았던 그녀의 감각 속에 무언가 소음들이 섞여 들었다. 이 소리들은 무엇일까. 전혀…… 현실감이 없었다. 왜 저 목소리가 옆에서 들리는 건지. 아마 이것도 꿈인 걸까.

발작 같은 발악을 하고 나면 이 몸뚱이는 기운이 빠져나가 마치 탈진을 한 것같이 되어 버렸다. 그런데 그 와중에 들리는 낯익은 소리가 그녀에게 눈이라도 떠 보라고 하고 있었다. 이 믿기지 않는 소리를 확인하려면 그래야 한다고.

"정신 차려! 괜찮아? 이서윤!"

축 늘어진 여자는 눈을 뜨긴 했지만 무언가를 보는 것 같지는 않았다.

벌써 몇 번째인가.

그 또래 젊은 여자들이 입는 몸에 붙는 청바지, 면 티셔츠, 얇은 카디건. 평범한 차림에 화장기 없는 얼굴, 손질도 안 된 긴 머리카락……. 며칠 새 더욱더 비썩 말라붙은 것 같은 여자의 얼굴은 창백했다.

평생을 이렇게 살아온 건가. 그래서 이 여자의 가방엔 늘 칼이 들어 있었나. 가장 안전해야 할 경찰서 안에서도 안전하지 못한 여자는 그래서 칼을 품고 있었던 걸까. 칼이 있었다면 또 누군가 다친 건가.

그러나 그는 그런 것에 대해서 생각할 겨를이 없었다. 이 여자가 누굴 해쳤든 그건 중요치 않았다. 다 그럴 만한 이유가 있었을 테니까. 그리고 그건 어떻게든 해결될 테니까. 우선은, 경찰 제복을 입었지만 희번덕거리는 본능밖에 남지 않은 중년 사내의 눈앞에서 이 여자를 데리고 나가야 했다.

"아니, 그게 안 된다니까요……."

순경이 자리를 뜨려는 그를 만류했지만 그는 작은 파출소 순경의 말 따위를 들을 생각이 없었다. 태진은 가까스로 몸을 일으키는 서윤을 번쩍 안아 들었다. 평소에 웨이트로 몸을 관리하지 않더라도 충분히 번쩍 들어 올릴 수 있을 만큼 여자는 가벼웠다.

"아……."

여자가 뭐라 하는 것 같은데도 그는 아랑곳하지 않고 유리문을 열고 나섰다. 2차선 도로에 무뢰한처럼 떡하니 버티고 있던 제 육중한 차의 문을 열고 여자를 조수석에 앉혔다. 그녀는 이제야 정신을 차리고 그를 쳐다보았다.

"상무님……."

그녀의 희미한 중얼거림에도 그는 마치 이곳을 재빨리 빠져나가야겠다는 생각밖에는 없다는 듯 대꾸 없이 운전석에 올라탔다.

"벨트 매."

그는 짧은 말과 함께 차를 출발시켰다. 방향이 어떻게 됐는지 모르겠지만 그는 얼른 이 조그맣고 답답한 동네를 벗어나고 싶었다. 이 여자를 데리고.

차 안에서 나는 청신한 방향제 냄새가 그녀의 정신을 깨웠다. 주섬주섬 안전벨트를 매면서 그녀는 이게 제 몽롱한 정신이 만든 상상 따위가 아니라 실제라는 것을 알게 되었다. 아니 왜…… 왜 이 사람이 여기 있는 거지.

"여긴…… 어떻게 오신 거죠?"

경황이 없던 그녀의 휴대폰에서 유일하게 찍힌 번호가 그의 개인 전화번호라는 것을 서윤은 모르고 있었다. 그녀가 정신을 잃었을 때 연락 가능한 것이 그 번호밖에 없었다는 것도 역시 알지 못했다.

"내가 묻고 싶은 게 그거야. 왜 여기 있는 거야?"

"……."

아버지란 사람을 찾아서 왔다고……. 그렇게 이야기해야 하는 건가. 서운은 갑자기 입 안이 말라붙었다.

"다친 덴 없는 거야? 병원은 안 가도 돼? 무슨 일이 또 있었던 거야? 또 사람을 찌른 건 아니지? 아니 누가 또……."

2차선밖에 되지 않는 도로변에는 들쭉날쭉하게 차나 손수레 따위가 서 있었고 그 사이로 불쑥 사람이 튀어나와 신호도 없이 길을 건넜다. 자주 운전을 하지 않는 그는 정신없는 도로를 신경 쓰다 힐끗힐끗 그녀를 쳐다보면서 급하게 물었다.

그의 물음에 그녀는 기억을 더듬었다. 칼이 없었으니까 찌른 건 아니었다. 그러나 분명히 피가 흥건했고 누군가 다쳤다. 그리고…….

"죄송합니다."

분명히 제가 이렇게 파출소를 나올 수 있었던 건 이 사람 덕분일 것이다. 아니, 이 사람의 변호사 덕분일지도. 이 사람이 얼마나 바쁜 사람인지, 얼마나 대단한 사람인지는 늘 뼈저리게 느끼고 있었다. 저 때문에 서울의 경찰서도 아니고 이런 먼 곳의 파출소까지 왔다니……. 마음 한구석에서 뭔가가 부르르 끓어오르는 느낌이었다. 그 어떤 뭔가가.

여자는 우선 정신을 차렸고 멀쩡히 대답을 하는 걸 보니 괜찮은 것 같았다. 여전히 2차선 도로 위였지만 인가가 사라지고 옆으로는 막 잎이 피어나기 시작한 가로수와 빈 논들이 나타났다. 그제야 좀 숨통이 트이는 느낌이었다.

"사표는 왜 낸 거지?"

"……."

이 상황에서 적당한 물음은 아니었다. 그러나 그의 머릿속에 있던 건 그 질문이었다. 왜…… 사표 따위를 낸 건지.

모든 걸 가볍게 생각했다. 복잡하고 정신없는 일들이 늘 자신의 앞에 산재되어 있었으니까. 다른 여자들과 그랬던 것처럼 그냥 그의 말대로 성인끼리 합의된 가벼운 일탈 정도로 취급했었다. 아니, 말을 내뱉고 나니 혹…… 이 여자도 그렇지 않았을까, 사표란 건 뭐 그냥 다른 이유 때문이 아닐까, 그게 꼭 자신 때문은 아닐지도 모른다는 생각이 들었다.

그런 걸까. 아니라면, 다른 이유가 있었던 걸까.

"무슨 일 있었던 거야?"

그래서 다시 물었다.

따사로운 봄 햇빛이 한적한 길가에 쏟아졌다. 드문드문 지나가는 차만 있을 뿐이었고 도로는 조용했다. 저 멀리 보이는 빈 논에도 농사 준비를 시작하려는 듯 사람의 흔적이 있긴 했지만 한적했다. 값비싼 승용차의 정숙함 속에 도시에서 보기 힘든 시각적 고요가 가득 차 있었다.

서윤은 대답을 할 수 없었다. 무슨 일이 있었던 걸까. 아니, 그런 것들이 생각나지 않았다. 어제 누굴 만났는지, 왜 그 성당을 빠져나왔는지, 오늘 아침에 어떤 끔찍한 일이 있었는지……. 그런 것들이 선팅 된 차창으로 쏟아지는 갈색빛 햇살에 스르륵 녹아 흩어지고 있었다. 제 창백한 손등에 내려앉은, 꽃이 막 지고 어린 새잎이 돋아나는 나무들이 만들어 내는 얼룩무늬를 지닌 햇볕이 그녀에게 속삭이고 있었다.

'그가 왔다…….'

오늘이 무슨 요일인지, 혹은 며칠인지도 알 수 없었다. 평소라면 이 사람은 지금쯤 그의 그 미니멀하면서도 화려한 사무실에서 그 많은 비서들에게 청한 커피를 마시면서 브리핑을 하거나 회의

를 하고 있어야 했다. 비서실장의 세 개의 모니터 중 하나를 통째
로 차지하고 있는 그의 스케줄러에는 분 단위로 칸이 나눠진 일정
이 알록달록하게 화면을 채우고 있을 터였다.

그런 그가…… 지금 옆에서 묻고 있다.

"무슨 일 있었던 거야?"

자기주장이 강하거나, 하고 싶은 말을 다 하는 대단한 여자는
아니었다. 남자들이 죽고 못 사는 보호 본능을 자극하는 가녀린 여
자처럼 보이기도 했지만 오히려 그의 변호사는 위험한 여자니까
멀리하라고 했다. 칼을 품고, 휴약기도 없이 피임약을 먹던 여자,
자신의 손에 아직도 걸리적거리는 붉은 선이 된 상처를 남긴 여자,
그리고…… 제 품에서 따뜻한 온기를 내뿜던 벨벳처럼 매끄럽고
부드럽던 여자…….

그는 차를 세웠다. 한적한 시골길에는 인적도, 지나가는 차도 없었
다. 그의 둔중한 승용차는 농로로 이어지는 풀밭 한구석에 멈췄다.

그는 차에서 내렸다. 당황하는 여자를 뒤로하고. 그러고는 빙
돌아 여자가 앉아 있는 조수석의 문을 열었다. 푸석거리는 긴 머리
카락을 드리운 창백한 여자가 무슨 일이냐는 듯 커다란 눈으로 자
신을 올려다보고 있었다. 그는 몸을 숙여 여자를 묶고 있는 안전벨
트를 풀었다.

"내려."

* * *

"녹음은 제대로 했겠지?"

— 네.

"알았어. 똑바로 처리해."

사내는 전화를 끊고 옆에 있는 다른 휴대폰을 들었다. 어지럽게 서류와 잡동사니들이 뒤섞인 책상 위에는 여러 개의 휴대폰이 놓여 있었다. 한참 유행이 지난 폴더폰 하나를 집어 들더니 품에서 꺼낸 값비싼 최신형 휴대폰에 있는 주소록을 뒤져 번호 하나를 찾아내고는 그 번호를 눌렀다. 통화 연결음이 들리고 누군가 전화를 받았다. 그러나 전화를 받은 이는 아무런 대답이 없었다.

"실행하겠습니다. 계획대로 됐습니다."

— 알았으니 처리하고 나서 전화해. 잔금 입금하겠어.

"네."

사내는 전화를 끊었다. 그러곤 제 휴대폰의 연락처에 떠 있는 전화번호를 삭제했다. 그러곤 유유히 책상 위에 흩어진 휴대폰들을 휘리릭 쓸어 열린 서랍에 밀어 넣고는 자리에서 일어나 어두침침한 사무실을 빠져나갔다.

* * *

무슨 일인지는 모르겠지만, 여자는 남자의 명령에 따라야 했다. 뭐가 잘못된 건가. 비틀거리면서 푹신한 조수석에서 일어났다. 발밑에 아직 녹색을 띠지 못한 누런빛의 잡초들이 바스락거리는 게 느껴졌다. 이마에 봄볕이 쏟아져 내렸다. 가로수들은 저기 하나, 여기 하나 떨어져 있어서, 여린 잎을 내민 가지만으로는 그늘 따위를 만들어 주지 못했다. 대신 나무처럼 커다란 남자가 자신을 내려다보고 있었다.

"왜……."

왜 그러시냐고 물어야 했다. 제가 뭘 잘못했나. 말도 안 하고 사표를 쓴 거? 아니면……. 이 바쁘신 분을 여기까지 오게끔 번거롭게 한 거?

그러나 이 사람이 뭐라 자신을 채근해도 상관은 없었다. 그냥 어제 밤새, 아니 새벽 내내…… 이 굳은 피에타 상 같은 얼굴을 기억해 내느라 애썼으니까. 그냥 이 사람이 또 나 때문에 여기 와 있다는 것 자체가 믿기지 않을 만큼 행복하니까. 그러니까 뭐든, 뭐라 하든 상관없다. 서윤은 두 발로 겨우 바스락거리는 길가에 섰다.

그때였다.

그가…… 와락 그녀를 껴안았다.

돌아서서, 여자의 하얀 문을 나서면서 자신의 나약함에 치를 떨었다. 매사 조심하며 자신을 쳐다보는 이들에게 책잡히지 않으려 애썼던 자신의 노력이 이렇게 어이없이 물거품이 되어 버린 게 한심했다. 아니, 한 번의 일탈이 아니라 술기운이란 걸 빌어 그런 짓을 한 게 몇 배나 더 한심하고 바보스러웠다. 게다가 그렇게 사표를 낸 여자의 방에 다시 찾아가 난리를 치고 나니 이젠 스스로를 믿을 수가 없었다. 거기서 끝내야 했다. 그런데…… 그러지 못했다.

스스로 아무렇지도 않다고 생각하고 있었는데, 술 취해 제멋대로 떠드는 다른 여자를 보면서 그렇지 않았던 모양이었다. 그냥 스쳐 지나가는 여자인데, 그냥…… 잊어버리고 말았어야 했는데, 그런데…….

그럴 수도 있었다. 여자의 사고 따위, 김 변에게 이야기해서 돈으로 해결할 수도 있는 거였다. 아니, 그냥 무시해도 상관없었다.

그 여자가 자신의 비서실에 근무하던, 엊그제 사표를 쓴 여직원이 었다고 해서, 혹은 몇 번 섹스를 했다고 해서 뭔가 인과 관계 같은 게 생기는 건 아니니까. 그냥 옛정을 생각해서 혹은 사무적 관계 때문에 여자가 사고를 친 걸 인도적인 차원에서, 매우 인자하고 배려 있게 친히 회사의 고문 변호사를 보내 정리해 주는 것조차 너무 과한 처사였다.

그러나 전화를 받은 순간, 속된 말로 그는 꼭지가 돌아 버린 느낌이었다. 누군가…… 그 여자를 해친 자를 죽여 버릴지도 모른다는 그런 생각에 사로잡혀 버린 것 같았다. 운전기사도 물리치고 그 낯선 곳을 향해 차를 몰고 왔다. 지금 자신이 몸을 뺄 수 있는 겨를이 있는 것도 아니었는데……. 게다가 실제로 그런 상황을 목도하고 나서 그 감정은 배가 된 느낌이었다.

하지만 여자는 괜찮았다. 그 작은 얼굴이 훨씬 더 상했지만 괜찮았다. 우선은 여자를 그곳에서 데려오고 나서야 안심했다.

그런데…… 그걸론 부족했나?

쓸데없이 커다란 차의 기어와 팔걸이는 둔중하고 넓었다. 운전석과 조수석은 멀기만 했다. 게다가 제가 운전을 해야 하는 게 짜증스러웠다. 여기가 서울의 한끝 자락이기만 했어도 그런 생각은 하지 못했을 것이다. 지나가는 차도 드문, 이제 농사를 위해 물을 대 놓은 넓은 빈 논만이 양옆에 펼쳐진 그런 조용하고 한적한 시골길이었다. 그래서 그랬다.

그래서 그는 제 말에 당황하며 내린 여자를 품에 구겨 넣었다. 감히 누군가 다른 놈들이 손대지 못하게…….

그녀는 숨이 막혔다.

그러나 그냥 이대로 제 폐 속이 진공이 되어 죽어도 아무렇지 않을 것만 같았다. 제게 자격이 있는 걸까. 제 마음과 몸이 밀어내지 않은 처음이자 마지막 사람인데—마지막이라고 단정한 건 속단일지도 모르겠지만 지금 이 순간만큼은 그렇게 느껴졌다.— 그 사람이 자신을 찾아와 주었다. 그리고…….

숨이 멎어 버릴 듯한데 그러지 않은 건, 으스러질 듯 자신을 안은 남자의 입술이 격하게 그녀에게 내려앉았기 때문이었다.

삶은 정해진 선대로 뛰는 트랙 따위가 아니었다.

누군가는 삶이란 게 예측을 할 수 없기 때문에 의미가 있는 거라 거창하게 말하기도 했다. 하지만 예측 불가능한 삶은 늘 뒤통수를 쳐 댔고 그 충격에 쓰러져 일어나기 힘들 때도 있었다. 그러나…… 결국 그 삶이란 걸 살아가는 건 내 자신일 뿐.

운명이고 나발이고 그딴 것들도 믿지 않았지만, 뭔가가 있으니까 다들 그렇게 떠들어 대는 거 아닐까. 그런 비슷한 것들이 정말로 있다면 받아들여야 하는 건가. 그래서 이 죽이고 싶은 살기가 치솟는 4월에 갑자기 제게 떠밀려 온 여자를 대낮에, 어딘지도 모를 길가에서 으스러지게 안고 있는 거 아닐까. 그리고 바싹 마른 것 같은 여자의 입 속을 헤매면서 갑자기 운명이니, 의미니, 삶이니 하는 것들을 떠올리는 거 아닐까.

어차피 동화책에 나오는 것같이 아름답거나, 교과서에 있는 것처럼 누구나 걷는 바른 삶을 살아온 건 아니었다. 그러니 내가 가고 싶은 길을 가는 수밖에.

한바탕 격렬한 풍랑이 일고 나면, 늘 평범했던 일상은 왠지 훨씬 더 고요하게만 느껴진다.

"알았어. 잘 처리했군. 서울에서 보지."

고요한 공간에 그의 목소리가 울렸다. 그러곤 다시 휴대폰 통화 연결음이 울렸고 상대는 기다렸다는 듯 금세 전화를 받았다.

— 상무님!

"내가 갑자기 개인적인 일이 생겨서 지방에 내려왔는데 도로에 사고가 났나 봐. 차가 엄청나게 밀려. 뭔가 다른 일은 없는 거지?"

— 정 기사가 갑자기 올라오고 상무님과 연락이 안 돼서 걱정했었습니다. 주총 끝나고 다른 일정은 잡지 않아서 괜찮습니다만…….

윤정의 목소리가 차의 스피커 사이로 새어 나왔다. 옆에 앉은 서윤이 마치 없는 것처럼 그는 블루투스로 연결된 휴대폰으로 계속 이곳저곳에 통화를 이어 갔다. 서윤은 저도 모르게 고개를 숙였다. 그러나 그것을 알 리 없는 그는 통화를 계속했다.

"급한 일 있으면 연락하고. 난 한남동에 일이 있어서 그리로 바로 갈 테니까. 오늘 주총 자료하고 공사 현황, TJ홀딩스 주가 보고서 정리해서 메일로 보내."

— 네. 저기…….

"뭐?"

— 아닙니다. 알겠습니다.

윤정의 목소리가 사라졌다. 서윤은 괜히 죄인이 된 느낌이었다.

"아무것도 안 먹어서 배고플 텐데……. 괜찮은 거지?"

뭔가 물기에 젖은 것 같은, 전화할 때와는 전혀 다르게 느껴지는 목소리에 서윤은 그나마 마음의 죄책감을 덜고 자그맣게 대답했다.

"네. 괜찮아요."

"길이 많이 막히는군."

서해안 고속도로에 꽉 찬 차들은 움직일 생각이 없어 보였다. 휴대폰에서 본 인터넷 뉴스가 한참 앞쪽에서 탱크로리가 넘어져 차선을 막아 버린 대형 교통사고가 났다고 알려 주지 않았다면 이게 무슨 영문인가 했을 정도였다. 그러나 그 원인을 안다고 해서 뾰족하게 이 자리에서 벗어날 수도 없는 노릇이었다. 출구도 없는 고속도로에는 짜증에 찬 차량의 행렬이 길게 늘어서 옴짝달싹도 못 하고 후미등만 깜빡이고 있었다.

"칼은 왜 가지고 다닌 거지?"

언젠가 묻고 싶었던 것이었다. 그러나 이 여자에게 그걸 물어볼 생각은 하지 않았다. 그런 한가한 질문을 할 만큼 한가한 시간에 이 여자를 본 적이 없었으니까.

차는 막히고, 차 안에는 적막이 가라앉아 있었다. 무언가 말을 하지 않으면 제 속에서는 다른 것이 기어 나올 것만 같았다. 헝클어진 머리카락 사이의 가냘픈 목과 안전벨트 위에 맞닿은 두 손가락조차 그에게는 그날의 온기를 자꾸만 상기시켜 주고 있었기 때문이었다.

그렇다고 이 적막 속에 자신이 뭔가를 떠들고 싶은 생각은 전혀 없었다.

고요한 적막 속에 그의 목소리가 그녀의 귓가에 울렸다. 그렇지만 고개를 돌려 그를 쳐다볼 수는 없었다. 그가 왜 여기 왔냐고 더 묻지 않는 게 다행인 걸까. 아니, 그 문제는 결국은 하나의 사건에서 모두 출발했다. 제 가방 속에 몇 년이고 들어 있어야 했던 칼과 낯선 동네에 있는 수취인 불명의 우편물이 도착하는 성당.

이 수많은 이야기들의 시발점은…… 이미 돌아가신 엄마의 가장 큰 불행이자 수치였다. 그걸 이 사람에게 이야기해야 하는 걸까.

"전…… 태어나지 말았어야 했어요."

이게 이 모든 이야기의 시작이었다.

앞차들이 움찔거리고 있었다. 어디선가 사이렌 소리가 울렸다. 갓길로 질주하는 구급차와 경찰차의 소리였다. 소리는 한동안 꽤 시끄럽게 울렸다. 그러나 그의 마음속에는 여자의 말 한마디가 더 시끄럽게 울렸다.

태어나지 말았어야 했다……. 그건, 자신도 마찬가지 아닌가.

* * *

사내의 숨소리가 거칠어져 있었다. 그의 귀에는 블루투스 이어 폰이 끼워져 있었다. 새로 생긴 아파트 단지가 있었고, 옆은 여전히 공사 중이라 거대한 크레인들이 굉음을 내며 움직거렸다.

이런 일은 처음이었다. 그러나 간절히 필요한 건 돈이었다. 저쪽 교차로 너머에 별 특징도 없어 보이는 하얀색의 승용차가 멈춰 있었다. 그는 몇 번이고 머릿속으로 동선을 계산하며 다시 한번 자신을 묶고 있는 안전벨트를 확인했다. 트럭은 튼튼했다. 설사 그렇지 않더라도 상관없었다. 핸들을 잡은 시커먼 손엔 허옇게 핏기가 사라지고 있었다.

왜 안 오는 거야.

삐리리릭……. 귓가에서 소리가 났다.

— 사거리 통과했어. 준비해.

숨이 멎어 버리는 것 같았다. 그러나 반대로 심장은 미친 듯이 날뛰기 시작했다. 마치 백 미터 달리기를 하는 듯 숨이 가빠 왔다. 기어를 바꾸고 브레이크와 엑셀을 동시에 밟자 커다란 트럭은 굉음을 냈다.

어디선가 사이렌 소리가 울렸다. 저쪽 교차로에서 하얀색의 구급차가 그다지 빠르지 않은 속도로 나타났다. 그것을 보자마자 트럭은 더욱더 무시무시한 소리를 내면서 움직이기 시작했다.

사내는 이를 악물었다.

자그마치 칠천이야……. 죽었다 깨나도 벌 수 없는 돈 칠천, 미경이의 신장을 바꿔 줄 칠천만 원…….

사거리에 어마어마한 굉음이 울렸다.

16

그의 체온이 사라졌다.

— 사모님 상태가 안 좋아지셔서 병원으로 후송했습니다. 병원 측에서 나와 응급조치는 했고요. 태정 케어 센터로 후송 예정입니다. 생명에는 지장 없으십니다.

"알았어. 박 이사님은 아시나?"

— 네. 그쪽에서 지시 내려왔습니다.

"수고했어."

마침 사고 현장이 눈앞에 보였다. 처참하게 구겨진 탱크로리가 가로로 누워 있었다. 경찰의 수신호가 눈앞에서 흔들거렸다. 사고 현장을 빠져나가자 고속도로는 오히려 뻥 뚫려 있었다.

"이제야 길이 뚫렸네."

그의 손이 다시 그녀의 무릎 위에 모여 있는 두 손을 덮었다.

아까의 사고 현장에서 누군가는 크게 다쳤을지도 모른다. 아니,

누군가는 세상을 떠났을 수도 있다. 그도 아니라면 차가 망가져서 크게 해를 입었을 수도 있었다. 그러나 그건 타인의 아픔이었다. 하얗고 커다란 손이 제 손등을 덮은 순간 서윤은 생각했다.

행복해…….

이 순간 죽어도 될 만큼.

그 여잔 짐일 뿐이었다. 그 이상 그 이하도 아니었다. 인륜이니 천륜이니 혹은 모성애나 효심 같은 걸 알면서 성장했다는 것도 축복이었다. 풍족하고 남들이 부러울 만큼 대단한 삶을 살았으니까 그 정도는 감내해야 한다고 할 수도 있다. 아니, 그런 누군가의 오지랖에 대답할 필요는 없었다. 딱히 '정상적인 가정의 행복스러운 삶' 같은 것들을 직접 경험해 보지 않았으니 부러울 것도, 그렇지 못했다고 불행할 것도 없다. 그러니까 그냥 하루하루를 급급하게 살아야 할 뿐. 당장 제게 닥친 블루힐스나 혹은 경영권 승계가 가장 중요할 뿐이었다. 아니 그것 말고…… 또 뭐가 있을까.

제 손 밑의 이거……?

서울로 들어서자 길에는 차가 늘어났다. 다들 운전을 결사적으로 하는 것 같아 보였다. 자주 운전을 하지 않는 터라 그도 신경이 쓰였던 모양이었다. 서윤은 그가 자신의 손을 잡고 있지 않아도 어쩔 수가 없었다. 태진의 신경은 오로지 내비게이션의 빨간 화살표에만 집중되어 있었다. 다만 둔중하고 값비싼 차 덕에 끼어들기가 그나마 수월해 다행이었다.

"오피스텔에 가 있어."

익숙한 거리가 눈에 나타나자 그가 한마디 했다.

"네."

그렇게라도 이야기해 주는 게 다행이다 싶은 서윤도 조신하게 대답했다.

커다란 사거리에 신호등이 켜졌다. 차들이 길게 늘어섰다. 그때였다. 다시 그의 휴대폰이 울렸다. 또다시 스피커폰이 켜졌다.

"여보세요?"

처음 보는 번호에 그가 인상을 찡그리면서 전화를 받았다.

— 강 상무.

"박 이사님?"

차 밖은 소음이 가득할지 모르겠지만 차 안은 고요했다. 역시 통화 중에는 옆에 앉은 서윤의 존재는 없어진 듯했다. 차 안에 울리는 것은 나이 든 여자의 약간은 건조한 목소리였다.

— 지금 어디 있지?

마치 잘못을 하다 들킨 것처럼 그의 얼굴이 굳어졌다. 실은 주총 다음엔 바로 한남동에 가 있어야 했으니까.

"잠시 일 때문에 바깥에 나왔습니다만, 곧 한남동에 도착할 예정입니다."

— 아니, 그럴 필요 없어. 밖이라고? 잘됐네. 한 2, 3일쯤…… 밖에 있어.

"네? 무슨 말씀이십니까."

그가 의아하다는 듯 되물었다.

— 그런 줄 알아. 다시 연락하겠어. 한남동엔 당분간 들어가지 마.

"무슨……?"

차 안에는 공허한 끊어진 통화 소리만 뚜뚜뚜 하고 울리고 있었다. 커다란 차의 내비게이션용 화면에는 발신자 번호를 알 수 없음 이라는 낯선 글자가 떠 있었다.

서윤은 마치 아무것도 듣지 않았다는 듯 가만히 있었다. 상무님의 일에 관여할 자격 따위 없으니까. 차들의 행렬은 커다란 도로 위에 드리워진 불빛에 의해 움직였고 당황스러운 표정의 그는 차를 출발시켰다.

화면 속의 빨간 화살표가 익숙한 곳을 가리키자 차는 아무렇지도 않다는 듯 지하 주차장으로 향했다. 그냥 차가 주차장의 입구로 들어가 가득 찬 차들 사이에 주차할 자리를 찾을 뿐이었다. 그런데…… 서윤의 마음 한구석은 아까와는 다르게 두근거리기 시작했다.

아까까지만 해도 험한 일을 당해 정신을 잃고 있었다. 아니, 어젯밤만 해도 평온하고 안일한 그녀의 일상에 커다란 돌을 던진 사건이 있었다. 그게 절망이었는지 혹은 실망이었는지 그도 아니라면 아픔이었는지 알 수가 없었다. 게다가 아침엔 또 사고를 쳤다.

한 번쯤 이런 삶에 대해서 고찰이라는 것을 했어야 했다. 그동안 열심히 아무 변화도 없는 삶의 노트에 글을 쓰다 새로운 장을 넘긴 것처럼, 처음으로 일을 그만두고 아버지를 찾아 그런 아픈 말들을 쏟아 냈으면 이제 뭔가 달라졌어야 했다.

그러나…… 그런 것들이 이젠 기억도 나지 않았다. 그냥 이 사람이 나를 찾아와 주었다는 사실이, 이 사람이 자신의 자리로 돌아가지 않고 자신이 있는 곳의 주차장에 차를 댄다는 사실이, 버튼을 눌러 시동을 끄고 아무렇지도 않게 안전벨트를 풀고 있다는 것이…… 그녀의 가슴 한구석을 찢어 내리고 있었다. 왜 이 찢긴 곳이 아픈 걸까.

"내려."

그녀는 허겁지겁 안전벨트를 풀면서 이 찢긴 가슴속에서 우르륵 쏟아져 내리는 건 뭘까 생각해 보고 싶었지만 그럴 사이도 없었다. 성큼성큼 엘리베이터를 향해 가는 그를 종종걸음으로 뒤쫓으면서 그녀는 자신도 모르게 미소 짓고 있었다.

"아, 그거 번호 바꿨어."

서윤이 당황하는 표정으로 자신의 집이 분명한 문 앞에 모양이 바뀐 디지털 도어록을 보고 멈칫하자 그가 재빨리 말했다. 태진은 자신이 이곳에서 벌인 소동이 생각나 겸연쩍었다.

"네?"

"내가 바꿨어. 번호는 0917이야."

"아…… 네."

왜 그랬을까, 서윤은 문을 열면서도 이유를 물어볼 생각을 하지 못했다.

집 안에 들어서자 웅웅거리는 산소 발생기의 소리만 들렸다. 며칠 사이 뿌옇게 낀 수조의 이끼만이 주인의 부재를 증명해 줄 뿐, 뭐 하나 바뀐 것 없이 단정한 실내는 새하얗고 조용했다. 등 뒤에서 문이 닫히는 소리가 났다.

잠시 머뭇거린 건…… 지난번 일이 떠올라서였다. 이 하얗고 좁은 공간에서 무슨 일이 있었는지…….

서윤은 아무렇지도 않은 척 신발을 벗고 집 안으로 들어가 수조를 살피는 척했다. 이렇게 아이들을 방치한 적이 없었다. 그러니까 이 아이들의 안부를 살펴야 했다. 그러나 제 모든 감각은 등 뒤에 몰려 있었다.

여자의 집 안에 들어섰다.

해야 할 일이 산더미 같았고 자리를 비우면 안 되는 위치에 있었다. 그러나 그것보다 텅 비어 주인이 없었던 이 작은 공간에 있어야 할 사람을 데리러 낯선 곳에 미친 듯이 갔다 온 게 더 당연한 일처럼 여겨졌다. 낯선 어디에서 탐욕스런 것들에 의해 곤란에 처한 저 여자를, 적어도 튼튼한 잠금장치가 있어 누구도 해를 입힐 수 없는 곳으로 데려왔다는 사실에 스스로 마음이 놓이는 게 도저히 이해되지 않았다.

여자가 없던 빈집과 눈앞에 여자가 있는 집은 매우 달랐다. 며칠째 팽팽하게 당겨져 있는 활시위 같았던 제 신경이 갑자기 스르르 풀어지는 것 같았다. 텅 비어 아무도 없던 이 작은 실내에서 느꼈던 당혹스러움이 수조 속을 들여다보고 있는 여자로 인해서 지극히 당연한 안정으로 느껴지는 건 마치 거짓말처럼 억지스러웠다.

그러나 그건 사실이었고 공간을 채우고 있는 고요한 백색 소음이 마치 무슨 주문처럼 그가 꾹꾹 눌러 담고 있던 피곤함을 그 자신도 모르게 온몸에 풀어 놓았다. 파블로프의 개도 아닌데 조건 반사처럼 이 여자의 저 뿌연 수조 속에서 나는 소리는 그의 머릿속에 뿌연 종이나 유리 차단막 같은 걸 내린 듯 몽롱하게 만드는 것 같았다. 제 멍한 머릿속이 생각해 낸 건 허기였다.

"식사 안 했잖아? 뭣 좀 먹어야지."

이곳에 있는 것이 지극히 자연스럽다는 듯 아이보리색 소파에 털썩 주저앉은 그가 말했다. 그제야 서윤도 어젯밤부터 아무것도 먹지 않은 게 생각났다.

그다지 안락하거나 푹신하게 느껴지지 않는 싸구려 소파였지만 두 발로 지탱하지 않고 몸을 기대자 온몸을 지탱하고 있던 뭔가가 스르르 빠져나가는 기분이었다. 낯선 곳까지의 운전은 극심한 피로를 부른 모양이었다.

"집 안에는 먹을 게 없어서……."

물론 라면이나 즉석밥 따위가 몇 개 정도는 있겠지만 저 남자에게 그걸 내밀 자신은 없었다. 이곳은 번잡한 상업 지구였다. 흘끗 시계를 보니 한창 퇴근 시간이었다. 뭘 먹으러 나가기도 번잡스러운 그런 시간이었다. 분명히 아까 전화를 한 누군가가 한남동으로 오지 말라고 했으니까 이 남자는 오늘 여기 있을지도 모른다는 생각이 들었다.

"저기, 뭐 좀 시킬까요?"

좁디좁은 여자의 욕실에서 나온 그는 낯선 향기가 피어오르는 것이 신기했다.

주인이 있는 공간은 아예 다른 곳같이 느껴졌다. 물론 전에 이 여자가 살던 곳과는 확연히 다르지만 여전히 작은 공간, 그녀의 체취가 가득한 뿌연 백색 소음이 깔린 공간은 확실히 텅 비어 있을 때보단 나았다.

샤워를 하는 중에 초인종 소리를 들었다. 시켰다는 배달 음식이 온 모양이었다. 평생을 일명 금수저로 살아온 그였기에 여자의 하얀 식탁에 비닐 랩으로 싸인 시커먼 음식의 정체를 금방 파악할 수는 없었다.

"이게 제일 빨리 올 거 같아서……. 그런데 진짜 빨리 오네요."

서윤이 짜장면의 비닐 랩을 뜯으면서 말했다.

배달 음식이란 걸 엄마가 돌아가신 이후에는 먹어 본 적이 없었다. 평생 남들이 겪지 않을 것 같은 상처를 가지고 살아오긴 했지만 그녀에게도 평범한 학생이었던 시절이 있었다. 엄마가 매일 해 주는 음식보다는 외식이나 배달 음식이 더 맛있게 느껴지는 건 당연했지만 그런 기회는 좀처럼 없었다. 흔한 치킨이나 피자 따위도 대학교나 가서 먹어 봤을 정도였다.

늘 두 모녀의 외식 메뉴는 짜장면과 탕수육이었다. 그것도 엄마가 돌아가신 이후에는 먹어 본 적이 없었다. 요즘은 다들 한다는 식당에서의 혼밥 같은 것도 해 본 적 없는 그녀는 휴일이면 혼자 우두커니 빈 식탁에서 끼니를 때워야 했다. 어떨 땐 너무 혼자 먹는 집밥이 먹기 싫어서 일부러 짜장면 두 그릇을 시킨 적도 있었지만 차마 제 몫의 한 그릇도 채 먹지 못하고 버린 후로는 먹어 본 적이 없는 음식이었다.

그런데…… 상무님 앞에 짜장면이라니.

막상 랩에 싸인 스티로폼 그릇을 받아 들고는 그녀는 왜 자기가 이런 실수를 했을까 싶었다. 좀 더 찾아본다면 초밥이라든지 혹은 더 근사한 배달 음식이 있었을 텐데, 하필 짜장면이라니. 그것도 마치 무엇에 홀린 듯 커다란 탕수육까지.

좀 씻어야겠다는 말과 함께 욕실에 들어간 그는 한참 만에야 나왔다. 젖은 머리카락으로 셔츠를 걸친 채. 서윤은 저도 모르게 얼굴에 열기가 스쳐 가는 게 느껴졌지만 얼른 비닐 랩을 벗기려 애썼다.

그릇 찾아가는 수고를 아끼려는지 스티로폼으로 된 일회용 그릇을 보고 다른 그릇에 옮겨 담아야 하는 게 아닐까 싶었다. 비서실에서 처음 배운 게 상무님께 내가는 커피 한 잔에 얼마나 대단한 정성을 들여야 하는가였던 기억이 떠올랐으니까.

"음식이 온 건가?"

그는 작은 싱크대에 접이식으로 된 간이 탁자 앞쪽에 앉았다. 서윤은 얼른 나무젓가락을 뜯어 내밀었다. 그걸 받아 들고 먹으려는 그에게 말했다.

"저기, 이렇게 비비셔야 해요……."

익숙하다는 듯 그냥 면을 젓가락으로 뜨는 것을 보고 서윤이 조심스럽게 말했다.

무언가 먹는다는 것에 대해서 크게 의미를 두어 본 적이 없었다. 귀한 음식, 비싼 음식, 몇 달 전에 예약을 해야만 먹을 수 있는 유명한 셰프의 음식들……. 너무 풍족하면 욕심이 없어진다는 건 사실이었다.

먹는 것, 입는 것 따위에 신경을 써 본 적 없는 그로서는 과한 연봉을 받는 그 주변의 사람들이 항상 전전긍긍하면서 준비한 식단을 아무렇지도 않게 받아들이는 게 일상이었다. 아니, 그들이 얼마나 제가 먹는 밥 한 끼에 정성을 들이고 있는지조차 신경 쓰지 않았다.

번개같이 배달이 되어 덜 불은 뜨거운 짜장면은 달고 짰다. 평소 같으면 몇 젓가락 뜨다 말았을지도 모를 일이었다. 그런데 앞에 여자가 있었다. 흉하게 보이지 않으려고 시커먼 소스가 묻은 면을 조심조심, 그러나 맛있게 먹는 여자.

이 여자와 저번에도 같이 밥을 먹었던 기억이 있었다. 그러나 그땐 그냥 아무 생각이 없었다. 오피스텔과 그녀의 집에 대한 딜을 하기 위한 장소였으니까. 그에게 숱하게 있는 식사를 빙자한 업무의 연장이었을 뿐이었다.

흘러내리는 긴 머리카락을 넘기면서 되도록 소리 없이 먹으려하는 여자……. 그는 문득 허기가 졌다.

제 허기는 목구멍으로 넘어가는 낯선 음식으로는 해결되지 못할 그 어떤 것이었다.

언제부터였는지 모르겠지만 섹스란 건 상대에게 지불한 대가만큼 서비스를 받는 것이라 여겼었다. 그게 물질적인 것이든, 혹은 다른 것이라 할지라도 인간이 가지고 있는 기본적인 욕구를 해결하는 행위일 뿐이었다. 물론 그게 마음에 들어서, 실오라기 하나 걸치지 않고 뒹구는 것 외에 옷을 잘 갖춰 입고 옆에서 웃고 있는 게 나쁘지 않아서 몇 번 더 만남을 지속한 여자들도 있었다. 그러나 그런 여자들을 잊게 된 이유는 더 이상의 소유욕이 생기지 않아서였다. 굳이 그 여자가 제게 필요하지 않으니까 더 이상 찾지 않았을 뿐이었다.

그러나 다른 관계란 게 가능한 걸까.

한쪽은 뭉근하게 피가 몰리고 있었지만 그는 서두르지 않았다. 자신의 밑바닥에 스며들어 깔린 허기는 깊었지만 허겁지겁 그것을 채우고 싶진 않았다. 제 품에 안겨 있는 여자의 맨몸은 지난 시간 잠깐잠깐의 회상 속처럼 여전히 따뜻하고 부드러웠다. 그리고 뿌연 머릿속이 아릿하도록 향기로웠다. 수조 속의 푸르스름한 조명으로 인해 희미하게 보이는 매끈하고 탐스러운 가슴은 여자의 얼굴만큼이나 아름다웠다. 아무리 핥고 마셔도 갈증이 가시지 않을 만큼. 제 혀가 맛보고 취할수록 어둠 속에 새어 나오는 여자의 소리도 그 아릿함에 한몫을 더했다.

더 깊은 소리가 듣고 싶었다. 간절히 자신을 원하게 하고 싶었다. 마치 치기 어린 발정 난 젊은 수컷처럼.

그는 방법을 잘 알고 있었다. 그의 입술과 손은 점점 아래로 향했다. 여자의 깊은 속살을 헤집었다. 따뜻한 여자와는 달리 뜨거운 그곳으로……. 그의 생각대로 여자의 신음 소리는 더 커졌다. 아마 스스로 자각하지 못하고 있는 게 분명했다. 그 목소리를 더 듣고 싶었지만 그러질 못했다. 어느덧 그 자신도 참을 수 없을 때까지 가 버렸으니까.

여자의 속으로 들어갔다. 그녀의 목소리가 더욱 커졌다. 그 목소리를 삼키고 싶은 남자는 여자의 입술을 막았다. 하지만 곧 더 깊이, 더 많이 여자의 안으로 들어가고 싶은 욕망에 그가 몸을 일으켰다. 따뜻한 여자의 몸이 달아올랐다. 그건 그도 마찬가지였다. 점점 생각이 사라지고 본능만 남아 온몸의 근육을 미친 듯이 움직거렸다.

어느새 온몸의 열기가 폭발했다. 여자도 그랬는지…… 그것까지 생각할 만큼 남자의 머릿속은 온전하지 못했다. 이미 하얗게 불타 버렸으니까.

뿌연 백색 소음 사이로 여자의 숨소리가 들렸다. 하얀 방 안은 완전히 어두워지진 않았다. 좁은 침대와 약간은 딱딱한 배게, 낡은 이불, 푸르스름한 빛이 비치는 낮은 천장, 그리고 제 품을 파고드는 말랑말랑하고 따뜻한 여자.

마치 꿈속 같은 느낌이었다. 자신의 침실은 늘 손끝도 보이지 않을 만큼 깜깜했고, 무엇인가 조금이라도 걸리적거리는 게 거슬리는 예민함 때문에 늘 침대는 넓고 침구는 바스락거려야 했다. 그건 급하게 들어간 호텔이 아니라면 그가 다니는 다른 숙소도 마찬가지였다.

여자와 잔 적은 있었지만 이렇게 팔이 저리도록 안고 있었던 적은 없었다. 비록 침대가 좁긴 하지만 돌아눕는다면 서로를 의식하지 않고 편안하게 잘 수도 있었다. 그러나 그는 그러지 않았다. 불편함을 감내하면서 야릇한 여자의 몸을 꼭 안고 있었다.

불편한 정장을 입고, 전전긍긍 다른 사람의 눈치를 보면서 서툰 일 처리를 하는 동안…… 그러니까 제 눈앞에 있는 동안에만 여자는 안전했다. 잠시 시선을 돌리고 잊어버린 그 찰나의 순간에 늘 이 여자는 위험한 상황에 빠져 있었다. 그것도 제가 가장 혐오스러워하는 그런 상황에.

손을 움직거리자 마치 매끄러운 해초 같은 검고 긴 머리카락이 손가락 사이로 감겨들었다.

한 번도 이런 생각을 해 본 적이 없었다.

하지만 이 여자를, 제 귓가에 달착지근한 숨결을 뱉어 내며 잠든 여자를 다른 놈들의 손이 닿는 곳에 두고 싶지 않았다. 그렇게 하려면 그동안 자신이 생각하고 있던 미래를 조금쯤은 수정할 필요가 있을 것이다.

그럴…… 가치가 있는 걸까.

스스로의 질문에 대답이라도 하듯 그는 마른 제 입술로 여자의 부드러운 이마에 입을 맞추었다.

* * *

늦은 밤에는 누구나 느슨해지고 뚜껑이 반쯤 열리기 마련이었다. 밤의 마력이라고나 해야 하나, 아니면 감수성의 폭발이라고 해야 하나. 하루가 끝나 간다는 안도가 주는 여유일지도 모른다. 그러나 아침에 눈을 뜨면 자신에게 닥친 하루를 살기 위해서, 밤새 꿈꿨던 망상 따위는 잊어버리고 누구나 전투적으로 될 수밖에 없다. 그리고 간밤에 한 자신의 망상을 비웃고 만다.

하지만 어스름한 새벽의 끝자락에서는 그 모든 것이 뒤섞이고 만다. 마술 같은 망상과 전쟁 같은 현실의 중간쯤 되는 시간 속에서는 이 순간이 꿈인지 혹은 현실인지 알 수가 없게 된다.

밤새 수십 번은 깬 것 같았다. 누군가와 같이 잔다는 것에 익숙하지 않으니까. 작은 기척에도 어스름한 정신은 깜빡거렸다. 그러나 그게 불쾌하다거나 짜증스럽지는 않았다. 저도 모르게 뒤척이다 깜빡 정신이 들어오는 순간이면 닿아 있는 따뜻한 살갗에 입을 맞추었다.

그건 그녀도 마찬가지였다. 제정신이 아니니까, 저를 안고 있는 낯선 감촉의 남자가 '어떤 사람'인지를 깜빡 잊었을 뿐이었다. 뒤척이다 닿은 따뜻한 타인의 품에서는 좋은 향이 났다. 반쯤 잠든 뇌는 매혹적인 향을 풍기는 맨가슴을 입술로 훔쳤다. 그 때문에 역시 깜빡 잠이 든 또 다른 타인도 움찔거리면서 따뜻하고 매끄러운 어깨를 안고 있는 팔에 힘을 주어 당기며 어딘지 모르게 닿는 매끄러운 곳에 입술을 찍었다.

푸르스름한 불빛과 잠들지 않는 도시의 가로등에 섞여 물들고 있는 검푸른 여명이 뒤섞인 어두운 침대 위에서는 잠결이 섞인 웃음소리가 새어 나오고 그것과 함께 뜨거운 열기가 숨겨진 신음 소리가 새어 나왔다. 짧아지는 봄밤은 아침을 향해 부지런히 걷고 있는데 좁은 침대 위의 뜨거운 숨결들은 그것을 아랑곳하지 않았다.

"몇 시야."

363

나른한 목소리가 마치 다른 사람처럼 느껴졌다. 단 한 번도 남자의 저런 목소리를 들은 적이 없었다. 침대 옆에 있던 티슈를 뽑아 미끌거리는 아래를 닦던 그녀가 이 집엔 시계가 없다는 것을 생각해 냈다. 분명히 전에는 거실에도 방에도 먼지가 끼어 뿌옇던 나무나 플라스틱으로 된 시계들이 있었지만 이사를 하면서 이 하얀 공간에 어울리지 않는다는 이유만으로 다 폐기한 터였다.

"글쎄요……."

부스럭거리는 소리가 등 뒤에서 나더니 그가 몸을 일으켰다. 이제는 훤히 밝아진 탓에 서윤은 저도 모르게 젖혀진 이불을 당겨 몸을 가렸다. 쳐다보기에도 미안할 만큼 근사한 남자의 나체가 눈앞을 스쳐 갔다. 옷걸이에 걸려 있던 재킷에서 휴대폰을 꺼내 힐끗 보던 그가 욕실로 향했다. 서윤은 그것을 쳐다보지도 못하고 있다가 탁 하고 문이 닫히는 소리가 나자 겨우 고개를 들었다.

하얗게 밝아진 실내는 며칠 전부터 보았던 광경 그대로였다. 그러나 한쪽에 있는 하얀색 옷걸이에 걸린 짙은 색의 재킷 때문인지 혹은 바닥에 떨어진 자신의 옷 때문인지 이곳은 꼭 다른 공간처럼 느껴졌다. 혼자만의 공간이 아닌…… 누군가와 함께 있는 그런 공간으로.

서윤은 아직도 여기저기 욱신거리는 것 같은 나른한 통증이 느껴지는 몸을 일으켰다. 이제 뭘 해야 하는지는 모르겠지만 우선은 바닥에 떨어진 옷들을 치우고 제 맨몸을 좀 가려야 했다.

물소리가 울렸다. 제 속옷과 갈아입을 옷들을 챙긴 서윤은 넓은 공간에 퍼져 있는 나른한 체취에 저도 모르게 얼굴을 붉혔다.

그래도 어두웠을 땐…… 보이는 게 없어서 그렇게 대담한 행동들을 했을지도 모른다. 그러나 이미 날이 밝았고 다들 한창 출근 준비를 하느라 바쁠 시간이었다. 제 작은 욕실에서 요란한 물소리를 내는 저 사람도 그 미니멀하고 화려한 사무실로 돌아갈 그런 시간이었다. 이제 어떻게 되는 거지?

서윤은 흐트러진 침대 위를 정리하면서 생각했다. 뭔가 달라진 걸까?

달칵 소리와 함께 그가 나왔다. 서윤은 돌아보지도 못하고 열심히 침대의 이불을 정리했다. 등 뒤의 수조 너머로 옷을 입는 소리가 났다.

"씻어."

"네."

아주 일상적인 대화였다. 서윤은 옷가지를 들고 타인을 쳐다보지 않으려 애쓰면서 문 열린 공간으로 뛰다시피 했다.

해가 떴지만 주변의 고층 건물들 때문에 햇살이 쏟아지지는 않았다. 여전히 바뀐 것 없이 뿌연 소음을 내는 좁은 공간은 어둠 속보다 더 좁아 보였다. 우선은 집에 가서 옷을 갈아입어야 할 것 같았다.

그는 작은 싱크대에 있는 정수기의 차가운 물을 마시면서 욕실에서 나는 물소리에 신경을 쓰지 않으려 했다. 그의 휴대폰에는 늘 그렇듯 열지 않은 수많은 메일이 쌓여 있었고 그 덕분에 신경을 딴 데로 흩트리지 않을 수 있었다.

그러나 달칵 소리와 함께 여자가 나오자 한참 동안이나 제 모든 머릿속을 차지하고 있던 휴대폰 속의 글자들은 휘리릭 사라져 버리고 말았다. 물기에 젖은 하얀 여자의 얼굴은 약간 상기된 듯 홍조가 돌고 있었다. 물 냄새, 그리고 자신도 썼던 그저 그런 바디클

렌저 냄새가 뒤섞여 있을 뿐이었다. 영어가 쓰인 헐렁한 티셔츠는 목둘레가 넓어 보였다. 그래서 여자의 가느다란 목과 쇄골이 드러나 있었다.

이미 마음을 먹긴 했다. 그러나 아직까진 확고하지 않아 그 결심이 제겐 커다란 리스크가 될 수 있다는 것이 이 벌건 아침에 더욱 도드라져 머릿속에 박히고 있었다. 평생 남에게 흠이 될 만한 것을 만들지 않기 위해 전전긍긍하면서 살아왔다. 제 탄생 자체가 커다란 흠이었으니까.

'전 태어나지 말았어야 했어요. 아빠와 서로 사랑해서 결혼을 약속한 엄마가…… 나쁜 일을 당해…… 태어났거든요. 그래서 행복했어야 했던 우리 가족은 모두 다 그렇지 못했거든요.'

어디를 보아서, 저 꽃처럼 아름다운 여자가 그런 짐을 지었다고 할까.

동정이니, 혹은 연민이니, 그도 아니라면 연애 감정이라든지 흔하디흔한 호감 같은 감정 따위들을 생각조차 해 본 적 없었다. 그에게 감정이 있다면 무언가를 갖거나 차지하려는 소유욕뿐이었을 것이다. 아니, 이미 너무 많은 것을 가졌기 때문에 오로지 위로 올라가고 싶은 생각밖에는 없었다.

다른 것을 쳐다봐야 한다는 것은 엄청난 모험이자 위험이었다. 그녀에게 그럴 가치가 있는 걸까.

"저기……"

무슨 이야기를 꺼내려고 했는지 알려고 하지 않았다. 그는 다짜고짜 여자에게 다가갔다. 뇌가 무언가 생각해 내기 전에 몸이 먼저 움직였다. 물기가 가시지 않은 여자를 안았다. 갈증이 나 약품 맛이 나는 것 같은 정수기의 물을 마셨지만 갈증은 가시지 않았다.

물에 흠뻑 젖은 이 여자를 마시면 좀 나을 것 같았다.

싸한 치약의 맛이 아직도 미미하게 남은 여자의 입술을 찾았다. 차갑지만 따뜻하고, 부드러운 여자의 입술과 말캉한 혀를 삼켰다. 헐렁하고 부들부들한 티셔츠에 싸인 여자의 몸을 안았다. 부드럽게 휘어진 척추의 선과 잘록한 허리의 감촉이 그에게 안도와 흔들림을 동시에 주었다. 물기가 가시지 않은 부드러운 얼굴을 감싸고 그는 더욱더 깊이 그녀를 마셨다.

부디 이 자신의 일탈이 수포가 되지 않기를, 제 이런 결심이 변하지 않기를…… 평생 신을 믿어 본 적이 없지만, 기도하는 마음으로 그는 여자의 나긋한 몸을 안았다. 그의 큰 키 때문에 고개를 꺾고 있던 여자가 손을 내밀어 그의 어깨를 감싸 안는 게 느껴졌다. 참으로 나긋하고 부드러운 손길이었다. 자신이 그동안 느껴 본 적 없는.

그가 그녀의 입술에서 제 입술을 뗐다. 살짝 감고 있는 여자의 눈에 드리워진 가지런한 속눈썹조차 아름다웠다. 젖어서 이마에 붙어 있는 머리카락을 손을 내밀어 넘겼다. 그제야 수줍은 듯한 그녀가 눈을 떠 그를 올려다보았다.

"이건…… 꿈인가요?"

여자의 갈색빛이 도는 커다란 눈동자가 오히려 저를 몽롱하게 만들었다.

"그럴지도."

여자의 두 손이 그의 얼굴을 감쌌다. 처음 느껴 보는 감촉이었다. 따뜻하고 매끄러운 손이었다. 여자가 발꿈치를 들어 올려 그에게 가까이 다가왔다. 그도 꿈결처럼 그녀의 도발에 응했다. 제 입술을 감싸는 여자의 입술은 아까와는 다른 느낌이었다. 꿈일까……. 헐렁한 여자의 티셔츠 밑으로 드러난 맨허리에 두 팔을 감싸 안았다. 뼈마디가 스르륵 녹아내리는 것처럼 달착지근한 온기가 구겨진 와이셔츠 팔소매로 스며들었다.

멀쩡한 아침에 꾸는 황당한 꿈이었다.

"여기 파빌리온 오피스텔 지하 주차장에 차가 있으니까 그리로 오도록. 시간은…… 알았어. 알아서 내려가지."

우선은 집에 가서 옷이라도 갈아입어야 할 것 같았다. 박 이사의 의문스러운 전화가 마음에 걸리긴 했지만 이미 '그 여자'가 병원으로 옮겨진 마당에 제가 그 말을 들을 이유도 없을뿐더러 너무 오래 사무실을 비운 터라 이메일로는 처리하기 힘든 일들이 잔뜩 쌓여 있었다. 아침의 저 미친 것 같은 출근 전쟁 속에 운전을 하기도 머리가 아팠기에 그는 기사를 호출했다.

"아침은 안 먹나?"

"아, 죄송해요."

그냥 할 말이 없어서 물었던 말에 그녀가 곤란한 듯 대답하자 그는 다시 말을 이었다.

"죄송할 게 아니라."

"그냥, 간단하게 컵스프나 셰이크 같은 거 먹고 그냥 출근해요. 아침엔 늘 바빠서……."

물론 이 오피스텔로 옮기면서 한참의 시간적 여유가 생기긴 했지만 어차피 원래 있던 회계과보다 비서실의 출근이 훨씬 빨랐기 때문에 아침을 못 챙겨 먹는 건 똑같았다.

실은 그도 잦은 조찬 모임 덕에 별로 아침 식사를 할 이유가 없었다. 간단한 선식이나 그런 것들을 먹었을 뿐이었다. 저야 그렇다 치지만 이 비썩 마른 여자가 무얼 못 챙겨 먹는 건 좀 그랬다.

"그렇군. 그리고 다시 출근해."

"네?"

서윤이 당황스러운 듯 되물었다. 그녀가 눈에 안 보이는 데 있는 건 불안했다. 그러니까 눈앞에 있는 게 편했다.

"부사장 취임하면 어차피 사무실 바뀔 거야. 그러니까……."

"전……."

"왜?"

그가 서윤이 화장대 위에 가지런히 개켜 놓은 넥타이를 집어 들면서 물었다.

"전…… 그 일에 어울리지 않는 것 같아요. 그리고 그냥 당분간은 쉬고 싶어요."

배부른 소리이긴 했다. 하지만 이 남자의 시선 밑에 있는 것도, 또 낙하산이 뻔한 자신이 어울리지 않는 곳에 있는 것도 얼마나 힘겨운 일인지 잘 알고 있었다.

그녀의 대답에 그의 머릿속은 복잡해졌다. 단지 제 눈 밖에 벗어나는 게 위험하니까 시선이 닿는 곳에 두고 싶다는 생각이지만, 따지고 보면 구설수에 오를 일이 생길 확률도 높았다. 그럼 이 여자를 어디에 둬야 하는 걸까.

그의 손이 기계적으로 넥타이를 매기 시작했다. 서윤은 그것을 빤히 쳐다보았다.

넥타이 매는 것에 지긋지긋하도록 익숙했지만 꼭 길이가 맞지 않거나 혹은 매듭이 이상하게 생겨서 한 번은 풀어 버려야 하는 징크스 같은 것이 있었다. 그런데 오늘은 이상하게도 딱 적당한 길이의 넥타이가 여자의 네모난 화장대 거울에 비춰지고 있었다.

"왜?"

서윤의 표정을 보고 있던 그는 한마디 하지 않을 수 없었다. 신기하다는 듯한 여자의 표정이 무척이나…… 예쁘게 보였다. 실없다는 생각이 들 정도로.

"그냥요. 신기해서요. 전에 직원들 보니까 막 다 지퍼로 매는 그런 것들이었는데……."

한 번에 딱 맞아떨어진 게 스스로도 조금 다행이다 싶었지만 반달 같은 부드러운 눈동자를 반짝이면서 말하는 여자의 얼굴을 보니 대단한 일을 한 것 같은 묘한 느낌이 들었다. 참으로 낯선 기분이었다.

누군가에게 한 곳을 내준다는 게…… 이런 느낌일까?

"그럼 오늘은 뭘 할 거야?"

그가 구겨진 재킷을 찾으러 두리번거리자 서윤이 재빨리 옷걸이에 걸려 있던 옷을 건네주었다.

"그냥…… 청소도 하고 또 필요한 것도 사고……."

뭘 해야 할지는 알 수 없었지만 그녀는 이 남자의 물음에 꼭 대답을 해야 할 것만 같아서 무언가를 생각해 내려 애썼다.

딱히 할 일도 없는 것 같은데 이 여자를 하얀 공간에 두고 가야한다는 게 불안하다는 생각을 하던 그는 제 스스로의 생각에 어이가 없어졌다.

"연락할 테니 기다려."

그가 현관으로 갔다. 어색하게 따라 나오는 여자를 향해 말했다.

"그냥 있어."

삐리릭 하는 전자음과 함께 문이 열리고 그가 문을 나섰다. 멀뚱하게 보고 있는 사이에 문은 닫혔고 발소리가 멀어졌다. 하얀 집안은 금세 뿌연 산소 발생기의 소음만 남게 되었다. 갑자기 털썩 주저앉을 것처럼 다리에 힘이 풀린 서윤은 겨우 몇 걸음 걸어 하얀색의 소파 위에 몸을 던졌다.

지금까지 무슨 일이 있었던 걸까. 저도 모르게 두 손을 자신의 어깨를 감쌌다.

그의 말대로 꿈일지도 모른다. 하지만 적어도 저번과는 달랐다. '성인끼리의 합의된 일탈'과는 다른…… 그 무엇이 생겼다는 막연한 느낌에 서윤은 저도 모르게 웃음 짓다 옆으로 픽 쓰러지듯 누워 버렸다.

행복한 삶이란 걸 꿈꿔 본 적 없었지만, 만약 생각이라도 해 보았다 해도 지금 이 기분보다 더 좋을 수는 없을 것 같다는 생각이 들었다. 이래도 되는 걸까.

지하 주차장에는 요란한 소음이 가득했다. 출근 시간이라 나서는 차들의 타이어가 코팅된 초록색 바닥 위를 지나면서 나는 소리들이었다. 이미 이른 출근을 하는 차들이 많이 빠져 한산할 법도 한데 가운데 이중 주차를 한 차들이 이리저리 밀린 채 어정쩡하게 길을 막고 있었다. 그로서는 처음 보는 광경이었다.

"상무님!"

제 차가 어디 있나 두리번거리는데 익숙한 목소리가 들렸다. 차에서 내린 정 기사가 곧 뒷좌석의 문을 열었다. 그는 곧장 차에 올라탔다. 휴대폰의 배터리가 경고음을 내자 인상을 찌푸린 채 휴대폰을 내려다보면서 그가 말했다.

"한남동으로 가."

"네."

기다렸다는 듯 차는 움직였고 역시 다른 차들과 마찬가지로 요란한 소음을 만들면서 지하 주차장을 빠져나가기 시작했다. 주차장을 나와 뿌연 황사가 가득한 대로의 길로 합류하기 위해 차는 또다시 멈추었다. 그때였다.

"상무님, 외람된 말씀이지만……."

"왜?"

"이 오피스텔에는 저희 회사 직원들이 매우 많이 거주하고 있습니다."

"……."

그는 말없이 창밖을 내다볼 뿐이었다.

굳은 언약이 있었던 것도 아니었다. 드라마나 소설 속에 나오듯 도장 찍은 계약서를 받은 것도 아니었다. 아니, 오히려 아무 말도, 아무런 확신도 없었다. 그러나 바보같이 수조에 낀 이끼를 닦고 물고기들을 건져 내고 흥건하게 바닥에 물을 흘리면서도 절로 제 입에서 콧노래 비슷한 게 나온 건…… 꿈이었는지는 알 수 없지만 그의 희미한 웃음소리가 귓가에 맴돌았기 때문이었다.

쳐다보지 못할 나무 정도가 아니라 쳐다보지 못할 하늘 같은 사람이란 걸 잘 알고 있었다. 그러나 그런 하늘을 비행기를 타고 갈 수도 있는 세상이었고 로켓을 타고 그 하늘 너머로 갈 수도 있는 세상이었다. 물론 자신이 그럴 수 있을는지는 모르겠지만. 아니, 그 사람의 마음 한 조각이라도 품을 수 있다면…… 된 거 아닐까.

서윤은 열심히 수초들을 물에 헹구면서 오늘 해야 할 일들을 머릿속으로 정리했다. 우선 이 푸석한 머리라도 어찌하고 싶었다.

"일주일 정도…… 편한 옷들도 챙기고."

"네 상무님."

넓디넓은 제집은 예전으로 되돌아가 있었다. 타인의 흔적 따위 얼마든지 없앨 인원들이 있었을 테니까. 물론 아직도 익숙해지지 않는 거실 한가운데 떡하니 자리 잡은 푸르스름한 수초 사이를 헤엄치는 반짝이는 열대어들이 있는 수조도 변함이 없었다.

집 안에 낯선 누군가가 있지 않다는 것에 대해 그는 안도하고 재빨리 욕실로 향하면서 제 뒤에 뭔가 석연찮은 표정으로 서 있는 도우미에게 출장용 캐리어를 준비하라고 했다. 물론 그 캐리어가 가 있을 곳은 뻔했다. 씻고 나서 입었던 옷을 또 입는 건 불쾌한 일이니.

제집은 쓸데없이 넓은 집이었다. 그 여자 하나쯤 더 있어도 상 관없을 만큼 넓었지만 이 집은 엄연히 법인 소유의 공적인 공간이 었다. 그녀의 집은 자신의 침실보다 더 좁은 공간이었지만 당분간 은 그 여자의 공간을 존중해 줄 생각이었다. 우선 산재한 일이 많 으니까 조금 천천히 풀어 가고 싶었다. 어차피 마음은 정해진 거니 까.

평소 같이 날 선 와이셔츠와 슈트로 무장을 하고 다시 넥타이를 집어 들었다. 여자가 반짝이는 눈으로 쳐다보던 넥타이는 도우미 가 이미 치워 버린 모양이었다. 짙은 푸른색의 넥타이를 매는 커다 란 거울 속의 남자는 왠지 들떠 보였다. 마치 바보처럼. 그래서인 지 또다시 목에 걸린 넥타이는 길이가 맞지 않았다.

그럼 그렇지……. 그는 그것마저 피식 웃어넘기고는 넥타이를 풀어 다시 맸다. 여전히 이 거울 앞에서는 두 번씩 손이 갔다. 그 리고 이런 날에는 꼭 무언가 일이 일어났다. 거기까지 생각해 낸 그는 제 풀어진 얼굴을 단속하고는 재빨리 거실을 가로질러 나왔다. 도우미가 쟁반을 들고 서 있는 게 보였다.

"짐은 정 기사 시켜 차에 갖다 놨습니다."

그러곤 도우미는 아침마다 먹는 값비싼 한약재인 보양탕이 든 하얀 사기그릇을 내밀었다. 아무 말 없이 그것을 들어 삼키고 옆에 있는 매실차로 입을 가신 후에 문을 나서려는데 다시 도우미가 뭔가 말을 꺼내려 하는 게 보였다.

"뭐야?"

"그게……. 사모님이 병원으로 가시다가 사고가 있으셨다는데……."

"그래?"

그러나 그는 더 이상 묻지 않고 문을 나섰다. 제겐 별 의미가 없는 사건이니까.

"다녀오십시오."

그 눈치를 알아챈 도우미는 깊이 고개를 숙여 마중을 했으나 그는 돌아보지도 않고 문을 나섰다.

정 기사의 입바른 충고는 차 안의 공기를 딱딱하게 만든 게 틀림없었다. 분명히 그건 충정의 의미였겠지만 태진은 신경이 쓰이는 걸 어쩔 수 없었다. 차는 어느새 익숙한 건물 앞을 지나고 있었다. 태블릿 속의 서류를 열심히 살피고 있었지만 시선과는 달리 머릿속은 다른 공간을 생각하고 있었다.

식사는 하는 건지, 하루 종일 그 작은 공간에서 무엇을 할지, 혹은 자신의 넥타이를 쳐다보던 눈빛이나 먼저 내민 부드러운 입술 같은 것들…….

그는 저도 모르게 헛기침을 하고는 바깥으로 시선을 돌렸다. 질색하던 꽃들이 다 져 버린 나무에선 어린 이파리들이 고개를 내밀고 있었고 늘 뿌옇던 바깥은 오늘따라 더욱더 흐릿해 보였다. 지나가는 사람들 속에 간간이 마스크를 한 사람도 보였다.

그렇게 싫어하는 꽃이 지니 더 질색인 황사가 극성인 모양이었다. 덕분에 온통 허연빛이 창궐하던 도시는 다시 도시다운 칙칙한 모습으로 바뀌고 있는 것 같았다. 얼른 이 지겨운 4월이 지나가 버렸으면 하는 생각이 오랜만에 들었다.

너무 많은 일들이 눈앞에 벌어지다 보니 아직 4월이 다 지나가지 않았다는 사실을 잠시 잊고 있었다.

"실무자 회의에 소집하고 조 실장한테 보고서 가지고 올라오라고 하도록. 그리고……."

"메이치사에서 연락 왔습니다. 정리해서 이따 보고 드리겠습니다. 그리고 회장님께서 블루힐스 중간보고 직접 하러 오라고 하셨습니다. 보고서 작성 중입니다."

늘 익숙한 목소리의 윤정이 마치 기계음처럼 태블릿을 보면서 또박또박 말하는 것을 들으니 이제야 현실 같은 기분이 들었다.

"알았어. 다음 스케줄은?"

"저번에 잡혔던 대원 중역들과 점심 약속 다시 잡았습니다. 혹시나 오늘도 안 오시나 해서 연기하려고 했는데, 괜찮으시겠습니까?"

"괜찮아. 그다음엔?"

"2시경에 서경 법인에서 보고회 할 예정이고, 3시 반에 애드애플의 새 기획안 보고가 있을 예정입니다. 그다음에……."

늘 하던 대로의 일정이었다. 물론 그동안 자리를 비워서 더욱더 빡빡해지긴 했지만, 우선은 제 앞에 산재한 것들을 해결해야 했다.

"네, 서비스에는 만족하셨습니까? 그럼 결제해 드리겠습니다. 27만 원입니다."

"네⋯⋯."

상상도 해 본 적 없는 금액이었다. 그러나 서윤은 카드를 내밀었다. 조금 구불거리고 반짝거리는 머리카락에 대해 지불하는 비용이 이 정도라니.

"너무 잘 어울리시네요."

웃으면서 하는 말이 영업용 멘트라는 걸 알면서도 서윤은 어색하게 웃으면서 사인을 했다. 별로 뭔가 달라진 것 같아 보이진 않았지만 그래도 여기 오기 전의 부스스한 것보다는 나으니까 억지로 잘 어울린다는 생각을 하면서 화려한 헤어샵을 나섰다.

이제는 전직이 되어 버렸지만, 대기업의 말단 사원과 오너의 아들과는 접점 따위는 없었다. 그냥 다들 말하듯, 좀 더 괜찮은 외모밖에는 가진 것이 없다는 걸 스스로가 제일 잘 알고 있었다. 그와 한 이불 속에서 맨몸으로 움쩍거릴 때와는 달랐다.

그는 여전히 기분 나쁘면 마시지도 않을 커피 한 잔에도 노심초사 신경을 써야 하는 '상무님'이었고 자신은 이제 그 커피를 뽑을 자격도 없는 '아무런 관계도 없는 사람'이니까.

'연락할 테니 기다려.'

점점 길어지는 이 지겨운 봄날을 버텨야 하는 이유였다. 이미 헤어샵에서 지루하도록 긴 시간을 보냈지만 황사기 가득한 하늘 어딘가에 뜬 해는 아직 질 생각이 없어 보였다.

서윤은 길가에서 손을 흔들어 택시를 잡았다. 텅 빈 냉장고를 채워 넣어야 할 것 같아서.

"프레스티뉴 백화점으로 가 주세요."

평소라면 할인마트 같은 곳으로 갔을 터였다. 그러나 서윤은 아직도 헤어샵의 냄새가 배어 있는 머리카락을 뒤로 넘기면서 호기롭게 말했다.

그는 괜히 마음이 바빠지는 이유를 스스로 납득하기 힘들었다.

"저녁 약속은 취소해."

"네."

제 기억에도 별 볼 일 없는 자리였던 게 틀림없다. 그러니 윤정도 순순히 그의 말에 대답했을 터였다. 취소가 까다로운 자리라면 뭔가 토를 달았을 것이 분명했다.

하루가 늘 그렇듯 바쁘게 지나갔을 뿐이었다. 이제 하루를 끝내려니 박 이사와의 전화 통화가 생각났다. 이유가 뭐였을까.

그는 옷걸이에 걸려 있던 재킷을 입으면서 아침에 도우미한테 들었던 '사모님'의 사고를 기억해 냈다. 분명히 그녀의 상태는 심각했으니 박 이사의 계획대로 아무런 목소리를 낼 수 없는 조용한 요양 병원으로 갔을 게 틀림없었다.

박 이사가 강 회장이 입원한 그 화려한 요양 병원 외에도 몇 개의 요양원을 더 가지고 있다는 것은 보고받아서 알고 있었다. 실버 산업이 대세가 된 후 다른 사모님들이 하듯 화랑이니 미술관이니 하는 것보다 돈이 되는 사업 쪽으로 손을 뻗치고 있었으니까. 아마 박 이사가 소유한 요양원 중엔 깊은 산속에 있는 인적 드문 요양 병원도 있을 것이고 그런 데다 옮겨 놓은 게 틀림없을 것이다. 외부하고는 철저히 차단한 채.

유럽 어딘가에서 허튼 소리를 하는 것보다야 가까이에서 모든 걸 차단하고 관리하는 것이 나을 게 뻔했다. 인터넷이고 뭐고 워낙에 발달해서 지구상 어디서 무얼 한다 한들 금방 퍼지는 세상이었다. 물론 본인 역시 그걸 빌미로 한몫 챙기려고 꾹꾹 눌러 담아 온 게 분명했다. 제기랄⋯⋯.

태어나지 말았어야 했다는 그 여자와 제가 다른 게 뭐가 있단 말인가. 아버지가 누구인가 정도?

그는 컴퓨터를 끄고 자리에서 일어났다. 비썩 마른 여자에게 뭔가 괜찮은 걸 먹어야겠다는 생각뿐이었다. 그리고 그다음도⋯⋯.

막 문을 나서려는데 문밖이 소란스러웠다.

"서 실장, 뭐지?"

문을 열고 그가 말했다.

"아⋯⋯ 그게."

윤정의 당황한 모습 외에 낯선 남자 둘이 있었다. 처음 보는 사람들이었다.

"강태진 씨 되십니까? 강남 경찰서에서 나온 배수범 경사라고 합니다. 잠깐 시간 좀 내 주시죠."

17

봄날이 느릿느릿 가고 있는 게 보였다. 참 신기한 일이었다.

늘 제 앞의 날들은 후다다닥 소리도 없이 헐떡거리면서 지나갔다. 하지만 헤어샵과 과분한 백화점을 돌고, 그 전리품으로 들고 온 낯선 물건들이 잔뜩 하얀 탁자 위에 포진한 그녀의 오피스텔의 창밖엔 아직도 뿌연 황사기가 가득한 날은 저물지 않고 있었다. 목 안엔 먼지만 잔뜩 가라앉아 있었다.

이른 저녁 시간이 되고, 누구나 저녁을 먹는 시간이 되고, 또 이제는 너무 늦어서 저녁 먹기가 부담스러운 시간이 될 때까지 서윤은 몇 번이나 제 휴대폰을 쳐다봐야 했다. 아무런 연락, 아무런 문자, 또 아무런 소리도 없는……

제가 한숨을 쉬며 명치 한쪽 끝이 싸해질 때마다 혼자서 되뇌어야 했다.

상무님이 얼마나 바쁜 사람인데…….

늘 윤정의 컴퓨터 화면 하나를 채우고 있는 알록달록한 스케줄러에는 자신들의 퇴근 시간 이후에도 늘 몇 개의 칸이 나눠져 있었다. 저녁 식사, 혹은 만찬, 혹은 그 외의 접대…….

전엔 어쨌는지 모르겠지만 하여튼 어제는 오전부터 내내 자신과 함께 있지 않았나. 물론 휴대폰 속의 낯선 목소리가 텅 빈 시간을 이야기해 줬지만 그 덕분에 오늘은 더욱더 바쁠 수도 있을 것이다. 그럴 것이다.

'연락할 테니 기다려.'

그건 명령이었지만 그 당사자가 지키지 못할 수도 있을 것이다.

서윤은 혼자 그렇게 되뇌어야 했다. 그러면서도 혹시 휴대폰에서 무슨 소리가 나지는 않나, 혹은 복도에서 들리는 발소리가 어디에서 멈추는가에 신경이 곤두서 머리가 아플 지경이었다.

* * *

"참…… 이상한 일이지 않습니까?"

"……."

그는 침묵을 지킬 뿐이었다. 상대는 그게 오히려 재미있다는 표정이었다.

"대낮에 난 사망 사고입니다. 그것도 구급차와 8톤 트럭의 충돌 사고. 그런데 구급차에 있는 환자만 사망했다는 게 참 이상하지 않습니까? 규정상 구급차에 환자가 탔을 때는 그 옆에 구조대원이나 혹은 담당 간호사, 아니면 담당 응급의가 같이 타도록 되어 있습니다. 그런데 그 구급차 안에서만 간호사와 응급 구조사가 모두 운전석 옆에 앉아서 곱게 안전벨트를 하고 있었단 말입니다. 그들은 하나같이 환자가 이미 진정제를 맞고 안정된 상태였기 때문에 굳이 환자를 지키지 않아도 되었다고 말하네요. 그러면서 자기들이 규정을 준수하지 않은 것에 대해서는 인정하고 있습니다. 나 원 참, 살다가 이런 일은 진짜 처음입니다. 혹 이런 일 들어 보셨습니까?"

"……."

상대는 노련했다. 그러나 그런 것에 휘말릴 필요는 없었다. 그는 아무렇지도 않다는 듯 상대의 말을 경청하고 있을 뿐이었다.

"그런 사망자가 나온 사건에 같은 차에 동승한 사람들은 모두 가벼운 찰과상만 입었습니다. 참 놀랄 노 자인 사건이죠. 게다가 사고를 낸 차량의 운전자는 사고를 내자마자 멀쩡하게 차에서 내려 도주했습니다. 사고가 난 현장은 막 옆에 아파트 단지가 들어서고 있는 재개발지였고 그 덕에 그 큰 4차선 교차로에 지나가는 차량이나 CCTV도 없었을뿐더러 목격자도 많지 않았습니다. 유일한 목격자인 70대 할머니도 도망가는 운전자를 보기만 했을 뿐 쫓아갈 생각은 하지도 못했죠. 게다가 운전자는 모자와 마스크, 평범한 점퍼 차림에다 키도 그냥 늘 지나다니는 한국 남자 평균 정도였답니다. 할머니 옆으로 다시 지나간다 해도 긴가민가할 만큼 말이죠. 이건 뭐, 사건 조사를 담당하는 경찰이 아니라도 누구든지 이 사고가 우발적인 사고가 아니란 걸 알 수 있지 않겠습니까?"

배수범 경사는 신이 난 것 같아 보였다. 그러나 여전히 무표정하게 상대를 보고 있는 태진은 미동이 없었다.

"사고를 낸 가해 차량은 근처의 건설 현장에서 임대한 것인데 마침 공사가 지연 돼서 임대한 채로 길가에 세워 둔 지 며칠이나 됐다는군요. 차량 소유주나 임대한 곳에서도 누가 그걸 가져갔는지 모른다고 다들 잡아떼고 있죠. 참으로 우연의 일치같이 말입니다."

별로 관심 없다는 듯한 표정이었지만 그는 그것을 주의 깊게 듣고 있었다.

"사고자 유지순 씨는 국적이 프랑스이고 귀국한 지 일주일도 채되지 않았습니다. 과다한 알코올 흘릭으로 요양 병원으로 이송 중이었고 발작 증세 때문에 안정제를 여러 개 투여 받았는데 트럭의 충격으로 인해 인근 병원으로 옮긴 지 네 시간 만에 사망했습니다. 자, 그런데 그 유지순 씨의 행적은 귀국한 지 이틀은 인근 호텔에서 머물렀지만 나머지 며칠간의 행적은 불분명했습니다. 응급차의 간호사와 직원의 진술에 의해서 한남동에 있는 모 아파트에서 이송이 의뢰되었는데 알고 보니까 강태진 씨의 자택이더군요. 제 긴 브리핑은 여기서 끝입니다. 이게 바로 강태진 씨가 이 시간에 서에 와 제 이야기를 들으셔야 했던 이유고요. 자, 강태진 씨. 사망한 유지순 씨와는 어떤 관계입니까?"

잠자코 듣고 있던 그가 입을 열었다.

"변호사 입회하에 이야기하겠습니다."

* * *

문득 눈을 떴을 때, 너무나 밝아서 그녀는 벌떡 몸을 일으키고 말았다.

대체 몇 시지?

손을 뻗어 휴대폰을 보니 쓰여 있는 숫자가 당황스러웠다. 얼른 통화 기록과 문자를 봤지만 다행인지 혹은 그 반대인지 아무것도 없었다.

아…….

저도 모르게 나온 소리는 극과 극의 기분 두 가지를 모두 포함하고 있었다. 실망과 다행…… 그 어느 것쯤.

그제도 푹 잠들지 못했었고 어제는 헤어샵이며 백화점, 마트를 돌아다니느라 피곤했던 모양이었다. 밤늦게까지 복도의 기척에 곤두서 있다가 자다 깨다를 반복했고 해 뜰 무렵 깜빡 잠이 들어 깊이 곯아떨어진 것 같다. 그러니 이 시간까지 세상모르고 잤지.

덕분에 머릿속은 개운해진 것 같았다. 그러나 그 개운함 속에는 다시 차가운 실망감이 섞여 들었다.

하지만 서윤은 점심시간이 다가온 것을 보고 얼른 몸을 일으켜서 화장실로 향했다.

"아직 언론에는 알려지지 않았습니다. 그냥 단순한 교통사고로 짧게 지역 뉴스에는 나간 모양입니다만, 다행히 여기 경찰서장이 박 이사님 사촌 동생뻘 되는 모양입니다."

그는 저도 모르게 피식 실소를 터뜨렸다. 거기까지 안배되었단 말이지.

"범인은 아직 찾지 못한 모양입니다. 그쪽은 수사 중이고 트럭에 대해서도 수사 중입니다."

"어떻게 될 것 같은데?"

"……네?"

김 변호사의 당황스러운 되물음에 그가 싸늘하게 말했다.

"이 사건이 어떻게 될 것 같냐고. 앞으로."

"그건……."

변호사도 선뜻 말을 잇지 못했다. 아직 타인이 알기엔 복잡한 문제들이 많이 있으니까.

가사도우미가 사고가 있다고 했을 때 그는 그냥 가벼운 해프닝일 거라 치부했다. 계단에서 넘어지거나 혹은 와인병을 깬 유리 파편이 튀었던 것처럼. 순순히 그녀가 끌려갈 거라곤 생각하지 않았다. 나중엔 분명히 술을 멀리하려고 애쓰는 걸 봤으니까. 아마 그녀도 이게 함정이라는 것을 알았을 것이다. 자신은 그걸 묵인했을 뿐. 그러나 이렇게까지 일이 커질 줄은 몰랐다.

계획적인 사고사라니.

— 잘됐네. 한 2, 3일쯤 밖에 있어.

발신자 번호도 없었다. 그 덕에 녹음해 놓을 생각조차 못 했다. 이미 그때부터 치밀하게 계획된 것이었다. 그녀가 귀국한 지 겨우 며칠 만에 이런 사건을 이렇게 깔끔하게 처리할 만큼…… 대단한 여자였다.

'너희 둘 다 죽어 버렸으면 좋겠어!'

그건 빈말이 아니었다. 이렇게 멋지게 실천하고 있으니까. 주총에서 부사장 자리를 주겠다는 말 따위는 사탕발림에 불과했다. 물론 그걸 믿은 적도 없었지만. 다만 박 이사의 진심을 이렇게 적나라하게 알게 됐으니 이제는 죄책감도 필요 없다고 느낄 뿐이었다.

해가 졌다.

해가 지고 나서 건물들에 가려 더욱더 어두워진 실내는 수조의 불빛에 의해 희끄무레하게 비춰질 뿐이었다. 해가 있을 땐 조바심이나 기다림에 종종거렸던 것 같았다. 잠깐 아래에 있는 편의점에 가려고 해도 혹시나 그가 올까 봐 자리를 비울 생각을 하지 못했다. 전화가 망가진 건 아닌가, 혹 기지국에 이상이 생긴 거 아닌가 하는 생각까지도 들었다.

그러나 어둠이 완전히 내려앉자 새장에 갇힌 새처럼 파닥거리던 마음은 고요하게 미세한 포말을 내뿜는 산소 발생기처럼 천천히 그리고 조용히 가라앉았다. 물론 지금도 그가 바쁜 사람이라는 건 변함이 없었다. 오히려 일을 끝내고 지금 오는 중일지도 모른다.

그러나…… 왠지 그렇지 않을 것 같았다.

하루 종일 뿌연 황사가 극심했다. 휴대폰에서도 깜짝 놀라게 외출을 자제하라는 재난 문자가 오기까지 했다.

서윤은 일어나 불을 켰다. 갑자기 쏟아지는 빛들이 하얀 가구와 바닥에 반사돼서 마치 바늘처럼 눈을 찔러 왔다. 헤어샵에서 거금을 들인 머리가 보였다. 정성껏 거울을 보며 빗질을 하던 그녀는 주방 쪽으로 갔다. 냉장고와 싱크대 안에는 누군가를 위한 터무니없는 식재료들이 들어 있었다. 이젠 자신을 위해 써야 할 것 같았다.

조사는 새벽까지 이어졌다.

해가 밝을 때쯤 집에 가서 옷만 갈아입고 다시 사무실에 나온 그는 저만큼 피곤해 보이는 김 변호사와 윤정이 미리 준비해 놓은 화려한 도시락을 앞에 놓고 대책을 마련해야 했다. 밀린 일들도 태산 같았지만 또다시 경찰의 참고인 조사에 가야만 했다.

"명확한 증거 없이 사람을 오라 가라 하는 것도 명백한 공권력 남용입니다. 저희 상무님은 지금 회사 일 때문에 엄청나게 바쁘십니다."

김 변호사의 딱딱하고 사무적인 말에도 아무렇지 않은 듯 배수범은 제 할 말을 할 뿐이었다.

"아, 강태진 상무님 뭐, 대단하신 분이니까. 이렇게 조용히 여쭤

보는 거 아닙니까. 저희가 재미있는 사실들을 여럿 알아내서 확인 차 연락드린 겁니다."

김 변호사의 얼굴이 굳어졌다.

"유지순 씨가 강태진 씨를 협박했다는 첩보가 입수돼서 말입니다."

"누가……."

"말씀하지 마십시오."

변호사가 재빨리 그의 말을 잘랐다. 그러나 그는 아랑곳하지 않고 싸늘하게 되물었다.

"누가, 아니 어디서 그런 첩보를 입수했습니까? 매우 궁금하군요."

"글쎄요. 저도 잘 모르겠지만, 경찰서 앞으로 이런 투서가 날아왔네요. 아주 흥미로워서 말입니다."

히죽 웃는 경찰의 손에는 편지 봉투 하나가 들려 있었다. 수취 인은 강남 경찰서, 발신인란은 텅 비어 있었다.

"그런 것쯤이야 얼마든지 할 수 있는 겁니다. 대기업의 특성상 음해하는 세력은 어디에나 있으니까요. 그런 어린애들 장난 같은 고자질을 대한민국 경찰이 시시콜콜 다 믿는단 말입니까?"

변호사는 아무렇지도 않다는 듯 말했다.

"그러게요. 저도 하도 황당한 이야기라서 뭐, 그다지 믿고 싶지는 않습니다만, 조금 신빙성 있는 증거를 조사 중이라서요. 이 사건을 사주한 사람이 있다는 건 확실하지 않습니까? 지금 자금 추적 중인데 아주 재미있는 사실들이 자꾸만 나오고 있어서 말이죠."

"떠보는 겁니다. 저 새끼 이 바닥에서 아주 유명한 놈입니다.

386

하필 왜 저놈인지……. 제가 윗선에 손 좀 써서 담당 경찰을 바꿀까요? 아니죠. 살인 교사면 검찰로 넘어갈지도 모르니까 거기다 손을 쓰는 게……."

그의 얼굴은 굳어진 채였다. 이건 명백했다. 누가 했는지도 뻔했다. 다만 얼마나 정교하게 뒤집어씌우려 했는가와 이게 언론에 까발려질 경우 입을 타격을 생각해야 했다. TJ그룹의 이미지 실추 역시 피해 갈 수는 없을 것이다. 본인 스스로도 이렇게 큰 타격을 받으면서까지 눈엣가시 같은 존재를 해결해야 했을까. 새삼 그 여자가 가지고 있던 증오가 이 정도였나 싶었다.

"하……."

그는 웃음밖에 나오지 않았다.

"상무님……."

"김 변은 사태 추이를 잘 보고 새로운 일이 있으면 바로 보고하도록 해."

그가 막 차에서 내렸을 때 그의 휴대폰이 울렸다.

"왜?"

— 회장님 호출입니다.

윤정의 굳은 목소리가 들렸다. 이미 거기까지 올라갔나.

"알았어. 준비해."

이건 전쟁이었다.

텁텁한 공기가 사방에 가득 차 있었다. 지독한 황사와 미세 먼지였다. 차에서 내려 화려한 회전문으로 들어가는 짧은 거리를 가는 동안에도 마치 모래 속을 헤치고 가는 기분이었다.

제기랄, 봄…… 잊고 있었다. 아직도 4월이라는 걸.

4월은 死월이라 뭔가 죽어야 끝날 것 같았다. 그렇게 둘 다 죽이고 싶어 안달이 나 있는 걸 보니 웃음이 났다.

저는 아직은 죽을 생각이 없었다. 그러니…… 죽일 수밖에.

깨끗하게 설거지까지 마치고 나니 또다시 적막이 내려앉았다. 아까까지는 요란한 물소리라도 났었는데.

기다림이라는 게, 이렇게 사람을 지치게 하는 건지 이제야 알게 되었다. 늦잠을 잤고 이 좁은 공간에서 움쩍거린 것밖에 한 일이 없었다. 너무나 깨끗해서 청소를 하고 계절에 맞는 옷을 정리한다 거나 하는 일은 일도 아니었다. 그냥 하루 종일 이곳에 있기만 했 는데도 마치 며칠을 야근한 것같이 온몸의 기운이란 기운은 누가 다 빼내 가 버린 느낌이었다. 그녀는 손끝도 움직이기 힘들 만큼 지쳐 바람 빠진 풍선처럼 축 늘어져 소파에 주저앉고 말았다.

딱 이틀이었다. 겨우 48시간을 기다리는데 온몸의 모든 것이 다 빠져나가 바닥에 흘러내렸다.

눈앞에 꼬리를 살랑거리며 물고기들이 헤엄치고 있었다. 가짜 수초도 미세한 움직임으로 하늘거렸다. 갑자기 엄마가 떠올랐다.

달랑 48시간도 이렇게 힘든데, 엄마는 대체 20년을 어떻게 산 거야…….

앞으로 20년을 그냥 살 수 있을까. 돌아오지 않는 사람을 기다 리면서?

전화도 할 수 있었다. 게다가 기다리라고 말했다. 그냥 접대가 너무 많아서, 아니면 갑자기 해외 출장이 잡혀서 그래서 못 온 것 일 수도 있다. 아니, 당장 5분 후에 문을 두드릴지도 모른다. 그래 도 그 5분이 너무 힘겨웠다.

저는 이런데 엄마는 어떻게 그 세월을 살아왔을까. 차라리 자신을 버렸다면 아빠는 곁에 와 줬을지도 모르는데……. 아빠가 참을 수 없었던 건 자신의 존재였을 것이다.

물어볼 걸…… 그랬나?

서윤은 꺼진 휴대폰의 버튼을 눌렀다. 파란색의 화면에 시간이 나타났다. 늦은 시간……. 그러나 그녀에게 시간보다 먼저 보인 건 작은 숫자였다.

4월이었다.

그랬다. 아직도 4월이 다 지나지 않았다.

다시 그 4월이 속삭이고 있었다.

넌…… 왜 아직도 죽지 않는 거냐고.

* * *

"……그래 넌, 병원엔 가…… 본 게냐?"

의외였다. 이런 말이 나올 줄은……. 그는 당황했지만 표정은 변함없었다.

"가 보지……도 않은 게야?"

어눌한 발음이지만 서운함 같은 것이 스며 있었다.

"제가 거길 가면 어떤 일이 벌어지겠습니까?"

그리고 아직 장례 절차 따위를 어찌해야 할지도 결정된 것이 없었다. 그녀의 가족들이 어디로 갔는지도 수소문이 안 되고 있는 모양이었다. 분명히 기억 속엔 자신에게 항상 윽박지르던 할머니가 있었다. 다 어디로 가 버렸을까.

"제대로 잘해…… 줘. 가는 길이라도……. 고생만 했을 거야."

저걸 무슨 의미로 받아들여야 하는 걸까. 그는 여전히 대답 없이 오늘따라 부쩍 나이 먹은 노인네 같아 보이는 강 회장을 쳐다볼 뿐이었다.

아래서 제대로 보고를 안 한 모양이었다. 지금 일이 어떻게 돌아가는 건지.

"아무래도 사건이 해결되고 나서야 장례라도……."

"저번에 왔을 때……. 그렇게 보내지…… 말았어야 했는데……. 어떻게 일주일도 안 돼서……."

제대로 보고를 올리지 않은 걸까? 하긴 이 주변에 있는 사람도 모두 박 이사의 사람들임이 틀림없었다. 그냥 재수 없는 교통사고라고 보고를 했는지도 모른다. 사실을 이야기해야 하는 걸까. 지금 당신의 아들이 모든 것을 뒤집어쓰고 제거될 수도 있다는 걸?

아무렇지도 않은 듯 옆에서 강 회장의 휠체어를 잡고 있는 저 담당 간호사 또한 누구에게 사주를 받고 있는지 정도는 뻔했다.

"그래…… 일은…… 잘돼 가고?"

"네. 상장도 무사히 잘 끝났습니다."

"그래, 난 너만 믿어. 그거 끝나면 부사장으로 취임해. 박 변하고 양도 무리 없이 할 수 있도록 준비 중이니까."

과연 그렇게 될 수 있을까. 이미 강 회장의 두 눈을 다 가려 놓은 게 뻔했다. 박 변호사와 이야기를 해야 하는 건가.

"가 보겠습니다."

"캑…… 캑캑……."

강 회장이 갑자기 기침을 하기 시작했다.

"회장님!"

옆에 있는 간호사가 놀라 다가와 등을 두드렸다.

"거…… 물…… 물."

"네, 회장님!"

간호사가 뛰듯이 나갔다. 그때였다. 강 회장이 기침을 심하게 하면서 손을 내밀었다. 태진이 얼결에 그 손을 잡았을 때 손바닥에 무언가가 쥐어졌다.

"회장님! 물 드십시오!"

간호사가 물을 들고 뛰어왔다. 태진은 자기도 모르게 제 손바닥에 든 구겨진 종잇조각을 몰래 주머니에 넣었다.

"회장님! 괜찮으십니까?"

물을 마시고 겨우 진정한 듯했지만 여전히 기침을 하던 강 회장이 간신히 말했다.

"가…… 봐."

"네, 몸조리 잘하십시오."

굳은 표정의 태진은 고개를 숙여 인사를 하고 넓은 병실을 빠져 나왔다.

주머니 안이 신경 쓰이긴 했지만 그는 아무렇지도 않은 듯 복도를 걸어 나왔다. 화려하고 깨끗한 로비를 지나 현관으로 나오자 대기하고 있던 그의 기사가 커다란 우산을 펼쳐 들었다. 늘 황사 덕에 흐릿한 하늘이었어도 한동안 날은 맑았기 때문에 제법 꽤 많이 쏟아지는 빗줄기가 당황스러웠다. 그러나 그는 그런 데 신경 쓸 겨를이 없었다. 시동이 걸린 커다란 차의 뒷좌석에 올라탔다. 그러자 기사는 문을 닫고 우산을 접어 운전석에 올라탔다.

태진은 그제야 제 주머니 속에 든 것을 꺼낼 수 있었다.

제 신경을 거스르던 소리는 빗소리였다.

휴대폰에 뜬 우산 그림을 보고서야 서윤은 바깥에 비가 쏟아지고 있다는 것을 알게 되었다.

— 네, 반가운 봄비입니다. 지난주 내내 짙은 황사에 뒤덮여 있던 한반도는 드디어 숨을 쉴 수 있게 될 것 같습니다. 물론 우리를 들뜨게 했던 봄꽃들은 지겠지만 봄비치고 상당한 양의 이번 비가 그치고 나면 기온도 부쩍 올라 성큼 여름을 향해 한 발짝 디디게 될 것입니다. 미세 먼지가 쓸려 가면서 드디어 쾌청한 하늘을 볼 수 있을 것 같습니다. 다만 비는 오늘내일 계속 내릴 예정이고 내일 오후부터 빗줄기가 약해지면서 모레 아침에야 그칠 것으로 예상됩니다…….

불과 2, 3일밖에 되지 않았다. 그러나 시간이란 건 상대적이었다. 아인슈타인의 상대성 이론 같은 게 뭔지는 몰라도 하루 종일 일에 치여서 종종거리다 후루룩 지나가 버린 하루를 느낄 새도 없이 곯아떨어지는 것과 하루하루 휴대폰의 숫자가 얼마나 더디게 지나가는지를 좁은 방 안에서 쳇바퀴 돌듯 거닐며 세는 것은 완전히 달랐다.

3일 동안 제 머릿속의 생각들은 이미 지구를 몇 바퀴 돈 느낌이었다. 자신의 자리에 대한 고찰과 '그 사람'에 대한 고찰은 이미 머리가 마비가 될 것같이 깊고 깊이 배겨 버렸다.

적어도…… 전화라도 한 통 왔다면 혼자 이렇게 생각에 빠져 있지는 않았을 것이다. 그 전화의 내용이 아무리 보잘 것 없는 것이라 해도 이런 상황에서는 제가 도출한 결론을 180도 뒤집어 버리고도 남았을 것이다. 그러나…… 그건 제 바람일 뿐이었다. 3일이라는 시간은 누군가를 뼛속까지 그리워하기도 누군가를 완전히 포기하기에도 적당한 그런 시간이었다.

서윤은 오늘내일 비가 멈추지 않을 것이라는 소식에 곧 옷을 챙겨 입었다. 웨이브를 위해서 일주일간은 묶지 말라는 샵의 직원 말을 이제는 잊어버렸다는 듯 긴 머리카락을 질끈 묶은 그녀는 한참이나 수납장을 뒤져 겨우 우산을 찾아냈다. 그러고는 문을 나섰다.

「죽으면 안 돼. 김 변 X」

그의 얼굴이 굳어졌다.

급하게 쓴 게 영력해 보이는 글씨였다. 아니, 이게 대체 무슨 뜻인가?

죽으면 안 된다는 건……. 이미 이 사건을 다 알고 있다는 걸까? 지금 강 회장이 입원해 있는 병원은 박 이사 소유의 병원이었다. 노환이 온 다른 중견 기업의 대표들이나 그 가족들도 많이 요양하고 있다고 이미 알려진, 럭셔리한 요양 병원이었다. 그곳에서 강 회장은 감시를 당하고 있는 건가. 그 대단한 부인에게? 그리고 그걸 잘 알고 있다는 건가?

그건 그렇다 치고, 뒤에 쓰여 있는 이것은 뭔가. 김 변이라……혹시?

이제는 그의 인상이 구겨졌다.

"어디로 가시겠습니까?"

정 기사가 물었다.

"회사로. 잠시 눈 좀 붙일 테니까."

"네."

그 사건이 있고 난 후 제대로 잠을 잔 게 몇 시간이나 되는지 알 수 없었다. 뭐가 어찌 돌아가는지는 나중에 생각해 봐야 할 것 같았다. 간신히 지탱하고 있던 제 몸은 이미 차에 타자마자 흐늘거리고 있었다. 시트를 뒤로 눕히자마자 그의 정신은 새까맣게 암전

되어 버렸다.

"만 사천 원입니다."

서윤은 아무 말 없이 돈을 내밀었고 화사한 표정의 약사는 약을 봉지에 담아 내밀었다. 문득 자신에게 충고를 해 주던 그 약국엔 다시 갈 일이 없다는 생각이 들었다. 나이 든 약사는 그렇게 자신의 걱정을 해 주었는데……. 그러나 지금은 아니었다.

서윤은 약을 넣으려고 가방을 연 순간 안에 있는 빳빳한 플라스틱 판넬에 든 것을 보고 얼른 약을 집어넣고 가방을 닫아 버렸다.

돌아서서 약국을 나서려는데 세찬 빗줄기가 유리문 너머로 보였다.

이제 좀…… 그쳤으면.

그러나 그녀가 그런 마음을 먹는다고 쉬이 그칠 것 같아 보이지는 않았다. 이 비가 그치면 아마…… 새 계절이 올 것이다. 그리고 매캐했던 황사도 씻겨 내려가겠지.

서윤은 우산 꽂이에 있던 흠뻑 젖은 우산을 들고 쏟아지는 빗속으로 걸어 나갔다. 금방 발끝이 젖어 드는 게 느껴졌다.

꿈결같이 피어올랐던 새하얀 벚꽃들은 이제 그 흔적조차 사라지고 푸릇한 잎사귀가 삐죽거리는 나무는 볼품없이 빗속에 젖어 있었다. 마치 화려한 여왕처럼 사람의 눈을 홀리던 나풀거리는 것들은 이제 사람들의 기억 속에서 완전히 사라져 기나긴 시간을 다시 화려하게 부활할 것을 꿈꾸면서 기다릴 것이다. 그네들은…… 1년 후면 또다시 사람의 마음을 앗아 가겠지만 자신은 그렇지 않았다.

그녀의 '사랑'도 봄날의 그 찬 기운을 뚫고 미친 것처럼 마른 가지에 버거울 정도로 피어올랐다가 싸늘한 빗줄기에 흔적도 없이 사라져 버렸다. 그리고 언젠간 다시 피겠다는 언약도 없이 찬 빗줄기 속에서 씻겨 내려가고 있었다. 물론…… 이 비가 그치면 잎이 나고 언제 그랬냐는 듯 꿋꿋이 살아 열매를 맺을 것이다. 이 회색의 도시에서 그 열매란 게 보도블록을 얼룩지게 하는 것밖에는 쓸모가 없을지라도.

평생 남자를 증오만 하고 살 작정이었다. 수컷 따위가 주는 열락 같은 건 꿈에도 꾸지 않았었다. 그러나 그 꿈을 비웃듯 그 사람은 제 삶에 나타나 저를 휘저었다. 그 흔적에 기뻤고 살 떨릴 만큼 행복했다. 그러면 된 것이었다.

이제…… 내 삶은 어찌 되는 거지?

서윤은 빗줄기 속을 빠르게 걸어갔다.

"경찰이 이 사건을 검찰로 넘길 생각인가 봅니다. 정식으로 영장을 받아서 계좌 추적을 하려고 준비 중입니다. 그러나 중요한 것은 이 일이 언론에 밝혀지느냐 마느냐인데, 강남 경찰서에 죽치고 있는 기자 끄나풀들이 뭔가 냄새를 맡은 모양입니다. 기웃거리는 게 보이거든요. 조 사장이 영문도 모르고 막고는 있는데……."

변호사의 얘기에도 그의 머릿속에는 계속 다른 단어만 맴돌고 있었다.

"박 이사님은 아직 귀국 안 했고?"

"네?"

김 변호사가 서류 뭉치에서 눈을 떼고 그를 쳐다보았다. 뜬금없는 소리를 한다는 듯. 태진은 그것을 날카롭게 보고 있다가 말했다.

395

"박 이사님 일정 알 거 아니야."

"하, 제가…… 전 잘 모르는데요. 저야 이쪽 TJ건설 고문 변호사라……. 박 이사님은 TJ홀딩스를 맡고 계시니까 제가 잘……."

아무렇지도 않다는 듯 김 변호사는 대답했다.

"그렇군."

"하여튼 조 사장님이 강남 경찰서장과 막역한 사이시라……."

"김 변은 내가 그랬다고 생각해?"

"네?"

그의 싸늘한 물음에 당황한 듯한 변호사가 되물었다. 유명 변호사 법인의 에이스 출신답게 젊고 유능한 그는 요즘 들어 태진의 온갖 뒤치다꺼리를 하고 있었다. 지적인 이미지를 위한 도수가 없어 보이는 고급스러운 금테 안경, 잘 손질된 짧은 머리, 꽤나 돈을 들여 가꾸는 것 같은 광택이 나는 피부, 유행에 앞서가는 슬림핏의 정장을 멋들어지게 차려입고 있는 다부진 몸매……. 전직 대검찰청 검사에서 법무법인의 에이스 변호사로 변신한 김 변호사는 태진이 TJ에서 공식적인 업무를 맡으면서 항상 같이 다니던 파트너와 같았다.

그러나 약간은 굳어 보이는 얼굴을 자세히 보고 있던 태진은 그의 표정이 미묘하게 변하는 것을 눈치챘다.

"무죄 추정의 원칙은 언제나 선행하지요. 전 강 상무님이 무죄라고 늘 생각하고 있습니다."

실제로 어떤 일을 저질렀다 해도 그렇지 않도록 만드는 게 자신의 임무라는 것을 잘 알고 있는 대답이었다.

"사망자와 상무님의 관계에 대해서는…… 우선 제가 잘 알아야……."

갑자기 태진이 등받이 쪽으로 몸을 젖혔다.

"나는 전혀 그 사실 같은 건 모르고, 그 사건이 있을 때 다른 곳에 있었고, 전혀 아무 관계도 없어. 그게 사실이고 진실이야."

"당연하죠."

변호사는 사무적으로 대답했다.

경제인 연합 연회 자리에 강 회장 대신으로 참여하고 돌아오는 길이었다. 수사 때문에 외부 활동을 자제하려 하고는 있지만 빠질 수 없는 자리였다. 서로 합종연횡 하고 있는 사이인지라 긴밀한 모임이었고 강 회장을 대신한 젊은 재벌 3세인 그에게는 좀 더 든든한 연을 맺고자 하는 이들이 슬쩍슬쩍 와서 관심을 표하기도 했다. 겉으로는 다들 웃고 있었지만 몇몇의 알력이 서로 작용, 반작용을 하고 있었고, 정계 쪽에 새로 필요한 법안들의 로비를 노골적으로 상의하거나 역할 분담을 하기도 했다.

늘 그렇듯 자리는 길고 지루했고 그는 그 자리를 휘저었던 부친을 대신해서 자리를 지키며 적절한 위치를 사수해야 했다. 그렇기에 TJ의 사장인 조 사장 대신 그가 참석한 것이었다. 조 사장은 주총에서 뽑은 경영자일 뿐, 실제 그 자리는 태진의 것이었다. 그러니 태진이 이 자리를 지키고 있어야 했다.

돌아오는 길은 더욱더 피로가 짓눌렀다.

"비가 그친 모양입니다."

그의 기사가 한마디 했다.

그러고 보니 정말로 차창 밖으로 화려한 불빛 사이에 이미 말라가는 도로가 보였다. 봄밤을 즐기는 사람들이 번화가 길거리에 가득했다. 그리고 차량의 행렬도 끊임없이 늘어서 있었다.

그제야 그의 머릿속에 누군가가 떠올랐다. 며칠이나 지났지? 그 토록 까맣게 잊고 있었다는 사실이 당혹스러워질 지경이었다.

'일거수일투족을 조심하셔야 합니다. 대외 활동도 최대한 자제 하시기 바랍니다.'

김 변호사가 굳이 충고하지 않더라도 그도 느끼고는 있었다. 그 는 다시 쓰라린 눈을 감았다. 어딘가 가서 또다시 인공눈물이라도 사야 할 것 같았다.

눈꺼풀 위를 꾹꾹 누르면서 그가 말했다.

"파빌리온으로……."

"네?"

기사가 되물었지만 그는 다시 대답하지 않았다. 자신의 충정 어 린 충고가 별 소용이 없다는 걸 알고 체념했는지 기사는 침묵을 지켰다.

며칠 동안…… 그 여자는 뭘 했을까.

헝클어진 머릿속은 그 답을 찾으려 했지만 그게 잘되지 않았다. 그냥 좀 아무 생각 없이 쉬고 싶었다. 복잡한 머릿속에 든 것을 꺼 내 맑은 물에 헹구어 내고 싶었다. 놀란 여자의 얼굴을 보면 그렇 게 될 것도 같았다.

늘 예고도 없이 문을 열면 그녀는 그런 표정으로 자신을 쳐다보 았다. 오늘따라 그 모습이 보고 싶어졌다. 참 별스럽게도.

굳은 얼굴의 정 기사 따위는 신경도 쓰지 않고 그는 휘청거리면 서 14층의 버튼을 눌렀다. 거의 끝 쪽에 가까운 그 문까지 가는 것 도 힘에 겨웠다. 그리 늦은 시간은 아니었다.

지금 어디 다른 이들을 만나기 위해 회의실로 간다거나 혹은 접대를 위한 회식 자리를 간다면 아무렇지도 않게 걸어 들어가 해야 할 일들을 해낼 것이 분명했다. 그러나 그게 아닌 이상 일부러 긴장하고 있을 필요가 없었다. 그의 몸은 마치 푹 젖은 종이짝 같이 흐늘거리고 있었다. 문 앞에 가기도 전에 푸르륵 소리를 내면서 바닥에 풀어져 버릴지도 모를 일이었다.

하얀 문은 일련의 특정한 숫자로 다른 문들과는 다른 곳임을 나타낼 뿐 그를 스쳐 지나간 다른 문들과 똑같았다. 하지만 그는 마치 난파선에서 구명보트라도 만난 듯했다.

벨을 누르는 것도 힘에 겨워 자신이 그 소동을 피우면서 새로 만든 도어록의 번호를 눌렀다. 삐리릭 소리와 함께 문이 열리자 그녀가 번호를 새로 바꾸진 않았다는 안도감을 느꼈다. 아니, 그 생각도 아주 잠시. 그는 다른 것을 기대하고 있었다.

"……."

그러나 이건 뭘까. 현관의 노란색 센서 등이 파삭 소리라도 내듯 켜졌다.

"이서윤……?"

그가 겨우 가라앉은 목소리로 이 작은 집의 주인을 불렀다. 그러나 낯선 적막만 가득했다. 분명히 제가 번호를 누르고 들어왔으니 다른 집은 아닐 텐데…….

금속의 현관문이 등 뒤에서 탁 소리와 함께 닫혔다. 삐리릭 소리를 내며 저절로 잠겼다.

그는 잠시 멍하니 서 있었다. 노란색의 센서 등은 금방 꺼져 버렸다.

곧…… 새까만 어둠이 낯익은 공간에 낯설게 뿌려졌다.

뭐지…… 이건.

그녀의 집에서 느낄 수 없던 적막과 어둠이었다. 늘 이 집에 있던 푸르스름한 빛과 백색 소음…… 그리고 그 여자.

셋 다 이 텅 빈 공간엔 없었다.

18

"아니 왜……."

"제가 당분간 아이들을 키울 수 없을 거 같아서 어쩔까 하다가 여기에 온 거예요."

"아니, 저번에 자동 급여기 사 갔잖아요?"

"이번엔 좀 더 멀리 갈 거 같아서요."

플라스틱 양동이에 든 비닐봉지 안을 들여다보면서 수족관의 주인 아저씨가 의아하다는 듯 물었다.

"에…… 여기는 물고기를 분양은 하는데 개인적으로는 사지 않기 때문에……."

곤란하다는 듯 말하는 것을 보고 서윤은 재빨리 말했다.

"아니, 다시 팔려는 거 아니에요. 잠시 맡기고 싶은데 그럴 수는 없고 해서……. 혹 다음에 누가 안 사 갔으면 제가 다시 사 갈게요."

"그건 아니지. 아가씨랑 우리가 거래한 게 몇 년인데…….
에…… 그건 아닌데……."

"그냥 여기서 키워 주셨으면 해서요. 좋은 주인 다시 만나는 것
도 괜찮고요. 제가 아는 사람이 없는 데다 모르는 사람에게 팔기도
그래서요. 여기 이쪽 빨간 쪽하고 약간 지느러미 큰 요게 부모구
요. 아이들은 이쪽에 따로 담았어요. 이게 요번에 태어난 새끼들인
데 제가 관리를 잘 못 해서 아이들이 상태가 아주 좋지는 못해요.
그리고 이 아이는 지느러미가 태어날 때부터 짧아서 한쪽으로 몰
려요. 그리고 이 아이는……."

"어디 가요?"

한창 정든 물고기들의 특징을 설명하는데 수족관 주인이 물었
다.

어딜 가느냐…… 대체 어딜…….

"네. 좀 멀리 가요."

서윤은 일부러 씩씩하게 대답했다.

자유를 찾아가요……라고 대답하고 싶은 걸 억지로 참아야 했
다.

서윤은 창에 머리를 기댔다. 비가 그친 오후는 스산해 보였다.
4월이 이제 거의 다 끝나 가고 있었다. 창밖도 더 이상 4월이 아
닌 것 같아 보였다.

갈 곳이 없어서…… 굳이 이 버스를 탄 건 아니었다. 하지만 아
는 친척도, 혹은 대학교든 고등학교든 선뜻 찾아갈 만한 친구가 있
었던 것도 아니었다. 그냥 가고 싶었다. 매정하게 도망치듯 떠났지
만…… 내내 그 사람의 생각이 가득가득 버겁게 머릿속에 버글거

려 넘칠 때도 있었다.

그 애는 무사히 하루를 보내고 있는 걸까? 따뜻한 두 손으로 제 목을 감던 그 아이는…….

실은 해야 할 말을 하지 못했기 때문이었다.

"으앙 언니다!"

"어머, 어째! 다시 오셨구나! 저번엔 그냥 가서서 얼마나 미안했는데요. 저녁 먹었어요? 안 먹었으면 얼른 와 앉아요. 비 내리고 나면 날이 따뜻해질 거라더니 오늘은 스산하던데……."

한참이나 어둑해진 뒤에 도착했지만 서윤은 간이 터미널에서 야한 불빛을 뿌리고 있는 익숙한 모텔을 보고 끔찍한 기억이 떠올라 뛰듯이 언덕을 올라왔을 뿐이었다. 아니, 이제 와서 어떻게 거길 들어가지……. 그런 고민들을 했던 것 같다. 나지막한 돌로 된 기둥이 있는, 빗속에서도 아직 빛을 덜 잃은 철쭉이 군데군데 어둠을 밝히고 있는 그 작은 언덕 위의 교회 앞에서.

그러나 그건 기우였다. 우연인지 아니면 이게 필연인지 하필 그 작은 건물의 한쪽 귀퉁이에서 아이를 업고 있는 누군가가 나왔고, 그 두 사람은 공교롭게도 모두 그녀가 아는 사람이었다.

"언니! 언니! 언니!"

뭔가 말이 하고 싶은데 입 속에서 안 나오는지 언니만 되뇌는 분홍색 모자를 쓴 파리한 얼굴의 아이는 반가움에 눈물마저 글썽거렸고 서둘러 국을 데우고 반찬을 꺼내는 노 권사님은 쉴 새 없이 말을 잇고 있었다.

"우리 자매님이 가신 뒤로 에스더가 엄청 울었어요. 꼭 매일매일 기도하면 다시 올 거라고 했더니 그렇게 열심히 기도를 하더라고요. 나도 너무 반가워서 눈물이 날려고 해. 하하하, 주책없이 말이에요. 여기 젊은 사람이 없어서……."

"네……."

너무 극진한 환대에 서윤은 제 머릿속에 가득 차 있던 어떤 것을 잠시 내려놓을 수 있었다.

와서 반겨 주는 사람이 있다는 게…… 이렇게 다행스럽고 따뜻한 것인지, 엄마가 돌아가신 뒤로 처음 알았다.

서윤은 힐끗 창밖으로 보이는 작은 건물을 보았다. 불이 꺼진 건물…….

실은…… 한 사람을 더 만나야 하는 건데.

변한 건 없었다. 하얀 방 안은 저번에 자신이 소동을 일으키고 문을 따고 들어왔을 때와 똑같았다. 깨끗이 정리된 주방, 화장대, 가지런히 정리된 침대……. 그 여자가 없는 건 당연했다. 당연이라는 단어가 어울리지는 않지만 그랬다. 제 오랜 부재가 야기했듯이.

하지만 더 중요한 것이 없다는 게 무언가 크게 잘못됐다는 걸 일깨워 주었다. 그 여자 하면 떠오르는 뿌연 백색 소음, 맑은 물속을 헤엄치고 있는 형형색색의 열대어들, 그걸 사랑스럽게 쳐다보는 그녀.

수조 속은 텅 비어 있었다. 아니, 하얀 모래와 뿌연 소음을 만들던 기계와 축 늘어져 바닥에 쓰려져 있는 수초들, 바위돌이나 동상 같은 모형들, 그리고 며칠 전에 새로 생긴 수조 위에 붙은 검은 물체는 있었지만 그 속을 훨훨 날듯 헤엄치고 있던 작은 주인들은 사라져 버리고 없었다.

그는 직감적으로 느꼈다.

여자는 돌아오지 않을 작정이었다.

서 있을 기운도 없어진 그는 비틀거리며 텅 비어 흉물스러운 수조를 지나 자신이 앉아 있던 소파까지 지나쳐 침대로 갔다. 분명히 차를 타기 전에는 아무렇지도 않았는데 행선지를 이곳으로 정하자마자 그는 기운이란 기운이 모조리 사라져 버린 느낌이었다. 침대에 다가가 쓰러지듯 누웠다. 그리고 재킷의 안주머니에서 휴대폰을 꺼내 들었다.

당연하게도 전화 속 저쪽에서는 당사자의 부재를 나타내는 단조로운 목소리가 들렸다. 전화를 받을 수 없다는 건지, 받고 싶지 않다는 건지는 모르겠지만 그는 곧 전화를 꺼 버렸다.

그러다 그는 다시 휴대폰을 들어 버튼을 눌렀다. 켜진 화면에는 익숙한 숫자가 떠 있었다.

5일……. 그러니까 제가 당부를 무시하고 미친 듯이 낯선 곳에 내려가 여자를 데려온 지 5일이 지나 있었다. 제겐 그날들이 하루인지 이틀인지 분간이 되지 않았다. 너무 많은 일들이 일어났으니까. 아니, 지금도 진행 중이니까.

휴대폰을 들고 있을 힘도 없어서 그는 던지듯 내려놓아 버렸다.

눈앞에 하얀 천장이 보였다. 늘 높던 제 방과는 달랐다. 나지막한 천장에는 뿌연 막으로 덮인 단출한 등이 하나 달려 있을 뿐이었다. 고개를 돌렸다. 하얀 수납장, 하얀 화장대, 가운데 버티고 있는 소파와 시야를 가리는 수조, 그리고 그 너머에 작은 주방……. 그리 넓지 않은 공간이었다.

'연락할 테니 기다려…….'

분명히 제가 그랬었다. 그러니 여자는 이 작은 공간에서 내내 자신을 기다렸을 것이다. 마치 내내 기다리기만 하던 여자가 제가 지하 주차장에 도착하기 직전에 나가 버린 것처럼 느껴졌다.

쏟아지는 하얀빛이 눈알을 찔러 왔다. 그는 눈을 감았지만 그래도 통증은 계속되었다. 재킷도 벗지 않아 뻣뻣한 채로 그는 팔을 들어 눈 위에 올려 쏟아지는 빛줄기를 막았다. 불을 끄고 싶었지만 손가락 하나 까닥거릴 힘도 사라진 듯했다.

주인 없는 침대 위에서는 적막만 맴돌았다.

분명히 며칠 전에는 낮은 웃음소리와 은밀한 쾌락과 뿌연 백색 소음 속에 따뜻한 열기가 떠돌았었다. 그리고 그 뒤로는 여자의 기다림이 가득 차 바닥에 쏟아졌을 것이다.

그녀를 찾아야 하는데……. 백색 소음도 없는데 그는 정신이 아득해졌다. 불을 끄지 않으면 잠들지 못하는 고약한 버릇 따위도 이 작은 공간에서는 용납되지 못하는 모양이었다. 제발…… 정신을 차리면, 모든 일이 순조롭게 풀려서 이 방의 주인도 이곳으로 돌아오길……. 그는 바스러져 가는 정신의 끄트머리에서 속삭였다.

* * *

"절…… 미워하셨나요."

"응."

너무도 빠르고 당연하다는 듯한 대답은 약간…… 당혹스러웠다. 그러나 서운하거나 마음 아프지 않기로 했다. 그 짧은 시간에…….

그래서 혹시나 하는 마음에 다시 물었다.

"지금도 그런가요?"

"응."

"……."

하지만 대답하는 사람의 목소리만 소거한다면, 절대 그렇게 보이지 않았다.

비에 젖어 부드러워진 땅에서는 작은 호미가 속살을 긁어 대는 살그락거리는 소리만 났다. 목장갑을 낀 손길 덕에 비에 젖은 흙냄새가 새록새록 짙어지고 있었다.

그랬구나……. 서윤은 이 작은 당혹을 어찌 넘겨야 할지 고민하다 눈에 보이는 것을 물었다.

"그건 뭐예요?"

"땅콩. 가을 시작될 때쯤에는 요 한 알이 두세 주먹씩 돼서 돌아오거든. 작년에 우연히 서너 포기 심었다가 다들 아주 재밌게 잘까서 먹었거든. 그래서 올해는 좀 많이 심어 보려고. 고소한 데다 알도 커서."

그제야 서윤은 작은 모종판에 있는 동그란 콩 같은 데 싹이 튼 저것들이 땅콩이라는 걸 알 수 있었다. 콩과 싹이 반쯤 뒤섞인 모양이었다.

"그냥 콩으로 심어도 되지만, 그래도 이렇게 싹을 틔워서 하면 더 자란다고 하더라고. 작년엔 심은 거에 한 반만 싹이 나왔거든. 이번엔 좀 많이 심어서 겨울에 다들 심심풀이로 먹고 하게."

열심히 호미질을 하는 손길은 바빠 보였다.

아침나절의 해인데도 벌써 이마가 따끈따끈해지고 있었다.

"봄볕이 가을볕보다 더 타. 창고 뒤에 가면 챙 넓은 모자 있으니까 가서 하나 들고 와서 써."

아까 지금도 밉다는 말을 아무렇지도 않게 내뱉은 사람답지 않은 말을 했다. 그러나 그 말을 듣고 쪼르르 가서 모자를 쓸 생각 따윈 없었다.

"이쁜 얼굴 상해. 아님 저쪽 그늘에 가서 앉든지."

"……."

서윤은 아무 말도 없었다.

"……우린 영문도 모른다는 듯, 아무렇지도 않게 신혼집까지 다 얻어 놓은 동네를 떠나 낯선 곳에 새로 집을 얻어야 했어. 누구도 그 일에 대해서 이야기하지 않았지. 마치 머릿속에서 싹 다 삭제된 것처럼 말이야. 결혼식을 올리고 모두 잊은 것처럼 산 지 얼마 되지 않았는데 영진이가 갑자기 속이 안 좋다고 그러더라고. 그래서 병원에 갔더니 임신을 했다고……. 그냥, 이미 그때 짐작은 하고 있었지만 서로 무슨 최면이라도 걸린 듯 모른 척하고 있었던 거 같아. 지금에 와서 생각해 보니까."

바싹 말라 딱딱해진 통마늘을 손으로 자르려 하니 잘되지 않았다. 커다랗고 굳은살이 박인 손이 서윤의 손에 들린 통마늘을 가져 가더니 바스락 소리와 함께 반으로 잘라 가운데 심을 빼곤 마른 뿌리를 칼로 잘라 내어 건네주었다. 서윤은 아무 말도 없이 잘려진 부분에 손톱을 넣어 바싹 말라붙은 마늘을 까기 시작했다. 두 사람의 옆에는 수북한 마늘 더미가 있었고 그 옆의 주황색 바가지에는 몇 개의 깐 마늘이 들어 있었다.

"태어난 아기는 예뻤어. 그렇게 갖고 싶었던 딸이었으니까. 하지만…… 갓 태어나 머리 위에 태지와 피가 묻은 아기를 안고서 우는 영진이는…… 잠깐 정신을 차렸던 것 같았어. 기뻐서 우는 거 같아 보이지 않았으니까."

서윤은 아무 대답 없이 마늘의 속껍질을 까기 위해 애썼다. 바싹 말라붙어 비늘 같은 껍질은 잘 벗겨지지 않았다.

"어린아이는…… 참 사람을 정신없게 만드는 존재야. 손이 많이 가서 다른 생각을 할 겨를이 없게 만들거든. 그게 참 다행이었는데……. 언제였는지, 돌 전이었는지 아니면 돌이 지난 다음이었는지 아기가 폐렴에 걸려서 큰 병원에 갔던 적이 있었지. 검사를 하다가 우연하게 아기의 혈액형을 알게 된 거야. 바보인 건지……. 태어나자마자도 알 수 있었는데 그땐 몰랐던 거 같아. 영진이와 나는 둘 다 비형이었거든. 그런데 열이 빨갛게 올라서 기침을 하고 있는 아기의 혈액형이 에이형이라는 거야……."

윗동이 잘려서 까기 쉽게 만들어진 마늘들이 서윤의 앞에 순식간에 수북이 쌓였다. 텅 빈 주방에는 봄 햇살이 가득 쏟아지고 있었다.

"갑자기 어느 형무소에 있다는 놈의 얼굴이 떠올랐어……."

아까까지만 해도 아무렇지도 않은 듯 남의 이야기를 하는 것처럼 조근조근하던 목소리가 잠시 사라졌다. 바스락거리는 소리가 조금 격해진 것같이 들린 건…… 서윤의 기분 탓일 것이다.

"퇴원을 하고, 집에 왔는데, 아기가 울더라고. 영진이가 부엌에서 무얼 하는지 아기 울잖아요…… 하는데 갑자기 손도 대기 싫은 거야. 천사같이 예쁜 얼굴인데 무슨…… 짐승 새끼처럼 느껴졌어. 애는 죽어라 울고 결국 영진이가 무슨 일이냐며 달려와 아이를 안는데 하마터면 아이를 잡아 던질 뻔했어. 그럴까 봐 집에서 뛰쳐나왔는데 마침 길가에 교회 건물이 있더라고. 우연히 거기 들어갔지. 그 뒤로 난 그 교회를 다니기 시작했지. 여전히 아이를 혼자 키우기는 힘들 텐데 영진이와 아이 둘만 남겨 놓고 난 일요일이면 하루 종일 교회에 가서 사람들과 어울리고 예배를 보고 봉사를 했어.

집에 들어오기 싫어서……."

서윤은 말없이 보라색이 도는 딱딱한 껍질들을 깔 뿐이었다. 그 보라색 껍질 속에는 엷은 비늘 같은 속껍질이 싸여 있었다. 찰싹 붙어서 떨어지지 않는 그런 투명한 껍질들이…….

"왜 내가…… 그때 그놈을 찾아가서 죽이지 않았을까, 왜 경찰들이 그놈을 잡아가도록 놔뒀을까. 왜…… 저 애가 태어나기 전에 어쩌지 못했을까부터, 저 얼굴을 보면서 평생 어찌 살아야 할까 하는 생각까지…….."

바스락거리는 마늘 조각의 껍질을 벗기면서 덩치 좋은 목사님은 참…… 이상한 옛날이야기를 하듯 말을 이어 갔다.

"교회에 가서 예배를 보고 봉사를 하고 성경을 읽을 땐 괜찮았는데 집에만 가면 참을 수가 없었어. 결국 난 집을 나와 버렸지. 아마…… 영진이는 알았을 거야. 그럴 거란 걸. 영진이도 질식할 것 같은 얼굴이었거든. 내가 옷을 들고 나갈 채비를 하면 그제야 얼굴이 풀어지는 걸 느끼곤 아마…… 더 비참하다고 느꼈던 거 같아. 그땐."

여전히 두 사람은 정성을 다해 마늘을 까고 있을 뿐이었다. 노란 옥돌 같은 마늘 알은 주황색 플라스틱 바가지에 담겼다.

"직접적으로 이야기를 하지 않았지만 일주일 내내 다투었던 거 같은데, 막상 그 4월의 첫날이 되자 태연하게 미역국을 끓이고 불고기를 하고 김밥을 싸는 영진이를 보니까 더 이상 참을 수가 없었어. 왜 그토록 다투었는데, 왜 그토록 질식할 것 같은지……. 뻔히 알면서도 아이 것만 아니라 다른 아이들 것까지 너무나 멀쩡하게 음식을 준비하는 걸 보고는 이제 더 이상은 참을 수 없다고 생각했어."

여전히 마늘 알은 또르륵 소리를 내며 플라스틱 바가지 안에 쌓여 갔다.

"그길로 나가 직장을 그만두고 십 원 한 장 빼지 않은 퇴직금을 이체하고 이혼 서류를 영진이에게 등기로 보내면서 우체국에서 참 많이 울었던 거 같아. 이제는 기억도 희미하지만. 아마 영진이가 나보단 그 짐승 같은 아이를 선택했다고 느꼈기 때문이겠지. 집에 이야기하고 신학대학교를 가겠다고 했더니 부모님은 아무 말씀도 안 하시고 그러라고 하셨어. 그땐⋯⋯ 목사가 되겠다는 생각보다는 그냥 하나님 뒤에 숨고 싶었어. 사제가 되고 싶었지만 이미 결혼을 했던지라 그건 안 돼서 깊은 산속에 있는 신학대학교를 찾아 갔지. 좋은 성적으로 졸업을 하고 성직자의 길을 걸었지. 모든 걸 다 잊었다는 듯이. 그런데 어떻게 알았는지 내가 가는 교회에는 영진이의 편지가 가끔씩 오곤 했어. 처음 몇 개는 뜯어보았지만 그럴수록 잘 가려져 있던 내 마음속의 증오는 불룩불룩 튀어나오더라구. 세네갈에 봉사도 몇 년 갔다 오고, 다른 나라로 선교도 갔지. 그래도 가끔씩은 잠을 설치곤 했어."

중간중간 썩어 버린 마늘도 있었다. 까려고 누르니 푸석하고 안으로 들어가 버리는 쭉정이 같은.

"수많은 기도를 했어. 내가 누군가를 증오하는 마음을 없애 달라고. 원수를 사랑하라는 하나님의 가르침을 때때로 망각하는 내가 이 자리에 있을 수가 없노라고⋯⋯. 그러나 세월이 지나고는 알게 되었지. 그냥 순리대로 열심히 사는 게 하나님을 위해 사는 거라고. 그 자리를 감당하지 못하고 뛰어나왔지만 나를 받아 주는 주님이 계시듯이 두 사람도 주님의 품에서 행복하게 살 수 있을 거라고."

엄마는⋯⋯ 행복하지 않았다. 여전히 마늘을 까고만 있는 서윤은 이 긴 독백을 용서할 수는 있었지만 이해할 수는 없었다.

왜 엄마는 자신을 선택했을까. 얼마든지 버릴 수 있었는데…….
그리고 그런 선택을 해 놓고 왜 그렇게만 살았을까.

엄마도…… 나름대로 체념하고 적응하면서 살았을까.

"마늘이 맵다."

"그러게요……."

두 사람은 침묵 속에서 마늘을 깠다. 매워서 눈을 자극하는 마
늘을.

옆에 잠든 아이에게선 달착지근한 냄새가 났다. 제 옆에 꼭 붙
어서 저를 안고 있는 걸 가만히 지푸라기 같은 팔을 빼 똑바로 눕
혀야 했다. 창밖에도 불빛이 없는 어둠은 낯설었다.

서윤은 그 어둠 속에서 새근새근 숨소리를 내며 잠든 아이의 실
루엣을 쳐다볼 뿐이었다. 이 작은 아이도 그 무서운 병을 이겨 내
기 위해서 열심히 싸우고 있을 게 분명했다.

잠에 들려 했다. 아니, 잠들려고 애썼다. 잠자리를 가리는 탓에
그 새하얀 집의 침대에서도 잠들기 힘들었다. 이곳에서도 딱딱한
바닥이 따뜻한 온기를 머금어도 끊임없이 뒤척여야 했다. 옆에서
들리는 작은 숨소리가 더욱더 도드라지게 들렸다. 그때였다.

어딘가에서 타닥거리는 소리가 났다. 무언가 타들어 가는 것 같
은 소리…….

그러나 이 밤중에 타들어 갈 것은 없었다. 한참이나 귀를 기울
이고 온 신경을 집중해 듣고서야 그 소리가 빗소리라는 걸 알게
되었다.

또…… 비가 오고 있었다.

4월은 늘 바싹 말라 있었는데……. 또 비가 왔다.

서윤은 그 빗줄기가 이 따뜻한 방 안에 들어올 리도 없는데 이 불자락을 끌어 올려 아이에게 덮어 주었다. 의식하고 나니 빗소리는 더 크게 들렸다. 이 비는 어디까지 내리고 있는 걸까. 제 하얀 방이 있던 그 건물이 있는 휘황찬란한 시내 한가운데? 아니면 이제는 철근 콘크리트로 메워져 흔적도 없을, 그 작은 엄마의 집이 있던 동네까지?

　아니면…… 언덕 위에 있던 그 휘황찬란한 아파트의 커다란 창문 앞까지…….

　그 작은 방 안에서 조금씩 질식해 가는 걸 느끼면서 기다릴 때도 알고 있었다. 그 남자가 다시 돌아온다 해도 그때뿐이란 걸. 그 열락과 작고 소소한 기쁨은 제 온몸 구석구석을 행복하게 할 테지만, 그건 순간이란 걸. 누군가를 영원히 사랑할 거라 생각하지 않았다.

　그러나 이제는 알았다. 누군가 자신을 영원히 사랑하지 않을 건 분명했지만.

　자신이 누군가를 영원히 사랑할 수는 있다는 걸.

　영원할 거라는 어이없는 자만이 하루하루 빨리 꺾이고 잊히길 간절히 빌어 보지만, 그게 오늘 밤은 아니라는 사실을.

　그러니까 오늘 하루쯤, 빗소리에 젖어서 작고 여윈 아이의 손을 붙잡고 그 사람을 생각하느라 길어지는 봄밤을 하얗게 지새워도 앞으로 사는 덴 지장 없을 거라는 것도…….

　빗소리가 깊어졌다.

* * *

　낯선 곳에서 잠을 깨고, 형편없이 구겨진 재킷 바람이라는 걸 알고 그는 눈을 감은 채 전화를 했다.

"언제 올 수 있어."

역시 막 잠에서 깬 이가 최대한 빠른 시간을 정해 말했다.

"알았어."

여전히 불이 켜진 채였다. 그러나 바깥이 그다지 어둡지 않아서인지 인공 빛은 아까처럼 사납지는 않았다. 여전히 텅 비어 낯선 적막에 싸인 방 안을 휘둘러본 그는 자리에서 일어났다. 뭔가를 해야 하는데 무엇부터 해야 할지 순서를 정할 수가 없었다.

우선은 세수부터 해야 할 것 같았다. 그는 작은 화장실로 갔다.

불을 켜자 바싹 말라서 물기 하나 없는 좁은 화장실이 보였다. 그는 잠시 멍하니 있을 수밖에 없었다.

여자의 작은 욕실 안 투명한 양치용 컵에 두 개의 칫솔이 꽂혀 있었다.

"커피. 에스프레소."

익숙한 사무실의 문을 열면서 묵례를 하는 윤정에게 말했다.

속이 쓰릴 것 같았지만 진한 게 필요했다. 투샷이라고 막 덧붙이고 제 방으로 들어왔을 때, 바로 문이 열리고 김 변호사가 들어왔다. 또 무슨…….

"상무님, 범인이 잡혔습니다!"

노크도 없이 밀고 들어온 이유를 알 것 같았다.

"그런데……."

19

"피의자의 이름은 주철훈. 나이는 47세, 서울에 거주하며 무직입니다. 트럭에서 발견된 머리카락에서 나온 DNA와 일치했습니다. 트럭 주인은 트럭을 분실한 상태였구요. 본인은 처음에 아니라고 잡아떼다가 지나가던 차량에서 확보한 블랙박스에 찍힌 영상을 들이대니까 훔친 트럭을 몰고 가다 사고가 나서 도망쳤다고만 진술하고 있습니다. 그러나 경찰 쪽에서는 전혀 믿지 않고 있습니다."

"그 이유는?"

"주철훈은 전에 트럭 기사였다가 사고로 면허가 취소된 상태였습니다. 현재 집에 있는 아이가 난치병으로 입원했는데 며칠 전에 아이가 수술을 했더군요. 거액의 병원비가 결제된 정황을 발견했습니다. 전액 현금이었고 주철훈은 지인에게 빌렸다고 하는데 그게 누구인지도 뚜렷하게 말을 못 하고 있는 상황입니다. 계좌를 이용하지 않고 그 큰돈을 현금으로 마련했다는 것도 참 이상하거든요. 전엔 금액이 크면 수표나 계좌 이체를 했기 때문에 추적이 쉬웠는데 요즘은 부피가 작은 오만 원권이 있기 때문에 추적을 당하지 않기 위해서 현금 거래를 한다고 경찰 측에서 이야기하더군요."

그는 잠자코 듣고만 있었다.

"문제는…… 도로의 스키드 마크나 그 밖의 정황이 절대 우발적인 사고일 수 없는데 피의자는 전혀 사망자를 모른다는 사실입니다. 이 점이 경찰에서 청부 살인이라고 생각하는 결정적인 이유입니다. 그래서 경찰에서는 이 사고가 일어난 이유를 찾고 있는 겁니다. 그러다 보니까 사망한 유지순 씨가 강 상무님 집에 머물렀다는 사실, 그리고 유지순 씨가…… 실은 전에 유주연이라는 가명을 쓰던 유명 배우였다는 사실, 그리고 또……."

오히려 아무렇지도 않다는 듯한 그의 표정 때문인지 김 변호사는 말을 멈추었다.

"청부 살인이라면 그걸 지시한 사람이 있겠지. 그에 대한 수사는?"

"지금 진행 중인 모양입니다. 아마 조만간 참고인으로 다시 소환장이 올 겁니다. 제 의견으로는 응하지 않는 것이 좋겠습니다. 저번에 찾아온 경찰들도 앞으로는 함부로 접견하지 않는 게 유리합니다."

"음……."

그는 저도 모르게 깊은 한숨을 내쉬었다. 과연 경찰은 수사를 하고 있는 걸까, 아니면…….

경찰청장은 박 이사의 친정과 연줄이 있는 사람이었고 판사나

검사들 혹은 대법관 쪽도 그녀와 수두룩하게 연결되어 있다는 걸 알고는 있었다. 그러나 법적으로는 자신은 그의 '아들' 아닌가. 이 일이 얼마나 그룹 내에 큰 데미지를 줄지는 알 수 없었다. 그런데 도 일이 이렇게 되어 간다는 건…….

어느 누구보다 범인을 잘 알고 있는 건 그 자신이었다. 그것 하나로도 얼마든지 승산이 있는 게임이었다. 다만 상대가 얼마나 정교한 덫을 준비했는지에 따라서 결과는 달라질 것이다. 잡히든지 아니면 잡든지…….

그가 자리에서 일어났다. 자신의 자리로 가려는데 그의 커다란 책상 위에 있는 데스크톱의 윈도우 화면에 선명하게 달력이 떠 있는 게 보였다.

아직 4월이 채 끝나지 않았다. 아마…… 잘하면 내년부터는 이 꽃피는 4월을 좀 더 느긋하게 즐길 수 있을지도 모르겠다 싶었다.

"아니 이거 누가 이랬어!"

노인네의 목소리가 짜증스러웠다. 서윤은 그 이유를 잘 알고 있었다. 실은 아까 봤기 때문이었다.

"대체 누가 밟은 거야! 이렇게 줄도 다 쳐 놨구만……. 에휴, 벌써 다 굳어서……."

교회 마당의 콘크리트로 된 입구 한쪽에 내려앉은 곳이 있었는데 어제 거기에 시멘트를 개어 열심히 발라 구멍을 메우느라 바빴었다. 한참 일을 했던 교회 바로 밑에 사는 노인네의 화풀이 섞인 혼잣말이 가시고 난 곳엔 매끈한 시멘트 포장 위에 선명한 발자국 하나가 찍혀 있었다. 어젯밤에는 물컹했지만 밤새 굳어 버린 모양이었다.

발자국은 어느새 돌덩이처럼 굳어 있었다. 아마 10년이 지나든 20년이 지나든 이 시멘트 바닥을 다시 어찌지 않는 한 저 발자국은 이 매끈한 마당에 남아 있을 게 뻔했다. 그래서 그 노인네도 듣는 이도 없는데 그렇게 욕을 했을 것이다.

누군가 잘못 알고 밟은 모양이었다. 발자국을 낸 사람은 물컹한 느낌에 놀라서 얼른 발을 뺐을 것이다. 그러곤…… 아마 잊어버렸을 것이다. 1년 같은 그런 시간이 아니라 하루 이틀 새에, 아니 혹 바쁜 사람이라면 바로 돌아서서 재수 없다 말하고 잊어버렸을 것이다.

그도…… 그럴까. 그냥 돌아서서 제가 밟은 물컹한 걸 잊었을까? 밟힌 제 맘엔 밤새 딱딱하게 굳어 돌덩이가 되어 버린 발자국뿐인데…….

누군가를 잊어 보려 애써 본 적이 없어서 어찌해야 할지 더욱더 아무 생각이 나지 않았다.

"전에 하던 일은?"

"그만뒀어요."

직업이 목사인지 농부인지 헷갈릴 것 같았다. 물론 자신도 지금 하는 일이 밥을 챙겨 주는 일인지 혹은 밭일인지 헷갈리니까. 괜히 왜 그랬냐는 질문이 날아올까 봐 서윤은 재빨리 말을 이었다.

"이건 뭐예요?"

"알타리무. 김치 담가 먹어야지."

서윤도 어쩔 수 없이 챙이 커다란 모자를 써야 했다. 꽃무늬가 화려한 모자에는 제초제 회사의 이름이 커다랗게 박혀 있었다.

"여기 계속 있으려고?"

여전히 씨를 뿌리면서 물었다.

"……."

뚜렷이 생각한 적은 없었다. 그냥 에스더 생각도 났고 아빠와도 이야기를 하고 싶었다. 바다가 지척에 있는 이 작은 교회에서 나를 필요로 하는 사람들을 위해 살아도 괜찮겠다고 생각했다. 그런데 그건…… 보통의 생각으로 가능한 일은 아니었다. 가장 힘든 건 무료함이었다. 늘 바빴지만, 무료했다.

아침부터 식재료를 다듬어 아침을 해서 스무 명 남짓한 사람들을 먹이고 나면 멍하니 있다 점심을 준비했고, 또 멍하니 있다 보면 저녁을 준비해야 했다. 그러곤…… 또 다른 무료함이 저를 엄습했다. 수요 예배에 모여든 사람들 사이로 들어가기도 그랬고 딱딱한 방바닥도 적응할 수가 없어 밤새 수십, 수백 번을 뒤척여야 했다. 늘 복작이는 대도시에서 1분 1초가 아까운 삶을 평생 살아온 그녀에게 생긴 부작용이었다.

"보고 싶은 사람이 있으면 가. 여긴…… 더 있다 와도 돼."

"네?"

여전히 작은 모종을 정성 들여 심고 있었고, 옆에 있던 서윤도 커다란 물뿌리개를 들고 이제 막 붉은 황토 위에 자리를 잡은 어리디어린 모종에 물을 뿌리고 있었다.

"여긴, 더 있다 와도 돼. 좋은 때니까……. 인생에서 좋은 때는 아주 잠깐이니까, 그걸 여기서 보내지 않아도 돼."

좋을 때? 좋을 때가 뭔데, 언젠데……. 늘 가방 밑에 숨겨진 칼을 빼야 하고 부작용에 시달리는 약을 꾸역꾸역 먹어야 하는 그런 때?

그러나 서윤은 아무 말 없이 막 심어진 모종 위에 물을 뿌릴 뿐

419

이었다.

"인생의 좋은 때는 짧아. 그 짧은 삶을 사는 사람들은 몰라. 그때가 지난 다음에, 그것도 아주 많이 지난 다음에나 깨닫는 거지. 왜 그때…… 좀 더 아름답게 살지 못했을까 하고. 넌 지금 너무 눈이 부셔. 그러니까 그 아름다움을 즐겨. 후회하지 말고."

이미…… 즐겼다. 이미 아름다웠고 이미 행복했다. 이제 그 어느 누가 제 삶에 다시 찾아온다 한들 행복할 수 있을까. 아니, 그럼 그땐 정말로 행복했나? 행복……했나.

쏟아지는 봄 햇살이 따가웠다.

"……그런 일은 대부분 오천에서 일억 사이에서 거래됩니다. 요즘은 중국 쪽에서도 사람이 많아져서 말이죠. 공급이 많기 때문에 가격이 떨어졌죠. 물론 의뢰인이 어떤 사람이냐에 따라 달라지긴 하지만, 그 사람들이 보기엔 그냥 보통 사람 정도밖에는 안 되거든요. 왜냐, 의뢰하는 쪽에서 흘리지 않으니까. 흘리지 않는 한 그다지 중요하지 않으니까. 자, 그런데 입금된 금액이 칠천입니다. 그건 기술자에게 직접 쥐여 준 돈입니다. 굉장히 관대한 금액이죠."

관대한 금액이라…… 겨우 칠천이? 그가 의문을 가지기도 전에 말은 이어졌다.

"그걸 중계한 자에게는 주로 1에서 1.5배 정도의 금액이 넘어갑니다. 최소 칠천에서 최대 일억 오백 사이라는 거죠. 그럼 총 금액은 일억 사천에서 일억 팔천 사이입니다. 매우 저렴하죠. 그 금액이면 요즘 유행하는 비타민 음료 한 박스 정도도 안 됩니다. 중간에 뭐 좀 더 떼먹는 인간이 있다 해도 그 정도 크기의 박스면 해결된다는 거죠. 추적도 안 되고 뒤를 찾을 수도 없는 현금으로 바로 거래될 수 있다는 겁니다."

태진은 잠자코 듣고 있었다.

"일억이면 사람 죽고 사는 거야 충분히 해결할 수 있습니다. 그쪽 에선…… 눈을 시퍼렇게 뜨고 돈 되면 뭐든지 할 인간들이 널렸기 때문이죠. 다만 상대가 멍청해서 이게 더 큰 돈이 될 수 있다는 걸 몰랐다는 거죠. 아마 그걸 알았다면 지금쯤 땅을 치고 후회하고 있을 겁니다. 적어도 몇 배는 더 받을 수 있었다는 걸 안다면 말이죠."

"그래서…… 결론은?"

"얼마든지 적은 금액으로 깔끔하고 깨끗하게 일을 해결할 수 있는 놈들이 널렸다는 거죠. 그런데 그렇지 않다는 건 지시한 사람이 이 일 자체를 그르치는 걸 원하고 있었다는 겁니다. 게다가 '기술자'는 절대 기술자가 아니잖습니까. 저렇게 쉽게 잡혔으니까요."

코 고는 소리가 너무 심한, 주방 일을 도맡아 하는 박 권사님의 방 한 귀퉁이에 누워 있던 서윤은 저도 모르게 벌떡 일어났다. 그건…… 어떤 명령과도 같았다. 누군가 일어나라고 소리친 것 같았다. 작은 창으로 쏟아지는 달빛 덕에 겨우 사물을 구별하게 된 서윤은 그 소리의 정체가 뭐였을까 하는 뜬구름 같은 생각을 하다가 아주 우연하게 제 가방을 열었다.

물론 약을 꺼내 먹기 위해서 가방은 늘 하루에 한 번씩은 열렸었다. 그녀의 커다란 가방 속에는 온갖 잡동사니들이 가득했다. 그러나 가장 중요한 것은 신문지에 둘둘 싸인…… 칼이었다. 다행히 아직 꺼낼 일이 없었던.

누군가를 저 칼로 찌른다는 건 끔찍한 일이었다. 그러나 아무도 알아주지 않았다. 제가 누군가를 찌르기 직전까지 겪었던 공포와 증오를……. 그리고 칼로 누군가를 찌르는 순간의 끔찍한 느낌 같은 걸.

그냥 결과만 중요했다. 누군가에게 상해를 입혔다는 것, 그게 정당방위인지 아니면 상해인지 그런 것만. 그걸 나누는 이들은 누구일까. 단지 남을 다치게 하기 위해서 칼을 들었다는 이유만으로 모든 행동의 결과는 당연한 귀결로 이어진다는 건 그 당시 자신과 같은 입장이 되어 본 적이 없는 이들이 두껍게 쌓인 서류만 보고 내리는 결정일 뿐일 것이다.

그리고…… 그녀의 가방에는 또 하나의 물건이 있었다. 이미 꺼진 지 오래인 그녀의 휴대폰. 혹시 그의 연락이 왔을까?

오래 방치되어 싸늘한 검은색의 물체는 마치 죽어 있는 시체 같았다. 물론 같이 챙겨 온 충전기를 옆에 있는 콘센트에 꽂기만 하면 이 물체는 다시 되살아날 것이다. 하지만. 텅 비어 있을까 봐, 그걸 보고 제 속도 또다시 텅 빌까 봐, 그래서 서윤은 가방의 지퍼를 다시 채워야 했다.

어두운 방 안에 요란한 코골이 소리를 들으면서 서윤은 갑자기 슬퍼졌다.

아까 초저녁에 파를 다듬으면서 권사님과 보았던 드라마처럼, 서로 열렬히 보고 싶고 그리워하는 '사랑' 같은 걸 해 볼 수 없다는 사실을 깨달아서.

벽에 기대 무릎을 세우고 거기에 고개를 묻었다.

'열심히 기도하면…… 하나님이 반드시 응답해 주십니다.'

저녁을 먹기 전에 다들 눈을 감고 기도할 때 유일하게 제 귓가에 남은 구절이었다. 하나님을 믿어 본 적이 없지만 그녀도 기도가 하고 싶어졌다.

하나님…… 그 사람도 저를 그리워하게 해 주세요.

그러다 픽 웃고 말았다. 그런 제 자신이 너무 유치해서. 서윤은 딱딱한 바닥에 몸을 눕혔다. 내일 어떻게 할지는 내일 생각하기로 하고.

어둠에 싸여 있을 때 집에 들어온 게 오랜만이었다.

늘 텅 빈 집이었지만 그의 굳은 얼굴이 풀어진 건 커다란 거실의 한가운데를 떡하니 가로막고 있는 커다란 수조 때문이었다. 수조 속의 푸르스름한 조명 덕에 맑은 물속을 떼 지어 헤엄치는 물고기들은 마치 허공을 떠도는 것같이 보였다. 재킷도 벗지 않은 그는 멍하니 서서 그것을 한참이나 쳐다보고 있었다. 새처럼 허공을 헤엄치는 물고기들을. 그리고 어딘가 좀 다르게 들리는 백색의 소음도.

그러다 정신을 차린 듯 그는 거추장스러운 옷을 벗었다. 그리고 늘 그렇듯 꽤 오랜 시간 동안 뜨거운 물속에서 몸을 씻었다. 마치 하루 종일 묻은 때들을 벗겨 내리는 듯.

늘 하듯 맨몸으로 침대에 쓰러져야 했지만 이상하게도 그는 가운을 걸친 채 다시 거실로 나왔다. 방 안보다는 훨씬 청량한 공기가 가득 찬 거실은 그가 들어가면서 불을 껐기에 푸르스름한 수조의 불빛만 가득 차 있었다.

마치 무슨 생각이 난 듯 그는 들어오자마자 탁자에 올려놓았던 휴대폰을 찾아 들었다. 그러곤 마치 파묻히듯 커다란 소파에 기대어 앉곤 연락처 하나를 찾아 번호를 눌렀다. 전화는 신호가 가다가 금방 끊겨졌다. 그 짧은 신호는 여자가 전화를 받을 생각이 없어서 충전조차 하지 않았다는 걸 간접적으로 설명해 주고 있었다.

작은 생채기 같은 것인지도 몰랐다. 호들갑스럽게 밴드를 붙이고 연고를 바르든지, 그냥 따끔거리는 걸 잊어버리면 며칠 후에 사라져 버리는 그런 생채기.

저란 족속은…… 열렬한 사랑 따위를 느끼지도 못하게 감각 같은 것이 퇴화된 것 같았다. 아니, 애초에 그런 것이 결여된 채로 태어났을지도 모른다.

한 번쯤…… 그런 감정이란 게 있어 봤으면 하는 실없는 생각이 드는, 참으로 한심한 밤이었다. 아니, 그런 생각이라도 하고 있기에 누군가를 죽이고 싶다는 살의를 꾹꾹 눌러 버릴 수 있는 건지도 몰랐다.

* * *

"가."

"……네?"

아침 공기는 찼다. 그래서 걸친 카디건도 으슬거리는 걸 막아 주진 못했다. 부스럭거리면서 새벽 기도를 준비하는 옆 사람 덕에 잠이 깬 서윤은 한참이나 낯선 적막 속에서 뒤척이다 밖에 나왔을 뿐이었다. 한참이나 밝아진 언덕 밑을 내려다보고 있는데 으슬으슬한 냉기를 무언가가 막아 주었다. 제 어깨에 걸쳐진 건 두툼한 점퍼였다.

"아, 괜찮은데……."

"감기 걸려."

아까 뭐라고 했었지……. 그러나 서윤은 되물을 수 없었다.

새벽 기도를 끝낸 할머니들을 봉고차로 일일이 태워다 주고 차에서 내린 이 목사는 서윤 옆에 섰다.

"갈 데 있잖아. 가라구."

매정하게 쫓아내는 것 같은 말이었지만 목소리는 전혀 그렇지 않았다.

"……."

아무 대답도 못 하는 서윤에게 다시 말했다.

"어디 여행이라도 갔다 와. 세상은 넓고 좋은 곳은 많으니까. 그러다가 아주 나중에 와. 그때도 기다리고 있을 테니까."

"네?"

서윤이 고개를 돌렸다.

"네가…… 와 줘서 고마워. 영진이한테는 여전히 미안하지만, 그래도 네가 와 줘서, 잘 자라 줘서 고맙다."

그러고는 휘릭 돌아서 교회로 들어갔다.

어깨를 덮은 따뜻한 온기만큼 명치 근처가 따뜻해졌다. 그리고 눈가도…….

떠밀려 가려는 건 아니었다. 아직 에스더도 몇 번이나 더 치료를 받아야 했다. 귀찮을 만큼 졸졸 따라다니는 아이를 또다시 울게 만들고 싶진 않았다. 하지만 그 외에는…… 이 조용하고 작은 교회에서 하는 일이라곤 밥하고 밥 먹고 설거지하고……. 그것밖에는 없었다.

아이들은 학교를 가거나 유치원을 갔다. 몸이 성한 사람들은 주변에서 가볍게 밭일을 하거나 빨래 같은 것을 했다. 몸이 안 좋은 노인들이나 장애인들은 성경을 읽거나 산책을 했다. 다들 맡은 일이 있었고 서윤은 아파서 학교를 갈 수 없는 에스더 옆에서 그 애가 그림을 그리는 걸 지켜보거나 말 상대를 해 주었고 책을 읽어 주거나 산책을 하는 일밖에는 할 일이 없었다.

그런데 여행이라. 과연 갈 수 있을까? 혼자서? 혼자 다니면서 그동안 당한 사고가 몇 번인데…….

그래도 갑자기 여행이란 말에 가슴 한구석이 두근거렸다. 이곳은 서해안이라 낙조밖엔 없었지만 새빨간 해가 바다에서 불쑥 떠오르는 것도 보고 싶어졌다. 이런 흙탕물 같은 바다 말고 파도가 넘실거리는 새파란 바다라든지 아니면 울창한 대나무 숲이라든지, 그런 것들도 생각났다. 어딜 가지…….

그제야 서윤은 제 가방에서 잠자고 있던 휴대폰이 떠올랐다. 그녀는 얼른 방에 가서 충전기와 휴대폰을 꺼냈다. 그러나 휴대폰은 완전히 방전이 된 모양인지 한참이나 붉은빛을 깜빡거리고서야 켜졌고, 켜진 뒤에도 배터리가 충전되지 않았다는 경고문이 떴다.

하지만…… 서윤은 멍하니 휴대폰을 보고만 있어야 했다.

부재중 통화…… 무려 네 번이나.

갑자기 제 심장이 백 미터 달리기를 하고 있는 듯했다. 심장이 쿵쾅거리는 게 제 목줄기 근처에까지 느껴졌다. 이제는 아무렇지도 않다고 오늘 아침에 눈을 뜨면서 생각했는데, 그냥 제 화려한 젊은 날의 추억이라고 웃으면서 덮었는데…….

그때였다. 전화가 울리기 시작했다.

전화번호에는 아무 이름이 없었다. 그냥 11자리의 숫자만 떠 있을 뿐이었다. 그러나 서윤은 그 번호를 너무나 잘 알고 있었다. 왜 제 손가락이 부들거리는지 영문도 모른 채 초록색의 동그라미를 밀었다. 그러곤 급하게 휴대폰을 귓가에 갖다 댔다.

— 이서윤?

"……."

― 어디야?

* * *

"경찰에서 참고인 출석 요구서가 왔습니다."

윤정은 종이 한 장을 내밀었다. 소문이 파다하게 퍼졌을 것이 분명했다. 기자도 기웃거렸다고 했다. 정식 취재 요청이 들어왔지만 거절한 상태였다.

"굳이 응할 필요 없습니다. 영장이 아닌 이상. 그러니까 차라리 어디 출장을 가시지요. 해외 출장이라든지……."

박 이사처럼? 그녀는 아직도 유럽 출장에서 돌아오지 않고 있었다. 멀리서 관망하겠다는 거겠지. 문득 태진은 강 회장이 준 쪽지가 생각났다. 그 처절한 엑스 표시라니.

"김 변?"

"네?"

여전히 서류를 뒤적거리고 있던 김 변호사가 고개를 들었다.

"김 변은 누구 편인가?"

"네?"

어이없다는 표정이었다.

"그거야……."

"그거야 당연히 이익이 되는 쪽이겠지?"

"무슨 말씀이 하고 싶으신 겁니까?"

김 변호사는 그보다는 기껏 서너 살이 많았지만 실제 나이보다 나이 들어 보이는 이유는 아마 콘셉트일지도 몰랐다. 그게 유리할 테니까.

"자본주의에서 동료란 건 구시대적인 발상이니까."

"그동안 꽤 열심히 한 거 같은데, 이럴 때마다 살짝 회의가 느껴지는 거 아닙니까?"

"아니. 하지만 충신이 상가인 세상은 아니니까. 알았어, 며칠 자리를 피하지. 며칠이면 되겠어?"

하던 일을 엉망으로 만들고 싶진 않았다. 블루힐스는 여전히 여기저기서 삐걱거리고 있었다. 유주연 건이 큰 타격이 되지 않는다 해도 그 과정에서 블루힐스가 엉망이 된다면 그것 또한 저들이 박수를 치며 좋아할 일이었다. 현장에 들러 이것저것 돌아보고 나서야 그는 기사에게 키를 건네받았다.

도시는 또다시 뿌연 먼지 속에 싸여 있었다. 윤정에게 지시한 인공눈물도 차 안의 콘솔에 들어 있었고 저번에 도우미에게 싸라고 했던 며칠 치의 옷가지가 든 캐리어도 트렁크에 있었다. 그는 내비게이션을 뒤져서 며칠 전에 찍었던 낯선 행선지를 찾아냈다.

여자가 거기 있을 거라곤 생각하지 않았다. 그러나 딱히 갈 곳이 없었다. 그냥 그 여자를 품에 안았던 그 2차선의 작은 도로가 생각났을 뿐이었다.

혼잡한 도시를 빠져나와 평일 오전의 한산한 고속도로에서의 드라이브는 낯선 여유를 주었다.

굳이…… 찾지 않는 게 더 나을지도 몰랐다. 자신에 차 있었지만 상대는 만만하지 않았다. 어디까지 타격을 입을지 알 수 없었다. 타격에서 벗어나기 위해서는 든든한 새로운 결속이 필요할지도 모른다. 그렇게 된다면…… 이 드라이브는 드라이브로 끝내는 게 옳았다. 그는 단 한 번도 이익이 되지 않는 일 따위는 하지 않아 왔으니까.

그러나 그는 액셀러레이터를 밟아 속도를 높일 뿐이었다.

'날 버린, 아니 엄마와 절 버린 아빠가 살고 있다는 곳이에요.'

세상에서 가장 엿같이 산 사람이 자신인 줄 알고 있었다. 철딱서니 없는 여자가 나이 든 유부남과 놀아나다 불장난처럼 만든 아이로 태어나 돈에 팔려 오다니…… 어디 무슨 만화 속에서도 나오기 힘든 거지발싸개 같은 설정이라고 생각했다.

거대 그룹인 TJ의 유일한 상속자라 할지라도 다들 소문을 들어 제 앞에서 쉬쉬한다는 것도 알고 있었다. 그게 사실 박 이사의 농간이라는 것도. 하지만 제가 꼭대기에 올라서면 그딴 소문 따위는 다 소문으로 끝날 것이고 더 이상 그 누구든 입도 뻥긋 못 할 거란 것도 알고 있었다. 그래서 올라가려고 애쓰고 있었다.

'전 태어나지 말았어야 했어요.'

커다란 가방 속에 시퍼런 칼을 들고 다니는 여자가 하는 말만 듣는다면 분명히 정신 병원에서 정기 검진을 받는 게 나을 거라는 충고가 필요하다고 했을 것이다. 예쁘장한 얼굴을 하고 그런 말을 하는 건 너무 예민하거나 뭔가 콤플렉스가 있다고 생각할 수 있는 거였다.

'엄마가…… 결혼 직전에 폭행을 당했어요. 그래서 잉태됐대요……. 호적상의 아빠는 그걸 견딜 수 없어서 엄마와 날 버리고 집을 나갔어요.'

그게 선뜻 실감이 나진 않았다. 이 사회가 그렇게 돌아가니까. 발정 난 성기를 휘두르는 놈들에겐 그냥 실수이고 술김일 뿐이었

429

다. 심신 미약으로 판단력이 흐려져서일 뿐이었다. 하지만 여자는 왜 그 시간에 그렇게 허술하게 돌아다녀서 그런 꼴을 당하냐고 손가락질을 당했다. 그게 20년 전이건 어제건 별로 변한 건 없었다. 늦은 시간에 다니는 거, 그런 옷을 입는 거, 그게 아니라면 예쁘게 생겨서 남자가 음심을 품게 한 거, 그것도 아니라면…… 왜 여자가 그런 데 나다니는 건지, 그게 문제였으니까.

가방 속에 칼을 넣고, 부작용이 생길지도 모르는 약을 매일 거르지도 않고 먹던 여자가 순순히 제게 안겨 왔다. 그 여자도…… 다른 여자들처럼 제 번듯한 외모나 제가 가지고 있는 어마어마한 재산이나 자리를 노렸을지도 모른다. 그러나 그는 그런 낌새를 느낄 수 없었다. 둘 중 하나였다. 그 여자가 그만큼 완벽하게 자신을 속였거나 혹은 그게 아니거나.

아직까진 그 여자한테서 그런 영악함을 느낀 적이 없었다. 그녀가 정말 영악했다면 그 무시무시한 알박기로 좀 더 많은 걸 챙길 수도 있었을 것이다. 혹은 자신과의 관계를 빌미로 협박을 할 수도 있었다.

아니, 자신이 지금 이렇게 손수 운전을 해 가는 것이…… 그 여자가 마지막으로 노린 것일까.

사람이 계산적으로 살다 보면, 모든 게 그렇게 보인다. 모든 것이 계산적이고 이익을 노리는 것으로…….

그 가장 큰 부작용이 제 자신이니까.

막연하게 작은 소읍에 왔을 때 그는 문득 그 여자가 여기 없을 거란 생각이 들었다. 정말 어디 해외 출장이라도 가야 할까 싶어 그는 차를 돌리고 마지막으로 전화를 했다. 차를 돌리려고 움푹 들어간 골목의 저 꼭대기에 생뚱맞게 교회 십자가가 보였다. 그때였다. 늘 그

렁듯 울리기만 하다 끊어져 버리는 통화 연결음이 몇 번 나기도 전에 마치 무슨 장난처럼 그토록 소식이 없던 여자가 전화를 받았다.

"어디야?"

저편에서 들리는 여자의 숨소리가…… 갑자기 그를 심장 한 귀퉁이를 퉁탕거리게 만들었다.

봄 햇살이 눈을 시리게 했다. 후덥지근한 공기 속에 에어컨을 계속 틀어서 눈이 바싹 말라 버렸는지 따가운 통증이 느껴졌다. 그런데도 그는 눈을 깜빡이지 못했다. 파릇한 이파리들이 난 언덕 위에서 몇 걸음 걷다 멈추어 버린 여자의 머리카락이 마침 불어온 바람에 흩날렸다.

있어도 그만, 없어도 그만이었다. 그냥 자리를 피해야 했고 달리 갈 곳이 없었다. 생각은 났지만 굳이 그 자리에 없다 해도 별로 실망할 거라 생각지 않았다.

그런데…… 이 순간, 그냥 저 여자가 언덕을 뛰어 내려와 제 품에 안겼으면 좋겠다는 생각이 들었다.

왜? 왜…… 대체 왜…….

휴대폰 속의 저 남자는 왜 자신의 행선지를 묻는 걸까. 이유가 뭘까, 뭔가 더 남았나? 집 문제는 다 해결됐는데, 뭐가 더 필요해서……. 그러나 서윤은 자신도 모르게 재빨리 대답했다.

"비인면 희망 교회요. 동네 가운데 있는 언덕에 있어서 잘 보여요."

내가 뭐라고 했나 싶었을 때 휴대폰 저편에서 말했다.

— 알았어.

뭘…….

서윤은 휴대폰의 배터리가 여전히 바닥을 드러내고 있는데도 그것을 들고 바깥으로 나왔다. 오후의 햇살이 따갑게 내리쬐었고 여기저기 밭일을 하거나 혹은 산책을 하는 익숙한 얼굴들이 보였다.

"언니! 어디 가!"

익숙한 목소리도.

그러나 서윤은 아랑곳하지 않고 뛰어나갔다. 너무 급하게 뛰어나오느라 숨이 턱까지 찬 그녀는 문득 제 바보 같은 행동에 당황했다. 아니, 지금 전화를 어디서 했는지도 모르는데, 서울의 그 화려한 집 거실일지도 모르는데, 그냥 자신이 어디로 갔나 궁금했을 뿐이었는지도……. 그런데 놀라서 맨발에 슬리퍼만 꿰어 신고 뛰어나가다니.

스스로가 한심해 막 돌아서려는 순간이었다. 바로 지척에서 누군가 걸어 올라오고 있었다. 당장 몇십 미터도 되지 않는 거리에서…….

그가 왜, 여기 있는 걸까, 왜 저기 저렇게 자신을 보면서 언덕을 오르고 있는 거지.

전화를 끊은 건 바로 전이었던 거 같은데. 서윤은 마치 얼어붙은 듯 서 버렸다. 심장마저 멈춰 버린 것 같았다.

"전화는 왜 꺼 버린 거야?"

그 잘난 얼굴이 바로 지척에 다가왔을 때 그가 물었다.

기다리다 지쳐서……. 기다려도 소용없다는 걸 알아서, 아니 기다릴 필요가 없어서. 그녀는 수많은 이유를 생각해 냈지만 겨우 한마디만 할 수 있었다.

"죄송해요."

여자가 죄송할 건 없었다. 연락을 며칠이나 안 한 건 자신이니까. 못 한 거라 변명할 수도 있었지만 그는 그렇게 말하지 않았다. 휴대폰을 들어 문자 하나 찍을 시간조차 없었던 건 아니었으니.

"됐어."

뭐가……. 그녀가 되묻기도 전에 그가 말했다.

"이제 여기 사는 거야?"

"……"

그건 아니었다. 어디론가 갈 생각이니까.

"아니요. 여긴 잠깐……."

호적상의 아버지가 사는 교회라고 하지 않았나? 그 아버지를 용서 못 해서 뛰어나왔다고 했는데. 하지만 그런 것까지 묻고 싶진 않았다. 며칠 동안의 잠수라지만 제겐 그다지 시간이 없으니까.

"나와. 뭐 짐 있어?"

"네?"

서윤은 그제야 퉁탕거리던 심장이 잦아들었다. 다시…… 그 하얀 방으로 가야 하는 건가. 저번처럼 이 남자의 품에서 핑크빛 꿈을 꾸다 또 마냥 기다리고 있어야 하나. 그런 뻔한 결말을 알면서도 난 지금 가야 하는 건가. 정신을 차리자, 이서윤.

"여긴 왜 오셨어요?"

피식 웃음이 샌 건…… 그래서였다. 송구스러운 듯, 혹은 간택이라도 당한 듯 자랑스럽거나 행복한 얼굴로 제게 안겨 왔던 여자들은 절대 이런 반응을 하지 않았기 때문에.

"우선 좀 그늘로 가지. 내가 눈이 아파서."

내리쬐는 봄 햇살에 시린 눈이 쓰라렸을 뿐이었다.

생각과는 달랐다. 아니, 그래서 다행인지도 몰랐다.

인공눈물을 넣고 나니 뻑뻑한 눈은 그나마 좀 괜찮아졌지만 그래도 쏟아지는 햇살이 부담스러워 그는 콘솔 박스에서 선글라스를 꺼내 썼다. 나른하고 좁은 동네의 길가는 지나가는 사람마저 드물었다. 아까 내려오면서 본 흙탕물 같은 바닷가가 가까이에 있어서인지 공기에는 짠내가 섞인 것 같았다. 짐을 가지고 오겠다는 여자는 아직 소식이 없었다.

블루힐스는 지하 공사가 끝나 가고 있었고 진입로 공사와 주차장 문제 때문에 계속 구청과 마찰 중이었다. 주총에서는 임시 총회를 해야 한다고 난리였고 본사에서 하는 평택 오피스텔 입찰에도 문제가 있었다. 인사기획팀에 비리가 발견되어서 그것도 처리해야 했고 박 이사가 출장을 떠났다는 폴란드와 동유럽 제휴 문제도 검토해야 했다. 그리고 가장 중요한 '문제'도 있었다.

시동을 끈 채 열린 창틈으로 짠기가 섞인 바람이 밀려들었다. 나른한 봄 햇살에 나풀거리는 먼지들이 눈앞에서 춤추고 있었다. 적막 사이로 무슨 농기계 같은 것이 지나가면서 굉음을 쏟아 냈고 그게 지나고 나니 뭔가 잡상인이 탄 트럭이 웅웅거리는 방송을 하고 있었다. 생뚱맞게도 무슨 바나나니 망고를 판다는 것 같았다.

마치…… 이 나른함이 꿈결 같았다. 그때였다.

"많이 기다리셨죠."

여자의 하얀 코끝에 송글거리는 땀방울과 목덜미에 들러붙은 머리카락이 보였다. 그는 잠금장치를 열었고 여자가 조수석에 올라탔다. 여자의 냄새가 훅 코끝에 스쳤다.

급하게 짐을 싸 가지고 나오는데 에스더가 울면서 뛰어왔다. 쫓아 나온 박 권사님이 에스더를 안아 올리고 달래기까지 시간이 걸렸다. 마음에 걸리긴 했지만 미안하게도 제 머릿속은 온통 그뿐이었다. 상무님이 아래서 기다리니까……. 겨우 울음이 잦아진 아이를 뒤로하고 뛰어 내려왔다. 그의 차가 길가에 있는 것을 보고 울컥한 이유를 알 수가 없었다. 왜 그랬는지…….

훅 끼친 열기에 그는 버튼을 눌러 시동을 걸었다. 창문을 닫고 에어컨을 틀었다. 그리고 그는 가방을 추스르면서 들러붙은 머리카락을 넘기는 여자를 끌어당겼다. 땀에 젖은 여자의 얼굴이 따끈했다. 입술마저 땀에 젖은 것 같았다. 그래서 매끄럽고 부드러웠다. 그는 갈증에 시달린 듯 그 여자의 입술을 마셨다. 그래도 갈증은 가시지 않았다.

"물어보고 싶은 거 있으면 다 물어봐. 대답해 줄 테니까."

이건 이 여자에게만 한정된 말이었다. 다른 사람에겐 절대 할 필요 없는.

누군가를 필요로 해 본 적이 없었다. 하지만 이 여자는 예외로 하기로 했다. 그러니까 윗사람을 대하듯 하는 저런 표정을 보기는 싫었다. 그래서 이야기했을 뿐이었다. 그러나 여자는 선뜻 입을 떼지 못했다.

"물어봐."

"여기 왜 오신 거예요?"

그러게……. 여기 왜 왔을까. 그는 바지락 국을 떠먹으면서 말했다.

"이서윤이 여기 있을 거 같아서."

"……."

길가에 있는 작은 식당이었다. 횟집이었지만 회를 별로 달가워하지 않는 덕에 바지락 정식을 시켰을 뿐이었다. 바지락 무침과 맑은 탕, 잡어회 무침과 이것저것 별다를 게 없는 반찬들이 식탁보를 대신해 깐 비닐 위에 차려졌다. 별로 시답진 않았지만 방금 지은 밥과 시원한 국물은 그럭저럭 괜찮았다.

"왜 연락 안 하셨어요?"

"일이 있었어. 좀 복잡하고 힘든 일이."

그건 사실이었다. 제가 쉽게 대답했지만 여자는 다시 침묵이었다. 자신에겐 많은 일이 있었지만 그녀의 작은 방에는 아무런 일도 일어나지 않았을 것이다. 남을 이해하려고 해 본 적은 없었다. 그러나 그녀는 달랐다.

"기다릴 거란 생각조차 잊어버릴 만큼 복잡한 일이었어."

그건 사실이었다. 게다가 그 일은 아직도 유효했다. 그 모든 걸 잊어버릴 만큼 복잡한 일은 아직도 현재 진행형이었다.

"그럼 왜 지금 여기 오신 거예요?"

왜일까. 잠깐 짬이 나서? 그런 건가.

"묻고 싶은 게 그거야?"

이런 식의 대화는 익숙지 않았다. 그러나 용서할 수 있는 이유는…… 적어도 이 여자는 자신을 일회용이나 제 욕심을 채우기 위한 상대가 아니기 때문에 이런 말을 한다는 생각이 들어서였다. 제 비위를 맞추어 팔자를 고치려는 여자들은 결코 이런 대화를 하지 않을 테니까.

"전…… 상무님의 심심풀이인가요?"

사랑이라는 단어를 믿어 본 적이 없다. 그런 단어는 처음부터 부모가 자식에게 내려 주는 단어였다. 그러나 아빠는 저를 사랑한 적이 없다. 엄마도 그러지 않았을 것이다. 사랑한다고 했던 학교 선배는 저를 사랑한 게 아니라 제 외모를 사랑했을 것이다. 그런 사기스러운 단어가 어디 있단 말인가.

칼을 가방 밑에 넣고, 피임약을 먹으면서 세상에 득시글한 인간들과는 그런 관계를 맺지 못할 거란 걸 알고 있었다. 제게 사랑은…… 수조 속에 헤엄치는 빨갛고 파란 물고기들의 어린 새끼들에게나 필요한 단어였다.

그런데 그가 있었다. 쳐다봐서도 안 되는 사람, 드라마 속에나 나오는 그런 다른 세상에 사는 사람. 그 사람에 대한 당혹스러운 감정, 그리고…… 엄마가 그토록 막았던 일에 대한 것들.

서윤은 결코 바보가 아니었다. 아무리 계산을 해도 답이 안 나오는 그런 방정식이었다. 어떤 변수를 넣으면 답이 나올 테지만 자신은 그런 변수조차 될 수 없다는 것을 알고 있었다. 그들만의 세상에 끼어들 자격이 없다는 것도. 그렇다면 답은 한 가지였다. 그냥 한순간 유희의 대상으로, 평생 그런 추억을 품은 채 살아가는 것. 서윤은 그걸 선택했다. 그리고 그 선택은 다른 여지가 없다는 것도 명백했다.

그런데 왜…… 당신은 또 여기 있는 거죠.

"난, 그렇게 생각한 적 없는데. 당신은 그렇게 느끼는 거야? 그러고 싶어?"

그럴 수도 있다. 제가 사는 세상에서는 사랑이니 연애니 하는 단어는 존재하지 않았다. 인수, 합병, 결속, 융합……. 그런 게 적당한 답이었다. 그 세상의 귀퉁이에서 저를 보고 있던 여자는 당연하게 그렇게 여길 것이다. 그건 제 자신에게도 마찬가지니까. 그래서 던져 본 질문이었다. 이 여자는 뭐라고 답할까.

"당연한 거 아닌가요? 제가 상무님한테 뭐가 될 수 있겠어요."

여자의 말에 마음 한구석이 미어지듯 아팠다는 건…… 그냥 느낌이었을 수도 있었다.

어스름한 뉴욕의 가을, 센트럴 파크의 낙엽이 질 때 샛노란 금발을 한 케이틀린의 뒷모습을 보면서 그는 생각했다. 그녀가 제 작은 세상의 전부이지 않았을까 하고. 그러나 돌아선 그에겐 주차 금지 구역에 벌금 따윈 무시하고 있던 캐딜락이 서 있었고, 그 차에는 돈 봉투를 건네주며 그녀에게 모멸감과 서투른 진심의 가치 없음을 종용한 누군가의 비서가 타고 있었을 뿐이었다. 어설프게도 그때 앞으로 제 인생은 그럴 거라는 걸 알았었다. 어차피 제겐 정해진 길밖에 없을 거라고.

그러나 그 정해진 길 따위는 개무시한 채 멀쩡한 부인을 신경 쓰지도 않고 그 어린 여자와 무책임하게 저 같은 생명을 만들어낸 제 부친 같은 인간도 여전히 잘 살고 있었다. 웃긴 일이었다.

그럼 이 인생의 답은 뭔가? 대체 뭘 하면서 살아야 옳은 건가. 가진 자는 무슨 짓을 해도 용납될 수 있는 이런 비린내 나는 사회에 살면서 적어도 자신이 하고 싶은 걸 하면서 살아야 하는 거 아닌가. 그게 답이 아닌가.

그가 바지락 국물을 떠먹다 말고 말했다.

"당신이 원하는 게 뭐야? 그냥…… 이런 개 같은 상황 다 떠나서 말이야. 현실 따위 신경 쓰지 말고 그냥 원하는 걸 이야기해 봐. 나한테 원하는 게 뭔지."

들어줄 테니까.

다, 뭐든지. 그러니까 이야기해 봐.

20

남자의 등 뒤로 물결이 넘실거리고 있었다. 비록 흙탕물 같은 색이었지만. 내내 진창 같은 갯벌만 봤는데……. 밀물이 들어오는 모양이었다. 아, 바다구나. 여기가 바닷가였구나.

뭐라고 했지. 아…… 원하는 거? 내가 저 사람에게 원하는 거.

"원하는 거요? 제가 원하는 거라……."

창밖을 내다보는 여자의 얼굴은 몽롱했다. 마치 유명한 화가의 그림 같았다. 전혀 현실성이 없는 그런 얼굴이었다. 길게 굽이치는 머리카락, 동그란 이마, 부드러운 곡선의 아름다운 콧대, 깊은 눈, 그린 것 같은 입매, 화장품 한 톨 안 묻은 것 같은데 반짝거리는 매끄러운 피부……. 아까, 차 안에서 한동안 물고 빨았지만 여전히 갈증 나게 만드는 저 촉촉한 입술. 그는 괜스레 차가운 스테인리스 컵에 담긴 물을 마셔야 했다.

저 남자한테 바라는 게 뭐가 있을까, 그 작은, 나무로 된 집으로 매일 밤 퇴근을 해 저를 안아 주고 같이 밥을 먹고 잠들고, 가끔은 싸우면서도 같이 어항의 물을 갈고 엄마가 잠든 그 납골당에 명절이면 찾아가는 거? 그런 거…….

그런 건 맨날 제게 서류를 집어 던지고 팀장 회의에서 깨지고 온 날이면 괜히 짜증을 부리다가도 회식에선 다 같이 죽어 보자고 건배를 외치는 회계 2팀 팀장 정도나 되는 사람에게까지의 범주 아닌가. 그 이상 뭘 어떻게 더 원해야 한다는 거지……. 이 나라 헌법 전문에는 자유와 평등이 있다지만 철저하게 계급으로 나뉜 세상에서.

그러나 뭐라고 했더라. 이 현실 따위는 신경 쓰지 말고 원하는 걸 말하라고 하지 않았나? 그냥 당신과 나…… 이렇게 마주 앉아 바지락 국물 따위를 마시고 있을 리 없는데 이러고 있는 것처럼?

"상무님이……."

그가 고개를 들어 그녀를 보았다.

참 잘난 얼굴이다. 어디 하나 흠잡을 데 없는. 저 잘난 얼굴을 쳐다만 보고 있어도 숨이 막힐 것만 같다. 그런데 원하는 게 있냐고?

"절 깨끗이 잊어 주셨으면 좋겠어요. 이렇게 제가 어디 가든 찾아오시지도 말고."

"큭……."

오랜만이었다. 웃어 본 게. 물론 피식 터져 나오긴 했지만.

여자는 이게 우습냐는 듯한 표정이었다. 나랑 결혼이라도 해 줄 수 있어요? 나만 바라봐 줄 수 있어요? 뭐…… 그런 대답을 원했는지도 모른다. 자신이 그 언덕 위에 올라갔을 때 뛰어나온 여자의 얼굴은 충분히 그 비슷한 말을 할지도 모른다고 예상할 만했다. 혹시나 해서 단서도 붙였다. 현실의 틀 같은 거 생각하지 말고 말해 보라고.

여기까지 널 찾아왔으니 던진 공을 물어 온 개를 쓰다듬듯 립서비스라도 해 달라는 그런 유치한 발상이었는지도 모른다.

그러나 그녀의 표정은 결연해 보였다. 마치…… 굳은 결심을 하고 마지막 유언을 남기는 사형수라도 되는 듯.

"내가 깨끗하게 잊어 주면, 이서윤도 날 깨끗하게 잊나?"

그가 젓가락을 놓으면서 말했다. 여자의 눈빛이 아주 잠깐 떨린 걸 그는 놓치지 않았다.

"그렇겠죠."

밀려들어 오던 진흙탕 같은 바다가 천천히 파도치기 시작했다.

저런 칙칙한 바다 말고, 새파랗고 하얀 포말이 이는 바다가 보고 싶다. 서윤은 이 자리가 끝나면 당장이라도 버스에 올라 동해로 가야겠다는 생각이 들었다. 절벽을 때리는 커다란 파도 같은 걸 보면…… 잊을 수 있을 거야.

"난 그러기 싫은데."

"……."

서윤의 침묵에 그가 대답했다.

"난 이서윤이 있어야겠어. 평생 내 옆에."

이런 개 같은 상황을 떠나, 현실 따위 신경 쓰지 말고 원하는 것. 그건 스스로에게 하고 싶은 말이었다. 이런 현실 말고 그냥 텔레비전에나 나오는 평범한 중산층의 삶을 살고 있다면.

하지만 지금 위치에 불만은 없다. 어차피 이렇게 태어났으니까. 남들보다 더 많은 선택을 할 수 있는 기회가 있으니까.

"그러니까 도망가지 마. 이젠."

현실 따위 신경 쓰지 말고 원하는 것……. 제 자신에게도 그것일 것이다.

뭐가 어때. 저 사람이 내가 좋다는데, 지금도 아니고 평생 있으라는데……. 아니, 아마 잘못 들은 모양이다. 방금 뭐라고 했는지 다시 물어야 하나 싶었다. 아마 듣고 싶은 말이 달콤한 환청이 되어 들린 모양이었다.

"상무님께선 제가 호락호락해 보이시는 모양이지만 전 이미 회사를 그만뒀습니다. 더 이상 아랫사람도 아니고 상무님의 그런 농담에……."

"강태진. 내 이름 알잖아? 그만뒀다면서. 그럼 더 이상 당신한테 상무님 따위 아니잖아. 게다가 난 상무라는 직책 따위 더 이상 할 생각 없거든."

참 재미없는 만화 같다. 서윤은 가만히 창밖의 바다를 쳐다보았다.

"다 먹었으면 가자고."

그가 자리에서 일어섰다. 아직도 꿈속인 듯싶다.

바닷물은 여전히 흙탕물 색으로 출렁거렸다. 빈속에 매운 꼬막무침을 먹어서인지 속이 쓰렸다. 그때였다. 옆을 걷던 남자가 제 손을 잡은 건.

이 남자를 처음 보았을 때부터 꿈을 꾸고 있었는지도 모른다. 엄마 몰래 이불 속에 묻어 두고 보던 야한 할리퀸 로맨스나 혹은 순정만화 속처럼. 마치 왕자 같은…… 그러니까 진짜 왕의 아들은 아닐지라도 완벽한 외모와 완벽한 배경을 가지고 세상을 움직이는 남자가 보잘것없는 여자를 사랑해서 모든 걸 포기하고 덤벼들 때 느끼는 그 짜릿한 희열 같은 기분을 느꼈는지도 모르겠다.

이 남자야말로 소설이나 만화 속에 등장하는 왕자와 가장 가까운 사람 아닌가. 그런 사람이 왜, 그냥 지나가는 남자들도 멸시할 자신 같은 여자를…… 왜…… 대체 왜.

"어디로 갈까?"

제 손을 잡고 있는 남자가 물었다. 참 당혹스러운 꿈 같으니라고!

"새파란 파도가 치는 바다요."

실감이 나지 않아서 그랬는지도 모른다. 서윤이 대답하자 그가 말했다.

"그래. 나도 이런 흙탕물은 싫어."

"아무것도 믿고 싶지 않은 거…… 이해해. 나도 그러니까."

서윤은 그 말조차 이해할 수 없었다.

"그런데, 나도 하고 싶은 걸 하려고."

내비게이션에서는 여자 목소리가 다급하게 길을 안내하고 있었다.

— 우측 도로입니다, 백 미터 앞에서 우측 도로입니다.

서윤은 뭔가 말을 해야 했다. 그러나 뭐라고 해야 할지 정리가 되지 않았다.

긴 터널이 나왔다. 어둠 속에서 인공의 불빛이 시야를 어지럽혔다. 꿈이라면 깨면 그만이다. 깨나서 서럽고 서글프더라도 꿈속에서는 행복할 테니까. 맘껏 즐기면 그만 아닌가. 뭐가 더 잘못될 수 있을까. 이미 직장도 그만뒀고 당분간은 먹고살 만한 돈도, 집도 있다. 이미 이 남자와는 같이 몸을 섞었고 또 꼬박꼬박 약도 먹고 있지 않은가. 기껏해야 남자의 외면 속에 혼자 상처받을 것밖에는 더 없지 않은가.

"내 말이 농담 같아?"

"네."

"그래, 그럴 수도 있어."

그러곤 더 말하지 않았다.

한참을 침묵 속에 무시무시한 속도로 고속도로를 내달렸다. 그리고 국도로 들어서자 바깥 풍경은 완전히 바뀌었다. 서윤은 말없이 창밖만 내다보았다.

이미 꽃은 다 져 버리고 성큼 계절이 한 발자국 지나 선 것 같은데 낯선 이곳에는 아직도 꽃이 있었다. 왠지 무서운 분홍색의 꽃들이……. 모퉁이 그늘에는 눈이 의심스럽게도 아직도 채 녹지 않은 얼음도 있었다. 길은 평지처럼 곧게 뻗었는데 귀가 먹먹해졌다.

그는 오랜만에 하는 장거리 운전이라 내비게이션과 바깥을 동시에 보느라 정신이 없었다. 요 근래 그가 직접 운전을 하는 건 거의 대부분 이 여자 때문이었다.

무지막지한 속도로 내비게이션의 경고음 따위는 무시하고 달리다 국도에 내려서자 그는 속도를 좀 늦추었다. 끊임없는 빌딩 숲과 차들의 행렬 대신 옆으로는 물이 흐르고 있었고 높은 산 사이에는 신기하게도 눈이 남아 있었다. 그러나 얼른 눈앞에 바다가 나타났으면 좋겠다 싶었다. 운전이란 게 이렇게 신경이 쓰이는 일인지 처음 알게 되었으니까.

"바다예요……."

몇 개의 터널을 지나 내리막길에 들어섰을 때 내내 조용히 침묵하고 있던 여자의 목소리가 들렸다. 그의 시야에도 잿빛 산들 틈에 언뜻 푸른 것이 보였다.

하와이니, 지중해니, 혹은 대서양이나 태평양……. 이름난 해변이나 섬 같은 곳도 그에겐 늘 그저 그랬다. 쏟아지는 햇살 아래 투명한 에메랄드빛 바다나 넘실거리는 흑해의 집채만 한 파도도 별의미가 없었다.

기껏해야 시퍼런 동네의 바다였다. 파도가 치고 쌀쌀한 봄바람이 코끝을 아리게 하는……. 그러나 뭔가 달라 보였다. 단지 자신에게 손을 잡힌 여자의 한마디 때문에.

'바다예요.'

뭔가에 의미를 둔다는 거, 그건 참 낯설고도 특별한 경험이었다. 그냥 마음속으로 그러기로 했다……라고 했을 뿐이었다. 그러나 조금 과장을 한다면, 세상이 달라 보이는 느낌이었다. 지금까진, 갑자기 앞이 꽉꽉 막혀 주저앉고 싶을 때 저를 일어나게 하는 힘이 악을 쓰고 밟히기 싫어 남을 짓밟아야겠다는 악의뿐이었다. 그러나 지금 이 순간엔 그냥 다리를 쭉 뻗기만 해도 쓱 하고 일어날 수 있을 것만 같다는 참, 밑도 끝도 없는 착각 같은 그런 기분이었다. 지금 그랬다.

당혹스럽게 차가운 봄바람을 온몸으로 맞으면서 따뜻하고 가느다란 손 하나를 잡고 있을 뿐인데.

눈앞에 포효하는 것 같은 시퍼런 바다가 있었다. 사진 속이나 화면 속처럼 드라마틱한 새파란 파도와 하얀 포말 따위가 아니라 잿빛 하늘 아래 시퍼렇다 못해 시커먼 파도가 굉음을 내며 시커먼 바위들을 때리고 있었다.

이게 현실일까? 반짝거리는 푸른 파도는 내 꿈이었나? 그녀는 매서운 봄의 바닷바람을 맞으며 망연히 있다가 갑자기 제 손을 잡고 있

445

는 커다란 손을 느꼈다. 그래서 고개를 돌렸다. 회색 슈트를 입은 남자의 머리카락이 바람에 흐트러지고 있었다. 이게 현실일 리가 없지.

아직도 꿈속인 듯싶다.

그래, 이건 꿈속이었다. 그가 말했었다. 현실 같은 거 신경 쓰지 말고 말해 보라고. 현실은 냉정했다. 그녀에게 닥친 현실은 위협적이고 싸늘했다. 쫓아가기에 턱턱 숨이 막힐 만큼.

찬 바닷바람을 맞던 남자는 그녀를 끌고 다시 차를 타고 어디론가 갔다. 바닷가에 있는 커다란 건물이었다. 그는 화려한 로비를 지나 꼭대기 층의 긴 복도 끝으로 그녀를 끌고 갔다.

문을 열자 그 울부짖던 회색 바다가 바로 앞에 박제된 듯 커다란 유리벽 밖에서 꿈틀거리는 넓은 공간이 나왔다. 환상처럼 커다랗고 화려한 공간이 요동치는 바다를 배경으로 펼쳐져 있었다. 그리고 제 몸을 탐할 드라마틱한 남자도 있었다.

남자의 말에 긍정의 뜻을 표하지 않았다. 삼류 영화처럼 안 돼요, 돼요, 돼요를 말한 적도 없었다. 그러나 남자의 감언이설을 과감하게 떨치고 갈 만큼 확고하지는 못했다. 그게…… 유일한 잘못이었다.

"이서윤, 도망가지 마."

아직도 대낮이었다. 술에 취한 것도 아니었다. 얼마든지 도망갈 수 있었다. 제 이성이 이건 옳은 게 아니라고 계속 경고도 하고 있었다. 그러나 그 완벽하게 피에타 상을 닮은 얼굴이 제게 이야기하고 있었다.

"벗어."

사랑이란 건 상호 작용이었다. 적어도 제가 그동안 살아오면서 본 소설이든 드라마든 영화든…… 사랑이란 감정은 서로가 통해야 했다. 그렇지 않으면 강요, 혹은 스토킹, 일방적인 폭행 같은 단어로 그 폭력적인 행동이 설명되어지곤 했다.

나는 지금 그를 사랑하지 않는다……. 그런데 그 사람은 저를 벗긴 채 제 몸 위에 올라 제 온몸 구석구석을 물고 빨고 있다. 그럼 이건 잘못된 거 아닌가? 잘못된 게 맞는데, 왜 이리 달아 빠진 걸까. 뭐라 말도 못 할 만큼…….

어느 순간부터, 익숙하게 느껴진다는 게 당혹스러웠다. 그가, 그러니까 가장 깨끗하고 값비싼 컵에 매뉴얼대로 정확하게 내린 커피를 쟁반에 받쳐 들고 탕비실 옆에 있는 커다란 거울 앞에서 옷매무새까지 다듬고 나가 공손하게 커피 잔을 내밀어야 했던 대상이, 커다란 바스 타월 하나만 허리에 감은 채 젖은 머리카락을 털며 욕실에서 나오는 걸 태연하게 보고 있다는 사실이, 또 그게 익숙하다는 사실이 어이없을 뿐이었다.

"괜찮아? 아까 바람이 찼어."

남자의 등 뒤에 커다란 창문으로 까만 줄 위에 불빛들이 일렬로 눈부시게 빛나고 있었다.

"오징어잡이 밴가?"

서윤의 시선을 보고 등을 돌린 그가 바깥을 내다보면서 말했다.

"밖에 가서 구경할까? 그런데 바람이 차."

"왜 그러세요?"

여전히 서윤은 실오라기 하나 걸치지 않았다. 하얀색의 면 침구로 몸을 가린 채 물었다.

"뭘?"

그가 다시 머리카락을 털면서 되물었다.

"제게 왜 이렇게 친절하시냐고요."

그의 손이 멎었다.

"씻어. 나가 보게. 귀찮으면 그냥 옷 입든지."

그녀의 하얀 맨몸에는 아까의 격한 그의 흔적들이 고스란히 남아 있었다.

그는 자신의 캐리어가 있는 쪽으로 다가갔다.

"상무님!"

"나도 몰라. 그냥 이렇게 해야 할 것 같아서 그래. 나도 익숙지 않다고. 그냥 좀 받아들이면 안 되나?"

"……."

그가 멈춰 서더니 서윤을 향해 돌아서서 말했다.

"내가 말했지. 이서윤이 내 인생에 필요하다고. 전에는 사람에게 의미 따위 두지 않았어. 그런데 이젠 의미를 두고 싶다고. 다들 하듯이 좋을 땐 품고 있다가 싫증 나면 버리는 게 증오스럽다고. 그래서 마음먹기까지 힘들었어. 하지만 마음먹은 이상 똑바로 해 보려고 해. 뭐 잘못됐어?"

그냥 아까처럼, 하얀 객실에 들어서자마자 숨 들이쉴 새도 없이 여자의 옷을 벗기고 침대에 뛰어들었을 때 뜨겁게 제 몸에 반응했듯이 그냥…… 그러면 안 되는 건가?

"전 더 이상 헷갈리기 싫어요. 그러니까 그냥 하던 대로 하세요. 그렇게 친절 모드 하시지 말고요."

"뭐가 헷갈리는데?"

그가 험악하게 되물었다. 그러자 서윤이 한참이나 머뭇거리다 말했다.

"전…… 상무님 싫어요."

그 순간…… 마치 정적이 스며든 느낌이었다. 씩씩거리던 그가 멈춰진 것 같았다. 그는 한참 있다 물었다.

"왜?"

왜…… 왜 내가 저 사람에게 싫다고 말할 수 있는 거지. 꿈에서도 그리워하다 심장이 아파서 눈을 떠야 하는 저 사람에게…….

"저도…… 여자예요. 이미 누군가에게 특별한 사람이 된다는 거…… 제 자격지심 때문에 포기하긴 했지만, 그래도 누군가와 함께해야 한다면……. 적어도 내가 그 사람이 보고 싶을 때 보고 싶다고 말하고, 하고 싶으면 하고 싶다, 하기 싫으면 하기 싫다라고 말할 수 있었으면 하니까요. 그게 과한 욕심은 아니잖아요? 무작정 기다리고 아무 말도 하지 못하고……. 난 그렇게 살고 싶지 않아요. 그러니까 포기할래요. 그리고……."

"그리고 또 뭐."

"전 상무님의 세상이…… 두려워요."

모든 게 자신의 세상에서는 불합리한 거니까, 제가 마음만 굳게 먹으면 모든 일이 마음대로 될 줄 알았다. 그러나 그건 자신이 말한 것처럼 현실 따위 신경 쓰지 말고……라는 단서가 붙었을 때였다. 이 작고 연약한 여자는 어쩌면 저보다 훨씬 현실적이었는지도 모른다.

"그럼, 내가 어떻게 할까?"

그가 그녀가 앉아 몸을 가리고 있는 침대에 걸터앉아 그녀를 쳐다보면서 말했다.

"내가 어떻게 해 줘야 해? 이서윤을 곁에 두려면."

여기서 그만두면…… 모두 다 계산이 편해지는 거 아닐까. 현실을 너무나 잘 알아 더 나서기 싫은 여자와 제 몸뚱이를 두고 훨씬 더 유리한 거래를 할 수 있는 자신. 진한 일탈, 미련을 가미한 휴식……. 그 정도로 치부하고 그냥 오늘만 즐겨……라고 말하면 끝인데, 왜 이러는 걸까. 그냥 이 작고 하얀 어깨의 여자를 결코 다른 그 누군가에게 빼앗기기 싫은 유치한 소유욕일까, 그토록 평생 계산만 하며 살아온 제게 당치도 않은.

어차피 이 여자도 10년이고 20년이고 이 아름다움과 매끄러움을 간직할 수는 없을 텐데. 그사이 수많은 일들이 생길지도 모르는데, 게다가 결정적으로 제 뒤를 받쳐 줄 든든한 재산이나 권력이 있는 것도 아닌데…….

"절…… 곁에 두실 필요가 없잖아요."

서윤이 겨우 말을 이었다.

이 사람은 그럴 필요가 없지 않은가. 이 사람의 모습, 이 사람의 목소리, 하다못해 이 사람이 건 전화 한 통에도 숨이 멎을 것 같은 자신에게나 이 사람이 필요하지만…….

항상 그의 품에 안기고 나면 그녀에게 남는 건 두려움이었다. 이 대단한 사람에게 제가 아무것도 아닐지도 모른다는. 그러니까 이렇게 아프더라도 자꾸만 다음을 꿈꾸지 않게, 오장육부를 난도질하는 것 같은 고통 속에 기다리지 않도록 넌 이제 필요 없다고 말해 주길……. 그러길 바랄 뿐이었다. 헛된 꿈을 꾸고 싶진 않으니까.

"전 상무님을 사랑하지 않아요."

21

"전 상무님을 사랑하지 않아요."

그는 잠깐 머뭇거렸다.

머뭇거린 이유는…… 생경한 단어 때문이었다. 사랑이라는. 그
뒤에 붙은 부정의 말보다.

사랑이라……. 이런 단어를 어디서 들어 봤던가. 유행가? 시집?
고전 소설? 참 낯선 단어였다. 주총, 상한가, 교통부담유발금, 미
필적 고의……. 뭐 그런 단어들이나 제 앞에 창궐하지 않았나? 그
런데 사랑이라. 예쁘고 조막만 한 얼굴의 작은 입술에서 나온 단어
는 그를 당황하게 했다. 사랑이라……. 그게 뭐지? 대체?

잘 모르니까, 그것의 정의나 혹은 쓰임새에 대해 전혀 생각해
보지도 않은 그런 말이니까. 제게 반려자가 생겨도 결코 그 관계에
사랑이니 뭐니 하는 게 개입될 여지 따위는 없다고 생각했기에 제
머릿속에는 존재하지도 않는…… 그런 단어였으니까. 그러니 이렇

게 당황스러운 거 아닐까.

그러나 그 모든 복잡스러운 생각은 순식간이었다. 여자의 말이 떨어지자마자 그는 대답했다.

"괜찮아. 나도 그런 거 어떻게 하는지 몰라. 그러니까 상관없어."

상관없다……. 그런 건 어차피 모르니까.

그는 손을 들어 그녀의 턱을 잡았다. 그러곤 그 의미도 없는 말이 나온 입술에 제 입을 가져갔다. 여전히 달고 부드럽고 황홀했다. 그럼 다가 아닌가? 이게 다 아닌가.

삶이란 건…… 이중적이었다.

내가 간절히 원하는 건 이룰 수 없지만 살아야 하는 때도 있고, 끔찍하리만큼 싫어하는 것도 감수하고 살아야 하는 때도 있었다. 남녀와의 결합이 온 세상에서 떠들어 대는 사랑이란 단어 밑에 체결되어야 한다는 건 전설 같은 것일까? 난 널 더 이상 사랑하지 않아……. 그럼 그 결합은 파사삭 소리와 함께 부서져야 하는 거 아닌가?

코끝엔 당혹스러우리만치 차가운 봄바람이 바닷가의 짠내와 함께 스치고 있었다. 다양한 횟집의 간판 불빛과 유명한 관광지임을 알리는 다채로운 모양의 조명들이 바닷가 산책로를 둘러싸고 빛나고 있었다. 인공 항포구 안이라 바다는 찰싹거리는 물소리를 내면서 존재의 이유만 밝히고 있었다.

다른 눈꼴신 커플들과 마찬가지로 이 당혹스러운 상무님은 자신을 품에 꼭 껴안은 채 그 인공 산책로를 걷고 있었다. 역시 당황스러운 들척지근한 멘트와 함께.

"안 추워?"

그러나 뭐라 달리 말을 하거나 그 품에서 벗어나지 못하고 보조를 맞춰 걷고 있는 건…… 이 들척지근한 상황에 대해 다 그만두라고 말할 용기도 없을뿐더러 다른 한편으론 이런 자신의 머릿속의 계산들을 저 찰랑거리는 바닷물에 처넣어 버리고 텅 비운 채이 따뜻한 감촉과 감미로운 목소리만 느꼈으면 좋겠다고 생각하고 있기 때문인지도 몰랐다.

평범하게 살 생각 따윈 없었다. 아니, 평범하게 사는 게 뭔지조차 몰랐다.

어쩌면 제 내면이 철저한 계산을 하고 있는 걸지도 모른다. 대단한 사돈이 주는 힘이 박 이사 같은 기형적인 권력을 만들어 내니까 그런 것 없는 사람을 택한 것일지도 모른다는…… 아마 자신의 선택에 대해 왈가왈부하는 이들에게 할 대답의 일부일지도 모른다. 이 여자에겐 아무것도 없으니까, 그러니까 안전하다고…….

누군가 묻는다면 얼마든지 이야기할 수 있었다. 내가 널 '선택'한 이유 따윈. 그러니까, 그럼에도 불구하고 널 선택했으니까, 넌 제발 날 그냥 그대로 선택해 주길 바라는 거, 그게 아니라면 그냥 날 '사랑' 하니까라는 이유로 다 덮을 수 있는 거…… 그런 걸 해 주면 안 되는 거야?

여자의 하얀 맨몸을 정성껏 애무하면서 그는 생각했다.

넌 날 그냥 그 정체도 모를 '사랑'이란 걸 해 주면 안 되는 거냐고…….

여자는 포기를 했던 걸까.

그 뒤로 아무 말이 없었다. 어울리지도 않는 연인의 역할을 충실히 하느라 그는 순간순간 저답지 않은 멘트나 행동을 했다. 그러나 그게 그다지 어색하진 않았다. 그만큼 여자는 '사랑'스러웠으니까.

밤새 자다 깨다를 반복하면서 여자의 부드럽고 따뜻한 몸을 탐했고 여자의 입에서는 충분히 만족스럽게 새어 나오는—그게 혼자만의 착각인지는 모르겠지만— 신음 소리를 들었다. 느슨한 제 이성도 깜빡깜빡 환락의 끝에서 헤매었다.

지쳐 잠들었다가 느긋하게 늦은 아침에 일어나서 씻고 나서도 그는 뭐 하나 바르지 않은 뽀얗고 하얀 얼굴에 실컷 입을 맞추고 여자를 들이마셨다.

별로 시답지 않은 호텔 조식을 먹고 눈이 부시게 빛나는 바닷가를 말없이 산책하다 두 사람은 결국 서울로 향했다.

* * *

"이제 전 뭘 하면 돼요? 오피스텔에서 상무님을 기다리면 되나요?"

'좋아?', '맛은 어때?', '이건 괜찮아?', '춥지 않아?', 연인에게 해야 하는 어색한 대화를 간신히 뱉었고 거기에 단답형으로 대답만 하던 여자였다. 그런 그녀가 서울로 들어오는 톨게이트를 지나 차들의 행렬에 합류하자 입을 열었다. 마치 이제야 그 여자의 진짜 인격이 된 듯.

그러니까, 그 바닷가에서의 일들은 마치 암묵적인 휴가처럼, 네가 마음대로 행동하는 데 맞장구를 쳐 줬지만 이제 현실로 돌아왔으니 제 자신으로 돌아가겠다는 듯.

"아니. 내 집으로 갈 거야. 이제부터 거기서 사는 거야."

그 질식할 듯한 좁은 공간에 여자를 가둬 둘 생각은 없었다. 적어도 하루 세끼 밥이라도 제대로 챙겨 먹여야겠다는 생각뿐이었다.

"제가 왜……"

"내가 말했잖아. 이제부터 내가 혼자 두지 않을 거라고. 지금 일이 많아. 대충이라도 해결하고 나면 결혼이든 뭐든 생각해 볼 테니까."

"네?"

그제야 여자의 입에서 감정이란 게 섞인 듯한 소리가 났다.

"난 한 번도 허튼소리 한 적 없어. 이서윤을 그냥 뒷방에 유희거리 따위로 평생 숨겨 두려고 한 거 아니야. 내 인생에 여자는 당신 하나로 끝낼 거라고. 거창하게 결혼식을 할 여건이 안 되면 혼인신고라도 똑똑히 할 테니까. 그러니까 각오해."

"……"

꿈이라도 꿔 본 적 없었다.

제가 두려워하고 슬퍼지는 건…… 자신이 저 대단한 사람의 삶에 그저 끼워 놓은 사진 한 컷 정도의 추억이나 해프닝으로 끝날 그런 존재란 걸 깨달아서였다. 그게 슬펐기 때문이었다. 왜 당신은 날 가지고 노는 건데……. 나 같은 평범한 사람은 그냥 내버려 두고 당신같이 대단한 사람은 당신들끼리 재미있게 살지.

그래서 그랬다.

그래서 당신…… 그러니까 상무님을 사랑하지 않는다 말했다. 제게 적어도 사랑이란 단어는 상호 작용에 속했으니까. 내가 아무리 속이 뒤집어지도록 그리워하고 좋다고 해도 당신은 제 일만 하면 그만이니까…… 그게 억울하고 슬프니까.

그런데 그의 입에서 어이없는 소리가 나왔다. 결혼이라고?

뒤통수라도 맞은 것 같았다. 차창밖엔 늘 그렇듯 차들의 행렬이 가득했다. 내비게이션의 여자는 다급하게 길을 안내하고 있었다. 샛길로 빠진 그의 차가 익숙한 언덕을 올랐다. 몇 번이고 제지를 당하고 확인을 해야만 들어갈 수 있는 언덕을 이 차는 무사통과하고 있었다. 그리고 곧 차는 멈춰 섰다.

"내려."

그녀는 그 말에 따라야 했다.

익숙한 건물이었다. 익숙한 내부였고, 익숙한…… 수조가 있었다.

"오셨습니까."

인사하는 사람조차 익숙했다.

"아직 있었군. 이분 오늘부터 여기서 머물 거야. 앞으로 식사 잘 챙겨 주고 잘 보필하도록."

"네?"

"평창동엔 따로 보고할 필요 없어. 내가 알아서 할 테니까. 뭔가 딴소리가 먼저 나면 내가 매우 불쾌해할 테니까 알아 둬."

"아…… 네."

당황한 듯한, 제복을 차려입은 중년 여자의 앞에서 그는 서윤의 손을 잡은 채 걸었다. 넓은 거실은 청량했고 자신이 설치하느라 애쓴 수조에서는 제가 일일이 골랐던 물고기들이 헤엄치고 있었다.

그의 손에 잡힌 채 그의 방까지 온 서윤은 그제야 정신을 차렸다.

　"저기……."

　"집에 방이 대여섯 개쯤 있을 거야. 나도 잘 몰라. 난 이 방밖에는 안 쓰니까. 잠은 이 방에서 잤으면 좋겠지만 여긴 잠만 자는 용도니까 아무 방이나 마음에 드는 방을 써. 그건 차차 하고 우선 좀 씻고 쉬어. 난 나갔다 올 테니까. 외출은 내일부터 해. 내가 경호원이나 기사를 보내 줄 테니까. 전에도 말했지만, 지금은 좀…… 상황이 안 좋아. 내게 큰일이 좀 있어. 일이 해결되고 나면 나아질 거야."

　"상무님, 전……."

　"뭐?"

　그가 옷을 벗으면서 물었다. 그는 구겨진 재킷을 벗고 안에 입었던 편한 티셔츠를 벗고 있었다. 매끄러운 맨몸이 드러났다.

　"전……."

　"내가 말했지. 이서윤은 내 여자라고. 그러니까 여기 있는 거야. 당신은 혼자 다니면 늘 험한 일을 당하잖아. 경호하는 사람은 되도록 빨리 보내 줄 테니까 우선은 여기 있으라고. 필요한 거 있으면 밖에 있는 도우미한테 이야기해. 아마 웬만한 건 다 갖다 줄 거야. 전에 있던 오피스텔에 가서 짐 챙겨 오는 건 내일 해. 내가 사무실에 나가서 이야기해야 하니까."

　"상무님……."

　"나 상무 안 할 거라고. 그러니까 그건 빼. 그리고 왜?"

　그가 태연하게 그녀의 앞에서 옷을 갈아입으면서 말했다.

　"이게……."

"이게 뭐?"

그가 빳빳하게 다려진 와이셔츠를 꺼내 맨몸에 걸치면서 물었다.

"왜? 이게 다 싫어? 도망이라도 갈 건가?"

"……."

"날…… 사랑하지 않는다며? 난 모른다고 했잖아. 그 사랑인지 뭔지. 나도 그게 뭔지 알았으면 좋겠어. 차차 알아 가면 되겠지. 하여튼 이서윤이 그런 내가 알지도 못하는 그 무엇인가 때문에 나에게서 멀어지는 건 싫어. 당신이 말한 대로 난 해야 할 일이 많아. 블루힐스도 그렇고, 또 지금 내 삶이 좌지우지될 만한 일이 있거든. 그 일을 해결하고 와야 해. 그때까지만 이서윤이 내 삶에서 도망치지 말고 안전한 데서 날 기다려 줬으면 좋겠어. 그다음엔, 좋아……. 그 사랑인지 뭔지, 어떻게든 해결해 보도록 할게. 다만 지금 이 일을 해결하고 나서 말이야. 그때까지만 날 기다려 주면 안 되나?"

"그게 뭔데요?"

여자는 눈을 똑바로 뜨고 자신을 쳐다보고 있었다. 간단하지 않은 일일 수도 있다. 박 이사가 큰맘 먹고 꾸민 일 아닌가. 그러나 그건…… 그의 마지막 자존심 같은 것이었다. 이 여자의 앞에서 아무렇지도 않은 것이라 여기면 실제로 그렇게 되는 것일지도 모른다는 생각이 들었다.

"해결하고 올게."

그녀에게도…… 그녀만의 삶이 있을 것이다.

"그러니까 그때까지만 기다려 줘. 그다음엔 당신이 어떻게 하든 당신 뜻대로 할 수 있도록 노력할 테니까."

이게 뭐람…….

하루만, 아니 그 일이 해결될 때까지만⋯⋯이라고 부탁했지만, 결국은 또 이 커다란 집에 갇힌 거 아닌가?

게다가 이젠, 낯선 사람도 있었다.

"상무님께서 식사 챙겨 드리라고 했는데 특별히 드시고 싶으신 것 있으신가요?"

상대는 무표정했다. 그러나 절대 자신을 모를 리가 없었다. 그 무표정에서 온갖 감정이 읽히는 게 더 언짢았다.

"아니요. 별로 먹고 싶은 거 없으니까, 저 신경 쓰지 마시고 일 보시고 일 끝나면 가세요."

분명히 그녀가 수조를 설치하는 날 퇴근 시간이 되어 간다고 하지 않았나.

"아⋯⋯ 네."

도우미의 얼굴엔 떨떠름한 표정이 스몄지만 목소리만큼은 친절했다. 그녀는 옷가지들을 챙겨서 방을 나갔다. 서윤은 그저 커다랗고 적막한 침실에서 망연자실하게 서 있을 뿐이었다.

* * *

"서 실장."

"네, 상무님."

요즘 들어 자꾸만 들쭉날쭉하는 제 상사의 모습에 걱정스러운 윤정이 다급하게 대답했다.

"경호원 겸 기사 한 사람하고 차량 하나 준비해서 한남동에 있는 내 아파트로 보내. 되도록 빨리."

"네?"

"회사 경비로 하지 말고. 내가 개인적으로 처리할 테니까 그렇게 해."

"상무님 기사와 차량 말고 따로 준비하란 말씀이신가요?"

"개인적인 경호가 필요한 사람이 집에 있어서. 오늘내일 내로 빨리 처리해."

"경호 대상자는……."

"한남동에 있는 이서윤이라는 20대 여자. 가서 도우미한테 말하면 돼."

"네?"

그제야 윤정이 기록을 하다 말고 고개를 들어 자신의 상사를 쳐다보았다.

"주제넘은 말인지도 모르겠지만 혹시……."

"맞아. 그 이서윤. 하여튼 빨리 처리하고. 다른 보고 상황들은?"

윤정의 얼굴이 굳어졌지만 워낙에 많은 일들이 산재해 있어서 달리 가타부타 말을 할 틈이 없었다.

"태블릿에 결재 필요한 서류 급한 순서대로 올려놓았습니다. 보시고 결재해 주시고 구청 측에서 연락이 왔습니다. 교통혼잡유발금과 환경개선부담금 문제로 빨리 미팅을 한번 하셔야 할 듯해서……."

그때였다. 갑자기 문 두드리는 소리가 급하게 울렸다.

"누구?"

"상무님……."

다급한 모습의 김 변호사였다.

"김 변, 무슨 일인데?"

그때였다. 누군가 그 뒤를 따라 들어오는 게 보였다. 처음 보는 사람들이었다.

"누구시죠?"

윤정이 급하게 되묻자 건장한 남자들이 품 안에서 종이를 꺼내 내밀면서 말했다.

"강태진 씨 구속 영장입니다. 유지순 씨의 살인 교사 혐의 피의 자로 구속합니다. 피의자는 묵비권을 행사할 수 있으며 지금 하는 모든 발언은 법정에서 불리하게 작용할 수 있습니다. 또한 피의자 는 변호인의 조언을 받을 수 있는 권리가 있습니다. 그럼 가시죠!"

"김 변?"

태진이 굳은 표정으로 김 변호사를 쳐다보았지만 그 역시 당황 한 표정으로 아무 말도 하지 못하고 있을 뿐이었다.

22

여전히 갇혀 있었지만, 자유롭게 보였다.

서윤은 백색 소음을 만들어 내는 투명하고 커다란 수조를 쳐다보고 있었다. 처음 수조를 집에 설치한 날, 터무니없이 넓은 곳에서 새끼손가락보다 더 작은 고기들이 헤엄치는 걸 보고 엄마를 이상하다는 듯 쳐다봤다. 아니, 이런 쪼그만 고기를 키울 거면 작고 동그란 어항 같은 것도 충분할 텐데 왜 좁아 빠진 마룻바닥에 그렇게 넓은 수조를 놓은 건지…….

그러나 물고기를 키우면서는 늘 더 넓은 공간에서 맘껏 헤엄치는 게 해 주고 싶다는 생각이 들었다. 그만큼, 그 물고기들이 소중했고 이 작은 아이들이 행복했으면 싶었으니까.

넓디넓은 거실에 어울리는 수조는 터무니없이 컸고 높이도 높았다. 물고기는 많았지만 마치 바다를 잘라 온 것처럼 수조가 커서 맘껏 헤엄치는 것 같아 보였다.

"좋겠구나, 너희들은. 넓은 곳에 있어서……."

그녀는 주변을 둘러보았다. 높은 천장, 대체 몇 개나 있는지 모를 휘황찬란한 방, 커다란 창으로 보이는 한강과 그 밑에 난 대로에 가득한 차들…….

넌 좋아? 이렇게 넓은 집에 있으니까.

갇혀 있는 건 마찬가지였다. 작은 수조나 넓고 비싼 수조나, 혹은 좁은 오피스텔이거나 넓은 아파트이거나.

하지만 저 물고기들은 자기들이 갇혀 있는 수조가 비좁고 낡았다 해도 달아날 수는 없다. 자신은 나갈 수 있는 수족이 있는데…… 왜 여기서 이러고 있는 걸까. 그가 만들어 준 샌드위치를 같이 먹으며 앉아 있던 소파에서 서윤은 다시 수조를 바라볼 뿐이었다.

* * *

— 여보세요?

— 김 부장입니다.

— 뭐?

— 시키신 일 진행하겠습니다.

— 알았어.

— 네.

녹음 상태는 깨끗했다. 중간에 내비게이션에서 들리는 기계음까지 언뜻 들리고 있었다. 그가 입을 열었다.

"이게 구속 사유가 될 수 있다고 생각하십니까?"

"상무님!"

김 변호사가 사색이 돼서 그의 말을 잘랐다.

"당연하지 않습니까?"

"……."

그가 잠시 말을 멈추고 있는 사이에 담당 형사가 말을 이었다.

"일명 김 부장으로 통하는 박택수의 대포폰에서 나온 녹음 파일이고, 강태진 씨의 목소리와 음성 대조는 이미 끝났습니다. 박택수는 주철훈을 고용해서 돈을 주고 살인을 교사했습니다. 그 전화 통화를 할 때 어디 있으셨죠?"

그 여자를 데리러 갔을 때였다. 아마 서천인지 어디 근처였던 거 같은데…….

"서해안 근처에 있었습니다."

"상무님, 그냥 듣기만 하십시오."

김 변호사가 재빨리 끼어들었다.

"뭐, 마음대로 하십시오. 어차피 진술은 검찰에서 다시 해야 할 테니까. 아직 살인 교사에 쓰인 돈 일억 오천의 출처에 대해서는 수사가 완벽하지 않습니다. 다만 강태진 씨의 회사가 건설 회사라서 큰 액수의 현금이 빈번하게 오갈 수 있다는 점은 참고하고 있습니다. 박택수는 흥신소, 일명 심부름센터를 운영하고 있고 살인 청부를 이메일로 받았다고 했습니다. 메일상의 이름은 김 부장이죠. 메일은 삭제했지만 복원 결과 발신인은 외국 아이피로 된 이미 삭제된 계정이더군요. 뭐, 그 정도야 얼마든지 만들어 낼 수 있기 때문에 그건 염두에 두지 않았습니다. 중요한 건 내용이니까요."

태진의 표정은 변함이 없었다.

"이런 살인 교사 사건의 경우 범인을 추적하는 데는 살해 동기가 가장 중요합니다. 자, 그럼 이 사건의 살해 동기는 무엇일까요?

사망한 유지순 씨는 80년대 인기 배우이자 CF 모델로 유주연이라는 가명으로 활동했고 전성기에 돌연 은퇴 후 잠적했습니다. 음…… 저희가 조사한 바로는 도미한 뒤에 아이를 출산하고 다시 귀국한 것으로 나오더군요. 아이의 이름은 유선우, 6살 때 아들의 친권을 포기한 유지순은 이후 프랑스로 가서 재혼과 이혼을 반복하고 가끔 흥미진진한 영화도 좀 찍고 하다가 불과 2주일 전에 귀국했습니다. TJ건설 본사 근처의 호텔에서 머물다 거처를 옮겼더군요."

태진은 잠자코 듣고만 있었다.

"저흰 한 사실에 집중했습니다. 유주연의 사생아 유선우. 친권을 포기했다는데……. 그 아이는 어디로 갔을까."

"용건만 말씀하시죠."

불편하다는 듯 딱딱한 목소리의 김 변호사가 한창 이야기 중인 담당 형사의 말을 잘랐다.

"아, 용건. 좋습니다. 아이는 묘한 형식으로 다른 사람의 아들이 됩니다. 요즘같이 법령이 복잡하고 엄격한 때에는 어림도 없는 방법이죠. 아이는 강찬일 회장의 아들이 된 뒤 개명을 했더군요. 강태진으로."

"……."

이쯤에서 뭔가 리액션이 있어야 하는 거 아닌가 싶었지만, 태진은 묵묵부답이었다. 아무렇지도 않은 표정으로 어디 더 해 봐라 하는 듯한 태진의 표정에 담당 형사는 다시 말을 이었다.

"우리가 일하는 데 참 힘든 부분 중 하나는 일명 높으신 분들의 이야기는 알기가 힘들다는 겁니다. 솜씨 좋은 변호사들이 뭉칫돈을 받고 일을 잘 처리해서 말이죠. 기껏해야 먼지 나는 서류나 뒤지는 게 일인 우리 같은 형사 나부랭이들은 그저 그런 분들이 만들어 놓은 서류밖에는 찾아낼 수가 없다, 이 말입니다. 무슨 일이 있었는지, 어떤 사건이 어떻게 처리됐는지…… 알 도리가 없으니 그저 머리를 굴려 이리저리 끼워 맞춰 보는 수밖에요."

"그래서?"

태진이 다시 한마디 했다.

"그럼…… 우리는 여기서 새로운 궁금증이 떠오르죠. 강태진, 그러니까 개명 전 유선우는 왜 유지순을 죽이려 했는가. 친어머니인데……. 그걸 입증하는 게 골 아플 거라 생각했는데, 마침 떡하니 익명의 투서가 와 있더군요. 유지순이 TJ에 터무니없는 공갈 협박을 하고 있다고 말이죠. 대가도 어이없는 금액이고."

태진의 표정은 변화 없었다.

"나머지 조사는 옷도 갈아입으시고 천천히 하죠. 영장을 내준 판사님도 뭐 금방 수긍하셨으니까."

여전히 태진은 무표정한 모습으로 그의 변호사를 힐끗 보더니 한마디 했다.

"김 변……."

* * *

무슨 소리가 나는 것 같아 눈을 뜬 서윤은 낯선 풍경에 당황해서 벌떡 일어났다. 등 뒤에서 뿌드득 소리가 나고 제 몸 위에서는 가벼운 담요가 미끄러져 떨어졌다. 값비싼 가죽 소파 위였다. 옆에는 여전히 백색 소음을 만들어 내는 커다란 수조가 있었다. 이미 주변은 훤하게 밝아졌고, 주방에서 뭔가 일을 하는 소리가 들렸다.

"아⋯⋯."

서윤은 벌써 도우미가 출근했다는 사실에 당황했다. 9시에 온다고 했으니까 벌써 시간이 그렇게 된 모양이었다. 몇 시까지 여기 있었더라. 기억이 잘 나지 않았다. 그는⋯⋯ 또 안 온 건가?

서윤은 자리에서 일어났다. 넓은 거실에는 해가 잘 들어 대리석으로 된 벽과 천장, 그리고 바닥이 모두 반짝거리는 것 같았다. 이 커다랗고 넓은 집에 자신은 또 혼자 남아 있었다. 이제 그만둬야 하는데⋯⋯.

우선 좀 씻어야겠다 싶어 돌아서는데 기척을 느낀 도우미가 나왔다.

"일어나셨습니까? 식사 준비 할까요?"

여전히 기계적인 미소를 띤 표정이었지만 그래도 어제와는 좀 달라진 것이 느껴졌다. 적응을 금방 한 탓이겠지.

"좀 있다가요."

서윤은 돌아서서 그의 방 쪽으로 갔다. 아마 방에 욕실이 있을 테니까.

"주철진이라고 합니다. 앞으로 주 기사라고 불러 주시면 됩니다."

"아⋯⋯ 네."

조금 당황한 서윤이 겨우 대답했다. 한눈에 봐도 체격이 건장한 40대쯤의 남자는 단정한 검은색 정장 차림이었고 넥타이도 깍듯하게 맨 채였다. 물론 인상도 더할 나위 없이 친근해 보였다.

"제 명함입니다. 휴대폰 번호 저장하시고요, 아침 9시부터 저녁 6시까지가 정규 근무 시간이지만 필요하실 때 미리 연락해 주시면 그보다 늦거나 이른 시간에도 호출하실 수 있습니다. 또 개인 경호 업무도 겸하고 있으니까 편하게 생각하시고 생활해 주시면 감사하겠습니다. 잘 부탁드립니다."

희고 고급스러운 재질의 명함을 내밀면서 남자는 깍듯하게 인사를 했다. 서윤은 이제야 갑자기 실감이 나기 시작했다. 이건 정말인가? 정말 그의 말대로 되는 건가.

"주십시오. 제가 들겠습니다."

"아니…… 괜찮은데요."

"괜찮습니다."

남자는 그녀의 손에 들린 커다란 가방을 낚아채듯 건네받았다. 꽤 묵직했던 거 같은데도 덜렁하고 가볍게 들더니 그녀를 앞서가 엘리베이터 문을 열고 기다렸다. 서윤은 하는 수 없이 종종거리면서 그 남자를 따를 수밖에 없었다.

"어디 들르실 곳은 없으십니까?"

잠깐 자신의 물고기들이 있는 수족관 파는 가게를 생각했지만 그녀는 곧 말했다.

"아니요."

"편하게 생각하세요."

"네……."

차창 밖으로 차들의 행렬과 함께 한강이 보였다. 이미 꽃이 다 져 버리고 새파란 이파리들이 돋아나고 있었다. 이제 4월도 다 끝나 가는 것 같았다.

휴대폰엔 퇴근하겠으니 혹시 일이 있으면 연락 달라는 주 기사의 메시지뿐이었다. 저녁은 됐다는 말에 도우미는 간단한 샌드위치나 간식들은 냉장고와 팬트리에 다 준비해 뒀다는 친절한 설명과 함께 퇴근했다. 그제야 커다란 집은 완벽하게 텅 비게 되었다. 거실의 창 밑으로는 불야성을 이루는 한강과 한남대교, 그리고 강변을 달리는 차들의 행렬이 끊임없이 이어졌지만 충분히 두꺼운데다 방음이 잘되는 유리창은 아무런 소음도 전해 주지 않았다.

항상 그래 왔다.

분 단위로 나눠진 스케줄러가 화면 가득 빡빡하게 떠 있는 사람이었다. 그가 또 하루 이 집을 비운다고 해서 뭔가 달라지는 것은 아니었다. 서윤은 그저…… 난해한 무늬가 그려진 대리석 탁자 위에 놓여 있는 휴대폰만 쳐다볼 뿐이었다.

처음 보는 커다란 화면의 텔레비전에서는 영화도 나왔고 쇼 프로그램도 나왔으며 뉴스도 나왔다. 몇 번째 방인지는 모르겠지만 책이 잔뜩 꽂혀 있는 방에서 발굴한 중고등학교 때 좋아하던 고전문학도 몇 권 탁자 위에 올려놓았다. 그 빡빡한 표정의 도우미가 미워서였는지는 모르겠지만 냉장고에 들어 있던 과일이나 팩에 든 샐러드도 탁자 위에서 땀을 뻘뻘 흘리며 흩어져 있었다.

하지만…… 중요한 건 이 집의 주인 아닌가? 대체 어디에 있는데…….

자정이 다 되어 가는 시간이었다. 누군가를 미워하기에 딱 알맞은 시간이었다. 초저녁부터 내내 가지고 있던 그리움이 의구심으로 변하고 증오로 타오르다 절망으로 승화하기에 적당한……그런 시간이었다.

이제 그만하고 잠이나 자야겠다 싶었다. 이 시간은 택시를 부르기에도 명함 속의 남자를 호출하기에도 적당하지 않으니까, 아니 그냥 제 알량한 자존심이 밤중에 술 냄새를 풍기며 달려들어 제 옷을 벗길지도 모르는 남자를 기다릴 마지막 시간이니까.

서윤은 남자가 자신의 침실이라 말한 커다란 침대가 있는 방으로 갔다. 제가 화가 났든 아니든…… 얌전히 남자의 침대 위에서 언제 올지 모르는 그를 기다리는 것밖에는 할 수 있는 게 없었다. 서윤은 스스로에게 속삭였다. 그래도 경호원을 붙여 줬으니까, 그가 제게 뱉은 달콤한 말이 사실인지 아닌지 헷갈렸지만 적어도 그가 말한 걸 지키려고 애쓴 흔적 한 개 정도는 찾았으니까, 그러니까 하루 정도는 기다려 줘야 하는 거 아니냐고…….

제 기다림이 영원이 될까 봐 두려운 마음으로 서윤은 침대에 올라갔다.

* * *

사람은 참 간사했다.

"나, 미역국에 해물 들어간 거 못 먹어요."

"아, 네."

실은 먹어 본 적이 없었다. 한 번쯤 먹어 볼 수도 있을 텐데……. 성게알이 든 미역국을 보고 서윤은 저도 모르게 말이 나갔을 뿐이었다. 그 국그릇을 치우면서 도우미도 지지 않고 한마디 했다.

"상무님은 좋아하시거든요."

그런가……. 항상 쇠고기가 든 미역국만 먹었던 그녀였다. 그는…… 이걸 좋아하는구나. 괜히 먹어 볼 걸 그랬나 싶었지만 그녀는 이미 치워진 그릇을 보고는 그 생각을 접었다.

"다른 국 드릴까요?"

"아니요."

다른 사람들이 동경하는 삶이란 게 이런 것일 터였다. 좋은 집, 무엇이든 제 시중을 들어 줄 사람들, 그리고 잘난 남자.

이것에 딱 어울리는 단어가 있지 않은가.

간택…….

그녀가 그를 보고 설레고 호감을 갖게 된 이유는 뻔했다. 스크린에서나 볼 것 같은 외모, 어마어마한 돈, 권력……. 그런데 그가 자신을 내려다보는 이유는…… 제게 다른 마음을 품은 남자들이 그랬듯, 제가 칼을 품고 약을 먹게 만드는 외모? 그것 외에 또 뭐가 있지?

정말 그는 그가 말한 대로 '결혼'이라도 할 생각인가?

그리고 평생 이렇게 살아야 하나.

서윤은 커다란 창으로 쏟아지는 봄 햇살이 무서워졌다.

사람이란 동물은 정말로 간사해서 등 따시고 몸 편하면 생각이란 걸 하게 돼 있었다. 그래서 늘 사고도 일어나고 의외의 사건도 일어난다.

넓고 넓은 이 집에는 총 6개의 방이 있었다. 욕실은 3개. 그 3개 다 커다란 욕조와 훌륭한 파우더 룸이 갖춰져 있었다. 그의 방에 딸린 드레스 룸은 럭셔리한 슈트 전문점 못지않은 훌륭한 슈트 컬렉션이 갖춰져 있었고 서재에는 이용한 흔적이 거의 없는 최신형 컴퓨터와 구색을 맞춘다는 게 딱 어울리는 다양한 책이 꽂힌 책장이 있었다. 그 외 네 개의 방은 훌륭한 침구가 놓여 있었으나 사용하는 것 같진 않았다. 2층에도 따로 주방이 있었지만 일하는 도우미가 귀찮아서인지 텅 비어 있을 뿐이었다.

"단지 내에 수영장이나 골프 연습장도 있습니다."

제발 밖에 나가서 놀라는 이야기였다. 그러나 불행하게도 그녀는 수영도 골프도 해 본 적이 없었다. 그럼 뭘 해야 하나.

딴 데 나가서 놀아야지.

막, 나가서 놀려고 준비를 마쳤을 때였다. 화장도 하고 옷도 갈아입은 후에 그녀를 위해 하루 종일 대기하고 있을 기사의 전화번호를 누르려고 했을 때였다.

삐리릭 하는 소리와 함께 문이 열렸다. 그러자 뭔가를 하고 있던 도우미가 문가로 향했다. 거실에 있던 서윤의 시선도 보이지는 않지만 저쪽 복도 끝에 있는 문으로 향했다. 저도 모르게 심장 한 구석이 덜컥거리는 게 느껴졌다. 이 대낮에…… 잠깐 들른 걸까?

그 짧은 시간에 화장도 하고 옷도 갈아입고 있어서 다행이라는 참…… 어이없는 생각이 들 때였다. 도우미와 함께 누군가 걸어오는 게 보였다. 가벼운 실망감과 함께 '왜' 라는 의문이 생겼다.

"이서윤 씨."

낯선 사람은 아니었다.

그녀가 일어서서 막 뭐라 하려고 할 때였다.

"강 상무님이…… 구속되셨습니다. 이서윤 씨 참고인 자격으로 서에 같이 가 주셔야겠습니다."

이게…… 무슨 소리일까.

23

"……쓸데없이 물어보는 것에 다 대답할 필요는 없습니다. 영장
이 나온 게 아니라 참고인 조사니까요. 그쪽에서 알고 싶은 건 상
무님의 알리바이입니다. 4월 X일 전화를 받고, 사고 당시에 어디
있었는가. 그것 때문에 이서윤 씨가 참고인이 된 거니까요."

서윤은 영문을 알 수 없었다. 그러나 뭔가 물어볼 수도 없었다.
넓은 그의 차 안에는 늘 보던 기사와 저를 여러 번 곤경에서 구해
주었던 그의 변호사가 타고 있었다. 하지만 의외의 인물이 하나 더
타고 있었다.

"주미선 씨한테는 아마 유지순 씨가 언제부터 상무님 댁에 머물
게 되었는지, 주로 상태가 어땠는지를 물을 겁니다. 거기에 대해서
는 간단히 아는 대로 대답하시면 됩니다. 다만 상무님하고의 관계
에 대해서 묻는다면 뭐라 대답하겠습니까?"

"저는 그냥 일을 하는 사람으로서 위에서 하시는 분들의 관계에

대해서는 관여할 일도 없다고 생각합니다."

서윤이 평소에 절대 들어 본 적 없는 그런…… 매우 사무적이고 똑 부러진 목소리였다.

"좋습니다. 서에서도 그렇게 대답하면 됩니다."

"저기……. 상무님은 지금 어떻게 되신 거예요?"

서윤이 참지 못하고 물었다.

"살인 교사 혐의를 받고 있으십니다."

아무렇지도 않은 듯한 목소리에 서윤은 할 말을 잃어버렸다.

살인?

서윤은 낯선 단어에 당혹스러울 뿐이었다.

"이서윤 씨?"

"네."

"20XX년 4월 X일 피의자 최태진 씨와 함께 있었다고 하던데요. 사실 맞습니까?"

"네."

"구체적으로 설명해 주시죠. 위치와 시간에 대해서."

주소는 확실하게 알고 있었다.

"충남 서천군 비인면입니다."

그녀는 겨우 대답을 했다. 조사실 안은 조용했다. 복도는 시끄러웠지만. 앞에 앉은 경찰인지 형사인지 하는 사람도 인상이 좋아 보였다. 목소리는 마치 어제 뭘 드셨습니까, 하고 묻듯 평온했다. 하지만 그녀는 그렇지 못했다.

조용한 곳에 앉아 있지만 마치 백 미터를 전력 질주로 뛰어온 듯한 느낌이었다. 그건 차에서 내릴 때부터 그랬다. 누군가에게 안내를 받고 여기까지 오면서 그것은 더 심해졌다. 숨이 턱까지 차오르는 듯했다. 머릿속에는 한 가지 단어만 떠다니고 있었다.

"거긴 왜 가셨죠?"

그걸 대답할 필요가 있을까. 서윤은 딱딱한 책상 앞에 앉아서 잠시 생각했다.

"지인이 있어서 찾아갔다가……."

"강태진 씨와 몇 시쯤 만났죠?"

그때가…… 언젠지는 모르겠지만 아마 점심 식사 전이었을 것이다. 아니면 그맘때인지.

"점심때였던 거 같아요. 정확한 시간은 잘 모르겠어요."

"옆에서 통화하는 거 들었습니까? 어떻게 들으신 거죠? 강태진 씨의 대답만 들은 겁니까?"

"운전 중이었기 때문에 스피커폰으로 통화하셔서 저도 내용을 들을 수 있었습니다."

"구체적으로 어떤 통화였죠?"

"그게……."

갑자기 기억이 오락가락하는 느낌이었다.

"잘 생각해 보세요. 아주 중요하니까요. 뭐, 물론 저희는 그 통화 내용을 잘 알고 있습니다. 참고하시라고요."

그제야 인상 좋아 보이는 남자가 히죽 웃는 것 같은 느낌이었다.

"상무님은…… 전화 통화를 많이 하십니다. 그날도 전화를 많이 하셨어요. 대부분 비서실에서 온 전화 같았습니다. 회사 일에 관련된."

"어떻게 비서실이라는 걸 알았죠?"

남자의 손에 들린 게 태진의 전화 통화 내역서라는 걸 알 리 없는 서윤이였다.

"들리는 목소리가…… 비서실장님 목소리 같았기 때문입니다."

분명히 윤정의 목소리였다.

"좋습니다. 전화는 그쪽에서 온 게 다였습니까?"

서윤은 다시 생각을 되돌려야 했다. 어떻게든 그가 그런 일과는 관련이 없다는 이야기를 하고 싶었다. 아까 변호사에게 좀 더 물어볼 걸 그랬나 싶었다. 대체 무엇 때문인지.

문득 전화가 더 왔던 사실이 기억났다.

"서울에 다 왔을 때쯤…… 여자분한테 전화가 왔었어요."

"여자분이라고요?"

"네, 길이 막혀 차가 서 있어서…… 조용했기 때문에 더 잘 들렸습니다. 분명히 제가 잘 모르는 사람이었어요."

"뭐라고 했습니까?"

"그건 잘 모르겠고……. 어떤 이야기를 했는데 상무님이 박 이사님이 그 사실을 아시냐고 했던 거 같아요."

"그게 확실합니까?"

"네……."

서윤은 이제 생각해 보니 그게 아까 같이 차를 타고 왔던 도우미 목소리 같았다.

"그건 3시 33분 통화였던 거 같군요. 좋아요. 그 외에는?"

남자의 손에 들린 종이에는 뭔가가 더 있었다. 서윤은 기억을 더듬어야 했다. 자신이 뭔가 잘못 대답을 하면 안 될 거 같았으니까…….

"아…… 저기. 전화가 한 번 더 왔어요."

"그게 뭐죠?"

그제야 시큰둥하던 남자가 고개를 디밀었다. 발신자 표시가 제대로 되지 않은 대포폰으로 온 전화. 과연 그 전화는 어디서 온 걸까.

"그게…… 상무님이 잘 아시는 분 전화 같았는데……. 받자마자 누군지 아시는 거 같았거든요."

"그게 누구죠?"

서윤은 머릿속을 헤집어야 했다. 서울에 거의 다 와서 길이 막혀 있었고 자신에게 오피스텔에서 기다리라고 했다가 같이 자신의 오피스텔로 갔다. 그 전화 때문에. 아니, 전화 내용은 잘 모르겠지만 아무튼 그래서였다.

"잘 모르겠지만, 전화를 건 사람이 회사로 나오지 말고 상무님께 집으로 가라고 했던 거 같아요. 그리고 집에서 나오지 말라고 했어요. 한 2, 3일쯤……."

"뭐요? 확실합니까?"

남자의 인상이 굳어졌다. 공범일까.

"전화를 건 사람이 지시를 한 겁니까 아니면 부탁을 한 겁니까?"

"그게…… 지시를 한 거 같아요. 아, 맞다!"

"뭐가요?"

"상무님이 전화를 받자마자 그랬어요. 박 이사님이냐고……. 그래서 존댓말로 대답하셨던 거 같아요. 다른 전화는 다…… 하대를 하셨거든요."

"확실합니까?"

"네."

한참이나 손에 들린 서류를 쳐다보던 남자가 서윤을 쳐다보았다.

"강태진 상무의 비서였죠?"

"비서실에서 잠깐 근무했습니다."

서윤은 왠지 이 남자가 무엇을 물어보려고 하는지 알 것 같았다.

"강태진 씨와는 어떤 관계입니까?"

"……."

어떤…… 관계인 걸까. 서윤은 헐떡거리던 제 마음속이 갑자기 가라앉는 것 같았다. 대체…… 우린 어떤 사이인 걸까.

"내연 관계입니까?"

내연이라 하면…… 그가 아내가 있을 경우에 해당되는 거 아닌가.

서윤은 겨우 한마디 했다.

"아닙니다."

"그렇군요."

"이서윤 씨. 2번 접견소로 들어오세요."

서윤은 벌떡 일어났다. 옆에 있던 김 변호사가 말했다.

"저쪽으로 들어가세요. 시간은 10분이니까 유의하시구요."

"네……."

처음이었다. 물론 유치장이야 며칠이나 그 속에 갇혀 있기도 했지만, 이곳은 구치소였다. 번호가 쓰인 방 안에는 철재 의자 하나가 놓여 있었고 영화나 드라마에서나 보던 구멍이 있는 유리 칸막이 너머로 앉아 있는 경찰관 한 명과 제 바로 앞에 놓인 것과 똑같은 텅 빈 의자가 보였다. 그때였다. 문이 열리고 그가…… 들어왔다.

"사…… 상무님……."

저 사람을 부르는 다른 명칭이 있었으면 좋겠다 싶었다. 그러나 불행하게도 그녀의 기억 속엔 아직 없었다. 멀쩡하게 이름 석 자를 알고 있지만 부를 수가 없었다.

그는, 서윤이 부르는 명칭에 참 안 어울리는 차림새였다. 단 한 번이라도 저런 모습을 본 적이 있었나. 늘 날이 선 드레스 셔츠와 슈트 차림이었다. 가끔 캐주얼한 복장을 하기도 했지만 그마저 늘 단정했다. 아니, 실오라기 하나 걸치지 않고 있어도 그는 화려하고 빛이 났다.

그런데 까칠한 피부와 푸석한 머리카락, 피곤한 듯한 표정과 결정적으로 이 장소에 딱 걸맞는 빛바랜 누런 수의라니…….

"여긴 어떻게 온 거야?"

의자에 앉자마자 아무렇지도 않다는 듯 그가 말했다.

"……."

"혹시 참고인 조사 같은 거 받았어?"

"네……."

서윤이 겨우 대답했다. 그 순간 그의 얼굴이 굳어졌다.

"뭘 물어봤지?"

"그때…… 저 데리러 오셨을 때 통화하신 내용요……."

"음……."

그는 잠시 침묵을 지켰다.

그런 그를 보며 서윤은 아무 말도 할 수 없었다. 묻고 싶은 건 많았지만 입을 뗐다가는 왈칵 눈물이 쏟아질 것만 같아서.

"왜? 무슨 일 있어? 한남동에서는 잘 지내고 있는 거지? 서 실장이 기사 보냈다고 하던데, 만나는 봤고?"

그가 물었다. 아까와는 달랐다. 마치 사무실에서 제가 건넨 커피 잔을 받으면서 하는 말 같았다.

"네……."

너무 많은 것을 물어서 어떻게 대답해야 할지 알 수가 없었다.

"잘 지내고 있는 거지?"

그가 눈이 새빨갛게 물든 그녀를 보곤 제 말투 탓인가 싶어 다시 물었다. 좀 더…… 부드럽게.

"잘 지내요. 상무님은…… 괜찮으신 거죠?"

그제야 서윤이 울먹이면서 물었다.

묻고 싶은 건 이게 아니었다. 평생을 책임져 주겠다는 사람이 왜 여기 있느냐고, 무서운 도우미랑 그 넓은 집에서 당신만을 기다리고 있는데 왜 여기서 이러고 있느냐고, 그리고 변호사란 사람이 말한 살인은…… 또 뭐냐고.

그러나 서윤은 물을 수가 없었다.

"다시는 기다리라는 말을 안 하려고 했는데, 또 해야겠어. 가서 기다려. 다만 집에 우두커니 있지 말고, 기사 있으니까 가고 싶은 데도 가고 먹고 싶은 것도 먹고. 아, 저번에 깜박했는데 김 변한테 카드 하나 주라고 할 테니까 하고 싶은 거 하면서 있어."

비록 피곤하고 까칠한 모습이었지만 목소리는 그대로였다. 두꺼운 아크릴 판인지 혹은 유리인지 모를 것을 사이에 두고 저편에서 들리는 목소리는 아무렇지도 않은 듯했다.

"……그래서요? 그다음엔요?"

유리 너머의 그처럼 아무렇지도 않게 말하려고 했다. 그러나 서윤은 제 목소리가 눈물에 잠겨 메는 게 느껴졌다.

그때였다. 갑자기 그가 피식 웃었다.

"왜? 내가 영영 못 돌아갈까 봐 그래?"

처음이었다.

엄마가 돌아가셨을 때도 속 시원히 눈물이 나지 않았었다. 평생 미안함만 가지고 살았지만 정작 뼈와 가죽만 남아 고통 속에서 숨을 거둔 엄마를 보면서도, 이제…… 더 이상 아프지 않는 곳에 갔으니 다행이라는 생각뿐이었다. 그래서 그게 더 미안해서 오히려 눈물이 나지 않았다. 그랬던 그녀였다.

"왜 울어? 시간 다 돼 가. 그런 모습만 보이지 말고. 오랜만에 화장도 했는데 엉망이 되잖아. 뭐 닦을 거 없어?"

"……"

그의 말대로 시간이 없는데……. 이런 모습만 보이면 안 되는데 흘러내리는 눈물이 멎지 않았다. 가방도 없이 들어왔기에 서윤은 손으로 흘러내리는 눈물을 분주히 닦아 봤지만 눈물은 그치지 않았다. 지금 상황과 참 안 어울리는 생각이지만 그동안 그의 앞에 화장도 안 한 민얼굴만 들이 밀었다가 오늘에야 화장이란 것까지 했는데……. 기껏 예쁘게 꾸며 놓고 그의 앞에서 이런 모습을 보이다니.

"죄송……해요."

울먹이면서 겨우 대답했다.

"죄송할 건 없고. 하여튼 아까 내가 한 말 기억하지? 편하게 잘 먹고 잘 놀면서 기다리고 있어. 울지 마."

"곧…… 나오……."

'금방 나오실 거죠.' 라고 말하려고 했다. 그러나 아까 말하지 않았던가. 살인이라고……. 뒤에 붙은 단어가 뭔지는 모르겠지만.

"금방 나가."

듣고 싶은 말이었다. 그는 단호하고 명료하게 말했다.

"정말이죠?"

서윤이 급하게 되물었다. 정말인 거죠, 그러니까…… 그 이상한 단어랑 상무님이랑은 상관없는 거죠…….

"정말이야. 그러니까 나가면 예쁘고 좋은 모습으로 만나게 잘 지내고 있어."

서윤은 목이 메어서 말을 하지 못하고 고개만 끄덕였다. 서윤은 묻고 싶었다. 정말, 아무 일 없는 거죠? 다른 사람들이 말하는 그…… 일 아닌 거죠, 라고. 하지만 말하지 못했다.

＊　＊　＊

그녀의 부고에도 아무렇지 않았다. 늘 그랬듯……. 사실 하라면 자신이 할 수도 있었다.

'천한 것들, 어디서 저런 것들을.'

'엄마, 쟨 저렇게 잘생겼는데도 어디선가 냄새가 나는 거 같아. 더러워. 제발 쫓아내면 안 돼?'

'냅 둬, 쟤 엄마가 창녀라 그런 거야. 아빠가 쟤 얼마나 비싸게 주고 샀는데 어떻게 그렇게 버리니? 그냥 우리가 없는 셈 쳐야지.'

그땐, 아무나 제 손에 칼이라도 쥐여 주면 눈앞에 있는 것들을 당장이라도 다 죽일 수 있을 것만 같았다.

박 이사를 꼭 닮은 탐욕스러운 두 딸들은 새로 온 동생을 예뻐하는 아빠를 보고 더욱더 그를 괴롭혔다. 그가 그녀들보다 키가 훌쩍 커지고 사람을 죽일 듯한 눈빛을 지니게 되었을 때야 그녀들은 그를 함부로 할 수 없었다. 그리고 유학을 가서야 그는 겨우 숨통을 트고 살 수 있었다.

친모? 철이 들고 나서 세상을 증오하게 만든 원인 세 사람을 꼽으라면 주저하지 않고 친모를 꼽을 수 있었다. 차라리 자신에게 처리를 하라고 하지. 그럼 아무런 증거도 남기지 않았을 텐데.

그러나 굳이 그럴 필요가 없었을 뿐이었다. 알코올 중독자의 그런 말 따위…… 잠깐의 가십거리가 되기에도 아까운 그런 웃기는 세상이니까.

박 이사의 속셈을 누구보다 잘 알고 있었다. 이 허술한 트릭에 대해서 웃음이 날 정도였다. 뭐 이 정도라면 얼마든지 당해 줄 수 있다. 그래야 나중에 더 드라마틱한 결말을 얻을 수 있을 테니까. 때를 맞춰서 재판에 나갈 수도 있었다. 그럼 모든 언론이 주목할 테니.

세상은 승자만 기억한다. 그리고 그 승자가 무슨 수를 써서 승리를 했는지, 어디서 어떻게 태어났는지 따위는 금방 잊어버린다. 승리했으니까, 그자가 자신들에게 줄 이익만을 계산해야 하니까.

그녀가…… 이서윤이 여기 올 것은 알고 있었다. 김 변이 자신의 알리바이를 위해서 참고인 조사에 부르겠다고 했으니까. 아마 전화 통화에 대한 것도 물어볼 것이다. 그녀가 어디까지 알고 있는지는 중요하지 않았다. 아무것도 기억나지 않는다고 해도 상관은 없었다.

다만 한 번도 해 본 적 없는 불편하기 짝이 없는 구치소 생활이 슬슬 사람의 신경을 긁고 있었다. 죄가 없는 사람도 죄인이 되게 만드는 그런 곳이었다. 재판이 있을 때까지 버텨야 한다고 생각했지만 그게 생각대로 잘되지는 않았다. 머릿속은 이런 데서 버티는 게 무슨 대수냐 싶은데 오랫동안 당연하게 누려 왔던 삶에 잘 적응하고 있던 몸뚱이는 그게 쉽지 않은 모양이었다.

그럴 때…… 그녀가 왔다.

스스로는 아무렇지도 않다고 생각하고 있지만 타인이 볼 때, 지금의 제 상황은 나락에 떨어진 모습일 수도 있었다. 단 한 번도 남의 옷 따위 입어 본 적 없는 그에게 낡은 수의라니.

이런 자신의 모습을 남에게 굳이 감춰야겠다는 생각 같은 건 없었다. 이것도 어차피 하나의 쇼에 불과하니까.

그런데…… 그녀가 눈앞에 나타났다. 잘 지내고 있는지, 직접 확인하지 못한 게 걱정스러운 경호원은 잘하고 있는지, 또다시 어디론가 가 버리지는 않을지……. 이곳에서마저 그런 걱정을 하게 했던 그녀가. 그의 손에서 유일하게 조절되지 않는 단 하나의 요소인 그녀가.

칙칙한 구치소의 접견실에서도 화사하게 빛이 나는 것 같은 여자는 의심스러우리만큼 아름다운 눈에서 뚝뚝 소리가 날 만큼 눈물을 떨궜다. 거추장스러운 유리인지 플라스틱인지 모를 칸막이만 아니라면 손을 내밀어 그것을 닦아 주고 싶었다. 그녀에게 어울리지 않으니까.

일개…… 여자라는 생물에게 이런 감정을 느낄 거라고 단 한 번도 생각해 본 적이 없었다. 입이 돌아가 이제는 휠체어 신세를 져야 하는 그 대단한 회장님도 한땐 '그 여자'에게 이런 마음이 들었을까.

아니, 아닐 것이다. 그럴 리가 없다. 그럴 리가…….

"새로운 소식입니다. 아까 이서윤 씨 참고인 진술에서 뭔가 새로운 게 나왔나 봅니다."

"……."

갑갑하고 눅눅한 독방보다야 접견실의 딱딱한 의자가 훨씬 나았다.

"아직 그게 뭔지는 이야기를 하고 있지는 않은데……."

"아, 김 변."

대답이 없던 그가 불쑥 말을 내뱉었다.

"네?"

서류를 뒤적이고 있던 김 변호사가 고개를 들었다.

"이서윤 씨 아직 밖에 있나?"

"아마 그럴걸요."

관계자 접견은 시간이 정해져 있지만 변호인 접견은 따로 시간이 정해져 있지 않았다. 김 변호사는 갑자기 제 의뢰인이 엉뚱한 것을 묻자 의아해졌다.

"이서윤 씨한테 내 개인 카드 하나 줘."

"네?"

"시키는 대로 해."

"저기…… 정말 궁금해서 그러는데요. 원래 의뢰인의 사생활에 대해서는 묻지 않는 게 철칙이지만, 상무님, 혹시 이서윤 씨……."

"맞아. 김 변이 추측하는 거. 그러니 저쪽에서 손대지 않게 잘 지켜봐."

"네?"

그가 되묻자 태진이 피식 웃음을 흘리며 말했다.

"설마, 내가 여기 더 있을 거라고 생각하는 건가?"

그의 물음에 당황한 듯한 김 변이 얼른 대답했다.

"그야 당연히……."

"줄을 서려면 똑바로 서. 그리고 지금 어떻게 돌아가는 건지 아마 김 변이 가장 잘 알고 있을 테니까."

그때였다. 누군가 접견실의 문을 두드렸다. 그러곤 경찰과 나이 든 중년의 남자 하나가 들어섰다.

"아, 장…… 변호사님."

김 변호사의 얼굴이 굳어졌다.

"어떻게 여길."

"회장님의 지시죠. 김 변호사님 더 볼일 있으십니까? 있으시면 좀 있다 오고요."

"아…… 그게."

김 변호사는 당황스러운 듯한 얼굴로 태진을 쳐다보았다.

"오셨군요. 뭐 전 이제 옥중 단독 인터뷰라도 해야 하는 겁니까?"

그의 얼굴에 차가운 미소가 흘렀다.

＊ ＊ ＊

계절이 바뀌어 있었다. 아직 달력 속의 숫자는 바뀌지 않았는데…….

그의 변호사와 도우미가 어디로 갔는지도 모른 채 서윤은 이제는 그래도 얼굴이 익은 그녀의 기사가 모는 차를 타고 오는 길이었다.

며칠 내린 비는 창밖의 풍경을 완전히 바꿔 놓았다. 눈이 시리게 사람을 홀리던 화려한 꽃들은 이제 제 할 일을 다 하고 가 버린 모양이었다. 새파란, 보기만 해도 물이 촉촉하게 스며든 듯한 어린 이파리들이 제법 무성하게, 나무가 있는 곳이라면 어디든 뒤덮고 있었다.

황사도 주춤했는지 하늘도 오늘은 푸르스름한 빛을 띠고 있었다. 커다란 강물 위에는 반짝이는 햇살이 부서지고 있었고 시원하게 달리는 차들의 행렬은 여유로웠다. 오랜만에 보는 도심의 한적한 오후였다.

그러나 그녀의 마음은 편치 않았다.

빛바랜 수의를 입은 그라니……. 게다가 살인 교사라는 낯설고 끔찍한 단어 앞에 뭐라 말해야 할지 알 수가 없었다. 서윤은 떨리는 손으로 휴대폰에 글자들을 써 넣었다. 그러곤 그 밑으로 좌르르 뜨는 글자들을 당혹스럽게 쳐다보았다. 그 이름을 가진 죄의 의미.

그가 누군가를 죽이라고 시켰다…….

그녀는 끊임없이 스크롤을 내렸다. 관련된 기사마다 클릭해 읽었다. 의문의 살인 사건, 구급차로 이송되던 환자가 트럭과의 충돌로 사망, 그 구급차에 있던 환자는 과거 유명 배우였던 A 씨, 단순 교통 사고인 줄 알았던 사고는 현장의 증거로 미루어 보았을 때 고의적인 사고로 추측됨. 사고의 원인을 파악하던 경찰과 검찰은 대기업의 C모 씨와의 연관 사실을 알게 됨. 현재 C모 씨의 아들 B모 씨를 살인 교사 혐의로 수사 중.

유명 배우 A 씨라……. 서윤은 계속 검색을 했다.

[왕년의 CF 스타였던 그녀는 이국적이면서도 청순한 외모로 출연하는 광고마다 호평을 받으며 매스컴의 주목을 받았다. 그러나 연기력에서는 변함이 없다거나 예쁘게만 보이려 한다는 지적을 받으면서 슬럼프에 빠졌고 성인이 되면서 아역 배우의 틀에서 벗어나기 위해서 출연했던 성인 영화의 참패로 청순한 이미지만

타격을 입고 은막에서 자취를 감추었다.

학업을 계속하기 위해 유학길을 떠났다고 알려져 있지만 모 대기업 사장과의 불륜설이 나돌기도 해 당시에는 반신반의하는 분위기였다. 그 후 세간에는 잊혔으나 그녀는 몰래 미국에서 아들을 출산한 뒤에 유럽으로 가서 몇 번의 결혼과 이혼을 반복하면서 프랑스 B급 에로 영화에 출연하기도 하는 등 파란만장한 삶을 살았던 것으로 알려졌다.

A 씨는 얼마 전 홀연히 귀국해서 불륜 상대였던 대기업 총수에게 둘 사이의 아들인 B 씨를 볼모로 여론에 알리겠다는 공갈 협박을 일삼다 사고사했으나 정황상 사고는 정교하게 계획된 것으로 밝혀졌다. 그 사고를 사주한 사람은 A 씨와 기업인 C 씨의 친아들인 B 씨로 밝혀져 현재 구속 수사 중임이 밝혀졌다.

아직은 수사 중이지만 이 혐의가 사실로 밝혀진다면 친어머니 살해를 교사한 B 씨가 어떤 이유에서 그런 비극적인 범죄를 저질렀는지 그 동기에 관심이 모이고 있다…….]

중간중간을 채우고 있는 온갖 자극적인 배너 광고 덕에 내용을 읽기도 힘든 기사였다. 잠깐 있었지만 그 비서실에서는 언론에 비춰지는 기사 내용을 체크하면서 예의 주시하는 것도 업무의 하나였다. 그녀들도 이 조악한 기사를 보고 있을까…….

그 사람에 대해서 대체 뭘 알고 있나. 서윤은 휴대폰의 화면이 꺼진 것도 모르고 멍하니 그것을 내려다보고 있었다.

자극적인 바지락 무침 같은 건 젓가락도 안 댄다는 거? 바게트 샌드위치를 잘 만든다는 거? 넥타이 매듭을 예쁘게 잘 맨다는 거? 절정의 순간에는 목구멍에 갇힌 것 같은 그런 소리를 낸다는 거…….

유주연…….

서윤은 그때 제 커피를 타박하던 가죽점퍼를 입은 늘씬한 미녀가 그녀였다는 걸 이제야 알았다. 세월의 흔적이 남아 있긴 했지만 한눈에 봐도 대단한 미인임에 틀림없어 그에게 아무것도 아닌 제 속을 불편하게 만들었던 그 미지의 여인. 그 여자가 그의 친어머니라니……. 그리고 그가 그 사람을 죽게 만들었다니.

사실일까. 살인 교사란 사람을 죽이라고 시키는 것이었다. 그런 위치에 있는 사람들은 그런 일도 충분히 시킬 수 있는 걸까. 배터리가 다 돼 간다는 경고음이 뜨는 휴대폰의 화면을 끄고 그녀는 창밖을 내다보았다. 창밖에는 여전히 푸른 계절이 무심하게 지나치고 있었다.

그럴 리가 없어.

입 밖에 나지 않았지만 서윤은 나지막이 외쳤다. 그럴 리가 없어…….

'그런' 사람들이 어떤 일을 하는지 잘은 모르지만 짧은 며칠 동안 비서실에서 근무하며 들었던, 이것저것 '그런' 사람들의 무용담을 이야기해 주고 싶어 하는 연정의 말을 조합해 보면 어쩌면 이것도 실제로 있을 수 있는 일일지도 모른다. 그러나…… 그 당사자가 그라고?

아무렇지도 않게 곧 나올 거라고 했지만, 정말 그가 곧 나올 수 있을까? 정말로 누군가를 죽이라고 했을까? 정말로 그는 숨겨진 사생아인 건가?

"어디 들를 데 있으십니까?"

나른한 햇살 사이로 운전을 하고 있는 사람이 물었다.

"아뇨. 그냥 집으로 가 주세요."

집……이라.

언제부터 그 커다랗고 화려한 곳이 제게 집이 되었나. 실수를 한 듯 얼른 입을 다문 그녀가 혼자 되물었지만 딱히 대답을 할 수는 없었다.

그냥, 우선은 그가 그 '집'으로 돌아왔으면 좋겠다는 생각뿐.

"정말로 언론에 나서실 생각입니까?"

"그럴 리가요."

변호사 접견실에 창살 같은 것은 없었다. 딱딱한 철제 책상 위에 흩어진 서류를 뒤적거리는 그의 안색은 파리했고 피곤한 기색이 역력했다. 그러나 심드렁한 목소리는 별로 변한 것이 없어 보였다.

"그럼……."

"그냥 내버려 두는 거죠. 쉬쉬하는 듯하지만 그들이 알고 싶어 하는 걸 알 수 있도록……."

"가장 타격을 크게 입는 건 상무님 본인이실 텐데요. 괜찮겠습니까?"

"회장님이 그렇게 하라고 하신 거 아닙니까? 본인의 치부도 다 까발리시겠다는데 제까짓 게 무슨."

"잘 생각하십시오. 다른 방법도 있을 겁니다. 회장님이야 이제 일선에서 물러나셨지만 상무님은……."

"아버지가요? 설마 그럴 리가. 본인 입으로 그러시던가요?"

그가 피식 웃음을 내뱉었다.

"그야……."

"회장님을 제일 잘 아시는 분이 장 변호사님 아닙니까?"

"……."

"어느 것도 손에서 놓으실 분이 아니란 거 잘 알지 않습니까? 방법을 모색 중이신 거죠. 누구의 감시를 벗어나기 위한. 아마 경찰과 검찰에서는 새로운 증거를 찾으려고 하겠죠. 전 상관없습니다. 어차피 세간의 관심이란 건 그냥 그 순간의 흥밋거리일 뿐이니까요. 다들 가십거리로나 생각하고 좀 지나면 다 잊힐 게 뻔합니다. 그러니까 뭐 약간 꾸물거려서 1심 재판에 서는 것도 괜찮습니다. 어느 쪽이 더 재밌겠습니까? 장 변호사님은?"

바깥 공기는 약간 후덥지근했던 것 같은데 넓은 집 안은 청량했다. 흙먼지 냄새도 없었고 넓은 창 아래로 보이는 대로에 가득 찬 차들의 매연도 이곳에선 그냥 풍경의 한 조각일 뿐이었다.

"식사 준비 할까요?"

언제 왔는지 도우미가 공손하게 인사를 하면서 물었다. 참…… 재미있는 세상 아닌가. 저 사람은 자신과 '동급'이었던 거 같은데, 그의 손을 잡은 뒤로 어느새 이렇게 되어 있었다.

"네. 배가 좀 고픈 것도 같네요."

도우미의 말에 시장기가 돈 서윤이 말했다.

"옷 갈아입고 오세요. 준비하겠습니다. 뭐 특별히 드시고 싶으신 거라도?"

"그냥 아무거나 괜찮아요."

분명히 자신의 그 하얀 오피스텔이나, 엄마의 집에 있었던 때라면 대충 라면이나 근처 시장에서 산 밑반찬 한두 가지에 밥 한 공기로 끼니를 때웠을 것이다. 아니, 오늘은 평일이고 점심시간이 좀 지나 있으니 허기에 지쳐서 구내식당에서 밥을 먹거나 혹은 삼삼

오오 몰려가 주변 식당에서 한 끼를 해결했을 것이다. 지금은 봄날의 식곤증을 느끼면서 진한 믹스 커피를 찾을…… 그런 시간이었다.

외출복을 갈아입고 손을 씻고 나오니 식당에서는 음식 냄새가 났다.

8인용의 커다란 식탁 한 귀퉁이에는 여전히 거한 1인용 상이 차려져 있었다. 고급스러운 식기에 담은 하얀 밥, 정갈한 반찬들, 심지어 예쁜 도자기로 된 수저받침에 놓인 수저까지 있는 상에 보글보글 끓는 찌개 뚝배기를 올려놓으면서 도우미는 말했다.

"뜨거우니까 조심해서 드세요."

"네."

이게 옳은 선택인지, 아니면 언젠가 이 선택을 저버릴지도 잘 모르겠지만 누군가 차려 주는 화려한 밥상을 가만히 앉아서 받는 건 그리 나쁘지 않았다. 아니, 그 반대일지도 몰랐다. 서윤이 막 뜨거운 찌개를 떠서 맛보려 할 때 도우미는 어딘가에 있는 자신의 공간으로 가려고 했다.

"같이 드세요. 너무 많은데……."

"아닙니다."

식탁 위에는 혼자 먹기엔 벅찰 만큼의 음식들이 화려하게 포진하고 있었다. 그러나 무미건조한 도우미의 목소리에 서윤은 젓가락을 멈추었다가 다시 물었다.

"저기……."

"네?"

"아까……."

"묻고 싶은 게 있으세요?"

"오늘 거기서 들은 그 사건…… 그거 사실인가요? 그…… 돌아가신 분이 여기서 머무르셨다면서요."

"네, 여기 머무신 건 사실이지만 그 외에는 잘 모릅니다. 그렇게 가서 진술했을 뿐이구요. 그리고 뭔가 더 안다 하더라도 일을 하는 사람으로선 묵묵히 일만 하는 게 고용주에 대한 의무이자 의리인 거죠."

"아…… 네. 그렇군요."

너무나 딱딱하고 당연하게 말하는 것을 보고 더 묻고 싶은 게 많았지만 서윤은 뭐라 말을 더 이을 수 없었다. 그때였다. 그녀가 돌아서면서 말했다.

"이건, 인간적으로 묻는 건데……. 계속하실 겁니까?"

"네? 무얼……."

서윤은 당황해서 되물었다.

"지금 그 자리에 있는 거 말이에요."

"네?"

"이런 윗분들…… '우리' 하고는 다른 사람들이에요. 그건 알고 그런 거죠?"

"……."

서윤의 당황한 표정에 자신이 너무 많은 이야기를 했다 싶은지 까딱 고개를 숙이면서 도우미가 덧붙였다.

"식사하세요."

아까와는 전혀 다른 목소리같이 느껴졌다. 그러곤 도우미는 어디론가 사라졌다.

계속하실 겁니까?

스스로도 궁금해졌다.

갑자기 시장기가 화르륵 사라져 버렸다.

* * *

"단속 똑바로 하고, 조심하고 있는 거지? 만에 하나라도……
아!"

그녀의 전화 통화가 경악에 찬 목소리를 끝으로 끊어졌다. 그녀
는 재빨리 손에 든 폴더폰을 접으면서 뻣뻣한 미소를 지었다.

"아니, 여긴…… 몸은 괜찮으신 건가요? 그리고……."

"이럴 땐 뒤에 숨긴 꽃을 꺼내 들고 서프라이즈를 외쳐야 하는 건
데, 미리 준비를 못 했군. 요즘도 그런 전화기 쓰는 사람이 있나?"

그녀는 리터치 받은 리프팅 시술이 아직 다 가라앉지 않아 굳은
얼굴에 떠 있던 어색한 미소가 더욱더 일그러졌다.

"새 사무실인가? 널찍하니 좋구먼."

옆에 선 장 변호사에게 맵시 있게 주름이 잡혀 있는 중절모자를
넘겨주며 이제는 반짝거리기 시작한 희끗한 대머리를 드러낸 강
회장은 익숙하게 화려한 소파의 상석에 앉았다. 그러곤 손에 든 고
급스러운 자단목 지팡이를 옆에 기대 놓았다.

"아니…… 어떻게 오신 거예요? 연락 못 받았는데……."

박 이사의 목소리는 곧 싸늘해졌다.

"서프라이즈라고 했잖소?"

"그러게요. 서프라이즈 맞네요."

박 이사의 냉랭한 표정엔 아랑곳하지 않고 강 회장이 말했다.

"장 변, 장 변은 좀 나가 있게. 이따 부를 테니까."

"네, 회장님."

강 회장을 부축하고 들어왔던 장 변호사는 박 이사에게 간단하게 묵례를 하고 방을 나갔다. 넓은 그녀의 사무실에는 두 사람만 남게 되었다.

"오랜만에 우리 두 사람 만난 거 같은데 표정이 냉랭하구면."

그녀의 싸늘한 표정에 웃자고 하는 소리 같았지만 강 회장의 농담에도 박 이사의 표정은 더욱더 굳어졌다. 그걸 보고 강 회장이 다시 물었다.

"그럼 본론으로 들어가지. 자, 계속할 거요?"

"무슨 말씀이신지 모르겠군요. TJ홀딩스를 맡는 거 말인가요? 그거야 이사회에서도 다 승인이 났고……."

"모르는 척하는 건 그만두지."

그녀의 말을 자른 강 회장은 아직도 약간은 어눌하긴 했지만 전처럼 말을 더듬거나 하지는 않았다.

전혀 아무런 보고를 받지 못한 박 이사의 표정은 더욱더 굳어졌다.

강 회장은 뇌경색으로 쓰러져 응급 수술을 받은 뒤로 얼굴 한쪽에 편마비가 심하게 와서 얼굴이 완전히 일그러진 상태였다. 신경의 편마비 상태이므로 간단한 신경 차단술을 하면 얼굴이 되돌아온다고 했지만 심한 당뇨가 있어서 수술을 차일피일 미루고 있는 상태였다.

강 회장의 병세는 TJ그룹 전체에 영향을 끼쳤다. 얼굴에 마비가 온 뒤로 그는 안식년을 갖는다는 핑계로 박 이사의 관리하에 있는 요양 병원에 입원 중이었다.

재벌가의 안주인들이 화랑 같은 곳의 우아한 관장이 되는 게 유행이었던 시기에 박 이사는 늘어나는 노인들을 보고 일찌감치 실버산업에 손을 뻗기 시작했다. 다른 곳으로 넘어가기 직전의 몇몇 요양 병원을 헐값에 인수해서 럭셔리한 요양 병원으로 탈바꿈하고 재미를 보다가 결국엔 그곳에 눈엣가시 같은 망나니 남편을 넣게 되니 평생을 눌러 왔던 야망을 펼치기에 딱 알맞은 시기가 도래했던 것이다. 게다가 때를 맞춰서 철천지원수 같았던 그년까지 나타났으니…….

갈아 마셔도 시원치 않을 저 '아들'을 들인 뒤로 쫓기듯 정관 수술까지 한 강 회장은 다시는 그런 사고를 치진 않았다. 그러나 제 친정집의 자본으로 이렇게까지 키워 놓은 TJ를 넘보는 '아들' 따위, 소름 끼치게 끔찍했다. 그러나 기회는 점점 멀어지고 강태진은 저 강 회장의 눈먼 사랑을 등에 업고 점점 세력을 키워 나가더니 이제는 노골적으로 TJ 전체를 넘보고 있었다. 어떻게든 밟아버릴 궁리 중이었는데 때마침 이렇게 원흉까지 나타났으니 하늘이 준 기회가 아닐 수 없었다.

다만…… 실수라면 너무 일을 빨리 처리했다는 거. 둘 다 소름 끼치게 꼴 보기 싫다는 이유만으로 너무 빠른 시간에 처리하려 하느라 일이 허술해졌을 뿐이었다. 그러나 상관없었다. 원하는 대로 되었으니까. 하나는 저승으로 하나는 감옥으로. 이제 남은 한 사람만 영원히 병원의 뒷방 신세를 지면 되는데…….. 알리바이를 위해서 일주일이나 폴란드에 출장 핑계로 가 있으면서 보고를 소홀하게 한 탓인가.

매일매일 강 회장의 병세나 치료에 대한 보고를 받고 있었다. 그러나 요 며칠 태진에 대한 수사와 영장 청구, 구속에 대한 보고를 받느라 다를 게 없다는 간단한 보고를 귓등으로 흘려버린 게 이런 결과를 낳은 모양이었다. 대체 어디서 잘못된 거란 말인가.

엊그제도 분명히 장 닥터가 아무 문제가 없다고 했는데…… 당장 확인을 하고 이 당혹스러운 사건에 대해 책임을 물을 것이다.

"태진인 건들지 말았어야지."

그녀가 분노에 찬 경악을 하고 있을 때 태연하고 똑바른 발음으로 강 회장이 말했다.

"무슨 소리예요. 나도 그럴 줄 몰랐다구요. 그것 때문에 우리 TJ가 또 추잡한 구설수에 오르게 된 걸 생각하면 내가 더 억울하다고요. 애초부터 내가 당신 말을 들은 게 잘못이지. 이 일의 모든 잘못은 당신 아니에요?"

이 일의 맨 처음 원인은 분명 강 회장이었다. 그녀는 분노를 누르면서 겨우 말했다.

"잘못했다 하더라도 사람을 상하게 하면 안 돼지!"

단호한 강 회장의 말에 이제껏 조곤조곤 교양 있게 이야기하던 그녀가 폭발하듯 말했다.

"이게 다 누가 시작한 건데!"

"내가 백번 잘못했지만, 태진이한테 덮어씌우는 건 아니야. 태진이를 건들지 않는다면 나도 가만히 있을 테니 태진이 꺼내 놓고 일에서는 손 떼."

그러나 강 회장의 말을 듣고 그녀는 곧 안색을 되찾더니 웃으면서 말했다.

"하하, 이렇게 건강을 회복하신 건 축하드릴 일인데…… 마치 뭐, 그 일을 제가 어쨌다는 듯 말씀하시네요? 그거 태진이가 한 거라고 하지 않던가요? 내가 꼬치꼬치 파고드는 기자들이 헛소리하는 거 막으려고 경찰 총장이고 검찰이고 막느라 얼마나 애를 쓰고 있는데…… 무슨 그런 서운한 말씀을 하시는 거죠?"

"나도, 그동안의 정을 생각하고 내 잘못도 있으니까 참고 있는 건데. 태진이 꺼내 놔. 그럼 가만히 있을 테니까. 아니면……."

"아니면 뭘요? 없는 일이라도 만드시려나?"

수많은 돈을 들여 만든 박 이사의 얼굴은 매끈하고 변함이 없어 보였다. 아니, 웃는 것이 좀 뻣뻣해 보였지만 그건 자세히 보지 않으면 그리 티가 나지 않았다.

"아…… 그렇구먼. 좋소이다. 그렇게 나온다면 어쩔 수 없지."

강 회장이 자리에서 일어났다. 그러곤 옆에 있는 지팡이를 집어 들었다.

"그럼 나중에 봅시다."

그는 절뚝거리긴 했지만 천천히 두 발로 걸어 그녀의 화려한 사무실을 나갔다. 그때까지 꽉 쥐고 있던 박 이사의 주먹은 피가 통하지 않아 하얗게 변해 있었다.

그녀는 재빨리 자리에 가서 아까 던져 버린 폴더폰을 집어 들고는 단축 번호를 누르기 시작했다.

"닥터 장 어딨어!"

그녀의 신경질적인 목소리가 사무실에 울렸다.

* * *

"점심 식사는……."

"나갔다 올 거예요. 점심은 준비 안 하셔도 돼요."

미선은 힐끗 다시 서윤을 쳐다봤다.

미선은 평창동에서 4년간 TJ 회장님 댁의 도우미로 일했다. 대기업의 본가 도우미 일은 페이가 센 만큼 난이도도 높았다. 육체적인 힘듦보다는 정신적인 모멸감을 어떻게 버티느냐가 문제인 그런 자리였다.

아픈 남편, 친가와 시댁 모두 녹록지 않은 상태, 배운 것 적고 할 줄 아는 건 살림뿐인 그녀가 택한 건 가사도우미였다. 근면하고 성실한 덕에 좋은 평판을 받고 있던 그녀가 페이가 배나 되는 '있는' 사람들의 도우미로 들어간 건 병이 재발한 남편한테 들어가는 막대한 병원비 때문이었다. 일명 대기업의 본가 도우미는 그전에 돈깨나 있다는 사람들의 집안일과는 차원이 달랐다. 일이 고된 게 문제가 아니라 있는 사람들이 가진 참으로 독특하고 어이없는 생활상에 무리 없이 적응하는 게 문제였다. 돈이 필요한 그녀는 악착같이 버텼고 대단하신 사모님의 눈에 든 그녀는 '개인적인 보고'를 더한다는 조건으로 이 넓고 조용한 상무님의 거처로 근무지를 옮기게 되었다.

미선이 페이를 받는 곳은 평창동의 본가였다. 그녀가 해야 할 일은 이 넓은 아파트의 청소와 관리, 그리고 이곳에 살고 있는 상무님의 식사에 관한 일이었다. 그러나 하는 일은 전과는 달랐다.

이 커다란 아파트의 주인은 아침 일찍 나갔다 밤늦게 들어와서 식사라고는 한 달에 서너 번 할까 말까였다. 방이 다섯 개나 되는 복층 아파트였지만 쓰는 곳은 침실 하나뿐이었다. 나머지 방은 한 달에 한 번 정도 먼지만 털면 그만이었다. 벗어 놓는 옷의 세탁과 방 정리 그리고 가끔 밤참으로 먹는 야채 샌드위치 재료를 준비하는 정도밖에는 할 일이 없었다. 특이한 점을 보고하라는 일 하나가 더 붙었지만 늘 와서 잠만 자고 새벽에 나서는 독신 남자에겐 특이한 점이 아무것도 없었다.

2년 동안 이 집에는 특별한 다른 타인이 드나든 적이 없었다.

그러다 갑자기 비서실에서 연락이 왔다. 생뚱맞게도 거실에 대형 수조를 놓겠다고……. 그런 곳에 관심이라곤 한 조각도 없는 사람 아니었던가? 이 집의 주인은.

그러나 수조를 설치하는 사람과 같이 온 비서실의 직원을 보고 그녀는 뭔가 이상한 예감이 들었다. 그게 막연하다고 느꼈었는데……. 흐트러진 침실과 욕실에 떨어진 긴 여자의 머리카락 따위를 보고 이 매사 신경이 곤두서 있는 사내도 이제 이런 자리에 익숙해지는가 보다 싶었을 뿐이었다. 혼자 사는 집에 새파랗게 젊은 남자가 늘 혼자 잠만 잘 리는 없다는 게 이 세계의 기본적인 습성이었으니까.

그러다 '일'이 벌어졌다. 술을 밝히는 미지의 여인……. 결말이 당황스럽긴 했지만 그 여인이 있는 동안엔 그녀가 이곳에 배치되고 나서 가장 바쁜 날들을 보냈다. 프렌치 요리를 배웠던 걸 발휘할 수 있는 기회이기도 했다.

이런 일을 할 때…… 가장 중요한 요건은 얼마나 무거운 입을 가지고 있느냐였다. 미선이 평창동에 면접을 보러 가서 쓴 계약서의 첫 번째 조항은 일을 하면서 보고 들은 것에 대해 무조건 함구해야 한다는 것이었다. 만약 언론이나 사법 기관에 발설 시에는 어떤 불이익도 감수해야 한다……라는 조항에 대해서 서류를 나눠 준 사람이 이야기한 몇몇의 사례는 몸서리가 끼칠 만했다. 그러니까 그냥 조용히 시키는 일만 하고 매일 보는 것은 잊어버리고 두둑한 페이를 챙기는 것이 탈 없이 목돈을 버는 비결이었다.

남편의 수술도 무사히 끝났고, 집의 빚도 대부분 갚아 가고 있었다. 일은 편했고 보수는 많았다. 그러니 일을 계속해야 했다. 누가 죽어 가든 말든…….

한바탕 소동을 겪고 나서 미선은 텅 빈 집에서 청소를 하다가도 문득 일손을 멈추고 부들부들 떨리고 있는 제 손을 내려다봐야 했다. 대낮에도 치렁치렁한 잠옷을 입은 채 술병을 들고 물건을 집어 던지는 미모의 여인이야…… 이쪽 세상에서는 흔한 일이니까 그렇다 쳤지만, 그 사람이 병원에 실려 가다 죽었다니……. 그것도 석연찮은 사고로.

대충 돌아가는 분위기를 봐서 그 여자와 집주인의 관계가 의심스럽다는 생각을 했고 평창동에서 일을 도와주러 온 다른 이들이 쉬쉬하는 이야기로 앞뒤 정황을 알게 되긴 했지만, 죽다니. 다시 한번 모골이 송연해졌다. 그럴 때 멀쩡하게 아무렇지도 않다는 얼굴로 집주인이 돌아왔고 그 욕실에 떨어진 머리카락의 주인도 태연하게 안주인인 척하면서 나타났다.

역겨워라…….

젊고 예쁜 얼굴로 어디까지 갈 건지.

그러나 며칠 겪어 보니 이제는 불쌍해졌다. 어쩌면 술병을 들고 대낮에도 울고불고하던 여자와 같은 운명이 될지도 모른다는 생각이 들었다. 그래서 주제넘게 한마디 했는지도 모른다.

계속할 거냐고.

그러나 그건 제 실수였다. 괜한 참견이 이 값비싼 일자리를 없애 버릴지도 모르니까.

봄이 끝나 가고 있었다. 집주인은 신경 쓰지도 않았지만 이제 드레스 룸의 옷을 대대적으로 정리하고 침구나 그 밖의 자질구레한 것들도 모두 바꿀 때였다. 그런데 신경 쓰이는 이 집의 불청객이 집을 나서고 있었다.

"점심 식사는……."

"나갔다 올 거예요. 점심은 준비 안 하셔도 돼요."

그 눈 높고 잘나디잘난 데다 까다롭기까지 한 젊은 주인이 고른 상대이니 미모도 뛰어났다. 민얼굴도 충분히 예쁠 나이였다. 그러나 오늘은 무척이나 신경을 썼는지 무슨 카탈로그에 나오는 여배우보다 훨씬 예뻐 보였다. 저러고 어딜 가려는 걸까.

혹시…….

"혼자라도 식사 챙겨 드세요."

누가 들으면 미선이 한 말인 줄 알았을 것이다. 그러나 그건 서윤의 말이었다.

"다녀올게요."

마치 외출하는 딸이 다정하게 부모에게 하듯 인사하는 것을 보고 미선은 어설프게 고개를 끄덕였다.

커다란 창밖으로 쏟아지는 마지막 봄 햇살처럼 눈이 부신 여자는 그렇게 커다란 집을 나섰다.

미니멀하면서도 화려하기만 했던 그의 사무실하고는 차원이 달랐다. 아니, 그는 평생 이런 곳이 있다는 것도 모른 채 살 수 있었는지도 모른다. 혹 저쪽 유리벽 안에 있는 건 그녀일 수도 있었을 것이다. 그걸 꺼내 준 건 저 남자였다.

"왜 또."

강화 유리인지 혹은 강화 플라스틱인지 모를 두꺼운 벽의 구멍에서 그의 목소리가 흘러나왔다. 무슨 말이든 상관이 없었다. 자신에게 욕을 퍼붓는다 해도 괜찮았다. 그의 목소리이면 됐다…….

커다란 한남동의 빈 아파트에서 서윤은 생각했다. 이제 그만해도 되는 거 아닐까. 제겐 충분한 돈도 있었다. 아직은 서먹하지만…… 그래도 기댈 '아버지'도 있다. 곁에 있어 달라는 대단한 남자가 바로 앞에 있어도 이게 옳은 일이 아니란 건 자명했다. 그러니 뿌리치고 가는 게 옳았다. 그 대단한 남자가 제 머릿속과 마음속과 몸까지 뒤흔들어 놓을 만큼 대단할지라도. 하지만…… 지금은 아니었다.

그를 동정할 생각 따윈 눈곱만큼도 없었다. 그렇게 대단한 사람이니까. 그냥 이건…… 본능이었다. 마음이 절 이끄는 대로. 그의 체취라곤 하나도 남아 있지 않은, 너무나 청결하고 깨끗해 그의 흔적은 제 머릿속에만 남아 있는 침대에서 잠들고 일어나 쏟아지는 햇살을 마주하고는 결심했다.

그를 봐야겠다고.

그녀는 그걸 행했을 뿐이다. 그런데…… 왜 정성껏 섀도를 바르고 아이라인을 그리고 마스카라를 칠하느라 애쓴 눈이 뜨거워지는지. 이러다간 열심히 한 화장이 다 엉망이 될 텐데.

"밥은 먹었어?"

그가 태연하게 물었다. 유치장에서 며칠 있어 봐서 그곳의 식사가 형편없다는 걸 가장 잘 알고 있는 서윤이었다. 구치소라고 해서 다를 게 뭐가 있을까. 혼자 먹는 식사도 8인용 식탁 반절은 찰 만큼 거하게 차려 주는 식사를 예사로 여기는 곳에서 살던 사람이 며칠째 저 창살 안에서 살아 힘들 텐데 태연하게 제게 물었다. 밥은 먹었냐고…….

"상무님은……."

그녀의 말이 흐려졌다.

"울지 마, 화장 지워져. 오늘 예쁘게 화장했잖아."

구멍이 뚫린 칸막이 너머로 남자의 부드러운 목소리가 울리자 서윤은 꾹 참으려 애쓴 뜨거운 것이 툭 떨어져 내리는 게 느껴졌다. 안 되는데⋯⋯. 이러려고 온 게 아닌데. 똑바로 저 남자를 쳐다보고 웃어야 하는데, 눈에는 이미 뜨거운 막 하나가 더 생겨 그의 실루엣이 흐려지고 있었다.

"왜⋯⋯."

그렇게 물었지만 그도 더 이상 말을 잇지 못했다.

사식도 있었고 변호사 접견을 핑계로 낮에는 나와 있는 시간이 많았지만, 여전히 밤에는 화장실이 훤히 보이는 싸늘한 시멘트로 된 작은 독방에 혼자 있어야 했다. 바빠서 분 단위로 시간을 쪼개 쓰던 게 벌써 십여 년째였다. 조금만 맘에 들지 않아도 그의 짜증스러운 시선에 주눅이 들어 얼른 원하는 것으로 바꿔 놓으려 애쓰는 사람들이 곁에 잔뜩 있던 그런 생활이었다.

이 정도는 감내할 만한 가치가 있는 시간이라고 속으로 되뇌었지만 구형 텔레비전과 변호사가 들고 와 준 책들의 글자 같은 것은 눈에 들어오지도 않았다. 낡은 수의는 점점 그의 기운을 빼놓고 있었다.

참고인 조사를 위해 왔겠지만 그 와중에 잠깐 본 여자의 얼굴은⋯⋯ 제게 반반의 효과였다. 숨통이 트이는 것만 같았지만 또 한편으론 한 가지 근심이 더 얹어졌다.

여자는 살아 있는 생물이었다. 아니, 저와 똑같은 사람이었다. 마음에 들지 않아 또다시 어디론가 가 버려도 어쩔 수 없는.

평생 사랑하겠다던 사람도 한순간에 싫어질 수 있는 거였다. 게다가 불행하게도 아직 자신은 누군가를 오랫동안 곁에 둬 본 적이 없었다. 제 곁에 있는 사람들은 다들 필요에 의해서 자리를 지킬 뿐이었다. 가족 역시 지긋지긋한 필요와 소용 때문에 묶여 있는 거니까. 그건 제가 더할지도 모른다. 징그럽게도 증오스럽지만 이런 생활, 권력, 부를 위해서는 그들을 참고 견뎌야 하니까.

이 여자가 처음이었다. 아무런 이득을 상관하지 않고 곁에 있었으면 좋겠다고 생각한 건. 아니, 이 여자의 눈부신 미모와 따뜻함과 은밀한 쾌락 같은 걸 굳이 금액으로 환산하지 않았을 뿐인지도 모른다. 그런 걸 생각하기 전에 제 곁에 두고 싶었다. 그러나 결정적인 순간에 자꾸만 뒤틀어지고 있었다.

물론 이 여자가 어디론가 가 버리면 또 찾아 나설지도 모르고, 그것에 지치면 혼자 주먹이나 몇 번 내리치고 잊어버릴지도 모를 일이었다.

그러나 오늘 또 제 눈앞에 나타나 주었다. 면회가 있을 거란 이야기에…… 이토록 가슴 뛰는 걸 느끼다니. 처음이었다. 퉁명스럽게 왜 왔냐고 내뱉긴 했지만 벽 너머의 숨이 막히도록 아름다운 여자를 보고 그는 가슴 한구석이 내려앉는 느낌이었다.

여자들의 외모 따위 그저 돈을 처바르면 그만이란 걸 잘 알고 있었지만 이서윤은 달랐다. 아니, 제 눈에 뭐가 씌어서 그렇게 느껴지는지는 모르겠지만.

매끄러운 긴 머리카락, 목에 부드러운 리본이 묶인 하얀색의 블라우스, 연회색빛의 재킷과 치마. 보이지는 않지만 아마 커피색의 스타킹과 굽이 뭉툭한 구두를 신었을 것이다.

음영이 한층 깊어 보이는 동그랗고 고혹적인 눈매, 오똑하지만 부드럽고 이상적인 곡선을 그린 콧대, 반짝거리며 향긋한 향을 뿜을 것만 같은 복숭앗빛 입술……. 어디 하나 미운 구석이 없는 그녀의 눈은 투명한 물로 반짝거리다가 결국은 그 무게를 이기지 못하고 길게 흔적을 남기며 쏟아져 내렸다.

왜…… 내가 불쌍해? 아니면 내가 여기 평생 있어서 기껏 손에
쥔 든든한 배경을 가진 남자를 잃을까 봐?

늘 제 속에 있던 나쁜 기운들이 뭉쳐서 삐죽거렸지만 그는 입을
열지 않았다. 여자와 마주한 공간에선 유달리 시간이 빨리 지나간
다는 걸 알고 있었다. 아마 그 독방에서 보낸 질질 늘어난 시간이
여기서는 확 압축이 되어서 한꺼번에 흘러가고 있을 테니까.

"울지 마. 울 일 따위 없어. 금방 나간다고 했잖아."

마치 삐져 우는 어린 여동생을 달래듯 그의 목소리는 한층 더
부드러워졌다.

"아, 죄송해요……."

그녀는 막 무얼 닦을 것을 찾으려는 듯 두리번거렸지만 역시 가
방은 이번에도 바깥에 맡겨져 있었다.

"말했잖아, 금방 나간다고. 내가 밖에 나갔을 때……. 그때 나
한테 잘해. 그럼 돼."

참 어이없는 말이었다. 그러나 이미 말은 흘러 나가 버렸으니.

"네……. 꼭 오세요. 꼭요……."

그녀가 울먹이면서 말했다. 떨어지는 눈물방울은 더욱더 많아졌
다. 화장이 지워지고 있었지만 그래도 그의 눈에는 전혀 흉해 보이
지 않았다. 아니, 훨씬 더 사랑스럽게 보였다. 사랑스럽게…….

"상무님……."

"왜?"

시간이 다 되어 가는 걸 직감적으로 느껴졌는지도 몰랐다. 그래
서 그녀는 목이 메는 와중에도 겨우 입을 뗐다.

"……아니죠? 아닌 거죠……."

아마 이 여자가 묻고 싶은 건 이것일 것이다. 그는 직감적으로

느꼈다. 그래서 대답했다.

"응, 아니야."

"그럼……."

"알잖아. 이건 그냥 얕은 함정일 뿐이야. 그리고 난 거기 빠져줄 뿐인 거지. 그러니까 걱정하지 마."

그때였다. 여전히 눈물이 뚝뚝 떨어져 내리는 서윤이 환하게 웃었다. 새빨개진 코끝을 하고.

"고마워요."

"그래. 내가 말했지, 늘 밥 잘 챙겨 먹고 잘 놀고 있으라고. 걱정하지 마."

문이 있었다.

보이지는 않지만 열기도 힘들고 열 만한 문고릴 찾기도 힘든 문 너머에 있는 그가 말했다. 거기 있으라고. 그 문은 헌법에는 없지만 여전히 무섭게 존재하고 있는 신분이니 그런 거일 수도 있었다. 그러나 그녀에게 그 문은 다른 이들보다 더 열기 힘든 그런 존재였다. 사람들 사이에 섞여 들지 못하고 혼자 맴돌아야 했던 이유도 다른 사람들 사이에 있던 그런 마음만 먹으면 열 수 있는 문들을 열지 못했기 때문이었는지도 모른다.

그와의 문은…… 실은 절대로 열 수 없는, 굳게 잠긴 채 자물쇠로 칭칭 묶인 그런 강철의 문일 것이다. 그러나 적어도 서윤은 제 맘속에 있는 문은 이제 의미가 없다는 걸 깨달았다. 그와 같이 있게 된다면, 아마 다시 철문 밖으로 쫓겨날지도 모른다. 하지만 쫓겨날 때 나더라도 이제는 문밖에 있기 싫었다.

"가방 여기 있습니다."

구치소 직원이 내미는 가방에서 얼른 손수건이나 티슈를 찾아

눈물로 흥하게 얼룩진 얼굴을 닦아야 하는데, 서윤은 아랑곳하지 않고 환하게 웃으면서 말했다.

"감사합니다."

"찾았습니다."

"결정적입니까?"

그의 질문에 나이 든 변호사는 서류 하나와 비닐 팩에 밀봉된 것을 내밀었다.

"보시죠."

"아뇨. 됐습니다. 재판에 나가겠습니다."

"그러실 필요 없습니다. 언론에 파다하게 퍼져 있긴 하지만 굳이 모르는 사람들까지 알 필요는 없잖습니까."

그가 피식 웃었다.

"회장님이 말리십니까? 그래도…… 마지막 옛정이라도 있어서?"

장 변호사도 같이 뻣뻣한 미소를 지으면서 말했다.

"그거야 저는 잘 모르지만, 전 회장님이 하나뿐인 아드님을 더 이상 가십거리가 되게 만들고 싶지 않아 하신다고 생각하고 싶습니다."

"김 변도 알아야겠지요?"

그러자 다시 장 변호사가 웃으면서 말했다.

"뭐, 눈치 하나는 빠른 사람입니다. 설마 아직도 모르고 있겠습니까?"

"사모님!"

"네?"

막 서윤이 샤워를 마치고 부드러운 샤워 가운을 입은 채 젖은 머리를 수건으로 싸고 나왔을 때였다.

한창 저녁 준비 중이었는지 저쪽 다이닝 룸에서 맛있는 냄새가 스며 나오고 있었다. 그러나 무슨 일인지 저녁 준비를 하던 미선이 뛰어나와 그녀를 불렀다. 좀 어이없는 명칭이지만 좀처럼 그런 일이 없었기에 서윤은 저도 모르게 급한 발걸음으로 그녀에게 다가갔다.

"무슨 일 있어요?"

주인이 없는 이 커다란 집에서 두 여자는 급하게 머리를 맞대었다.

"이거 보세요!"

미선이 휴대폰을 내밀었다. 여전히 광고가 중간에 덕지덕지 뜬 기사는 읽기가 힘들었지만 머리기사인 굵은 글씨는 선명하게 읽을 수 있었다.

"이거! 진짜죠?"

서윤은 저도 모르게 소리를 지르며 미선을 껴안았다.

24

[……대기업 일가에서 벌어진 막장 드라마와 같은 사건은 또 다른 증거로 인해 더욱더 점입가경에 이르고 있다.

지난 X일 살인 교사 혐의로 긴급 체포 된 모 그룹의 재벌 2세인 B 씨는 사고로 사망한 왕년의 톱스타 A 씨의 사고사를 교사한 것으로 알려져 긴급 체포 되었다. 더욱더 놀라운 사실은 A 씨가 B 씨의 친모로 밝혀진 사실이다. 사망한 A 씨는 그룹의 명예회장인 C 씨와 과거 내연 관계였다. 그러나 이 사건이 새로운 국면을 맞이하게 된 것은, 살인 교사범으로 긴급 체포 되었던 B 씨가 계속 결백을 주장하고 있었지만 살인 교사 녹취록이 발견되어 혐의가 입증된 것으로 수사가 종결되고 재판에 회부될 여정이었으나 B 씨의 변호인 측에서 제출한 새로운 증거가 나타나 모든 정황을 뒤집게 되었다.

새로 제출된 증거의 내용이 무엇인지는 구체적으로 수사 기관에서 밝혀지진 않았으나 사건의 내용을 완전히 뒤집어 C 명예회장의 부인인 D 씨가 새 용의자가 된 것이다. 물론 사건은 재판의 과정을 지켜봐야 하겠지만, 한마디로 요즘 등장하는 막장 드라마 같은 일이 현실에서 일어났다고밖에는 할 말이 없을 것이다……]

온갖 이니셜과 조잡한 서술이 전형적인 B급 미디어의 방식이었다. 여전히 정신없는 광고와 낯 뜨거운 사진이나 문구들로 인해 제대로 읽기도 힘든 그런 기사였다.

정상적인 방송 뉴스나 신문 기사에는 단 한 줄도 비슷한 내용이 없었다.

그러나 그 조잡스러운 기사를 보여 준 이나 그걸 보는 그녀나…… 그 기사의 뜻을 이해 못 할 리 없었다.

"하느님 감사합니다!"

교회라곤 다녀 본 적이 없는 그녀였다. 그리고 아마 상대도 그럴 것이다. 그러나 둘은 같지 않은 이유일 테지만, 서로 감사하고 있었다.

정황 따위, 앞뒤 사건 따위 다 상관없었다. 그냥 그가 아니면 됐다. 다른 누군가라면…… 다행일 뿐이었다.

* * *

"이번 일에 대해서 어떻게 생각하십니까?"

"사망하신 유주연 씨와는 다른 친분 관계가 없었습니까?"

"이런 사실을 진작 알고 있었습니까?"

"새로운 용의자로 지목된 박희준 씨에 대한 생각은 어떠십니까?"

"박희준 씨를 용서하실 겁니까?"

달려드는 기자들은 그다지 많지 않았다. 그래서 오히려 기운이 빠질 것 같기도 했다. 그러나 확실히 건물 안의 공기와 밖의 공기는 달랐다. 그것에 의의를 두기로 했다.

"강태진 상무님!"

"나중에 따로 기자회견을 하든 질의서를 받든 하겠습니다. 지금 강태진 씨는 매우 지친 상태입니다. 나중에 답변할 테니 따로 개별 취재를 하거나 질문서 보내 주시기 바랍니다. 그럼……."

여전히 집요한 기자들에게 그를 대신해 장 변호사가 정중한 듯하지만 단호하게 말하고는 태진을 잡아끌었다. 곧 다가온 승용차의 뒷좌석에 구겨지듯 탔지만 역시 그것을 제지하는 기자들의 성화는 없었다.

"미리 손을 쓰셨나 봅니다."

"그랬겠죠. 뭐 그래도 몇 명은 왔네요."

태진이 지친 목소리로 대답했다.

"아마 사건이 더 커지는 걸 막으려고 애쓰겠죠. TJ홀딩스 상장한 지 열흘도 안 됐으니까……. 벌써 주가가 무지막지하게 떨어지는 추세라."

장 변호사가 말을 하는 사이에 차는 지긋지긋한 건물을 벗어나고 있었다. 재벌이란 자리를 지키기 위해선 의무적으로 한 번씩 갔다 와야 하는 곳이라는 우스갯소리도 있었지만 그는 조금 달랐다. 민사 재판이 아니라 형사 재판의 피의자였으니까. 뭐가 어쨌든 간에 좋지 못한 기억은 틀림없었다.

아, 뭐라고 했지, 주가……. 상장을 위해 애를 썼던 지난날이 주마등처럼 스쳐 지나갔다.

"회장님이 기다리고 계십니다."

그러나 그의 상념을 깨는 장 변호사의 말에 그는 무심하게 대답했다.

"아니, 우선 좀 집으로 가서……."

"잠깐 뵙고 가시는 게 나을 거 같은데요? 아까부터 기다리셨다고……."

"그러죠."

그래야 할 것 같았다. 전엔 한 번도 혈육이란 생각을 해 본 적 없었다. 곤경에 처했을 때 구해 줬기 때문이 아니었다.

나름…… 회장님은 선택을 했을 것이다. 반평생의 동반자인가 아니면 혈육인가. 물론 잘못한 쪽을 내치는 게 맞다. 만약 그 일을 다들 알고 있듯 제가 저질렀다면 어떻게 됐을지 또 모를 일이니까. 그러나 그 쪽지 사건에서 잠깐이나마 감동 비슷한 걸 받았다고 해야 하나. 아침부터 기다리고 있다니 얼굴은 비쳐야 할 것 같았다.

며칠 만인데 창밖은 완전히 다른 계절이 된 듯했다. 새파란 이파리들이 가득한 나무들과 방음벽에 무시무시하게 올라선 담쟁이 넝쿨들의 잎들이 이미 여름에 성큼 다가선 것 같았다.

"그게…… 결정적인 증거가 될까요?"

마치 뭔가가 떠오를 것 같아 제 생각을 돌려 보려는 듯 태진이 물었다.

"흥신소 직원이 증언을 할 테니까요. 아니면 자기가 죽을 테니까. 검사가 협박을 한 모양이더라고요. 담당 검사도 이게 너무 허술하다는 걸 직감적으로 느꼈던 모양입니다. 게다가 일이 하찮으니까 신참내기한테 사건을 배당한 모양인데 그게 아무래도 역효과였죠. 신임 검사들은 아직도 돈보다는 정의나 사실을 위하는 쪽도 있으니까요. 상무님 전화 통화 내용밖에는 전혀 증거가 없는 데다가 돈의 출처가 의심스러웠나 봅니다. 현금을 여기저기서 인출한 건데 그렇게 작은 금액들도 다 찾아낸 거 보면 실력도 좋은 거 같고. 또 내부적으로 그 흥신소 김 부장이란 작자가 이게 이렇게 큰 건인 줄 몰랐던 거 같더라고요. 일이 이렇게 커지니까 자기가 받은 금액이 적다는 걸 알고 더 달라고 했나 봐요. 그러다가 중간에 통화 기록이 샜던 거죠. 그자가 대담하게도 경찰 조사를 받으면서 협박을 했던 게 결정적인 실수였거든요. 돈에 눈이 멀어서……. 그걸 우리 쪽에서 낚아챈 거고……."

"하여튼 수고하셨습니다. 아, 김 변호사는……."

"아마 조만간 연락 올 겁니다. 변호사라는 게……. 뭐, 의리로만 일을 하진 않잖습니까?"

태진이 고개를 돌렸다.

"장 변호사님도 그렇습니까?"

"세상엔 영원한 게 없죠. 서운한 게 있으면 사람이 돌아서는 법이니까."

나이 든 변호사는 히죽 웃음을 지었다.

세상일이라……. 그렇지 영원한 건 없지.

그가 다시 고개를 돌려 창밖을 보았다. 다리를 건너는지 새파란 물에 햇살이 반사되어 반짝거리고 있었다. 어차피 문을 열면 자동차 매연 때문에 탁한 공기뿐이겠지만 창밖의 풍경은 평화로웠다. 강변에 있는 공원에는 새파란 나무들이 가득했다.

그가 문득 생각나 물었다.

"변호사님 오늘 혹시 며칠입니까?"

"4월 30일입니다."

4월의 마지막 날······이었다.

그가 푹신한 자동차 시트에 기대 눈을 감았다.

서윤은 정성껏 머리를 빗고 제 옷이 걸린 작은—그러나 제 오피스텔보다야 훨씬 넓은— 드레스 룸에서 서성이고 있었다. 정장을 입기도 그렇고, 그렇다고 편한 옷을 입기에도 마음에 걸렸다. 집 자체가 너무나 화려해서인지 몰라도 마치 텔레비전 드라마의 재벌들이 집에서조차 화려한 화장을 하고 옷을 갖춰 입는 게 이해 갈 정도였다. 트레이닝복이나 반팔 티셔츠 같은 건 감히 꺼내지도 못할 분위기였다. 일하는 도우미조차 잘 갖춰진 무릎까지 오는 에이라인 스커트 제복을 입고 있으니까.

몇 번이고 옷걸이를 집었다 났다, 옷을 입었다 벗었다를 반복하다 사 놓고 어중간해서 한 번도 입어 본 적이 없는 부들부들한 재질의 원피스에 카디건을 걸쳤지만 그것도 영 마음에 들지 않았다. 스타킹을 신어야 할까? 맨다리로 있어야 할까······. 그런 황당한 생각부터 화장을 해야 하나? 그냥 집에 있는 건데······. 그리고 또 혹 그가 돌아와서 제게 입맞춤이라도 하면······ 하는 생각까지.

혼자 불그락거리는 얼굴로 이 생각 저 생각에 잠겨 있다가 겨우 비비크림과 옅은 코랄 베이지의 립스틱을 살짝 바른 서윤은 재빨리 방을 나왔다. 제가 너무 오랜 시간을 들인 것 같아서.

미선은 어디 있는지 보이지도 않았다. 침착한 척, 책을 한 권 들고 커다란 거실의 소파에 앉았지만 글자가 눈에 들어오진 않았다. 휴대폰을 뒤적거려도 그에 대한 기사는 그거 하나로 끝이었다. 비서실에서도 봤을까? 아니, 그냥 가십거리 기사인 거 아닐까? 그가 오긴 오는 걸까······.

"식사하시겠어요?"

점심이 훌쩍 지난 시간인 듯했다.

"아니, 괜찮아요."

이따 상무님 오시면 같이 먹을래요……라는 말을 덧붙이고 싶었지만 그녀는 차마 하지 못했다.

"얼굴이 상했구나. 뭐, 경험 삼아 한번 갔다 오는 것도 괜찮다. 앞으로 가까이 하지 않으면 되지."

여전히 약간 발음이 새는 것 같긴 했지만 멀쩡하게 알아들을 수 있는 목소리와 바로 펴진 얼굴이 낯설었다.

"애써 주셔서 감사합니다."

뭐라 해야 할지 알 수가 없어서 태진은 지극히 사무적인 대답을 했다.

"이게…… 다 내 업보지. 어쩌겠냐. 장 변이 애썼다. 앞으로 일 처리 잘하고, 우리 태정은 이미 얼굴에 똥칠을 한 격이 됐어. 그러니 앞으로 잘해야 해. 맡은 거 잘하라고. 승진은 주변 좀 살피고 차차 하겠다만."

"알겠습니다. 이만…… 가 보겠습니다."

회장의 말을 끊을 생각은 없었다. 그러나 바깥 공기 속을 잠시 헤매는 것만으로도 그는 극심한 피로가 몰려왔다. 분명히 어제도 할 일이 없어 그 좁은 독방에서 자다 깨다를 반복하기만 했는데…….

"녀석, 이게 끝이 아니야. 뒤처리 잘해. 나가 봐라."

서운함이 얼핏 서린 대답이었지만 그는 간단히 대꾸만 할 뿐이었다.

"네."

그가 막 돌아섰을 때 그의 등 뒤에서 회장의 마지막 말이 이어졌다.

"장례는…… 정성껏 해. 뭐…… 잘 살아온 건 아니지만, 그래도 나한텐 너 하나 남겨 준 사람이니까. 사는 내내 고생만 했을 테니 가는 길이라도 편히 보내 줘야지."

"……."

그는 대답하지 않았다. 굳이 강 회장이 아니더라도 얼마든지 해결할 수 있었다. 그러나 좀 더 드라마틱하고 극적이며 뒤탈이 없는 강력한 한 방을 선사해 박 이사를 추종하는 무리들의 기를 단숨에 꺾었다는 이점은 있었으니 뭐 그럭저럭 좋게 생각할 수 있었다.

그러나…… 장례라니. 돈을 마음껏 들여 좋은 장지에 보내 주는 것 정도는 할 수 있었다. 하지만 그 이상은 정중히 사양하겠다 말하고 싶은 걸 그는 참았다. 그냥 빠른 걸음으로 회장실을 나왔을 뿐이었다.

이제 끝인가?

아니면 시작인가.

그가 말했다.

"집으로 가야겠어."

* * *

"상무님이세요!"

표정엔 변함이 없었지만 목소리는 반음이 올라간 느낌이었다.

서윤도 차가 들어왔다는 인터폰의 알림을 보고 있었다.

또다시…… 숨이 가빠지기 시작했다. 대체 뭘 했다고. 그냥 가만히 소파에 앉아 있었을 뿐이지 않은가. 겨우 손가락과 눈알을 움직여 책을 보는 척했을 뿐이었다.

벌떡 일어난 그녀가 제 거친 숨결을 잠재우려 애쓰면서 천천히 현관 쪽으로 갔다. 엘리베이터에서 여기까지 오는 데 얼마 시간이 걸리지 않는다는 걸 알고 있지만 바깥문이 열리고 전실을 거쳐 중문을 열고 그가 들어오기까지 마치 일 초가 한 시간인 듯 길고 긴 시간이 걸리는 것 같았다.

드디어 덜컹 소리와 함께 문이 열리고 그가 들어섰다.

"오셨습니까?"

미선의 목소리를, 늘 그랬듯 아무렇지도 않게 무시하고 그는 빠른 걸음으로 들어섰다. 그러곤 제 앞에 서 있는 서윤을 쳐다보았다.

"오셨어요……."

그다…….

서윤은 제 숨이 멎은 게 아닌가 싶었다. 잔뜩 구겨진 슈트와 여전히 단정하게 매인 넥타이조차 피로가 가득 묻은 것같이 색을 잃은 채였고 윤기 잃은 머리카락과 말끔하게 면도를 했지만 까칠한 얼굴, 피로가 감겨든 눈은 아무 말도 없이 그녀를 쳐다보고 있었다. 한눈에 봐도 벨트의 구멍 한두 개쯤은 당겨졌을 것만 같아 보였다.

"그래."

그의 단조로운 대답이 석양빛이 스며드는 거실의 백색 소음 위로 흩어졌다. 그는 무심하게 서윤의 곁을 스치고 지나갔다. 미선은 그것을 약간 긴장한 채 쳐다만 보고 있었다. 불청객 같은 '임시' 손님인 서윤을 대할 때와는 전혀 다른 사람처럼 보였다.

하지만 두 여자가 무엇을 느끼고 어떤 마음가짐으로 서서 이 집의 주인을 기다리고 있었는지는 전혀 아무런 상관이 없다는 듯 그는 두 사람 사이를 지나쳐 자신의 침실 쪽으로 걸어갔다.

그토록 기다렸는데…….

그가 자신을 이 거대한 궁전에 몰아넣고 사라진 며칠, 그리고 낯선 칸막이 너머에서 그를 본 이틀, 그리고 또 며칠……. 아니, 그게 다가 아니었다. 그와 처음 그 자료실에 갇혔을 때부터, 이 남자는 커다란 녹슨 자물쇠가 달린, 열쇠 구멍도 없는 그런 철제 상자 같던 그녀의 마음에 소리 없이 틈을 만들었다. 어느새 녹슨 자물쇠를 열어젖혔고 그 안에 가득 찬 그녀의 감정이니 마음 따위를 마음대로 휘저어 버렸다. 그러곤 그 안에 있던 것들을 다 내던져 버리고 통째로 차지해 버렸다. 그래서 할 수 있는 일이라곤 그를 생각하고, 그를 기억해 내고, 그를 기다리는 것밖에는 없게 만들었다.

그래 놓고는…… 이제 와서 제 곁을 무심하게 스쳐 지나가고 있었다.

"저기요…….."

차마 똑똑히 알고 있는 그의 이름 석 자가 목구멍에서 나오지 않았다. 그런 제 자신이 한심했지만 그는 그냥 제 곁을 스쳐 지나가려 했다. 그녀가 막 그의 뒷모습을 보면서 마저 말을 내뱉으려 할 때 휙 하고 바람 소리가 날 듯 그의 손이 그녀의 손목을 낚아챘다. 놀란 마음을 어쩌기도 전에 그녀는 그의 손에 이끌려 그의 방으로 가고 있었다.

달칵.

방문이 닫히는 소리가 났다.

그러나 서윤은 그 소리를 들을 수 없었다. 단지 제 손목에 맞닿은 뜨겁고 마른 손길만 느끼고 있었을 뿐이었다. 단지 제 손목을 이끌었을 뿐인데⋯⋯. 그녀는 눈물이 나는 것만 같았다.

그때, 그 투명한 벽 너머에 있는 그를 봤을 때 그녀는 저 남자의 옷자락이라도 한 번만 만져 봤으면 하는 그런 허황된 생각을 했다. 그의 숨결, 그의 입술, 그의 맨몸 구석구석을 마주했었지만 그땐 그냥 그의 손끝, 아니 그의 옷자락 끝이라도 만져 보고 싶었다. 그러나 두 번의 면회 동안 그는 차갑고 투명한 벽 너머에서 습기 찬 목소리만 들려줬다.

그런데⋯⋯ 지금 제게 닿은 것은 이 남자의 손길이었다. 그게 다 제 속을 휘젓고 있었다. 그때였다. 다른 손이 그녀를 잡아끌고 휘어 감았다. 서윤이 채 놀라기도 전에 그녀를 품에 안은 남자의 입술이 내려앉았다.

혼자 이 넓은 침대 위에서 기억해 내려고 애쓸 때마다 오히려 퇴색하고 희미해져 버려 그녀를 슬프게 했던 잊혀 가는 감각들이 갑자기 터진 둑에서 흘러내리는 세찬 물줄기처럼 그녀 위에 쏟아져 내렸다.

하지만 남자의 몸짓은 조심스러웠다. 여자를 돌려 품에 안아 작은 턱 선을 부여잡고 입을 맞추었지만 바싹 마른 제 입술이 그녀를 다치게라도 할 듯 복숭앗빛 단물이 흐를 것만 같은 여자의 부드러운 입술을 살짝 머금었을 뿐이었다.

잊으려고 했지만 자꾸만 불쑥불쑥 떠올라 그 좁은 방 안의 생활을 한층 더 괴롭게 만들었던 분홍빛의 입술은 여전히 따뜻하고 부드러웠다. 싸늘했던 사지에 화르륵 불이 붙는 것 같았지만 그는 곧 그 불길이 더 번지기 전에 입술을 뗐다.

"좀 씻고."

"네."

그녀는 대답을 한 것 같은데 정신을 차려 보니 커다란 방은 텅 비어 있었다. 이건 꿈일까?

파우더 룸과 안쪽에 달린 커다란 욕실에서 나는 소리가 밖으로 들리지 않을 만큼 방음이 훌륭한 방이라 서윤은 더욱더 이것이 꿈만 같았다. 정말 그는 돌아온 걸까?

늘 주인이 있을 땐 두꺼운 커튼으로 가려져 있던 방이었다. 활짝 젖혀진 커튼 옆으로 커다란 창에는 강물 위로 비치는 석양이 어려 있었다.

서윤은 제가 서 있는 채 꿈을 꾼 게 아닌가 싶었다. 분명히 그가 자신을 안고 입을 맞췄던 것 같은데……. 멍하니 서 있던 서윤이 그가 정말 있는 걸가 싶어 파우더 룸으로 가 살그머니 문을 열자 저절로 안도의 한숨을 쉴 수 있었다. 흩어진 그의 옷들을 봤기 때문에.

안심이 돼서일까. 서윤은 방 안을 천천히 서성거렸다. 그러나 해가 뉘엿뉘엿 기울어 방 안이 어두워졌는데도 파우더 룸은 조용했다. 사실 얼마의 시간이 지나지 않았는지도 모른다. 제 시간 감각 따위 이미 훨씬 전에 망가져 버려서. 그러나 바깥은 어두워졌고 멀리 한강 너머의 빌딩들의 불야성만 어렴풋이 방 안에 비춰지고 있었다. 불을 켜야 하는 걸까. 서윤이 고민하고 있는 사이 드디어 달칵하는 문소리가 들렸다.

거뭇한 어둠 사이로 하얀 실루엣이 보였다. 옷을 입지 않았는지 창백한 몸이 물 냄새를 풍기면서 이쪽으로 다가오고 있었다. 한 발한 발 다가올 때마다 이해하기 힘든 두근거림이 그녀를 감쌌다. 다가오는 그를 보고 희미한 가운데서도 눈을 어디에 둬야 할지 몰라 시선을 떨구며 머뭇거리고 있는데 물기가 가시지 않은 남자의 맨몸은 또다시 그녀를 스쳐 갔다.

"좀 자야겠어."

나지막하고 피곤한 목소리가 그녀의 두근거림을 아쉬움으로 짓눌렀다.

뭘 바란 거야…….

그때였다.

"이리 와."

서윤은 저도 모르게 그를 따랐다. 바스락거리는 침구가 들춰졌고 그의 젖은 손이 그녀를 당겼다.

"졸려……."

마치 작은 아이의 칭얼거림처럼 잔뜩 잠에 잠긴 목소리가 그녀의 귓가에 스쳤다.

낯선 그의 목소리를 듣자 갑자기 그녀에게도 졸음이 밀려오는 것 같았다. 창밖엔 어둠이 내려앉았지만 도시의 불빛이 반사되어 방 안에 흩어져 그의 새하얀 실루엣이 그녀의 곁에 있는 게 비춰졌다. 다행이었다.

서윤이 그의 곁에 눕자 부스럭거리는 소리가 나더니 그가 몸을 움직여 그녀의 허리를 감싸 안았다. 잔뜩 몸을 웅크린 덕에 그의 숙인 머리가 그녀의 가슴 밑으로 파고들었다. 남자는 잠깐 움직이는 것 같더니 곧 조용한 그의 숨소리만 곁에 울렸다. 여전히 물기가 가시지 않은 그의 맨몸은 그녀가 혼자 이 넓은 침대에 누워 있을 때와는 전혀 다른 온기를 가득 품고 있었다.

가만히 있던 서윤은 조용히 손을 내밀어 그의 젖은 머리카락에 손을 댔다. 매끄럽고 가느다란 머릿결. 그녀의 손이 좀 더 아래를 향했다. 뒷목의 단단한 근육이 손에 느껴졌다. 그리고 넓은 그의 어깨, 잔뜩 구부리고 누워 드러난 척추뼈들…….

언제부터인가, 내일을 기대해 본 적이 없었다.

불금에 술잔을 기울이며 내일은 하루 종일 늘어지게 잠이나 자야지 하고 주말을 기다리거나, 혹은 승진을 해서 날 구박하는 저 상사의 자리에 내가 앉아야지, 혹은 사랑하는 이와 결혼해서 집을 넓혀 가야지…… 하는 소박한 꿈도 그녀는 꾸어 본 적이 없었다.

감히 나 따위가. 어쩌다 죄악으로 잉태되어 사랑하는 사람을 갈라놓고 자기가 가장 사랑해야 하는 사람들을 평생 괴로움에 몰아넣고도 살아야 하는 삶을 기뻐하거나 즐거워하는 것이 가능한가 하고 되묻는 게 너무 오래되다 보니, 그녀의 삶이란 건…… 의미를 둘 가치가 없어졌다. 오로지 수조 속에 있는 알록달록한 열대어들을 위해 하루하루 살아야 하는, 그런 날들의 연속이었을 뿐이었다.

하지만 이 4월은 달랐다. 그동안 제게 왔던 다른 4월들과는 달랐다. 시작은 똑같았지만 끝은 달랐다.

아…… 이제 이 4월이 끝나 가는 거 같은데…….

어둠 속에서 날짜를 끝내 다 헤아리지 못한 건 무의식중인지 제 허리를 감고 있던 이가 힘을 주어 그녀를 당겼기 때문이었다. 달착지근한 숨결이 그녀의 가슴에 쏟아졌다. 서윤은 손을 내밀어 이제는 물기가 가신, 매끄럽고 하얀 어깨를 껴안았다.

이젠, 좀…… 행복해지고 싶다.

여전히 죄스럽긴 하지만 그래도 이젠 이 사람 곁에서 웃고 싶다.

서윤은 가만히 그의 머리카락에 입을 맞추었다.

25

"저기 꼭…… 상무님……. 이거."

그녀의 말에 바쁘게 움직이던 남자가 힐끗 고개를 돌렸다.

"괜찮아."

그의 말에 그녀는 대체 뭐가 괜찮은 걸까 생각하면서 늘어나지
도 않는 밑단을 잡아당겼다.

"그래도…… 이거 너무 짧아서. 옷 갈아입고 올게요."

"그냥 있어. 남자의 로망이니까."

여전히 바쁘게 움직이면서 아무렇지도 않게 내뱉는 말에 서윤이
눈을 동그랗게 뜨고 되물었다.

"진짜예요?"

"응."

분명 같은 사람인 거 같은데, 전혀 현실감이 없다. 저 사람……
저런 사람 아니었는데.

아침에만 해도 미선이 전문가처럼 익숙하게 무언가를 꺼내고 만들던 자리였다. 다이닝 룸은 따로 있어서 고급 식당에서나 쓰는 스틸 트레이에 음식을 담아 날랐다. 주방은 디근 자 모양이었고 가운데 있는 아일랜드 탁자라고 하기엔 넓은 공간에는 마치 무슨 영화 속에서나 나오는 듯 인덕션과 개수대도 따로 있었다. 커다란 스틸 냉장고에서 익숙하게 야채들을 꺼내는 남자는 편한 옷차림이었고 방금 샤워를 해서 여전히 젖은 머리카락을 한 채였다. 빌트인 오븐에서는 냉동된 빵 생지가 익어 가고 있었다.

역시 샤워를 하고 나온 서윤은 속옷 위에 달랑 남자용 드레스 셔츠 하나만 입은 채였다.

이것 또한 주로 들척지근한 내용의 로맨스 영화에나 등장하는 옷차림이었다. 영화 속에서 보면 나름 드레스처럼 예쁘기도 하던데……. 남자의 드레스 셔츠는 길이도 품도 영 넉넉지 않았다. 건네주는 쪽이나 받아서 입은 쪽이나 요즘 남자의 셔츠도 유행에 따라 슬림핏이 대세라는 걸 몰랐던 탓이었다. 자꾸만 앞뒤가 들려서 속옷이 보일 것만 같았다.

그런데 무심한 저 남자의 로망이라니…….

서윤은 혼자 웃으면서 소매를 걷어 올렸다.

"커피? 아니면 탄산수?"

"아무거나요."

그의 말에 대답하면서도 서윤은 또다시 웃을 수밖에 없었다. 그녀가 비서실에 발령 나 가장 먼저 배운 게 커피를 뽑는 일이었으니까. 마치 거창한 의식을 치르듯 값비싼 기계에서 정성을 다해 그를 위한 커피를 뽑는 방법을 열심히 필기까지 하면서 배웠는데, 그런 '상무님'이 직접 샌드위치를 만들고 커피를 뽑아 주겠다니…….

그는 그런 서윤을 돌아보지도 않고 익숙하게 싱크대 서랍을 열고 원두를 꺼내 커피 머신에 넣었다.

"맛은 뭐 그럭저럭하지만 귀찮아서."

눈여겨보지 않았기에 이제야 한쪽에 휘황찬란한 커피 머신이 있다는 걸 알게 된 서윤은 그가 익숙하게 물을 넣고 기계를 작동시키는 것을 신기한 듯 보고 있었다.

그는 기가 막힌 향이 나는 커피를 따라 샌드위치와 함께 그녀에게 내밀었다. 저녁을 건너뛴지라 허기가 졌던 그녀는 이미 기가 막힌 냄새만으로도 자신의 복장이 아슬아슬하다는 걸 잊어버릴 지경이었다.

"근사한데?"

이제야 뒤를 돌아 서윤을 본 태진이 미소를 지으면서 말했다. 그제야 서윤은 정신을 차리고 샌드위치를 들지 않은 다른 손으로 옷자락을 내렸다.

"갈아입고 올게요."

"그냥 먹어. 어차피 다시 벗을 텐데."

"……."

배가 고프지 않았다면…… 둘 다 솔직히 방 밖으로 나오지 않았을지도 몰랐다.

서윤이 빨갛게 물든 얼굴로 근사한 냄새를 풍기는 바게트 샌드위치를 먹으려는 순간, 그의 얼굴이 먼저 다가왔다.

낯선 평온이었다. 아니…… 악몽 같았던 구치소 생활이 아니었더라도 이런 적은 없었다.

면회와 접견 외에는 별로 할 일도 없었던 그 좁고 갑갑한 곳에서 하릴없이 잠을 잤지만 그건 수면이 아니었다. 그냥…… 지긋지긋하게 지나가지도 않는 상대적인 시간을 보내기 위한 방법일 뿐이었다.

벽 너머에서 자신을 위해 눈물을 흘리던 여자를 드디어 봤는데, 잠을 잘 수밖에 없었다. 따뜻한 그녀를 안고 잘 수 있다는 것만 해도 마치 큰 선물을 얻은 기분이었다. 그러곤 겨우 잠에서 깨 당연하게도 그녀에게 파고들었다. 허기가 지지 않았더라면 결코 일어나지 않았을 것이다.

익숙하지만 낯선, 제 커다란 욕실에서 실컷 씻고 나니까 갑자기 다른 사람이 된 느낌이었다. 그래서 제가 생각해도 유치했지만 그녀에게 제 셔츠를 던져 주면서 이것만 입으라고 했다. 그냥 그녀에게 말했듯 남자들의 유치한 로망이니까.

그러나 제 셔츠 하나로도 그녀는 완벽했다. 물론…… 자신의 착각일지라도.

아무리 늦은 시간이라도 그의 말 한마디면 저 커다란 다이닝 룸에 진수성찬이 차려질 게 분명했지만, 다른 이들의 시선이나 간섭이 지겨워 뉴욕에서 하듯 혼자 간단한 샌드위치를 만들어 먹는 게 훨씬 마음이 편했다. 다만 그 샌드위치란 게 유명한 셰프의 생지와 유기농의 신선한 채소, 고급 햄 같은 것이 다음 날이면 버려질 게 뻔하지만 늘 새로 갖추어져 있다는 남의 수고로움을 대신하긴 했다.

고요하고 적막한 공간에서 혼자 챙겨 한입 베어 무는 바삭한 샌드위치가 늘 날 선 전쟁 같은 하루를 평온하게 마무리할 수 있도록 해 주었다. 물론 그마저도 자주 있는 일은 아니었지만.

그러나 오늘은 달랐다. 그 척박하고 당혹스러운 구치소의 딱딱한 바닥에서 하릴없이 깨다 말다를 반복하며 간절히 떠올렸던 자유의 소스를 더한 샌드위치가 손에 있는 것보다도 제가 만든 또 하나의 샌드위치가 그녀의 손에 들려 있다는 게 더한 희열을 주고 있었다. 앞으로도 이런 날은 계속될까?

갑자기 저를 뒤덮고 있던 허기가 사라져 버렸다. 그는 손에 든 것을 놓고 그녀에게 더 가까이 다가갔다. 물에 푹 담갔다 꺼낸 싱싱한 장미처럼, 단 한 조각의 인위적인 치장 따위도 없는 여자의 싱싱하고 붉은 입술만이 눈에 보였다.

밝은 빛 아래, 자신이 가장 편안해지는 장소, 그리고 우습지만 제가 꿈꾸던 복장까지……. 여자의 매끄러운 입술은 아무런 치장을 하지 않았지만 더욱더 빛났다. 아마 그 맛과 감촉도 그럴 것이다. 그는 손을 내밀어 놀란 그녀의 얼굴을 감쌌다. 그리고 조심스럽게 입술을 물었다. 생각보다 훨씬 더 달고 부드러웠다.

자신을 괴롭히던 깊은 허기와 갈증은 이것 때문이었다. 이제는 자연스럽게 자신을 맞아 오는 여자의 따뜻하고 촉촉한 혀조차 귀엽고 사랑스럽기만 했다. 손이 미끄러져 내려가 빳빳하게 다려진 자신의 셔츠에 싸인 여자의 부드러운 허리를 감싸자 겨우 다스렸던 제 속의 불꽃들이 다시 화르륵 일어나는 것 같았다. 그의 입술이 막 그녀의 오목한 쇄골에 닿았을 때였다.

"배고파요……."

그는 저도 모르게 픽 웃고 말았다.

바삭 소리를 내며 부서지는 바게트의 겉껍질, 딱딱한 껍질과는 반대로 금방 한 밥처럼 뜨겁고 부드러운 빵의 속살, 최고급 햄과 싱싱한 야채들……. 어이없긴 하지만 구치소에 있을 땐 다시 이것을 맛볼 수 있을까 생각했었다. 허기 때문에 몸을 일으켰기에 제법 큼직하게 만들었다 싶은데 마지막 한 조각이 아쉬워질 정도였다.

"하나 더 해 줄까?"

배가 고프다는 그녀의 귀여운 방해 아닌 방해가 생각나 그가 다시 물었을 때였다.

소스 자국이 묻은 유산지를 들고 있던 서윤의 시선이 어디엔가 머물렀다. 아까와는 다른 눈빛 덕에 그는 그 시선이 머무른 곳이 자신이 아니라 자신의 어깨 너머라는 것을 깨닫고 고개를 돌렸다.

커다랗고 화려한 이 고급 아파트와 딱 어울리는 수입 주방 가구는 약간 어질러지긴 했지만 여전히 휘황찬란했다. 하지만 그녀의 시선이 머문 곳은 주방 가구가 아니라 싱크대 한곳에 달린 LED 화면의 숫자였다.

그런 일은 드물겠지만, 이 넓고 화려한 주방의 주인이 요리를 즐기는 이라면 터치 패드는 음악을 듣거나 레시피를 보는 용도로 쓰였을 법하지만, 이 집에서는 집주인의 스케줄에 시간을 맞춰야 하는 충실한 도우미 때문에 단순한 시계와 달력의 구실을 하고 있었다. 거기에 쓰인 큰 숫자는 0이 두 개, 그 뒤에는 분을 나타내는 숫자였다. 저걸 왜 쳐다보는 걸까. 그가 다시 서윤에게 고개를 돌렸을 때 그녀가 중얼거렸다.

"5월이에요……."

"그러게."

그녀의 말을 듣고 그도 다시 고개를 돌렸다. 커다란 숫자 위에 작은 숫자가 선명하게 쓰여 있었다. 5월 1일이라고.

4월은 속삭였다.

엄마의 생일, 엄마의 기일, 아빠의 생일, 아빠가 집을 나간 날, 그리고 비극으로 잉태된 자신이 태어난 날……. 홀로 보내는 첫 번째 4월…….

작년은 엄마가 떠나면서 몇 번의 위험한 고비를 넘겼고, 장례를 치르고 나서도 상속이니 보험 처리니 유품 정리니 하는 일들 때문에 정신을 차려 보니 그 잔인한 4월이 휘리릭 지나가 있었다.

그러나 올해는 달랐다. 생전 처음 홀로 보내는 그 잔인한 4월, 자신의 생일과 함께 시작된 4월의 첫날에 옆집의 담에서 넘어온 하얀 꽃가지를 보면서 그녀는 어두침침한 집 전체가 속삭이는 말에 귀를 막아야 했다.

왜…… 넌 죽지 않느냐고.

그때, 자료실의 어둠 속에서 이 남자를 만나지 않았더라면, 그 속삭임은 점점 커져 외침으로 변했을 것이고 어쩌면 그 외침이 시키는 대로 했을지도 모른다. 미련도 아쉬움도 없었으니까. 제가 돌봐 줘야 하는 열대어들도 간단하게 처리할 수 있었으니까.

그런데 지난 이십여 년 동안의 시간보다 더 많은 일들이 그 4월에 일어났다. 집이 통째로 없어지고 그곳에 커다란 빌딩이 들어설 것이다. 그리고 제 인생에 타인이 끼어들었다.

이제 그 타인은…… 제 인생의 다른 의미가 될지도 모른다.

그녀는 숫자에서 눈을 떼고 자신을 쳐다보고 있는 남자를 쳐다보았다. 나쁜 선택일 리가 없다…….

4월이 지나갔다.

4월은 死月이라 누군가는 죽어야 했다. 실제로 누군가 죽지 않더라도 그의 속은 4월만 되면 살기로 가득 찼다.

샛노란 머리를 한 어린 여자가 제 손을 잡고, 안에선 열리지 않는 커다란 방이 있는 집에서 절 꺼내, 잠겨 있지는 않지만 그 집보다 더 꽉 막힌 듯한 화려한 집에 자신을 내팽개치고 갔다.

그때, 그 집으로 가던 길의 차창 밖으로 보이던 나무는 전부다 하얗게 물들어 있었다. 그림책 속의 나무들은 초록색이었는데 왜 저 나무들은 저렇게 끔찍한 색일까.

새로운 집에서 멸시와 천대와 증오를 양분 삼아 꾸역꾸역 커 가면서도 자신은 아무렇지도 않다고 여겼지만 속에 쌓인 독기는 유독 꽃이 피고 계절이 바뀌는 4월이면 폭발했다. 멀쩡하게 잘 어울려 놀던 정원의 커다란 개를 이유 없이 때리다 물린 적도 있었고, 학교에서 동급생을 때려 회장님의 변호사가 출동하게도 만들었다. 면허도 없이 차를 끌고 나가 사고를 내기도 했다. 단 한 해도 아무 일 없이 보낸 적이 없었다. 덕분에 다들 수순처럼 여기는 조기 유학을 떠났고 낯선 곳에 가서야 차츰 그 광기를 누를 수 있었다.

그러나 뉴욕의 센트럴 파크에 봄이 오는 것을 보는 것만으로도 그는 제 속의 무엇이 응어리지는 것 같아 스위스의 설원으로 떠나거나 혹은 광활한 안데스나 록키로 배낭을 메고 떠나기도 했다.

4월의 광기를 다스릴 만큼 커서야 그는 이 땅으로 돌아왔다. 감정쯤이야 제 야망으로 짓눌러 버릴 수 있다고 생각했지만 하얗게 물든 나무들만 보면 언짢아지는 건 어쩔 수 없었다.

특히 이번 4월은 더했다. 어떤 예감이었는지도 모른다. 누군가는 죽어야 한다는……. 그 누군가가 전혀 상상도 못 한 사람이었지만.

이제 그 4월이 지나갔다. 잔인한 제물 덕분이었는지 몰라도 이제 지나갔다.

그리고 제게…… 다른 삶이 펼쳐졌다. 똑같은 일을 하고 그 전과 다름없는 날들을 보내겠지만 그 의미와 이유는 달라질 것이다.

그는 손을 내밀었다. 제 손길이 여자의 하얀 얼굴에 닿자 그녀가 그를 쳐다보았다.

"4월이 지나갔어."

"네, 그래요. 지나갔어요."

왜 4월이 지나가야 하는지 서로에게 이야기한 적은 없었다. 아마 앞으로도 하지 않을지도 모른다. 그러나 앞으로 두 사람에게 다가오는 4월은 지난 삶 동안의 수많은 날들과는 다를 것이다. 그 정도는 알 수 있었다.

그가 손을 내밀어 그녀를 안았다. 서윤도 그의 품에 파고들었다.

마치 오늘이 처음이자 마지막인 것처럼.

이제는 지나가 버린 4월이 말했다.

잘 살아왔다고, 그래서 다행이라고.

epilogue

"좀…… 이상한 거 같아요. 머리를 내릴 걸 그랬나 봐요."

작은 거울 속의 자신이 낯설어 보였다.

"괜찮아."

요즘 그가 가장 많이 쓴 말 같았다. 괜찮아…… 네가 무엇을 하든 괜찮아.

출장 나온 전문가가 시간과 공을 들여 한 올림머리는 예술적이었다. 자연스럽게 올린 머리카락에는 핀 조각 하나 보이지 않았고 긴 머리카락은 아름다운 곡선을 그리면서 서윤의 가느다란 목선을 돋보이게 해 주었다.

전문가가 들고 온 몇 가지 옷 중에서 그의 흡족한 오케이 사인을 받고 선택된 아이보리색의 레이스가 뒤덮인 사랑스러운 원피스는 서윤을 마치 새 신부처럼 화사하게 보이게 만들었다. 5월의 신부라는 말이 딱 어울릴 만큼. 그리고 그에 맞게 눈매를 깊고 그윽

하게 만들어 준 메이크업도 이제는 팔불출이 되어 버린 그의 어깨를 더욱 으쓱하게 만들 만했다.

작은 콤팩트의 거울을 들여다보면서 안절부절못하는 것조차 그의 속을 긁어 댈 만큼 사랑스럽게 보였다.

사랑스럽다니……. 참 어색하면서도 스스럼없이 튀어나와 당혹스럽게 하는 단어였다. 그러나 그것밖에는 뭐라 형용할 수가 없었다.

"어? 이리 와 봐."

넓은 데다 가운데에 여러 가지 작동을 하는 버튼들이 잔뜩 달린 육중한 팔걸이가 있는 고급 외제차의 내부 인테리어 때문에 차의 뒷좌석에 나란히 앉아 있는데도 그는 그렇게 말해야 했다.

"네? 왜요. 뭐 묻었어요?"

그녀를 빤히 쳐다보는 그의 시선을 보고 서윤이 화들짝 놀라 말했다.

"이리 가까이."

"네?"

뭐가 잘못됐나? 화장이 번졌나? 아침부터 번잡스럽게 출장 메이크업을 하는 이의 손에 맡겨 전혀 다른 사람 같아 보이는 제 얼굴이 뭐가 잘못됐을까 싶어 그녀는 얼른 태진의 쪽으로 고개를 내밀었다. 그때였다. 장난스러운 표정의 그가 입술을 내밀었다.

"아…… 저기."

"이따 다시 해."

뭘 다시 하라는 걸까. 화장? 그녀가 채 생각을 끝내기도 전에 그의 손이 드러난 그녀의 목덜미를 감쌌다. 그러곤 펜슬로 그리고 색을 채우고 그라데이션을 넣느라 애썼던 그녀의 입술을 아무렇지도 않게 삼켜 버리는 만행을 저질렀다.

화사한 서윤에게 가장 잘 어울리는 윤기 나는 복숭앗빛 립스틱을 잔뜩 발라서일까. 아니면 속이 울렁거릴 만큼 잘 치장을 한 낯선 모습 때문일까. 뭐, 상관은 없었다. 하지만 왠지 색다른 장소와 느낌 때문인지 요 며칠 싫증이 날 만큼 한 키스였지만 더욱더 달고 짜릿한 느낌이었다.

"저기……."

한참 만에 입술을 뗀 서윤이 당혹스러운 표정을 한 것은 망가진 화장보다 앞에서 운전을 하고 있는 타인 때문인지도 몰랐다.

그녀의 당황하는 시선이 재밌는지 태진은 피식 웃으면서 말했다.

"신경 쓰지 마. 운전하는데 뒤가 보일 리 없잖아?"

그건 아마 운전을 하고 있는 사람에게 한 말이었다.

"네, 안 보입니다."

아무렇지도 않게 대답하는 목소리에 금방 얼굴이 새빨개진 서윤을 보고 태진은 다시 손을 내밀어 그녀의 얼굴을 감쌌다.

뒤에서 들리는 당혹스러운 소리 따위는 전혀 들리지 않는 것처럼 꽉 막힌 강변도로를 달리는 차를 덤덤히 운전하는 이는 뒤에서 하는 일을 방해하지 않기 위해서 최대한 조심스럽게 차선을 바꾸었다.

"……이건 무슨 짓이냐?"

"짓 아닙니다. 보고입니다."

같은 공간에 있는 세 사람은 전혀 다른 표정이었다. 잘못한 것도 없는데 잔뜩 굳어 있는 서윤에 비해 태진은 아무렇지도 않은 듯 여유 만만했다. 그와는 반대로 편한 옷을 입은 노인의 인상은 굳어졌다.

사보에서나 봤던 모습이었다. 그녀가 입사를 했을 때 막 쓰러진 강 명예회장은 이미 공식 석상에서 물러선 상태였다. 그랬기에 연수원 퇴사식이나 회사 창립일에도 사장이나 총괄 부회장밖에는 본 기억이 없었다. 심지어 태진의 모습도 그런 곳에선 본 기억이 없었다. 그런데 회장님 앞이라니.

'인사하러 갈 거니까. 준비해.'

그의 말에 놀란 서윤을 대신해서 메이크업 전문가와 옷을 준비시킨 것도 이런 상황에 익숙한 미선이였다. 회장님께 인사를 하러 간다는 말에 너무 거창하게 치장을 시킨 게 흠이었지만. 그러나 그건 본인과 미선의 생각일 뿐, 당사자인 태진은 아무렇지도 않게 생각하는 듯했다.

서윤이 무엇을 입었든 그에게는 상관이 없었다. 다만 강 회장에게 예쁜 모습을 보여 주고 싶었을 뿐이고 그 소기의 목적은 달성했으니까.

립스틱을 다시 바르긴 했지만 전문가가 해 준 것과는 완전히 다른 데다 입 주변 화장도 다시 한 게 영 걸렸지만, 지금은 그게 문제가 아니었다. 서윤은 뻣뻣하게 선 채 큰 잘못을 저지른 것처럼 안절부절못하고 있었다. 그러나 태진은 여유 가득한 모습으로 말했다.

"뭐, 비서실에서 알아서 다 뒷조사를 하겠지만 그건 상관없습니다. 하여튼 인사드리고 바로 혼인 신고 할 예정입니다."

"뭐시라?"

"……."

당황한 건 서윤도 마찬가지였다.

"결혼이 무슨 애들 장난도 아니고, 제정신이야? 지금 이 판국에?"

"상관없습니다. 다만, 저도 뭐 지금이 어수선한 건 아니까 일단 정리를 하고 결혼식은 그다음에 하겠습니다."

"이…… 이런……."

마치 드라마에서 본 것처럼 뒷목을 잡고 쓰러질 것 같은 분위기였다. 그러나 역시 태진은 아랑곳하지 않았다.

"정신 차려. 그런 애들은 알아서 데리고 놀고 혼처는 지금 물색 중이야. 결혼이라는 게 애들 장난도 아니고. 지금까지 착착 알아서 잘하더니 이게 무슨 짓이냐? 깜빵에 갔다 오더니 머리가 이상해졌어?"

강 회장의 날카로운 말에 그제야 태진은 굳은 얼굴의 서윤을 돌아보았다. 그러곤 가까이 다가와서 그녀의 손을 부드럽게 잡았다. 그는 곧 고개를 돌려서 강 회장을 보고는 말했다.

"방금 하신 말씀은 못 들은 것으로 하겠습니다. 아무리 예비 며느리라지만 그래도 예의는 지켜 주셔야죠. 저 장난 아닙니다. 그리고 앞으로도 제가 할 일 알아서 잘하겠습니다. 인수 합병 하듯 있는 집 여식과 거창하게 결혼하는 거……. 그거 때문에 지금 이 지경이 된 거 아닙니까? 이 사람, 그럴 일은 절대 없겠죠. 그 잘난 며느리가 해 올 혼수만큼, 제가 열심히 해서 TJ 키우겠습니다. 절대 실망시키지 않겠습니다."

"정신 차려!"

강 회장은 기가 막혀 겨우 한마디 뱉을 뿐이었다. 더 할 말이 없었다. 따지고 보면 지금의 이 사태는 대단한 배우자인 박 이사

538

때문이니까.

"정신 안 차린 적 없습니다. 그럼 피곤하실 텐데 물러가겠습니다. 인사드려."

태진은 서윤에게 말했다.

"아…… 안녕히 계세요."

노기 띤 얼굴로 그녀를 쳐다보기만 할 뿐 대꾸가 없는 강 회장에게 서윤은 깊이 고개를 숙여 인사했다.

"내 눈에 흙이 들어가기 전엔 절대……."

"그럴 일 없습니다. 가겠습니다. 아, 장례식은 내일입니다."

"저기……."

"알아, 미안해."

뭐가…… 미안한지 서윤은 알 수 없었다. 태진은 손을 들어 그녀의 어깨를 감싸 안았다.

"원래 시작은 다 이렇게 하는 거야."

앞으로…… 평탄할 것이라곤 생각되지 않았다. 제 막연한 두려움들이 이제 구체적으로 하나씩 나타날 것이다. 그러나 왠지 저를 따뜻하게 안고 있는 그의 체온이라면 이겨 나갈 수도 있을 것 같았다.

"아까 말한 거, 그냥 겉만 번드르르한 말 아니야. 이 세계에서 결혼이란 건 그냥 단순한 게 아니거든. 하지만 내가 당신 몫까지 할 거야. 그러니까 아마 앞으로 엄청나게 바빠질 거야. 각오해. 난 이서윤 때문에 하는 거야. 알아 둬."

"네."

서윤이 대답했다.

회장실은 15층이었다. 고층 건물의 창밖에는 빌딩 숲들이 빽빽이 보였다. 그 사이에도 초록의 나무들이 흩어져 있었다. 황사로 가득했던 서울 하늘은 보기 드물게도 파랗게 펼쳐져 있었다.

"아름다운 5월이야. 5월의 마지막 날에는 아름다운 신부가 되게 해 줄게."

"……"

서윤은 뭐라 말을 할 수가 없었다.

"이거 프러포즈야. 대답 안 할 거야?"

그가 고개를 숙여 그녀의 귓가에 속삭였다.

"네. 그렇게 해요."

서윤이 조그맣게 대답했다.

— The end

'4월이 내게 말했다'는 제 8번째 책입니다.

한여름 이이야기인 'K&J', 가을의 이야기인 '오후를 견디는 법', 한겨울의 이야기인 '애인', 이렇게 세 계절을 담은 책들을 보다가 봄이 없다는 이유만으로 화사한 봄꽃이 핀 표지를 갖고 싶다는 참 황당한 창작 동기로 시작된 이야기입니다.

4월은 잔인한 달.

언제부터인지 상용 어구가 된 말을 보고 그 눈이 부시게 화려한 봄에 왜 그런 말이 붙었을까 하고 생각하다 화사한 꽃무늬의 아름다운 표지가 무색하게 정말이지 가장 우울하고 가장 슬프고 칙칙한 이야기를 써야겠다 생각하고 한 설정이 서윤과 태진의 이야기입니다.

누구나 사랑받기 위해 태어났지만 가장 증오스러운 범죄 때문에 태어나 자신이 가장 사랑하는 사람의 불화의 씨앗이 된 아름다운 서윤과 무책임한 쾌락 사이에 태어나 혼자 벽을 쌓으면서 악으로만 살아야 했던 태진, 두 사람이 서로 다가가기 위한 이야기는 솔직히 무리한 설정과 전개 때문에 연재 때 참 많은 항의를 받기도 하고 꼭 그렇게까지 해야 하냐는 이야기도 많이 들었습니다.

그래도 또 언제나 그렇듯, 그럼에도 불구하고 사랑해야 하는 두 사람에게 많은 응원도 있었습니다.

자칫하면 밋밋할 수도 또 반대로 자극적일 수도 있던 이야기였지만 그래도 무사히 제가 원한 치유의 모습까지 갈 수 있어서 다행이었습니다.

새 봄이 왔습니다.

여러 의미로 '새로운 봄' 입니다. 이 봄을 제가 이 '4월이 내게 말했다' 로 기억하듯이 여러분께도 뜻깊은 날들로 기억되길 바랍니다.

항상 글을 쓰면서 많은 분들을 만납니다. 소소히 작은 곳에서 제 아이디 밑에 써 주신 글들 하나도 빠짐없이 보면서, 글이 꽉 막힐 땐 힘을 얻기도 하고 단점을 과감하게 지적해 주신 글에는 아 그랬었구나 하고 반성을 합니다.

혼자 창밖의 푸른 동해 바다를 보면서 늘 컴퓨터 앞에 앉아 있는 게 낙인 저는 또다시 이 봄을 많은 분들과 함께 새 책과 만나게 돼서 행복합니다. 늘 어제보다 나은 오늘이 되길 바라듯 이 글보다 더 좋은 글, 더 깊어진 글로 또다시 뵙기를 기대합니다.

글을 쓰다 보니 어느새 저보다 더 커 버린 우리 아이들과 사랑하는 옆지기, 올해는 꼭 좋은 새 글을 쓰시길 바라는 Y 작가님과 H 작가님 다들 감사합니다.

그리고 이 글이 책으로 나오도록 도와주신, 정말 고생하신 교정

자님과 박 팀장님 죄송하고 감사드립니다. 늘 제 글 다듬으면서 고생하신 분들이 많은데 이번에는 더 심하셨던 거 같아요.

　4월이 우리에게 말하고 있네요.
　다들 행복하시라고!

焉哉乎也 올림.

www.bbulmedia.com

www.bbulmedia.com